현대유럽문학

국립중앙도서관 출판시도서목록(CIP)

현대유럽문학 = Modern Europrean literature:
현대에서 초현대까지
/ 유형식 지음.
– 서울 : 논형, 2012
    p. ;   cm

ISBN 978-89-6357-124-9 94800 : ₩27000

문학 평론[文學評論]
유럽[Europe]

809-KDC5
809-DDC21   CIP2012000912

현대유럽문학

현대에서 초현대까지

유형식 지음

현대유럽문학
현대에서 초현대까지

초판 1쇄 인쇄 2012년 2월 15일
초판 1쇄 발행 2012년 2월 25일

지은이 유형식
펴낸곳 논형
펴낸이 소재두
등록번호 제2003-000019호
등록일자 2003년 3월 5일
주소 서울시 관악구 성현동 7-77 한림도이프라사 6층
전화 02-887-3561
팩스 02-887-6690
ISBN 978-89-6357-124-9 94800

값 27,000원

서언

  예술과 철학, 양자는 서로에 대해 독립적이고 동등한 위상을 가지고 있느냐, 아니면 하나가 다른 하나보다 우세한 위상을 가지고 있느냐 하는 문제를 유럽철학은 오랫동안 추구해왔다. 예술과 철학, 양자를 예술철학이라는 이름으로 유럽철학이 추구해왔고 또 앞으로도 추구하리라는 이유는 그 양자 사이의 공통분모 아니면 공통목표에서 유래한다고 보아야 한다. 예술과 철학 사이의 공통목표는 진리의 도달이라 할 수 있겠으나, 현대적인 표현을 사용하면 의미의 도달, 더 정확히는 의미의 전달이라 할 수 있다. 진리의 도달과 전달 아니면 의미의 도달과 전달이라는 공통목표가 예술과 철학을 서로 뗄 수 없는 불가분의 관계로 유지해왔다. 예술과 철학 사이의 공통목표, 다시 말해 공통점이 의미의 도달과 전달이라고 한다면, 그 양자 사이의 상이점은 공통목표에 도달하는 방법론의 문제가 된다. 예술은 예술작품이라는 매개물을 통해 의미전달에 도달하려는 반면에 철학은 매개물 없이 직접적으로 의미전달에 도달하려는 것이 예술과 철학, 양자 사이의 상이점이라 할 수 있다. 불가분의 관계를 맺고 있는 예술과 철학 각자는 그러나 자신의 우세한 위상을 주장하게 되는데, 유럽 철학사에서 본다면 철학이 예술에 대한 우위성을 유지해온 것은 사실이다. 예술에 대한 철학의 우위성은 예술은 의미전달을 위해 예술작품이라는 매개물에 의존해야 하지만 철학은 그 의존성으로부터 자유롭다는 사실에 기인한다. 그러나 현대에 와서 예술이 철학에 대한 우위성 요구를 점점 강하게 하는 것도 사실이다. 철학에 대한 예술의 우위성 요구는 매개물을 거치지 않는 의미도달과 의미전달이 과연 가능하냐 하는 질문에서 그리고 가능하다면 그것이 진정한 의미도달이고 의미전달이냐 하는 질문에서 유래한다. 예술과 철학 사이의 우위성 논쟁은 헤겔[1]의 예술철학에 의해 시작되었다고 보아야 한다. 헤겔은 예술미는 이념의 감관화라고, 다시 말해 눈으로 볼 수 없고 귀로 들을 수 없는 이념이 볼 수 있고 들을 수 있게 감관화되면 그것이 아름다운 예술이라고 정의한다. 예술미에 대한 헤겔의 정의는 현대 예술철학에 2가지 논쟁을 안겨주었다. 하나의 논쟁은 헤겔의 정의를 수학적인 공식으로 표현하면 "예술미= 이념 + 감관화"라는 공식이 되는데, 예술미를 구성하는 2개의 요소 이념과 감관화 중에서 어느 것이 주인이고 어느 것이 종이냐 하는 양자 간의 주종관계, 즉 우열관계이다. 또 하나의 논쟁은 역시 이념과 감관화라는 2개의 요소 중에서 어느 것이 먼저이고 어느 것이 나중이냐 하는, 다시 말해 어느 것이 먼저 존재해 있고 어느 것이 다음에 존재하게 되느냐 하는 양자 간의 존재획득의 선후관계가 된다. 헤겔 자신은 이념이 주인이고 감관화가 종이며, 이념이 먼저이고 감관화가 나중이라는 이념 위주의 예술철학을 전개했다. 헤겔의 이념 위주의 예술철학을 고전적 예술철학이라고 한다면, 현대적 예술철학은 이념과 감관화 양자 사이의 주종관계와 선후관계가 역전되는 현상을 보인다.

　　헤겔의 정의 "예술미= 이념 + 감관화"라는 공식을 현대적인 표현을 사용

---

1) 헤겔(Georg Wilhelm Friedrich Hegel 1770-1831)

하면 "예술= 내용 + 형식" 또는 "예술= 의미 + 작품"이라는 공식이 된다. 내용과 형식이 하나가 되어야, 의미와 작품이 하나가 되어야 예술이라 할 수 있다는 말이다. 따라서 예술미는 이념의 감관화라는 헤겔의 정의는 현대적인 표현을 사용하면 예술은 의미의 작품화라는 말이 된다. 그리고 이념과 감관화 양자 사이의 주종관계와 선후관계는 의미와 작품 사이의 주종관계와 선후관계가 된다. 의미와 작품 사이의 주종관계와 선후관계가 현대 문예론에서는 역전된다는 내용을 언급했는데, 의미에만 집중해서 현대 문예론에 나타나는 의미의 상하현상을, 다시 말해 의미의 탄생에서 시작해서 의미의 사망에 이르는 과정을 간단히 요약하면 다음과 같다. 카이저[2]로 대표되는 소위 **작품 내재론**[3]은 의미가 작품 속에 이미 태어나 내재해 있다고 주장한다. 따라서 작품 속에 내재해 존재해 있는 의미에 독자가 복종을 해야 하는 관계이지, 반대로 의미가 독자의 의지에 따라 이렇게 또는 저렇게 변하는 관계는 아니라고 카이저의 작품 내재론은 주장한다. 다음에 가다머[4]로 대표되는 소위 해석학은 예술작품이라는 매개물이 먼저 존재해 있고 다음에 비로소 의미가 그 존재해 있는 매개물 속에서 태어난다는 입장이다. 멍석이라는 매개물을 깔아주어야 비로소 지랄이라는 의미가 태어난다는, 발생한다는 주장을 해석학은 한다. 가다머의 해석학은 매개물인 예술작품이라는 개념을 유지했으나 20세기말의 구조주의와 탈구조주의 문예론은 예술작품이라는 개념 자체를 포기하고 기호[5] 또는 시뮬라크룸[6]이라는 표현을 사용한다. 예를 들어 파리의 에펠탑이 첫사랑의 장소 아니면 이별의 장소 등 어떤 의미

---

2) 카이저(Wolfgang Kayser 1906-1960)

3) 작품 내재론(werkimmanente Theorie)

4) 가다머(Hans-Georg Gadamer 1900-2002)

5) 기호(記號 Semiotisches, Zeichen)

6) 시뮬라크룸(simulacrum)

를 생산할 수 있는 기호인 것과 같이 예술작품도 에펠탑과 동등한 기호에 지나지 않다고 현대의 기호론은 주장한다. 바르트[7]의 용어인 시뮬라크룸은 기호라는 표현을 능가하여 의미생산을 위한 기계라는 표현이다. 시뮬라크룸이라는 기계 자체는 의미가 들어 있지 않아 의미의 공허지라고 할 수 있으나, 이 기계는 의미를 무진장 생산해낼 수 있는 기계라는 뜻이다. 예술작품이 시뮬라크룸이라는 말이고, 예술작품 자체는 의미의 공허지이나 무진장한 의미생산의 기계라는 말이다. 마지막으로 의미의 상하현상을 나타내는 또 하나의 예를 든다면 데리다[8]의 디페렌스[9]라는 개념을 들 수 있다. 흑과 백 2개의 카테고리를 상정하고 말한다면 흑의 의미는 흑이 아니며, 백의 의미도 백이 아니라는 것을, 그 양자 각각의 의미는 (그 양자 사이의 차이라는 말로) 디페렌스 이외는 아무것도 아니라는 것을 나타낸다. 흑의 의미는 흑과 백 사이의 차이고, 백의 의미도 흑과 백 사이의 차이로, 다시 말해 흑의 의미도 그리고 백의 의미도 차이 디페렌스라는 말이다. 차이 디페렌스는 존재해 있지 않는 무이므로 의미는 무, 즉 없다는 결론이 된다. 디페렌스의 철학자 데리다에서 의미는 사망에 이르게 된다. 현대 유럽의 문예론은 의미의 내재, 의미의 탄생, 의미의 다양화를 거쳐 의미의 사망에 이르는 현상을 보인다.

문학과 미학의 상관관계를 문예론이라 한다면 현대 문예론은 의미의 내재에서 시작하여 의미의 탄생, 의미의 다양화, 의미의 사망까지를 추적하는 작업이 된다. 의미의 내재를 주장하는 소위 작품 내재론을 (독일 고전철학을 의미하는) 헤겔 철학의 잔재라고 본다면 현대 문예론은 의미의 탄생에

---

7) 바르트(Roland Barthes 1915-1980)

8) 데리다(Jacques Derrida 1930-2004)

9) 디페렌스(差異 Differenz)

서 시작하여 의미의 다양화와 의미의 사망까지의 과정을 추적하는 작업이 된다고 보아야 한다. 그리고 현대 문예론은 유럽에서 특히 독일에서는 19세기 중반부터 시작한다고 보아야 하는데 이유는 19세기 중반이라는 경계선이 이전의 근대와 이후의 현대를 갈라놓는 분기점이 되기 때문이다. 암흑시대인 중세가 끝나고 16세기 초반에 시작되는 르네상스 시대는 아메리카 대륙을 처음 발견하고, 화약, 나침반 등을 최초로 발명하며, 갈릴레이[10]가 코페르니쿠스[11]의 지동설이 옳다고 증명하는 등 자연과학과 합리주의가 지배하는 이성 일변도의, 이성독재의 시대를 의미한다. 자연과학과 합리주의가 지배하는 이성 일변도의 시대를 근대라고 역사가들은 표현한다. 다음에 이성 일변도의 시대, 이성 만능주의가 흔들리기 시작하는 시점이 오는데, 이 시점이 19세기 중반이 된다. 1831년과 1832년에 전통 독일철학과 독일문학의 거성들인 헤겔과 괴테[12]가 사망하고, 1867년에는 전 세계사를 흔들어놓았던 마르크스[13]의 『자본론』이 출판되는 등 1831년에서 1867년까지의 19세기 중반이라는 경계선은 이성지배의 근대와 이성비판의 현대를 갈라놓는 분기점이 된다. 이성비판과 이성비호가 공존하는 현대가, 다시 말해 이성이 인류를 파멸로 인도한다는 이성비판과 이성이 그럼에도 불구하고 인류를 행복으로 인도할 수도 있다는 이성비호가 공존하는 현대가 끝나는 시점이 20세기 후반이 된다. 1967년에 탈구조주의를 위한 핵심적인 책으로 데리다의 『문자론에 관하여』라는 책이 출판되며, 유럽 학생들의 혁명사상이 절정에 달했던 1968년에는 파리의 지식인들이 구조주의를 버리고 탈구조주의 선언

---

10) 갈릴레이(Galileo Galilei 1564-1642)

11) 코페르니쿠스(Nikolaus Kopernikus 1473-1543)

12) 괴테(Johann Wolfgang von Goethe 1749-1832)

13) 마르크스(Karl Marx 1818-1883)

을 하며, 1990년에는 아무도 예측할 수 없었던 독일통일에 의하여 시스템 붕괴, 시스템 해체가 이루어지는 등 1967년에서 1990년까지라는 20세기 후반은 또 하나의 분기점으로 현대와 탈현대를 분리하는 경계선이 된다. 20세기 후반이라는 경계선 이전의 현대는 이성비판과 이성비호가 공존하는 시대이고, 그 이후는 이성비호는 사라지고 이성비판만이, 이성파괴만이 이루어지는 탈현대가 된다. 이성독재라는 근대, 이성비판과 이성비호의 공존이라는 현대, 이성파괴라는 탈현대를 일직선상에 놓고 본다면, 현대 문예론은 19세기 중반인 현대에서 시작해서 20세기 후반인 탈현대까지를 추적하는 작업이 된다. 이성의 상승과 몰락이라는 굴곡이 의미의 탄생과 사망이라는 굴곡과 병행하는 것이 유럽의 문예론이다.

19세기 중반 이성비판과 이성비호가 공존하는 현대에서 출발하는 유럽의 현대 문예론은 독일의 이념철학과 프랑스의 이념비판, 독일의 이성비호론과 프랑스의 이성비판론, 독일의 의미비호와 프랑스의 의미비판으로 분열되는 현상을 보이는데 다음과 같다. 예술미는 이념이 감관화된 것이라는 헤겔의 정의는 이념과 감관화 사이의, 의미와 작품 사이의 주종관계와 선후관계라는 논쟁의 불씨를 남겼다는 언급을 했는데 헤겔에 의하면 예술가가 이념과 감관화를, 의미와 작품을 조화롭게 중개시키는 것이 아니라 이념 자신이, 의미 자신이 자신에 맞는 감관화를, 자신에 맞는 작품을 찾아 취하는 관계로 이념이 주인이고 감관화가 종인 관계, 의미가 주인이고 작품이 종인 관계가 된다. 주인인 이념이 스스로, 다시 말해 예술가의 중개 노력 없이도 자신에 맞는 감관화를, 자신에 맞는 매개물이라는 종을 찾아 취한다는 말은 감관화를 선행해서, 매개물이라는 작품을 선행해서 이념이, 의미가 먼저 존재해 있다는 말이 된다. 헤겔의 예술철학에 의하면 이미 존재해 있는 이념이라는 내용이 자신의 가시화와 가청화를 위해서 적합한 매개물을, 적합한 작품을 찾고 있다는 관계가 된다. 기존의 이념이 미존의 감관화를, 미존의 작품이라는 매개물을 찾고 있다는 관계가 헤겔의 예술철학이라 한다면, 이 헤겔의 예술철학이 잔재해 있는 이론이 소위 작품 내재론이 된다. 다시 말해 의미가 매개물인 작품 속에 내재해 있다는 이론이 작품 내재론이다. 기존의 의미가 미존의 매개물인 작품을 찾고 있다는 관계가 헤겔식의 고전 예술철학이라고 한다면, 카이저로 대변되는 작품 내재론은 의미와 매개물의, 의미와 작품의 동시성을 주장하는 현대 문학이론으로 보아야 한다. 선 이념, 후 감관화라는 이념과 감관화의 선후관계가 의미와 작품의 동시성으로 변하는 것이 고전이론과 현대이론을 갈라놓는 분기점이라 보아야 한다. 그리고 의미와 작품의 동시성을 주장하는 작품 내재론은 한편으로는 선 의미 후 매개물이라는 고전이론과 그리고 다른 한편으로는 반대로 선 매개물, 후 의미라는 현대이론, 양자 사이에 위치한 중간단계라고 할 수 있다. 아니면 작품 내재론은 고전이론의 잔재, 또 아니면 현대이론의 시작이라 할 수 있다.

용어를 통일하여 의미가 먼저냐 아니면 매개물인 작품이 먼저냐 하는 의미와 작품과의 상관관계로 본다면, 헤겔의 예술철학은 의미가 먼저라고 주장하는 반면에 작품 내재론은 의미와 작품이 동시적이라고 주장하는 것이 차이점이라 할 수 있지만, 공통점은 작품 속에 내재해 있는 의미는 하나라는 것이 된다. 독자는 작품 속에 내재해 있는 하나의 객관적인 의미를 찾아내야 하는 의무를 양 이론은 공통적으로 요구한다. 다음에 한편으로는 작품 내재론과 다른 한편으로는 하이데거[14]에서 시작해서 가다머에서 전성기에 이르

---

14) 하이데거(Martin Heidegger 1889-1976)

는 해석학 사이에도 공통점과 차이점을 말할 수 있다. 그 양자 사이의 공통점은 작품이 주는 의미는 하나의 객관적인 의미가 되지만 차이점은 작품 내재론은 작품이 완성될 때부터 의미가 작품 속에 내재해 있다고 주장하는 반면 해석학은 작품이 먼저 존재해야 그 속에서 아니면 그 안에서 의미가 비로소 생겨난다는, 발생한다는 주장을 한다. 작품 내재론은 의미와 작품의 동시성을 주장하지만 해석학은 선 작품, 후 의미를 주장한다. 헤겔의 예술철학에서 시작해서 하이데거와 가다머의 해석학에 이르는 과정을 독일의 이념철학, 이성비호, 의미비호라 한다면, 이 독일적인 과정이 프랑스의 이념비판, 이성비판, 의미비판, 극단적으로 의미부정으로 변질되는 현상을 유럽의 현대 문예론은 나타내고 있다. 하나의 진리, 하나의 이념, 하나의 의미를 주장하는 독일적인 문예론은 이성의 분열에 의해서 다수의 진리, 다수의 이념, 다수의 의미로 분열되다가 결국에는 진리의 사망, 이념의 사망, 의미의 사망에 이르는 현상을 보인다. 여기서 다시 의미가 먼저냐 아니면 작품이 먼저냐 하는 의미와 작품 사이의 선후관계로 본다면, 선 작품, 후 의미라는 작품의 우선권은 하이데거와 가다머에 의해서 시작되었으나 프랑스의 구조주의와 탈구조주의에 와서는 그 도를 지나쳐 인공물, 자연물 등 모든 것이 작품이라는 작품의 다양화에 이르게 되어 작품이라는 범주가 사라지게 되고, 디페렌스의 철학자 데리다에 와서는 도를 더해 작품이라는 범주를 철저히 말살시킴에 의해 의미까지도 완전 살해하는 현상에 이르게 된다.

저자는 독일 예술철학을 추적해온 결과 『독일미학』을 편찬했다. 다음에는 추상적이고 보편적이어서 난해하기만 한 미학의 영역을 벗어나 구체적이고 특수적이며 이해 용이하리라 생각되는 문학의 영역으로 시선을 돌렸다. 저자의 목표는 독일 문학론을 추적하는 일이었다. 관념론적인 독일 문학론을 추적하던 중 그에 상반되는 경험론적인 문학론이라는 벽에 부딪치는 결과를 가져왔다. 관념론과 경험론은 상호 변증법적 관계 아니면 해석학적 관계로 양자 중 하나만 떼어서 연구한다는 것은 불가능하다는 사실을 저자는 인식했다. 서로 불가분의 관계에 있는 독일적인 관념론과 비독일적인 경험론을 추적하던 중 연구의 영역이 실증주의, 형식주의, 예술기호론, 구조주의, 탈구조주의 등 유럽의 중요한 문학사상에까지 확장되기에 이르렀다. 추상적이고 보편적인 미학의 영역을 벗어나 낮은 차원인 구체적이고 특수적인 문학을 추적하려 했으나 결과는 역시 추상적이고 보편적이라는 인상을 부인할 수 없다. 미학과 문학, 양자는 역시 상호 변증법적 관계 아니면 해석학적 관계로 양자가 하나로 묶여 있는지도 모른다.

P. S. : 2가지를 미리 독지들에게 일러둔다. 9개의 논문들은 선후관계와 세대관계에 의해 구성되었으나 서로에 대해 독립된 논문들로 어느 논문에서 시작하든 독자들의 자유라는 것이 그 한 가지다. 다른 하나는 9개의 논문 중 "이성의 상승과 몰락"과 "탈구조주의", 2개의 논문이 서로 중복되는 인상을 준다. 양 논문의 여러 부분들과 표현들이 서로 중복되는 것이 사실이다. 2개의 논문 중 하나를 삭제하지 않은 이유는 전자의 논문은 순수 이성문제를 테마로 하여 철학적이라 한다면 후자의 논문은 구조주의와 탈구조주의라는 현대의 문학사상을 테마로 하여 예술적 내지는 미학적이라 할 수 있기 때문이다. 독자의 취향에 따라 선택할 수도 있음을 알려둔다.

2011년 6월 과천

유 형 식

목 차

주관과 대상의 문제

1. 서론

헤겔[1]의 말대로 예술작품은 인간에 의해서 그리고 인간을 위해서 만들어
진 것이라면 그리고 예술작품 속에는 인간의 정신[2]이 반드시 내재해 있다
면 예술작품과 인간은 불가분의 관계를 형성하고 있다. 인간과 불가분의 관
계를 형성하고 있는 예술작품에 관한 방법론은 따라서 2가지 종류의 방법론
으로 분리된다고 보아야 한다. 하나는 예술작품 자체의 실재[3]를 탐구하려는
방법론이고 다른 하나는 인간 자신의 실재를 탐구하려는 방법론이 된다. 두
번째 방법론인 인간 자신의 실재를 탐구하려는 방법론은 예술작품은 인간
에 의해서 그리고 인간을 위해서 만들어졌으며 그리고 인간의 정신이 내재
해 있기 때문에 예술작품은 인간 자신의 자화상이라는 논리에서 오는 방법
론이 된다. 인간의 정신이 내재해 있는 예술작품 속에서 바로 그 "인간 정신"
을 다시 찾아내려는 작업은, 다시 말해 예술작품에 의해서 인간 자신의 실재

---

1) 헤겔(Georg Wilhelm Friedrich Hegel 1770-1831)
2) 정신(精神 Geist)
  vgl. Hegel : Vorlesungen über die Ästhetik I, S. 48, 49
3) 실재(實在 Sein)

를 탐구하려는 작업은 당연한 작업이기 때문이다. 예술작품이라는 표현 대신에 문학작품이라는 표현을 사용하면, 문학작품에 관한 방법론은 문학작품 자체의 실재를 논하는 방향과 문학작품을 통해 인간 자신의 실재를 논하는 방향, 2가지 방향으로 분리된다고 할 수 있다. 문학작품을 대상이라 하고, 문학작품을 창조하는 작가와 또 그 문학작품을 읽어 수용하는 독자를 주관이라 한다면, 전자를 추적하는 것은 대상추구의 방법론이 되고, 후자를 추적하는 것은 주관추구의 방법론이 된다고 할 수 있다. 문학작품 자체의 실재를 논하는 대상추구의 방법론을 문예론에서는 **작품 내재론**[4]이라 부른다. 이에 반해 인간 자신의 실재를 논하려는 주관추구의 방법론을 넓은 의미로 **철학적 방법론**이라 할 수 있다.

대상추구와 주관추구라는 표현을 사용했는데, 간단히 표현하여 대상과 주관이라는 상관관계에서 본다면, 문학작품에 관한 방법론은 복잡한 양상을 나타낸다. 복잡한 양상을 나타내는 방법론들을 크게 나누어 3개의 카테고리로 분리하자면 다음과 같다. 첫째로 문학작품이라는 **작품범주**[5]에서 출발하는 방법론은 문학작품 자체의 실재를 추구하는 **작품 내재론**과 인간 자신의 실재를 추구하는 **철학적 방법론**으로 분리된다는 내용을 언급했는데, 방법론이 문학작품의 실재를 경시하고 인간 자신의 실재만을 중시하는 경우에 방법론은 **형이상학적 방법론**으로 기울게 된다. 대상과 주관을 극과 극으로 대치시켜 대상 일변도의 작품 내재론과 주관 일변도의 형이상학적 방법론이라는 것이 첫 번째 카테고리가 된다. 대상과 주관이라는 상관관계에서 작품 내재론은 주관은 경시하거나 아니면 도외시하고 대상에만 집착하는 반면에 형이상학적 방법론은 반대로 대상은 경시하고 인간이라는 주관만을 중시하는

---

4) 작품 내재론(werkimmanente Theorie)
5) 작품범주(Werkkategorie)

이론이라고 한다면, 이번에는 대상과 주관 양자를, 대상과 주관의 상관관계를 유지하려는 것이 방법론의 두 번째 카테고리가 된다. 대상과 주관의 상관관계를 유지하려는 이 두 번째 카테고리에 속하는 이론들은 자세히는 대상중심과 주관중심으로 다시 분리되는 현상을 보이는데, 대상중심으로 기우는 방법론을 **현상학적 방법론**이라 하고, 주관중심으로 기우는 방법론을 **실존주의적 방법론**이라 한다. 첫 번째 카테고리에 속하는 방법론들이 문학작품 자체의 실재냐 아니면 인간 자신의 실재냐에 따라서 분리된다면, 두 번째 카테고리에 속하는 방법론들은 대상과 주관의 상관관계를 유지하려 하지만 그럼에도 불구하고 대상중심이냐 아니면 주관중심이냐에 따라서 분리된다고 할 수 있다. 마지막 세 번째 카테고리로 대상과 주관, 양자를 동등하게 취급하려는 방법론이 등장하는데, 다시 말해 문학작품의 실재도 그리고 인간 자신의 실재도, 문학작품이라는 대상도 그리고 작가와 독자라는 주관도, 양자 모두를 구제하여 동등하게 취급하려는 방법론이 등장하는데, 이것이 **해석학적 방법론**이 된다. 문학작품 자체의 실재냐 아니면 인간 자신의 실재냐 하는 문제는 역시 대상중심이냐 아니면 주관중심이냐 하는 문제로 볼 수 있고, 또 대상중심이냐 아니면 주관중심이냐 하는 문제도 결국 문학작품의 실재냐 아니면 인간 자신의 실재냐 하는 문제로 볼 수 있으므로, 문학작품에 관한 방법론의 문제는 복잡하고 다양하기만 하다. 그러나 모든 방법론들이 뉘앙스와 관점의 차이를 나타내고 있는데, 이 뉘앙스와 관점의 차이를 추적하는 일이 방법론의 과제가 된다. 따라서 한 이론가의 이론을 일정한 하나의 방법론으로 확정하고 규정하는 것은 불가능하므로, 한 이론가의 이론이 여러 방법론과 관계를 갖는 경우가 가능하며, 반대로 여러 종류의 방법론이 동시에 한 이론가의 이론에 영향을 가하는 경우도 가능하게 된다. 그러나 대상과 주관이라는 관점에서 본다면, 다시 말해 문학작품 자체의 실재냐 아니면 인간 자신의 실재냐 하는 관점에서 본다면, 문학의 방법론은 **작품 내재론**[6]과 **철학적 방법론**, 크게 2개의 방법론으로 분리되고, 또 후자인 인간 자신의 실재를 문학작품을 통해서 해결하려는 철학적 방법론은 그 뉘앙스와 관점의 차이에 따라 인간 자신의 실재를 중시하려는 **형이상학적 방법론**,[7] 그럼에도 불구하고 문학작품이라는 대상을 중시하려는 **현상학적 방법론**,[8] 대상에 너무 치우치는 현상학적 방법론에 대한 반발로 다시 작가와 독자라는 주관에만 중심을 두려는 **실존주의적 방법론**,[9] 그리고 마지막으로 문학작품의 실재와 인간 자신의 실재를 그리고 대상중심과 주관중심, 양자를 다 구제하려는, 아니면 그 양자들 사이의 중간위상을 찾으려는 **해석학적 방법론**[10] 등 합해서 5개의 방법론으로 구분된다고 보아야 한다. 본 논문은 철학적 방법론에 속하는 **형이상학적 방법론, 현상학적 방법론, 실존주의적 방법론** 등 3개의 방법론만 다루고 작품 내재론과 해석학적 방법론은 차후로 미룬다.

2. 형이상학적 방법론

인간 자신의 실재에 집착하려는 형이상학적 방법론의 대표적인 이론가들로 페르페트와 파레이송을 들 수 있다. 이 두 이론가들의 이론을 순서대로 소개하자면 다음과 같다. **페르페트**[11]는 예술작품을 영원히 불변하는 구조물로 고정시킴에 의해 그 예술작품에 내포된 내용을 "이념적 내용"[12]이라

---

6) 작품 내재론(werkimmanente Theorie)

7) 형이상학적 방법론(metaphysische Methode)

8) 현상학적 방법론(phänomenologische Methode)

9) 실존주의적 방법론(existentielle Methode)

10) 해석학적 방법론(hermeneutische Methode)

11) 페르페트(Wilhelm Perpeet)

12) "이념적 내용"(der ideelle Gehalt)

하여 역시 영원히 불변하는 것이라는 논리를 전개한다. "모나리자의 미소"라는 그림을 예로 든다면, 시간이 오래되면 색깔은 퇴색하고 액자는 부식되겠지만 예술작품으로서의 "모나리자의 미소"는 시간을 초월하여 영원하다는 논리며 또 색깔, 선, 액자 등의 구성요소들이 합하여 만들어내는 전체 앙상블[13]로서의 내용 역시 시간을 초월하여 영원하다는 설명이다. 영원히 변하지 않는 구조물이 만들어내는 앙상블 역시 영원히 변하지 않고 일정하기 때문이다. 현실적으로는 색깔이 퇴색하고 액자는 부식되겠으나 이념적으로는 영원히 불변하는 것이 예술작품이고 또 그 불변하는 예술작품이 만들어내는 내용 역시 영원하다는 설명이다.[14] "이념적 예술작품"에 "이념적 내용"이 페르페트의 주장이라고 할 수 있다. 예술작품과 그리고 예술작품이 만들어내는 내용은 영원불변한 데 비해 항상 변하는 것은 인간과 인간의 의식이라는 논리를 페르페트는 전개한다. 하나의 문학작품과 그 문학작품이 만들어내는 내용은 영원히 불변하는 데 비해 인간의 의식만이 시간과 공간에 따라 항상 변한다는 말인데, 페르페트는 양자를 극과 극으로 대치시킨다. 『파우스트』라는 작품을 형성하고 있는 글자들은 시간이 지나면 퇴색하고 종이는 부식되겠지만 문학작품으로서의 『파우스트』와 또 그 내용은 영원한 데 비해 『파우스트』를 읽는 독자는 어린 독자, 젊은 독자, 늙은 독자 등 시간에 따라 그리고 독일 독자, 한국 독자 등 공간에 따라 항상 변한다는 논리를 전개하면서 (문학작품과 그 내용을 합해서 하나로 표현하면) 문학작품의 무한성과 독자의 유한성으로, 문학작품의 무시간성과 독자의, 다시 말해 인간의 시간성으로, 극단적인 무시간성과 극단적인 시간성으로 페르페트는 대치시킨다. 그러나 극과 극으로 대치된 양자 중에서, 다시 말해 문학작품의 무시간성과 인간의 시간성 중에서, 무한한 문학작품과 유한한 독자 중에서 후자

---

13) 앙상블(Ensemble)

14) vgl. Perpeet, Wilhelm: Von der Zeitlosigkeit der Kunst, S. 20, 21

에 집착하는 것이 형이상학적 방법론이 되어야 한다. 문학작품의 실재는 경시하고 인간 자신의 실재만을 중시하는 것이 형이상학적 방법론이기 때문이다. 문제는 무한한 문학작품과 유한한 독자 중에서, 영원히 불변하는 문학작품과 항상 변하는 독자 중에서, 달리 표현하여 불변의 대상과 변화의 주관 중에서 실재[15]의 문제는 전자에는 가능하나 후자에는 불가능하다는 사실이다. 변하지 않고 지속하는 대상에서는 실재를 찾아낼 수 있으나 시시각각 항상 변하는 주관에서는 실재 탐구가 불가능하기 때문이다. 따라서 **"불변의 대상"**과 **"변화의 주관"**이라는 관계는 인간 자신의 실재만을, 달리 표현하여 주관의 실재만을 탐구하려는 형이상학적 방법론에 역행 내지 모순이 되는 관계가 된다. 이 역행되고 모순이 되는 관계를 시정하기 위하여 페르페트는 3가지 전략을 동원한다. 첫째는 불변하는 대상인 문학작품도 항상 변하는 인간과 같이, 항상 변하는 주관과 같이 시간 속에서만 존재할 수 있다는 주장이다. 다시 말해 불변의 대상도 그리고 변화의 주관도 양자가 동일하게 시간 속에서만 존재할 수 있다는 주장이 첫 번째의 전략이다. 두 번째 전략으로 페르페트는 대상이 갑자기 주관으로 급변한다는 주장을 한다. 불변의 대상 자체가 갑자기 주관으로 급변하여 항상 변하던 주관 자신은 불변의 것이 된다는 주장이다. 불변의 대상과 변화의 주관이라는 역행되고 모순이 되는 관계를 시정하기 위해 페르페트가 사용하는 세 번째 전략은 종합적으로 이해[16]라는 개념인데, 이해는 돌연성이고 무시간성[17]이라는 주장이다.

불변의 대상인 문학작품도 그리고 항상 변하는 인간의 주관도, 양자가 다 같이 시간 속에서만 존재할 수 있다는 첫 번째 전략을 위해서 페르페트는

---

15) 실재(實在 Sein)

16) 이해(理解 Verstehen)

17) 돌연성(Plötzlichkeit)
   무시간성(Zeitlosigkeit)

"무시간성" 대신에 "지속현상"이라는 그리고 "시간성" 대신에 "유동현상"이라는 표현을 사용하면서 다음과 같이 설명한다. "유동현상과 지속현상은 다른 것이며, 양자 사이에는 분명히 차이점이 있다. 그러나 이 차이점은 양자 사이의 공통점 없이는 불가능한 차이점이다. 양자 사이에 여하한 공통점도 없다면 비교 자체가 불가능하다. 유동현상과 지속현상 사이의 공통점은 시간 속에서만 존재할 수 있다는 사실이다."[18] 변증법의 대가인 헤겔은 유동현상은 지속현상을 전제로 하고, 반대로 지속현상은 유동현상을 전제로 하여, 유동현상 없이는 지속현상을 상상할 수 없고, 또 반대로 지속현상 없이는 유동현상을 상상할 수 없다고 말할 것이다. 그러나 페르페트는 양자의 존재만을 인정하는 헤겔식의 변증법이 아니라, 3자의 존재를 인정하는 형이상학을 전개한다고 할 수 있다. 페르페트가 전개하는 형이상학은 시간의 형이상학이다. 쉬지 않고 항상 흐르는 강물과 같은 유동현상도 하나의 시간현상이며, 고정되어 움직이지 않는 지속현상도 역시 하나의 시간현상이라는 논리다. 헤겔식의 변증법적 관계를 형성하는 유동현상과 지속현상, 양자 사이의 공통점은 "현상"이라고 페르페트의 논리에 따라 말할 수 있다. 유동도 하나의 현상방법이며, 또 지속도 하나의 현상방법이라는 논리가 되는데 이 공통적인 현상방법을 페르페트는 시간방식[19]이라고 표현한다. "지속도 시간 속에서만 존재할 수 있다. 시간이 없다면 지속은 불가능하다. 시간 속에서 지속은 움직이거나 또는 변화하지는 않지만, 지속은 시간 속에서 운동과 변화를 중지하고 휴식을 취하고 있는 상태에 있다. 그리고 지속은 자신의 휴식을 위해서 시간을 필요로 한다. 시간이 없다면 지속이 필요로 하는 이 휴식은 불가능할 것이며 그리고 이 휴식이 없다면 다음에 올 발전의 (유동의) 지반이 없

---

18) Perpeet, Wilhelm: Von der Zeitlosigkeit der Kunst, S. 27
19) 시간방식(時間方式 Zeitart)

어지는 결과가 된다."[20] 결론적으로 유동현상도 하나의 시간방식이며 또 지속현상도 하나의 시간방식이라는 것이 페르페트가 전개하는 시간의 형이상학이다. 따라서 영원히 불변하는 대상인 문학작품도 그리고 항상 변하는 인간의 주관도, 불변의 문학작품도 그리고 변화의 주관도, 양자가 모두 시간방식이며, 그 양자 사이의 공통점은 "시간 속의 존재"라는 결론이 된다. 페르페트가 전개하는 시간에 대한 형이상학은 철저한 것으로 둘에 둘을 더하면 넷이 되고, 삼각형에서 두 변의 합은 제3의 변보다 크다는 소위 "논리적 진실"까지도 시간의 방식이며 시간을 벗어날 수 없는 것이라는 주장을 한다.[21] 영원히 변하지 않는 영원한 지속현상인 "논리적 진실"도 그 "영원"과 "지속"이라는 표현 자체가 시간현상을 나타내는 개념이기 때문에 시간의 영역을 벗어나지 못한다는 설명이다. 영원히 변하지 않는 불변의 문학작품도 그리고 항상 변하는 변화의 주관도 "시간 속의 존재"라는 공통점에 의해 양자가 동등한 시민이라는 위상을 갖게 된다. 불변의 문학작품과 변화의 주관, 양자가 법 앞에서는 평등하다는 동등한 시민권을 행사함에 의해서 전자가 주장할 수 있는 권리를 후자도 주장할 수 있게 된다. 다시 말해 불변의 문학작품이 무시간성[22]을 요구한다면 변화의 주관도 같은 권리를 요구할 수 있다는 말이 된다.

영원히 불변하는 문학작품과 항상 변하는 독자 사이의 관계가, 불변의 대상과 변화의 주관 사이의 관계가 형이상학적 방법론에게는 역행하고 모순된 관계라는 사실을 시정하기 위하여 페르페트가 사용하는 두 번째 전략은 불변의 대상이 갑자기 주관으로 급변하여 주관 자체가 불변의 것이 된다는

---

20) Perpeet, Wilhelm: Von der Zeitlosigkeit der Kunst, S. 26

21) vgl. ebd. S. 27, 28

22) 무시간성(Zeitlosigkeit)

주장이다. 앞에서 페르페트는 변화의 주관은 물론이고 불변의 대상도 하나의 시간방식이라는 형이상학적 설명을 했다면 여기서는 후세를[23)]의 "내적 시간의식"[24)]이라는 개념을 동원하여 현상학적 설명을 한다. "내적 시간의식"은 (이 "내적 시간의식"이 사실은 주관을 의미하는데) 후세를에 의하면 과거, 현재, 미래 또는 기억, 현재, 기대라는 3개의 단계로 되어 있다. 이 3개의 단계를 후세를은 레텐씨온, 프래센타씨온, 프로텐씨온[25)]이라고 부른다. 이상 3개의 개념들에 의해 현상학이 "예술작품"이라는 대상을 정의하는 것을 보자면 다음과 같다. 주관과는 전혀 관계없는 대상이, 표현을 달리하여 차고 냉정한 대상이 주관에 의해 가공되어지는데, 이 주관에 의한 가공품이 예술작품이라고 현상학은 주장한다. 차고 냉정한 대상을 주관이 관찰할 때는 과거의 기억을 가지고 그리고 미래의 기대를 가지고 관찰하는 것이 현재의 예술작품이라는 설명이다. 따라서 현재의 프래센타씨온은 과거의 레텐씨온과 미래의 프로텐씨온의 종합이라는 주장이다. 예를 들어 "모나리자의 미소"라는 작품을 관찰하면 사람에 따라 "섹시한 여인", "성스러운 여인" 등 여러 가지 현재의 프래센타씨온이 가능해진다고 한다면 그리고 나는 그 작품을 "섹시한 여인"이라고 이해한다면, "섹시한 여인"은 나라는 주관의 종합으로 나의 프래센타씨온이 된다는 설명이다. 후세를의 현상학은 "섹시한 여인", "성스러운 여인" 등 여러 가지 이해를 가능케 하는 "모나리자의 미소" 자체가 예술작품이 아니라, 주관에 의해 가공되어진 상태가 비로소, 다시 말해 레텐씨온과 프로텐씨온에 의해 종합된 **프래센타씨온**이 비로소 **예술작품**이 된다고 주장한다. "모나리자의 미소"라는 작품이 예술작품이라는 말은 따라서 레텐씨온, 프래센타씨온, 프로텐씨온이라는 3개의 단계로 되어 있는 "내적 시간의식"

---

23) 후세를(Edmund Husserl 1859-1938)

24) "내적 시간의식"(das innere Zeitbewußtsein)

25) 레텐씨온(Retention), 프래센타씨온(Präsentation), 프로텐씨온(Protention)

에 의해 이미 가공되어 있다는 것을, 아니면 "내적 시간의식" 자체라는 것을 의미한다. "내적 시간의식"은 주관을 의미하므로 "모나리자의 미소"라는 작품이 "모나리자의 미소"라는 예술작품으로 급변한다는, 다시 말해 주관으로 급변한다는 설명이 된다.[26] "내적 시간의식"에 의해 대상이 주관으로 급변한다는 이론과 관련하여 두 가지를 언급하면 다음과 같다. 첫째는 현상학은 시간이란 원래 없는 것이며 시간과 같이 보이는 것은, 다시 말해 "내적 시간의식"은 주관의 종합행위 이외는 아무것도 아니라는 사실이다. 과거의 사실이 현재의 사실을 낳고, 또 현재의 사실이 미래의 사실을 가져올 것이라는 사실들의 나열과 종합은 "사실들"의 나열과 종합이지 "시간"의 나열과 종합은 아니라는 설명이다. 시간이 객관적으로 존재한다는 객관적 시간론이 아니라, 없는 시간을 주관이 만들어낸다는 주관적 시간론을 현상학은 주장한다. 둘째는 작품과 예술작품을 구분하여 주관의 종합행위가 시작하는 순간부터를 예술작품이라 하고, 그 이전의 상태는 다시 말해 작품의 상태는 예술작품에서 제외시킨다. 나무액자, 색깔, 선 등 여러 가지 요소들로 만들어진 "모나리자의 미소"라는 작품 자체가 예술작품이 아니라 "섹시한 여인"이라는 나의 이해가 비로소 **예술작품**이 된다는 설명이다. 예술작품은 페르페트에 의하면 불변하므로 "섹시한 여인"이라는 나의 이해는, 다시 말해 나의 주관은 예술작품이 됨에 의해 "불변"이라는 권한을 누리게 된다는 설명이다.

불변의 대상과 변화의 주관이 서로 동등한 시민권을 행사하게 되고, 다음에 그 양자의 관계가 역전되어, 다시 말해 대상이 주관으로 급변하여 항상 변하는 주관이 불변의 것으로 된다는, 다시 말해 주관이 무시간성에 도달한다는 설명을 페르페트는 세 번째 전략인 "이해"[27]라는 개념에 의해 진행한

---

26) vgl. Perpeet, Wilhelm: Von der Zeitlosigkeit der Kunst, S. 31

27) "이해"(理解 Verstehen)

다.[28] 이해라는 개념을 설명하기 위하여 페르페트는 3가지 단계를 취하는데 다음과 같다. 첫째 단계로 페르페트는 대상이 주관으로 급변하기 이전으로 다시 돌아가 불변의 대상과 변화의 주관, 표현을 달리하여 무시간성의 대상과 시간성의 주관, 양자를 대치시키면서 시간에 관한 변증법적 논리를 전개한다. 시간적 실재방식[29]을 인식하는 것이 무시간적 실재방식을 인식하는 것이고, 반대로 무시간적 실재방식을 인식하는 것이 시간적 실재방식을 인식하는 것이라고 페르페트는 말한다. 시간성을 인식하는 것이 무시간성을 인식하는 것이고, 또 반대도 그렇다는 말이다. 이번에는 같은 의미이나 다른 표현을 사용하여 시간성은 무시간성 속에서 그리고 무시간성은 시간성 속에서 나타나야 한다고 페르페트는 말한다.[30] 다음에는 역시 같은 의미를 또 다른 표현을 사용하여, 시간성을 무시간성으로 만드는 것이 "예술작품"이라면, 반대로 무시간성을 시간성으로 만드는 것은 "예술수용"이라는 내용을 페르페트는 말한다.[31] 종합하여 시간적 실재방식과 무시간적 실재방식, 시간성과 무시간성, 예술작품과 예술수용 등 양자 모두가 필요하다는, 양자 사이의 필연적인 변증법적 관계를 역설하는 것이 첫째 단계이다. 둘째 단계로 이상의 변증법적 관계에 있는 양자 사이에서 과거에는 없었던 새로운 어떤 원천적이고 창조적인 것이 태어난다고, 그것도 갑작스럽게 돌연히 태어난다고 페르페트는 말한다. 바로 이 "과거에는 없었던 새로운 원천적이고 창조적인 것"이 돌연히 태어나는 순간부터 비로소 예술작품이 탄생한다는 의미로 페르페트는 다음과 같이 말한다. "작품이 원초적인 것으로, 과거에는 볼 수 없었던 새로운 창조물로 체험될 때 비로소 예술작품은 실재하기 시작

---

28) vgl. Perpeet, Wilhelm: Von der Zeitlosigkeit der Kunst, S. 44 f.

29) 실재방식(實在方式 Seinsart)

30) vgl. Perpeet, Wilhelm: Von der Zeitlosigkeit der Kunst, S. 31

31) vgl. ebd. S. 41

한다."[32] 이미 언급한 대로 여러 가지 이해를 가능케 하는 "모나리자의 미소"라는 작품에서 일정한 이해인, 다시 말해 나라는 주관의 이해인 "섹시한 여인"이 탄생하는 순간이, 표현을 달리하여 대상이 주관으로 급변하는 순간이 "예술작품"이 실재하기 시작하는 순간이라는 말인데, 페르페트는 여기서 대상이 주관으로 급변한다는 논리를 다시 한 번 강조한다고 볼 수 있다. 한편으로는 나의 몸과 그리고 다른 한편으로는 내가 입은 옷, 양자를 분리하여 나라는 주관과 그리고 옷이라는 대상의 관계로 표현하면서 "우리의 몸을 따뜻하게 만드는 것은 옷이 아니라 우리 자신의 온기"라는, 다시 말해 주관인 우리 육체를 따뜻하게 만드는 것은 옷이라는 대상이 아니라 주관인 우리의 몸 자신이라는 논리를 페르페트는 전개한다. "섹시한 여인"이라는 이해는, "모나리자의 미소"라는 작품 자체가 섹시한 것이 아니라 나라는 주관이 섹시하다는 설명이 된다. 마지막 셋째 단계로 페르페트는 이해는 갑작스럽고 돌연적인 직관이며, 이 돌연성의 경험은 최고로 고조된 의미경험이라고 말한다.[33] 그리고 이해는 갑작스럽고 돌연적인 것인데, 이 돌연성이 무시간성이라고 페르페트는 주장한다. 갑자기 발생하는 돌연성을 순간이라고 한다면, 순간이 무시간성이고, 반대로 무시간성이 순간이라는, 순간이 영원이고 영원이 순간이라는 니체[34]의 철학을 페르페트는 전개한다고 할 수 있다. 결국은 순간적으로 나타나는 "섹시한 여인"이라는 나의 주관이 순간적인 동시에 영원하며, 영원한 동시에 순간적이라는 말인데, "모나리자의 미소"라는 작품에서 순간적으로 받은 나의 인상이 (순간적으로 받은 "섹시한 여인"이라는 나의 주관적인 이해가) 지워지지 않고 영원히 나의 의식 속에 머문다는

---

32) ebd. S. 42

33) vgl. ebd. S. 46
돌연성(Plötzlichkeit)
고조된 의미경험(gesteigerte Sinnerfahrung)

34) 니체(Friedrich Nietzsche 1844-1900)

설명으로 이해할 수 있다. 주관의 영원화, 인간정신의 영원화는 형이상학의 특징이다.

다음에는 인간 자신의 실재에 집착하려는 형이상학적 방법론의 대표적인 이론가로 파레이송[35]을 소개할 차례다. 파레이송은 예술작품과 예술작품의 내용에 영원성을 부여하는 페르페트를 지나쳐서 예술작품을 거의 신격화하는 논리를 전개한다. 예술가가 예술작품을 창조하고 그 예술작품을 수용자가 수용하는 관계가 예술행위의 원형이라 한다면, 이 예술행위의 원형을 전복시키는 발언을 파레이송은 한다. 예술가가 예술작품을 창조하는 것이 아니라 반대로 예술작품이 자신을 표현하도록 예술가를 인도하고, 또 수용자가 자기 의사대로 예술작품을 수용하는 것이 아니라 반대로 예술작품이 자기 의사대로 (예술작품의 의사대로) 수용자를 유도한다는 것이 파레이송의 주장이다.[36] 예술작품이 예술가와 수용자를 인도하고 유도한다는 논리를 파레이송은 **작용**[37]이라는 개념을 도입하여 설명한다. 예술가는 먼저 자기의 예술작품이 완성되면 어떻게 작용할 것인가를 미리 예감하고, 그 예감을 토대로 하여 예술작품을 완성시키는 것이며, 수용자도 예술가가 예감하는 역동성을 (예술가가 예감하는 작품의 작용을) 인지하지 못하면 그 예술작품을 이해하지 못하는 것이라고 파레이송은 설명한다. 파레이송은 다음에 예술작품의 완성은 예술작품 그 자체가 아니라 예술작품이 수용자와 만나는 순간인 작품의 **상연**[38]이라는 논리를 전개한다. 작용과 상연이라는 2개의 개념을 사용하여 예술작품은 그것이 태어나기 전에 (그것이 만들어지기

---

35) 파레이송(Luigi Pareyson)
36) Pareyson, Luigi: Betrachtung des Schönen und Produktion von Formen, S. 60
37) 작용(作用 Wirken)
38) 상연(上演 Aufführung)

전에) 이미 작용하고 있으며, 그 예술작품의 완성시점은 예술작품 자체에서 끝나는 것이 아니라 그 예술작품이 상연되어야 비로소 끝나는 것이라고 파레이송은 말한다.[39] 파레이송은 예술작품의 의미를 예술작품 자체의 존재 이전으로 앞당기고 동시에 상연시점으로 연장시킴에 의해서 예술작품의 의미를 다른 어떤 이론가들보다 더 크게 확장시킨다고 할 수 있다. 페르페트와 같이 예술작품에다 영원성을 부여하여 이념화하거나, 파레이송과 같이 예술작품의 의미를 확대하고 확장하는 것이 철학적 방법론의 특징이다.

파레이송이 사용하는 작용이라는 개념이 예술작품을 창조하는 예술가와 예술작품을 수용하는 수용자, 양자를 인도하고 유도하여 하나로 통합하며 그리고 예술작품의 완성은 새로 탄생된 예술작품 자체가 아니라 그 예술작품의 상연이라는, 다시 말해 탄생의 시점에서 상연의 시점으로 연장된다는 내용을 언급했다. 예술행위 내지는 문학행위를 생산과정과 수용과정, 2개의 과정으로 분리한다면, 파레이송에 의하면 "작용"이라는 개념은 예술작품을 창조하는 예술가의 생산과정에도 그리고 예술작품을 수용하는 수용자의 수용과정에도, 작가의 생산과정에도 그리고 독자의 수용과정에도, 양자 과정에 모두 내재해 있으므로, 다시 말해 생산과정과 수용과정, 전체의 과정을 관통하므로 핵심적인 개념이 된다. "상연"이라는 개념 역시 예술작품의 완성, 문학작품의 완성을 의미하므로, 다시 말해 생산과정과 수용과정의 합을 의미하므로 생산과정과 수용과정을 연결하고 통합해 주는 개념이 된다. 생산과정과 수용과정을 연결하고 통합해준다는 동일한 기능에도 불구하고 파레이송은 "작용"은 생산과정을 위해 그리고 "상연"은 수용과정을 위해 사용하고 있다. 핵심적인 2개의 개념, "작용"과 "상연"에 의해 파레이송이 생산과정과 수용과정으로 나누어 전개하는 이론은 다음과 같다.

---

39) vgl. Pareyson, Luigi: Betrachtung des Schönen und Produktion von Formen, S. 62, 67

파레이송이 설명하는 **생산과정**을 먼저 본다면 다음과 같다. 예술가라는 표현 대신에 작가라는 표현을 사용하면, 작가는 먼저 자기의 문학작품이 완성되면 어떻게 작용할 것인가를 미리 예감하고 다음에 비로소 자기의 문학작품을 완성시킨다는 내용을 언급했는데, 이 "**예감된 작용**"이 작가를 인도하고, 또 자신을 완성해달라고 작가에게 도전한다는 것이 파레이송의 주장이다. 이 "예감된 작용"을 "하나의 총체", "하나의 생명" 등으로도 파레이송은 표현하는데,[40] 이 "예감된 작용"에 대해 3가지를 언급하자면 다음과 같다. 첫째로 이미 언급한 내용으로 작가를 인도하고, 작가에게 자신을 표현해달라고 도전하는 이 "예감된 작용"은 "탄생시켜야 할 작품"으로 작품이 완성되기 전에, 달리 표현하여 작품의 형식이 결정되기 전에 이미 존재하고 있다는 (이미 생존하고 있다는) 사실이다. 뱃속에 들어 있는 태아와 같이 (태아도 하나의 전체, 즉 "총체"이며 하나의 "생명"이기 때문에) 이 "예감된 작용"은 작가에 대해서 남자가 될 것인가 여자가 될 것인가, 아니면 미인이 될 것인가 추인이 될 것인가 하는 결정을, 다시 말해 형식결정을 독촉하며 도전을 하고 있다는 설명이다. 작가는 이 독촉과 도전에 대해 복종하고 순종하는 입장에 놓여 있다. 둘째로 작가는 자기에게 독촉하고 도전하는 이 "예감된 작용"에 대해 복종하고 순종하면 할수록 더욱 더 위대한 작가가 된다는 논리를 파레이송은 전개한다. 작가는 "탄생시켜야 할 작품"에 형식을 주어야 하는데, 다시 말해 **형식결정**을 해야 하는데, 이 형식결정은 하나의 모험이라고 파레이송은 말한다. 인간의 출생이 숙명결정이기 때문에 하나의 모험인 것과 같이, 예술의 형식결정도 하나의 모험이며, 이 모험을 하는 (이 형식결정을 하는) 작가는 위대하다는 논리다. 형식결정이 하나의 모험이라는 사실을

---

40) Pareyson, Luigi: Betrachtung des Schönen und Produktion von Formen, S. 63
　　"하나의 총체"(ein Ganzes)
　　"하나의 생명"(etwas Lebendiges)

강조하는 표현으로 "사건발생"이라는[41] 표현을 파레이송은 사용한다. 작가가 형식결정을 하여 태어나는 형식은 그것이 남자인지 여자인지 또 건강한 아기인지 아니면 불구의 아기인지 모르기 때문에 모험이라는 설명이다. 그리고 작가의 형식결정에 의해, 작가의 모험에 의해 드디어 작품이 탄생하는데, 파레이송은 "작품의 탄생"이라는 표현 대신에 "형식의 탄생"이라는[42] 표현을 사용한다. 예술은 형식이고, 형식은 예술이라는 입장을 파레이송은 대변한다. 셋째로 작가의 형식결정에 의해 문학작품이 탄생하는데, 파레이송은 새로 탄생한 이 문학작품이 마치 인간과 같이 독자적이고 독립적인 의지를 갖는다는 주장을 한다. 아버지가 아이를 갖고 싶어서 탄생된 것이 아들인데, 그 아들이 아버지의 의지와는 다른 독자적이고 독립적인 의지를 가지고 행동한다는 설명이다. 아버지도 하나의 전인[43]인 것과 같이 아들도 하나의 전인이 되어야 한다는 설명이다. 아버지의 복사판이 아니라 아버지의 의지와는 상반된다 할지라도 독자적이고 독립적인 의지의 소유자인 전인으로서의 아들을 가진 아버지가 위대한 아버지라는 내용으로, 자신의 의지와는 상반된다 할지라도 독자적이고 독립적인 문학작품을, 하나의 "총체성"을, 하나의 "생명체"를 탄생시킨 작가가 위대한 작가이며, 또 그러한 문학작품이 위대한 작품이라는 설명이다.

다음에는 수용과정을 상연[44]이라는 개념에 의해 파레이송은 역시 3가지 단계로 나누어 다음과 같이 설명한다. 첫째로 파레이송은 예술의 본질은 상

---

41) ebd. S. 63
  "사건발생"(Geschehen)

42) Pareyson, Luigi: Betrachtung des Schönen und Produktion von Formen, S. 64

43) 전인(全人)

44) 상연(上演 Aufführung)

연 자체라는 말을 하는데, "상연은 예술작품의 생명이다"라는[45] 표현이 그 사실을 의미한다. 세 살 때의 버릇이 여든까지 간다는 말을 세 살 때의 버릇이 죽을 때까지 다시 말해 영원히 간다는 말로 해석한다면, 예술에도 영원히 존재하는 타고난 버릇이, 타고난 본성이 있는데, 그것이 수용자와 만날 수 있는 상연에 대한 동경이라는 말이다. 인간에게서 인간의 본성을 제외하면 더 이상 인간이 아닌 것과 같이, 수용자와의 상봉을 의미하는 상연을 제외하면 더 이상 예술작품도 문학작품도 아니라는 설명이다. 만약에 독자와의 상봉인 상연을 포기한다면 작가는 자기가 쓴 작품을 즉시 태워버려 없애도 된다는 결과가 되는데, 그럼에도 불구하고 작가가 자신의 작품을 소각하지 않고 발표한다는 사실은 독자와의 만남인 상연을, 작품을 쓴 작가는 물론이고 특히 작가에 의해 쓰인 작품 자체가 원하기 때문이라는 논리를 파레이송은 전개한다. 수용과정을 설명하기 위하여 파레이송이 사용하는 개념은 둘째로 **역동적인 관찰**[46]이라는 개념이다. 독자는 "역동적인 관찰"을 해야 한다는 말인데 파레이송은 다음과 같이 설명한다. "독자는 작품이 자신의 기대를 (작품 자신의 기대를) 실현시킬 수 있는 순간을 포착해야 한다. 독자는 형식의지의 내부까지 파고 들어가 형식이 태어나기 전 이미 그 형식이 살아서 움직이고 있다는 사실을 볼 수 있어야 한다."[47] "예감된 작용"이 형식결정의 과정을 통해 하나의 형식이 탄생된다는 말을 했는데, 작가에 의한 형식결정 이전에도 그리고 형식결정 자체에도 또 그리고 형식결정 이후에도 "작품"은 존재했었고 존재하고 있으며 그리고 존재할 것이라는 사실을 독자는 읽을 수 있어야 한다는 말이다. "작품"의 개념을 확대 확장하여 "예감된 작용" 자체를 "작품"과 동일시하면서 파레이송이 하는 말은 다음과 같다. "작

---

45) Pareyson, Luigi: Betrachtung des Schönen und Produktion von Formen, S. 66
46) 역동적인 관찰(dynamische Betrachtung)
47) Pareyson, Luigi: Betrachtung des Schönen und Produktion von Formen, S. 64

품은 현재도 그리고 미래도 항상 존재하기를 원하는 하나의 생명체이다."[48]

결국 "역동적인 관찰"이란 형식결정 이전에도, 형식 자체에도 그리고 형식 결정 이후에도, 표현을 달리하여 과거에도, 현재에도 그리고 미래에도 항상 존재하는 생명의 원천과 같은 것을 인식해야 하는 독자의 능동성을 의미한다고 할 수 있다. 비유를 들어 설명하자면 세 살 때의 버릇이 이미 뱃속에서도 존재해 있었다고 한다면, 이 태아의 버릇이 (태아의 본성이) 태어난 후에도 그리고 세 살이 되어도 또 그리고 죽을 때까지 영원히 존재한다는 말인데, 이 태아의 버릇을, 이 태아의 본성을 인식하는 것이 "역동적인 관찰"이라 할 수 있다. 그리고 작가에 의한 형식결정 외에도 독자가 "계속 형식화"[49]를 한다고 파레이송은 말하는데, 예를 들어 "상인"이라는 태아의 본성이 독자에 의해 "계속 형식화"할 때 정확히 "상인"은 아니라 하더라도 상인과 비슷한 은행가나 증권업자는 된다고 본다면 생명의 원천이 과거, 현재, 미래를 통해 항상 존재한다는 파레이송의 주장이 이해된다. "역동적인 관찰"은 결국 "상연의 순간"에 발휘되는 독자의 현재 능력이며, 또 그 이후에도 작품의 미래를 예측하는 독자의 미래 능력이라 할 수 있다. 수용과정에 대한 설명의 세 번째 단계로 파레이송은 작가의 생산과정과 독자의 수용과정을 일치시킨다. 한편으로는 작가가 생산해야 할 것과 다른 한편으로는 독자가 상연해야 할 것은 서로 일치하는 동일한 것이라는 설명이다.[50] 작가가 생산해야 할 것은 "예감된 작용"에다 형식을 부여하는 일이고, 독자가 해야 할 것은 작가에 의해 태어난 형식을 상연하는 일이다. 다시 비유를 들어 설명하자면, 이미 태어나기 전부터 존재해 있는 태아의 본성이 탄생 시에도, 세 살이 되어도 그리고 그 후도 계속해서 영원히 존재한다고 한다면, 생명의 원천인 태

---

48) ebd. S. 66

49) "계속 형식화"(Ausgestaltung)

50) Pareyson, Luigi: Betrachtung des Schönen und Produktion von Formen, S. 66

아의 본성에다 형식을 주는 작업과 그리고 형식화된 태아의 본성을 상연하는 작업 사이에는 차이가 없어져 양자의 작업이 동일하기 때문이다. 양자의 작업이 동일하다는 이유는 작가의 형식결정 작업도 그리고 독자의 상연작업도 동일한 대상으로 영원히 존재하는 태아의 본성과의 투쟁이라는 사실에서 온다. 생산과정과 수용과정의 동일화에 의해서, 다시 말해 작가의 형식결정과 독자의 상연과정의 동일화에 의해서 파레이송은 형이상학적인 발언을 한다. "작품은 작품 자신이 원하는 대로 표현해달라고 작가에게 요구하는 것과 같이, 이번에는 작품은 작품 자신이 계속 존재할 수 있도록 상연해달라고 독자에게 요구한다."[51] 이미 태어나기 전부터 존재해 있는 태아의 본성은 자신의 생명을 해치지 말고, 자신의 생명을 보존하고 보호하면서 표현하고 상연해달라는 요구를 작가와 독자에게 한다는 말인데, 작가와 독자는 이 태아의 본성을, 이 "작품"을 보존하고 보호해야 한다는 의무를 갖는다는 말이다. 그리고 이 "작품"이 작가의 창작활동에 있어서도 그리고 독자의 수용활동에 있어서도 작가와 독자가 지켜야 할 법칙이고 규칙이 된다고 파레이송은 말한다.[52] "예감된 작용"을 의미하는 이 "작품"이 작품을 쓰는 작가와 작품을 읽는 독자, 양자를 다 인도하고 유도한다는 말이 된다.

아버지와 아들 관계에서 아버지의 복사판이 아니라 아버지와는 다르지만 (아버지의 의지와는 상반된다 할지라도) 독자적이고 독립적인 의지의 소유자인 전인으로서의 아들을 가진 아버지가 위대한 아버지라는 말을 했듯이, 아버지와 아들 사이의 변증법적 관계를, 다시 말해 위대한 아버지와 위대한 아들 사이의 변증법적 관계를 파레이송은 말한다. 위대한 아버지를 백이라 하고 위대한 아들을 흑이라 한다면, 백이 만들어낸 것이 백과는 전혀 다른

---

51) ebd. S. 66
52) end. S. 66

혹이 되어버릴 때 백은 위대하고 창조적이며, 또 백이 위대한 혹에 도달하기 위한 길은 자신에게 혹 칠을 하는 것이 아니라 반대로 자신의 색깔인 백 칠을 더해야 한다는 변증법을 파레이송은 말하고 있다. 작가가 형식결정을 한 결과 그 형식이 작가 자신의 의지와는 상반된다 할지라도 독자적이고 독립적인 형식이 태어날 때 작가는 독창적이고 창조적인 위대한 작가이며, 또 독자적이고 독립적인 위대한 형식을 출생시키기 위해서 작가는 위대한 형식을 염두에 두거나 모방하려 하지 말고 겸손하게 있는 그대로, 다시 말해 자신의 본성대로 행동해야 한다는 말이다. 위대한 형식을 만들어내기 위해서 작가는 있는 그대로의 자신을, 자신의 자화상을 포함하도록 형식결정을 해야 한다고 파레이송은 말한다.[53] 두 가지 면에서 파레이송의 이론은 형이상학적이라 할 수 있다. 첫째는 파레이송이 사용하는 개념들 "예감된 작용", "작품", "형식" 등은 과거, 현재, 미래를 통해 영원히 존재하는 생명의 원천과 같은 것으로서 영원성을 내포하고 있다. 철학에서 영원성은 형이상학의 개념이다. 둘째로 백이 혹을 창조하기 위해서, 다시 말해 혹에 도달하기 위해서 백은 자신에게 혹 칠을 하는 것이 아니라 반대로 자신의 색깔인 백 칠을 더해야 한다는 말은 백이라는 주관이 혹이라는 대상으로 급변함을 의미한다. 아니면 혹이라는 대상은 백이라는 주관 이외 아무것도 아니라는 사실을 의미한다. 혹이라는 대상을 생산한 백이라는 주관은, 혹이라는 위대한 아들을 생산한 백이라는 아버지는 혹을 자기 자신의 자화상이라고 보기 때문이다. 대상은 주관이고, 반대로 주관은 대상이라는 난해하지만 이해 가능한 변증법이 성립한다. 인간의 주관이 대상으로 급변한 것이, 주관의 대상화가 예술작품이고 문학작품이라는 논리가 성립한다. 주관의 대상화 역시 철학적이고 형이상학적이다. 형이상학적 방법론과 유사하지만 형이상학적 방법론과 구별하기 힘

---

53) vgl. S. 70

든 방법론들로 카이저, 쉬타이거, 쿤, 하이데거[54] 등의 이론들이 있다. 그러나 이들 이론들은 해설가들이 **작품 내재론**[55]의 대표자로 분류하는 이론들이다. 대상과 주관을 극과 극으로 대치하여 대상일변도의 작품 내재론과 주관일변도의 형이상학적 방법론으로 분리하여 볼 때, 한 극에 해당하는 작품 내재론이 다른 극에 해당하는 형이상학적 방법론과 유사하고 구별 불가능하다는 말이다. 극과 극은 먼 것이 아니라 가까운 것이라는 사실이, 하나의 극은 언제나 다른 극으로 돌변할 수 있다는 사실이 방법론을 어렵게 만든다.

3. 현상학적 방법론

인간 자신의 실재라는 주관을 중시하는 **형이상학적 방법론**에 반발하여 대상과 주관의 관계를 유지하려 하면서도 문학작품이라는 대상에 집착하려는 **현상학적 방법론**을 논할 차례다. 현상학적 방법론의 대표적인 이론가들인 잉가르덴과 뒤프렌을 순서대로 소개하자면 다음과 같다. 잉가르덴[56]은 대상과 주관이라는 양자 관계에서 3자 관계를 만들어내는데, 예술작품, 체험자, 미학적 대상이 그 3자 관계이다. **예술작품**은 잉가르덴에 의하면 가공되지 않은 자연의 원료라는 의미로 자연 그대로의 토대[57] 또는 가공은 되었다 할지라도 재 가공해야 할 **구조물**[58]이 된다. 예를 들어 "모나리자의 미소"라는 예

---

54) 카이저(Wolfgang Kayser 1906-1960)
　　쉬타이거(Emil Staiger 1908-1987)
　　쿤(Helmut Kuhn 1899-1991)
　　하이데거(Martin Heidegger 1889-1976)
55) 작품 내재론(werkimmanente Theorie)
56) 잉가르덴(Roman Ingarden 1893-1970)
57) 자연 그대로의 토대(physische Fundament)
58) 구조물(構造物 Gebilde)

술작품이 색깔, 선, 천으로 된 화폭, 나무로 된 액자 등의 구성요소들로 만들어졌다면, "모나리자의 미소"라는 예술작품은 색깔, 선, 화폭, 액자 등 가공되지 않은 자연 그대로의 토대가 되는 구성요소들 자체라는 말이고, 색깔은 페인트 공장에서, 선은 화가에 의해서, 화폭은 직조공장에서 이미 가공된 것이라 한다면, 이 가공된 원료들을 종합하여 체험자가 재 가공해야 한다는 설명이다. 그럼에도 불구하고 색깔, 선, 화폭, 액자 등의 배열과 구성이 화가의 작업결과라고 한다면, 이 화가의 작업결과를 수용자가 다시 가공해야 한다는 설명이다. 잉가르덴이 말하는 "예술작품"을 3가지로 집약해서 표현하면 다음과 같다. 첫째로 "예술가의 창조물이 예술작품"이라는 전통적인 의미에서 예술가의 역할이 제거된다. 그럼에도 불구하고 예술가의 존재이유를 인정한다면, 그의 존재이유는 체험자가 재 가공작업을 할 수 있는 토대를 제공하는 일인데, 잉가르덴은 이 토대를 "독특한 원초 에모씨온"이라고 부른다.[59] 둘째로 "예술작품"이라는 개념은 예술가가 창조한 결과를 의미하는 것이 아니라 체험자가 재 창조해야 할, 아니면 재 가공해야 할 토대를 의미한다. 셋째로 예술가와 체험자 사이의 위상이 전도된다. 전통적인 미학에 의하면 예술가가 진정한 창조자가 되는 데 비해, 잉가르덴의 미학에서는 체험자가 진정한 창조자 아니면 진정한 구성자가 된다. 예술가는 가공해야할 원자재 아니면 재 가공해야할 구조물만 제공하는 원료 공급자로 전락하고, 반면에 수용자인 체험자는 진정한 예술의 의미창조자로 승격하는 결과를 가져온다. 종합하여 표현하면 자연 그대로의 토대 아니면 재 가공해야할 구조물로서의 "모나리자의 미소"가 자신을 바라보는 체험자에게 "독특한 원초 에모씨온"을 보내는데, 체험자는 이 "독특한 원초 에모씨온"에 의해 구성작업을 시작

---

59) vgl. Ingarden, Roman: Prinzipien einer erkenntistheoretischen Betrachtung der ästhetischen Erfahrung, S. 70
　　"독특한 원초 에모씨온"(spezifische Ursprungsemotion)

하여 그 결과가 미학적 대상이 된다는 것이 잉가르덴의 설명이다. 비유를 들어 설명하면, 에로스[60]가 체험자에게 "독특한 원초 에모씨온"이라는 화살을 쏘면 그 화살에 맞은 체험자는 체험을 시작한다는, 다시 말해 구성작업을 시작한다는 말이고, 그 결과가 "미학적 대상"이라는 말이다.

"미학적 대상"[61]은 따라서 예술가가 만들어낸 것이 아니라 체험자가 만들어낸 것이 된다. "모나리자의 미소"라는 그림에 의해 나타나는 "미학적 대상"은 레오나르도 다 빈치[62]가 만들어낸 결과가 아니라 "모나리자의 미소"를 바라보는 체험자가, 다시 말해 "독특한 원초 에모씨온"이라는 화살에 맞은 체험자가 구성해낸 결과라는 설명이 된다. "미학적 대상"을 잉가르덴은 "구체적 가치의 얼굴"이라고도 표현하는데,[63] 여러 가지 다양한 가치 중에서 하나의 가치가 선택되어 구체화된 것이 미학적 대상의 얼굴이라는 설명이다. 예술작품과 미학적 대상을 비교 설명하자면 다음 3가지로 집약할 수 있다. 첫째로 여러 가지 가치들 중에서 하나의 가치가 선택되어 구체화된 것이 미학적 대상이므로 예술작품 속에는 아직 구체화되지 못한 여러 가지의 가치들이 구체화를 기다리고 있다는 설명이 된다. 아직 구체화되지 못한 이 여러 가지 가치들을 잉가르덴은 "미정 부분들"[64]이라고 표현한다. 둘째로 예술작품 속에는 아직도 많은 선택의 가능성이 내재해있다는 말이 된다. 여러 가지 "미정 부분들" 하나하나가 모두 선택되어 미학적 대상으로 구체화될 수 있는 가능성이 있기 때문이다. 따라서 셋째로 "구체적 가치의 얼굴"로 선택

---

60) 에로스(Eros)

61) "미학적 대상"(ästhetischer Gegenstand)

62) 레오나르도 다 빈치(Leonardo da Vinci 1452-1519)

63) Ingarden, Roman: Prinzipien einer erkenntistheoretischen Betrachtung der ästhetischen Erfahrung, S. 72
   "구체적 가치의 얼굴"(das konkrete wertbehaftete Angesicht)

64) "미정 부분들"(Unbestimmtheitsstellen)

된 미학적 대상은 여러 가지 가능성 중에서 하나의 가능성에 불과하므로 절대적이 아니라 상대적이라는 말이 된다. 하나의 예술작품에 대한 미학적 대상은 여러 가지, 즉 다양하다는 말이다. 다시 비유를 들어 설명하자면, "모나리자의 미소"라는 하나의 예술작품에 대한 미학적 대상은 "섹시한 여성", "성스러운 여성", "귀여운 여성" 등 여러 가지 미학적 대상이 생긴다는 말이다. 이상의 예술작품과 미학적 대상 사이의 관계에서 예술작품을 미학적 대상으로 만드는 작업은 체험자가 한다는 것이 잉가르덴의 미학이다. 예술가가 제공한 원자재를 가공하여 미학적 대상을 만들어내는 작업은 체험자가 한다는 설명이다. 예술작품 속에 내재한 여러 가지 미정 부분들 중에서 하나의 부분을 선택하여 특정 부분을 만드는 작업은, 잉가르덴의 표현을 사용하면 "구체적 가치의 얼굴"을 만드는 작업은 체험자의 과제라는 말이다.

예술가, 예술작품, 수용자라는 전통미학의 3자 관계가 잉가르덴의 현상학적 미학에서는 예술작품, 미학적 대상, 체험자라는 3자 관계로 변형된다. 예술가의 역할은 원자재 제공자로 축소되어 존재이유를 거의 상실하며, 반면에 수용자인 체험자[65]는 전통미학에서 예술가가 누렸던 "창조자"라는 위상을 찬탈하여 진정한 창조자 아니면 진정한 구성자로 군림하는 것이 현대 현상학적 방법론의 경향이다. 잉가르덴은 체험자가 될 수 있는 능력과 그 능력을 가진 체험자가 실행하는 과정으로 나누어 다음과 같이 설명한다. 우선 체험자가 될 수 있는 능력에는 첫째로 체험자는 예술작품이 보내는 "독특한 원초 에모씨온"에 대한 개방성을 소유해야 한다고 잉가르덴은 말한다. 예술작품이라 불리어지는 에로스가 쏜 화살을 기꺼이 맞이할 준비가 돼 있어야 한다는 말이다. 둘째로 예술작품이라는 에로스는 여러 가지 계기들, 다시 말해 여러 가지 가능성들을 보내는데 체험자는 그 중 하나의 계기를, 하

---

65) 체험자(der Erlebende)

나의 가능성을 선택할 수 있는 능력을 소유해야 한다고 잉가르덴은 말한다. 셋째로 체험자는 자기가 선택한 하나의 계기를, 하나의 가능성을 현실화하여 미학적 대상을 만들어내는 능력이 있어야 한다고 잉가르덴은 말한다.[66] 에로스가 보내는 화살에 아무런 반응을 하지 않는 체험자는, 다시 말해 예술작품이 보내는 "독특한 원초 에모씨온"에 아무런 반응을 하지 않는 예술 수용자는 더 이상 예술 체험자도 아니고 예술 수용자도 아니기 때문에 제외된다는 말이다.

다음에 체험자가 실행해야 하는 과정은 잉가르덴에 의하면 가치회답과 가치판단, 2가지로 되어 있다. 가치회답[67]은 미학적 대상의 구성과 체험자 자신의 행동방식에 의해 만들어지는 것이며, 직관적이고 감성적인 것으로 직접적이라고 잉가르덴은 말한다.[68] 다음에 가치판단[69]은 잉가르덴에 의하면 미학적 대상에 의해 직관적이고 감성적이고 직접적으로 주어진 가치회답을 개념적이고 논리적으로 표현한 것이 된다. 다시 말해 가치판단은 가치회답의 개념적 논리적 표현이라 할 수 있다.[70] 잉가르덴은 지금까지 언급한 5개의 개념들, 즉 예술작품, 미학적 대상, 체험자, 가치회답, 가치판단들에 의해 자신의 이론을 전개하는데 이 중에서 가치회답과 가치판단의 관계가 핵심을 이룬다. 잉가르덴은 가치판단은 가치회답으로부터 어느 정도의 자주성과 독립성을 유지해야 한다고 말하는데 양자 사이의 관계는 다음과 같다. 우선

---

66) vgl. Ingarden, Roman: Prinzipien einer erkenntistheoretischen Betrachtung der ästhetischen Erfahrung, S. 71

67) 가치회답(Wertantwort)

68) vgl. Ingarden, Roman: Prinzipien einer erkenntistheoretischen Betrachtung der ästhetischen Erfahrung, S. 72

69) 가치판단(Werturteil)

70) vgl. Ingarden, Roman: Prinzipien einer erkenntistheoretischen Betrachtung der ästhetischen Erfahrung, S. 72

가치회답과 가치판단, 양자 사이의 같은 점은 양자가 모두 예술작품과 연계되어 있어야 한다는 사실이다. 가치회답은 미학적 대상과 체험자의 개인적인 행동방식이 합쳐져 만들어지므로 미학적 대상이 내재해 있고, 또 가치판단은 미학적 대상에 의해 주어진 가치회답을 개념적 논리적으로 표현한 결과이므로 역시 미학적 대상이 내재해 있다. 그리고 양자에 공통적으로 내재해 있는 미학적 대상은 예술작품이라는 원자재를 가공하여 만든 것이므로 결과적으로 가치회답과 가치판단, 양자 모두가 예술작품과 연계되어 있다는 말이 성립한다. 잉가르덴이 예술작품이라는 공통분모에 의해 가치회답과 가치판단을 서로 연관시키는 것은 예술 무정부주의 내지는 예술 상대주의를 억제하기 위함이다. 체험자가 주어진 예술작품과는 전혀 관계없이 자기 마음대로 미학적 대상을 구성한다면 이는 예술 무정부주의 또는 예술 상대주의가 된다. 예를 들어 "모나리자의 미소"라는 예술작품을 자의로 해석한다면, 다시 말해 "모나리자의 미소"와는 전혀 관계없는 엉뚱한 해석을 한다면 이는 모든 해석이 정당하다는 식의 예술 무정부주의를 인정하는 결과라는 말이다. 만족이라는 개념과 체험이라는 개념을 분리하여 미학적 만족은 미학적 체험과는 다른 것으로 예술작품과는 관계없이 자유방임적이고 우연적으로 이루어지기도 하기 때문에 이는 제외되어야 하지만, 그러나 진정한 미학적 체험은 예술작품 자체와 예술작품의 가치에 적용해야 한다는 것이 잉가르덴의 주장이다.[71]

다음에 체험자가 실행해야 하는 가치판단을 3가지 단계로 나누어 설명하자면 다음과 같다. 첫째로 가치판단은 미학적 체험에 의해 만들어지는 것이

---

71) vgl. ebd. S. 70
   미학적 만족(ästhetische Befriedigung)
   미학적 체험(ästhetisches Erlebnis)

므로, 다시 말해 가치판단은 미학적 대상에 의해 주어진 직관적이고 직접적인 가치회답을 개념적 논리적으로 표현한 결과이므로 가치판단을 미학적 대상에만 적용해야 하는데도 불구하고 예술작품에도 적용하는 경우가 있다고 잉가르텐은 말한다. 가치판단을 미학적 대상과 예술작품에 동시에 적용하면 이는 미학적 대상과 예술작품을 동일시하는 것으로 전통미학이 저지른 가치오판이 되며, 따라서 진정한 가치판단이 못된다고 잉가르텐은 말한다.[72] 동일한 하나의 가치판단을 미학적 대상과 예술작품 양자에 공통적으로 적용한다는 사실은 양자를 동일한 것으로 본다는 사실이 되어, 실제적으로는 미학적 대상을 인정하지 않는다는 것을 의미해 잉가르텐의 핵심 개념인 "미학적 대상"을 부정하는 결과가 되기 때문이다. 예술작품, 미학적 대상, 체험자 3자 관계가 잉가르텐의 현상학적 미학이라는 말을 언급했다. 따라서 잉가르텐은 둘째로 "예술적 가치"와 "미학적 가치", 2개의 가치를 구분한다. 예술적 가치는 기능 내지는 작전[73]의 성격을 가진 것으로 상대적인 반면에, 미학적 가치는 자기목적적이고 절대적이라고 잉가르텐은 말한다.[74] 예술적 가치는 목적에 도달하기 위한 수단에 불과하지만 미학적 가치는 예술적 가치라는 수단에 의해 도달하려는 목적 자체라는 말이다. "미학적 가치"가 자기목적적이고 절대적이라는 말은 미학적 가치가 자율성, 즉 아우토노미[75]를 가지고 있다는 말인데 잉가르텐의 표현에 의하면 다음과 같다. "자기 자신만으로 만족하고 충족한 상태에 있는 미학적 가치는 자신의 가치를 직관적이고 감성적이며 직접적인 가치회답에 감사할 것이 아니라 자기 자신

---

72) ebd. S. 72

73) 작전(作戰)

74) vgl. Ingarden, Roman: Prinzipien einer erkenntistheoretischen Betrachtung der ästhetischen Erfahrung, S. 75
"예술적 가치"(künstlerischer Wert)와 "미학적 가치"(ästhetischer Wert)

75) 아우토노미(Autonomie)

의 존재 자체에 감사해야 한다."[76] 한편으로는 기능 내지는 작전의 성격만을 소유하고 있는 상대적인 **예술적 가치**와 다른 한편으로는 자기목적적이고 절대적인 **미학적 가치**, 양자를 예술작품, 미학적 대상, 체험자라는 잉가르덴 미학의 3자 관계와 관련하여 표현하면, 기능적 작전적 상대적 예술적 가치는 예술작품에 그리고 자기목적적 절대적 미학적 가치는 미학적 대상에 내재해 있다고 보아야 한다. 전자의 거주지는 예술작품이고 후자의 거주지는 미학적 대상이라는 말이다. 이상과 같이 미학적 가치를 자기목적화시키고 절대화시킨 결과 잉가르덴의 특이한 미학이 형성되는데 잉가르덴의 표현은 다음과 같다. 예술작품과 그 예술작품을 감상하는 체험자, 양자는 모두 미학적 가치의 거주지인 미학적 대상을 만들어내기 위한 도구에 불과하다는 것이 잉가르덴의 표현이다.[77] 그러나 예술작품, 미학적 대상, 체험자라는 3자 관계에서 예술작품과 체험자를 도구화시켰다고 해서 잉가르덴이 이 양자의 존재이유를 완전히 박탈하는 것은 아니다. 예술작품은 최소한 "독특한 원초 에모씨온"을 발휘할 수 있는 능력이 있어야 하고 체험자도 최소한 그 "독특한 원초 에모씨온"을 수용하여 가공할 수 있는 능력이 있어야 하기 때문이다. 잉가르덴 미학의 특이하고 난해한 성격은 이상과 같이 예술작품, 미학적 대상, 체험자, 3자 중에서 미학적 가치의 거주지인 미학적 대상만 절대화시켜 주인으로 만들고 예술작품과 체험자는 상대화시켜 주인에 봉사하는 노예로 만드는가 하면, 3자 모두를 동등한 3명의 주인으로 만들기도 하는 데서 비롯된다. 예술작품은 체험자가 엉뚱한 미학적 대상을 만들어내지 못하도록 체험자와 미학적 대상 양자를 통제하고 규제하는 중대한 역할을 하고 그리고 체험자는 예술작품이라는 원자재를 가공하여 미학적 대상을

---

76) Ingarden, Roman: Prinzipien einer erkenntistheoretischen Betrachtung der ästhetischen Erfahrung, S. 75

77) vgl. ebd. S. 74

만들어내는 중심적인 역할을 한다는 것이 잉가르덴의 미학이다.

체험자가 실행해야 하는 가치판단에 대한 세 번째 단계의 설명은 종합적인 설명이 된다. 잉가르덴의 현상학적 미학을 복잡하고 난해하게 만드는 개념들을 나열하면 예술작품과 미학적 대상의 관계, 가치회답과 가치판단의 관계, 예술적 가치와 미학적 가치의 관계 등이다. 우선 예술작품과 미학적 대상의 관계부터 시작하면 미학적 대상은 예술작품이라는 원자재를 가공하여 만들었으므로, 미학적 대상은 예술작품과 연관성은 유지해야 하나 일치해서는 안 되는 관계이다. 양자가 서로 일치한다면 이는 미학적 대상을 인정하지 않는 결과로 전통미학이 저지른 과오라는 것이 잉가르덴의 주장이다. 전통미학은 미학적 대상을 제외시키거나 아니면 예술작품과 일치시켜 예술작품만의 존재론을 아니면 예술작품이라는 대상에 대한 인식론을 전개해왔다는 것이 잉가르덴의 비판이다. 따라서 미학적 대상은 예술작품과의 연관성을 부인해서는 안 되지만, 그러나 예술작품으로부터 독립성을 유지해야 한다는 주장이 된다. 다음에 가치회답과 가치판단의 관계다. 가치판단은 직관적이고 감성적이며 직접적인 가치회답을 개념적 논리적으로 표현한 결과이므로 역시 가치회답과 연관성은 있어야 하나 일치해서는 안 된다는 관계이다. 가치판단이 객관적 학술이라 한다면, 가치회답은 주관적 감성이라는 관계가 된다. 따라서 가치판단은 가치회답과의 연관성을 부인해서는 안 되지만 가치회답으로부터 독립성도 유지해야 한다는 말이 된다. 그리고 가치판단을 미학적 대상에만 적용해야 진정한 가치판단, 다시 말해 "미학적 가치판단"이 되어 미학의 영역에 머물지만, 반면에 예술작품 자체에 적용한다면, 이는 역시 전통미학의 과오로 대상에 대한 인식론으로 변질된다는 것이 잉가르덴의 생각이다. 마지막으로 예술적 가치와 미학적 가치의 관계 역시 복잡한 관계다. 예술적 가치의 거주지는 예술작품이고 미학적 가치의 거주지는 미학적 대상이며, 또 미학적 대상은 예술작품과 연관되어 있으므로 결국 예술적 가치와 미학적 가치, 양자는 예술작품과의 연관성을 공통적으로 가지고 있다. 예술작품과 공통적으로 연관되어 있는 예술적 가치와 미학적 가치 사이의 구별을 시도하자면 다음과 같다. 우선 모든 예술작품이 예술적 가치가 있는 것이 아니라 "독특한 원초 에모씨온"을 발휘할 수 있는 예술작품만이 예술적 가치가 있다는 관계가 된다. 다음에 미학적 가치는 예술적 가치가 있는 모든 예술작품이 미학적 가치가 있는 것이 아니라, 예술적 가치가 있는 예술작품 중에서 미학적 대상을 만들어내는 예술작품만이 미학적 가치가 있다는 설명이 된다. 따라서 미학적 가치는 예술적 가치와도 거리가 있고 또 예술작품 자체와도 거리가 있다는 설명이다. 잉가르덴은 미학적 가치를 자기목적적이고 절대적이라고 하는데 이는 미학적 가치의 **자율성**, 즉 미학적 가치의 **아우토노미**[78]를 표현는 말이다. 그러나 잉가르르덴이 말하는 미학적 가치의 아우토노미는 예술적 가치에서 오는, 다시 말해 예술적 가치에 의존하는 결과로 **타율성**, 즉 **헤테로노미**[79]의 결과라고 보아야 한다. 잉가르덴이 주장하는 미학적 가치의 아우토노미는 헤테로노미의 토대 위에 세워진 아우토노미라 할 수 있다. 왜냐하면 미학적 가치는 예술적 가치 없이는 불가능하며, 또 예술적 가치는 예술작품 없이는 불가능하여 의존관계의 연속, 헤테로노미 관계의 연속이기 때문이다.

현상학적 방법론의 또 하나의 대표적인 이론가 **뒤프렌**[80]을 소개할 차례다. 헤겔이 말하는 이념[81]과 같은 것이라고 할 수 있는 "무의식의 정신"을 현

---

78) 아우토노미(Autonomie)

79) 헤테로노미(Heteronomie)

80) 뒤프렌(Mikel Dufrenne)

81) 이념(理念 Idee)

46   현대유럽문학

상학은 부정하지만 개체적인 인간들이 합해서 만들어내는 간주관성은 인정하므로, 현상학은 결국 주관과 대상 사이의 상호관계에 기반을 둔다고 뒤프렌은 말한다.[82] 헤겔 철학에 의하면 이념과 같은 "무의식의 정신"은 주관을 의미하고, 이 주관인 "무의식의 정신"이 대상인 세계를 형성하고 인도하는 관계가 된다. 따라서 뒤프렌의 현상학적 방법론은 헤겔식의 주관과 대상의 관계가 아니라 다른 종류의 주관과 대상의 관계를 의미한다. 뒤프렌이 말하는 주관과 대상의 관계에는 2가지 종류가 있는데, 하나는 예술가라는 주관과 예술작품이라는 대상 사이의 관계이고, 다른 하나는 예술작품을 감상하는 수용자라는 주관과 예술작품이라는 대상 사이의 관계이다. 이상과 같이 한편으로는 예술가와 예술작품 사이의 주관과 대상의 관계 그리고 다른 한편으로는 수용자와 예술작품 사이의 주관과 대상의 관계, 2가지 종류의 주관과 대상의 관계를 하나로 통합하려는 것이 뒤프렌의 현상학적 방법론이라 할 수 있다. 2가지 종류의 주관과 대상의 관계는 예술가, 예술작품, 수용자라는 3자 관계에서 본다면, 하나는 예술가와 예술작품 사이에서 그리고 다른 하나는 수용자와 예술작품 사이에서 생기므로 예술가와 수용자를 하나로 통합하는 것이 뒤프렌의 과제라고 할 수 있다. 예술가라는 주관과 수용자라는 주관의 통합, 2가지 종류의 주관의 통합을 뒤프렌은 **간주관성**이라고 한다.[83] 그런데 주관이 몇 개이냐, 아니면 간주관성이 몇 개이냐 하고 묻는다면 주관도 하나고, 간주관성도 하나라는 것이 철학의 상식이다. 헤겔이 말하는 "무의식의 정신"도 하나이고, 뒤프렌이 말하는 간주관성도 하나라는 것이 철학의 상식이다. 뒤프렌에 의하면 따라서 예술가라는 주관과 수용자라는 주관이 합해서 만들어진 간주관성은 하나이므로, 결국은 예술가와 수

---

82) vgl. Dufrenne, Mikel: Phänomenologie und Ontologie der Kunst, S. 130
   간주관성(間主觀性 Intersubjektivität)

83) vgl. ebd. S. 130

용자는 하나라는, 그것도 한 명의 예술가와 다수의 수용자들이 모두 합해서 하나가 된다는, 다시 말해 하나의 간주관성이 된다는 결론이 된다. 예술가와 수용자를, 그것도 다수의 수용자들을 하나로 통합하기 위하여, 간단한 표현으로 예술가와 수용자를 하나로 통합하기 위하여 뒤프렌은 "호소"[84]라는 개념을 사용한다. "호소"의 개념을 뒤프렌은 예술가로 향한 호소와 수용자로 향한 호소, 2개의 방향으로 나누어서 설명한다.

예술가는 존재해 있지 않는 무로부터 예술작품을 창조하고, 수용자는 존재해 있는 유를, 다시 말해 존재해 있는 예술작품을 감상한다고 말하는데, 이는 잘못된 말로 예술가 역시 존재해 있는 유에 의해 예술작품을 완성한다는 것이 뒤프렌의 생각이다. 바로 이 존재해 있는 유를, 그러나 눈으로 볼 수 없고 귀로 들을 수는 없으나, 분명히 존재해 있는 유를 (이것이 예술가로 하여금 예술작품을 완성하라는 요구를 한다고 해서) 뒤프렌은 "호소"라고 부른다.[85] 존재해 있는 유가 "호소"이며, "호소"가 존재해 있는 유라 할 수 있다. "호소"의 개념과 관련하여 예술가를 정의한다면 다음 3가지로 설명된다. 첫째로 예술가는 자기가 원하는 것을 창조해서 예술작품이 탄생하는 것이 아니라, 예술가는 자기에게 요구되는 것을 단순히 수행했기 때문에 예술작품이 탄생된다고 뒤프렌은 말한다. 이미 존재해 있는 유가 자기의 모습을 드러내달라고 예술가에게 호소를 하고 있다는 주장이다. 완성된 조각작품은 돌의 호소에 대한 대답이고, 완성된 기념상은 자연적 위치가 발하는 호소에 대한 대답이고, 시는 언어가 발하는 호소에 대한 대답이며, 모든 종류의 예술작품은 지역문화가 발하는 호소에 대한 대답이라는 것이, 호소 없이는 일체

---

84) "호소"(Appell)

85) vgl. Dufrenne, Mikel: Phänomenologie und Ontologie der Kunst, S. 132, 133

의 예술이 있을 수 없다는 것이 뒤프렌의 주장이다.[86) 둘째로 예술가는 자기에게 요구되는 것을 단순히 수행만 한다고 했는데, 그럼에도 불구하고 예술가는 자기에게 무엇이 요구되는지를, 자기가 무엇을 완성 중에 있는지를, 다시 말해 자기가 무엇을 창조하고 있는지를 모르고 창작활동을 하고 있으며, 예술가가 알 수 있는 것은 오로지 자기가 해낸 것이, 자기가 발견해낸 것이 호소에 대한 원래의 대답이 아니라는 사실뿐이라고 뒤프렌은 말한다.[87) 예술가가 하는 작업은 자기에게 주어지는 호소를 긍정적으로 형상화하는 작업이 아니라, 반대로 이것도 아니고 저것도 아니고 하는 식으로 호소에 대한 진정한 대답이 되지 못하는 것들을 계속 제거해가는 부정적 제거작업이라는 설명이다. 셋째로 예술가는 자기에게 주어지는 호소가 무엇을 요구하는 지도 그리고 자기가 그 요구에 정확히 따라 움직이는지 아니면 그 요구에 빗나가고 있는지도 모르면서 창작활동을 했기 때문에, 실제로 예술작품이 완성되는 순간에 예술가는 자신이 완성한 예술작품 앞에 놀라움을 가지고 서게 된다는 설명이다. 자신이 완성한 예술작품을 놀라움으로 대하는 예술가 자신은 그 예술작품을 창조한 예술가가 아니라 그 예술작품을 수용하는 수용자라는 설명이다. 그리고 예술작품이 완성되는 순간에 비로소 그 요구가 무엇이었던가를 그리고 그 요구에 정확히 따라 움직였나 아니면 움직이지 못했나 하는 것을 예술가는 알게 된다고 뒤프렌은 말한다.[88) 예술작품이 완성되는 순간에 비로소 "호소"는 자신의 완성된 모습에 도달하게 되며, 예술가는 "호소"의 진정한 실재를 인식하게 된다는 말이다. 예술작품을 창조한 예술가를 자기 작품을 놀라움을 가지고 감상하는 수용자로 만듦에 의해 예술가와 수용자는 같은 입장이라는, 양자는 둘이 아니라 하나라는, 양자는 하

86) vgl. ebd. S. 132
87) vgl. ebd. S. 133
88) vgl. ebd. S. 133

나로 통합된다는 설명이다.

예술가라는 주관과 수용자라는 주관을 통합하는 "호소"의 개념을 이번에는 수용자의 관점에서 논할 차례다. "호소"의 개념과 관련하여 수용자를 3가지 단계로 설명하면 다음과 같다. 첫째로 진정한 예술작품의 완성은, 아니면 예술작품의 진정한 완성은 이미 존재해 있던 유가, 다시 말해 눈으로 볼 수 없고, 귀로 들을 수 없었던 "호소"가 예술가의 손을 떠나는 순간이 아니라, 수용자와 만나는 순간으로 연장된다는 논리를 뒤프렌은 전개한다. 왜냐하면 예술작품은 그의 존재이유를 감관적 현상에 의존하고 있기 때문이라는 논리다. 예를 들어 제 아무리 아름다운 예술작품이라고 할지라도, 그것이 달나라 후면에 놓여 있어 수용자가 볼 수도 없고 들을 수도 없다면 그것은 예술작품의 존재이유를 상실한다는 설명이다. 예술작품은 현상을 해서 꽃을 활짝 피우기를 원한다고 뒤프렌은 말하는데, 이 말은 예술작품은 수용자와 만나기를 원한다는 말이며, 다시 말해 수용자의 눈과 귀에 도달하기를 원한다는 말이다.[89] 따라서 예술작품의 진정한 완성은 수용자의 눈과 귀에 도달하는 순간으로 연장된다는 의미에서 뒤프렌은 수용자를 "예술의 창조자" 또는 "예술의 동업자" 등으로 표현한다.[90] 수용자를 "예술의 창조자" 또는 "예술의 동업자"로 승격시킴에 의해서 뒤프렌은 수용자와 예술가를 하나로 통합하고 있다. 두 번째 단계로 뒤프렌은 예술작품의 "**생성발달**"[91]이라는 개념을 사용하여 예술작품의 진정한 완성이 다시 한 번 연장된다. 발레리[92]에 의하면 시의 본질은 독자의 마음속에서 "시적 상황"을 발생시키는 데 있다고

---

89) vgl. ebd. S. 134
90) vgl. ebd. S. 134, 135
91) "생성발달"(Genese)
92) 발레리(Ambroise-Paul-Toussaint-Jules Valéry 1871-1945)

하는데, 이 "시적 상황"이 독자를 변화시킨다는 사실을 발레리는 인식하지 못했다고 뒤프렌은 말한다.[93] 더 나아가 이 "시적 상황"은 시를 읽기 전의 독자를 읽은 후에는 완전히 다른 인간으로 변화시킴으로, 독자는, 다시 말해 수용자는 변화의 대상이 된다는 이론이다. 변화의 주체는 "시적 상황"이 되고, 변화의 대상은 독자, 즉 수용자가 된다는 말이다. 다시 말해 주체인 "시적 상황"과 변화의 대상인 수용자 사이의 관계는 마치 능동적인 예술가와 수동적인 예술작품 사이의 관계처럼 되어 주관과 대상의 관계가 역전되는 현상이 생긴다. 요약하여 뒤프렌은 "생성발달"이라는 개념을 사용하여 예술작품과 수용자의 관계를, 대상과 주관의 관계를 역전시켜 2중의 주관 중 하나를 제거함에 의해 주관들의 통합을 이룬다고 할 수 있다. 예술가라는 주관과 수용자라는 주관, 2종류의 주관 중 후자, 수용자라는 주관이 대상으로 변해 제거되어 남은 하나의 주관으로 단일화된다는 설명이다. 세 번째 단계로 뒤프렌은 **축제**[94]라는 개념을 사용하여 주관과 대상이 하나가 되는 순간을 설명한다. 수용자와 만나는 순간으로 그리고 정확하게는 수용자의 눈과 귀에 도달하는 순간으로 연장되었던 예술작품의 "완성"이 진정으로 완성되는 순간은 예술가라는 주관과 수용자라는 주관이 하나가 되는 순간인데, 이것이 "축제"가 된다는 설명이다. "축제"는 예술가와 수용자가 하나가 되어 예술작품의 "완성"이라는 공동작업을 끝내는 순간이며, 눈으로 볼 수 없고, 귀로 들을 수 없었던 "호소"가 예술가와 수용자를 인도하여 자신의 모습을 드러나게 하고 꽃을 활짝 피게 하는 순간이라는 논리를 뒤프렌은 전개한다. 예술가라는 주관과 수용자라는 주관을 하나로 통합하려는 뒤프렌의 종합적인 표현은 "예술창조자 자체가 창조되는 것이며", "예술수용은 또 하나의 예술창조

---

93) vgl. Dufrenne, Mikel: Phänomenologie und Ontologie der Kunst, S. 134, 135
94) 축제(祝祭 Fest)

다"라는 말들이다.[95] 예술창조도 창조이고 예술수용도 창조라는, 예술을 창조하는 예술가도 창조자이고 예술을 감상하는 수용자도 창조자라는, 양자가 하나라는 설명이 된다.

현상학적 방법론을 다음 3가지로 종합해본다. 첫째로 잉가르덴은 예술작품과 미학적 대상으로 대상을 2중화시킴에 의해서 그리고 뒤프렌은 대상의 완성을, 다시 말해 예술작품의 완성을 수용자와 만나는 순간으로 연장시킴에 의해서 대상에 집착하고 있다. "대상 자체로 향해서!"라는 말이 현상학적 방법론의 원칙을 나타내는 말이다.[96] 둘째로 현상학적 방법론은 2종류의 주관을, 다시 말해 예술가라는 주관과 수용자라는 주관을 서로 연결시키거나 하나로 통합시키는 경향을 나타낸다. 잉가르덴은 "독특한 원초 에모씨온"이라는 개념에 의해서 예술가와 수용자인 체험자를 연결시키고, 뒤프렌은 "호소"라는 개념에 의해서 예술가와 수용자를 하나로 통합시킨다. 셋째로 이상과 같이 대상을 2중화시키거나 대상의 완성을 연장시킴에 의해서 대상에 집착하는 결과로 그리고 예술가라는 주관과 수용자라는 주관을, 2종류의 주관을 서로 연결시키거나 하나로 통합하는 결과로 생산미학에서 수용미학으로 전향하는 경향을 현상학적 방법론은 나타낸다. 예술가라는 주관은 의미를 상실하여 실종되는 현상을 나타내고 수용자라는 주관만이 강하게 대두되는 현상을 보인다. 생산미학은 예술가와 예술작품 사이의 관계를 논하는 미학이고, 수용미학은 수용자와 예술작품 사이의 관계를 논하는 미학이다. 예술가는 권좌를 떠나고 수용자는 권좌에 오르는 현상, 즉 예술가의 퇴위와 수용자의 즉위라는 현상이 현상학적 방법론이라 할 수 있다.

---

95) Dufrenne, Mikel: Phänomenologie und Ontologie der Kunst, S. 132, 135

96) vgl. Maren-Grisebach, Manon: Methoden der Literaturwissenschaft, S. 40

4. 실존주의적 방법론

대상과 주관의 관계를 유지하면서도 대상에 집착하려는 현상학적 방법론을 논했다. 마지막으로 역시 대상과 주관의 관계를 유지하려하나 이번에는 주관에 집착하려는 실존주의적 방법론을 논하고 논문을 종결할 차례다. 실존주의적 방법론을 3단계로 나누어 설명하고 마지막으로 실존주의의 "실존"[97]이라는 개념을 구체화시킨다. 실존주의적 방법론을 3개의 단계로 나누어 설명하자면, 첫째로 생과 작품[98]을 하나로 통합시키려는 것이 실존주의적 방법론이라 할 수 있다. 작가의 생과 독자의 생, 2가지 생이 있으므로, 생과 작품의 통합은 2가지 통합을 의미한다. 작가는 자기가 쓴 작품과 하나가 되어야 하고, 또 독자는 자기가 읽는 작품과 하나가 되어야 한다는 말인데 작가의 경우와 독자의 경우를 나누어 설명하자면 다음과 같다. 우선 작가와 자신의 작품이 하나로 통합되어야 한다는 사실은, (실존주의자들은 통합이라는 표현 대신에 융합[99]이라는 표현을 사용하므로) 작가와 작품이 하나로 융합되어야 한다는 사실은 전통미학의 "작품"이라는 개념을 부정하는 결과가 된다. 전통미학에 속하는 딜타이[100]에 의하면 생과 작품, 다시 말해 작가와 작품은 서로 독립된 것으로, 그 양자 사이에는 디페렌스[101]가 있어야 한다. 작가 자신이 쓴 작품이라 할지라도 작품은 작가와는 전혀 관계가 없는 양, 작품은 작가와는 독립된 하나의 자율성, 하나의 아우토노미를 갖는 것이 전통미학의 작품 개념이다. 따라서 작가의 생이 작품이 되어야 하고 또 작품은 작가의 생이 되어야 한다는 실존주의적 방법론이 딜타이의 해석학

---

97) "실존"(實存 Existenz)

98) 생(生 Leben)과 작품(作品 Werk)

99) 융합(Verschmelzen)

100) 딜타이(Wilhelm Dilthey 1833-1911)

101) 디페렌스(Differenz)

을 부정하는 것은 당연하다. 다음에 실존주의적 방법론에 의하면 작가의 생은 곧 작품이 되어야하고 작품은 작가 자신의 생이 되어야 하기 때문에, 양자가 하나로 통합되어 작품은 작가 자신의 자화상이 되어야 한다는 결론이된다. 모든 인간은, 따라서 모든 작가는 편견 내지는 당파성을 가지고 있으므로 작품 속에는 작가의 편견 내지는 당파성이 내재해 있어야 한다는 결론인데, 실존주의자들은 이를 결단[102]이라는 말로 표현한다. 모든 인간은 이렇게 사느냐 아니면 저렇게 사느냐 하는 결단에 의해서 살아가는 것이 인간의생이고, 이 결단은 전지전능한 신이 내리는 절대적인 결단이 아니라, 인간이내리는 인간적인 너무나 인간적인 결단이기 때문에 편견 내지는 당파성이될 수도 있다는 말이다. 모든 문학작품은 작가의 "결단"이라는 것이 실존주의적 방법론이라 할 수 있다. 다음에 편견 내지는 당파성으로 전락할 수도있는 "결단"을 구제하기 위하여 실존주의자들은 작품 속에 내재한 생과 결단은, 아니면 생의 결단은 인생의 원초근원[103]과 일치해야 한다는 주장을 한다.[104] 작가는 자신의 작품 속에 자신의 사적인 생이나 사적인 결단을 작품화할 것이 아니라 인간의 원초근원을 형상화해야 한다는 말인데, 이 원초근원이 작품과 독자를 나아가서는 작가와 독자를 하나로 통합하고 융합해주는 계기가 된다. 작가는 작품 속에다 사적인 문제가 아니라 인간의 공통적인 문제를 그리고 유쾌한 오락의 문제가 아니라 진지한 인간실존의 문제를형상화해야 한다고 실존주의자들은 생각하기 때문에, 독자는 작품 속에 형상화된 진지한 인간실존의 문제를 자신의 문제라고 생각하는 것은, 다시 말해 작품과 자신, 작품과 자신의 생을 동일시하는 것은 당연하다. 따라서 작가와 독자 사이뿐만 아니라, 모든 인간 사이의 공통적인 문제로, 다시 말해

---

102) 결단(決斷 Entschluβ)

103) 원초근원(Urgrund)

104) vgl. Maren-Grisebach, Manon: Methoden der Literaturwissenschaft, S. 54

모든 인간의 공통적인 인간실존의 문제로 "죽음"의 문제를 실존주의자들은 거론한다. 모든 인간들이 피할 수 없는 공통적인 문제가 죽음이기 때문이다. 하이데거와 키에르케고르[105]의 영향에 의해 실존주의자들이 다루는 죽음의 테마는 죽음에 대한 불안, 생의 위협, 근심, 고독 등의 테마들로 세분된다. 이상의 세분된 테마들을 총괄하여 "죽음의 테마"라고 한다면, 작가는 이 "죽음의 테마"를 다루어야 하고 또 독자는 이 "죽음의 테마"를 읽어내야 한다는 것이 실존주의적 방법론이라 할 수 있다.

둘째 단계로 실존주의적 방법론은 감성과 학술[106]을 하나로 통합하려는 방법론이다. 감성과 학술의 통합을 위해 실존주의자들은 쉬타이거[107]를 기꺼이 인용하는데, 쉬타이거의 유명한 말은 다음과 같다. "우리는 우리를 감동시키는 것을 인식해야 한다."[108] 인식은 감동에서, 학술은 감성에서 시작해야 한다는 말로, 감동과 인식을, 감성과 학술을 하나로 통합하는 발언이라고 실존주의자들은 해석한다. 실존주의자들은 더 나아가 가장 주관적인 감성이 가장 객관적인 학술의 출발점이 된다고 하거나 감성이라는 척도가 바로 학술의 척도가 된다고 주장하면서 쉬타이거의 이론을 증거로 인용한다.[109] 감성과 학술의 통합을 증명하기 위해 문예학의 영역에서는 쉬타이거가 자주 인용되지만, 철학의 영역에서는 하이데거의 철학에 실존주의자들은 의존한다. 하이데거에 의하면 실재와 현존재,[110] 양자 사이의 차이점은 분

---

105) 하이데거(Martin Heidegger 1889-1976)
    키에르케고르(Sören Kierkegaard 1813-1855)

106) 감성(Gefühl)과 학술(Wissenschaft)

107) 쉬타이거(Emil Staiger 1908-1987)

108) Staiger, Emil: Lyrik und lyrisch, in: Zur Lyrik-Diskussion, hrsg. von Reinhold Grimm, Darmstadt 1966, S. 79, "Wir müssen begreifen, was uns ergreift, ..."

109) vgl. Maren-Grisebach, Manon: Methoden der Literaturwissenschaft, S. 40

110) 실재(實在 Sein)와 현존재(現存在 Dasein)

위기 내지는 상황[111]인데, 이 분위기 내지는 상황이 실재에는 결여되어 있으나 현존재에는 내재해 있다고 해설가들은 해설한다. 그리고 현존재에 내재해 있는 이 분위기 내지는 상황이 이미 실존적[112]이라고 하이데거는 말한다.[113] 분위기 내지는 상황이 결여된 실재만을 다루어온 전통철학을 부정하는 하이데거에게는 분위기 내지는 상황이 내재한 현존재가 핵심 개념으로 철학의 출발점이 된다. 인간이 "일정한 세계"에 태어난다는 것이, 예를 들어 독일사회라는 일정한 세계 또는 한국사회라는 일정한 세계에 태어난다는 것이 현존재인데, 이 현존재에는 이미 독일사회라는 또는 한국사회라는 분위기 내지는 상황이 내재해 있다는 말이다. 그리고 철학은 이 독일사회 또는 한국사회라는 분위기가 가미된 현존재를 다루어야 하지 분위기가 결여된 추상적인 실재만을 다뤄서는 안 된다는 것이 하이데거의 철학이다. 그리고 현존재에 내재해 있는 분위기 내지 상황은 논리의 영역, 다시 말해 학술의 영역이 아니라 감성의 영역에 속하므로, 철학이라는 학술은 감성이라는 현존재를 다뤄야 한다는 말도 되고, 아니면 하이데거가 의미하는 현존재의 독일어 표현 Dasein에서 Da는 일정한 세계라는 분위기 내지는 상황, 즉 감성을 의미하고, Sein은 감성이 제거된 추상적인 개념으로 순수 학술의 개념으로 볼 수 있어, 철학은 감성과 학술, 양자를 대상으로 해야 한다는 말로도 이해할 수 있다. 결론적으로 하이데거 철학의 현존재 개념은 감성과 학술의 통합이라는 실존주의적 방법론에 계기를 부여하고 있다. 가장 주관적인 감성이 가장 객관적인 학술의 출발점이 되어야 한다는 주장 그리고 감성이 내재해 있는 현존재 자체가 이미 실존적이라는 주장을 수용하는 실존주의적 방법론이 감성과 학술, 양자 중에서 감성을 완전히 제거하고 순수 논리적인

---

111) 분위기(Stimmung) 내지는 상황(Befindlichkeit)

112) 실존적(existenzial)

113) vgl. Maren-Grisebach, Manon: Methoden der Literaturwissenschaft, S. 58

학술만을, 순수 논리적이고 기계적인 "인과율의 법칙"만을 주장하는 실증주의[114]를 정면으로 부정하게 되는 것은 당연하다.

셋째 단계로 실존주의적 방법론은 주관화의 방법론이라 할 수 있다. 주관적인 작가의 생과 객관적인 작품, 양자의 융합을 작품의 주관화라고 할 수 있고, 또 주관적인 감성과 객관적인 학술, 양자의 통합을 학술의 주관화라고 할 수 있다면, 이 주관화의 방법론을 실존주의자들은 실존주의 철학자 키에르케고르에서 배운다. 인간이 이렇게 사느냐 아니면 저렇게 사느냐 하는 "결단"은 결코 주관이 내리는 "결단"으로 주관적이다. 인간이라는 주관이 내리는 이 주관적인 "결단"이 현실이고 진리[115]라는 것이 키에르케고르의 대명제이다.[116] 이상의 키에르케고르의 명제를 실존주의자들은 문예학에 적용하여 다음과 같은 말을 한다. 하나의 작품 속에 내재해 있는 진리는 그 작품이 전달하려는 의미나 정보 인포르마씨온[117]이 아니라, 독자를 움직여서, 독자를 감동시켜, 독자로 하여금 감았던 눈을 뜨게 만들어서 새로운 것을 보게 만드는 것이고, 독자를 변형시키고 변질시켜 과거와는 다른 새로운 삶을 살게 만드는 것이라고 실존주의자들은 말한다.[118] 문학작품이 진리를 내포하고 있다면, 그 문학작품은 독자를, 인간을 개조하여 다른 인간으로 만드는 것이라는 설명이다. 인간을 개조하여 다른 인간으로 만든다는 말은 인간으로 하여금, 독자로 하여금 다른 결단을, 새로운 아니면 진정한 결단을 내리게 하여 과거의 주관과는 다른 새롭고 진정한 주관이 되게 만듦을 의미한다. 실존주의적 방법론은 인간이라는 주관을 변질시켜 새로운 주관이 되게 하

---

114) 실증주의(實證主義 Positivismus)

115) 현실(現實 Wirklichkeit)이고 진리(眞理 Wahrheit)

116) vgl. Maren-Grisebach, Manon: Methoden der Literaturwissenschaft, S. 55

117) 인포르마씨온(Information)

118) vgl. Maren-Grisebach, Manon: Methoden der Literaturwissenschaft, S. 55

는 주관화의 방법론이지 객관적인 의미나 객관적인 인포르마씨온을 전달하려는 객관화의 방법론은 아니다.

마지막으로 "실존"[119]이라는 개념은 실존주의 철학자들 사이에서 여러 가지 뉘앙스의 차이를 나타낸다. 사르트르[120]는 "실존주의적"이라는 표현을 사용하며 극단적인 실존주의를 대변한다. 인간은 원래 절대적인 영점[121]의 존재이므로, 인간 스스로가 모든 것을 발견해내고 모든 것을 설계해야 하는 입장에 있다고 사르트르는 말한다. 다시 말해 인간은 원래가 선의 존재도 아니고 악의 존재도 아니므로, 다시 말해 절대적인 무의 존재이므로, 인간은 모든 것을 스스로 결단할 수 있는 절대적인 자유를 가지고 있다는 것이 사르트르의 입장이다. 야스퍼스[122]는 "실존적"이라는 표현을 사용하며 모든 대상에 대한 사고를 제거하여 주관을 순수하게 만들어 초월적[123]으로 만들어야 한다고 주장한다. 감성, 이해관계, 정열, 분위기 등 모든 것을 제거하여, 다시 말해 모든 가치로부터 자유롭게 만드는 것이 진정한 철학, 진정한 학술이라는 주장이다. 모든 가치로부터의 자유[124]가 야스퍼스가 대변하는 실존주의라 할 수 있다. 하이데거는 "실존론적"이라는 표현을 사용하여 인간의 본질은, 다시 말해 현존재의 본질은 실재에 대한 개방성[125]이라고 말하면서 이 개

---

119) "실존"(實存 Existenz)
120) 사르트르(Jean-Paul Sartre 1905-1980)
121) 영점(零點 Nullpunkt)
  "실존주의적"(existentialistisch)
122) 야스퍼스(Karl Jaspers 1883-1969)
123) 초월적(transzendent)
  "실존적"(existentiell)
124) 가치로부터의 자유(wertfrei)
125) 개방성(Offenheit)
  "실존론적"(existential)

방성이 (이 실재에 대한 개방성이) 실존이라고 주장한다.[126] 이상 3명의 철학자들의 실존주의 내용을 종합하자면 다음과 같다. 사르트르는 인간은 원래 영점의 상태에 있으니, 즉 무의 상태에 있으니 인간 스스로가 모든 것을 결정하고 결단해야 한다는 입장이고, 야스퍼스는 인간은 너무 잡다한 가치들에 쌓여 진정한 결단을 그르치고 있으니 인간은 다시 영점으로, 무로 돌아가야 한다는 입장이며, 하이데거는 앞으로 형성될 실재[127]에 대해, 다시 말해 아직은 존재해 있지 않으나 언젠가는 존재하게 될 실재에 대해 문을 열고 기다려야 한다는 입장이다. 이상 3명의 철학자들이 주장하는 실존주의의 공통점은 실존이 과연 무엇이냐 하는 실존의 내용이 결여되어 있다는 사실이다. 인간이 결단을 내려야 한다면 무슨 결단을 내려야 하는지가 사르트르의 주장에는 결여되어 있고, 모든 잡다한 가치들을 제거하고 나면 무엇이 남는지가 야스퍼스에게는 결여되어 있고, 실재가 과연 무엇이냐 하는 실재의 정의가 하이데거에게는 결여되어 있다. 예술작품과 문학작품에 관한 실존주의적 방법론에도 실존이 과연 무엇이냐 하는 문제 역시 결여되어 있다. 따라서 실존이 무엇이냐 하는 실존의 실재가 아니라 실존이 어디에 위치하느냐 하는 실존의 위상만 말할 수 있다.

생과 작품을 하나로 통합하고 융합하려는 것이 실존주의적 방법론이라는 말을 했다. 실존의 위상은 첫째로 생과 작품 사이 중간이라고 할 수 있다. 생과 작품의 분리를 주장하는 전통미학은 진리의 위상은 (아니면 객관적 의미의 위상은) 작품이라고 주장하는 반면에, 생과 작품의 통합과 융합을 주장하는 실존주의적 방법론은 실존의 위상은 작가와 작품 사이 그리고 수용자와 작품 사이라고 주장하겠으나 후자, 즉 수용자와 작품 사이라는 말이 옳

---

126) vgl. Historisches Wörterbuch der Philosophie, hrsg. von Joachim Ritter, Bd. 2, S. 859
127) 실재(實在 das Sein)

다. 문학작품의 방법론을 위해서 작가는 제외되고 수용자와 작품의 관계만이 테마가 되기 때문이다. 그러나 수용자와 작품은 서로 분리될 수 없을 정도로 하나로 융합되어 있기 때문에 실존의 위상은 그 양자 사이 중간이라는 표현 대신에 그 양자의 상호관계 자체라는 표현이 옳다. 둘째로 실존이라는 개념의 위상은 정확한 객관적인 학술과 부정확한 주관적인 체험 사이라고 할 수 있다. 실존주의자들이 주장하는 실존의 개념은 객관적인 학술도 아니고 또 주관적인 체험도 아니라는 말이다. 아니면 실존의 개념은 객관적인 학술과 주관적인 체험, 양자의 합이라고도 할 수 있다. 실존이라는 개념은 언급한 대로 객관적인 학술과 주관적인 감성의 통합이라는 말도 옳고, 실존의 개념은 학술과 감성 중간에 위치하고 있다는 말도 옳다. 키에르케고르의 실존주의를 이성적인 머리에서 감성적인 가슴으로의 전향이라고 해설가들은 해설한다.[128] 실존이라는 개념의 위상이 아니라, 실존이라는 개념이 움직이는 운동방향을 말한다면, 실존은 이성적인 머리를 출발해서 감성적인 가슴으로 향하고 있다고도 할 수 있다. 셋째 결론적으로 실존이라는 개념은 중심과 핵심으로 "기하학적 공간"[129]이라고 해설가들은 표현하는데, 이 "기하학적 공간"에서 모든 것이 방사되며 그리고 이 "기하학적 공간"으로 모든 것이 다시 집결한다고 해설가들은 해설한다.[130] 그리고 현존재[131]의 본질은 이 "기하학적 공간" 속에 들어 있으며, 인간의 실체는 전통미학이 주장하는 것처럼 영혼과 육체의 합이라고 하는 정신[132]이 아니라, "기하학적 공간"을 의미하는 실존이라고 실존주의적 방법론은 주장한다. 실존이라는 개념이 과연 무엇이냐 하는 실존의 실재는 알 수 없으나, 실존의 위상은 알 수 있다는 내용

---

128) Maren-Grisebach, Manon: Methoden der Literaturwissenschaft, S. 57

129) "기하학적 공간"(der geometrische Ort)

130) Maren-Grisebach, Manon: Methoden der Literaturwissenschaft, S. 60

131) 현존재(現存在 das Dasein)

132) 정신(精神 Geist)

을 언급했듯이, 실존이라는 개념의 실재는 가장 주관적인 것으로 (극단적인 주관성으로) "어두운 것", "알 수 없는 것", "비합리적인 것" 등으로 남게 된다.[133] 어둡고, 알 수 없으며, 비합리적이나 그러나 중심과 핵심이 되는 "기하학적 공간"으로서의 "실존"은 자신의 모습을 드러내기보다 오히려 감추려는 본성이 있는데, 이러한 본성은 하이데거 철학의 영향이라 보아야 한다. 하이데거에 의하면 진리는 자신을 드러내는 본성이 아니라 반대로 감추려는 본성이며, 위상이 먼저 주어지고 (장소가 먼저 주어지고) 다음에 비로소 진리가 (사건이 돌연히 발생하듯이) 발생하는 것이 진리의 본성이다. 작품과 수용자 "사이"라는 위상이 먼저 주어지고, 또 객관적인 학술과 주관적인 감성 "사이"라는 위상이 먼저 주어지고 다음에 비로소 "실존"이 돌연히 발생하는 것이 "실존"의 본성이라 할 수 있다. 아니면 앞으로 발생할 "실존"에 대한 개방성을 요구하는 것이, 또 아니면 그 개방성 요구 자체가 "실존"의 본성이라 할 수 있다.

---

133) vgl. Maren-Grisebach, Manon: Methoden der Literaturwissenschaft, S. 60, 61

작품 내재론

1. 문학작품의 평가문제

아리스토텔레스의 『시학』[1]에서부터 르네상스와 바로크에 이르기까지 문학이란 무엇이며, 또 어떤 문학이 가치 있는 문학이냐 하는 문제를 절대적이고 객관적인 척도에 의해서 규정할 수 있다고 생각해왔다. 절대적이고 객관적인 척도를 찾아내기 위해 소위 **규칙미학**[2]이 문학세계를 지배해왔다. 규칙만 알고 있으면 소설도, 드라마도, 시도 쓸 수 있으며, 또 규칙에 들어맞는 소설, 드라마, 시만이 가치 있는 소설, 가치 있는 드라마, 가치 있는 시라고 생각해왔다. 그러나 18세기에 등장하는 **독창성과 천재성**[3]이라는 개념에 의해서 그리고 19세기에 등장하는 **취미론**[4]에 의해서 절대적이고 객관적인 척도를 주장하는 규칙미학은 붕괴된다. 절대적이고 객관적인 척도를 주장하는 규칙미학을 붕괴시키는 데 공헌을 한 철학자는 우선 칸트[5]이다. 칸트는

---

1) 『시학 詩學 Poetik』
2) 규칙미학(Regelästhetik)
3) 독창성(Originalität)과 천재성(Genialität)
4) 취미론(Geschmackslehre)
5) 칸트(Immanuel Kant 1724-1804)

미학적 판단을 객관적으로는 할 수 없고 따라서 주관적으로만 할 수 있다고 생각한다. 무엇이 아름다우냐 하는 취미판단의 문제는 객관적인 개념에 의해서 규정할 수 없으며 그리고 이 취미판단의 원천은 미학적[6]이라는 것이, 다시 말해 취미판단의 원천은 인간이라는 주관의 감성이지 객관적인 대상에 대한 인식[7]은 아니라는 것이 칸트 미학의 내용이다. 예를 들어 "장미꽃은 아름답다"라는 판단은 개인적이고 주관적인 취미판단이지 보편적이고 객관적인 인식의 판단은 아니라는 것이다. 칸트 미학의 주관성을 확대 과장하여 적용하자면 (칸트 미학의 주관성을 확대 과장한다는 말은 칸트 미학은 주관성뿐만이 아니라 객관성도 내포하고 있기 때문에) 하나의 문학작품이 예술작품이냐 아니면 비예술작품이냐 하는 판단은 역시 개인적이고 주관적인 문제라는 결론이 된다. 칸트 철학 외에도 절대적이고 객관적인 척도를 주장하는 규칙미학을 붕괴시키는 데 박차를 가한 철학들로 헤겔[8] 이후의 현상학 그리고 객관성을 아예 제거하려는 니체[9] 철학을 언급할 수 있다.

이상과 같이 문예학[10]이라는 학술이 객관적인 척도와 규칙을 가져야 하느냐 아니면 가져서는 안 되느냐 하는 논쟁 중에 자연과학에서 독립하려는 정신과학은 척도와 규칙이 전혀 없어서는 안 된다는 입장으로 선회하게 된다. 정신과학의 핵심과제 따라서 문예학의 핵심과제인 이해[11]라는 과제는 절대적이고 객관적인 척도와 규칙은 아니라 하더라도 일정한 가치평가의 기준은 가져야 한다는 입장으로 선회하게 된다. 20세기 전반기에 독일문학에서

---

6) 미학적(ästhetisch)

7) 감성(感性)과 인식(認識)

8) 헤겔(Georg Wilhelm Friedrich Hegel 1770-1831)

9) 니체(Friedrich Nietzsche 1844-1900)

10) 문예학(文藝學)

11) 이해(理解 Verstehen)

문학작품의 **가치 평가론**[12]이 논의되어진 배경은 일체의 주관을 배제하려는 실증주의와 가치의 상대성을 주장하려는 역사주의를, 극단적인 객관주의와 극단적인 상대주의를 극복하기 위함이었다. 인간의 주관을 일체 배제하고 극단적인 객관성만 주장하려는 실증주의와 반대로 모든 문화는 그들 자신의 독특한 역사를 가지고 있어 모든 문화가 다 가치 있다는 극단적인 상대주의, 그 상대주의를 더 확대 과장하여 "객관적인 가치"라는 개념 자체를 아예 제거해야 한다는 극단적인 주관주의, 이들 중간에서 위상을 찾으려는 가치 평가론은 헤겔[13]부터 시작하는 **현상학**[14]을 배경으로 하고 있다. 문학의 가치 평가론에 끼친 현상학의 영향을 헤겔의 현상학을 예로 들어 설명하자면 다음과 같다. 문학작품은 내 눈앞에 서 있는 나무와 같이 객관적으로 존재하는 하나의 존재물이다. 아무도 의심할 수 없는 이 존재물을 헤겔은 **감관적 확실성**[15]이라고 부른다. 이 감관적 확실성은 그러나 단순한 것이 아니라 복합적인 것으로 주관과 객관 양자로 되어 있다는 것이 헤겔의 현상학이다. 내 눈앞에 서 있는 나무는 어느 누구도 의심할 수 없는 나무라는 객체이고 객관인 듯 보이나 사실은 그 나무는 나의 나무, 나만의 나무, 나를 위한 나무에 지나지 않는다는 것이 헤겔의 주장이다. 왜냐하면 나의 반대편에 서 있는 사람의 눈앞에는 나무가 아니라 집이 서 있을 수도 있기 때문이다. 따라서 여기서 내가 보고 있는 나무라는 객관 속에는 내가 포함되어 있어 나를 제외하고는 성립 자체가 불가능한 객관이라는 것이 헤겔의 설명이다.[16] 감관적 확실성은 복합적인 것으로 주관과 객관 양자를 자체 내에 포함하고 있는데, 이

---

12) 가치 평가론(Wertungstheorie)

13) 헤겔(Georg Wilhelm Friedrich Hegel 1770-1831)

14) 현상학(現象學 Phänomenologie)

15) 감관적 확실성(sinnliche Gewiβheit)

16) vgl. Hegel, Georg Wilhelm Friedrich: Phänomenologie des Geistes, Frankfurt/M. 1973, S. 82f.

양자는 모두 직접적인 것이 아니라 **중개된**[17] 것이라고 헤겔은 계속하여 설명한다. 주관은 객관에 의해 중개되고, 또 객관은 주관에 의해 중개된다는 말이다. 주관은 객관 없이는 주관이 될 수 없고, 반대로 객관도 주관 없이는 더 이상 객관이라고 할 수 없다는 말이다. 내 눈앞에 서 있는 나무라는 객관은 나라는 주관 없이는 집이 될 수도 있기 때문에, 나와 나무는, 주관과 객관은 불가분의 관계에 있다는 말이다. 이상에서 언급한 헤겔의 **중개**[18] 철학인 현상학은 문학작품이라는 하나의 대상이 (하나의 객관이) 단순한 것이 아니라 주관과 객관, 양자로 복합되어 있다는 사실을 인식시키는 결과를 가져온다. 칫솔이나 치약과 같이 배낭에 넣어서 여행을 떠날 수 있는 휠더린[19]의 시집이라는 객관적인 존재물 속에는 나라는 주관이 포함되어 있어 주관과 객관, 양자가 서로 중개되어 있다는 사실을 현상학이 인식시키는 결과를 가져온다. 왜냐하면 휠더린을 전혀 모르는 콩나물장사에게는 휠더린의 시집은 하나의 휴지조각에 지나지 않기 때문이다.

중개의 철학인 현상학이 작품평가론에 행사한 영향을 3가지로 집약할 수 있다. 첫째는 문학작품은 주관과 객관의 복합체이므로 하나의 **총체성**[20]이 된다는 인식이다. 총체성이란 주관과 객관의 합을 의미하고, 또 총체성은 그리스어로 **코스모스**[21]라고 또 독일어로 세계[22]라고도 표현된다. "코스모스"나 "세계"라는 개념은 모든 것이, 하나도 부족함이 없이 다 들어 있어 자급자족할 수 있다는 표현이다. 철학에서는 총체성을 의미하는 "코스모스"나 "세계"

---

17) 중개된(vermittelt)

18) 중개(仲介 Vermittlung)

19) 휠더린(Friedrich Hölderlin 1770-1843)

20) 총체성(Totalität)

21) 코스모스(Kosmos)

22) 세계(世界 Welt)

를 "창문 없는 단자"[23] 또는 "둥그런 코스모스"[24] 등으로도 표현한다. 작품 내재론[25]은 이상의 총체성의 개념을 문학작품에 적용하여 하나의 문학작품은 외부세계의 도움 없이, 다시 말해 인간사회의 도움 없이, 외부 인간사회로부터 단절되어 홀로 자급자족하는 독립적이고 독자적인 존재라고, 하나의 표현으로 자율적인[26] 존재라고 주장하는 이론이다. 이상과 같이 문학작품의 자율성을 인정하는 미학을 자율성미학[27]이라고 한다. 중개의 철학인 현상학이 작품평가론에 행사한 두 번째 영향은 역시 총체성이라는 개념에서 출발하나 이 총체성의 개념을 문학작품이라는 대상에 적용하는 것이 아니라 문학작품이라는 대상을 감상하는 인간 자신에 적용하는 경우다. 주관과 객관, 양자의 복합으로 되어 있는 인간은 하나의 총체성, 하나의 완전한 인격체로 "둥그런 코스모스", "창문 없는 단자"라는 것이 독일 전통철학이며, 현상학 자체이기도 하다. 하나의 인간은 독립적이며 독자적인 완전한, "둥그런" 인격체라는 말이다. 이상에서 논한 바와 같이 문학작품도 하나의 총체성이고 인간도 하나의 총체성이므로, 문학작품도 그리고 인간도 독립적이고 독자적인 완전한 존재이므로 문학작품과 인간은 동형을 이룬다는 결론이 된다. 그러나 작품 내재론이 총체성의 개념을 문학작품이라는 대상에 적용하여 그 대상에서 출발한다고 한다면, 이번에는 총체성의 개념을 인간 자신에 적용하여 주관에서 출발하는 경우가 된다. 인간 자신이라는 주관에서 출발하는 이론을 넓은 의미의 철학적 이론이라고 한다. 넓은 의미의 철학적 이론들에는 다시 대상과 주관의 관계에 따라 형이상학적 방법론, 현상학적 방법론, 실존주의적 방법론, 해석학적 방법론 등으로 구분된다. 작품 내재론도 그리고 철

---

23) "창문 없는 단자"(fensterlose Monade)

24) "둥그런 코스모스"(runder Kosmos)

25) 작품 내재론(werkimmanente Theorie)

26) 자율적(自律的 autonom)

27) 자율성미학(Autonomieästhetik)

학적 이론도 주관과 객관의 합이라는 총체성을 전제로 하기 때문에 양자 사이를 구별하기는 어렵다. 특히 문학작품이라는 대상에만 집착하려는 작품 내재론과 인간 자신이라는 주관에만 집착하려는 형이상학적 방법론 사이를 구별하기는 어렵다. 그러나 작품 내재론은 문학작품만을 테마로 한다면 철학적 이론은 인간 자신을 테마로 한다고 할 수 있다. 전자가 예술적이라면 후자는 철학적이라고 할 수 있다. 작품 내재론이 문학작품 자체의 실재[28]를 대상으로 한다면, 철학적 이론은 인간 자신의 실재를 대상으로 한다는 말이다. 다시 말해 작품 내재론이 문학작품을, 넓은 의미로 예술작품을 유일한 목표로 한다면, 철학적 이론은 예술작품을 자신의 목표를 위한 수단으로 사용한다고 할 수 있다.

중개의 철학인 현상학이 가치 평가론에 행사한 세 번째 영향은 **작품 초월론**[29]이다. 현대의 다양한 작품 초월론들을 합하여 **수용미학**[30]이라는 개념으로 표현된다. 현대의 수용미학은 현상학을 긍정하기도 하고 부정하기도 하는 양면작전의 미학이라고 보아야 한다. 작품 내재론은 문학작품의 자율성을 인정하는 자율성미학인 반면에, 작품 초월론은 문학작품의 자율성을 부정하는 미학이다. 그러나 작품 초월론도 주관과 대상 사이의 관계는 인정하므로 현상학의 영향이 잔재한다고 볼 수 있다. 그리고 작품 초월론이 인정하는 주관과 대상의 관계는, 표현을 달리하여 주관과 객관의 관계는 주관과 객관의 합을 전제로 하는 관계가 아니라, 반대로 주관과 객과의 분리를 전제로 하는 관계이다. 작품 초월론에 내재한 주관과 객관의 관계는 독자인 수용자라는 주관과 문학작품이라는 대상물인 객관 사이의 관계가 된다. 현대

---

28) 실재(實在 Sein)

29) 작품 초월론(werktranszendente Theorie)

30) 수용미학(Rezeptionsästhetik)

의 다양한 작품 초월론들을 대표하는 수용미학은 문학작품이라는 대상과 그 대상을 감상하는 수용자를 서로 독립된 존재물들로 보기 때문에 대상과 수용자, 객관과 주관의 합이라기보다는 객관과 주관, 주관과 객관의 분리라고 보는 것이 옳다. 주관과 객관의 합을 전제로 하는 자율성미학에서, 다시 말해 총체성을 전제로 하는 작품 내재론에서 주관과 객관의 분리를 전제로 하는 수용미학으로 가치 평가론이 전향하는 이유는 문학작품의 기능과 영향[31]을 강조하는 데서 온다. 문학작품은 인간사회와 그리고 사회현실과 관계를 맺어야 한다는 이론인데, 문학작품은 인간사회와 사회현실을 위해 어떤 기능을 발휘해야 한다는 말이다. 따라서 수용미학은 인간사회라는 사회성과 사회현실이라는 역사성을 자체 내에 포함하고 있는 미학이라 할 수 있다. 그리고 수용미학은 문학작품이 사회성과 역사성의 대변자로 사회와 역사에 의존한다고 보기 때문에 **타율성미학**[32]이라고 불리어진다. 그리고 타율성미학인 현대의 수용미학은 문학작품이 자신을 초월하여 인간사회와 사회현실 속으로 파고 들어가 인간사회와 사회현실을 변화시켜야 한다고 보기 때문에 **작품 초월론**이라고 불리기도 한다. 주관과 객관, 문학작품과 수용자의 분리를 전제로 하는 수용미학은 그러나 (상과 하라는 표현을 사용한다면) 양자 중 어느 것을 상으로 하고 어느 것을 하로 하느냐에 따라서 복잡한 양상을 보인다. 문학작품을 상으로 하고 수용자를 하로 하는 경우와 반대로 수용자를 상으로 하고 문학작품을 하로 하는 경우로 가치 평가론은 분열하게 된다. 그리고 후자의 경우, 수용자를 상으로 하고 문학작품을 하로 하는 경우를 극단화시키면 수용자가 전부이고 반면에 문학작품은 전무라는 경우가 되는데, 이 경우 가치 평가론은 극단론으로 기울게 되어 문학작품을 백지 또는 공허지로 보는 이론으로, 다시 말해 문학작품이라는 대상물의 존재

---

31) 기능(Funktion)과 영향(Wirkung)
32) 타율성미학(Heteronomieästhetik)

를 부정하는 이론으로 변모하게 된다. 작품 초월론이라 불리는 현대 수용미학을 종합하여 표현하면, 첫째 문학작품의 존재를 인정하고 그리고 문학작품을 상으로 하는 경우, 둘째 문학작품의 존재를 인정하나 그러나 하로 하는 경우, 셋째 반대로 수용자만 인정하면서 문학작품을 백지 또는 공허지로 보는, 다시 말해 문학작품이라는 대상물의 존재를 부정하는 경우 등 문학작품의 가치 평가론은 대단히 복잡한 양상을 보인다.

이상에서 논한 문학작품의 가치 평가론을 종합하면 다음과 같다. 우선 작품 내재론, 철학적 이론, 작품 초월론 등, 3개의 카테고리로 가치 평가론은 크게 분류된다. 3개의 가치 평가론 중에서 작품 내재론과 철학적 이론은 전통적 고전미학을 의미하고, 작품 초월론은 현대의 수용미학을 의미한다. 다음에 중개의 철학인 현상학과 관련하여 표현한다면, 작품 내재론은 현상학의 도입이라 할 수 있고, 철학적 이론은 현상학의 집행 아니면 철학 자체라고 할 수 있으며, 작품 초월론은 현상학의 종말 단계라고 할 수 있다. 객관적으로 존재하는 문학작품이 칫솔이나 치약과 같이 단순한 대상이 아니라 주관과 객관의 복합체라는 것은 철학이지 문학이 아니기 때문에 철학의 도입, 현상학의 도입이라 보는 것이 옳다는 말이다. 그리고 문학작품을 철학을 위한 도구로 생각하는 여러 가지 철학적 이론들은 문학작품이 아니라 철학이 목표이기 때문에 현상학의 집행이라고 아니면 철학 자체라고 볼 수 있다. 마지막으로 작품 초월론은 주관과 객관의 관계 자체는 인정하여 현상학이 잔재해 있다고 볼 수 있으나, 주관과 객관의 합이 아니라 그 양자의 분리를 주장하므로 현상학의 종말이라 보는 것이 타당하다. 종합적으로 작품 내재에서 시작하여 작품 초월에 이르는 과정을, 현상학의 도입에서 시작하여 현상학의 종말에 이르는 과정을, 주관과 객관의 조화로운 합에서 시작하여 주관과 객관 사이의 우열관계를 거쳐 주관과 객관의 완전한 분리에 이르는 과정을 추적하는 과제가 남아 있다. 작품 내재론, 철학적 이론, 작품 초월론 등을 추적하는 일이 그 과제가 된다. 본 논문은 작품 내재론만 논한다. 철학적 이론들은 전 논문에서 이미 논했으며 작품 초월론은 차후로 미룬다.

2. 문학작품의 실재

1930년대부터 활발히 진행되는 문학작품의 가치 평가론에 관한 논쟁 중에서 작품 내재론을 대표하는 이론가들은 카이저, 쉬타이거, 쿤 등이다.[33] 이상 3명의 이론가들은 문학작품에다 하나의 독립적이고 독자적인 **자율성과 자족성**[34]을 부여하려는 이론을 주장하는 데 다음과 같다. 카이저는 자신의 이론을 증명하기 위해 1930년대 이래로 논의되어온 가치 평가의 여러 가지 척도들을 비판하는데 대개 3개의 카테고리로 분류된다. 시간, 인간의 **실재**, **사실성**[35]이라는 3개의 개념들이 당시 가치 평가론의 핵심을 형성하는데 카이저는 이에 대해 비판을 한다. 첫째로 시간과 관련하여 하나의 문학작품이 시간적으로 50년간 지속했다면 그 문학작품의 가치가 증명되었다는 주장이 있는데 이 주장은 잘못된 주장이라는 것이 카이저의 비판이다. 예를 들어 강호퍼[36]의 『후베르투스 성』[37]은 50년을 훨씬 넘었으며, 또 수백 년을 지속해온 민속문학과 민속동화들이 있는데 이들 작품들이 모두 문학적으로 객관적인 가치를 소유하고 있느냐 하는 것이 카이저의 질문이고 그리고 50년

---

33) 카이저(Wolfgang Kayser 1906-1960)
   쉬타이거(Emil Staiger 1908-1987)
   쿤(Helmut Kuhn 1899-1991)

34) 자율성(Autonomie)과 자족성(Autarkie)

35) 시간(時間), 실재(實在), 사실성(事實性)

36) 강호퍼(Ludwig Ganghofer 1855-1920)

37) 『후베르투스 성 Schloβ Hubertus』

이라는 시간을 고수한다면 현재 출판된 작품을 평가하기 위해서는 50년을 기다려야 하지 않느냐 하는 것이 카이저의 반문이다. 다음에 시간 개념과 관련하여 하나의 문학작품이 한 시대에 얼마나 큰 영향을 주었느냐 하는 작품의 영향사[38]를 문학작품의 가치척도로 하려는 주장도 있는데, 이 역시 잘 못된 주장이라는 것이 카이저의 비판이다. 19세기 유럽 시문학에 대단한 영향을 행사했던 포우[39]의 『갈가마귀』[40]라는 시는 포우의 시 중에서도 최고의 시도 되지 못하며 또 많은 결함이 있는 시라는 엘리오트[41]의 비판을 카이저는 예로 들고 있다. 시간 개념과 관련하여 마지막으로 "예술작품은 한 시대의 예술적 사상적 표현"이라는 발쎌[42]의 주장이 있는데 이 주장은 예술작품 자체가 아니라, 문학작품 자체가 아니라 하나의 시대를 테마로 하기 때문에 역시 잘못된 주장이라는 것이 카이저의 비판이다. 종합하여 일정한 시간의 길이라든가 또 한 시대에 영향을 준 정도라든가 한 시대 자체가 테마가 되어서는 안 되고 예술작품 자체, 문학작품 자체가 테마가 되어야 한다는 것이 카이저의 주장이다. 문학작품의 가치평가 문제는 시간과 시간성에 대해서가 아니라 문학작품 자체에 대해서 방향설정을 해야 한다는 것이 카이저의 생각이다.

카이저가 비판하는 두 번째 카테고리는 인간실재[43]이다. 오펠[44]은 1947년에 출판된 자신의 저서 『형태론적 문예론』에서 "문학작품의 가치는 문학

---

38) 영향사(Wirkungsgeschichte)

39) 포우(Edgar Allan Poe 1809-1849)

40) 『갈가마귀 The Raven』

41) 엘리오트(Thomas Stearns Eliot 1888-1965)

42) 발쎌(Oskar Walzel 1864-1944)

43) 인간실재(das Sein des Menschen)

44) 오펠(Horst Oppel)

작품이 인간의 실재를 적중하여 표현하느냐 못하느냐 하는 문제에 달려 있다"고 말하는데 이 주장 역시 잘못된 주장이라는 것이 카이저의 비판이다. 오펠을 위시하여 많은 이론가들이 하이데거[45]의 실존주의를 기초로 하여 문학작품이 인간의 현존재,[46] 죽음에 대한 불안과 두려움, 인간 존재의 유한성 등을 잘 표현하느냐 못하느냐 하는 데 가치평가의 척도를 두는데, 이는 인간의 실재 문제에 테마를 두는 것이지 문학작품 자체에 테마를 두는 것은 아니라는 것이 카이저의 주장이다. 또 인간실재의 허무를 주장하는 허무주의와 관련하여 문학작품을 평가하려는 가치 평가론들도 있는데 이 허무주의 가치 평가론들은 예를 들어 사랑을 테마로 하는 중세의 연가[47]나 페트라르카[48]의 사랑의 문학은 가치가 없다고 제외시켜 역시 잘못된 이론들이라는 비판이다. 그리고 마지막으로 프로이트[49]의 정신분석학을 기초로 하는 이론들은 프로이트가 도스토예브스키의 소설을 통해서 작가인 도스토예브스키 자신의 병을 진단해냈듯이 역시 문학작품 자체가 아니라 작가의 실재에 관심을 가지고 있기 때문에 잘못된 관심이라는 비판을 카이저는 한다. 종합적으로 인간실재라는 카테고리와 관련하여 문학작품의 가치평가는 문학작품 자체가 평가의 대상이 되어야지 일반적이고 보편적인 인간실재나 특수한 인간의 실재가 평가의 대상이 되어서는 안 된다는 것이 카이저의 주장이다.

카이저가 비판하는 세 번째 카테고리는 사실성이다. 사실성의 개념과 관련하여 두 가지를 언급할 수 있는데, 하나는 사실이냐 아니냐 하는 것이고

---

45) 하이데거(Martin Heidegger 1889-1976)

46) 현존재(現存在 Dasein)

47) 연가(戀歌 Minnesang)

48) 페트라르카(Francesco Petrarca 1304-1374)

49) 프로이트(Sigmund Freud 1856-1939)

다른 하나는 진짜냐 아니냐 하는 문제이다. 하나는 예를 들어 셰익스피어[50]
의『맥베스』[51]에 마녀의 장면이 등장하는데 셰익스피어가 마녀의 존재를 믿
었다는 것이 사실이냐 아니냐 하고 논쟁하는 것이고, 다른 하나는 (역시 예
로 가정하여 말하자면)『맥베스』라는 작품이 셰익스피어의 진짜 작품이냐
아니냐 하는 논쟁이다. 이상의 두 가지 논쟁은 모두 문학작품 자체를 테마
로 하지 않고 하나는 셰익스피어가 미신을 믿는 사람이냐 아니냐 하는 셰익
스피어라는 인물에 관한 논쟁으로 변모하고, 다른 하나는『맥베스』가 셰익
스피어의 작품이냐 아니면 다른 작가의 작품이냐 하는 문헌학으로 변모한
다는 것이 카이저의 주장이다. 사실성이라는 개념을 가치평가의 척도로 삼
는 이론들은 역시 원래의 테마를 벗어나는 이론들로 옳지 못한 이론들이라
는 것이 카이저의 비판이다. 카이저의 비판을 종합하면 다음과 같다. 첫째
로 시간 개념을 가치평가의 척도로 하는 이론들은 문학작품 자체를 초월하
는 이론들로 이에 대한 카이저의 비판은 작품 초월론들에 대한 비판이 된다.
둘째로 인간의 실재를 가치평가의 척도로 하는 이론들은 역시 문학작품 자
체를 초월하고 인간실재에 방향설정을 하기 때문에 철학적 이론들에 대한
비판이 된다. 셋째로 사실성의 개념을 척도로 하는 이론들은 문학작품 자체
에서 출발은 하나 잘못된 출발로 잘못된 작품 내재론들에 대한 비판이 된다.
카이저는 문학작품 자체에 대한 **"특별한 방향설정"**을 요구한다.

　　문학작품 자체에 대한, 그것도 오직 문학작품 자체에 대한 특별한 방향설
정을 요구하는 카이저가 자신의 이론을 위해 사용하는 개념들은 **총체성, 일
치성, 유기성** 등이다. [52] **총체성**[53]은 문학작품을 하나의 "창문 없는 단자", "등

---

50) 셰익스피어(William Shakespeare 1564-1616)

51)『맥베스 Macbeth』

52) Kayser, Wolfgang: Literarische Wertung und Interpretation, S. 151, 152 f.

53) 총체성(Ganzheit)

그런 코스모스"로 보아야 한다는 말이다. 하나의 문학작품은 외부세계의 도움 없이 홀로 충족하며 독립적이고 독자적인 **자율성**이고 **자족성**[54]이라는 의미를 총체성은 나타낸다. 문학작품은 완전한 세계, 부족한 것이 하나도 없는 세계이므로 모든 문제는 문학작품 내에서 그리고 문학작품 내에 존재해 있는 요소들에 의해서 해결되어야지 문학작품 외부의 요소를 도입해서는 안 된다는 것을 총체성은 의미한다. 다음에 **일치성**[55]은 문학작품을 구성하고 있는 모든 요소들은 서로 조화 일치하여 전체적인 **화음**[56]을 만들어낸다는 것을 의미한다. 예를 들어 인간의 육체를 하나의 예술작품이라 비유한다면, 머리, 팔, 다리 등 일체의 구성요소들이 서로 일치 조화하여 전체로서는 하나의 완전하고 균형 있는 예술작품을 이루어야 한다는 것을 의미한다. 예를 들어 머리는 머리대로, 팔은 팔대로 독립하여 제 갈 길을 간다면, 다시 말해 머리는 머리의 권리를 주장하고 팔은 팔의 권리를 주장한다면, 이는 현대 연극론에서 말하는 소위 **소외기법**[57]으로 카이저가 주장하는 일치성에는 어긋나는 주장이 된다. 전체적인 일치조화, 전체적인 앙상블을 이루어야 하는 문학작품을 구성하는 제 요소들의 존재이유는 "전체" 하에서만, "전체"를 위해서만 가능한 것이지 그 반대는 아니라는 것을 일치성의 개념은 나타낸다. 총체성과 일치성의 종합으로 **유기성**[58]이라는 개념은 문학작품이 하나의 유기체라는 것을 의미한다. 살아 있는 식물도, 살아 있는 동물도, 살아 있는 인간도 유기체인 것과 같이 하나의 문학작품도 살아서 움직이는 유기체라는 설명이다. 하나의 문학작품을 총체성, 일치성, 유기성으로 보아야 한다는 카이저의 주장을 달리 표현하면, 문학작품을 하나의 완전하고 모든 구성요소들이 일치

---

54) 자율성(Autonomie)이고 자족성(Autarkie)

55) 일치성(Einstimmigkeit)

56) 화음(Ensemble)

57) 소외기법(Verfremdungstechnik)

58) 유기성(Organismus)

조화 되어 있으며 살아서 움직이는, 하나의 완전한 인간과 같이 보아야 한다는 설명이 된다. 문학작품 자체에 대해서 **"특별한 방향설정"**을 하라는 카이저의 요구는 하나의 문학작품을 하나의 완전하고 모든 구성요소들이 일치조화 되어 있으며 살아서 움직이는 인간으로 보라는 요구이다. 한 인간의 실재를 인정하고 존중해야 하는 것과 같이 **문학작품의 실재**도 인정하고 존중하라는 요구다.

문학작품을 하나의 살아 움직이는 하나의 유기체로 보라는 요구는 엄청난 결과를 초래한다. 시간, 인간실재, 사실성이라는 3가지 개념들에 대한 비판과 관련하여 카이저는 다음과 같은 발언들을 한다. 우선 시간개념과 관련하여 "예술작품은 시간과 시대를 표현하는 것이 아니라 자기 자신을 표현한다"라는[59] 발언을 카이저는 한다. 예술작품이 시간과 시대에 따라 달리 보이는 것은 예술작품 자체가 변하는 모습이지 시간과 시대의 반영은 아니라는 말이다. 다음에 18세기의 소위 규칙미학과 관련된 발언으로 그리고 인간실재라는 개념과 관련된 발언으로 "예술작품이 우리 인간의 의사에 따라야 하는 것이 아니라 반대로 우리 인간이 예술작품의 의사에 따라야 한다"라고[60] 카이저는 말한다. 인간이 만들어낸 규칙이나 인간의사에 예술작품은 좌우되는 것이 아니라, 예술작품은 자율성과 자족성의 소유자로 자신의 의사와 의지에 따라 태어나서 생존하다가 사망한다는 말이다. 마지막으로 사실성이라는 개념과 관련하여, 다시 말해 『맥베스』라는 작품을 통해 셰익스피어가 마녀의 존재를 믿은 것이 사실이냐 아니냐 하는 문제라든가, 또 『맥베스』라는 작품이 셰익스피어의 진짜 작품이냐 아니냐 하는 문제와 관련하여, 문

---

59) Kayser, Wolfgang: Literarische Wertung und Interpretation, S. 158
60) ebd. S. 155

제가 되는 것은 이들의 문제가 아니라 "작품이라는 실재"라고[61] 카이저는 말한다. 『맥베스』라는 문학작품 자체에서 출발하는 것은 좋으나 부수적인 문제들을 테마로 하지 말고 『맥베스』라는 문학작품 자체를 테마로 하라는 말이다. 예를 들어 한 어린아이의 신체 일부를 문제 삼거나 또 그가 사생아냐 아니냐 하는 논쟁을 문제 삼지 말고 실제로 실재해 있는 그 어린아이 자체를 있는 그대로 받아들이고 테마로 하라는 말이다. 문학작품은 실제로 존재해 있는 실재물이라는 사실을, 문학작품은 실제로 살아서 움직이는 인간과 같은 실재자라는 사실을 카이저의 발언은 의미한다. 예술작품은 시간이나 어느 일정한 시대를 표현하는 것이 아니라 자기 자신을 표현한다는 발언, 예술작품이 우리 인간의 의사에 따르는 것이 아니라 반대로 우리 인간이 예술작품의 의사에 따라야 한다는 발언 그리고 하나의 인간을 있는 그대로 받아들여야 하는 것과 같이 하나의 예술작품도 있는 그대로 그의 실재를 받아들여야 한다는 발언, 모두가 엄청난 발언들임에 틀림없다. 교육학의 전인[62]이라는 개념이 인간을 하나의 자율성과 자족성의 소유자로 보라는, 다시 말해 인간을 "완전한 세계", "창문 없는 단자", "둥그런 우주"로 보라는 것을 의미한다면, 카이저가 생각하는 예술작품은 교육학이 말하는 전인의 개념을 초월한다고 보아야 한다. 왜냐하면 인간은 시간과 시대의 산물로 시간과 시대의 영향을 피할 수 없는 것이 사실이며, 또 인간의 의사와 의지는 항상 관철되는 것은 아니고 반대로 억압당하는 것이 현실이어서, 인간의 위상이 카이저가 생각하는 예술작품의 위상에 미치지 못하기 때문이다. 예술작품의 위상을 인간의 위상보다 높은 위치에 상정한다는 것 자체가 엄청난 사실이다.

---

61) vgl. ebd. S. 150
62) 전인(全人)

3. 해설과 평가

예술작품이라는 표현 대신에 문학작품이라는 표현을 사용하면, 카이저의 이론대로 인간의 위상과 동등한 아니면 인간의 위상을 초월하는 위상으로 승격된 문학작품을 어떻게 평가하느냐 하는 문제가 제기된다. 문학작품의 평가문제는 인간의 평가문제와 동일한 문제, 아니면 더 난해한 문제가 된다고 보아야 한다. 전인으로서의 인간을 과연 객관적으로 평가할 수 있느냐 없느냐 하는 문제는 영원한 문제로 아직 해결되지 못한 문제이다. "여기 그리고 지금"[63]의 인간은 과거에는 다른 인간이었으며 또 미래에는 또 다른 인간으로 변할 것이며, 관습과 일정한 윤리관에 의해 인간을 평가한다면 그 관습과 윤리관 자체가 시간이 지나면 변하여 타당성을 상실할 것이고, 어떤 이데올로기에 의해 인간을 평가한다면 역시 그 이데올로기 자체도 시간이 지나면 사라져 타당성을 상실할 이데올로기로 영원히 객관성을 보증할 수 있는 척도는 되지 못하기 때문에, 인간의 평가문제는 해결되지 않은, 해결할 수 없는 문제로 보아야 한다. 카이저가 문학작품에 대한 엄청난 발언들에 의해 문학작품의 위상을 인간의 위상 이상으로 승격시킨 결과는 문학작품에 대한 평가를 불가능한 상태로 몰고 가고 있다. 그럼에도 불구하고 문학작품에 대한 평가론은 가능하며 하나의 시학 내지는 미학에 기반을 두고 있다고 카이저는 말한다.[64] 문학작품에 관한 평가론을 가능케 해주는 시학 또는 미학을 카이저는 "해설"[65]이라고 부른다. 문학작품의 위상을 인간의 위상 이상으로 승격시킨 결과로, 인간을 객관적으로 평가할 수 있는 척도가 없다면 문학작품을 객

---

63) "여기 그리고 지금"(hic et nunc)

64) Kayser, Wolfgang: Literarische Wertung und Interpretation, S. 151
　　시학(詩學 Dichtkunst)
　　미학(美學 Ästhetik)

65) ebd. S. 151
　　해설(解說 Interpretation)

관적으로 평가할 수 있는 척도는 더군다나 없다는 결론이 되어 카이저는 자가당착에 빠지게 되는데, 이 자가당착을 해결하기 위한 개념이 "해설"이 된다. 카이저의 자가당착을 달리 표현하면, 이론화할 수 없는 문학작품을 어떻게 이론화하느냐 하는 것이 카이저의 문제성이며 이 문제성을 해결하기 위한 개념이 "해설"이다. 따라서 카이저가 생각하는 "해설"은 이론[66]이 아닌 이론으로 다음과 같은 특이한 성격들을 가지고 있다.

카이저에 의하면 해설은 첫째로 문학작품을 전체, 즉 총체로 보는 능력이고, 둘째로 해설은 동시에 평가능력이며, 셋째로 해설은 문학작품에서 다시 총체성을 읽어내는 능력이다. 첫째로 해설은 문학작품을 총체로 보는 능력이라는 설명은 다음과 같다. 해설은 하나의 문학작품을 가치 있는 작품이냐 아니면 가치 없는 작품이냐 하는 가치판단을 내리는 것이 아니라, 문학작품을 구성하는 여러 요소들이 하나의 전체기능을 형성하느냐 형성하지 못하느냐 하는 관계를 추적하는 작업이라는 것이 카이저의 생각이다. 하나의 인간을 하나의 예술작품에 비유하여 설명하면, 하나의 인간을 선한 사람 또는 악한 사람 등으로 가치평가를 내리는 것이 아니라, 머리, 팔, 다리 등의 구성요소들이 합하여 조화된 인간이라는 전체기능을 형성하느냐 안 하느냐를 추적하는 작업이 "해설"이라는 말이다. 그리고 한편으로는 머리, 팔, 다리라는 구성요소들과 다른 한편으로는 조화된 인간이라는 전체기능, 양자 사이의 관계는 불가분의 관계에 있다. 머리, 팔, 다리라는 구성요소들이 없다면 조화된 인간이라는 전체기능이 있을 수 없고 그리고 그 반대도 동일하기 때문이다. 다시 말해 양자 중 어느 것이 선이고 어느 것이 후인지를 분간할 수 없는 관계이기 때문에, 머리, 팔, 다리라는 구성요소들을 추적할 때는 조화된 전체기능의 관점에서 추적해야 하고, 반대로 조화된 전체기능은 머

---

66) 이론(理論)

리, 팔, 다리라는 구성요소들의 관점에서 관찰해야 하는 해석학적 회전관계[67]에 양자는 놓여 있다. 이상의 해석학적 회전관계는 하나의 문학작품에도 적용된다. 문학작품을 구성하는 여러 요소들은 전체기능의 관점에서 그리고 전체기능은 여러 구성요소들의 관점에서 추적하는 작업이 해설이라는 개념이 된다. 구성요소들에서 출발해서 전체기능에 도달하는 작업 그리고 반대로 전체기능에서 출발해서 구성요소들에 도달하는 작업이, 아니면 양자를 동시에 추적하고 관찰하는 작업이, 강조하여 표현하면, (가치의 판단과 평가작업이 아니라) "추적과 관찰의 작업"만이 해설이라는 개념의 성격이다. 하나의 인간을 선하다 아니면 악하다라고 하거나 또는 아름답다 아니면 추하다라고 단순하게 가치평가 하는 일을 해서는 안 되며, 머리, 팔, 다리 등 구성요소들과 그들이 만들어내는 전체효과와 전체기능에 의해서만 인간을 추적하고 관찰해야 한다는 논리와 같이, 문학작품도 그들의 구성요소들과 전체기능을 동시에 추적하고 관찰하는 작업만이 해설이 된다는 설명이다. 해설이라는 개념은 존재론, 본질론, 의미론 등과는 거리가 멀며 단순한 형태론이라고 보아야 한다. "문학작품이라는 실재물에서 본질적인 것은 형태다"라는 것이 카이저의 말이다.[68]

둘째로 해설은 동시에 **평가**[69]라는 설명을 할 차례다. 문학작품의 위상을 인간의 위상 이상으로 승격시킨 결과 문학작품을 객관적으로 평가할 수 없다는 결론과 그럼에도 불구하고 문학작품을 평가할 수 있는 새로운 시학과 미학이 필요하다는 카이저의 자가당착을 언급했다. 평가할 수 없는 문학작품과 가치평가, 비학술적인 대상과 학술 사이의 모순관계가 카이저가 가지

---

67) 해석학적 회전관계(hermeneutischer Zirkel)
68) Kayser, Wolfgang: Literarische Wertung und Interpretation, S. 160
69) 평가(評價 Wertung)

고 있는 자가당착이다. 문학작품을 전체 또는 총체로 보라는 해설에 대한 첫 번째 성격에서는 객관적이고 학술적인 성격을 제외시켰으나, 해설에 대한 두 번째 성격에서는 객관적이고 학술적인 성격을 포함시켜 카이저는 설명한다. 객관적이고 학술적인 평가의 척도로서 카이저는 문학작품을 형성하는 여러 가지 요소들 사이의 **일치성**, 그 여러 가지 요소들이 만들어내는 **긴장성** 그리고 그 여러 가지 요소들 사이에서 탄생되는 **요구성**, 3가지를 말하고 있다. 일치성과 관련하여 카이저는 이름 없는 작가의 이름 없는 작품 클라우렌스[70]의 『미밀리』[71]라는 작품을 예를 들어 설명한다. 이 작품에서 작가는 한 여인의 외모를 묘사하는 데 눈으로 볼 수 없는 부분까지도, 여인의 속옷까지도 마치 상세히 보고 있는 것처럼 설명하는 것은 논리에도 맞지 않아 일치성이 결여된다는 설명이다. 이상의 일치성이 결여된 묘사는 그 목적이 남자들의 호색감정이나 여자들의 치장욕구만을 자극하는 데 있는 것으로 문학적으로는 가치 없는 작품이라는 평가다. 눈으로 볼 수 있는 부분을 묘사할 경우에도 예를 들어 여인의 얼굴을 아름답게 묘사했으면 팔도 아름답게 묘사해야 일치성이 성립하여 가치 있는 작품이 되며, 반대로 (상상 외로) 추하고 그로테스크한 의수를 묘사한다면 일치성이 파괴되어 가치 없는 작품이 된다는 논리다. 다음에 긴장성과 관련하여 문학작품을 구성하는 여러 가지 요소들이 잘 조화되어 일치성을 이룸에도 불구하고 활기 없는 김빠진 작품들이 있는데, 이는 긴장성이 결여되어 있기 때문이라고 카이저는 말한다. 기술적으로 그리고 논리적으로 작품을 잘 구성했으나 그 작품 속에 역동적인 긴장이 결여되면 가치 없는 작품이 된다는 설명이다. 마지막으로 요구성과 관련하여 가치 있는 작품이라고 평가받을 수 있는 작품은 역동적인 긴장감

70) 클라우렌스(Claurens)
71) 『미밀리 Mimili』

을 주는 것 외에도 자신이 바라는 요구[72]를 나타내야 한다는 설명이다. 문학 작품을 형성하는 여러 가지 요소들에는 나타나 있지 않으나 그들 요소들 하나하나가 합하여 합창으로 어떤 주장과 요구를 하는데 그리고 이 주장과 요구를 독자가 인지하고 거기에 방향설정을 해야 하는데, 이 주장과 요구가 결여되면 가치를 상실한 작품이 된다는 설명이다. 종합하여 문학작품을 구성하는 여러 가지 요소들 사이의 **평면적인 일치성, 공간적인 긴장성, 정신적인 요구성**, 3자가 성립되면 그 작품은 가치를 인정받을 수 있다는 결론이다. 일치성, 긴장성, 요구성이라는 가치척도에 의해 평가하는 작업 자체가 해설이라는 주장을, 평가가 해설이고 또 해설이 평가라는 주장을, "평가는 해설 속에 내포되어 있다는" 주장을[73] 카이저는 한다.

해설은 셋째로 문학작품에서 다시 총체성을 읽어내는 능력이라는 설명을 할 차례다. 해설에 관한 3개의 설명은 총체성에서 출발해서 총체성으로 복귀하는 것이 카이저의 설명이다. 해설의 첫째 성격이 문학작품을 구성하는 여러 가지 구성요소들이 조화 일치하여 앙상블을 만들어내는 과정이라면, 둘째 해설의 성격은 그 조화된 구조물에다 활력을 불어넣는 과정이며, 해설의 셋째 성격은 두 가지 성격의 합으로, 기계적인 구성물과 활력의 합으로 문학작품을 움직이고 생동하게 하며 현존하게 하는 과정이라 할 수 있다. 문학작품을 인간에 다시 비유하면, 완전하게 조화 일치는 되었으나 그러나 영혼이 결여된 육체에다 영혼을 불어넣은 후, 다음 단계로 그 육체를 움직이고 생활하고 실존케 하는 과정이 해설의 셋째 성격이라 할 수 있다. 문학작품에서 총체성을 읽어내라는 해설의 셋째 성격에 의해 표현하면, 문학작품은 살아 있는 식물, 살아 있는 동물, 살아 있는 인간과 같이 하나의 유기

---

72) 요구(要求 Forderung)

73) Kayser, Wolfgang: Literarische Wertung und Interpretation, S. 156

체[74]가 된다. 하나의 문학작품은 자신의 현실, 자신의 운명을, 자신의 시간을 가지고 있다는 설명이 된다. 살아 있는 유기체로서의 문학작품을 인간과 다시 비교한다면, 같은 점과 다른 점, 두 가지를 말할 수 있다. 같은 점은 문학작품도 세계를 가지고 있고, 인간도 세계를 가지고 있다는 사실이다. 그러나 "세계"가 몇 개냐 하는 질문을 한다면, "세계"는 하나라는 것이 철학의 상식이다. 공간적으로 볼 때 문학작품과 인간은 하나의 세계를 공유하고 있다는 말이 된다. 따라서 문학작품에서 총체성을 읽어내라는 말은 인간의 총체성을, 인간의 세계를 읽어내라는 말이 된다. 예를 들어 배추가 그려져 있는 그림에서 김장에 사용할 질 좋은 배추, 값비싼 배추 등 배추만을 읽어낸다면, 이는 총체성인 세계를 읽어내는 것이 못 된다는 설명이 된다. 배추가 그려져 있는 그림을 보고 그 배추를 생산한 인간들의 출산, 고뇌, 사망 등 인간세계를 읽어내는 것이 총체성을 읽어내는 것이라는 말이 된다. 그러나 이상과 같이 문학작품과 인간이 하나의 세계를 공유하고 있다는 논리는 작품 내재론을 철학적 이론과 동일한 이론으로 만드는 위험성을 내포하고 있다. 왜냐하면 예술작품에서 인간존재를, 인간세계를 읽어내라는 요구는 바로 철학적 이론의 요구이기 때문이다. 작품 내재론을 고수하는 카이저에게는 따라서 문학작품과 인간 사이의 다른 점이 필요한데 그것이 문학작품과 예술작품의 시간 초월성이다. 문학작품이 자신의 현실, 자신의 운명, 자신의 시간을 가지고 있다는 말은 인간의 그것들과 다른 현실, 운명, 시간을 가지고 있다는 말이다. 다시 말해 문학작품이 가지고 있는 시간은 인간사회를 지배하는 시계의 시간, 달력의 시간과는 다른 시간이라는 설명이다. 봄, 여름, 가을, 겨울 등으로 분리된 인간의 **실용적 시간**[75]을, 다시 말해 과거, 현재, 미래

---

74) 유기체(Organismus)

75) 실용적 시간(pragmatische Zeit)

등으로 이어지는 인간의 **연속적 시간**[76]을 문학작품은 거부하고 자신만의 독특한 시간을 가지고 있다는 말이다. 문학작품이 가지고 있는 시간은 분리도 그리고 연속도 거부하는 시간으로 그 분리와 연속을 특징으로 하는 인간의 시간을, 즉 실용적 시간과 연속적 시간을 초월하는 시간이라는 것이, 다시 말해 "문학작품은 시간을 초월한다"는 것이[77] 카이저의 생각이다. 한편으로는 문학작품은 인간과 하나의 세계를 공유하고 있기 때문에 문학작품에서 공통적인 "세계"를 읽어내야 한다는 주장과 다른 한편으로는 문학작품과 인간은 각각 다른 종류의 시간을 가지고 있다는 주장은 카이저 이론에 내재한 자가당착을 다시 한 번 나타내는 주장이다.

1930년대부터 진행되었던 가치 평가론들이 가치평가의 척도라고 생각했던 시간, 인간실재, 사실성 등에 대해 비판을 가하면서 카이저가 주장하는 총체성, 일치성, 유기성 역시 또 다른 척도들임에 틀림없다. 왜냐하면 문학작품을 객관적인 척도에 의해 평가할 수 있다는 당시의 여러 종류의 가치 평가론에 대한 부정으로 카이저 역시 또 다른 척도들을 제시하고 있기 때문이다. 카이저의 이론에는 처음부터 그와 같은 자가당착이 내재해 있다. 자가당착이라는 표현 대신에 예술철학에서 많이 사용하는 **아포리**[78]라는 표현을 사용하면, 아포리는 카이저의 이론뿐만 아니라 예술이론 자체에, 문학이론 자체에 내재해 있는 것이 아포리라고 할 수 있다. 이론화할 수 없는 예술작품을 어떻게 이론화하느냐 하는 문제가, 평가척도를 거절하는 문학작품에게 어떻게 평가척도를 강요하느냐 하는 문제가, 공간적으로는 작품세계와 인간세계를 동일한 하나의 세계로 인정하면서 시간적으로는 양 세계를 어

---

76) 연속적 시간(sukzessive Zeit)

77) Kayser, Wolfgang: Literarische Wertung und Interpretation, S. 156

78) 아포리(Aporie)

떻게 상이한 두 개의 세계로 분리하느냐 하는 문제가 이미 아포리를 의미한다. 카이저는 객관적인 척도를 요구하는 **가치평가**의 개념으로부터 바로 그 "객관적인 척도"를 제거함에 의해서 "해설"이라는 개념을 만들어냈다. "객관적인 척도"를 토대로 하는 가치평가에서 바로 그 "객관적인 척도"를 제거한 것이 해설이라면, 하나의 해설은 논리적으로 설명할 수 없는 것이고, 이해시킬 수 없는 것이고, 정당화시킬 수 없는 것이 되어버린다. 논리적으로 규명할 수 없는 것이 해설이라고[79) 카이저도 고백한다. 해설에 관한 카이저의 고백은 예술작품과 문학작품에 내재한 아포리에 대한 자백이라고 보아야 한다. 카이저도 인정하는 예술작품과 문학작품에 내재한 아포리를 3개의 형태로 나누어 표현할 수 있다. 첫째는 예술과 학술 사이의 아포리며, 둘째는 예술시간과 현실시간 사이의 아포리고, 셋째는 예술과 인생(인간생활) 사이의 아포리다. 예술과 학술 사이의 아포리는 "준비되고 감수성 있는 해설자가 단순히 감수성만 가지고 있는 문외한보다는 더 올바르게 해설하고 평가한다"라는[80) 카이저의 표현에 나타난다. "준비되었다"라는 말은 학술적으로 준비되었다는 말로서 학술성을 거부하는 해설에 약간의 학술성을 강요하려는 표현으로 보아야 한다. 예술과 학술 사이의 아포리를 카이저는 쉬타이거의 말을 인용하면서 다음과 같이 토로한다. "우리는 우리를 감동시키는 것을 인식해야 한다."[81) 감동은 비학술적이고 인식은 학술적이며, 감동은 논리적인 오성[82)의 영역을 초월하는 것이고 인식은 바로 그 논리적인 오성을 의미하는 것으로, 양자는 배타관계에 있다는 말이다. 다음에 예술시간과 현실시간 사이의 아포리는 시간을 두 가지 종류의 시간으로 분리하려는 데 있다.

---

79) Kayser, Wolfgang: Literarische Wertung und Interpretation, S. 161

80) ebd. S. 159

81) Staiger, Emil: Lyrik und lyrisch, in: Zur Lyrik-Diskussion, hrsg. von Reinhold Grimm, Darmstadt 1966, S.79, "Wir müssen begreifen, was uns ergreift,…"

82) 오성(悟性 Verstand)

현상학적 시간론이 내적 시간과 외적 시간, 주관적 시간과 객관적 시간, 체험시간과 세계시간 등으로 분리하는데, 시간에는 과연 두 가지 종류의 시간이 있느냐 아니면 하나의 종류뿐이냐 하는 문제는 해결 불가능한 영원한 문제다. 카이저로 대표되는 작품 내재론이 주장하는 예술시간과 현실시간이라는 두 가지 종류의 시간 역시 해결 불가능한 영원한 문제로 아포리 이외는 아무것도 아니다. 마지막으로 예술과 인생 사이의 아포리는 작품 내재론과 철학적 이론 사이의 아포리를 나타낸다. 예술이 인간에 의해서 그리고 인간을 위해서 생산되고 존재하는 것이라면 그 예술에서 인간과의 관계를 제거하려는 의도는 역시 아포리 이외는 아무것도 아니다. 예술이 인생을 위해 존재해야 한다는 것이 철학적 이론이라면, 반대로 인생이 예술을 위해 존재해야 한다는 것은 작품 내재론이 된다. 문학론과 예술론은 인간관계를 초월할 수 없는 것인데, 그 초월을 감행하려는 것이 아포리다.

4. 작품 내재론의 실천

문학작품 자체의 실재냐 아니면 인간 자신의 실재냐라는 2개의 카테고리로 나눈다면, 작품 내재론만이 자율성미학이며 철학적 이론은 타율성미학에 속한다고 보아야 한다. 왜냐하면 철학적 이론은 문학작품을 자신의 목표를 위한 수단으로 사용하기 때문이다. 그리고 문학작품과 인간 자신 사이의 상관관계를, 더 정확한 표현으로 문학작품과 인간사회 사이의 상관관계를 중심 테마로 하는 수많은 이론들을 "작품 초월론"들이라 한다면, 이들 작품 초월론들 역시 타율성미학에 속한다. 왜냐하면 작품 초월론들에게는 문학작품 자체가 중심이 아니라 문학작품과 인간 사이의 상관관계가 중심이 되기 때문이다. 유독 작품 내재론만이 자율성미학이며, 작품 내재론 이외의 모든 이론들은 타율성미학인 관계로, 작품 내재론은 거대하고 망망한 바다 위에 떠 있는 하나의 작은 조각배와 같은 관계이다. 그리고 시간적으로 볼 때 작품 내재론은 한때 그것도 잠깐 존재했다가 없어진 이론으로 지금은 거론할 수도 없고, 거론해서도 안 되는 의미를 상실한 이론으로 여겨진다. 그러나 한때 잠깐 그리고 소수의 이론가들에 의해 주장되었던 작품 내재론은 철학적 이론과 그의 수많은 변형들 속에 그리고 작품 초월론과 그의 수많은 변형들 속에 정도와 형태의 차이는 있으나 내재하고 편재한다고 보아야 한다. 작은 조각배와 거대하고 망망한 바다의 관계라는 비유로 표현된 작품 내재론과 기타 모든 이론들의 합의 관계를 과장하여 표현한다면, 이번에는 그 양자의 관계를 역으로 뒤집어놓은 관계로, 거대하고 망망한 바다가 작품 내재론이고, 철학적 이론과 그의 변형들 그리고 작품 초월론과 그들의 변형들, 모두의 합이 하나의 작은 조각배라고 할 정도로 작품 내재론은 모든 평가론에 내재하고 편재해 있다고 보아야 한다. 예술의 실재가 아니라 인간과 인간세계의 실재를 중심 테마로 하는 철학적 이론은 자신의 표현과 전달을 위해 예술에 의존하거나 아니면 예술의 자율성을 인정해 결과적으로 작품 내재론을 시인하는 결과를 가져오고, 또 작품 초월론은 바로 그 초월 자체를 가능하게 하기 위해 초월의 대상인 작품의 실재를 인정하지 않을 수 없어 결과적으로 작품 내재론을 감수하는 결과를 가져오기 때문이다. 따라서 작품 내재론은 문학작품에 관한 모든 가치 평가론들의 기초이고 출발점이 된다고 할 수 있다. 작품 내재론을 대표하는 중요한 이론가들 카이저, 쉬타이거, 쿤 등 3자 중에서 카이저 다음으로 쉬타이거와 쿤의 이론들을 간략하게 논하고 논문을 종결하기로 한다.

문학작품의 장르[83]에는 소설, 드라마, 시 등 3개가 있다는 것이 정설인데,

---

83) 장르(genre)

고대 이래로 수많은 문학작품들이, 수많은 형태로 쓰여졌기 때문에 3개의 장르 소설, 드라마, 시 사이를 구분한다는 것은 현대에 와서는 불가능하다는 것이 에밀 쉬타이거[84]의 생각이다. 따라서 종래의 시학이 아니라 새로운 시학인 기초시학[85]이 필요하다는 주장을 쉬타이거는 한다. 쉬타이거의 기초시학은 소설이 아니라 서사성을, 드라마가 아니라 희곡성을, 시가 아니라 서정성을 테마로 하는 시학이다. 예를 들어 시는 고대 이래로 수많은 그리고 다양한 형태의 시들이 쓰여졌기 때문에 시라는 장르의 본질을 규정하는 일은 불가능하므로 본질이 아니라 본성을 규정하는 일이 기초시학이라는 주장이다. 시라는 개념은 하나의 상자와 같은 것으로 여러 가지 형태의 시들을 집어넣는 그릇이며, 서정성[86]은 그 여러 가지 형태의 시들뿐만 아니라 다른 장르들인 소설, 드라마에도 골고루 편재해 있는 하나의 본성이라는 논리를 쉬타이거는 전개한다. 그리고 문학작품을 구성하는 본성에는 3가지가 있는데, 서사성, 희곡성, 서정성이 그 3가지 본성이라는 설명이다. 따라서 3개의 장르인 소설에도, 드라마에도 그리고 시에도 이상 3개의 본성이 모두 내재해 있다는 주장이 쉬타이거의 기초시학이다. 3개의 장르 소설, 드라마, 시에 3개의 본성 중 하나라도 결여된다면 소설도 아니고, 드라마도 아니며, 시도 아니라는 설명이다. 다만 소설에는 서사성이, 드라마에는 희곡성이, 시에는 서정성이 강하고 지배적이라는 논리이나, 3개의 장르 모두에 3개의 본성이 내재해 있어야 문학작품이 될 수 있다는 설명이다. 쉬타이거는 이상의 기초시학을 인간의 표현수단인 언어 자체에까지 확대하여 적용한다. 예를 들어 "아리랑 아리랑 아라리요 아리랑 고개를 넘어 간다"라는 언어표현이 있다면, "아리랑", "고개를", "넘어 간다" 등의 음절은 (의미를 모두 제거하고 남는 순

---

84) 쉬타이거(Emil Staiger 1908-1987)

85) 기초시학(Fundamentalpoetik)

86) 시(詩 Lyrik)와 서정성(抒情性 lyrisch)

수한 멜로디는) 서정성이고, 평지가 아니라 고개를, 돌아온다가 아니라 넘어간다라는 일정한 의미의 전달은 서사성이며, "아리랑 아리랑 아라리요 아리랑 고개를"까지를 말하면 다음에 일어날 사건으로, 사랑하는 님이 돌아오는지 아니면 넘어 가는지 긴장하게 되는데 이 긴장이 희곡성이라고 쉬타이거는 설명한다. 따라서 인간의 모든 언어표현에는 서사성, 희곡성, 서정성이 모두 내재해 있으며 이 3개의 본성들이 인간언어 자체를 구성하는 구성요소들이라고 쉬타이거는 설명한다. 결론적으로 소설, 드라마, 시 등 3개의 장르 하나하나 모두가 그리고 그 3자의 합인 문학작품 자체가, 마지막으로 인간언어 자체가 서사성, 희곡성, 서정성이라는 3개의 구성요소로 구성되었다는 것이[87] 쉬타이거의 기초시학이다.

쉬타이거는 기초시학을 모든 문학의 장르에다 그리고 다음에는 문학작품 자체에다 마지막으로는 인간언어 자체에다 적용하고 확대시킨다는 내용을 언급했는데, 이번에는 그 확대를 다시 한 번 확장하여 인간실재 자체에까지 적용한다. 서정성은 인간의 **영혼**과 같은 것이고, 서사성은 인간의 **육체**와 같은 것이며, 희곡성은 인간의 **정신**[88]과 같은 것이라는 논리를 쉬타이거는 전개한다. 영혼, 육체, 정신 중 육체만 있다면 그것은 시체에 불과하고, 정신이 전혀 결여되었다면 바보천치가 되며, 인간의 감성을 의미하는 영혼이 전혀 없다면 로봇과 같은 인조인간이 되는 것과 같이 하나의 문학작품도 3개의 본성 서정성, 서사성, 희곡성을 모두 소유해야 한다는 논리를 쉬타이거는 전

---

87) Staiger, Emil: Lyrik und lyrisch, in: Zur Lyrik-Diskussion, hrsg. von Reinhold Grimm, Darmstadt 1966, S. 77

88) 영혼(Seele)
   육체(Körper)
   정신(Geist)

개한다.[89] 인간이 영혼, 육체, 정신의 3위 일체인 것과 같이, 문학작품은 서정성, 서사성, 희곡성의 3위 일체라는 주장이다. 쉬타이거에 의하면 한편으로는 인간을 구성하는 3위 일체인 영혼, 육체, 정신과 다른 한편으로는 문학작품과 언어 일체를 구성하는 3위 일체인 서정성, 서사성, 희곡성을 하나로 일치시키는 연결고리는 시간이다. 문학작품에 관해서만 말한다면, 문학작품을 구성하는 3개의 구성요소 중 서정성은 **회상**을, 서사성은 **표상**을, 희곡성은 긴장을 의미하여 문학작품은 결국 과거, 현재, 미래라는 시간의 연속 속에 현존하는 인간과 동일하다는 논리다.[90] 회상은 과거의 일을 회상하는 것으로 과거의 카테고리에, 표상은 현재 눈앞에 있는 대상을 표상하는 것으로 현재의 카테고리에, 긴장은 현재는 없으나 앞으로 있을 일에 대한 기대로 미래의 카테고리에 속하기 때문이다. 서정성, 서사성, 희곡성으로 구성되어있는 문학작품이나 영혼, 육체, 정신으로 구성되어 있는 인간이나 양자 모두 회상, 표상, 긴장의 3위 일체 속에 그리고 과거, 현재, 미래의 연속 속에 현존한다는 것이 기초시학의 확대이고 확장이다. 장르 하나하나에서 인간실재까지의 확대와 확장의 방향을 거꾸로 돌리면, 장르 하나하나가, 문학작품 하나하나가 인간과 똑같이 회상, 표상, 긴장의 3위 일체 속에 그리고 과거, 현재, 미래의 연속 속에 현존한다는 결론이 된다. **현존재**[91]라는 말은 철학에서 인간을 의미한다. 현존재인 인간은 "창문 없는 단자", "둥그런 우주"이기 때문에 모든 문학작품도 그렇다는 말이 된다. 쉬타이거 역시 카이저와 마찬가지로 문학작품의 완전한 자율성을 주장하는 작품 내재론의 대표자 중 한 사람이다.

---

89) Staiger, Emil: Lyrik und lyrisch, in: Zur Lyrik-Diskussion, hrsg. von Reinhold Grimm, Darmstadt 1966, S. 82

90) vgl. ebd. S. 81, 82
   회상(回想 Erinnerung)
   표상(表象 Vorstellung)
   긴장(緊張 Spannung)

91) 현존재(現存在 Dasein)

헬무트 쿤[92]은 카이저나 쉬타이거와 같이 예술작품을 살아 있는 유기체, 살아서 움직이는 현존재로 보려는 예술철학자이다. 쿤은 특히 "인간의 생명"을 의미하는 "인생"[93]이라는 개념을 선호하면서 예술과 예술작품을 다음과 같이 정의한다. "예술의 원천지는 공간적으로 이곳 또는 저곳이라고 말할 수 있는 것이 아니다. 예술의 원천지는 인생 자체다. … 인생은 목적달성을 집행완성 하려고 할 뿐만 아니라 그 집행완성의 과정 속에서 자신을 드러내 표현하려고 한다. 인생은 형태, 형상이 되기를 원하며, 따라서 직관의 대상이 되기를 원한다. 직관의 대상이 되어진 인생은 하나의 특이하고 특수한 대상[94]이라고 할 수 있다. 이 특이하고 특수한 대상이 우리 인간에 의해 관찰되면, 우리 인간의 시선은 그 특이하고 특수한 대상에 유혹되어 머물면서 거기서 안정과 만족을 얻기도 하지만, 이 특이하고 특수한 대상은 역으로 우리를 관찰하고 주시하기도 한다. 이 특이하고 특수한 대상이 우리 인간을 관찰하고 주시하면, 우리 인간은 그 시선 앞에서 견디어 지탱해야 하는 입장에 서게 된다. 인간 자신이 만들어낸 예술작품인 이 특이하고 특수한 대상은 역으로 인간에게 강한 힘을 행사하고 있다."[95] 요약하면 예술의 원천지는 "인생 자체"라는 사실이다. 예술의 원천지인 "인생 자체"는 그러나 2가지 본성을 가지고 있는데 하나는 목적달성을 집행완성 하려는 본성과 다른 하나는 그 집행완성의 과정 속에 처해 있는 자기 자신을 드러내 표현하려는 본성이라는 설명이다. "인생 자체"가 가지고 있는 이상의 두 가지 본성 중에서 후자, 다시 말해 목적달성 자체가 아니라 목적달성으로 향하는 도상에 처해 있는 자신을 드러내 표현하려는 본성이 형태와 형상을 만들어내는데,

---

92) 쿤(Helmut Kuhn 1899-1991)

93) "인생"(das Leben)

94) 특이하고 특수한 대상(Gegenstand sui generis)

95) Kuhn, Helmut: Die Ontogenese der Kunst, in: Theorien der Kunst, hrsg. von Dieter Henrich und Wolfgang Iser, Frankfurt/M. 1982, S. 109

이것이 예술이라는 설명이 된다. 따라서 쿤의 예술철학에 접근하기 위해서는 다음 두 가지 사실에 주의해야 한다. 첫째로 "인생 자체"가 목적달성이라는 목표를 향한 과정에 처해 있는 자신을 드러낸 것이, 다시 말해 형상화한 것이 예술이기 때문에 예술은 "인생 자체"의 일부, 아니면 "인생 자체"가 발하는 여러 가지 모습 중 하나의 모습이라는 사실이다. 둘째로 주의할 사실은 예술은 우리 인생의 일부 아니면 인생의 여러 모습 중 하나의 모습이기 때문에 예술은 우리 인생의 운명과 동일한 운명을 가지고 있다는 사실이다. 다시 말해 인생과 예술은 하나의 운명을 공유하고 있다는 사실이다. 인생이 최종목적[96]에 영원히 도달할 수 없는 것과 같이 (왜냐하면 인간은 신과는 달리 유한한 존재이기 때문에) 예술도 최종목적에는 도달할 수 없고 항상 과정 속에만 붙들려 있는 것이 예술이라는 설명이 된다. 항상 과정 속에만 붙들려 있는 예술에 대한, 다시 말해 정지상태가 아니라 운동상태에 처해 있는 예술에 대한 일회적이고 최종적인 정의와 가치판단은 불가능하다는 사실이다. 따라서 쿤은 예술과 예술작품의 본질을 일회적이고 최종적으로 규정하려는 전통적인 미학은 잘못이며, 오히려 그 과정 자체만을 묘사하는 미학이 필요하다고 생각해서 본질의 존재론이 아니라 과정의 존재론이라는 의미로 온토게네세[97]라는 개념을 사용한다.

쿤의 예술관을 나타내는 두 가지 사실을 언급했다. 하나는 예술은 인생의 일부라는 사실이고 다른 하나는 예술은 어떤 객관적인 척도에 의해 단 한 번으로 그리고 최종적으로 정의할 수 없다는 사실이다. 이상의 두 가지 사실 중에서 후자, 즉 예술을 객관적으로 정의할 수 없다는 사실은 전자, 즉 예술은 인생의 일부라는 사실을 지지하고 보강해주는 역할만을 한다고 보아야

---

96) 최종목적(Telos)
97) 온토게네세(Ontogenese)

한다. 예술을 객관적인 척도에 의해 정의할 수 없다는 말은 인생을 개관적인 척도에 의해 정의할 수 없다는 말과 같기 때문이다. 이상의 설명을 2가지로 종합하여 표현하자면 하나는 객관적인 규칙을 주장하는 소위 규칙미학과 그 규칙미학의 여러 가지 변형들을 비판할 수 있는 근거를 이 주장은 제공한다. 다른 하나는 예술과 예술작품을 인간의 인생 차원과 동일한 차원으로 승격시킴에 의해서 이 주장은 예술학, 즉 인생학이며, 예술철학, 즉 인생철학, 다시 말해 인간 존재론적 철학이라는 쿤의 이론에 근거를 제공해준다. 예술에 대해 개관적인 척도를 강요할 수 없다는 말은 인생에 대해 객관적인 척도를 강요할 수 없다는 말이기 때문에 2가지 발언을 합해서 표현하면, 다시 말해 예술에 관한 발언과 인생에 관한 발언을 합해서 표현하면 "예술은 또 하나의 인생이다"라는 표현이 쿤의 예술철학을 나타내는 핵심적인 표현이 된다. "또 하나의 인생"이라는 표현은 "제2의 인생"이라는 표현이 된다고 본다면 예술의 인생과 인간의 인생, 2개의 인생으로 분류된다고 보아야 한다. 예술의 인생과 인간의 인생, 예술과 인생 사이의 미묘한 관계를 드러내는 일에 집중할 필요가 있다.

"예술의 인생"이라는 표현이 모순적인 표현으로 들린다. 왜냐하면 예술은 인간이 아니므로 인간의 생명, 즉 인생을 가질 수 없기 때문이다. 그러나 다음과 같은 논리에 의해서 예술은 독자적인 생명을 가지고 있는데, 그 예술의 독자적인 생명이 인간의 생명과 동일한 생명, 인생이라는 설명이 된다. "예술작품의 원천은 총체적인 인간의 생명, 총체적인 인생이다"라는 것이[98] 쿤 미학의 대전제이다. 예술작품은 총체적인 인생에서 탄생한다는 말이다. 그리고 쿤은 이 총체적인 인생을 2개의 부분으로 나누는데, 정확히는 이 총

---

98) Kuhn, Helmut: Die Ontogenese der Kunst, in: Theorien der Kunst, hrsg. von Dieter Henrich und Wolfgang Iser, Frankfurt/M. 1982, S. 110

체적인 인생의 2가지 모습을 말하는데, 하나는 **프락시스**이고 다른 하나는 **포이에시스**[99]이다. 프락시스라는 모습으로 볼 때 인간은 전체적이고 총체적이라고 쿤은 말한다. 달리 표현하면 프락시스로서의 인간에게는 그 구성요소 하나하나 모두에 (전체적이고 총체적으로) 프락시스가 내재해 있다는 말이다. 전체 인간을 구성하는 요소가 머리, 팔, 다리라고 한다면, 우선 전체 인간에 그리고 그 구성요소들인 머리, 팔, 다리에 모두 동일한 프락시스가 내재해 있다는 말이다. 인간은 전체가, 머리끝부터 발끝까지 프락시스 이외는 아무것도 아니라는 설명이다. 따라서 예를 들어 프락시스가 내재해 있는 팔은 전체 인간으로부터 분리하여 독자적으로 평가할 수 없으며, 평가할 때는 반드시 전체의 입장에서, 다시 말해 전체 인생의 입장에서 평가되어야 한다고 쿤은 설명한다. 프락시스라는 면으로 볼 때 하나의 구성요소인 팔과 전체 인생과의 관계는 부분은 전체를 구성하는 데 이바지하고 전체는 부분을 구성하는 데 이바지하는 관계라는, 하나의 구성요소는 전체 인생을 구성하는 데 이바지하고 전체 인생은 하나의 구성요소를 구성하는 데 이바지하는 관계라는 설명이다. 프락시스라는 개념을 쿤은 마치 니체가 **디오니소스성**[100]을 설명하는 것과 같이 인생의 총체가 프락시스이며 그리고 인생을 구성하는 구성요소 하나하나에 프락시스가 내재해 있다고 설명한다. 인생 전체가 하나에서 열까지, 머리끝부터 발끝까지 프락시스 이외는 아무것도 아니라는 것이 쿤의 철학이고 미학이다.

포이에시스는 어떤 대상을 만들어내는 제조이고 창조[101]라고 쿤은 설명한다. 예술에 관해 말한다면 포이에시스는 예술작품을 제조하고 창조하는 행

---

99) 프락시스(Praxis)와 포이에시스(Poiesis)

100) 디오니소스성(das Dionysische)

101) Kuhn, Helmut: Die Ontogenese der Kunst, in: Theorien der Kunst, hrsg. von Dieter Henrich und Wolfgang Iser, Frankfurt/M. 1982, S. 111

위 자체라는 설명이다. 예술작품을 제조하고 창조하는 행위 자체인 포이에시스는 마치 병을 치료하는 의사의 기술과 같아, 포이에시스 자체는 선하다 또는 악하다라고 판단할 수 없다는 설명이다. 인간을 사랑하기 때문에 병을 치료하는 의사와 돈만을 추구하기 때문에 병을 치료하는 의사 사이는 병을 치료하는 기술의 면에서는 선하다 악하다라고 판단할 수 없고, 두 의사는 서로 동등하고 동일한 의사라는 것과 같다는 논리다. 왜냐하면 두 의사 모두 동일하게 병을 치료할 수 있고 완벽하게 치료하기 때문이다. 포이에시스, (포이에시스가 만들어낸) **예술작품** 그리고 **프락시스** 등 3자 사이의 관계를 다음과 같이 쿤은 설명한다. 포이에시스는 자신이 만들어낸 예술작품의 관점에서 판단되어야 하고 (두 의사는 완치된 환자의 입장에서 판단되어야 하는 것과 같이) 예술작품은 총체적인 인생인 프락시스의 입장에서 판단되어야 하는 관계이므로 단계확대의 순서는 포이에시스, 예술작품, 프락시스가 되어야지 그 반대의 순서가 된다면, 다시 말해 프락시스는 예술작품의 입장에서 그리고 예술작품은 포이에시스의 입장에서 판단된다면, 이는 자연질서에 어긋나는 순서가 된다고 쿤은 말한다.[102] 포이에시스, **예술작품**, **프락시스**라는 하에서 상으로, 부분에서 전체로 확대되는 3개의 단계는 복잡한 관계를 가지고 있다. 포이에시스 자체와 프락시스 자체는 눈으로 볼 수 없는 것들이다. 포이에시스 자체는 일종의 노하우와 같은 것으로 제조와 창조의 능력 이외는 아무것도 아니기 때문에 볼 수 없는 것이고, 프락시스는 인생이라는 총체성 자체이기 때문에 볼 수 없는 것이 된다. 총체성 자체이기 때문에 볼 수 없다는 말은 예를 들어 총체가 검은색이라면, 다시 말해 전 우주가 검은색 일색이라면 검은색 자체를 볼 수 없다는 설명이다. 따라서 눈으로 볼 수 있는 것은 포이에시스가 만들어낸 예술작품만이 된다. 그리고 눈으로 볼 수 있는 예술작품은 포이에시스가 만들어낸 결과이기 때문에 예술작

---

102) ebd. S. 111

품은 포이에시스의 자화상 내지는 포이에시스 자체라고 할 수 있다. 달리 표현하면 눈으로 볼 수 없는 포이에시스를 볼 수 있는 방법은 예술작품을 보는 방법 이외는 없다는 말이 되거나 아니면 예술작품의 모습이 포이에시스의 가시화된 모습이라는 말이 된다. "예술은 포이에시스이다"라고 쿤은 말하는데,[103] 예술작품은 포이에시스 자체라는 말이 된다. 예술작품이 포이에시스 자체라는 말을 쿤의 철학에 따라 확대하면 예술작품은 프락시스 자체다라는 말이 된다. 왜냐하면 프락시스는 총체성이기 때문에 프락시스가 검은색이라면 예술작품도 검은색을 면할 수 없기 때문이다. 종합하여 예술작품은 포이에시스다라는 말과 예술작품은 프락시스다라는 말을 합해서 예술작품은 포이에시스고 동시에 프락시스다라는 말을 할 수 있다. 공통분모에 해당하는 예술작품을 제외하면 포이에시스, 예술작품, 프락시스라는 3자 관계는 포이에시스와 프락시스라는 2자 관계로 축소된다고 할 수 있다. 포이에시스와 프락시스 2자 관계를 사용하여 쿤은 전자를 공간조형예술에 그리고 후자를 시간조형예술에 쿤은 통합시킨다.[104] 따라서 쿤은 그림이나 조각과 같은 "공간조형예술"은 포이에시스에서 그리고 음악과 같은 "시간조형예술"은 프락시스에서 그 근원을 찾아야 한다고 말하는데, 이는 니체가 **아폴로성**을 시각적인 조형예술에 그리고 **디오니소스성**[105]을 청각적인 음악에 통합하는 것과 같은 것으로 쿤은 니체의 제자라고 보아야 한다.

예술은 다시 말해 "예술작품은 또 하나의 인생이다"라는 명제를 증명하기 위해 쿤은 포이에시스와 프락시스의 관계를 다음과 같이 설명한다. 포이에시스와 프락시스라는 양자 중에서 후자인 프락시스를 제외하고 본다면, 포

103) ebd. S. 111
104) ebd. S. 111, 112
105) 아폴로성(das Apollinische)과 디오니소스성(das Dionysische)

이에시스는 탈인격화된 예술작품이라고 쿤은 말한다. 다시 말해 프락시스를 제외한 예술작품은 기계적인 공산품이지 진정한 예술작품은 아니라는 말이다. 그러나 순수한 포이에시스만에 의해 만들어진 공산품을 제외하고 보면 실제로 조각가가 돌을 깎아 작품을 만들 때 조각가는 자신의 영혼을, 자신의 일부를 작품 속에 집어넣어 그 작품 속에는 조각가의 영혼이, 조각가 자신의 일부가 실명으로든 아니면 익명으로든 영원히 존재한다는 논리를 쿤은 전개한다. 따라서 조각가 자신의 영혼이, 조각가 자신의 일부가 담겨진 **조각작품은 또 하나의 조각가이다**라는 논리가 성립한다. 조각가가 만들어낸 조각작품은 조각가 자신의 자화상이 되므로 조각가와 그의 자화상, 2명의 조각가가 존재한다는 논리가 성립하기 때문이다. 여기서 조각가는 하나의 인생이므로 조각가의 2중화는 인생의 2중화를 의미하게 되어, 조각작품은 또 하나의 인생이라는, **예술작품은 또 하나의 인생이라는** 쿤의 미학이 성립하게 된다. 포이에시스와 프락시스의 관계로 다시 복귀하면, 다시 말해 예술작품은 포이에시스인 동시에 프락시스다라는 말로 복귀하면 프락시스를 제외하면 진정한 예술작품이 될 수 없다는 결론이 된다. 그리고 예술작품은 또 하나의 인생이라는 쿤의 명제에 의해 다음의 말들을 할 수 있다. 진정한 예술작품은 진정한 포이에시스다, 진정한 포이에시스는 진정한 프락시스다, 합해서 포이에시스는 프락시스다라는 말들을 할 수 있다. 여기서 프락시스의 개념을 더욱 구체화하기 위해 니체의 철학과 비교하면 다음과 같다. 잃어버린 엄마를 찾는 어린아이의 가엾은 모습은 엄마를 그리워하는 데서 생기는 모습이지만, 그 가엾은 모습 자체가 엄마의 모습 그대로라고, 엄마의 자화상 그대로라고 쿤은 말하는데,[106] 이는 니체의 표현이라고 보아야 한다. 포이에시스와 프락시스의 관계가 니체의 **아폴로성과 디오니소스성의**

---

106) Kuhn, Helmut: Die Ontogenese der Kunst, in: Theorien der Kunst, hrsg. von Dieter Henrich und Wolfgang Iser, Frankfurt/M. 1982, S. 115

작품 내재론   97

관계와 같다는 말을 언급했듯이 쿤은 프락시스의 개념을 고뇌와 비극의 개념에 가까이 정착시키려 한다. 프락시스의 개념을 설명하기 위해 쿤은 비장한, 고뇌, 비탄의 노래 등의 표현을 사용한다.[107] 니체는 원초충동이고 원초모태인 디오니소스성을 고뇌, 그것도 어두운 심연과 같은 고뇌로 묘사한다. 여기서 다시 포이에시스, 예술작품, 프락시스라는 3자 관계로 복귀하여 쿤은 2가지 종류의 예술을 분류하는데 다음과 같다. 쿤은 포이에시스와 프락시스의 관계를, 자세히는 포이에시스, 예술작품, 프락시스라는 단계확대를 다음과 같이 설명한다. "나무를 깎고 돌을 깨는 장인의 작업은 냉정하고 정확한 기계적인 작업이다. 다음에 이 냉정하고 정확한 기계적인 작업 속으로 번뜩이는 섬광이 들어가서 그 작업이 창조물이 되어야 하고, 그 창조된 형상이 숨을 쉬어야 한다. 정적인 형상물이 동적으로 변해야 한다."[108] 여기까지의 단계가 포이에시스, 예술작품, 프락시스라는 3자 관계에서 중간 단계인 예술작품까지의 단계이다. 다음에는 반대 방향에서 시작하여, 다시 말해 프락시스에서 시작하여 역시 중간 단계인 예술작품에 도달하는 과정을 쿤은 다음과 같이 설명한다. "시간조형예술가는 반대로 고뇌와 정열이라는 동적인 상태에서 시작한다. 그 동적인 고뇌와 정열이 가시적인 형상을 갖기 위해서는 운동을 중지하고 정적으로 되어야 한다. 눈으로 볼 수 없는 운동이 눈으로 볼 수 있는 형상을 얻기 위해서는 운동을 멈추어야 한다."[109] 결론적으로 포이에시스, 예술작품, 프락시스라는 3자 관계에서 2가지 예술작품이 생기게 되는데, 포이에시스에서 시작해서 예술작품에 도달하는 예술작품은 공간조형예술이 되고, 반대로 프락시스에서 시작해서 예술작품에 도달하는 것

---

107) vgl. ebd. S. 113, 115, 116
   비장한(pathetisch), 고뇌(Erleiden), 비탄의 노래(Threnos)
108) ebd. S. 117
109) ebd.

은 시간조형예술[110]이 된다는 것이 쿤의 미학이다. 쿤은 이상의 2가지 예술을 종합하여 예술 중의 예술, 즉 최고의 예술은 축제[111]라는 논리를 다음과 같이 전개한다. "2가지 상반된 방향의 예술은 균형을 찾아야 한다. 장인의 냉정하고 정확한 기계적인 작업이 너무 드러나도 안 되고, 또 반대로 과격한 정열이 너무 드러나도 안 된다. 전자가 너무 드러나면 예술작품은 차고 비진리성을 띠게 되고, 후자가 너무 드러나면 예술작품은 너무 뜨거워 표현이 불가능하며 거부감을 주게 된다."[112] 너무 차지도 않고 너무 뜨겁지도 않으며, 진실성과 안정감을 주는 예술작품이, 다시 말해 포이에시스와 프락시스의 이상적인 종합이 축제라는 것이 쿤의 미학이다.

2개의 상반된 방향, 공간조형예술로의 방향과 시간조형예술로의 방향이 한 점에서 만나는 것이 축제라는 설명이었다. 계속해서 축제는 분리되었던 2개가 하나가 되는 곳이 축제라는 설명인데, 동적인 인생 속으로 눈을 뜨는 포이에시스와 정적인 형상 속으로 눈을 감는 프락시스가 만나서 하나가 되는 곳이 축제라고 쿤은 말한다.[113] 쿤은 축제의 개념을 여러 가지 항목으로 나누어서 상세히 설명하나 종합하면 다음과 같다. 첫째로 축제는 자신의 시간을 가지고 있고, 둘째로 축제는 자신의 공간을 가지고 있으며, 셋째로 축제는 자신의 분위기를 가지고 있다는[114] 것이 그 종합이다. 축제가 자신의 시간, 자신의 공간, 자신의 분위기를 가지고 있다는 말은 현실세계인 인간세계의 그것들과는 다른 독립된 시간, 공간, 분위기를 가지고 있다는 말이다. 축

---

110) 공간조형예술(raumbildnerische Kunst)
   시간조형예술(zeitbildnerische Kunst)

111) 축제(祝祭 Fest)

112) Kuhn, Helmut: Die Ontogenese der Kunst, in: Theorien der Kunst, hrsg. von Dieter Henrich und Wolfgang Iser, Frankfurt/M. 1982, S. 117

113) ebd. S. 118

114) 시간(Zeit), 공간(Raum), 분위기(Stimmung)

제는 현실의 인간세계와는 다른 세계라는, 즉 "축제는 또 하나의 세계"라는 말이 된다. "축제는 또 하나의 세계"라는 표현은 "예술작품은 또 하나의 인생이다"라는 표현의 연장이라 보아야 한다. 쿤은 축제와 현실세계 사이의, 예술과 현실인생 사이의 섬세하고 미묘한 관계를 드러내려는 노력을 한다. 축제의 시간은 한 시, 두 시, 봄, 여름 하는 달력의 시간과는 다른 시간이며, 축제의 공간은 여기, 저기, 동양, 서양 하는 지도의 공간과는 다른 공간이며, 또 축제의 분위기는 지금 현재 우울한 나의 분위기와는 다른 분위기라는 말이다. 축제는 또 하나의 세계, 현실세계와는 다른 세계이기 때문에, 축제는 우리가 사는 현실세계로부터 분리되어 높여졌다는 의미로 "고양된 세계"라고 쿤은 설명한다. 이상의 축제라는 고양된 세계와 현실세계 사이의 관계는 역시 섬세하고 미묘한 관계이다. 축제는 또 하나의 세계이므로 축제의 세계와 현실세계, 2개의 세계가 존재한다는 말이 된다. 그러나 축제의 세계와 현실세계 사이의 차이점은 하나가 다른 하나보다 높여진 위상, 고양된 위상에 있다는 사실이다. 축제의 세계와 현실세계라는 양자관계에서 전자는 후자를 일정한 방향으로 정돈시키고, 후자는 전자에 의해 일상생활의 고뇌로부터 해방되어 정돈된 형상에 도달하는 관계라고 쿤은 말한다. 축제라는 고양된 세계와 고뇌의 현실세계, 양자 사이의 미묘한 관계를 쿤은 3가지 단계로 나누어 설명하는데, 미메시스에 의한 설명, 유희에 의한 설명 그리고 모체와 아우라[115])에 의한 설명이 그 3가지 단계다.

축제라는 고양된 세계와 고뇌의 현실세계, 표현을 달리 하여 축제와 현실인생, 양자 사이의 대단히 모호하고 섬세한 관계를 쿤은 미메시스라는 개념에 의해 다음과 같이 설명한다. 축제는 현실인생 위에 고양되어 우뚝 서있어 현실인생과는 다를 뿐만 아니라, 축제는 또한 고양된 현실인생 자체

---

115) 미메시스(Mimesis), 유희(Spiel), 모체(Matrix)와 아우라(Aura)

이기도 하다. 축제는 현실인생 자체다. 그것도 독특하고 구체적이며 인간에 의해 실제로 체험된 현실인생, 또 하나의 인생이다. 인생의 전체 의미가 축제 속에서 응축되어 자신을 찬란하게 과시하고 있다. 다른 말로 표현하면 축제는 미메시스다. 미메시스는 자기 자신을 표출하려는 인생 자체인데, 그것도 남이 보라고 인위적으로 과장해서가 아니라 단지 자신을 위해서만 표출하려는 인생 자체, 표출하지 않으면 안 되기 때문에 표출하려는 인생 자체가 미메시스다.[116] 미메시스는 인간에 그리고 인간세계를 형성하는 모든 것에 내재해 있는 원초적인 충동이라는 것이 쿤의 생각이다. 쿤에 의하면 축제는 미메시스이므로 축제에서 발생하는 미메시스, 아니면 반대로 미메시스에서 발생하는 축제는 인위적인 묘사나 복사가 아니라 고양되고 찬란한 인생의 재실현이라고 쿤은 설명한다. 미메시스의 문제는 모형과 모사, 또는 모범과 모방 사이의 관계가 아니라, 자신을 표출하여 형상화하려는 인간에 내재한 원초충동이 미메시스라고 쿤은 설명한다. 축제 역시 인간에 내재한 원초충동, 원초적인 인생, 또 하나의 인생이라는 설명이 된다. 다음에 쿤은 축제와 현실인생 사이의 관계를 점진시켜 유희라는 개념에 의해서 설명한다. 미메시스가 인간에 내재한 원초충동인 것과 같이 유희도 인간에 내재한 원초충동이라는 것이 쿤이 생각이다. 축제는 유희이고 가상이며, 현실인생은 실재[117]라는 설명인데, 유희와 현실인생, 가상과 실재 사이의 관계 역시 모호하고 섬세한 관계다. "예술은 또 하나의 인생이다"라는 표현이 예술과 인생은 분리된 2개가 아니라 하나의 인생이라는, 예술도 인생의 일부라는 것을 나타낸다고 본다면 유희와 현실인생이, 가상과 실재가 둘이 아니라 하나라는 것을 증명하려는 노력을 쿤은 한다. 쿤의 설명을 축구경기라

116) vgl. Kuhn, Helmut: Die Ontogenese der Kunst, in: Theorien der Kunst, hrsg. von Dieter Henrich und Wolfgang Iser, Frankfurt/M. 1982, S. 120
117) 가상(假象 Schein)과 실재(實在 Sein)

는 유희를 예로 다음과 같이 이해할 수 있다. 축구경기를 하는 축구선수들과 그 축구경기를 관람하는 관중들이, 축구경기의 유희자와 관람자가 하나가 되어 공의 방향만 주시함에 의해서 하나로 통일되는 사실을 예로 설명할 수 있다. 다시 말해 유희자와 관람자, 유희라는 축제와 현실인생 사이의 차이는 망각되어 따라서 제거되므로 양자가 하나로 통일된다는 설명이다. 달리 표현하면 유희자는 가상인물이기 때문에 (예를 들어 골키퍼는 실재적으로는 한 가정의 남편이며 아버지이고 가상적으로만 골키퍼이기 때문에) 가상과 실재 사이의 차이가, 가상인물들인 유희자들과 현실인생의 관중들 사이의 차이가 망각되고 제거되어 양자가 하나로 통합된다는 설명이다. 양자의 통합을 달리 표현하면 유희는 현실인생이고, 현실인생은 유희라는 말이된다. 가상은 실재이고, 실재는 가상이라는 말이 된다. 아니면 예술이 인생의 일부인 것과 같이 유희는 현실인생의 일부이고, 가상은 실재의 일부라는 말도 된다. 그리고 축제는 유희이고 가상이기 때문에 다시 축제는 현실인생이고, 현실인생은 축제라는 아니면 축제는 현실인생의 일부라는 말이 된다. 마지막으로 **모체와 아우라**[118]라는 개념에 의해서 쿤은 더욱 점진시켜 예술은 인간처럼 항상 변화를 하고 있으며 따라서 자신의 독자적인 생명을 가지고 있다는 표현을 사용한다.[119] 축제와 현실인생, 양자 사이의 모호하고 섬세한 차이는 미메시스와 현실인생, 가상의 유희와 실재의 현실인생 사이의 모호하고 섬세한 차이로 설명되었다. 지금까지의 설명을 종합하여 표현하면 축제가 또 하나의 현실인생이라면 미메시스도 또 하나의 현실인생이며, 또 유희와 가상도 또 하나의 현실인생이라는 설명이 된다. 미메시스이며 동시에 유희이기도 한 축제가 모든 예술의 모체이고 동시에 모든 예술이 하나로 응

---

118) 모체(Matrix)와 아우라(Aura)

119) vgl. Kuhn, Helmut: Die Ontogenese der Kunst, in: Theorien der Kunst, hrsg. von Dieter Henrich und Wolfgang Iser, Frankfurt/M. 1982, S. 125

축되어 나타나는 아우라라고 쿤은 최고의 표현을 사용하여 설명한다. 축제가 모든 예술의 모체이고 아우라라는 표현은 축제가 최고의 예술이고 예술 중의 예술이라는 표현이기도 하다. 모든 예술의 모체이며 원천이 축제이며, 모든 예술이 하나로 응축된 모습이, 모든 예술이 하나로 응축되어 나타나는 아우라가 축제라는 말인데 이 축제는 여러 개인 동시에 하나, 하나인 동시에 여러 개로 라이프니츠가 말하는 단자와 같은 것이라고 쿤은 말한다.[120] 라이프니츠의 단자는 "창문 없는 단자"라고 불리어지며, 완전하고 자급자족하며 독립적이고 독자적인 세계를 의미하며, "둥그런 우주"라고도 불리어진다. 단자라는 개념은 **자율성**, 즉 **아우토노미**[121]를 나타내는 개념이다. 예술 중의 예술이, 아니면 모든 예술의 응축과 함축이 축제이며 그리고 모든 예술은 이 축제에서 파생해나간다고 하는 것이 쿤의 미학이다. 라이프니츠의 단자론을 확대하여 적용하면 "둥그런 우주"와 단자와의 관계는 축제와 개별 예술들과의 관계와 같다고 할 수 있다. 모든 예술작품은, 따라서 모든 문학작품은 하나의 단자이며, 하나의 자율성, 즉 아우토노미라는 결론이 된다.

문학작품의 가치평가 문제를 위해서 작품 내재론, 넓은 의미의 철학적 이론, 작품 초월론 등 3개의 방향을 상정하고 첫째 방향인 작품 내재론을 논했다. 그리고 작품 내재론을 위해서 카이저, 쉬타이거, 쿤 등 3인의 이론들을 논했다. 이상 3인의 이론들은 서로 방향설정의 차이점을 보이고 있다. 방향설정의 문제는 한편으로는 작품 내재론의 핵심인 작품 자체의 실재와 다른 한편으로는 철학적 이론의 핵심인 인간과 인간세계의 실재 사이에서 일어나는 문제가 된다. 다시 말해 한편으로는 작품 자체와 다른 한편으로는

---

120) ebd. S. 126
　　라이프니츠(Gottfried Wilhelm Leibniz 1646-1716)
　　단자(Monade)
121) 아우토노미(Autonomie)

형이상학적 내지는 일반 철학적 실재 사이에서 3인의 이론가들은 방향설정을 달리 하고 있다. 카이저는 작품 자체에서 출발하여 작품 자체로 귀향하는 방향을 나타낸다. 작품 자체가 출발점이며 동시에 도달점이라는 것이 카이저의 이론이다. 가장 순수하고 가장 철저한 작품 내재론을 카이저는 대변하고 있다. 반면에 쉬타이거는 작품 자체와 철학적 인간실재 사이의 중간점이 그의 출발점인 동시에 도달점이라고 할 수 있다. 달리 표현하면 쉬타이거는 작품 자체와 철학적 인간실재, 양자를 동일하고 동등하게 수용하려고 한다. 마지막으로 쿤은 철학적 인간실재에서 출발하여 작품 자체에 도달하려는 방향설정을 보이고 있다. 쿤의 도달점이 작품 자체라는 면에서 볼 때 그의 이론이 작품 내재론이라 할 수 있으나, 그의 출발점이 철학적 인간실재라는 면에서 본다면 그의 이론은 인간 존재론적 이론에 (넓은 의미의 철학적 이론에) 속한다고 보아야 한다. 쿤은 헤겔 미학을 하는 철학자이지 문학 이론가는 아니다. 쿤의 이론은 작품 내재론과 철학적 이론 중간에 위치한다고 보아야 한다.

해석학: 하이데거와 가다머

1. 서론

그리스신화에 의하면 올림포스 산 위에 거주하는 12명의 신들 중 하나의 신이 헤르메스[1] 신이다. 헤르메스의 임무는 신의 계시 등 일정한 사건과 사물의 내용을 알리거나 일정한 말을 해명하거나 통역하는 것이었다. 따라서 해석학[2]이라는 개념에는 일정한 내용을(일정한 의미를) 알려주고 해명하고 통역해준다는 뜻이 포함되어 있다. 하이데거[3]는 해석학의 기능을 의미하는 "해석학적 회전관계"[4]를 진정한 실재,[5] 진정한 진리[6]에 도달하기 위한 오르가논[7]이라고 부른다. 하이데거 철학의 목표가 그리고 모든 철학의 목표가 진정한 실재, 진정한 진리에 도달하는 것이라면 해석학적 회전관계는 철학 자체의 유일한 도구, 유일한 방법론이 된다는 말이다. 다시 말해 해석학적 회

---

1) 헤르메스(Ἑρμῆς)
2) 해석학(解釋學 Hermeneutik)
3) 하이데거(Martin Heidegger 1889-1976)
4) "해석학적 회전관계"(hermeneutischer Zirkel)
5) 실재(實在 Sein)
6) 진리(眞理 Wahrheit)
7) 오르가논(Organon; 철학적 사고방법)

전관계 없이는 철학 자체를 할 수 없다는 말로 해석학과 해석학적 회전관계가 철학 자체의 핵심으로 등장하는 것이 하이데거의 예술철학이다. 다음에 하이데거의 제자 가다머[8]는 해석학을 "이해의 기술"이라고 정의한다.[9] "이해의 기술"이라는 말에서 "기술", 독일어 표현으로 "Kunst"는 기술, 예술, 학술 등을 의미하는 복합적인 개념이다. 따라서 해석학이 일정한 대상을 해결하기 위한 단순한 기술에 지나지 않는 것인지, 다시 말해 일정한 대상을 해결하기 위한 수단과 방법에 지나지 않는 것인지, 아니면 해석학이 자기목적을 가지고 있는 하나의 독립된 학술인지의 문제는 우리가 해결해야 할 문제로 남는다. 현대 해석학의 두 거장 하이데거와 가다머를 분리하여 구분하자면 다음과 같다. 첫째 하이데거는 철학의 목표인 진정한 실재, 진정한 진리, 자신의 표현으로 "실재물의 실재"[10]에 도달하기 위한 도구와 방법으로 해석학적 회전관계를 사용한다. 해석학적 회전관계는 예술작품에만 적용되는 관계이므로 하이데거는 예술을 철학을 위한 도구로 사용한다는 말이다. 반면에 가다머는 해석학과 해석학적 회전관계의 도구위상을 능가하여 하나의 독립된 철학으로 발전시킨다. 해석학적 회전관계라는 기능에 의해 해석학은 전통적인 형이상학을 비판할 수 있는 독립적인 철학으로 승격하는 것이 가다머의 예술철학이다. 둘째 하이데거는 자신의 존재론을 위해, "실재물의 실재"를 위해 예술과 예술작품으로 시선을 돌렸다면 가다머는 반대로 특수영역인 예술과 예술작품에서 출발해서 일반적이고 보편적인 철학에 이르는 결과를 나타낸다. 결론적으로 셋째 하이데거 철학의 방향을 역전시킨 것이 가다머의 해석학으로 가다머는 스승 하이데거의 철학을 이어받아서 그리고 방향을 역전시켜 새로운 현대철학인 해석학의 선구자가 된다고 할 수 있다.

---

8) 가다머(Hans-Georg Gadamer 1900-2002)

9) Gadamer, Hans-Georg: Replik, S. 283
   "이해의 기술"(理解의 技術 Kunst der Verständigung)

10) "실재물의 실재"(das Sein von Seiendem)

하이데거의 실재론(존재론)에서 가다머의 예술철학에 이르는 과정을, 역전된 표현을 사용하여 하이데거의 예술철학에서 가다머의 보편철학에 이르는 과정을 서술하는 것이 이 논문의 목표다. 하이데거의 예술철학과 가다머의 보편철학의 합으로 형성된 해석학[11]은 칸트와 헤겔을 중심으로 한 유럽의 전통철학 다음으로 오는 큰 줄기의 현대철학이나 마지막 현대철학이라고 보아야 한다. 그리고 해석학 이후의 유럽철학은 더 이상 현대철학이 아니라 초현대철학이라고 보아야 한다.

헤겔[12]은 "예술미는 이념의 감관화"[13]라고 정의한다. 다시 말해 눈으로 볼 수 없고 귀로 들을 수 없는 이념이 볼 수 있고 들을 수 있게 선, 색, 음 등 감관의 물질세계로 편입되면 그것이 아름다운 예술이라고 헤겔은 정의한다. 헤겔의 정의를 수학적 공식으로 표현한다면 "예술미= 이념 + 감관화"라는 공식이 되는데 여기서 예술미는 예술작품을 의미하고 이념과 감관화는 예술작품을 구성하는 2개의 요소 내용과 형식[14] 아니면 내용과 자료[15]를 의미한다. 그리고 헤겔 철학에서는 이념과 진리는 동일한 것이므로 진정한 아름다운 예술작품이란 진리가 형식화되고, 자료화되어 눈으로 볼 수 있고 귀로 들을 수 있게 구체화된 것이라고 할 수 있다. 예술미에 대한 헤겔의 정의는 현대 예술철학에게 2가지 논쟁을 안겨주었다. 하나의 논쟁은 "예술미= 이념 + 감관화"라는 공식에 의하면 예술미를 구성하는 2개의 요소 이념과 감관화 중에서 어느 것이 주인이고 어느 것이 종이냐 하는 양자 간의 주종관계, 즉

---

11) 해석학(解釋學 Hermeneutik)

12) 헤겔(Georg Wilhelm Friedrich Hegel 1770-1831)

13) "das sinnliche Scheinen der Idee"
Hegel, G. W. F.: Vorlesungen über die Ästhetik I, Werke in zwanzig Bänden, Bd. 13, Frankfurt/ M. 1970, S.151

14) 내용과 형식(Inhalt und Form)

15) 내용과 자료(Inhalt und Material)

우열관계이다. 또 하나의 논쟁은 역시 이념과 감관화라는 2개의 요소 중에서 어느 것이 먼저이고 어느 것이 나중이냐 하는, 다시 말해 어느 것이 먼저 존재해 있고 어느 것이 다음에 존재하게 되느냐 하는 양자 간의 선후관계가 된다. 헤겔 자신은 이념이 주인이고 감관화가 종이며, 이념이 먼저이고 감관화가 다음이라는 이념 위주의 예술철학을 전개했다. 헤겔의 이념 위주의 예술철학을 고전적 예술철학이라 한다면, 현대적 예술철학은 이념과 감관화 양자 사이의 주종관계와 선후관계에 커다란 변화를 보이게 된다.

헤겔의 정의 "예술미= 이념 + 감관화"라는 공식을 현대적인 표현을 사용하면 "예술= 내용 + 형식" 또는 "예술= 의미 + 작품"이라는 공식이 된다. 내용과 형식이 하나가 되어야, 의미와 작품이 하나가 되어야 예술이라 할 수 있다는 말이다. 따라서 예술미는 이념의 감관화라는 헤겔의 정의는 현대적인 표현을 사용하면 "예술은 의미의 작품화"라는 말이 된다. 그리고 이념과 감관화 양자 사이의 주종관계와 선후관계는 의미와 작품 사이의 주종관계와 선후관계가 된다. 의미와 작품 사이의 주종관계와 선후관계가 현대 예술철학에서는 크게 변화된다는 내용을 언급했는데 의미와 작품, 양자 사이의 관계 변화를 추적하는 일이 현대 예술론과 현대 문예론의 발전과정을 추적하는 작업이 된다. 의미가 먼저냐 아니면 작품이라고 하는 매개물이 먼저냐 하는 의미와 작품과의 상관관계로 본다면, 헤겔의 예술철학은 의미가 먼저라고 주장하는 반면에 해석학은 작품이 먼저 존재해야 그 속에서 아니면 그 안에서 의미가 비로소 생겨난다는, 발생한다는 주장을 한다. 하이데거에서 시작하여 가다머에서 전성기에 이르는 해석학은 선 작품, 후 의미라는 관계로 선 의미, 후 작품이라는 헤겔 철학의 공식을 역전시키는 결과를 가져온다. 하나의 진리, 하나의 이념, 하나의 의미를 주장하는 독일적인 예술철학과 문예론은 이성[16]의 분열에 의해서 다수의 진리, 다수의 이념, 다수의 의미로 분열되다가 결국에는 진리의 사망, 이념의 사망, 의미의 사망에 이르는 현상을 보인다. 여기서 다시 의미가 먼저냐 아니면 작품이 먼저냐 하는 의미와 작품 사이의 선후관계로 본다면, 선 작품, 후 의미라는 작품의 우선권은 하이데거와 가다머에 의해서 시작되었으나 프랑스의 구조주의와 탈구조주의에 와서는 그 도를 지나쳐 인공물, 자연물 등 모든 것이 작품이라는 작품의 다양화에 이르게 되어 작품이라는 범주 자체가 사라지게 되고, 디페렌스[17]의 철학자 데리다[18]에 와서는 도를 더해 작품이라는 범주를 철저히 말살시킴에 의해 의미까지도 완전 살해하는 현상에 이르게 된다. 이념이 주인이고, 감관화가 종이며, 이념이 먼저이고 감관화가 나중이라는 이념 위주의 예술철학을 고전적 예술철학이라고 한다면, 표현을 달리 하여 의미가 먼저이고 작품이 다음이라는 의미 위주의 문예론을 고전적 문예론이라고 한다면, 이 고전적 예술철학과 고전적 문예론을 전복시키는 계기가 하이데거의 예술철학이다. 하이데거의 예술철학은 그의 **기초존재론**[19]의 결과이다.

　기초존재론은 철학은 원초적이고 원천적이 되어야 한다는 말인데 전통철학에 대한 하이데거의 비판을 나타내는 표현이다. 하이데거의 주저 『**실재와 시간**』[20]은 실재를 이해하기 위한 지평선[21]으로서 시간을 다루고 있는데 이는 상식을 초월하는 듯 보인다. 실재와 시간에서 실재는 좌우를 나타내는 수평적 개념, 즉 지평선과 관련된 개념이고, 시간은 상하를 나타내는 수직적 개

---

16) 이성(理性 Vernunft)
17) 디페렌스(차이 差異 Differenz)
18) 데리다(Jacques Derrida 1930-2004)
19) 기초존재론(基礎存在論 Fundamentalontologie)
20) 『실재와 시간 實在와 時間 Sein und Zeit』
21) 지평선(地平線 Horizont)

념이라는 것이 상식인데, 하이데거는 시간을 지평선으로, 다시 말해 좌우관계를 나타내는 개념으로 보기 때문이다. 이상의 역전된 관계는 하이데거가 전통철학을, 전통 형이상학을 비판하려는, 그것도 총체적으로 비판하여 거꾸로 역전시키려는 의도를 나타내고 있다. 과거 전통철학은 3가지 끈질긴 편견을 가지고 있어서 진정한 실재를 이해하는 데 실패했다고 하이데거는 비판한다. 전통철학이 가지고 있는 3가지 끈질긴 편견들이란 다음의 편견들이다. 첫째로 전통철학은 **실재**를 최후의 분명한 그리고 보편적인 개념으로 전제하고, 이 전제 하에 아니면 이 전제 위에 전체 철학체계를 세우는데, 이는 잘못이라는 것이다. 무와 유 사이에서, 철학적인 표현으로 **무와 실재**[22] 사이에서 철학은 무 위에 체계를 세울 수 없어 최소한 실재 위에 체계를 세워야 한다고 전통철학은 주장한다는 말인데 이것이 잘못이라는 말이다. 무와 실재라는 양자택일 중에서 기계적으로 실재를 택하여 그 위에 철학의 체계를 세우는 전통철학은 바로 그 실재에 대한 탐구를 소홀히 했으므로, 진정한 철학은 바로 이 실재를 원천적으로 다시 탐구해야 한다는 것이 하이데거의 생각이다. 따라서 무의 반대인 실재는 전통철학이 주장하는 것과 같이 최후의 분명한 그리고 보편적인 개념이 아니라 최초로 불분명해진 특수한 개념, 가장 "어두운 개념"이라고 하이데거는 말한다.[23] 둘째로 가장 어두운 개념인 실재는 따라서 정의 불가능한 개념이나, 이 실재의 정의 불가능성은 이 실재의 문제를 제외시키는 것이 아니라 반대로 강하게 촉구한다는 것이 하이데거의 의견이다. 셋째로 "하늘은 푸르다" 또는 "나는 기쁘다"라는 표현에서 전통철학과 일반 상식은 "…이다"라는 실재를 (문법적으로 Sein 동사를) 자명한 개념이라고 하여 철학적 사고에서 제외시키고 "하늘과 푸름", "나와 기쁨"이라는 주어와 보어만 사고의 대상으로 다루고 있는데 이것이 잘못이라

---

22) 무와 유(無와 有), 무(無 Nichts)와 실재(實在 Sein)

23) vgl. Scheer, Brigitte: Einführung in die Philosophische Ästhetik, S. 156

는 것이다. 오히려 제외되어진, 자명하다 하여 질문의 여지가 없다고 생각되어 잊혀진 "…이다"라는 **실재**[24]의 문제를 철학은 다시 제기해야 한다는 것이 하이데거의 의견이다.[25] 이상에서 언급한 3가지 끈질긴 편견들을 종합하여 첫째 전통철학의 잘못된 전제, 둘째 가장 어두운 개념인 실재의 정의 불가능성, 셋째 억압되어 잊혔던 실재의 새로운 해방이라고 요약한다면, 이것이 하이데거의 **기초존재론**을 구성하는 말들이 된다.

전통철학을 총체적으로 비판하려는 하이데거의 기초존재론에 대한 케터링의 설명을 보자면 다음과 같다. 기초존재론은 존재론의 최초의 그리고 가장 원천적인 방식이며, 또 기초존재론은 모든 종류의 존재론들을 선행하며 그리고 그 모든 종류의 존재론들에게 비로소 기초와 근거를 제공해주는 존재론이라고 케터링은 설명한다.[26] 기초존재론을 위해 하이데거는 『실재와 시간』에서 2가지 작업을 하는데, 하나는 지금까지의 존재론사를 파괴하는 작업이고, 다른 하나는 **현존재**[27]에 대한 실존론적인 분석 작업이라고 케터링은 설명한다. 전자의 작업, 즉 존재론사에 대한 파괴 작업은 전통철학이 해온 지금까지의 모든 실재에 대한 정의들을 (편견들을) 해체하고 파괴하는 작업을 의미하며, 후자의 작업, 즉 현존재에 대한 실존론적인 분석은 실재의 진정한 의미를 읽을 수 있는 **실재물**[28]의 실재구조[29]를 해방시켜 진정한 실재이해[30]를 가능케 하는 작업이라고 케터링은 설명한다.[31] 3가지 끈질긴 편견

---

24) 실재(實在 Sein)

25) ebd. S. 156

26) Kettering, Emil: Fundamentalontologie und Fundamentalaletheiologie, S. 203

27) 현존재(現存在 Dasein)

28) 실재물(實在物 das Seiende)

29) 실재구조(Seinsstruktur)

30) 실재이해(Seinsverständnis)

31) Kettering, Emil: Fundamentalontologie und Fundamentalaletheiologie, S. 204

을 가지고 있는 전통철학을 파괴하고 실재구조를 해방시켜 진정한 실재이해를 가능케 하려는 하이데거의 의도를 (하이데거의 기초존재론을) 지금까지의 설명보다 점진시켜 표현하면 다음과 같다. 전통철학은 (유럽의 형이상학은) 실재물의 실재[32]를 일방적으로 우지아[33] 또는 실체[34]로만 생각해서, 객관적이고 그리고 언제나 보여줄 수 있는 실체의 영원한 존속이라고 생각했다는 것이다. 실재가 이와 같이 이해되면 시간이라는 차원이 제거되어, 실재는 결국은 시간을 초월하는 영원한 현재로 굳어버린다는 것이다. 전통철학은 처음부터 이상과 같이 실재에 대한 규정에서 시간의 차원을 추방했기 때문에 실재를 망각하게 되었다는 것이 하이데거의 결론이다.[35] 따라서 실재에 대한 규정에서 시간을 제외시킬 것이 아니라 반대로 가미시켜 실재의 발생사를 (내지는 진리의 발생사를) 구성하려는 것이 하이데거의 구상이며, 이것이 기초존재론이라는 것이다.

하이데거의 난해한 독일어 표현과 관련하여 핵심적인 표현들로 "실재물의 실재"[36] 또는 "진리의 본성"[37]이라는 표현을 하이데거는 사용한다. "실재물의 실재"는 "진리"를 의미하고 그리고 "본성"은 "진리"고 "진리"는 "본성"이라고 이해해야 한다. 하이데거는 "진리"의 개념을 규정할 수 없는 것으로 그리고 항상 개방상태에 있는 것으로 생각하기 때문에 "본성"이라는 표현을 사용하여 "진리의 본성" 또는 "진리라는 본성"이라는 말들을 한다. 따라서 하이데거의 시종일관된 테마는 실재의 문제, 진리의 문제, 본성의 문제 등으로 표현할 수

---

32) 실재물의 실재: das Sein von Seiendem

33) 우지아(Ousia)

34) 실체(Substanz)

35) vgl. Scheer B.: Einführung in die Philosophische Ästhetik, S. 155

36) "실재물의 실재"(Sein von Seiendem)

37) "진리의 본성"(Wesen der Wahrheit)

있으나 다 같은 하나의 문제이다. 다만 하이데거 철학의 해설가들이 제2 단계로 분류하는 **예술작품론**[38]에서는 이상의 하나의 문제를 예술작품이라는 실재물[39]에 의해 해결하려는 것이 제1 단계인 『**실재와 시간**』[40]과 다른 점이다.

"예술의 본성"이란 "진리의 작품화"[41]다라는 것이, 다시 말해 예술의 진리란, 진정한 예술이란 진리를 작품화하는 것이라고 하이데거는 말한다. 하이데거가 생각하고 있는 진리의 본성을 (진리라는 본성을) 3가지로 설명할 수 있다. 3가지 설명은 모두 이미 언급한 유동성, 개방성을 나타내는 말로 하이데거는 그리스어 "알레테이아"[42]의 독일어 번역으로 잠재해 있지 않고 자신을 드러낸다는 의미로 "비잠재성"[43] 또는 개방성이라는 표현을 선호하고 있다. 다시 말해 하이데거가 생각하는 진리의 본성은 비잠재성 내지는 개방성을 나타내는 말로 3가지로 설명된다. 첫째로 전통철학이 무와 실재 중에서 기계적으로 실재를 택해, 그 실재 위에 전 철학의 체계를 세운 것이 잘못이라는 말을 했듯이, 철학의 체계를, (철학은 진리 탐구를 목표로 하기 때문에) 진리 자체를 실재 위에가 아니라 반대로 무 위에 세워야 한다는 것이 하이데거의 생각이다. 진리를 실재 위에 세운다면 전통철학이 범했던 "끈질긴 편견"에 사로잡혀 다시 오류를 범하게 되지만, 반대로 무 위에 세운다면 최소한 전통철학이 범했던 오류는 피할 수 있고, 또 비잠재성 내지는 개방성이 보장되기 때문이다. 무는 새로운 시작을 의미하기 때문에 내용이 비어 있는

---

38) 예술작품론(藝術作品論 Kunstwerkaufsatz)
   Heidegger, Martin: Der Ursprung des Kunstwerkes, in: Holzwege, 7. Aufl. Frankfurt/M. 1994
39) 실재물: 實在物; das Seiende
40) 『實在와 時間 Sein und Zeit』
41) "진리의 작품화"(das Sich-Ins-Werk-Setzen-der Wahrheit)
42) "알레테이아"(Aletheia)
43) "비잠재성"(Unverborgenheit)

백지와 같은 상태로 비잠재성 내지는 개방성 자체라고 보아야 한다. 둘째로 하이데거의 관심사는 "진리의 발전사"[44] 내지는 진리의 시간적 발전사라고 할 수 있으며, 이것이 하이데거의 진리관[45]을 나타내는 말이다. 발전사를 의미하는 독일어 "Geschichte"의 어원은 "geschehen"에서 유래하는데, 이 말은 "…이 발생한다", "…이 일어난다"라는 의미를 나타낸다. 하이데거는 "진리는 발생한다" 또는 "진리가 일어난다"라는 말을 한다. 진리는 영원히 불변하여 어느 때고, 어느 곳에서고 객관적으로 보여줄 수 있는 (또는 보여지는) 불변의 존재물 또는 존재자가 아니라, 바로 지금 바로 여기서 새로 발생하고 새로 일어나야 하는 그리고 순간적으로 존재했다가 다시 사라지는, 시시각각으로 변하는 실재라는 것이 하이데거의 생각이다. 따라서 "진리의 발생사"라는 표현은 잘못된 번역이고, 정확히는 "진리의 발생 자체"라고 표현해야 한다. 진리에 관한 첫 번째 설명이 비잠재성 내지는 개방성이라 한다면, 두 번째 설명은 "발생성" 내지는 "돌연성"이라고 할 수 있다. 셋째로 진리는 개방적이고 돌연적이기 때문에 정의와 규정을 거부하는 개념이다. 정의할 수 없고 규정할 수 없는 진리를 그러나 인식은 해야 하기 때문에 (하이데거에 의하면 경험은 해야 하기 때문에) 하이데거는 진리에 대한 특수한 접근방법인 "해석학적 회전관계"[46]를 동원한다.

2. 해석학적 회전관계

하이데거가 해석학적 회전관계를 동원하는 이유는 첫째로 전통철학을, 전통 형이상학을 전복시키려는 것이고, 둘째는 하이데거 철학의 방법론이

---

44) "진리의 발전사"(Geschichte der Wahrheit)

45) 진리관(眞理觀)

46) "해석학적 회전관계"(hermeneutischer Zirkel)

변하는 제2 단계인 예술작품론의 단계에서 하이데거는 철학에서 예술로, 실재의 문제에서 예술의 문제로 시선을 돌리기 때문이다. 하이데거가 해석학적 회전관계를 동원하는 이유는 셋째 결론적으로 전통적 형이상학의 **오르가논**[47]이 **변증법**[48]이라면 현대적 해석학의 오르가논은 **해석학적 회전관계**[49]이기 때문이다. 전통적 형이상학의 사고방법인 변증법과 현대적 해석학의 사고방법인 해석학적 회전관계를 서로 비교하면 같은 점과 다른 점을 말할 수 있다. 변증법과 해석학적 회전관계, 양자 사이의 같은 점은 양자 모두 2개의 카테고리에 의해, 그것도 단 2개의 카테고리에 의해 구성된다는 사실이다. 1개의 카테고리나 3개의 카테고리는 변증법도 해석학적 회전관계도 구성할 수 없어 철학의 영역을 벗어나기 때문이다. 다음에 변증법과 해석학적 회전관계 사이의 다른 점은 2개의 카테고리 중 변증법에 의하면 하나의 카테고리가 다른 하나를 반드시 부정해야 하는 관계이다. 반면에 해석학적 회전관계에 의하면 하나의 카테고리가 다른 하나를 반드시 긍정해야 하는 것이 양자 사이의 차이점이다. 흑과 백 2개의 카테고리 중에서 흑의 부정은 백이 되고, 백의 부정은 흑이 되는 것이 변증법이다. 그러나 흑을 긍정하기 위해서는 반드시 백을 긍정해야 하고 또 백을 긍정하기 위해서도 반드시 흑을 긍정해야 하는 것이 해석학적 회전관계가 된다. 흑과 백 사이의 해석학적 관계를 구체화시키면 다음과 같다. 흑의 본성은 백에서 찾아야 하고 또 반대로 백의 본성은 흑에서 찾아야 한다는 관계, 흑을 이해한다는 말은 백을 이해한다는 말이고 또 반대로 백을 이해한다는 말은 흑을 이해한다는 말이라는 관계, 비약하여 표현하면 전체를 해석하기 위해서는 부분을 해석해야 하고 또 반대로 부분을 해석하기 위해서는 전체를 해석해야 한다는 관계가 2개의 카테고

---

47) 오르가논(Organon; 철학적 사고방법)

48) 변증법(辨證法 Dialektik)

49) 해석학적 회전관계(hermeneutischer Zirkel)

리 사이의 해석학적 관계가 된다. 해석의 문제가 2개의 카테고리 혹과 백 사이를 왔다 갔다 회전하기 때문에 해석학적 회전관계라고 부른다.

하이데거는 『예술작품의 원천』[50]의 처음에서 끝까지 시종일관하게 해석학적 회전관계를 적용하여 (6개 내지는 7개의 해석학적 관계를 적용하여) 자신의 논리를 전개한다. 제1의 해석학적 회전관계의 형식은 예술작품과 예술가[51] 사이에서 이루어지는 회전관계이다. 예술작품의 원천에 관한 문제는 예술작품의 출생에 관한 문제와 같다고 말하면서, 예술작품은 예술가에 의해 출생되고, 또 반대로 예술가는 (자기의 출생물인 예술작품 없이는 예술가라고 할 수 없기 때문에) 자기의 예술작품에 의해 출생된다는 논리를 하이데거는 전개한다.[52] 예술가는 예술작품의 원천이고, 또 반대로 예술작품은 예술가의 원천이라는 말이다. 제2의 해석학적 회전관계는 예술가 그리고 예술작품이라는 한편과 예술이라는 다른 한편 사이에서 이루어지는 회전관계이다. 예술이라는 것이 있기 때문에 (실재하기 때문에) 사람은 예술가가 되려 하고 예술작품을 출생시킨다는 논리다. 그렇다면 볼 수도 없고, 들을 수도 없는 추상적인 예술이란 과연 무엇이냐, 또는 예술이란 실제와 실재[53]가 없는 한갓 말에 불과하냐 하는 질문을 제기하면서 하이데거는 이 질문을 제3의 해석학적 회전관계로 넘어가는 계기로 사용하고 있다. 하이데거는 **예술작품**[54]을 **예술**과 **작품**[55]으로 분열시켜 제3의 해석학적 회전관계를 설명한다. 따라서 예술과 작품 사이에서 이루어지는 제3의 해석학적 회전관계는 다

---

50) 『예술작품의 원천 Der Ursprung des Kunstwerkes』

51) 예술(藝術), 예술가(藝術家), 예술작품(藝術作品)

52) Heidegger: Der Ursprung des Kunstwerkes, S. 1

53) 실제(實際)와 실재(實在)

54) 예술작품(藝術作品 Kunstwerk)

55) 예술(Kunst 藝術)과 작품(Werk 作品)

음과 같다. "예술의 본성은 작품에서 출산되고, 작품의 본성은 예술의 본성에서 경험된다."[56] 예술의 본성을 허공에서 찾아낼 수는 없는 것이므로 구체적인 모태인 작품에서 잉태시켜 마치 산파가 아기를 받아내듯이 받아내야 한다는 말이다. 그리고 모태인 구체적인 작품도 예술이라는 아기를 (예술의 본성을, 다시 말해 진정한 예술을) 잉태하여 출산해야 비로소 작품의 본성에 도달한다는 (진정한 작품의 본성을 우리가 경험할 수 있다는) 말로 해석할 수 있다. 이상의 제3의 해석학적 회전관계를 요약하면, 예술의 본성은 작품에서 이루어지고, 또 반대로 작품의 본성은 예술에서 자태를 나타낸다는 말이 된다. 그러나 **예술**과 **작품**이라는 해석학적 회전관계에서 예술은 추상적이어서 눈으로 볼 수 없고, 귀로 들을 수 없기 때문에 하이데거는 제4의 해석학적 회전관계를 준비한다. 제4의 해석학적 회전관계를 설명하기 위해서는 "물"[57]의 개념이 필수적이다.

예술이라는 본성은 눈으로 볼 수 없고, 귀로 들을 수 없는 추상적인 본성이기 때문에 예술을 논하기 위해서 하이데거는 "모든 작품은 **물성**을 가지고 있다"[58] 명제를 제기한다. 모든 예술작품은 물건이라는 명제인데, 하이데거는 다음과 같이 설명한다. 벽에 걸려 있는 그림은 역시 벽에 걸려 있는 사냥총이나 모자와 같이 물건이고, 반 고흐[59]의 그림 "**농부의 신발**" 역시 한 전람장소에서 다른 전람장소로 옮겨 다니는 물건이다. 독일 루르 지방의 석탄이나 쉬바르츠발트의 목재가 다른 지방으로 실려가는 물건인 것과 같이 예술작품도 이리저리 실려 가는 물건이다. 횔더린[60]의 시집도 칫솔이나 치약

56) ebd. S. 2

57) 물(物 Ding)

58) Heidegger: Der Ursprung des Kunstwerkes, S. 3

59) 반 고흐(Vincent van Gogh 1853-1890)

60) 횔더린(Friedrich Hölderlin 1770-1843)

처럼 배낭에 넣어가지고 여행을 떠날 수 있는 물건이다. 베토벤의 4중주곡
도 지하실에 쌓여 있는 감자와 같이 창고에 보관할 수 있는 물건이다.[61] 이
상의 설명과 같이 모든 예술작품은 원천적으로 물질이고 물건이며, 모든 예
술작품은 물성을 피할 수 없다는 것이 하이데거의 명제이다. 이상의 명제를
확대시켜 하이데거는 건축물에는 돌이라는 물건이 들어 있고, 그림에는 색
이라는 물질이 들어 있고, 음악에는 음이라는 물성이 들어 있다고 말한다.
이상의 확대를 다시 확대시켜 하이데거는 이번에는 반대로 건축물의 본성
은 돌이라는 물건에서 찾을 수 있고, 그림의 본성은 색이라는 물질에서 찾을
수 있고, 음악의 본성은 음이라는 물성에서 찾을 수 있다고 말한다. 결론적
으로 물건, 물질, 물성 등을 합해서 물성이라고 표현한다면, 이 **물성**이 예술
작품을 구성하는 가장 원천적이며 가장 자명한 요소라는 설명이다. 전통철
학은 (전통미학은) 바로 이 가장 원천적이며 가장 자명한 요소인 물성을 소
홀히 하고, 예술작품이 마치 2중 구조로, 즉 물질로 구성된 하부구조와 정신
으로 승화된 상부구조로 되어 있는 양 주장하는데, 이것이 잘못된 주장이라
고 하이데거는 비판한다. 전통미학은 예술작품을 2중 구조로 생각해서, 순
수한 물질을 물성이라는 하부구조로 그리고 그 하부구조와는 전혀 다른 요
소를 예술성이라는 상부구조로 생각했고, 그 예술성이라는 상부구조는 알레
고리 아니면 **심볼**[62]이라고만 생각했다는 것이다. 전통미학은 따라서 물성인
하부구조와 **예술성**[63]인 상부구조 중에서 전자는 소홀히 하고, 후자에만 역점
을 두었다는 말인데, 이 관계를 거꾸로 역전시키려는 것이 하이데거의 미학
이다. 예술가가 실제로 하는 일이, 다시 말해 예술가가 모든 육체적 그리고
정신적 노력을 집중하는 대상이 예술작품을 만들어내기 위한 돌, 색, 음 등

---

61) Heidegger: Der Ursprung des Kunstwerkes, S. 3
62) 알레고리(비유 Allegorie)와 심볼(상징 Symbol)
63) 물성(物性)과 예술성(藝術性)

물성이므로, 예술의 본성은 예술성에서가 아니라 물성에서, 상부구조가 아니라 하부구조에서 찾아야 한다는 것이 하이데거의 생각이다. 유와 무라는 2개의 카테고리 중에서 유에서 시작하려는 전통철학과는 달리 무에서 시작해야 한다는 하이데거의 철학을 기초존재론이라 한다면, 상부구조에서 시작하려는 전통미학과는 달리 하부구조에서 시작하려는 하이데거의 미학을 기초미학이라 할 수 있다.

다음에 도구[64]라는 개념을 도입하여 물, 도구, 작품, 3자 사이의 관계를 논하는 것이 제4의 해석학적 회전관계가 된다. 달리 표현하면 한편으로는 물과 도구 사이의 해석학적 회전관계와 다른 한편으로는 도구와 작품 사이의 해석학적 회전관계, 2개의 해석학적 회전관계가 겹쳐 있는 것이 제4의 해석학적 회전관계가 된다. 하이데거가 도구라는 개념을 도입하는 이유는 세 가지로 설명된다. 첫째로 농부의 신발이라는 도구를 그린 반 고흐의 작품 "농부의 신발"을 다루기 위함이다. 예술의 본성이란 "진리의 작품화다"라는 것이, 다시 말해 진정한 예술이란 진리를 작품화하는 것이라는 명제가 하이데거 예술철학인데 이 명제를 논하기 위해 반 고흐의 작품 "농부의 신발"이 적합하기 때문이다. 하이데거가 도구라는 개념을 도입하는 둘째 이유는 물, 도구, 작품 등 합해서 3자가 예술철학의 3원론을 형성하는 계기를 주기 때문이다. 칸트 철학이 이론철학, 실천철학, 예술철학, 합해서 3원론이라 한다면 이에 유사한 물, 도구, 작품, 합해서 하이데거 철학의 3원론이 된다고 보아야 한다. 물을 자료로 하여 인간에 의해 만들어진 일체의 것이 도구라는 의미를 갖게 된다. 항아리, 도끼, 신발은 물론이고 일체의 인간문화가, 일체의 인간역사가 도구라는 의미를 갖게 된다. 물, 도구, 작품이라는 3원론에서 도구는 넓은 철학적 의미로 화장된다고 보아야 한다. 하이데거가 도구라는 개념을 도

---

64) 도구(道具 Zeug)

입하는 셋째 이유는 하이데거의 원래의 목표는 물과 작품 사이의 해석학적 회전관계를 논하려는 것이기 때문에 도구를 다시 제거시켜 3원론을 2원론으로 축소하려는 의도라고 볼 수 있다. 도구의 진리란, 다시 말해 진정한 도구란 자신을 망각시켜 사멸하는 것이기 때문에[65] 도구를 제거시키고 물과 작품, 2원론으로의 축소가 가능하기 때문이다. 예술가, 예술작품, 수용자 등 3원론이 예술의 형식이라 한다면 물과 작품, 무와 실재, 어두움과 밝음 등 2원론은 철학의 형식이다. 3원론에서 2원론으로 복귀함은 하이데거가 예술에서 철학으로, **예술철학**에서 **실재철학**[66]으로 복귀함을 의미한다.

물과 도구 사이의 해석학적 회전관계와 도구와 작품 사이의 해석학적 회전관계 2개의 회전관계가 겹쳐 있는 것이 제4의 해석학적 회전관계라고 했는데 그 양자 사이의 관계를 보자면 다음과 같다. 우선 **물과 도구** 사이의 해석학적 회전관계는 물의 본성은 도구에서 드러나고 반대로 도구의 본성은 물에서 드러난다는 말인데 진흙이라는 물의 본성은 항아리라는 도구에서 드러나고 또 반대로 항아리라는 도구의 본성은 진흙이라는 물에서 드러난다는 말이 된다. 항아리를 보면 그 항아리를 만든 진흙의 가치를 알 수 있고 또 반대로 질이 좋은 진흙을 보면 이 진흙으로 항아리를 만들면 좋겠다는 생각이 든다는 말이다. 계속해서 견고한 철의 본성은 도끼에서 드러나고, 또 가죽의 본성은 신발에서 드러나며 그 반대들도 그렇다는 말이 된다. 다음에 **도구와 작품** 사이의 해석학적 회전관계를 논하기 위해 하이데거는 농부의 신발이라는 도구를 그린 반 고흐의 "농부의 신발"이라는 작품을 설명한다. 농부의 신발이라는 도구의 본성은, 다시 말해 농부의 신발이라는 도

---

65) 도구가 자신을 망각시켜 사멸시키지 않는다면, 예를 들어 신발이 자신을 망각시켜 사멸시키지 않고 자신을 인식시키고 자기주장을 한다면, 이는 신발이 발을 억압하거나 괴롭히는 것을 의미하여 진정한 신발, 진정한 도구라고 할 수 없다는 설명이다.

66) 예술철학(藝術哲學)에서 실재철학(實在哲學)으로

구의 진리는 "농부의 신발"이라는 작품에서 드러나고 또 그 반대도 그렇다는 말이 된다. 농부의 신발이라는 "도구"와 "농부의 신발"이라는 "작품" 사이의 해석학적 회전관계에 관한 하이데거의 아름다운 문장을 인용하자면 다음과 같다. "농부의 아낙네가 오랜 세월동안 신어 이제는 거의 낡아 내부는 어두운 **구멍**[67]과 같이 보이며, 이 어두운 구멍에는 아낙네의 힘든 발걸음 하나하나가 깃들어 있다. 지금은 낡았지만 그래도 질기고 육중했던 그 신발 속에는 긴 밭고랑을 오가는 아낙네의 발걸음, 거친 바람을 맞아가며 끈질기게 그리고 서서히 오가는 아낙네의 발걸음이 깃들어 있다. 그녀의 신발 밑창에는 기름진 흙이 촉촉하게 묻어 있어 풍년을 약속하기도 하고, 해가 질 때까지 홀로 고된 밭일을 해야 하는 고독함이 깃들어 있기도 하다. 그녀의 신발에는 대지[68]의 소리 없는 부름이 깃들어 있다. 여름에는 풍년을 약속하고, 긴 겨울 동안에는 춥고 황량한 폐허로 머물러 있어야 할 대지의 소리 없는 부름이 깃들어 있다. 그녀의 신발에는 먹고살아야 하는 걱정, 보릿고개를 굶어죽지 않고 무사히 넘겼다는 안도감, 다가올 출산에 대한 불안감, 다가올 사망에 대한 두려움 등이 깃들어 있다. 그녀의 신발은 그녀의 대지이며, 그녀의 대지는 그녀의 세계[69] 속에 보호되어 있다. 그녀의 대지와 세계, 양자의 보호된 통일 속에 신발이라는 도구의 진정한 **자생성**[70]이 깃들어 있다."[71] 이상 인용문의 내용은 농부의 신발이라는 도구의 본성을, (본성은 진리를 의미하기 때문에) 농부의 신발이라는 도구의 진리를 작품화한 결과가 된다. 반 고흐의 작품 "농부의 신발"을 보면 그 신발의 진정한 의미를 알 수 있고 또 반대로 낡은 농부의 신발을 보면 반 고흐의 작품이 위대하다는 것

---

67) 어두운 구멍(dunkle Öffnung)

68) 대지(大地 die Erde)

69) 세계(世界 die Welt)

70) 자생성(自生性 das Eigenwüchsige)

71) Heidegger: Der Ursprung des Kunstwerkes, S. 19

을 알 수 있다는 말이다. 도구와 작품 사이의 해석학적 회전관계에 의해 하이데거는 자신의 명제인 "예술은 진리를 작품화하는 것"이라는 사실을, (인용문에 의해 표현하면) 예술은 진정한 도구를, 진정한 농부의 신발을 작품화하는 것이라는 사실을 증명한다고 보아야 한다. 진정한 도구는 "도구의 본성", "도구의 진리"를 나타내므로 결국 예술이란 진리를 작품화하는 것이라는 설명이 된다. 다시 집약하여 표현하면 "농부의 신발"이라는 예술은 진정한 농부의 신발을, 그 신발의 진리를 작품화했다는 말이 된다.

　물, 도구, 작품, 3자 사이의 겹쳐진 2개의 해석학적 회전관계에 의해서 하이데거는 3원론의 예술철학에서 2원론의 실재철학[72]으로 넘어가는 계기를 얻는다는 내용을 언급했는데 다음과 같다. 하이데거는 물, 도구, 작품, 3자 중에서 중간위상을 가지고 있는 도구를 제거함에 의해서 2원론 철학인 실재철학에 도달한다. 도구가 진정한 도구라면 그 도구는 자신을 망각시키고 자신의 존재를 없는 것으로 만들어야 한다는 논리를 하이데거는 전개한다. 진정한 도구는, 하이데거 자신의 표현으로 도구의 본성은, (또 하이데거에 의하면 본성은 진리를 의미하기 때문에) 도구의 진리는 봉사성인데 신발이라는 도구는 발을 보호하는 봉사를 해야 하고, 항아리라는 도구는 물을 저장하는 봉사를 해야 하고, 도끼라는 도구는 나무를 쪼개는 봉사를 해야 한다는 논리다. 그리고 도구가 하는 봉사가 완벽하고 완전해야 진정한 도구가 된다는 말인데 완벽하고 완전한 봉사를 하는 도구를 그 도구를 사용하는 사람은 의식하지 못하고 망각한다는 논리를 하이데거는 전개한다. 신발이라는 도구가 완전하고 완벽한 봉사를 하지 못한다는 사실은 도구가 자신을 의식시키고 따라서 일을 방해한다는 사실을 의미한다는 말이다. 자신을 의식시키지 않고 따라서 도구가 있는지 없는지를 망각케 하는 도구를 도구가 주는 확신성

---

72) 예술철학(藝術哲學)과 실재철학(實在哲學)

이라 말하면서 하이데거는 다음과 같이 말한다. "신발이라는 도구가 주는 확신성에 의해서, 다시 말해 신발이라는 도구를 믿고, 농부의 아낙네는 소리 없는 대지의 부름에 응하며, 또 그렇기 때문에 그녀의 세계를 확신한다. 그녀의 대지와 세계는 오로지 도구에 의해서만, 오로지 도구라는 확신성에 의해서만 가능하다. 도구라는 확신성이 비로소 세계를 확실한 보호자로 만들고, 대지에는 끝없는 충동이라는 자유를 허락해준다."[73] 도구가 주는 확신성에 의해서 도구 자신은 의식 속에서 사라져 망각되므로 물, 도구, 작품이라는 3자 중에서 물과 작품, 양자만이 남아 3원론의 예술철학에서 2원론의 실재철학으로의 이전이 완성된다고 할 수 있다. 물과 작품 사이에서 진행되는 관계가 제5의 해석학적 회전관계로 『예술작품의 원천』에서 핵심이 되는 부분이다.

"모든 작품은 **물성**을 가지고 있다"는 하이데거의 명제를 이미 언급했다. 벽에 걸려 있는 그림은 역시 벽에 걸려 있는 사냥총이나 모자와 같이 물건이고, 반 고흐[74]의 그림 "**농부의 신발**" 역시 한 전람장소에서 다른 전람장소로 옮겨 다니는 물건이다. 독일 루르 지방의 석탄이나 쉬바르츠발트의 목재가 다른 지방으로 실려가는 물건인 것과 같이 예술작품도 이리저리 실려가는 물건이다. 횔더린[75]의 시집도 칫솔이나 치약처럼 배낭에 넣어가지고 여행을 떠날 수 있는 물건이다라는 등의 하이데거의 설명을 이미 언급했다. 모든 (예술)작품은 원천적으로 물질이고 물건이며 따라서 모든 (예술)작품은 물성을 피할 수 없다는 하이데거의 명제이다. 물질 또는 물건이라는 표현 대신에 물 또는 물성이라는 표현을 사용하면 한편으로는 물과 다른 한편으로는 작품, 양자가 대치되어 그 양자 사이에서 해석학적 회전관계가 발생한다는

---

73) Heiddegger: Der Ursprung des Kunstwerkes, S. 19, 20

74) 반 고흐(Vincent van Gogh 1853-1890)

75) 횔더린(Friedrich Hölderlin 1770-1843)

해석학: 하이데거와 가다머   123

설명이 된다. 하이데거의 설명대로 건축물의 본성은 돌이라는 물에서 찾을 수 있고, 그림의 본성은 색이라는 물에서 찾을 수 있고, 음악의 본성은 음이라는 물성에서 찾을 수 있고, 또 그 반대들도 그렇다는 말이 된다. 예를 들어 대리석으로 지은 작품인 아름다운 신전을 보면 그 자료인 대리석의 진가를 알 수 있고, 또 반대로 질 좋은 대리석을 보면 신전을 짓고 싶은 생각이 든다는 말이다. 하이데거는 물, 도구, 작품 등 3자 관계를 축소시켜 물과 작품이라는 2자의 관계로 만들고, "물과 작품", 양자를 이번에는 극도로 확대하여 "대지와 세계"[76]라는 제5의 해석학적 회전관계를 만들어낸다. 대지는 물의 개념이나 극도로 확대된 물 개념이고, 또 세계라는 개념은 작품의 개념이나 극도로 확대된 작품 개념임에 주의해야 한다. 확대개념들인 대지와 세계 사이의 해석학적 회전관계를 하이데거는 다음과 같이 설명한다. "신전이라는 건축물은 자체 내부에서 신상[77]을 폭풍우에 의해 상하지 않도록 감싸서 보호해주고 있으며, 동시에 그 신상이 외부로, 신전 밖의 세상으로 퍼져나가서 하나의 성스러운 영역을 이루게 한다. 신상이 보호되어 들어 있는 신전을 중심으로 하여 형성되는 그 성스러운 영역은 인간과 인간사가 생성하고, 서로 얽혀지고 그리고 사망하고 사멸하는 영역이다. 이 성스러운 영역 안에서 출생과 사망이, 재해와 축복이, 승리와 패배가, 극복과 좌절이 교차되는 인간의 운명이, 민족의 역사가 이루어진다. 이 성스러운 영역은 넓고 광활한 영역이며 민족의 긴 역사 자체를 의미하는 세계다."[78] 인용문에는 직접적으로는 언급되어 있지 않으나 무가 아닌 것은 물이라는 하이데거의 명제에 따라 대리석 돌로 만들어진 신상, 역시 대리석으로 지어진 신전 그리고 신전을 둘러싸고 있는 일체의 것들, 바위, 나무, 독수리, 뱀 등 일체가 물들로, 물과 물성 이

---

76) 대지(大地 Erde)와 세계(世界 Welt)

77) 신전(神殿)과 신상(神像)

78) vgl. Heidegger: Der Ursprung des Kunstwerkes, S. 27, 28

외는 아무것도 존재해 있는 것이 없다는 사실에 주의해야 한다. 하이데거는 무가 아닌 일체의 물들을, 현실세계에 존재해 있는 일체의 것들을 대지라는 개념에 통합시킨다. 하이데거가 물의 개념을 포기하고 대지라는 개념을 선택하는 이유는 일체의 경험적 물리적 존재물들의 원자제인 자료를 하나로 통합하기 위함이다. 따라서 신상을 만드는 자료도 대지고, 신전을 만드는 자료도 대지며, 바위, 나무, 독수리, 뱀 등을 만드는 자료도 대지라는 설명이이 된다. 따라서 대지 이외는 아무것도 없다는 결론이 된다. 그러나 전부와 전체가 물들뿐인 물성 가운데서, 전부와 전체가 대지뿐인 대지 가운데서 물도 아니고 대지도 아닌 것이 발생하는데 이를 인용문에서는 "성스러운 영역"이라 불리고 하이데거는 계속해서 세계라는 개념에 통합시킨다. "성스러운 영역"이라는 세계는 따라서 과학적으로는 다시 말해 물리적인 의미로는 증명할 수 없는 것으로 허공에 일시적으로 떴다가 다시 사라지는 신기루[79]와 같은 것이라는 극단적인 비유를 할 수 있다. 인용문대로 인간의 운명이, 민족의 흥망성쇠가 이루어지는 "성스러운 영역"이, 다시 말해 신전이라는 건축물을 중심으로 하여 형성되는 신기루와 같은 "성스러운 영역"이, 이 신전이라는 건축물의 (신전이라는 예술작품의) "세계"라는 말이다. 세계의 개념 역시 극도로 확대된 개념으로 하이데거의 설명에 따르면 다음과 같다. 신상을 감싸서 보호해주는 신전을 중심으로 형성되는 "성스러운 영역" 내에서 비로소, 다시 말해 그 "성스러운 영역"이라는 작품의 세계 내에서 비로소, 그 신전 주위에 있는 바위는 그 육중함과 더불어 진정한 바위로 나타나고, 폭풍우는 그 막강한 위력과 더불어 진정한 폭풍우로 나타나며, 대리석은 비로소 밝고 찬란한 빛을 발하며, 밝은 낮과 어두운 밤의 구별이 비로소 생기며, 하늘은 비로소 넓고 광활하게 된다는 설명이다. 신전이라는 예술작품이 발하는 "성스러운 영역"이 존재하기 때문에, "성스러운 영역"이라는 세계가 존재하기 때

---

79) 신기루(蜃氣樓 Fata Morgana)

문에, 바로 그렇기 때문에 바위는 육중하게 보이고, 폭풍우는 거칠고 사납게 보인다는 설명이다. 그 "성스러운 영역"이라는 작품의 세계 내에서 비로소 나무, 풀, 독수리, 뱀, 귀뚜라미 등은 그들의 형상을 찾게 된다는 설명이다. 바위가 바위가 되게 하고, 폭풍우가 폭풍우가 되게 하며, 나무가 나무가 되게 하고, 독수리가 독수리가 되게 하는 그 "성스러운 영역", 그 작품의 세계를 그리스인들은 자연[80]이라고 불렀다고 말하면서[81] 하이데거 자신은 세계라고 부른다. 그리고 하이데거가 말하는 세계를 원천적으로 가능케 하는 자료를, 세계를 만드는 원자재를 하이데거는 대지라고 부른다.

대지와 세계라는 쌍개념을 하이데거는 니체[82]에게서 배운다. 대지와 세계라는 쌍개념은 니체의 **디오니소스성과 아폴로성**[83]이라는 쌍개념과 일치한다고 보아야 하는데 니체는 디오니소스성과 아폴로성을 다음과 같이 구별한다. 니체는 자신의 초기 논문 『비극의 탄생』[84]에서 처음부터 끝까지 그 양자 개념의 분리구별을 설명하고 있는데 그 중 대표적인 설명은 한편으로는 검은 스크린과 다른 한편으로는 그 검은 스크린 위에 밝게 조명된 영상사진의 관계와 같은 것으로 **무가상성과 가상**[85]에 의해 디오니소스성과 아폴로성의 관계를 설명한다. 존재해 있는 것은 단 하나의 검은 스크린인데, 이 단 하나의 검은 스크린 위에 밝게 조명된 영상사진이 디오니소스성과 아폴로성의 관계라는 설명이 된다. 존재해 있는 "단 하나"의 검은 스크린이 디오니소스성이고 밝은 영상사진이 아폴로성이 되는 관계다. "단 하나"의 검은 스크

---

80) 자연(自然 Physis)

81) vgl. Heidegger: Der Ursprung des Kunstwerkes, S. 28

82) 니체(Friedrich Nietzsche 1844-1900)

83) 디오니소스성과 아폴로성(das Dionysische und das Apollinische)

84) 『비극의 탄생 Die Geburt der Tragödie』

85) 무가상성과 가상(Scheinlosigkeit und Schein)

린은 영원히 변하지 않고 존재해 있으나 밝은 영상사진은 항상 변하며 존재 했다가 없어지기도 하는 일시적인 현상이라 이해하는 것이 니체 철학을 이 해하는 데 중요하다. 니체는 디오니소스성을 어두운 심연, 잔혹한 심야 등으로 표현하고, 아폴로성은 밝은 태양과 같은 것으로 투명하고, 아름답고, 명백한 것이라고 설명한다. 존재해 있는 그것도 영원히 존재하는 단 하나의 디오니소스성은 겉으로 드러나지 않은 무가상성으로 어두운 심연, 잔혹한 심야와 같은 것이며, 아폴로성은 반대로 태양빛과 같이 밝게, 명백하게, 아름답게 드러나지만 조명등을 끄면 사라져 없어지는 일시적인 것이라는 설명이다. 『비극의 탄생』에서 니체가 하는 또 하나의 중요한 비교설명은 디오니소스성은 모든 인간에게 공통적으로 내재한 원초적인 음악의 멜로디와 같은 것이고 아폴로성은 이 원초적인 멜로디가 일시적으로 모습을 드러내는 현상과 같은 것이라는 설명이다. 원초적인 멜로디는 "현상의 모방이 아니라 인간의지 자체의 직접적인 노출이며, 물리적 세계 배후에 내재해 있는 형이상학적인 것이며, 모든 현상의 근저에 놓여 있는 물 자체라고 할 수 있다."[86] 모든 현상의 근저에 내재해 있는 원초적인 멜로디 자체가 니체에 의하면 인간의지 자체이기 때문에 "음악은 보편적인 언어다", "음악은 의지의 언어다"라고 니체는 말한다.[87] 종합하여 니체는 "음악은 육체를 갖고 있지 않은 가장 내부의 영혼"이라고 말하는데[88] 이 육체 없는 영혼에 여러 가지 육체를 입혀 놓은 것이 물리적 세계, 즉 현실세계라는 다양한 현상이 된다는 말이다. 이상의 내용을 간단히 요약하면 "육체 없는 영혼"에 육체라는 옷을 입혀 놓은 것이 아폴로성으로 물리적 세계 또는 현실세계라는 다양한 현상이

---

86) ebd. S.90; 음악의 육체화(Verkörperung der musikalischen Stimmung)

87) ebd. S.90, 91

88) ebd.

되고, 육체라는 옷을 입기 전의 상태, 즉 "육체 없는 가장 내부의 영혼"이, 다시 말해 원초적이고 보편적인 멜로디가 디오니소스성이 된다는 설명이다. 비극의 탄생에서 니체가 하고 있는 또 하나의 분리구별의 설명을 언급하자면 디오니소스성은 도취이고 아폴로성은 꿈[89]이라는 설명이다. 도취는 인간에 내재한 가장 원초적인 본능, 아니면 가장 원초적인 충동으로 "성적 충동"을 의미하고 꿈은 이 원초적인 "성적 충동"이 일시적으로 모습을 나타내는 것이라는 설명이다. 내가 꿈을 꾸면 나는 꿈속에서 선인이 될 수도 있고 악인이 될 수도 있는 것과 같이, 또 미인이 될 수도 있고 추인이 될 수도 있는 것과 같이 일시적인 여러 가지 꿈의 모습들은 나 하나의 여러 가지 모습들이라는 설명이다. 모든 인간에 내재한 원초충동이, (모든 인간에게 공통적으로 내재해 있기 때문에) "단 하나의" 원초충동이 꿈 속에서 여러 가지 모습으로 나타나는데, 다시 말해 선한 인간, 악한 인간, 아름다운 인간, 추한 인간 등으로 나타나는데 전자인 "단 하나의" 원초충동이 디오니소스성이고 후자인 일시적인 꿈의 다양한 모습들이 아폴로성이라는 설명이다. 니체가 말하는 디오니소스성과 아폴로성이라는 개념은 극단적으로 확대된 개념들이다. 기독교의 신이 하나라는 것과 같이 디오니소스성은 단 하나로 하나의 유일신으로 극대화되는 개념이다. 그리고 아폴로성도 여러 가지 꿈의 모습들뿐만 아니라 더 확대되어 일체의 현실세계, 일체의 예술세계, 일체의 인간문화, 일체의 인간역사 등을 의미하는 개념이 된다. 종합하여 단 하나의 검은 스크린, 단 하나의 원초 멜로디, 단 하나의 원초충동 등의 표현들은 감관적으로 볼 수도 없고 들을 수도 없으나 또 논리적으로 설명할 수도 없으나 살아서 꿈틀거리며 영원히 존재하는 괴물과 같은 디오니소스성을 나타내는 표현들이다. 밝고, 투명하고, 아름다운 현상들, 그러나 일시적으로만 존재하다 꿈과 같이 다시 사라지는 모습들은 아폴로성을 나타내는 표현들이다. 이상의

---

89) 도취(陶醉 Rausch)와 꿈(夢 Traum)

디오니소스성과 아폴로성, 양자 사이의 구별설명은 하이데거가 말하는 대
지와 세계라는 쌍개념을 이해하는 데 열쇠가 된다.

　니체에게서 배운 "대지와 세계"라는 쌍개념에 의해 하이데거는 자신의 예
술론을 전개하는데 다음과 같다. 상품으로 전락하여 거래의 대상이 된 작품
이 아니라 스스로 존속하며 생성발전 할 수 있는 능력을 소유한 작품은, 하
이데거의 표현으로 **자생성**[90]을 소유한 진정한 작품은, 다시 하이데거의 표
현으로 **작품실재**[91]는 2가지 본성을 가지고 있는데 하나는 "세계를 세우고"는
일이고 다른 하나는 "대지를 펼치는 일"[92]이라고 하이데거는 말한다. "이 2가
지 본성은 2개가 아니라, 작품실재라는 하나의 통일성을 구성하는 본성들이
다. 우리가 작품실재에 대해 말할 때는, 다시 말해 진정한 작품에 대해 말할
때는 이 통일성을 말하고 있는 것이다."[93] 진정한 작품을 의미하는 작품실재
는 2개의 본성이 있는데, 하나는 세계를 세우는 일이고, 다른 하나는 대지를
펼치는 일이라는 말이다. 하나의 사람이 2개의 본성을 가지고 있다고 해서
2명의 사람이 아니라 한 명의 사람인 것과 같이, 2개의 본성을 가지고 있는
작품실재 역시 하나의 작품실재, 하나의 통일성이라고 생각해야 한다. 아니
면 작품실재란 이렇게 보면 세워진 세계고, 저렇게 보면 펼쳐진 대지로 2중
의 얼굴, "야누스의 얼굴"을 가졌다고도 생각할 수 있다. 진정한 작품을 의미
하는 작품실재 속에서는 2가지 일이 발생하고 있는데 하나는 세계를 세우는
일이고 다른 하나는 대지를 펼치는 일이라는 설명이다. 이상의 2가지 일 중

---

90) 자생성(自生性 das Eigenwüchsige)

91) 작품실재(作品實在 Werksein)

92) Heidegger: Der Ursprung des Kunstwerkes, S. 34: Das Aufstellen einer Welt und das
　　Herstellen der Erde sind zwei Wesenszüge im Werksein des Werkes. Sie gehören aber in
　　der Einheit des Werlseins des Werkes.

93) ebd. S. 34

에서 세계를 세우는 일의 주체는 대지가 되고, 또 반대로 대지를 펼치는 일의 주체는 세계가 된다는 것이 하이데거의 설명이고 이것이 제5의 해석학적 회전관계를 형성한다. 대지와 세계 사이의 해석학적 관계에 대한 하이데거의 핵심적인 발언은 다음과 같다. "세계는 대지 위에 지어지고, 대지는 세계를 솟아나게 한다."[94] 대지는 세계를 필요로 하고 반대로 세계는 대지를 필요로 한다는 말이며, 이 양자 사이의 해석학적 회전관계 없이는 작품실재가, 다시 말해 진정한 작품이 불가능하다는 설명이다.

해석학적 회전관계에 있는 대지와 세계를 분리하여 그 양자의 본성을 규정하려는 시도를 하자면 다음과 같다. "돌덩어리"로 만들어진 "성스러운" 여신상이라는 비유로 대지의 본성을, 대지의 개념을 설명함이 효과적이다. 대지는 첫째로 "단 하나의 무한한 자료"라고 이해해야 한다. 돌덩어리로 만들어진 성스러운 여신상이라는 비유에서 여신상 자체는 머리에서 발끝까지 전체와 총체가 돌덩어리이기 때문에 "단 하나"의 자료라는 의미로 이해해야 하며, 돌덩어리는 여기저기 모든 곳에 널려 있는 것이 돌덩어리이기 때문에 "무한"하다는 의미로 이해해야 한다. 하이데거는 대지를 "아무런 구속을 가지고 있지 않은 영원한 자"라고[95] 표현하는데 대지는 무한히 (한계선 없이) 그의 세력을 지속하는 자료, 그것도 단 하나의 무한한 자료라고 대지의 개념을 이해해야한다. 여신상을 보고 느끼는 "성스러움"은 보는 사람에 따라 그리고 시간과 장소에 따라 그 강도가 변할 수 있고 또 사라질 수도 있으나, 그 "성스러움"을 탄생시키는 대지는, 돌덩어리는 시간과 장소를 초월해서 영원히 그리고 무한히 돌덩어리로 머물러 있다는 말이다. 다음으로 주의할 것은 대

---

94) ebd. S. 35; "Die Welt gründet sich auf die Erde, und Erde durchragt Welt."

95) Heidegger: Der Ursprung des Kunstwerkes, S. 32, "das zu nichts gedrängte Mühelose-Unermüdliche"

지는 **자료**[96]라는 사실이다. "성스러운" 여신상라는 표현에서 "성스러움"과 여신상을 분리해서 본다면, 여신상 자신은 내부와 외부, 상하좌우 어디를 보아도 돌덩어리 이외는 아무것도 아니나, 그러나 그 돌덩어리가 아닌, 돌덩어리와는 전혀 다른 "성스러움"이라는 현상이 발생한다는 말인데 돌덩어리라는 대지는 "성스러움"이라는 세계를 만들어내는 자료라는 설명이다. 대지를 이상과 같이 "**단 하나의 무한한 자료**"라고 한다면, 자료는 하이데거가 의미하는 **물**[97]을 나타내기 때문에 대지의 개념은 극단적인 유물론을 나타낸다. 그러나 자료는 단 하나, 물은 단 하나라고 한다면 하이데거는 유물론을 다시 유심론화한다고 할 수 있다. **정신**[98]은 하나, 신은 하나, 물은 하나라는 표현들은 모두 유심론을 나타내는 표현들이기 때문이다. 대지의 개념에 대한 두 번째 설명은 "**논리성의 지양**"이라 할 수 있다. 하이데거의 설명은 다음과 같다. "대지는 자신의 내부로 침투하려는 모든 계산적이고 논리적인 시도를 붕괴시킨다. 이 계산적인 논리는 자연을 정복하기 위한 기술과 학술에 관해서는 주인이 되고 진보를 의미한다고 볼 수 있지만, 대지에 관해서는 주인도 아니고 진보도 의미하지 못하는 **의지의 무능**[99]에 불과하다. 대지를 눈에 잘 보이게 펼쳐 놓는다는 말은 해결할 수 없는 불가사의한 대지 자체를, 아니면 대지의 불가사의성 자체를 눈에 잘 보이도록 펼쳐 놓는다는 말이다. 대지의 불가사의성을 논리적으로 파헤치려는 시도는 실패할 수밖에 없으며, 따라서 대지의 불가사의성 자체는 있는 그대로 존중되고 보존되어야 한다."[100] 대지의 개념에 대한 세 번째 설명은 **폐쇄성**이다. "자신을 폐쇄하려는 성질이 대

---

96) 자료(資料 Material)

97) 물(物 Ding)

98) 정신(精神)

99) 의지의 무능(Ohnmacht des Wollens)

100) Heidegger: Der Ursprung des Kunstwerkes, ebd. S. 33

지의 본성"이라고[101] 하이데거는 말한다. 하이데거가 의미하는 대지의 폐쇄성이라는 본성을 다시 3가지로 풀어서 다음과 같이 설명할 수 있다. 폐쇄성은 우선 마치 해면과 같이 모든 것을 (세계를) 흡수하는 본성을 의미한다. 세계를 세우는 일을 하는 주체가, 다시 말해 세계를 개방하는 일을 하는 주체가 대지라는 말을 했는데, 이때의 개방작업은 다시 흡수하기 위한 작업으로 보아야 한다. 흡수작업이 가능하기 위해서는 개방작업이 선행해야 하기 때문이다. 다음에 폐쇄성은 보호하는 본성을 의미한다. 세계를 세워 개방하고, 그 세워진 개방된 세계를 다시 흡수하여 보호하려는 본성을 대지는 가지고 있다. 출타한 아들을 다시 귀향시켜 감싸고 두둔하려는 엄마의 본성이 대지의 본성과 같다고 할 수 있다. 마지막으로 대지는 세계를 다시 자신의 육체 속으로 환원시키려는 본성을 가지고 있다. 아들이 엄마의 무릎에 대한 영원한 동경을 가지고 있다는 사실은 반대로 아들을 자신의 무릎 속으로 다시 환원시키려는 엄마의 영원한 동경을 의미하기도 한다. "세계와 대지는 그 본성에 있어서는 서로 구별되지만 그러나 서로 분리되는 일은 절대로 없다." "대지는 세계를 세워 개방하는 작업을 그리고 세워져 개방된 세계를 절대로 결여할 수 없다."[102] 언급한 대로 대지는 세계를 다시 파기하여 자신의 육체 속으로 환원시키려 하지만 그럼에도 불구하고 세계를 출타시키는 일을, 세계를 개방하여 세우는 일을 하지 않을 수 없다는 말이다. 서로 구별되어야 하지만 그러나 서로 분리될 수 없는 운명이 세계와 대지의 공통운명이다.

대지에 대한 설명 다음에 세계에 대한 설명을 요약하면 다음과 같다. "세계"라는 개념은 질서, 가시성, 결단[103] 등 3가지로 요약된다. 니체는 아폴로성

---

101) ebd. S. 33, "Die Erde ist das wesenhaft Sich-verschließende."

102) Heidegger: Der Ursprung des Kunstwerkes, S. 35

103) 질서(Ordnung), 가시성(Sicht), 결단(Entscheidung)

을 개체화의 원리[104]라고 정의하는데 이 정의에 상응하는 개념들이 질서, 가시성, 결단이라는 개념들이 된다. 대지의 개념을 설명할 때 "무한한 자료", "논리성의 지양", "폐쇄성" 등의 표현을 사용했는데 이에 반대되는 개념들이 질서, 가시성, 결단이라고 이해해야 한다. 세계라는 개념에 대한 이상의 3가지 설명을 이미 언급한 그리스인들의 자연에 관한 인용문에 의해 보충하자면 다음과 같다. 신상을 감싸서 보호해주는 신전을 중심으로 형성되는 "성스러운 영역" 내에서 비로소 바위는 진정한 바위로 가시화되고, 진정한 바위로 되어지고, 다시 말해 바위라는 현존재로 결단내려지고, 폭풍우는 진정한 폭풍우로 가시화되고, 폭풍우라는 현존재로 결단내려지고, 또 대리석은 진정한 대리석으로 가시화되고, 대리석이라는 현존재로 결단내려진다는 설명이 된다. "성스러운 영역"이라는 세계가 없다면 바위는 바위가 아닐 수도 있고, 폭풍우는 폭풍우가 아니라 순풍일 수도 있으며, 대리석은 값진 귀중한 돌이 아니라 값싸고 천한 돌일 수도 있다는 말이다. 그리고 이상의 가시화와 결단의 과정에 의해서 바위, 폭풍우, 대리석 등 사이에 (위계)질서도 생긴다는 설명이 된다. 질서, 가시화, 결단 등의 합이, 다시 말해 그들 사이의 상호관계가, 또 다시 말해 그들 사이의 콘피구라씨온을 의미하는 **성위**[105]가 "성스러운 영역"을 구성한다는 말이 된다.

하이데거가 말하는 진정한 작품을, 상품으로 전락하여 생명을 상실한 작품이 아니라 자생하는 그것도 살아서 생동하는 진정한 작품을, 하이데거의 표현으로 **작품실재**를 지금까지 여러 가지로 표현했다. 대지와 세계 사이에서 발생하는 해석학적 회전관계와 관련하여 다시 표현하면 작품실재는 대지와 세계 사이의, 세계를 세우는 작업과 대지를 펼치는 작업 사이의 **긴장상태**를

---

104) 개체화의 원리(das Prinzipium individuationis)

105) 성위(星位 Konfiguration)

의미한다. 작품실재는 "야누스의 머리"와 같이 이렇게 보면 대지로 보이고 저렇게 보면 세계로 보인다는 말이다. 또 대지의 입장에서 "성스러운" 여신상을 보면 총체가 대지로 돌덩어리만 보이고, 반대로 세계의 입장에서 보면 총체가 세계로 "성스러움"만 보인다는 말이다. 대지는 대지 이외에는 아무것도 없다고 극단적인 주장을 하고, 또 반대로 세계는 세계 이외에는 아무것도 없다고 극단적인 주장을 한다는 말인데, 극단적인 주장을 하는 대지와 세계 양자 사이에서 하나의 긴장상태가 발생하는데 이를 공통적인 공동[106]이라고, 공통적인 **공동현상**이라고 하이데거는 부른다. 대지와 세계 사이에 놓여 있는 아니면 그 양자 사이에서 발생하는 이 공동현상을 적과 아군 사이에 놓여 있는 비무장지대, **완충지대**라고 상상할 수 있다. 대지와 세계 사이에 놓여 있는 이 비무장지대인 완충지대를 계속해서 하이데거는 "**개방된 중심**"[107]이라고 부르고 다음과 같이 말한다. "실재물과 실재물 사이에서 아니면 실재물들에 의해 둘러싸인 가운데서 개방된 중심이 본성을 드러낸다."[108] 대지라는 실재물과 세계라는 실재물 사이에서 발생하는 하나의 공동현상인 "개방된 중심"을 하이데거는 "리히퉁"이라는 말로 표현한다. "개방된 중심"이라는 표현과 "**리히퉁**"[109]이라는 표현은 동일한 의미를 나타내나, "개방된 중심"이라는 표현에서 개방과 중심을 분리하여 개방은 밝고, 중심은 어둡다는 논리를 하이데거는 전개한다. 하이데거의 논리에 따라 밝기도 하고 어둡기도 한 것이 "개방된 중심"이고 또 "개방된 중심"이 리히퉁이므로 리히퉁 자체가 밝기도 하고 어둡기도 한 2중의 존재물이 된다는 결론이다. 밝기도 하고 어둡기도 한 "개방된 중심"을, 밝기도 하고 어둡기도 한 리히퉁을 하이데거는 진리 또는 비잠재

---

106) 공동(空洞)

107) "개방된 중심"(die offene Mitte)

108) Heidegger: Der Ursprung des Kunstwerkes, S. 39, 40

109) 리히퉁(Lichtung)

성[110]이라고도 표현한다. 결국 진리가 밝기도 하고 어둡기도 하다는 말인데 밝음과 어두움 사이에서 발생하는 관계가 제6의 해석학적 회전관계가 된다.

　대지라는 실재물과 세계라는 실재물 사이에서 발생하는 긴장상태[111]를 지금까지 완충지대와 같은 공동현상, 개방된 중심, 리히퉁 등으로 불렀는데 하이데거는 계속해서 이를 제3의 실재물이라 할 수 있는 타자[112]라고 부르고 제6의 해석학적 회전관계를 준비한다. "실재물들을 초월하여, 그렇다고 하여 실재물들과 전혀 분리되어 실재물들을 도외시하는 것은 아니고, 실재물들의 존재를 인정하고 보면, 다음과 같이 타자가 발생한다. 전체의 실재물들 중앙에 하나의 개방된 중심이 본성을 (자태를) 드러낸다. 그 개방된 중심이 리히퉁이다. 그 리히퉁은 실재물의 면에서 본다면 실재물보다 더 실재적이다. 따라서 이 개방된 중심은 실재물들에 의해 둘러싸인 것이 아니라, 이 개방된 밝은 중심은 어두운 무와 같이 모든 실재물들을 둘러싸고 있다."[113] 실재물들을 초월한다는 말은 대지라는 실재물과 세계라는 실재물을 초월한다는 말이다. 따라서 대지라는 실재물과 세계라는 실재물을 초월해야 하는데, 그러나 초월한다고 해서 그 양자를 전혀 도외시해서는 안 되고, 그들의 존재는 인정하면서 초월해야 한다는 말로 해석할 수 있다. 세계라는 실재물과 대지라는 실재물을 인정하면서 그 양자를 초월하여 생겨난 것이 타자, 즉 개방된 중심 또는 리히퉁이라는 말이 된다. 대지라는 실재물과 세계라는 실재물 사이에서 발생하는 긴장상태를 타자라고 하이데거가 부르는 이유는 첫째로 개방된 중심인 리히퉁을 대지도 아니고 세계도 아닌, 그 양자와는 전혀 다른

---

110) 진리(Wahrheit) 또는 비잠재성(Unverborgenheit)

111) 긴장상태(Spannung)

112) 타자(他者 das Andere)

113) Heidegger: Der Ursprung des Kunstwerkes, S. 39, 40

독립된 제3자로, 제3의 실재물로 만들기 위함이다. 둘째로 타자는 자신의 타자들인 대지와 세계 없이는 성립이 불가능하므로 대지와 세계, 양자와의 관계를 유지하려함이 두 번째 이유라고 할 수 있다. 타자라는 표현을 하이데거가 택하는 이유는 셋째로 대지와 세계, 양자와의 관계를 절단하기도 하고 유지하기도 하면서 새로운 해석학적 회전관계로 넘어가기 위함이라 할 수 있다. 대지의 색깔은 어둡고, 세계의 색깔은 밝기 때문이 그 양자 사이의 긴장상태의 표현인 리히퉁의 색깔도 어둡기도 하고 밝기도 하다고 할 수 있는데 이 어두움과 밝음의 관계가 높은 차원으로 상승하는 계기를 맞게 된다.

리히퉁이라는 독일어 표현은 빛과 같이 밝다는 뜻으로 거대한 숲 가운데 나무를 베어 생겨난 빈터를 의미한다. 따라서 거대한 어두운 숲 가운데 "태풍의 눈"과 같이 주위를 휘몰아치고 있는, 아니면 주위에 의해 휘몰아쳐지고 있는 공동지대가 리히퉁이라고 상상할 수 있다. 리히퉁은 따라서 주위의 실재물들을, 대지라는 실재물과 세계라는 실재물을 휘몰아치고 있는 공동지대, 아니면 그 양자들에 의해 휘몰아쳐지고 있는 공동지대라고 상상할 수 있다. 여기서 대지와 세계 사이의 긴장상태를 의미하는 리히퉁의 색깔이 문제가 된다. 우선 독일어 표현인 리히퉁 자체는 빛과 같은 밝음을 나타내지만 주위의 거대한 숲이 보여주는 어두움 없이는 불가능한 밝음이라 할 수 있다. 다음에 "태풍의 눈"이라는 비유에서 눈 자체는 밝은 빛을 상징하기 때문에 밝으나 눈 주위의 막대한 구름덩어리는 역시 어두움이라 할 수 있다. 마지막으로 하이데거 자신의 말대로 전체의 실재물들 중앙에 하나의 개방된 중심이 본성을 드러내는데 이 개방된 중심이 리히퉁이므로 색깔은 밝음이라 할 수 있다. 그러나 이 리히퉁은 실재물의 면에서 본다면 실재물보다 더 실재적이서 실재물들에 의해 둘러싸인 것이 아니라, 반대로 어두운 무와 같이 모든 실재물들을 둘러싸고 있다는 하이데거의 말은 리히퉁의 색깔은 어둡다고 할 수밖에 없으나 철학적 사고를 요하는 발언이다. 어두운 거대한 우주 안에 들어 있는 단 하나의 밝은 태양만을 상상한다면, 다시 표현하여 한편으로는 단 하나의 어두운 거대한 우주와 그리고 다른 한편으로는 단 하나의 밝은 태양, 양자만을 상상한다면 태양은 밝고 우주는 어둡다는 말도 옳고 또 반대로 우주는 밝고 태양은 어둡다는 말도 옳다는 말이 된다. 태양은 어두운 우주 때문에 밝게 보이고 또 반대로 어두운 우주는 밝은 태양 때문에 더욱 강한 어두움을, 투명하고 분명하고 밝은 어두움을, 따라서 밝음을 보인다고 상상해야 하는 철학적 사고가 필요하다. 하이데거의 철학을 이해하기 위한 철학적 사고를 단 하나의 밝은 태양과 단 하나의 어두운 우주라는 비유를 다시 사용하여 다음과 같이 설명할 수 있다. 우선 밝은 태양과 어두운 우주 사이의 관계가 역전되는 것이 하이데거의 사고형식이다. 어두운 태양과 그 어두운 태양을 둘러싸고 있는 밝은 우주를 상상하거나, 아니면 밝은 태양 속에 들어 있는 어두운 무한한 우주를 상상해야 하는 불가능한 요구를 하이데거는 하고 있다. 분명한 것은 밝은 태양과 어두운 우주라는 전통철학의 사고형식을, 다시 말해 밝은 진리와 어두운 비진리라는 전통철학의 사고형식을 거꾸로 뒤집어놓으려는 것이 하이데거의 의도이다. 어두운 태양과 그 어두운 태양을 둘러싸고 있는 밝은 우주를 상상하면 전통철학의 색깔을 바꾸어놓은 것이고, 반대로 밝은 태양 속에 들어 있는 어두운 우주를 상상하면 전통철학의 위상을 바꾸어놓은 것이라고 할 수 있다. 전통철학의 사고형식을 뒤집어놓는 하이데거의 표현은 "진리는 그의 본성에 있어서는 비진리다"라는[114] 표현이다. 진리가 비진리라는 하이데거의 말은 다음 3가지로 풀이된다. 진리가 비진리라는 말은 첫째로 하이데거의 **기초존재론**[115]의 결과이다. 1930년을 전후로 하여 전 단계에서 하이데거가 테마로 했

---

114) Heidegger: Der Ursprung des Kunstwerkes, S.41

115) 기초존재론(基礎存在論 Fundamentalontologie)

던 기초존재론은 후 단계, 즉 전향의 단계에서도 지속된다고 보아야 한다. 전통철학이 가장 밝은 개념으로 생각했고, 따라서 모든 철학의 기초라고 생각했던 실재를 하이데거는 반대로 가장 어두운 개념이라고 생각하고, 따라서 모든 철학의 기초가 아니라 목표라고 생각한다. 진리가 비진리라는 말은 따라서 전통철학이 가장 밝은 진리라고 생각했던 실재가 사실은 반대로 가장 어두운 비진리라는 말로 해석할 수 있다. 실재가 가장 어두운 비진리이므로 철학은 최초로, 다시 말해 이제야 비로소 그 어두운 비진리를 사고하여 밝은 진리로 만들어야 한다는 논리가 된다. 진리가 비진리라는 말은 둘째로 하이데거의 진리 불가지론을 대표하는 말이다. 하이데거의 진리 불가지론을 나타내는 말의 예는 다음과 같다. "물들, 인간들, 선물과 제물들, 동물과 식물들, 도구와 작품들, 이 모든 것들은 실제로 존재하는 **실재물**들이다. 그런데 이 실재물들은 **실재**[116]라는 문제를 내포하고 있다. 이 실재를 그러나 베일에 감추어진 숙명이 지배하고 있다. 실재를 지배하는 이때의 숙명은 신성과 비신성을 갈라놓는, 다시 말해 신성도 비신성도 지배하는 숙명이다. 베일에 감추어진 숙명의 지배를 받고 있는 알 수 없는 실재는 제외하고라도, 인간이 해결할 수 없는 실재물들은 너무나 많다. 아주 극소수의 실재물들만이 인식되었다. 그러나 그 극소수의 인식된 실재물들도 불완전하고 불안전한 인식에 지나지 않는다. 실재물을 인간이 완전한 내 것으로 만들거나, 실재물에 대한 완전한 표상을 만드는 일은 불가능하다."[117] 인간사와 세계사에는 무수한 실재물들이 있는데, 그 중에 인간이 인식한 실재물은 극소수에 불과하나, 그것도 불완전하고 불안전한 인식에 지나지 않는다는 말이다. 종합하여 인간은 실재는 물론이고 실재물도 인식할 수 없다는 실재 불가지론과 실재물 불가지론, 합해서 **진리 불가지론**을 인용문은 나타내고 있

---

116) 실재(das Sein)와 실재물(das Seiende)

117) Heidegger: Der Ursprung des Kunstwerkes, S. 39

다. 진리가 비진리라는 말은 지금까지 전통철학이 실재물들에 대해 말해온 모든 진리라는 것은 헛소리로 비진리에 지나지 않는다는 말을 의미한다. 진리가 비진리라는 말은 셋째로 어두운 진리를 손상시키지 말고 있는 그대로 보존하자는 말로 해석할 수 있다. 리히퉁의 자화상인 "개방된 중심"을 밝은 "개방"과 어두운 "중심"으로 나누어 생각하면, 밝음과 어두움 양자를, 개방과 중심 양자를 모두 구제하자는 말로 해석할 수 있다. 진리에 해당하는 중심은 어두워서 비진리가 되며, 반대로 비진리에 해당하는 개방은 밝으므로 진리가 될 수 있어, 진리는 비진리고, 반대로 비진리는 진리라는 말이 된다. 진리를 인식했다는 말은 인식하지 못한 비진리가 되며, 반대로 진리를 인식하지 못했다는 겸손한 말은 진리에 도달했다는 말이 된다. 하이데거에 의하면 리히퉁은 진리를 의미하므로 결국 진리가 밝기도 하고 어둡기도 하다는 말이 되는데 밝음과 어두움 사이에서 발생하는 관계가 제6의 해석학적 회전관계이며 이 회전관계에 의해 하이데거는 예술철학의 영역을 떠나 실재철학의 영역으로 돌아오는 계기를 마련한다.

세계와 대지, 밝음과 어두움, 진리와 비진리라는 쌍개념들은 이미 예술의 영역이 아니라 철학의 영역, 예술철학이 아니라 실재철학이라 보아야 한다. 왜냐하면 이상의 개념들은 예술영역을 형성하는 3원론이 아니라 철학의 영역을 형성하는 2원론이기 때문이다. 그러나 하이데거는 예술을 통해서 철학을 아니면 철학을 통해서 예술을 하기 때문에 예술과 철학을, 예술철학과 실재철학을 분간하기는 불가능한 것이 사실이다. 예술과 철학의 분간을 불가능하게 만드는 이유는 하이데거 철학의 특징인 해석학적 회전관계에서 온다. 하이데거는 또 하나의 해석학적 회전관계를 사용하는데 이것이 **제7의 해석학적 회전관계**이다. 제7의 해석학적 회전관계에서 하이데거는 자신의 핵심 명제를 다루고 있다. 하이데거의 핵심 명제는 이미 언급한 대로 "예술의 본성은 진리를 작품 속으로 집어넣는 것이다."[118] 예술의 본성은 진리를 작품화하는 것이라고, 또 진리를 작품화하면 그것이 예술이라고 이해할 수 있는데 예술의 본성은, 다시 말해 진정한 예술은 진리를 작품 속으로 집어넣는 것이된다. 따라서 진정한 예술을 논하기 위해서는 다시 "작품"과 "진리"를 추적해야 된다는 말이다. 멍석을 깔아주어야 비로소 지랄을 할 수 있다는 말을 상정한다면, 멍석이라는 위상에 해당하는 "작품"과 지랄이라는 실재에 해당하는 "진리", 양자의 관계를 추적해야 한다는 말이다. 비슷한 비유로 뻐꾸기는 다른 새들이 지어놓은 보금자리에만 알을 낳는다는 말이 있는데 다음의 문제를 제기할 수 있다. 이에 대해 2가지 주장이 있을 수 있는데 하나는 보금자리가 먼저 있어야 뻐꾸기가 알을 낳고 싶은 생각이 들어 알을 가져 알을 낳고 따라서 알이 존재하게 된다는 주장이고, 다른 하나는 반대로 뻐꾸기가 먼저 알을 배 속에 잉태하고 있어야, 다시 말해 알이 먼저 존재해야 보금자리가 눈에 보인다는 주장이다. 이상의 2가지 주장 중에서 하이데거는 첫 번째 주장인 보금자리가 먼저 눈에 보이면, 즉 보금자리가 먼저 존재하면 비로소 알을 낳고 싶은 생각이 들어 알이 생기게 된다는 의견이다. 보금자리가 먼저 존재하면 알은 스스로 생기게 된다는 말인데, 작품이 먼저 존재해 있으면 진리가 스스로 잉태되어 탄생한다는 말이 된다. 행복하게 살 수 있는 집이 먼저 있어야 아이를 낳고 싶은 생각이 들어 아이가 생기는지, 아니면 아이가 이미 배 속에 생겨 존재하고 있기 때문에 비로소 집이 눈에 보이는지 하는 문제는 여기서는 해결할 수 없는 문제로 여성심리학 내지는 인간심리학에 속하는 문제들이 되어 예술론을 초월한다고 보아야 한다. 성모 마리아라는 보금자리가 먼저 있기 때문에 누구의 도움 없이도 (남자의 도움 없이도) 예수라는 기독교의 진리가 스스로 탄생했다는 성경의 신화는 역시 여기서는 해결 할 수

---

118) Heidegger: Der Ursprung des Kunstwerkes, S. 59, "Demnach wurde im voraus das Wesen der Kunst als das Ins-Werk-Setzen der Wahrheit bestimmt."

없는 문제로 예술론을 초월하여 형이상학 내지는 신학에 속하는 문제가 된다. 그러나 하이데거의 논리를 따르면 멍석이 먼저 있어야 지랄이 발생하고, 보금자리가 먼저 있어야 알이 발생한다는 논리가 된다. 멍석이라는 위상과 지랄이라는 실재, 보금자리라는 위상과 알이라는 실재, 작품이라는 위상과 진리라는 실재, 양자가 합하면 사건이 발생한다는 것이 하이데거의 생각이다. 하이데거는 이를 하나의 표현으로 "사건발생"[119]이라고 말한다.

"사건발생"이라는 개념을 추적하자면 다음과 같다. 하이데거에 의하면 "예술의 본성은 진리를 작품 속으로 집어넣는 것이기" 때문에 "작품 + 진리 = 예술"이라는 공식이 된다고 할 수 있다. 그리고 언급한 대로 보금자리라는 위상과 알이라는 실재가 합하면, 작품이라는 위상과 진리라는 실재가 합하면 "사건발생"이 되기 때문에 결국 예술은 하나의 "사건발생"이라는 말이 된다. 작품과 진리가 만나면 그 양자 사이에서 어떤 사건이 발생한다는 말인데 이때의 "사건발생"은 작품과도 다르고 진리와도 다른 것이라 보아야 한다. 작품과 진리 사이에서 발생했지만 작품과도 거리가 있고, 진리와도 거리가 있는 이 "사건발생"을 하이데거는 대지와 세계 사이의 해석학적 회전관계에서 이미 언급한 표현들로 긴장상태 또는 타자[120]라고 부른다. 사건발생, 긴장상태, 타자라는 3개의 표현들은 결국 동일한 하나의 사실에 대한 3가지 표현들이나 긴장상태와 타자라는 표현들은 해석학적 회전관계를 한층 점진시키는 계기를 마련한다고 보아야 한다. 그리고 "작품 + 진리 = 예술"이라는 공식은 언급한 대로 예술은 하나의 "사건발생"이기 때문에 "작품 + 진리 = 사건발생"이라는 공식이 된다고 보아야 한다. 이상의 공식을 실제로 하나의 작품인 "모나리자의 미소"와 관련하여 표현하면 다음과 같다. 레오나르도

---

119) "사건발생"(Geschehen)

120) 타자(他者 das Andere)

다 빈치가 자기의 작품 "모나리자의 미소"에 "성스러운 여성"이라는 내용을 표현했다고 가정한다면, "모나리자의 미소"라는 작품과 "성스러운 여성"이라는 진리내용이 만나서 그 양자 사이에서 예술이라는 "사건발생"이 생긴다는 설명이 된다. 예술이라는 "사건발생"은 그러나 레오나르도 다 빈치의 작품 "모나리자의 미소"와도 거리가 있고, 또 "성스러운 여성"이라는 진리내용과도 거리가 있으므로 다음과 같은 말들을 할 수 있다. 레오나르도 다 빈치의 유명한 예술작품이라고 하는 "모나리자의 미소"라는 작품은 아직 예술이 못 된다고 말할 수 있고, 또 레오나르도 다 빈치가 진리라고 생각했던 "성스러운 미소"라는 진리내용도 아직 진리가 못 된다는 말을 할 수 있다. 왜냐하면 양자 모두가 예술을 의미하는 "사건발생"과 정확히는 그 양자 사이에서 새로 갑자기 발생하는 "긴장상태" 또는 "타자"와 거리가 있기 때문이다. 진정한 예술은 하나의 "사건발생"이고 그리고 진정한 진리는 하나의 "사건발생"이라는 것이 하이데거의 철학인데, 예술이 있다면 지금 갑자기 발생해야 하고, 진리가 있다면 지금 갑자기 발생해야 진정한 예술이고, 진정한 진리라는 말로 이해해야 한다. 하이데거 자신의 표현을 사용하면 예술의 본성이란 그리고 진리의 본성이란 "사건발생"이라는 것이 된다.

예술이 있다면 지금 발생해야 하고, 또 진리가 있다면 지금 발생해야 한다는 말과 관련하여, 다시 말해 예술도 하나의 "사건발생"이고, 진리도 하나의 "사건발생"이라는 말과 관련하여 하이데거의 핵심 명제를 다시 숙고하자면 다음과 같다. "작품 + 진리 = 사건발생"이라는 명제에 의해 하이데거는 2중의 작전을 전개하는데 하나는 작품의 방향이고 다른 하나는 진리의 방향이다. 작품의 방향으로 본다면 그 양자 사이에서 일어나는 "사건발생"은 진정한 예술이 되고, 진리의 방향에서 본다면 그 양자 사이에서 일어나는 "사건발생"은 진정한 진리가 된다고 보아야 한다. "사건발생"은 따라서 예술이 되기도 하고 진리가 되기도 하여 예술과 진리의 문제가, 예술과 철학의 문제가 서로 분리될 수 없이 하나 속에 포함되어 있음이 다시 한 번 증명된다. 하이데거는 그러나 작품과 진리, 예술과 진리, 예술과 철학 사이를 분리하기 위하여 작품으로의 방향과 진리로의 방향을 분리하는 논리를 전개한다. 전자의 방향을 내부로의 방향 또는 구심적 방향, 후자의 방향을 외부로의 방향 또는 원심적 방향 등으로 구분하여 하이데거는 논리를 전개한다. 전자의 방향을 따르면 예술이 발생하고, 후자의 방향을 따르면 진리가, 또 다른 진리가, 진정한 진리가 발생한다는 설명이다. "작품 + 진리 = 사건발생"이라는 명제를 이번에는 관찰자가 직접 작품을 감상하는 경우를 상정하고 내부로 향하는 구심적 방향과 외부로 향하는 원심적 방향을 구분하는 노력을 하이데거는 전개하는데 다음과 같다. 관찰자가 작품을 감상하는 상태를 작품이라는 대상 속으로 수용자라는 주관이 이입된 상태라고 말하면서 이때 주관은 대상 속에, 다시 말해 수용자는 작품 속에 **"붙들려 머문다"**[121]라는 단어를 사용하여 표현한다. 예술작품을 대하면 (감상하면) 감상자는 현실세계를 탈피하여 새로운 세계인 예술세계로 이전하게 되는데, "이때에는 기존의 현실세계에 대한 모든 관계는, 다시 말해 현실세계의 가치, 지식, 판단들은 모두 정지되고, 작품 속에서 발생하는 진리에 의해 붙들려 그 안에 머물게 된다."[122] 관찰자가 작품을 감상하는 상태를, 달리 표현하여 작품이라는 대상 속에 수용자라는 주관이 이입된 상태를 하이데거는 **"붙들려 머문다"**라는 말 외에도 **"보존한다"**[123]라는 말을 사용하여 표현한다. 수용자라는 주관이 작품이라는 대상 속에 이입되어 몰입되면 주관은 갑자기 변한 새로운 세계를 보존하고 보호하면서 그 안에서 지탱하여 머문다는 말인데, "붙들려 머무는" 주관이 하는 일,

---

121) "붙들려 머물다"(Verweilen)

122) vgl. Heidegger: Der Ursprung des Kunstwerkes, S. 54

123) "보존한다"(Bewahren)

즉 "보존한다"라는 말에 주의할 필요가 있다. "보존한다"라는 말의 독일어 "Bewahren"은 "보존한다"라는 의미와 "진리화한다"라는 의미, 2가지 의미를 가지고 있는데 하이데거는 2가지 의미를 다 사용하여 논리를 전개하는 데 주의해야 한다. 2가지 의미 "보존한다"라는 의미와 "진리화 한다"라는 의미 중에서 전자의 의미 "보존하다"라는 표현 대신에 하이데거는 "보호하여 은닉한다"[124]라는 말도 사용한다. 대표적인 표현들로 "보존한다"라는 말과 "진리화 한다"라는 말을 택한다면 전자의 표현은 내부로의 방향을 그리고 후자의 표현은 외부로의 방향을 나타내는 말로 이해해야 한다. 전자의 의미로는 작품 속으로 몰입되고 이입되며 갑자기 변한 새로운 세계를 보존하고 보호하면서 그 안에서 지탱하여 머문다는 말이 된다. 그리고 후자의 의미로는 그 갑자기 변한 새로운 세계를 떠나 밖으로 다시 나간다는 말이 된다. 전자의 의미로 작품 속으로 몰입되어 그 안에서 발생하는 새로운 세계를 보존하면서 지탱하면 그것이 예술로 탈바꿈하고, 후자의 의미로 그 보존된 새로운 세계를 떠나 밖으로 나가면 그것이 진리로 탈바꿈한다는 것이 하이데거의 예술철학이다. 하이데거는 전자의 의미, 다시 말해 작품 속으로 이입되어 몰입된 상태를 이상한, 베일에 가려진, 기이한, 놀라운 감정 등으로 묘사한다.

다음에 후자의 의미로 이입되어 몰입된 상태를 벗어나 외부로 나가는 방향을 하이데거는 대표적인 표현으로 "진리의 결단"이라고 부르는데 전쟁 서사시를 예로 들어 다음과 같이 설명한다. "전쟁 서사시가 태어나는 곳은 민족의 전설이다. 전쟁 서사시는 사실 그대로의 전쟁을 묘사하는 것이 아니라, 자기를 탄생시킨 **민족의 전설**을 묘사하며 변화시키고 발전시킨다. 그리고 전쟁을 수행하는 자는 그 전쟁 서사시에 등장하는 영웅들이 아니라, 민족의 전설 자체가 전쟁을 수행하는 것이다. 전쟁을 이끌고 수행하는 민족의 전설

---

124) "보호하여 은닉 한다"(Verbergen)

은 그 민족으로 하여금 무엇이 성스러우며 무엇이 세속적인 것인가를, 무엇이 위대하며 무엇이 왜소한 것인가를, 무엇이 고귀하며 무엇이 천한 것인가를, 무엇이 주인이며 무엇이 종인가를 결단내리도록 강요한다."[125] 전쟁 서사시라는 작품은 과거의 전쟁을 있는 그대로 복사하여 묘사하는 것도 아니고, 또 그 전쟁 서사시의 배경이 되는 민족의 전설을 있는 그대로 복사하여 묘사하는 것도 아니라는 말이다. 그 전쟁 서사시를 탄생시킨 민족의 전설 자체가 자기변화와 자기발전을 하여 자신의 소유자인 민족으로 하여금 진리를 새로 결단내리는 데 이바지한다는 말이다. 무엇이 성스러운 것이며, 무엇이 가치 있는 것이며, 무엇이 진리인가 하는 문제는 시대에 따라 변해왔으며, 또 앞으로 변할 것이므로, 바로 이 변화를 민족 스스로가 결단내리도록 영웅 서사시라는 작품은 강요한다는 말이다. 그리고 그 작품에 의해 결단내려진 진리의 결단은 유동적인 것으로 앞으로 다시 변할 수 있는 결단으로 "사건발생"이라고 아니면 "긴장상태" 또는 "타자"라고 보아야 한다. 그리고 민족 스스로가 결단내려야 하는 이 변화를, 다시 말해 가치의 변화를, 진리의 변화를 역사라고 한다면, 이 역사가 예술을 만들어내는 것이 아니라, 반대로 예술이 역사를 만들어낸다고 하이데거는 말한다.[126] 여기서 하이데거가 말하는 "진리의 변화"라는 역사는 이미 언급한 대로 작품과 진리 사이에서 일어나는 "사건발생", "긴상상태", "타자" 등을 의미하는 것은 당연하다. 작품과 진리 사이의 해석학적 회전관계를 내적인 구심으로의 방향과 외적인 원심으로의 방향을 나누어 설명했는데 종합하자면 다음과 같다. 전자의 방향을 다시 말해 작품 속으로의 몰입과 이입을 하이데거는 "붙들려 머문다", "보존한다", "보호하여 은닉한다" 등의 말들로 표현하는 데 비해,[127] 후자의 방향은 하이데거의 표현

---

125) vgl. ebd. S. 29

126) ebd. S. 65

127) vgl. Heidegger: Der Ursprung des Kunstwerkes, S. 21, 54

대로 진리의 결단은 "창작한다", "진리화한다", "개방한다", "열다" 등의 말들로 표현한다.[128] 그리고 예술 속으로의 몰입과 이입의 현상을 하이데거는 이상한, 베일에 가려진, 기이한, 놀라운 감정이라 표현하는 데 비해, 진리의 결단이라는 현상은 하나의 말로 "밝음"[129]이라고 표현한다.

　"작품 + 진리 = "사건발생"이라는 명제에 의해 하이데거는 2중의 작전을 전개하는데 하나는 작품의 방향이고 다른 하나는 진리의 방향이이라는 내용을 언급했다. 작품의 방향으로 본다면 그 양자 사이에서 일어나는 "사건발생"은 진정한 예술이 되고, 진리의 방향에서 본다면 그 양자 사이에서 일어나는 "사건발생"은 진정한 진리가 된다는 내용도 언급했다. 작품과 진리, 양자 사이에서 일어나는 "사건발생"은 내부로의 구심적인 방향으로 본다면 예술이 발생하고, 외부로의 원심적인 방향으로 본다면 진리가 발생한다는 내용을 설명했다. 그리고 내부로의 구심적인 방향에서 발생하는 예술은 이상한, 베일에 가려진, 기이한, 놀라운 감정이라고 하이데거는 표현하는데, 이는 어둡다는 말이다. 그리고 반대로 외부로의 원심적인 방향에서 발생하는 진리는 창작한다, 진리화한다, 개방한다, 열다라는 말들로 하이데거는 표현하는데 이는 밝다는 말이다. 결국 예술은 어둡고, 진리는 밝다는 말인데 어두운 예술과 밝은 진리, 예술과 진리, 양자는 다시 해석학적 회전관계를 형성한다고 보이야 한다. 어두운 예술은 마치 사랑하는 아들을 감추어 보호하려는 엄마와 같이 밖으로 뛰쳐나가려는 진리를 감싸서 숨기려는 본성이 있고, 반면에 밝은 진리는 자기를 보호하려는 예술을 벗어나 외부세계로, 모험의 세계로 출타하려는 본성을 가졌다는 것이 하이데거의 철학이다. 해석학적 회전관계에 묶여 있는 어두운 예술과 밝은 진리, 예술과 철학, 양자는 서로

---

128) vgl. ebd.

129) "밝음"(das Lichte)

분리될 수 없을 정도로 하나 속에 묶여 있다는 내용은 이미 언급하였다. 하이데거는 예술을 통해서 철학을 한다고도 또 반대로 철학을 통해서 예술을 한다고도, 또는 예술과 철학 양자를, 예술철학을 한다고도 말할 수 있다.

지금까지 7개의 해석학적 회전관계를 논했는데 모두를 다음과 같이 종합해본다. 첫째로 철학의 목표는 "실재물의 실재"[130]에 도달하는 것인데 실재물 자체도 인간이 완전히 이해할 수 없기 때문에 실재는 더욱 더 이해 불가능한 어두움 자체라는 것이 하이데거의 생각이다. "실재물의 실재"는 진리를 의미하므로 하이데거는 진리[131]를 이해할 수 없는 것으로 따라서 분명하게 규정할 수 없는 것으로 항상 변화하는 유동상태로 유지하려고 한다. 이상을 진리는 알 수 없는 것이라는 진리 불가지론[132]이라 한다면, 이 진리 불가지론이 현대철학으로 이어지며 초현대철학에 와서는 진리란 없는 것이라는 진리 무재론으로 발전하고 변화한다. 둘째로 철학의 형식인 위상과 실재[133]의 문제에서 실재가 주인이고 위상이 종이라는, 실재가 먼저이고 위상이 다음이라는 헤겔 철학의 형식을 거꾸로 뒤집어놓은 것이 하이데거 철학이라 할 수 있다. 따라서 위상이 주인이고 실재가 종이라는 것이, 위상이 먼저이고 실재가 다음이라는 것이 하이데거의 철학이 되는데 위상이라는 멍석만 깔아주면 실재를 의미하는 지랄은 스스로 발생한다는 말이고, 성모 마리아라는 위상만 있으면 예수라는 실재는 스스로 탄생한다는 말이 된다. 위상과 실재의 문제에서 위상상위 그리고 실재하위의 형식은 역시 현대 예술철학으로 이어지며 초현대에 와서는 실재하위를 지나쳐 실재가 말살, 사멸되는 현상을 나

---

130) "실재물의 실재"(das Sein von Seiendem)
　　실재물(實在物 das Seiende)과 실재(實在 das Sein)
131) 진리(眞理 die Wahrheit)
132) 진리 불가지론(眞理 不可知論)
133) 위상과 실재(位相과 實在)

타낸다. 마지막 셋째로 실재물의 실재, 다시 말해 진리는 도달 불가능한 것이고 분명하게 규정할 수 없는 것이므로 비진리와 진리 사이에서, 어두움과 밝음 사이에서, 아니면 예술과 진리 사이에서 일어나는 해석학적 회전관계에 의지할 수밖에는 없다는 결론이다. 하이데거가 예술철학의 오르가논이라 생각했던 해석학적 회전관계에 의해 나타나는 "사건발생"[134]이라는 개념은 역시 현대철학으로 이어져 없어서는 안 되는 철학적 개념으로 승격하는 현상을 보인다. 진리가 있느냐 없느냐 하는 질문을 제기한다면, 예를 바꾸어 기독교에서 말하는 신이 있느냐 없느냐 하는 질문을 제기 한다면 하이데거에 의하면 있기도 하고 없기도 하다는 대답이 된다. 더 정확한 대답은 하이데거에 의하면 진리가 있다면 지금 그리고 여기서 갑작스럽게 발생해야 한다는 것이 된다. 신이 존재한다면 지금 그리고 여기서 갑작스럽게 그리고 순간적으로 발현해야 한다는 것이 된다. 현대철학에서는 진리의 개념이 "사건발생"이라는 개념으로 축소되는 현상을 보여 진리는 없지만 "사건발생"은 있다는 말이 되는데 이 "사건발생"이라는 개념에 의해 진리의 긍정과 부정이, 신의 긍정과 부정이 가능해진다는 결론이 된다. 초현대에 와서는 "사건발생"이라는 개념 자체도 파괴하려는 현상을 보인다. 이상에서 언급한 3가지 문제들을, 다시 말해 **진리 불가지론의 문제, 위상상위의 문제, "사건발생"의 문제**들을 발판으로 삼으면서 가다머는 자신의 철학을 전개한다.

3. 해석학의 변천

하이데거의 유산인 진리 불가지론의 문제, 위상과 실재 중에서 위상상위의 문제 그리고 "사건발생"의 문제들은 독립된 3개의 문제들이 아니라 사실

---

134) "사건발생"(Geschehen)

은 진리의 문제와 관련된 하나의 문제라고 보아야 한다. 진리란 존재하느냐 존재하지 않느냐 하는 문제, 진리가 존재한다면 진리의 거주지라 할 수 있는 위상이 먼저냐 아니면 거주자인 진리가 먼저냐 하는 문제 또 진리가 있다면 진리는 지금 그리고 여기서 발생해야 한다는 문제 등은 합해서 진리라는 하나의 문제로 통합된다고 보아야 한다. 하이데거가 남긴 진리의 문제를 가다머가 이어받아 확대 또는 축소하면서 자신의 독자적인 해석학을 정립하는 과정과 또 진리개념의 변화에 따라 해석학 자체의 변천과정을 개관하기로 한다. 진리란 이해할 수 없는 것으로 분명하게 규정할 수 없으며 항상 변하는 유동적인 것이라는 하이데거의 명제를 가다머는 더욱 확대시킨다. 진리란 규정할 수 없는 것이기 때문에 하이데거는 비진리와 진리, 어두움과 밝음 사이의 해석학적 회전관계에 의존했다면, 다시 말해 하이데거는 어두운 비진리와 밝은 진리를 자신의 논리전개를 위해 활용하면서 그 양자의 존재를 인정한다고 본다면 가다머는 밝은 진리를 없는 것으로 제거해버린다. 진리는 비진리고 반대로 비진리는 진리라는 하이데거의 말은 그 양자의 존재를 인정한다는 말이다. 이에 대해 밝은 진리 자체를 제거하려는 가다머의 말은 다음과 같다. 우선 인간이 하는 일체의 발언은 도그마로부터 자유롭지 못하다는 것이, 도그마[135] 성격을 면하지 못한다는 것이 가다머 해석학의 대전제이다. 하나의 예로 기독교의 성경해설과 관련하여 성경 자체의 도그마 성격을 다음과 같이 설명한다. 루터[136]가 정립한 성경해석의 원칙은 "자기 스스로의 해설자"[137]라는 것인데 성경을 읽고 그 의미를 이해하기 위해서 독자는 성경의 역사나 성경에 대한 전통을 알아야 할 필요도 없으며, 특별한 해석의 기술을 필요로 하는 것도 아니며, 당시에 유행했던 문법

---

135) 도그마(독단 Dogma)

136) 루터(Martin Luther 1484-1546)

137) "자기 스스로의 해설자"(sui ipsius interpres)

적 수사적 해석방법이라는 직역이나 비유적 해석방법이라는 의역의 방법론들도 필요 없다는 원칙이었다. 외부의 도움이나 간섭 없이 성경은 스스로를 해설한다는 것이 "자기 스스로의 해설자"라는 원칙인데 루터는 당시 교회의 성직자들이 성경을 자의대로 해석하여 악용하려는 것을 차단하려는 의도라고 가다머는 설명한다. 당시 교회의 성직자들이 성경을 자의대로 악용하기 위하여 내리는 성경해석의 결과를 독단, 즉 도그마라고 한다면, 성경해석을 이 도그마에서 해방시키기 위해 루터가 만들어낸 원칙이 "자기 스스로의 해설자"라는 것이라고 가다머는 설명한다. "자기 스스로의 해설자"라는 신학적 해석학의 원칙은 오늘의 소위 **작품 내재론**[138]의 원칙과 같은 것으로 "해석학적 회전관계"[139]에 의해서 운영된다. "해석학적 회전관계"란 부분은 전체에 의해서 이해되고, 또 반대로 전체는 부분에 의해서 이해된다는, 부분과 전체 사이의 회전관계를 의미한다. 성경의 부분을 이해하기 위해서는 성경에 관한 역사, 전통 등 외부의 도움을 찾을 것이 아니라 성경 자체의 전체를 이해해야 하고, 또 반대도 그렇다는 것이 해석학적 회전관계이다. 그런데 해석학적 회전관계를 형성하는 2개의 요소, 부분과 전체인 성경 자체 중 성경 자체가 도그마 성격을 면할 수 없기 때문에 루터의 "자기 스스로의 해설자"라는 원칙 자체가 역시 도그마 성격을 피할 수 없어 잘못된 원칙이라고 가다머는 설명한다. 루터는 "자기 스스로의 해설자"라는 원칙이 도그마 성격을 피할 수 없다는 설명을 다시 요약하면 다음과 같다. 루터는 성경을 자주성과 자족성의 세계로 외부의 도움이나 간섭 없이 완전하고 완벽한 통일성으로 아니면 총체성으로 보는데, 문제는 이 통일성 내지는 총체성 자체가 하나의 도그마가 되어 결국은 "자기 스스로의 해설자"라는 원칙도

---

138) 작품 내재론(werkimmanente Theorie)

139) "해석학적 회전관계"(hermeneutischer Zirkel)

도그마 성격을 갖게 된다는 설명을 가다머는 한다.[140] 성경이 완전하고 완벽한 통일성 내지는 총체성의 세계라는 루터의 주장, 내지는 기독교의 주장은 역시 도그마의 성격을 면할 수 없다는 가다머의 비판은 이해할 수 있는 비판이다. 신교와 구교로 분리하여 신교에 속했던 루터는 구교에 대해 편견[141]을 가지는 것이 사실이고, 또 신교와 구교 합해서 기독교 자체도 불교와 마호메트교 등 다른 종교에 대해 편견을 가지고 있으므로 기독교의 핵심이 되는 성경 역시 편견성을 피할 수 없으므로, 다시 말해 도그마의 성격을 피할 수 없으므로 성경은 "스스로의 해설자"라는 원칙이 도그마라는 논리이다.[142] "자기 스스로의 해설자"라는 원칙이 가지고 있는 문제성은 시간성 내지는 역사성의 결여라고 가다머는 설명한다. 부분은 전체에 의해서 해결되고, 전체는 부분에 의해 해결되므로, 부분과 전체가 합하여 형성하는 통일성은 아니면 총체성은 시간의 변화를 초월하는 통일성과 총체성이 된다는 논리다. 성경은 그 자체가 통일성이고 총체성이기 때문에, 달리 표현하여 성경은 하나의 완전하고 완벽한 세계이기 때문에 시간과 공간을 초월하여 영원히 동일하다는 논리인데 이것이 잘못이라는 설명이다. 모든 종교, 모든 예술, 모든 진리는 시간과 공간의 영향을 받아 항상 변한다는 것이 가다머의 철학이다. 진리는 시간과 공간의 변화에 따라 항상 변해서 알 수 없는 것이기 때문에 이것이 진리다 하고 독단적으로 판단하는 도그마는 따라서 진리가 아니라는 것이 가다머의 철학이다. 비약하여 표현하면 기독교도, 불교도, 마호메트교도, 모든 종교가 도그마의 성격을 피할 수 없다는 논리가, 달리 표현하면 모든 "진리"의 발언이, 철학의 총체를 진, 선, 미[143]라고 한다면 진의 발

---

140) vgl. Gadamer, Hans-Georg: Wahrheit und Methode, S.164

141) 편견(偏見 Vorurteil)

142) vgl. ebd. S.106

143) 진(眞 das Wahre), 선(善 das Gute), 미(美 das Gute)

언도, 선의 발언도, 미의 발언도, 일체의 발언이 도그마 성격을 피할 수 없다는 논리가 가다머의 논리라고 이해할 수 있다.

하이데거의 진리 불가지론이 가다머에서는 도그마론으로 변한다고 본다면 진리는 비진리고, 비진리는 진리다라는 하이데거의 말은 진리는 도그마고, 도그마는 진리다라는 가다머의 말이 된다고 보아야 한다. 인간이 하는 일체의 발언은 도그마의 성격을 면할 수 없다는 말에서 도그마의 개념을 가다머는 확장하고 일반화해서 사용한다. 가다머는 자신의 중요한 개념인 "해석학적 대화"를 선초안, 선입관 또는 편견[144]이라는 개념들을 사용하여 설명하는데 다음과 같다. "텍스트를 이해하려는 독자는 언제나 선초안을 가지고 텍스트를 읽기 시작한다. 텍스트에 첫째 의미가 나타나면 독자는 벌써 전체 의미를 이미 초안해놓은, 다시 말해 선초안을 가지고 있는 상태이다. 텍스트를 읽기 시작한 초기 단계에 독자가 이미 전체 의미를 초안한다는 사실은 독자가 일정한 기대를 가지고 일정한 방향으로 텍스트를 추적하기 때문이다. 이 전체 의미를 미리 초안하고 그리고 이 미리 초안된 전체 의미가 텍스트를 읽어감에 따라 둘째 의미, 셋째 의미 등으로 점차로 수정되어지는 과정이 이해의 과정이다. … 따라서 미리 초안한 전체의미를, 다시 말해 선초안을 계속 수정해간다는 사실은 첫째 의미, 둘째 의미, 셋째 의미 등으로 새로운 의미들이 연속적으로 나타난다는 사실을 암시하고 끝에 가서는 통일된 의미가, 총체적인 의미가 나타나리라는 가능성을 말해준다. 텍스트를 이해하기 위한 해석작업은 선초안을 가지고 출발하는데 이 선초안은 계속적으로 더 개선된 초안으로 대치되게 된다. 바로 이 계속적인 새로운 초안을 구성하는 일이 의미운동[145]을 가져온다. 그리고 이 유동적인 의미운동이 하이데거가 설

---

144) 선초안(先草案 Vorentwurf), 선입관(先入觀 Vorverständnis), 편견(偏見 Vorurteil)
145) 의미운동(Sinnbewegung)

명하는 이해의 과정이고 해석 작업이다."[146] 선초안은 선입관과 같은 의미이고 독일어 표현으로 선이해를 의미한다. 그리고 편견은 선판단을 의미하므로 철학적으로는 모두 같은 범주에 속한다고 보아야 한다. 미리 이해하고, 미리 초안하고, 미리 판단한다는 의미이기 때문에 최종적인 진정한 이해, 진정한 판단, 진정한 초안이 아니므로 부정적인 것만은 사실이다. 이 부정적인 개념들인 선초안, 선이해, 선판단들을 모두 편견이라는 하나의 개념으로 통합하면 가다머 해석학에 대해 다음과 같은 결론을 내릴 수 있다. 가다머는 우선 이상의 부정적인 개념들을, 그 대표적인 개념으로 편견[147]을 재 복권시켜야 한다는 입장이다.[148] 진정한 해석학은 편견이라는 개념을 부정적이라고 하여 제거하려 해서는 안 되고, 부정적인 편견을 긍정적이고 생산적인 편견으로 역전시켜야 한다고 가다머는 주장한다.[149] 이유는 바로 편견이 텍스트와 해석자 사이의 긴장을 유발하여 "해석학적 대화"를 가능하게 만들기 때문이다.[150] 도그마라는 개념을 가다머는 편견이라는 개념으로 확대하고 보편화한다고 할 수 있는데 편견이라는 개념을 더욱 확대하면 거짓말이라는 개념이 된다고 보아야 한다. 일체의 발언이 도그마의 성격을 면하지 못한다는 가다머의 명제를 극단화하면 일체의 발언이 편견이라는, 일체의 발언이 거짓말이라는 표현이 된다. 이 세상의 모든 발언이 거짓말뿐인데 이 거짓말들을 부정적이라 배척하지 말고 더불어 살아야 하며 생산적인 방향으로 역전시켜야 한다는 것으로 가다머의 말을 이해해도 좋다. 이 세상에 있는 것은 편견뿐이기 때문에, 극단적인 표현으로 거짓말뿐이기 때문에 그리고 편견과 거짓말은 진리가 아니라 비진리이기 때문에 다음과 같은 결론을 말할 수 있

---

146) Gadamer, Hans-Georg: Wahrheit und Methode, S. 251, 252

147) 편견(偏見 Vorurteil)

148) vgl. Gadamer, Hans-Georg: Wahrheit und Methode, S. 261

149) ebd. S. 256

150) vgl. ebd. S. 290

다. 우선 "진리는 비진리다"라는 하이데거의 말에서 전자, 즉 진리가 탈락하는 현상을 보인다. 다음에 진리가 탈락한 후 남는 것은 비진리뿐이므로 해석학적 회전관계가 변천하는 계기가 생긴다. 마지막으로 해석학적 회전관계의 운영이 변천함에 따라 "사건발생"이라는 개념의 성격도 변하게 된다.

진리개념의 변화에 따라 해석학 자체가 변화하게 되는데 가다머의 설명을 종합해본다. "진리는 비진리다"라는 하이데거의 말에서 진리가 탈락되므로 남는 것은 비진리뿐, 다시 말해 편견뿐이라는 내용을 언급했는데 이에 따라 해석학적 회전관계의 운영이 변하는 것은 당연하다. 왜냐하면 진리와 비진리, 밝음과 어두움이라는 2개의 구성요소 사이에서 운영되던 해석학적 회전관계가 2개의 구성요소 중 하나의 구성요소를 상실하여 균형이 파괴되기 때문이다. "인간의 모든 발언은 편견임을 면할 수 없다"고 가다머의 대전제를 표현한다면 있는 것은 편견들뿐이기 때문에 이 편견들에 의해서, 이 편견들 가운데서 해석학적 회전관계를 운영해야 한다는 말이다. 가다머 해석학의 변천과정을 요약하자면 다음과 같다. 해석학의 문제는 언제나 전통개념이 위기에 처하는 순간에 제기되는데 전통적인 종교, 문화, 도덕, 예술 등의 규범이 흔들리고 변화될 때 언제나 해석학의 문제가 대두된다는 것이 이론가들의 공통적인 의견이고 가다머의 의견이다. 해석학의 역사상 3개의 괄목할 만한 변천을 종합하여 옳지 않은 것은 비판하고 옳은 것은 비호하면서 가다머는 자신의 해석학을 정립한다. 해석학의 역사상 3개의 괄목할 만한 변천은 **루터, 쉴라이어마허, 딜타이**[151]의 해석학들이라고 가다머는 종합한다. 가다머에 의하면 해석학의 역사상 첫 번째 괄목할 만한 변천은 **루터의 해석학**

---

151) 루터(Martin Luther 1484-1546)
　　쉴라이어마허(Friedrich Daniel Ernst Schleiermacher 1768-1834)
　　딜타이(Wilhelm Dilthey 1833-1911)

이 되는데, 루터는 당시에 유행했던 성경해석을 위한 **신학적 해석학**과 그리스 고전해석을 위한 **문헌학적 해석학**을 통합하여 자신의 해석학인 "**자기 스스로의 해설자**"[152]라는 원칙을 만들었다고 가다머는 설명한다. 이 원칙은 이미 언급한 대로 **작품 내재론**[153]이 주장하는 것과 같이 부분은 전체에 의해서 이해되고 반대로 전체는 부분에 의해서 이해된다는 기계적인 해석학적 회전 관계를 의미한다는 것이 가다머의 설명이다. 해석학적 회전관계를 형성하는 2개의 요소, 부분과 전체 중에서 전체를 의미하는 성경 자체가 도그마의 성격을 피할 수 없기 때문에 "자기 스스로의 해설자"라는 원칙은 잘못된 해석학적 회전관계를 운영하므로 잘못된 해석학이며 또 부분은 전체에 의해서 그리고 전체는 부분에 의해서라는 기계적인 메커니즘에는 시간성이 제거되므로 잘못된 해석학이라는 가다머의 비판을 언급했다. 그러나 현대의 작품 내재론이 아직도 부분과 전체라는 형식을 고수하는 것처럼 가다머도 루터의 원칙을 인정하지만 부분과 전체라는 형식이 아니라 다른 형식이 되어야 한다는 생각이다. 부분과 전체라는 루터의 형식과는 다른 형식이 되어야 한다는 것을 가다머는 쉴라이어마허와 딜타이에게서 배운다.

해석학의 역사상 두 번째 괄목할 만한 변천은 쉴라이어마허의 낭만주의적 해석학[154]이라고 가다머는 설명한다. 쉴라이어마허의 낭만주의적 해석학을 이론가들은 3가지로 종합하는데 다음과 같다. 쉴라이어마허의 해석학에서 등장하는 괄목할 만한 변화는 첫째로 **언어 자체**의 문제이다. 진의 발언도, 선의 발언도, 미[155]의 발언도, 일체의 발언이 도그마의 성격을 피할 수 없다

---

152) "자기 스스로의 해설자"(sui ipsius interpres)
153) 작품 내재론(werkimmanente Theorie)
154) 낭만주의적 해석학(romantische Hermeneutik)
155) 진(眞), 선(善), 미(美)

는 내용을 언급했듯이, 발언 일체는 도그마가 되는, 다시 말해 편견이 되는 숙명을 피할 수 없으므로, 해석학은 편견이고 도그마인 발언을 대상으로 할 것이 아니라 발언의 전 단계인 "언어 자체"를 대상으로 해야 한다는 논리이다. 언어 자체는 일체의 발언을 구성하는 원자재, 즉 **자료**[156]와 같은 것으로, 해석학은 믿을 수 없는 이미 구성된 발언을 대상으로 해서는 안 되고, 구성 전의 원자재인 자료를 대상으로 해야 한다는 논리이다. 모든 발언의 원자재인 언어 자체로 해석학이 시선을 돌린 것은 해석학의 역사상 괄목할 만한 변천이며 해석학을 한 단계 끌어올린 것이라고 가다머는 설명한다. 쉴라이어마허는 언어를 **시스템**이라고 보고, 세계와 역사를 움직이는 것은 시스템인 언어이지 어느 발언이나, 어느 이데올로기는 아니라는 것이 쉴라이어마허의 언어철학이라는 내용을 루스터홀스는 설명한다.[157] 페터 손디[158]는 심지어 현대 기호론[159]의 선구자인 소쉬르[160]의 핵심개념인 **랑그와 파롤**[161]을 쉴라이어마허가 이미 알고 있었다는 명제를 제기한다.[162] 소쉬르의 기호론에 의하면 언어 자체는 랑그가 되고, 일체의 발언과 일체의 이데올로기는 파롤이 된다. 인간이 자기 의사에 따라 발언을 하는 것이 아니라, 랑그의 운동법칙에 따라 발언이 되어지고 이데올로기가 만들어진다는 것이 랑그와 파롤 사이의, 언어와 발언 사이의 관계라고 할 수 있다. 쉴라이어마허 해석학의 특징은 둘째로 독일 낭만주의의 계승이라 할 수 있다. 가다머의 설명에 의하면 쉴라이어마허 해석학의 전제조건은 모든 인간에게는 **범생명**[163]이 내재해 있

---

156) 자료(資料 Material)

157) vgl. Rusterholz, Peter: Hermeneutische Modelle, S.114

158) 손디(Peter Szondi 1927-1971)

159) 기호론(Semiotik)

160) 소쉬르(Ferdinand de Saussure 1857-1913)

161) 랑그(langue)와 파롤(parole)

162) vgl. Rusterholz, Peter: Hermeneutische Modelle, S.114

163) 범생명(凡生命 Alleben)

다는 명제이다. 따라서 이 범생명이 모든 인간을 하나로 묶어주는 공통점이 또는 공통분모가 된다는 설명이다.[164] 모든 인간 사이에는 하나의 공통점이 있기 때문에, 다시 말해 나와 너 사이에는 같은 점이 있기 때문에, 이 같은 점에 의해서 나는 너를 예감하고, 한 인간은 다른 인간을 이해할 수 있다는 예감[165]의 해석학이 쉴라이어마허의 낭만주의적 해석학이라고 가다머는 설명한다.[166] 예감의 해석학은 우선 감정이입[167]을 핵심 개념으로 하고 있다. 내가 너를 예감하고, 독자가 작가를 이해한다는 것은 내가 너 속으로, 독자가 작가 속으로 감정을 이입하여 내가 네가 되고, 독자가 작가가 된다는 것을 의미한다. 예감과 감정이입을 토대로 하고 있는 쉴라이어마허의 낭만주의적 해석학에 의하면 작가가 자기 자신을 이해하는 것보다 독자가 작가를 더 잘 이해한다고까지 가다머는 설명하면서, 쉴라이어마허의 해석학이 해석학의 역사상 최초로 보편성의 요구에 도달했다고 가다머는 주장한다.[168] 쉴라이어마허의 예감의 해석학이 가지고 있는 보편성 요구는 모든 인간에 공통적으로 내재해 있는 범생명이라는 낭만주의 철학에 근거를 두고 있기 때문이라고 가다머는 설명한다. 모든 인간에게 보편적으로 내재해 있는 범생명에 근거를 둔 해석학은 보편성 요구를 할 수 있다는 설명이다. 그리고 쉴라이어마허의 낭만주의적 해석학에서 핵심이 되는 문제는 나라는 주관과 또 하나의 주관인 너라는 범생명 사이의 문제라는 의미로 쉴라이어마허의 테마는 "어두운 역사"가 아니라 "어두운 너"라고[169] 가다머는 말한다. 쉴라이어마허 해석학의 특징은 셋째로 해석학적 회전관계의 변천이라는 설명이다. 루

---

164) Gadamer, Hans-Georg: Wahrheit und Methode, S.177

165) 예감(豫感 Divination)

166) Gadamer, Hans-Georg: Wahrheit und Methode, S.177

167) 감정이입(Einfühlung)

168) ebd. S.183, 184

169) ebd. S.179

터의 성경해석에서 본 바와 같이 작품의 부분과 작품의 전체 사이에서 해석학적 회전관계가 운영되는 것이 보통인데, 작품의 부분도 이해의 대상이고 작품의 전체도 이해의 대상이기 때문에 대상과 대상 사이에서 해석학적 회전관계가 운영되는 것이 보통인데, 쉴라이어마허의 경우는 텍스트와 주관 사이에서, 다시 말해 텍스트라는 이해의 대상과 나를 포함한 커다란 주관인 "어두운 너"인 범생명 사이에서 해석학적 회전관계가 운영된다는 사실이다. 간단히 요약하면 대상과 대상 사이의 회전관계가 대상과 주관 사이의 회전관계로 변천했다는 것이 새로운 사실이라는 설명이다.

가다머에 의하면 해석학의 역사상 세 번째 괄목할 만한 변화는 딜타이[170]의 해석학이 된다. 딜타이의 해석학을 역시 3가지 면으로 집약해서 설명하자면 다음과 같다. 첫째로 쉴라이어마허는 일체의 발언이 도그마와 편견의 성격을 피할 수 없으므로, 일체 발언의 원자재인 언어를 해석학의 대상으로 하는 반면에, 딜타이는 언어가 아니라 인생[171]을 해석학의 대상으로 만든다. 쉴라이어마허는 일체의 발언을 믿지 못해 발언의 전단계인 언어 자체로 전향했다면, 딜타이는 언어 자체를 믿지 못해 인생 자체로 전향했다고 할 수 있다. 인생이 먼저 있고 다음에 언어가 있을 수 있기 때문에, 쉴라이어마허의 입장에서 본다면, 딜타이는 전단계의 전단계로 해석학의 대상을 축소 내지는 확대시켰다고 볼 수 있다. 딜타이의 해석학이 인생 자체로 전향하는 이유는 다음과 같다. 현대사회에서는 직업의 과도한 분열에 의해서, 기계의 한 부분에 종사하는 노동자는 동일한 기계이나 다른 부분에 종사하는 노동자를 이해할 수 없으며, 또 기계 전체를 이해할 수 없고, 나아가서는 사회 전체를, 세계 전체를 이해할 수 없다는 논리를 딜타이는 전개한다. 요약하여 표현하면, 현대

---

170) 딜타이(Wilhelm Dilthey 1833-1911)

171) 인생(人生 das Leben)

사회는 직업을 극단적으로 분열시킨 결과 인간을 분열시켜 인간과 인간 사이에는 공통적인 **코무니카씨온**이 상실되었다는 주장이다.[172] 인간과 인간 사이의 공통적인 코무니카씨온의 상실은 공통적인 언어의 상실을 의미한다. 딜타이에 의하면 **정신과학**[173]이 상실된 코무니카씨온을, 상실된 언어를 재 복권시키는 과제를 수행해야 한다는 주장이다. 딜타이의 정신과학은 따라서 이미 상실된 인간의 공통적 언어에 기반을 두는 것이 아니라, 상실되어질 수 없는 인간의 공통적인 생에, 다시 말해 인생에 기반을 두는 것은 당연하다. 딜타이의 철학을 따라서 **인생철학**[174]이라고도 하는데, 딜타이의 인생철학은 독일의 전통철학과는 분리되는 새로운 철학이라 보아야 한다. 진리, 이념, 의식을 상위개념으로 보았던 전통철학은 의식이 인생을 규정한다고 말하는 반면에, 딜타이의 인생철학은 반대로 인생이 의식을 규정한다고 주장하게 된다.[175] 마르크스[176]가 의식이 물질을 규정하는 것이 아니라, 반대로 물질이 의식을 규정한다고 말해서 전통철학을 거꾸로 뒤집어놓았다면, 딜타이는 의식이 인생을 규정하는 것이 아니라, 반대로 인생이 의식을 규정한다고 말하면서 전통철학을 마르크스와는 다른 방향으로 역시 뒤집어놓는다고 볼 수 있다. 가다머는 딜타이의 인생의 개념을 **"무진장한 창조적 사실성"**이라고[177] 말하면서 수용하여 자신의 이론전개를 위한 발판으로 삼게 된다.

딜타이의 해석학은 따라서 둘째로 인생사를 대상으로 하게 된다. 인생사

---

172) vgl. Rusterholz, Peter: Hermeneutische Modelle, S. 117, 118

173) 정신과학(精神科學 Geisteswissenschaft)

174) 인생철학(Lebensphilosophie)

175) vgl. Rusterholz, Peter: Hermeneutische Modelle, S. 118

176) 마르크스(Karl Marx 1818-1883)

177) Gadamer, Hans-Georg: Wahrheit und Methode, S. 217
   "무진장한 창조적 사실성"(die unerschöpflich-schöpferische Realität)

는 간단한 표현으로 **역사**[178]를 의미하는데 독일 정신사에서 역사관의 변천을 요약하자면 다음과 같다. 독일 정신사에서 역사의식을 처음으로 제창한 사람은 헤르더[179]이다. 규범적 사고를 지양하고 역사적 사고를 가능케 만든 것이 헤르더의 공적이다. 역사의식, 다시 말해 역사적 사고란 헤르더에 의하면 모든 시대에 독자적인 생존권과 독자적인 완전성을 인정하는 것이 된다. 시간적으로 볼 때 2000년 전의 그리스인들의 대리석 신전들이 아름다웠다면, 그로부터 2000년 후의 독일의 고딕 교회도 똑같이 아름답다는 논리가 역사의식이며 역사적 사고를 의미한다. 일정한 규범을 적용하여, 다시 말해 규범적 사고에 의하여 2000년 전의 그리스인들의 신전은 아름다우나 그로부터 2000년 후의 독일인들의 고딕 교회는 추하다고 판단하는 획일적인 판단을 지양해야 한다는 논리가 **역사의식**이다. 다음에 헤르더에 의해서 가능해진 역사의식과 역사적 사고를 발전시켜 의식과 사고를 주체화시킨 사람이 역사학자 **드로이센**[180]이다. 드로이센은 해석학의 방향을 다시 한 번 전향시킨다고 이론가들은 말하는데, 드로이센은 인식의 관심을 역사연구의 대상에서 역사연구의 주체로 전향시킨다. 역사를 연구하는 역사학자는 자신의 주관을 완전히 말살하고 역사현상이라는 과거 속으로 사라져 없어지는 것은 불가능하다는 것이 드로이센의 주장이다.[181] 역사학자가 다루는 테마선택 자체에 역사학자의 주관이 내재해 있으며 또 역사학자는 자기가 살고 있는 시대의 가치관과 경향이라는 색안경을 통해 선택한 테마를 보고 다룬다는 것이 드로이센의 주장이다. 역사학을 객관에서 주관으로 이전시킨 것이, 역사학을 주관화시킨 것이 드로이센의 공적이라 할 수 있다. 드로이센에 의

---

178) 역사(Geschichte)

179) 헤르더(Johann Gottfried Herder 1744-1803)

180) 드로이센(Johann Gustav Droysen 1808~1884)

181) vgl.Hauff, Jürgen u. a. : Methodendiskussion, S.8, 9

해 주관화된 역사학을 다음에는 유명한 역사학자 **랑케**[182]가 다시 한 번 방향 전환을 시킨다. 랑케는 역사를 하나의 "**형식적 구조**"[183]로 본다. 역사가 하나의 형식적 구조라는 말은 역사는 자체가 하나의 독립적이고 독자적인 **목적론**[184]으로 외부의 간섭 없이 독립적이고 독자적인 자기발전을 한다는 말이다.[185] 랑케가 역사를 목적론으로 격상시킨 결과는 해석학에 특히 가다머의 해석학에 지대한 영향을 행사하게 된다. 하나의 사건, 하나의 사실을 해석할 때 그 자체의 입장에서 해석하는 것이 아니라, 총체적인 목적론의 입장에서 해석해야 하기 때문에 역사가 다 흐를 때까지 기다려야 한다는 결론이 된다. 예를 들어 한국인들의 김치가 가치 있는 것이냐 아니면 가치 없는 것이냐를 판단해야 한다면, 김치는 가치 있을 수도 그리고 없을 수도 있는 것으로 한국역사가 다할 때까지 판단을 미루어야 한다는 결론이 된다. 이상과 같이 랑케의 역사관을 목적론적 역사관이라 한다면, 이 **목적론적 역사관**을 딜타이는 자신의 해석학에 도입한다. 딜타이는 **인생사**[186]를 하나의 연속적인 시간 내지는 시간의 연속으로 본다. 딜타이가 생각하는 인생사를 "**인생의 대하**"[187]라고도 표현하는데, 인생사는 하나의 큰 강줄기와 같은 것으로, 그 안에 기대와 회상이, 계획과 체험이, 미래, 현재, 과거 모든 것이 하나로 혼합되어 내재해 있는 큰 줄기, 큰 강줄기라고 할 수 있다.

딜타이의 해석학은 셋째로 루터의 신학적 해석학과도 그리고 쉴라이어마허의 낭만주의적 해석학과도 다른 해석학적 회전관계를 운영하게 된다. 예

---

182) 랑케(Leopold von Ranke 1795~1886)

183) "형식적 구조"(die formale Struktur)

184) 목적론(目的論 Teleologie)

185) vgl.Gadamer, Hans-Georg: Wahrheit und Methode, S.190, 191

186) 인생사(Lebensgeschichte)

187) "인생의 대하"(Lebensstrom)

를 들어 우리가 이해해야 할 텍스트가, 다시 말해 우리가 해석해야 할 텍스트가 괴테의『젊은 베르테르의 슬픔』이라고 한다면, 텍스트는 괴테 자신의 단편적인 인생이 되고, 그 단편적인 인생의 배후에는 괴테의 총체적인 인생사가 대치하게 된다. 해석학적 회전관계는 단편적인 인생을 의미하는 텍스트와 83년이라는 괴테의 인생사 사이에서 운영되어진다. 해석학적 회전관계라는 메커니즘에 의하면『젊은 베르테르의 슬픔』이라는 텍스트를 이해하기 위해서는 83년이라는 괴테의 인생사를 이해해야 하고, 또 83년이라는 괴테의 인생사를 이해하기 위해서는『젊은 베르테르의 슬픔』이라는 텍스트를 이해해야 한다는 논리가 되나 문제는 딜타이의 해석학에서는 전체가 부분보다, 총체적인 "인생의 대하"가 부분적인 인생의 단편보다 우위를 점령하는데 있다. 딜타이의 해석학에 대해 다음 3가지를 언급할 수 있다. 우선 딜타이가 생각하는 전체의 인생사는 하나의 완성된 그리고 완전한 의미구조[188]를 형성한다. 전체의 인생사는 처음과 끝이 모두 내재해 있는 완성된 그리고 완전한 목적론이라는 말이다. 완성된 그리고 완전한 목적론으로서의 전체 인생을(전체 인생사를) 가다머는 "조직화의 중심"이라고[189] 설명한다. "조직화의 중심"이라는 말은 "인생의 대하"를 나타내는 말로서 모든 인생의 단편들은 이 거대한 하나의 물줄기인 "인생의 대하"에 의해서 조직된다는 것을 의미한다. 여기서 강조되어야 할 것은 인생의 단편이 "인생의 대하"를 규정하는 것이 아니라, 반대로 "인생의 대하"가 단편을 규정한다는 사실이다. 전체인 "인생의 대하"가 부분인 인생의 단편을 자기 의사대로 규정한다는 사실은 전체인 "인생의 대하"는 행동의 주체로서 의지와 의사를 가지고 있고 또 발휘한다는 사실을 의미한다. 이 전체인 "인생의 대하"는 의지와 의사를 가

---

188) 의미구조(Sinnstruktur)

189) vgl.Gadamer, Hans-Georg: Wahrheit und Methode, S.210; "조직화의 중심" (organisierende Mitte)

지고 있다고 해서 마치 살아서 움직이는 생명체와 같이 보이나 생명체의 생명성은 인정하지 않고 형식적이고 기계적인 기능만 인정하여 가다머는 "논리적 주체"라는 표현도[190] 사용한다. 주체는 주체인데 논리적으로만 주체라는 말이다. 다음에는 텍스트에 대한 이해[191]의 문제이다. 괴테의 단편인생인 『젊은 베르테르의 슬픔』이라는 텍스트를 이해한다는 사실은 텍스트에 내재한 진정한 그리고 궁극적인 의미를, 달리 표현하여 절대적인 의미를 이해한다는 것이 아니라 일시적인 모습을, 일시적인 표정을 이해한다는 것이 된다. 이에 대한 가다머의 표현은 다음과 같다. "이해란 표정에 대한 이해를 말한다. 표정 속에는 진정한 의미가 내재해 있다. 그러나 그 진정한 의미는 우리가 생각하고 판단하는 것과는 다른 방법으로 내재해 있다."[192] 딜타이가 생각하는 전체 인생사와 관련하여 마지막으로 언급할 수 있는 사실은 텍스트에 대한 절대적인 이해는 불가능하다는 사실이다. 『젊은 베르테르의 슬픔』이라는 독일문학 텍스트를 이해하기 위해서는 독일문학사가 끝날 때까지 기다려야 된다는 결론이므로, 텍스트에 대한 이해는 일시적인 이해이고 또 앞으로 다른 의미로 변화될 수 있는 이해가 된다.

4. 이해의 문제

해석학의 역사상 3가지 괄목할 만한 현상으로 루터, 쉴라이어마허, 딜타이 등 3인의 해석학을 가다머는 비판하는 동시에 비호하면서 비판하는 부분은 버리고 비호하는 부분은 이어받는다. 가다머는 쉴라이어마허로부터 언어

---

190) vgl. Gadamer, Hans-Georg: Wahrheit und Methode, S.211; "논리적 주체"(logisches Subjekt)
191) 이해(理解 Verstehen)
192) Gadamer, Hans-Georg: Wahrheit und Methode, S. 211

철학을 그리고 딜타이로부터는 인생철학을 이어받는다. 루터로부터는 가다머는 해석학적 회전관계를 계승하나 긍정적이 아니라 부정적으로 계승한다고 할 수 있다. 부분을 이해하는 것이 전체를 이해하는 것이고, 또 그 반대도 그렇다는 회전관계의 메커니즘을 지양하고 가다머는 부분과 전체의 **융합**[193]이라는 가다머 특유의 철학으로 발전시킨다. 가다머의 해석학을 논하기 위해서는 쉴라이어마허에서 시작하는 언어의 문제를 그리고 딜타이에서 시작하는 인생의 문제를, 표현을 달리 하여 인생사를 구성하는 시간의 문제를 논하는 것이 필수적이다. 그리고 마지막으로 언어와 시간의 합으로, 언어와 역사의 합으로 이해[194]의 문제를 논하는 것이 순서가 된다.

언어의 문제를 기반으로 하는 쉴라이어마허[195]의 해석학이 해석학의 역사상 최초로 보편성 요구에 도달했다고 가다머는 말하는데,[196] 이는 언어가 보편적이며, 언어가 보편적인 매개체라는 말이다. 진의 발언도, 선의 발언도, 미의 발언도, 일체의 발언이 도그마의 성격을 피할 수 없어 편견이 되어버리기 때문에, 일체의 발언을 구성해주는 원자재에 해당하는 "언어 자체"는, 다시 말해 도그마와 편견 이전의 상태라 할 수 있는 "언어 자체"는 도그마와 편견으로부터 자유로우므로 보편적이고 따라서 보편적인 매개체라는 주장이다. 언어 자체의 보편성 요구를 의미하는 말로 가다머는 다음과 같은 표현들을 사용한다. "언어는 보편적인 매개체다. 언어라는 보편적인 매개체 속에서 이해가 발생된다."[197] "언어는 이성 자체의 언어이다."[198] "이해되어질 수

---

193) 융합(融合 Verschmelzung)

194) 이해(理解 Verstehen)

195) 쉴라이어마허(Friedrich Daniel Ernst Schleiermacher 1768-1834)

196) Gadamer, Hans-Georg: Wahrheit und Methode, S. 183, 184

197) ebd. S.366

198) ebd. S.379

있는 실재는 언어이다."[199] "언어관이 세계관이다." "세계를 가졌다는 것은 언어를 가졌다는 것을 의미한다."[200] 가다머는 쉴라이어마허의 언어철학을 이어받고 하이데거 철학에 의해서 계속 발전시키는데, 이상의 표현들은 하이데거 자신의 표현이거나 아니면 하이데거가 말할 수 있는 표현들이다. 이상의 표현들을 종합하는 말로 "세계라는 현존재는 언어에 의해서 작성된다"고[201] 가다머는 말하는데, 이는 "인간이라는 현존재는 미학적으로만 합리화할 수 있다"는[202] 니체[203]의 말과 대치되는 말이 된다. 현대철학의 선구자인 니체가 미학을, 다시 말해 예술을 출발점인 동시에 도착점으로 한다면, 현대 해석학의 선구자인 가다머는 언어를 출발점인 동시에 도착점으로 한다는 말이 된다. 니체가 예술을 형이상학의 최종목표이고 형이상학의 유일한 대상이라고 생각한다면, 가다머는 언어를 형이상학의 최종목표이고 유일한 대상으로 생각한다는 말이 된다. 니체가 "태초에 예술이 있었다"라고 말한다면, 가다머는 "태초에 언어가 있었다"라고 말할 것이다. 언어철학과 관련하여 가다머의 해석학을 3가지 단계로 나누어서 추적해본다.

언어의 보편성 요구를 언급했듯이 언어를 출발점인 동시에 도착점으로 해야 한다는 것이 가다머 해석학의 첫째 단계이다. 해석학의 출발점인 동시에 도착점인 언어를 가다머는 다음과 같이 표현한다. "언어는 중심지인데, 이 중심지 내에서 대화자와 대상에 대한 이해가 집행된다".[204] 인간과 인간 사이의 의사소통을 의미하는 이해도 그리고 어떤 사건과 사물에 대한 이

199) ebd. S.450

200) ebd. S.419

201) ebd. S.419

202) Nietzsche, Friedrich: Die Geburt der Tragödie, S.131

203) 니체(Friedrich Nietzsche 1844-1900)

204) Gadamer, Hans-Georg: Wahrheit und Methode, S.361

해도 언어라고 하는 대지[205] 내에서(중심지 내에서) 발생했다가 사라진다는 설명이다. 인간에 대한 이해 그리고 사건과 사물에 대한 이해, 일체의 이해 문제가 발생하는 곳도 언어이고 사라지는 곳도 언어라는 말이다. 언어는 큰 바다와 같기도 하고 큰 대지와 같기도 한 것으로, 이해에 관한 일체의 문제가 이 큰 바다 내에서, 이 큰 대지 내에서 생성하기도 하고 사멸하기도 한다는 설명이다. 인간에 대한 이해 그리고 대상에 대한 이해, 일체의 이해가 언어라고 불리는 대지 내에서 생성하고 사멸한다는 철학을 가다머는 니체에서 이어받는다. 한편으로는 멍석과 다른 한편으로는 지랄이라는 비유를 들었듯이, 한편으로는 대지와 다른 한편으로는 실재,[206] 양자로 분리하여, 양자 사이의 변증법적 관계가 아니라, 후자를 전자 내로 통합하는 중복성의 관계는 니체의 철학이다. 실재가 태어나는 곳도 대지이고, 실재가 다시 없어져 사라지는 곳도 대지라는 실재와 대지 사이의 **중복성**[207]의 관계는 니체 없이는 상상할 수 없는 철학이다. 대지가 엄마라면 실재는 아들이고, 대지가 밤이라면 실재는 낮이고, 대지가 무라면 실재는 유인 관계로, 대지의 품안에 안겨 있는 실재는 상상할 수 있으나, 그 반대의 경우는 상상할 수 없는 관계가, 엄마의 품안에 안겨 있는 아들은 상상할 수 있으나 그 반대의 경우는 상상할 수 없는 관계가 된다. 대지와 실재라는 쌍개념 대신에 대지와 이해라는 쌍개념을 사용하면, 한편으로는 언어라고 불리는 대지와 다른 한편으로는 (일체의) 이해, 양자로 분리하여, 이해가 언어라는 대지 속에 통합되어 있으나 그 반대의 경우는 불가능하다는 양자 사이의 중복성 관계를 설명했다. 다음에 가다머는 하이데거의 철학을 반복하는 발언을 한다. 언어는 실재가 거주하는 집이라는 주장인데, 언어와 실재 사이의, 언어와 이해 사이의 중복

---

205) 대지(the good earth)
206) 실재(實在 das Sein)
207) 중복성(Duplizität)

성 관계를 나타내는 니체 철학의 연장이라 보아야 한다. "언어는 의사소통을 위해 인간이 소유하고 있는 하나의 도구일 뿐만 아니라, 언어를 기반으로 하여 그리고 언어 내부에서만 인간세계가 비로소 생겨난다."[208] 언어 없이는 도덕, 문화, 역사 등 인간세계가 불가능하며 태어날 수도 없다는 주장이다. 따라서 이미 언급한 대로 "언어관이 세계관이다", "세계를 가졌다는 것은 언어를 가졌다는 것을 의미한다", "세계라는 현존재는 언어에 의해서 작성된다"라고 가다머는 말하는데, 이는 인간세계의 태초는 언어라는 성경의 말을 연장한 것이라고도 볼 수 있다. 가다머는 언어를 인간세계의 시초와 태초라고 넓고 아주 넓은 의미로 보고 있다. 다음에 가다머는 넓은 의미의 언어를 구체화시키는 것으로 딜타이의 인생철학을 이어받아 언어는 인생과정[209] 자체라고 말한다. "하나의 언어를 이해하기 위해서는 그 언어 속에서 실제로 살아야 한다. 이 사실은 살아 있는 언어뿐만 아니라 이미 사라진 죽은 사어에 관해서도 적용되는 사실이다. 따라서 해석학의 문제는 단순한 언어교육의 문제가 아니라, 언어라는 매개체 내에서 아니면 언어라는 매개체에 의해서 발생하는 새로운 의미를 이해해야 하는 문제가 된다."[210] 살아 있는 외국어를 이해하든 아니면 죽어 있는 사어를 이해하든, 하나의 언어를 이해하기 위해서는 그 언어를 말하던 인간들의 인생을 이해해야 한다는 말인데, 가다머는 여기서 언어의 문제에서 인생의 문제로 이전하는 계기를 마련한다. 니체, 하이데거, 쉴라이어마허, 딜타이의 영향은 가다머로 하여금 언어를 넓고 광활한 의미로 파악하게 만든다.

가다머의 해석학을 이해하기 위한 둘째 단계는 청각적인 구두 언어와 시

---

208) Gadamer, Hans-Georg: Wahrheit und Methode, S.419

209) 인생과정(Lebensvorgang)

210) Gadamer, Hans-Georg: Wahrheit und Methode, S.362

각적인 문자 언어 중에서 후자가, 다시 말해 **텍스트**가 해석학의 대상이 된다는 사실이다. 끝없는 바다와 같기도 하고, 광활한 대지와 같기도 한 언어를 축소시켜 가다머는 해석학의 대상을 구체화한다고 볼 수 있다. 텍스트에 대한 가다머의 말은 다음과 같다. "문자로 된 텍스트가 해석학의 본연의 과제이다. 문자로 된 텍스트는 자기소외이다. 이 자기소외를 극복하는 일이, 다시 말해 텍스트를 읽는 일이 이해문제의 최고의 과제이다".[211] 구두로 표현하는 말은 표현방식, 몸짓, 얼굴표정, 음조, 템포, 그 당시의 상황 등에 의해서 비교적 구체적으로 그리고 객관적으로 전달되나, 문자로 쓰인 텍스트는 이상의 구두표현이 가지고 있는 장점들이 결여되어 구체성도 없고 객관성도 없다는 것이 가다머의 설명이다. 구체성도 그리고 객관성도 결여된, 따라서 애매하고 모호하기만 한 텍스트는 자기소외 이외는 아무것도 아니라는 것이 가다머의 주장이다. 그리고 구체적이고 객관적인 구두 언어와 비교해 애매하고 모호한 텍스트는 단점을 가지고 있는 것이 분명한데, 바로 이 단점이 사실은 단점이 아니라 장점이라는 것이 가다머의 생각이다.[212] 왜냐하면 구체적이고 객관적인 구두 언어에 대해서는 해석학은 할 일이 없어 무용지물이 되나, 애매하고 모호한 텍스트에 대해서만 할 일이 많아 유용지물이 되기 때문이다. 가다머가 해석학의 과제를 구두 언어와 문자 언어 중에서 문자 언어로 축소시키는 것은 당연한 것이다. 왜냐하면 문자 언어만이, 다시 말해 텍스트만이 해석학의 존재 이유를 보장해줄 수 있기 때문이다. 해석학의 문자 언어 중심주의는, 즉 텍스트 중심주의는 후에 프랑스 구조주의자의 한 사람인 데리다[213]에게 계승된다. 데리다는 청각적인 구두 언어를 구체적이고

---

211) ebd. S.368; 자기소외(Selbstentfremdung)

212) vgl. ebd. S.372

213) 데리다(Jacques Derrida 1930-2004)

객관적인 **논리중심주의**[214]라고 배척하고 애매하고 모호한 문자 언어를 **문자 흔적**[215]이라고 하여 자기 철학의 토대로 만든다. 결국 데리다가 말하는 문자 흔적은 가다머가 말하는 자기소외를 의미한다. 가다머는 텍스트에 내재한 자기소외의 개념을 진전시켜 "텍스트의 이상성"이라는 표현을 사용한다.[216] "텍스트 내에 문자로 고정되어 있는 것은 그 텍스트를 탄생시킨 작가로부터 그리고 그 텍스트를 읽는 독자로부터 자유로우며 독립된 상태에 놓여 있다. 그 텍스트를 탄생시킨 작가의 의도라든가 또는 그 텍스트를 읽은 독자의 의견 등은 구체적이고 객관적인 규정과 규범을 나타내는 듯하나 사실은 규정과 규범의 반대 개념인 **공허지**[217]를 나타낸다. 왜냐하면 작가의 의도는 자기의 텍스트 속에서 사라져 없어져 독자는 작가의 의도와는 달리 텍스트를 이해하며, 또 그 텍스트를 읽는 독자마다 다른 의견을 형성하기 때문이다."[218] 문자로 고정해놓은 것이 텍스트인데, 이 텍스트는 그러나 작가의 의도대로 일정한 하나의 의미를 전달하지도 않고 또 독자가 이해한 의미가 절대적이고 따라서 유일한 의미도 아니라는 설명이다. 문자로 고정해놓은 텍스트가 공허지라는 말은 작가의 의도도 그리고 독자의 의견도 들어 있지 않는, 작가가 전달하려는 의미도 그리고 독자가 전달받았다는 의미도, 일체의 의미가 비어 있는 백지와 같은 무인지대, 무의미 지대라는 설명이다. 텍스트가 무인지대, 무의미 지대이므로, 다시 말해 작가의 지배에서도 그리고 독자의 지배에서도 자유롭고 독립적이므로 가다머는 **텍스트**의 "아우토노미"라는 의미로

---

214) 논리중심주의(Logozentrismus)

215) 문자흔적(Schriftspur)

216) vgl. Gadamer, Hans-Georg: Wahrheit und Methode, S.372; "텍스트의 이상성"(Idealität des Textes)

217) 공허지(空虛地)

218) ebd. S.373

텍스트의 "이상성"이라는 표현을 사용한다. [219]

가다머의 해석학을 이해하기 위한 셋째 단계는 가다머가 의미하는 대화[220]의 개념을 이해하는 것이다. 대화의 개념에 대해서 3가지를 언급할 수 있는데 다음과 같다. 가다머가 생각하는 대화의 개념은 우선 나와 너라는 2자 관계를 의미하는 코무니카씨온과는 달리 3자 관계를 형성한다. 그 3자는 나라는 해석자, 해석의 대상인 텍스트 그리고 해석자와 텍스트를 중개해주는 "공통 관심사"[221]가 된다. 이상 3자 관계로 되어 있는 대화를 가다머는 "해석학적 대화"라고 부르는데[222] 해석학적 대화의 특징은 "공통 관심사"가 3자 관계에서 해석자와 텍스트를 연결해주는 핵심이 된다는 사실이다. 해석자와 텍스트라는 2자 사이의 코무니카씨온은 해석자가 텍스트를 이해하면 끝나지만, 해석학적 대화에서는 이해의 대상이 텍스트가 아니라 텍스트를 초월하는 제2의 대상이 된다는 설명이다. 바로 이 제2의 대상이 "공통 관심사"인데 가다머 해석학의 핵심적인 개념으로 가다머는 이를 영향발전사[223]라고 부른다. 해석자와 텍스트 사이에 "진정한 대화"가 형성된다면, 그 결과는 예측할 수 없는 것으로 하나의 "사건발생"이 된다는 설명을 한다. [224] 하이데거에서 이어받은 "사건발생"[225]이라는 개념은 가다머의 해석학에서 역시 핵심 역할을 하게 된다. 해석자와 텍스트를 중개해주는 것을 "공통 관심사"라고 했는데 이는 그 양자 사이에서 일어나는 "사건발생"이라고 보아야 한다. 결국 "공통 관심사"도 그리

---

219) vgl. ebd. S.369, 370; "텍스트의 아우토노미"(Autonomie des Textes)

220) 대화(對話 Gespräch)

221) 공통 관심사(gemeinsame Sache)

222) Gadamer, Hans-Georg: Wahrheit und Methode, S.365;
    "해석학적 대화"(das hermeneutische Gespräch)

223) 영향발전사(影響發展史 Wirkungsgeschichte)

224) ebd. S.361; "사건발생"(Geschehen)

225) "사건발생"(Geschehen)

고 그의 연장개념인 "영향발전사"도 하나의 "사건발생"이라는 말이다. 예측할 수 없었던 "사건발생"을 야기시키는 대화를 나타내는 말로 가다머는 "대화에 빠져 든다", "대화에 말려든다"라는 표현을 사용한다.[226] "사건발생"을 가다머는 유희[227]라는 개념에 의해 설명하는데 축구경기라는 유희에 의해 다음과 같이 이해할 수 있다. 예를 들어 대등한 2개의 축구팀인 한국과 일본 사이의 축구경기를 상상한다면 한국팀도 일본팀도 그리고 경기를 관람하는 관람자들도, 모든 사람들의 시선과 관심이 시시각각으로 움직이는 축구공 하나에만 집중되어 있다는 사실을 인식할 수 있다. 한국팀도, 일본팀도 그리고 경기에 참가한 모든 사람들의 시선과 관심을 하나로 통합하고 집중시키는 주체는 축구공 자체라는, 축구경기 자체라는, 점진된 표현을 사용하여 경기 자체라는, (경기는 유희이기 때문에) 유희 자체라는 논리를 가다머는 전개한다. 한국팀, 일본팀 그리고 모든 관람자들의 유일한 관심사는, 따라서 "공통 관심사"는 일본 선수들이 한국 선수들보다 키가 크다든지, 한국 선수들은 붉은 유니폼을 입었다든지 하는 것들이 아니라 축구경기 자체라는, 축구 유희 자체라는 논리를 가다머는 전개한다.[228] 다시 해석자와 텍스트라는 2자 관계로 복귀하면 해석자와 텍스트 사이에는 유희가 진행되는데, 해석자, 텍스트, 유희 3자 중에서 주체는 유희라는 것이, 해석자와 텍스트를 하나로 통합하고 이끌어주는 주체는 유희라는 것이, 다시 말해 "공통 관심사"라는 것이 가다머의 논리다. 이상의 설명을 요약하면 해석자, 텍스트, 공통 관심사 등 3자 중에서 가다머는 "**공통 관심사**"를 핵심 개념으로 등장시키고 거기에 "**사건발생**", 유희성 그리고 **주체성**을 부여한다고도 말할 수 있다. 그리고 가다머는 "공통 관심사"를 진전시켜 "영향발전사"라고 부른다는 말도 했다.

---

226) ebd. S.361

227) 유희(遊戱 Spiel)

228) Gadamer, Hans-Georg: Wahrheit und Methode, S.464

가다머의 해석학을 이해하기 위해 언어 자체의 문제, 문자 언어인 텍스트 그리고 "해석학적 대화"를 논했다. 가다머에 의하면 언어 자체는 끝없는 바다와도 같고, 광활한 대지와도 같은 인생과정 자체라는 내용을 언급했고, 따라서 해석학의 문제는 이 끝없고 광활한 인생과정 자체를 이해해야 하는 문제라는 내용도 언급했다. 다음에 가다머는 넓은 의미의 언어 자체를 축소시켜 해석학의 과제를 문자 언어인 텍스트에만 한정시킨다는 내용을 언급했다. 여기서 가다머는 문자 언어인 텍스트를 공허지, 문자흔적, 텍스트의 이상성 등으로 보아 축소시켰던 것을 다시 확대시키는 계기를 마련한다. 일체의 의미가 비어 있는 백지와 같은 텍스트는 현대의 기호론자들이 말하는 시뮬라크룸[229]과 같은 것으로 귀에 걸면 귀걸이 코에 걸면 코걸이 식으로 모든 종류의 의미들을 수용할 수 있는 커다란 용기와 같은 것이 되기 때문이다. 문자로 된 텍스트에 부여한 "공허지"의 개념 외에도 가다머는 텍스트의 개념을 확대하여 건축, 조각, 그림 등 공간예술과 음악과 같은 시간예술에까지 적용한다. 현대의 기호론자들은 일체의 공간예술과 시간예술을 기호 내지는 시뮬라크룸이라 보는 반면에, 가다머는 텍스트라고 본다. 따라서 해석학적 대화를 구성하는 해석자, 텍스트, 공통 관심사 등 3자 중에서 텍스트는 일체의 예술작품을 대표한다고 보아야 한다. 그리고 가다머의 해석학을 이해하기 위해 중요한 것은 "공통 관심사"가 문자 언어인 문학 텍스트에만 핵심 관심사가 되는 것이 아니라 모든 예술작품의, (가다머의 철학을 확대시켜 표현하면) 모든 역사현상의 핵심 관심사가 된다는 사실이다. 확대시켰던 "공통 관심사"를 다시 축소시켜 문자 언어인 텍스트에만 한정하여 대화의 문제를 가다머는 다음과 같이 설명한다. "대화를 구성하는 2명의 파트너인 텍스트와 해석자 사이에는 2명의 대등한 인간 사이와 같이 코무니카씨온이 이루어지는데, 이 코무니카씨온은 하나가 다른 하나에 의해 수긍되어 적응해가

---

229) 시뮬라크룸(simulacrum)

는 관계가 아니라, 그 양자는 대등하고 동등한 파트너들로 코무니카씨온의 결과는 미리 예측하거나 단언할 수 없는 결과를 낳게 된다. 대화가 시작되면 텍스트는 하나의 관심사를 말하게 되는데, 텍스트로 하여금 말을 하게 만드는 것은 해석자의 책임이다. 이 대화는 동등한 2명의 파트너가 참가하는 대화이다."[230] 이상의 인용문에서 해석자가 텍스트로 하여금 말을 하게 만들어야 한다고 하는데, 가다머는 텍스트와 해석자 사이의 **"공통 언어"**[231]를 만들어내야 한다는 표현도 사용한다. 2명의 파트너 사이에 대화가 이루어지기 위해서는 양자 사이의 공통 언어가 있어야 한다는 것은 당연한 것이다. 이 **"공통 언어"**는 우리가 사용하는 일상 언어를 초월하는 언어로 **"공통 관심사"**와 같이 가다머 해석학의 핵심을 형성한다. 이 **"공통 언어"**를 이해하기 위해서는 시간의 문제를 논해야 한다.

문자로 고정되어 영원히 불변하는 텍스트와 시시각각으로 변하는 해석자라는 인간 사이의 대화는 모순으로 들린다. 예를 들어 괴테의 『파우스트』라는 텍스트는 종이와 검은 문자로만 되어 있는 생명 없는 물질에 불과하므로 『파우스트』라는 텍스트를 사람이 읽을 수는 있으나 같이 대화를 한다는 것은 불가능하기 때문이다. 바로 이 모순성을 제거하기 위하여 가다머는 텍스트와 해석자 사이의 대화를 **"해석학적 대화"**라 부르거나, 아니면 텍스트와 해석자 사이의 **"공통 언어"**를 만들어내야 한다는 표현을 사용한다. 가다머가 의미하는 **"해석학적 대화"**를 이해하기 위해서는, 다시 말해 영원히 변하지 않는 생명 없는 물질에 불과한 텍스트와 시시각각으로 변하는 살아 있는 해석자 사이의 **"공통 언어"**를 만들어내기 위해서는 첫째, 텍스트와 해석자 사이의 **시간거리**, 둘째, 시간거리가 유발하는 **선입관 또는 편견**, 셋째, 텍스트와 해석자 사

---

230) Gadamer, Hans-Georg: Wahrheit und Methode, S.365
231) "공통 언어"(gemeinsame Sprache)

이의 공통분모라 할 수 있는 **영향발전사**를 논하는 것이 순서가 되어야 한다.

　"해석학적 대화"를 이해하기 위해 첫 번째로 텍스트와 해석자 사이의 시간
거리[232]를 논해본다. 예를 들어 200년 전에 쓰여진 『파우스트』와 오늘의 해
석자 사이의 시간거리를 설명하는 가다머의 표현이 그의 해석학을 이해하는
데 중요하므로 자세히 인용하자면 다음과 같다. "시간거리는 그것이 현재의
해석자를 텍스트로부터 멀리 분리시킨다고 하여 극복되어져야 할 문제는 아
니다. 시간거리는 사실은 현재가 뿌리를 내리고 있는 **사건발생의 원천지**이다.
시간거리는 따라서 극복해서 제거시켜야 할 문제는 아니다. 시간거리를 극
복하여 제거시켜야 한다는 것은 **역사주의**[233]의 잘못된 생각이었다. 역사주의
는 과거의 텍스트를 해석할 때 그 텍스트의 과거 속으로 감정이입을 하여 과
거의 개념과 과거의 표상을 가지고 텍스트를 해석해야지 현재의 개념과 현재
의 표상을 가지고 해석해서는 안 된다고 주장하기 때문이다. 역사주의가 주
장하는 것과는 달리 과거와 현재 사이의 시간거리는 사실은 이해의 문제를
위해 긍정적이고 생산적인 가능성을 제공한다. 시간거리는 과거와 현재를
갈라놓는 심연이 아니라, 시간거리는 유래와 전통을 자체 내에 포함하고 있
는 저장소와 같은 것이다. 시간거리라는 빛을 띄우고 **전통**이 우리에게 자태
를 나타내고 있다. …텍스트나 예술작품 속에 내재한 진정한 의미의 도달은
완성되어 끝나는 것이 아니라 영원한 **프로세스** 이외는 아무것도 아니다. 시
간거리는 과거의 잘못과 현재의 잘못을 걸러내는 필터 역할을 하기도 하며,
또 시간거리는 새로운 이해가 탄생하는 원천이기도 하다. 잘못을 걸러내는
필터 역할을 하고 새로운 이해를 탄생시키는 원천이기도 한 시간거리는 일정
하고 고정되어 있는 상태에 있는 것이 아니라 항상 움직이고 항상 확장되는

---

232) 시간거리(Zeitenabstand)

233) 역사주의(歷史主義 Historismus)

상태에 있다. 시간거리는 편견을 제거할 뿐만 아니라 진정한 이해를 탄생시키기도 한다."[234] 이상의 인용문은 가다머 해석학의 핵심요소를 내포하고 있으므로 요약하면 다음과 같다. 우선 괴테의 시간과 오늘의 시간 사이의 시간거리는, 다시 말해 200년 전의 과거와 현재 사이의 시간거리는 하나의 원천지 또는 요람지로 이 안에서 사건이 발생하며, 사건발생의 합이 전통을 이룬다는 설명이다. 시간거리는 따라서 하나의 연못 또는 바다와 같은 공간으로 이 공간 내에서 사건이 발생하기도 하고 사멸하기도 하여 하나의 전통이 형성되고 자기발전을 한다는 말이다. 다음에 하나의 연못과 같고 바다와 같은 공간인 시간거리 자체는 고정된 것이 아니라 항상 변하고 움직인다는 설명이다. 왜냐하면 괴테의 『파우스트』와 우리 사이의 시간거리는 200년이나 앞으로 100년 후의 해석자와의 거리는 300년이 되기 때문이다. 마지막으로 텍스트나 예술작품 속에 내재한 진정한 의미란 고정되고 확정되어 객관적으로 제시할 수 있는 것이 아니라, 고정하고 확정할 수 없는 것으로 영원히 움직이고 자기발전을 하는 프로세스라는 설명이다. 시간거리라는 공간 속에서 발생하기도 그리고 사멸하기도 하는 사건발생 자체가 고정적이 아니라 유동적이고, 또 유동적인 사건발생의 합인 전통 자체도 유동적인 것이 되며, 따라서 유동적인 전통에 의해서는 유동적인 의미만, 다시 말해 의미형성의 프로세스만 가능하기 때문이다. 200년 전의 괴테와 현재의 내가, 과거의 텍스트와 현재의 해석자가 만나서 그 양자 사이에 어떤 사건이 발생하는데, 이 사건발생을 담고 있는 저장소가 시간거리라는 설명이다. 그리고 이 시간거리라는 저장소는 현재의 해석자인 나를 초월하여, 다시 말해 나를 포함하여 계속 확장되는 저장소라는 설명이다. 그리고 계속 확장되는 이 저장소 속에 내재한 의미도(나도 이 저장소에 포함되어 있으므로) 나의 의미까지 포함한 의미가 되며 또 시간이 흘러 해석자가 변함에 따라 항상 변해가는 유동적인 의미가 된

---

234) Gadamer, Hans-Georg: Wahrheit und Methode, S. 281, 282

다는 설명이다. 결론적으로 200년 전에 쓰여진 괴테의 텍스트와 현재의 나인 해석자 사이의 대화는 불가능한 모순이 아니라, 해석자가 텍스트를 읽기 시작하는 순간 이미 대화가, 해석학적 대화가 시작했다는 설명이 된다.

"해석학적 대화"를 이해하기 위해 두 번째로 선입관 또는 편견[235]을 논할 차례다. 이미 언급한 대로 하이데거의 용어인 초안 또는 선초안[236]이라는 개념을 사용하여 텍스트를 이해하려는 독자는 언제나 선초안을 가지고 텍스트를 읽기 시작하며, 이 선초안이 텍스트를 읽어감에 따라 둘째 의미, 셋째 의미 등으로 점차로 수정되어지는 과정이 이해의 과정이라고 가다머는 설명한다. 그리고 가다머는 "선초안"이라는 표현을 선이해, 선판단 등의 표현으로 확대시키며 선입견 또는 편견이라는 개념으로 보편화시킨다. 이상의 표현들을 하나의 표현으로 "편견"이라 통일한다면 가다머는 "편견"이라는 부정적인 개념을 긍정적인 개념으로 역전시킨다. 가다머는 우선 이상의 부정적인 개념들을, 그 대표적인 개념으로 편견[237]을 재 복권시켜야 한다는 입장이다.[238] 진정한 해석학은 편견이라는 개념을 부정적이라고 하여 제거하려 해서는 안 되고, 부정적인 편견을 긍정적이고 생산적인 편견으로 역전시켜야 한다고 가다머는 주장한다.[239] 이유는 바로 편견이 텍스트와 해석자 사이의 긴장을 유발하여 "해석학적 대화"를 가능하게 만들기 때문이라는 것이다.[240] 텍스트를 읽기 시작한 해석자는 자기가 미리 구성한 선초안에, 다시 말해 자기가 미리 구성한 편견에 어긋나는 현상이 생길 때만, 전체 의미에

---

235) 선입관(Vorverständnis) 또는 편견(Vorurteil)

236) 초안(Entwurf) 또는 선초안(Vorentwurf)

237) 편견(偏見 Vorurteil)

238) vgl. Gadamer, Hans-Georg: Wahrheit und Methode, S.261

239) ebd. S.256

240) vgl.ebd. S.290

대한 선초안과 텍스트에서 발견되는 의미 사이의 불일치가 생길 때만 긴장감이 생겨 텍스트를 계속 읽게 되고, 그 긴장감이 결여될 때는 텍스트 읽기를 중지한다는 설명이다. 텍스트에 내재한 모든 내용이 해석자의 편견과 일치한다면 모든 것이 지당한 말뿐이어서 읽을 가치가 없어 더 이상 텍스트가 아니라는 설명이다. 다음에 가다머는 편견을 인간적인 너무나 인간적인 것으로 확대하고 승화시켜 인간 자체가 편견의 동물이라는 철학을 전개한다. 따라서 편견의 동물인 인간에게만 해석학이 필요하지 편견이 없는, 다시 말해 전지전능한 신에게는 해석학은 필요 없다는 주장이다.[241] 편견에 의해 유발되는 해석학적 대화를 가다머는 여기서 문학 텍스트에만 국한시키지 않고 일체의 예술세계로, 일체의 인간사로 확장 확대하고 있다. 마지막으로 가다머는 텍스트에 내재한 진정한 총체적인 의미의 탄생을 철학적으로는 상정하나 실제적으로는 부인한다고 보아야 한다. 인간의 편견이 영원히 지속한다면, 다시 말해 인간이 편견 없는 신의 경지에 영원히 도달할 수 없다면, 진정한 총체적 의미의 도달 역시 불가능한 것은 당연하다. 인간 자체가 편견의 동물이라면 인간이 발견했다고 하는 진정한 총체적 의미 속에는, 다시 말해 인간이 발견했다고 하는 최후진리 속에는 언제나 편견이 내재해 있기 때문이다. 진정한 의미의 도달을 위해 해석학적 대화가 필요하다면, 끝없는 의미도달과정은 끝없는 해석학적 대화의 필요성을 말해준다.

"해석학적 대화"를 이해하기 위해 세 번째로 이미 언급한 "공통 관심사"의 연장개념인 **영향발전사**[242]를 논할 차례다. 가다머는 자신의 핵심 개념인 영향발전사를 설명하기 위해 양면 작전을 사용하고 있다. 한편으로는 가다머는

---

241) vgl. ebd. S. 461
242) 영향발전사(影響發展史 Wirkungsgeschichte)

이성[243]을 절대시했던 계몽주의를 비판하고, 다른 한편으로는 바로 계몽주의의 산물인 실증주의[244]를 비판하려는 딜타이의 인생철학을 역시 비판한다. 계몽주의자들이 신봉했던 "절대이성"이 인간사 모두를 해결할 수 있다는 생각은 잘못된 것으로 "이성이란 홀로 존재할 수 있는 것이 아니라 인간사에 의지해서만 존재할 수 있다. 이성은 자신의 주인이 아니라 자신이(이성이) 관여하는 주어진 상황에 의해서만 존재이유를 주장할 수 있다"라고 가다머는 말한다.[245] 인간사와 관련해서만 이성의 존재를 말할 수 있는 것이지 인간사와 절단해서는 이성이란 존재하지도 않고 따라서 이성을 운운할 수도 없다는 말이다. 인간사를 도외시하는, 인간사를 무시하는 "절대 이성주의"는 잘못이라는 결론이다. 다음에 가다머는 인간사를 도외시하고 무시하려는 절대 이성주의인 계몽주의와는 정반대로 인간 중심주의를 주장하는 딜타이의 철학과도 거리를 두려 한다. 인간의 체험을 중요시하여 체험 속으로의 내면화만 주장하는 딜타이의 이론 역시 잘못된 것으로 딜타이는 내면적 체험을 강조한 나머지 그 내면적 체험을 둘러싸고 있는 역사적 현실, 사회, 국가 등을 망각하고 있다고 가다머는 비판한다. 가다머가 절대이성을 주장하는 계몽주의와 절대 내면화를 주장하는 딜타이 철학 사이의 양면 작전을 하면서 자신의 특유한 개념인 "발전사"를 사용하여 하는 유명한 말은 다음과 같다. "발전사는 우리의 소유물이 아니라, 우리가 발전사의 소유물이다. 명상을 하고 나서 우리가 우리 자신을 이해했다고 말한다면 그것은 사실은 가정과 사회와 국가 속에 들어 있는 우리 자신을 이해한 것이다. 명상의 결과로서 하나의 초점으로 모였다는 주관이란 사실은 여러 개의 초점으로 흐트러진 산만의 영상[246]을 의미한

---

243) 이성(理性 Vernunft)

244) 실증주의(實證主義 Positivismus)

245) Gadamer, Hans-Georg: Wahrheit und Methode, S.260

246) 산만의 영상(Zerrspiegel)

다. 우리 자신인 개체가 하는 명상의 결과는 발전사라는 커다란 대하 속에서 한순간 아물거리다 사라지는 불빛에 지나지 않는다. 인간실재가 발전 변화하여 만들어진 결과를 "현실"이라고 하는데, 이 "현실"은 사실은 과학적이고 정확한 판단의 결과가 아니라 **잘못된 판단, 편견의 결과이다.**"[247]

　　독일어 개념인 **발전사**라는 개념은 **역사**[248]라는 개념과 분리해서 생각해야한다. 역사는 종결된 사건의 줄거리를 의미하고 발전사는 사건의 줄거리가 과거에서 출발하여 현재를 거쳐 미래로 연장됨을 의미한다. 발전사를 의미하는 독일어 표현인 "Geschichte"는 "사건이 발생한다"라는 의미를 나타내는 동사 "geschehen"에서 파생한 명사다. 따라서 "발전사"라는 개념 속에는 "사건발생"의 뜻이 내재해 있다고 보아야 한다. 가다머는 발전사라는 개념을 사용하여 자신의 특유한 개념인 **"영향발전사"**[249]를 만들어내는데 인용문과 관련하여 3가지로 설명을 요약해본다. 가다머가 의미하는 영향발전사는 우선 큰 강줄기 대하와 같은 것이라고 상상할 수 있다. 대하는 과거에도 흘렀고, 현재도 흐르고, 미래도 흐를 것이므로 영향발전사는 과거, 현재, 미래를 통해서 끝없이 생성 발전해가는 큰 줄기, 그것도 어느 때에 종결에 도달하는 폐쇄된 줄기가 아니라 종결이 없는 개방된 줄기라고 할 수 있다.[250] 영향발전사는 따라서 우리가 존재해도 존재하지 않아도 생성 발전해갈 것이므로 우리의 소유물이 아니라, 반대로 우리도 포함시켜 생성 발전해가는 대하이므로 우리가 영향발전사의 소유물이라는 설명이 된다. 가다머는 영향발전사라는 개념에 **전통**과 그리고 전통을 적용한다는 의미로 **아플리카씨온,**[251]

---

247) Gadamer, Hans-Georg: Wahrheit und Methode, S. 261

248) 발전사(發展史 Geschichte)와 역사(歷史 Historie)

249) "영향발전사"(Wirkungsgeschichte)

250) Gadamer, Hans-Georg: Wahrheit und Methode, S. 448

251) 전통(Tradition)과 아플리카씨온(Applikation)

2개의 개념을 부여한다. 과거, 현재, 미래를 통해 생성 발전해감으로 영향발전사라는 개념 속에는 전통의 개념이 내재해 있다는 주장이고, 또 이 전통은 우리와 절단된 전통이 아니라 우리를 포함하고 있는 전통이므로, 다시 말해 우리가 지키고 적용해야 할 전통이므로 동시에 적용, 즉 아플리카씨온이 된다는[252] 주장이다. 영향발전사와 전통, 2개의 표현 중에서 가다머는 전자의 표현을 선호하는데 이유는 전통 일체를 비판하고 부정하려는 혁명적 이론과 거리를 두기 위함이다. 전통 일체를 비판하고 부정하려는 혁명적 이론 자체가 전통의 산물이라는 것이, 다시 말해 전통을 적용한 결과의 산물이라는 것이 가다머의 생각이다. 영향발전사와 전통은 같은 개념들인데 가다머는 전자의 개념에 아플리카씨온의 개념을 부여함으로써 후자의 개념보다 넓고 생산적이며 직접적인 개념으로 만들고 있다. 가다머가 의미하는 영향발전사는 다음에 **해석학적 대화**를 위한 파트너가 된다는 것이 가다머의 해석학이다. 큰 강줄기인 대하와 같은 영향발전사와 해석자가 만나는 순간을 가다머는 "**해석학적 상황**"이라고[253] 부르는데, 그 해석학적 상황의 특징은 어느 때에 가서는 완전히 해결할 수 있는, 완전히 해석할 수 있는 상황이 아니라 끝이 없는, 다시 말해 개방된 상황이라는 것이 가다머의 주장이다. 그러나 이 해석학적 상황 속에서 어떤 사건이 발생하는데, 예측할 수 없었던 이 사건발생은 커다란 대하와 같은 **영향발전사**와 하나로 융화되어, 영향발전사 자체는 제2의 영향발전사로 모습을 달리하는 계기가 된다는 것이 가다머의 해석학이다. 해석학적 대화가 있을 때마다, 다시 말해 새로운 해석학적 상황이 생길 때마다 모습을 달리하여 계속 생성 발전해가는 영향발전사를 가다머는 "**관심사 자체**"[254]라고도 표현하는데 이미 언급한 "**공통 관심사**"를 의미한다.

---

252) vgl. Gadamer, Hans-Georg: Wahrheit und Methode, S.291f

253) ebd. S.285
   "해석학적 상황"(hermeneutische Situation)

254) "관심사 자체"(die Sache selbst)

따라서 해석학적 상황에서 일어나는 "사건발생"의 주체는 우리가 아니라, 해석자가 아니라 공통 관심사라 할 수 있는 "관심사 자체"라고 가다머는 말한다.[255] 해석학적 대화를 형성하는 2개의 요소 사이에서, 한편으로는 해석자와 다른 한편으로는 영향발전사 사이에서 해석학적 상황이 벌어져 사건이 발생하는데, 이 사건발생의 담당자, 즉 이 사건발생의 주체가 "관심사 자체"를 의미하는 **영향발전사**라는 설명이다. 마지막으로 가다머가 의미하는 영향발전사란 과연 무엇이냐 하는 질문이 제기된다. 가다머 자신은 대하와 같은 영향발전사를 구체적으로 존재해 있는 **실재**라기보다는 **실재적**이라고도 표현하고[256] 또는 실재라기보다는 **영상**이라고도[257] 표현한다. 반면에 슐쓰는 가다머의 영향발전사라는 개념을 의식이라기보다는 실재라고 해설한다.[258] 가다머의 표현은 영향발전사가 우리가 날마다 사용하는 칫솔이나 치약과 같이 구체적으로 보여줄 수는 없지만, 있기는 있어 영상을, 모습을 드러낸다는 말이고, 슐쓰의 해설은 치약이나 칫솔과 같이 구체적으로 존재해 있다는 말로, 예를 들어 김치를 좋아하는 한국인들의 영향발전사와 치즈를 좋아하는 독일인들의 영향발전사는 분명히 서로 구별되며 또 구체적으로 존재해 있다는 말로 이해할 수 있다. 구체적인 실재의 개념을 부인할 수도, 또 반 정도만 인정할 수도 그리고 완전히 인정할 수도 있는 영향발전사라는 가다머의 개념은 난해한 개념이라 할 수 있다. 난해한 개념인 영향발전사에 가까이 접근하기 위해서는 이해[259]의 문제를 논할 필요가 있다.

---

255) Gadamer, Hans-Georg: Wahrheit und Methode, S.439

256) ebd. S.432; 실재(das Sein), 실재적(das Seiende)

257) ebd. S.449; 영상(das Bild)

258) Schulz, Walter: Anmerkungen zur Hermeneutik Gadamers, S.315
　　의식(das Bewuβtsein)과 실재(das Sein)

259) 이해(理解 Verstehen)

가다머는 이해라는 개념을 설명하기 위해 대개 3개의 단계를 밟고 있는데, 첫째 단계는 해석작업[260]에 의해 출발하는 것이고, 둘째 단계는 **지평선융합**[261]이라는 개념에 도달하는 것이고, 셋째 단계는 지평선융합에 의해 발생하는 이해의 성격을 규정하는 것이 된다. 첫째 단계인 해석작업부터 시작하면 가다머의 설명은 다음과 같다. "이해란 주관의 행위라기보다는 오히려 전통발생 속으로 **빠져들어감**을 의미한다. 다시 말해 과거와 현재가 항상 중개되고 있는 전통발생 속으로 **빠져들어간다**는 사실이 이해를 의미한다. 따라서 해석학이 의미하는 이해의 개념은 이해의 기술이나 이해의 방법론과는 다른 것으로 해석자 자신이 전통발생 속으로 몰입함을 의미한다."[262] 이해란 해석자의 주관적 의사대로 하고 싶으면 하고, 안 하고 싶으면 안 하는 식으로 텍스트를 대하는 것이 아니라, 텍스트와 해석자 사이에서 발생하는 전통발생 속으로 필연적으로 몰입하는 것이 이해라는 말이고, 따라서 이해는 해석자가 거리를 유지하면서 적용하기도 하고 안 하기도 하는 방법론과는 다른 것으로 거리 없이, 다시 말해 직접적으로 전통발생 속으로 뛰어드는 행동이라는 설명이다. 그리고 "전통발생"이란 위에서 논한 영향발전사를 의미한다. 가다머에 의하면 이상과 같이 전통발생 속으로, 다시 말해 영향발전사 속으로 해석자가 직접 뛰어드는데, 이때에 해석학적 상황이 발생하게 된다. 해석학적 상황이란 전통이 해석자에게 부여하는 2개의 요소, **생소함과 친밀함** 사이에서 발생하는 **긴장감을**[263] 의미한다. 이 긴장감이 발생하는 중간지대가, 다시 말해 생소함과 친밀함 사이의 중간지대가, 또다시 말해 전통을 형성하고 있는 2개의 요소인 생소함과 친밀함 사이의 중간지대가 해석학

---

260) 해석작업(Auslegung)

261) 지평선융합(Horizontverschmelzung)

262) Gadamer, Hans-Georg: Wahrheit und Methode, S. 274, 275

263) 생소함(Fremdheit)과 친밀함(Vertrautheit), 긴장감(Spannung)

의 진정한 위상이라고 가다머는 말한다.[264] 가다머가 말하는 해석작업을 구체화하자면 다음과 같다. **해석작업**은 우선 자체가 최종목적이 아니라, 해석작업의 최종목적은 "관심사 자체"라고 표현된 **"공통 관심사"**가 된다. 해석자가 텍스트를 읽기 시작하면 해석학적 상황이 발생하여, 다시 말해 긴장감이 발생하여 해석학적 대화가 이루어지는데, 이때에 해석자, 텍스트, "공통 관심사" 3자 중에서 "공통 관심사" 자체가 해석학적 대화를 이끌어가는 주체로서 해석자와 텍스트, 양자의 최종목적이 된다는 말이다. 해석학적 대화와 일반 코무니카씨온과의 차이는 전자의 경우는 해석자, 텍스트, "공통 관심사" 3자 관계로 공통 관심사가 주체가 되는 반면에, 후자의 경우는 나와 너라는 주체와 객체, 2자 관계로 내가 주체가 되는 것이 차이점이라 할 수 있다. 의사가 환자와 대화를 하거나, 검사가 범죄자와 대화를 하는 2자 관계의 대화는 코무니카씨온은 되지만 해석학적 대화는 되지 못한다는 말이다.[265] 해석작업은 다음에 해석자와 텍스트 사이의 **"공통 언어"**[266] 자체라고 할 수 있다. 한국 독자가 독일어 텍스트 『파우스트』를 읽을 경우, 괴테가 텍스트를 쓸 때 사용한 언어가 독일어이고 한국 독자가 그 텍스트를 읽을 때 사용하는 언어가 독일어라고 해서 공통 언어는 독일어라는 결론은 해석학적 대화를 의미하는 결론은 못 된다. 해석학적 대화를 위한 공통 언어는 자연언어를 초월하는 언어로 문자로 된 텍스트뿐만 아니라 공간예술인 조형예술이나 시간예술인 음악에까지 적용되는 언어를 의미한다. 가다머는 이 해석학적 **"공통 언어"**를 **"이해의 집행"**[267] 자체라고도 또는 **"질문과 대답의 변증법"**이라고도 표현한다.[268] 해석작업은 마지막으로 그 자체가 최종목적이 되지 못하며 그

---

264) Gadamer, Hans-Georg: Wahrheit und Methode, S. 279

265) vgl. ebd. S. 363

266) "공통 언어"(gemeinsame Sprache)

267) "이해의 집행"(Vollzug des Verstehens)

268) Gadamer, Hans-Georg: Wahrheit und Methode, S. 375, 366

리고 해석작업은 해석학적 대화를 위한 수단인 공통언어에 불과하고, 이해 자체가 아니라 이해를 집행하는 절차에 불과하므로 작업이 끝나면 이해 속으로 사라져 없어져야 할 운명을 가졌다고 할 수 있다. 해석작업 자체는 자신의 자율성, 즉 아우토노미를 원하지도 않는다는 논리를 가다머는 전개한다.[269] 가다머가 의미하는 "해석작업"의 개념 역시 난해한 개념으로 "실재"인지 아니면 단지 "실재적"인지, 독립된 학술인지 아니면 단지 학술을 위한 방법론인지를 구별하기 불가능한 개념이다. 가다머는 그러나 해석작업을 이해와 같은 수준으로 승격시켜 "새로운 창조"라고도[270] 말하는데, 해석작업 자체는 새로 창조된 것이 아니라, 다시 말해 새로 창조된 텍스트가 아니라, 새로운 창조행위 자체라고, 새로운 텍스트를 만들어내는 행위 자체라고 가다머의 말을 받아들여야 한다. 아니면 이해라는 개념은 보통 텍스트에 내재해 있다고 생각되는 "궁극적인 의미"에 도달하는 것이 아니라 새로운 텍스트를 만들어내는 행위 자체라고 가다머의 말을 받아들여야 한다. 한국 독자가 괴테의 독일 텍스트를 읽는다는 사실은 한국 독자 자신의 한국 텍스트를 읽는다는 결론이 된다. 왜냐하면 한국 독자는 독일 텍스트에 의해서 자신의 텍스트, 즉 한국 텍스트를 새로 만들어내고 있기 때문이다.

이해의 개념을 설명하기 위해서 가다머가 밟고 있는 둘째 단계는 **지평선융합**[271]이라는 개념이다. 가다머가 말하는 지평선이라는 표현은 수평선이라는 표현과도 같이 들려 난해한 개념이므로 구체화할 필요가 있다. 수평선이 아니라 지평선이라는 표현을 고수하고 다음 3가지로 구체화를 시도한다. 지

---

269) ebd. S.377, 376, 377

270) ebd. S.449.
　　"새로운 창조"(neue Schöpfung)

271) 지평선융합(Horizontverschmelzung)

평선[272]이라는 개념은 우선 그 구조가 깔때기 모양이라고 구체화할 수 있다. 대상을 바라보는 눈의 위치가 정해져 있고 정해져 있는 눈으로부터 출발하여 상하좌우로 넓게 퍼져가는 깔때기 모양을 상상할 수 있다. 눈의 위치인 정점을 출발하여 깔때기의 길이가 길어지면 길어질수록 깔때기의 단면도 면적이 더욱 더 넓어지는 모양을 상상할 수 있다. 아니면 눈의 위치를 피라미드의 정점이라 생각하고 깔때기의 몸 전체를 피라미드의 몸체라고도 생각할 수 있다. 그러나 가다머가 생각하는 지평선은 수직적인 피라미드가 아니라 옆으로 놓인 수평적인 피라미드라고 보아야 한다. 따라서 "지평선"이라는 개념은 일차원적인 기하학의 직선도 아니고, 이차원적인 평면도 아니며, 삼차원적인 입체인데, 그것도 옆으로 놓인 깔때기 모양의 입체라고 구체화할 수 있다. 다음에 가다머는 이상 깔때기의 출발점인 정점을 "**입장**"[273]이라고 부르고, 이 입장은 고정적이 아니라 유동적이며, 따라서 전체 깔때기의 몸체를 의미하는 지평선도 유동적이라고 말한다.[274] 깔때기의 출발점인 정점의 위치변화에 따라 깔때기 전체의 위치가 결정되는 것은 당연하다. 깔때기의 정점을 일정한 거리 앞으로 전진시키면 깔때기 전체도 일정한 거리 앞으로 전진되기 때문이다. 마지막으로 가다머는 지평선을 "**상황**" 또는 "**시야**"[275]라고도 부르는데, 모든 인간은 하나의 인생상황 또는 인생을 보는 시야를 가지고 있다는 의미로, 역시 모든 인간은 하나의 지평선을 가지고 있다는 의미로 지평선의 개념을 해석할 수 있다. 모든 인간은 하나의 이데올로기를 가지고 있다고 현대철학은 말하며, 모든 인간은 하나의 시스템을 가지고 있다고 현대의 시스템 이론가들은 말하고, 모든 인간은 하나의 담론을 가지고 있다고 현대의 언

---

272) 지평선(Horizont)

273) "입장"(Standort)

274) Gadamer, Hans-Georg: Wahrheit und Methode, S. 288

275) "상황"(Situation) 또는 "시야"(Gesichtskreis)

어철학자들은 말한다. 가다머에 의하면 모든 인간은 하나의 지평선을 가지고 있다는 말이 된다. 그러나 가다머가 지평선의 개념에 부여하는 동적인 "상황"이나 정적인 "시야"를 감안하면, "지평선"이라는 개념은 현대철학의 "시스템" 개념과 유사한 개념이라 할 수 있다. 동적인 상황과 정적인 시야가 합해서 동적인 동시에 정적인 시스템을 형성한다고 볼 수 있다. 가다머의 "지평선"이라는 개념은 현대의 시스템 이론을 예시해주는 개념이라 할 수 있다.

가다머가 말하는 "지평선"의 개념을 수평적인 피라미드 혹은 깔때기 모양으로 구체화한 후 **지평선융합**의 개념을 다음과 같이 요약할 수 있다. 우선 가다머는 지평선이 없는 사람은 멀리 볼 수 없으며 가까이 놓여 있는 대상을 과대평가하는 사람이고, 반면에 지평선이 있는 사람은 가까이 놓여 있는 대상에만 제한되지 않고 그것을 초월해서 보는 능력이 있는 사람이라고 말한다. 그리고 지평선을 가졌다는 사실은 모든 대상의 크기, 위치, 의미 등을 그 지평선 내에서, 그 지평선에 의해서 평가하는 것이라고 가다머는 말한다.[276] 모든 인간은 자기가 가지고 있는 지평선에 의해서 사물과 대상을 판단하고, 지평선이 없는 사람은 사물과 대상을 판단할 능력이 없는, 다시 말해 철학이 없는 사람이라는 말이다. 내가 가지고 있는 철학을, 나의 지평선을 나의 시스템이라고 한다면, 나는 나의 시스템에 의해서 사물과 대상을 판단한다는 말이 된다. 다음에 가다머는 해석자가 텍스트를 읽는다는 사실은 해석자는 자신의 지평선을 가지고 텍스트의 지평선과 만난다는 논리를 전개하는데, 해석자는 자신의 편견을 가지고 텍스트 속으로 들어간다는 표현을 가다머는 사용한다.[277] 지평선은 하나의 편견이라는 이론을 가다머는 전개하는데 다음과 같다. 해석자가 텍스트를 읽는다는 사실은 해석자의 지평선과 텍스

---

276) Gadamer, Hans-Georg: Wahrheit und Methode, S. 286
277) ebd. S. 289

트의 지평선이 만난다는 사실을 의미하고, 또 지평선은 하나의 시스템과 같은 것으로, 아니면 하나의 색안경과 같은 것으로 그 자체가 절대적이 아니라 상대적인 것이기 때문에, 극단적으로 표현해 지평선은 잘못된 판단, 즉 편견이라고 할 수 있기 때문에, 해석자가 텍스트를 읽는다는 사실은 편견과 편견이 만난다는 사실을 의미한다. 해석자가 텍스트를 읽으면 하나의 지평선과 또 다른 지평선이 만나, 하나의 편견과 또 다른 편견이 만나, 그 양자 사이에서 긴장감이 생겨 해석학적 상황이, 해석학적 대화가 발생한다는 것이 가다머의 논리이다. 마지막으로 가다머는 해석자의 지평선과 텍스트의 지평선이 만나면 양자가 팽팽하게 대치하는 것이 아니라, 그 양자 사이에 대화가 이루어져 양자가 **융화**되어, 해석자의 지평선도 아니고 텍스트의 지평선도 아닌 제3의 지평선으로 하나가 된다는 것이 가다머의 해석학이다. 해석자의 지평선과 텍스트의 지평선, 나의 지평선과 너의 지평선, 2개의 지평선이 아니라, 또는 모든 인간이 지평선을 가지고 있다면 수 없이 많은 지평선이 아니라, 단 **하나의 지평선만이** 있다는 것이 가다머의 철학이다.[278] 해석자의 지평선도 아니고 텍스트의 지평선도 아닌, 나의 지평선도 아니고 너의 지평선도 아닌 제3의 지평선이 발생하는데, 이 제3의 지평선을 가다머는 **영향발전사**[279]라고 부른다. 그리고 가다머는 이 영향발전사를 "관심사 자체" 또는 "**공통 관심사**"[280]라고도 부른다는 말을 이미 언급했다. 진리는 하나라는 말을 하듯이 가다머에 의하면 지평선은 하나, 영향발전사는 하나, "공통 관심사"는 하나라는 말을 할 수 있다. **역사주의**[281]나 **낭만주의** 해석학은 해석자가 텍스트라는 대상이나 텍스트를 쓴 작가 속으로 몰입하여 해석자 자신의 존재는 망각되어 제거

---

278) ebd. S.288
279) 영향발전사(Wirkungsgeschichte)
280) "공통 관심사"(gemeinsame Sache)
281) 역사주의(Historismus)

된다고 주장하기 때문에 결국 남는 것은 텍스트와 작가 2자뿐이므로 잘못된 해석학이라는 설명이다. 이유는 제3자인 인간의 공통 관심사라고 할 수 있는 영향발전사를 역사주의나 낭만주의 해석학은 망각했기 때문이라는 설명이다. 그러나 역사주의나 낭만주의 해석학은 그럼에도 불구하고 텍스트 또는 작가 속으로의 몰입에 의해 생소함을 유발하고, 따라서 생소함과 친밀함 사이의 긴장감을 유발하는 데 공헌하여 해석학적 대화의 출발점은 달성했으나 진정한 목표점에는 도달하지 못했다는 것이 가다머의 비판이다.[282]

　해석학의 진정한 목표는 이해의 문제가 되는데, 가다머가 밟고 있는 마지막 셋째 단계는 이해의 성격을 규정하는 일이다. 가다머가 생각하는 이해의 개념을 크게 분류하여 3가지로 규정할 수 있다. 의미발생, 유희성격, 개방성이 그 3가지 규정이다. 의미발생[283]이라는 이해의 첫 번째 성격은 다음과 같다. 해석자가 텍스트를 읽으면 해석자의 지평선과 텍스트의 지평선, 아니면 해석자의 편견과 텍스트의 편견, 양자가 융합되어 제3의 지평선이, 아니면 제3의 편견이 발생한다는 내용을 언급했다. 이 양자의 융합과정 자체를 가다머는 의미발생이라고 부른다. 따라서 가다머가 생각하는 의미는 객관적으로 그리고 분명하게 보여주고 말해줄 수 있는 의미가 아니라 그때그때 갑자기 발생하는 예측할 수 없는 의미를 의미한다. 아니면 가다머는 해석자의 지평선과 텍스트의 지평선, 양자가 융합하는 과정을 해석자가 가지고 있는 의미계기[284]와 텍스트에 내재한 의미계기가 융합하여 새로운 의미가 발생한다는 말로도 설명한다. 의미가 객관적으로 그리고 분명하게 주어져 있는 것이 아니라 그때그때 갑자기 발생하여 예측할 수 없다는 이유는 2명의 대화자 중, 다시 말

282) Gadamer, Hans-Georg: Wahrheit und Methode, S.290

283) 의미발생(Sinngeschehen)

284) 의미계기(Sinnmoment)

해 해석자의 지평선과 텍스트의 지평선 중 어느 누구도 결정권을 소유한 주체가 되지 못하고, 결정권의 주체는 대화 자체라는 데 놓여 있다. 의미결정권은 제3자인 대화 자체에 있으므로 해석자의 지평선과 텍스트의 지평선, 양자는 대화의 결과를, 대화의 의미결정을 기다려야 하는 입장이므로 객관적으로 그리고 분명하게 제시해줄 수 없는 것은 당연하고 따라서 예측할 수 없다는 설명이다. 제3자인 대화 자체가 의미결정권을 가졌다는 내용을 슐쓰는 "주역 배우는 내가 아니라 대화 자체이다"라는 말로 표현한다.[285] 미리 예측할 수 없는 의미발생을 보르만은 가다머의 해석학에 있어서는 "진리는 미학적 의식이나 역사적 의식을 초월하여, 다시 말해 학술의 영역 피안에 위치해 있다"라는 말로 설명한다.[286] 진리는, 다시 말해 절대적인 의미결정은 논리적인 미학이나 역사학 등 학술에 의해 결정할 수 없어 예측불허라는 내용의 설명이다. 그러나 가다머는 해석자와 텍스트 사이에서 발생하는 의미결정이, 의미발생이 예측할 수 없는 갑작스러운 "사건발생"이라고 하여 발생하는 모든 의미가 다 옳다는, 소위 의미의 무정부주의와 자신의 해석학을 분리하려는 시도를 한다. 가다머는 의미결정이라는 표현을 피하면서(이유는 절대적인 의미, 즉 절대적인 진리란 없으므로 의미결정이라는 표현이 적절하지 못하기 때문에) 의미경험[287]이라는 표현을 사용하여 발레리[288]의 해석학을 다음과 같이 비판한다. 발레리에 의하면 예술가의 형성의지가 자신을 표현하려는 과정 중, 마치 계속 달리는 기차가 정거하듯이 우연히 그리고 일시적으로 정거하는 순간이 예술가가 창조한 예술작품이라는 논리다. 따라서 발레리에 의하면 예술작품이란 완성품이 아니라 앞으로 더 계속되어야 할 과정, 예술가의 형성과정 이

285) Schulz, Walter: Anmerkungen zur Hermeneutik Gadamers, S. 309

286) Bormann, Claus v.: Die Zweideutigkeit der hermeneutischen Erfahrung, S. 85

287) 의미경험(Sinnerfahrung)

288) 발레리(Ambroise-Paul-Toussaint-Jules Valéry 1871-1945)

외에는 아무것도 아니라는 설명이다. 따라서 발레리에 의하면 예술가가 창조한 예술작품 속에는 예술가의 진정한 의지는, 다시 말해 예술가가 진정으로 전달하려는 의미는 들어 있지 않고, 그 예술작품을 초월해 있다고 가다머는 설명한다. 일체의 의미를 처음부터 배제시키는 발레리의 해석학을 가다머는 "해석학적 허무주의"라고 부른다.[289] "해석학적 허무주의에 의해 의미결정은 결과적으로 독자에게 맡겨져 독자가 결정하는 모든 의미는 다 옳다,는 소위 의미의 무정부상태에 발레리의 해석학은 귀착한다고 가다머는 비판한다. 결과적으로 의미의 무정부상태를 옹호하는 발레리의 해석학은 잘못된 것이고, 진정한 해석학은 구속성과 자유, 양자를 통합하는 해석학이 되어야 한다는 것이 가다머의 주장이다.[290] 구속성은 과거에서부터 전해내려오는 전통에 대한 구속성으로 텍스트에 내재한 전통이고, 자유는 그 구속성으로부터의 자유를 말한다. 텍스트에 내재한 전통에 대한 구속성과 동시에 자유라는 변증법적 관계는 텍스트에 내재한 전통은 인정해야 하나 그대로 답습할 필요는 없다는 말로, 달리 표현하면 텍스트에 내재한 의미를 인정하고 그 인정된 의미와는 다른 새로운 의미로 변화 발전해야 한다는 관계를 나타낸다. 해석자와 텍스트, 양자 사이에서 발생하는 의미발생은 텍스트에 내재한 과거의 의미와 같기도 하고 동시에 다르기도 한 새로운 의미가 된다는 설명이다.

이해라는 개념의 두 번째 성격인 유희성격을 논할 차례다. 이해는 하나의 유희라는 말인데 이해의 유희성격은 의미발생이라는 개념에 내포되어 있다고 보아야 한다. 왜냐하면 갑자기 발생하는 예측할 수 없는 의미, 즉 의미발생은 마치 역시 결과를 예측할 수 없는 축구경기(축구유희)와 같기 때문이

---

289) Gadamer, Hans-Georg: Zur Fragwürdigkeit des ästhetischen Bewuβtseins, S.66
    "해석학적 허무주의"(hermeneutischer Nihilismus)

290) vgl. ebd. S. 67

다. 경기라는 표현을 독일어로는 Spiel 유희라고 표현하기 때문에 축구경기라는 표현 대신에 축구유희라는 표현을 사용한다면 가다머가 생각하는 이해의 유희성격에 쉽게 접근할 수 있다. 진의 발언도, 선의 발언도, 미의 발언도, 일체의 발언이 도그마의 성격을 면하지 못하기 때문에 해석학은 어느 발언을, 어느 텍스트를 대상으로 할 것이 아니라, 그 발언의, 그 텍스트의 원자재가 되는 언어를 대상으로 해야 한다는 내용을 언급했다. 우선 가다머는 이 원자재가 되는 언어 자체를 유희라고 생각한다. "언어는 우리 모두가 참가하는 유희다"라는 것이[291] 가다머의 언어철학이다. 언어를 거울이라 부르면서 가다머는 언어라는 거울 속에 모든 것이 나타난다고 말한다. 우리의 실재, 우리의 의식, 우리의 지식 등, 모든 것이 언어라는 거울 속에 나타나므로, 언어가 철학의 총체적 대상이라는 주장을 가다머는 한다.[292] 따라서 이 언어라는 거울 속에 나타나지 않는 것은 철학의 대상이 될 수도 없으며 되어서는 안 된다는 것이 가다머의 생각이다. 그러나 인간의 실재, 인간의 의식, 인간의 지식 등 모든 것을 포함하고 있는 이 언어라는 거울은 마치 축구유희와 같이 자신의 유희법칙에 따라 움직이는 것이고 인간 의사에 따라 움직이는 것은 아니라는 것이 가다머의 철학이다. 2개의 팀이 축구경기를 한다면 축구라는 "유희는 자신 자체 속에, 오직 자신 자체 속에만 자신의 실재를 가지고 있다고" 슐쓰는 가다머의 유희개념을 설명하는데,[293] 축구유희를 하는 선수들의 인간성, 도덕성, 생김새 등은, 다시 말해 유희를 하는 인간들 자신은 잊혀 사라지고, 존재하는 것은, 다시 말해 실재하는 것은 오직 추상적인 유희 자체라는 설명이다. 축구경기장 전체를 지배하고 지휘하는 주체는 한국팀도 아니고 일본팀도 아니며, 한국 관람자도 아니고 일본 관람자도 아닌 축구유희 자

---

291) Gadamer, Hans-Georg: Rhetorik, Hermeneutik und Ideologiekritik, S.72
292) vgl. ebd.
293) Schulz, Walter: Anmerkungen zur Hermeneutik Gadamers, S.309

체라는 설명과 같이, 언어라는 거울 전체를, 언어라는 세계 전체를 지배하고 지휘하는 주체는 언어 자신이지 우리의 실재도, 우리의 의식도, 우리의 지식도 아니라는 설명이며, 언어는 축구유희와 같은 것으로 유희 성격을 가지고 있다는 설명이다. 다음에 가다머는 일반 언어철학적 관점에서의 유희성격을 연장하여 예술작품의 차원에 적용한다. 발레리의 "해석학적 허무주의"에 대한 비판으로 진정한 해석학은 구속성과 자유, 양자를 통합하는 해석학이 되어야 한다는 내용을 언급했는데, 이때의 "자유"를 가다머는 "재창조"라고 부르면서 "재창조는 선행하는 창조행위를 따르는 것이 아니라, 창조된 작품의 자태를 따르는 것이라고" 말한다.[294] 괴테의 『파우스트』를 읽고 해석하는 일 자체가 "재창조"인데, 이때의 재창조는 괴테가 전달하려는 의미를 추적하는 것이 아니라, 괴테와는 상관없이 『파우스트』를 구성하고 있는 여러 가지 구성요소들 사이에서 발생하는 자태를 발견해내는 일이 재창조라는 설명이다. 극 줄거리, 등장인물 등 여러 가지 구성요소들 사이에서 갑자기 하나의 자태가 나타나는데, 이 자태는 마치 축구유희의 마지막 자태와 같아 역시 유희 성격을 가지고 있다는 설명이다. 마지막으로 가다머는 이해 자체를 "말들과의 유희"라고까지[295] 유희개념을 확대시킨다. 텍스트를 구성하는 원자재인 언어 자체가 유희이며, 또 예술작품 자체가, 다시 말해 텍스트 자체가 유희라면, 언어로 구성된 텍스트가 전달하는 의미 역시 유희가 되는 것은 당연하다.

이해라는 개념의 마지막 세 번째 성격인 **개방성**[296]을 논할 차례다. 해석자가 텍스트를 읽으면 양자 사이에서 예측할 수 없었던 의미가 갑자기 발생한

---

294) Gadamer, Hans-Georg: Zur Fragwürdigkeit des ästhetischen Bewuβtseins, S.67
　　"재창조"(Nachschaffen), 자태(Figur)

295) Gadamer, Hans-Georg: Wahrheit und Methode, S.464
　　"말들과의 유희"(Spiel mit Worten)

296) 개방성(Offenheit)

다는 의미발생을 언급했고, 이 의미발생은 마치 긴장감을 일으키는 축구유희를 관람하는 것과 같아 유희성격을 가지고 있다는 내용을 언급했다. 이해의 2가지 성격인 의미발생과 유희성격은 합해서 개방성을 의미한다. 갑자기 발생했다가 사라지는 의미는 다음의 의미발생을, 다시 말해 제2의, 제3의 의미발생 등 연속적인 의미발생을 예시해주고, 축구유희는 이번이 마지막 축구유희가 아니라 제2의, 제3의 축구유희 등 연속적인 축구유희를 예시해주기 때문이다. 사건발생은 다음의 사건발생 가능성을 열어놓고, 축구유희는 이번이 마지막이 아니라 다음번의 축구유희 가능성을 열어놓는다는 말이다. 가다머 해석학에 내재한 이해개념의 개방성을 위해서는 경험, 유한성, 해석학적 회전관계 등 3가지를 논할 필요가 있다. 우선 가다머는 경험을 "해석학적 경험"[297]이라고 표현하는데 다음과 같다. 해석자가 텍스트를 읽으면, 해석자의 지평선과 텍스트의 지평선, 양자가 융합하여 해석자의 지평선도 아니고 텍스트의 지평선도 아닌 제3의 지평선이 발생한다는 내용을 언급했다. 그리고 해석자의 지평선도 또 텍스트의 지평선도 양자 모두 편견성을 면하지 못한다는 내용도 언급했다. 따라서 해석자의 지평선과 텍스트의 지평선이 융합하여 새로 발생하는 제3의 지평선 역시 편견성을 면하지 못하는 것은 당연하다. 이상을 달리 표현하면, 해석자의 의미계기[298]와 텍스트의 의미계기, 양자가 융합하여 새로 발생하는 제3의 의미발생 역시 완전하고 절대적인 의미가 아니라 의미계기에 불과하다는 말인데, 그러나 해석자의 의미계기와도 그리고 텍스트의 의미계기와도 다른 새로운 의미계기라는 말이 된다. 가다머는 "의미계기"라는 말을 "의미경험"[299]이라고 표현한다. "의미경험"이라는 표현에서 "경험"이라는 개념이 가다머 해석학의 핵심개념이 된다. 가다머의 해석학

---

297) "해석학적 경험"(hermeneutische Erfahrung)

298) 의미계기(Sinnmoment)

299) "의미경험"(Sinnerfahrung)

은 의미의 해석학이 아니라 경험의 해석학이라고 할 수 있다. 가다머의 "의미 경험"을 브라운은 원인이라고 하기보다는 결과라는 뜻으로 "원인이라고 하기보다는 영향이다"라고 설명한다.[300] 새로 발생하는 의미발생이 객관적이고 절대적인 진리는 아니나 우리 인간 역사를 변화 발전시키는 영향을 행사하는 것으로 하나의 경험이라는 설명이다. 계속해서 브라운은 이 의미발생이 절대적인 진리는 아니므로, 따라서 의미결정이 아니라 의미경험에 불과하므로, 이 의미발생을 인식하는 것이 아니라 인정하는 것이라고 설명한다.[301] 가다머 자신은 (의미결정이 아니라) 의미경험을 "해석학적 경험"이라고 표현하면서 이 해석학적 경험을 거울영상[302]에 비유해 설명한다. 의미의 무한성을 유한한 메디움[303]에 의해 표현하는 것이 "해석학적 경험"이 되는데, 이는 마치 잔잔한 호수에 비쳐지는 아름다운 성곽과 같은 것이라는 설명을 가다머는 한다.[304] 잔잔한 호수 위에 비쳐지는 아름다운 성곽이라는 거울영상은 3가지로 설명되는데, 첫째 바라보는 관찰자의 위치에 따라 그 모습이 달라진다는 사실이고, 둘째 그 거울영상 자체는 실재하는 아름다운 성곽이 아니라는, 다시 말해 비실재라는 사실이고, 셋째 그럼에도 불구하고 아름다운 성곽은 실제로 존재하는 실재라는 사실이다. 아름다운 성곽이 존재하지 않는다면 호수 위에 비쳐지지 않기 때문이다. 이상의 설명을 종합하면, 가다머가 생각하는 "해석학적 경험"이란 비실재인 동시에 실재인, 없다고도 할 수 있고 있다고도 할 수 있는 야누스의 머리인데, 관찰자의 바라보는 위치에 따라 그리고 오늘의 관찰자, 내일의 관찰자 등 관찰자의 시간에 따라 변화 발전하는 야누스의 머리라고 할 수 있다. 공간과 시간의 변화에 따라 역시 발전하는 야누스의 머리가

---

300) Braun, Hermann: Zum Verhältnis von Hermeneutik und Ontologie, S.213

301) vgl. ebd. S.213

302) 거울영상(Spiegelbild)

303) 메디움(Medium)

304) vgl. Gadamer, Hans-Georg: Wahrheit und Methode, S.441, 442

가다머가 생각하는 "해석학적 경험"이라 할 수 있다. "해석학적 경험"은 공간과 시간에 따라 항상 변화 발전하는 개방된 경험을 의미한다.

이해라는 개념의 개방성을 "경험"에 의해 논했는데 다음은 "유한성"[305]에 의해 논할 차례다. "경험"은 무한성의 개념이 아니라 유한성의 개념이다. 의미발생이 절대적인 의미결정이 아니라, 상대적인 의미경험이라는 브라운의 해설은 "경험"의 개념이 유한한 현존재의 개념이지 무한한, 다시 말해 영원한 신의 개념은 아니라는 것을 말해준다.[306] 이해의 문제는 유한한 인간들의 문제이지 영원한 신들의 문제는 아니라는 설명이다. 가다머의 해석학에 내재한 이해의 유한성을 슐쓰는 인간학[307]과 관련하여 설명한다. 가다머의 해석학은 "인간의 전통과의, 즉 과거와의 대화를 의미한다. 가다머는 과거의 세력을 그리고 인간의 무력[308]을 드러내보이려고 한다. 강력한 세력을 가진 전통이라는 과거를 연약하고 늙으면 죽게 되는 무력한 인간은 일시적으로 경험할 뿐이다."[309] 계속해서 슐쓰는 망각은 인간적이라는 의미로 "전통이라는 과거는 기억 속에 존재하는 것이 아니라 망각 속에 존재한다. 바로 과거의 망각이 과거로 하여금 인간의 소유물이 되게 하는 방법이다. 과거가 망각되기 때문에 과거는 유지되고 기억된다. 모든 과거는 망각 속으로 잠적하여 사라진다. 그리고 이 망각은 잠적되어 사라진 과거를 유지하고 보존하는 그릇이 된다. 해석학의 대상은 바로 이 망각이라는 그릇이다."[310] "과거"는 지나간 그리고 지

---

305) "유한성"(Endlichkeit)

306) vgl. Braun, Hermann: Zum Verhältnis von Hermeneutik und Ontologie, S. 214

307) 인간학(Anthropologie)

308) 세력(勢力)과 무력(無力)

309) vgl. Schulz, Walter: Anmerkungen zur Hermeneutik Gadamers, S. 313, 314

310) ebd. S.313

금도 또 내일도 지속하는 인간의 "전통"[311]을 의미하며, 이 "전통"은 망각되어 우리는 모르고 있으나 다음의 "경험"을 기다리고 있다는 설명이다. 망각은 유한한 인간의 소유물이지, 무한한 신들의 소유물은 아니라는 설명이다. 이해는 일시적인 경험이지 절대적인 인식은 아니라는 이해의 경험성과 또 이해는 유한한 것이지 무한한 것은 아니라는 이해의 유한성을 합하여 가다머 해석학의 "해석학적 회전관계"를 언급하고 논문을 종결하기로 한다. 과거에도 지속해왔으며 그리고 현재도 지속하며 또 미래도 끊이지 않고 지속하는 전통을 가다머는 이미 언급한 "영향발전사"라고 하는데, 진정한 해석학은 이 영향발전사를 대상으로 해야 하고, 해석자와 이 영향발전사 사이의 회전관계가 해석학의 진정한 해석학적 회전관계가 된다는 것이 가다머의 해석학이다. 해석자가 자신의 위치를 이해하기 위해서는 영향발전사를 이해해야 하고 반대로 영향발전사를 이해하기 위해서는 자신의 위치를 이해해야 한다는 말인데 가다머의 주저 『진리와 방법론』을 맺는 유명한 말은 해석학적 회전관계를 나타내는 말이다. "진정한 의미를 이해하려는 우리는 의미발생이라는 사건에 말려들어 있다. 우리가 진정한 의미를 이해했다고 생각하면 이미 때는 늦어 우리는 이해작업을 다시 시작해야 할 시점에 놓여 있다."[312] 과거에도 지속해왔고 그리고 현재도 지속하며 또 미래도 지속할 영향발전사를 우리가 이해했다고 생각하면 이는 잘못이라는 설명이다. 왜냐하면 영향발전사는 계속 변화 발전하여 한 번의 이해는 더 이상 이해가 되지 못하기 때문이다. 해석자와 영향발전사 사이의 회전관계는, 그것도 시간과 공간에 따라 변화하는 해석자와 역시 계속 발전하는 영향발전사 사이의 회전관계는 중단 없는 영원한 회전관계로 변화 발전 그 자체, 개방성 그 자체라고 할 수 있다. 가다머가 생각하는 이해의 개념은 변화발전 그 자체, 개방성 그 자체라고 할 수 있다.

---

311) "전통"(Überlieferung)

312) Gadamer, Hans-Georg: Wahrheit und Methode, S.465

The Rise and Fall of Reason

이성의 상승과 몰락

1. 서론

소크라테스[1]는 델피의 아폴론 신전에 쓰여 있는 "그노티 사우톤"[2]이라는 문장을 읽고 자신의 철학으로 만들었다고 한다. 7명의 현인 중 어느 한 현인의 문장인 "그노티 사우톤"은 "너 자신을 인식해라"라는 의미로 소크라테스 철학의 핵심이라는 것은 상식으로 되어 있다. 거기에다 신전의 주인인 아폴론은 인식과 논리[3]를 관장하는 신으로 망각과 비논리를 관장하는 신인 디오니소스의 반대 개념이라는 것도 상식으로 되었다. 따라서 "그노티 사우톤"은 소크라테스 철학의 핵심이자 논리적인 인식을 의미하는 합리주의[4] 철학의 핵심이다. 소크라테스는 유럽 철학사에서 합리주의 철학의 원조이며 중심이 되는 인물이다. 소크라테스의 합리주의 철학은 유럽 철학사에서 상승기와 하강기의 교체를 반복해왔으나 오늘 현재까지 존재하며 또 앞으로도 없어지지 않고 영원히 존재할 인간의 논리적인 인식 내지는 인식의 논리성

---

1) 소크라테스(Sokrates 470-399 v. Chr.)

2) "그노티 사우톤"(γνῶθι σαυτόν)

3) 인식과 논리(認識과 論理)

4) 합리주의(合理主義)

을 의미한다. 다음에 소크라테스의 합리주의 철학을 상징하는 "너 자신을 인식해라"라는 문장은 소크라테스가 소크라테스 이전의 우주철학 내지는 자연철학에서 인간철학으로 철학의 대상을 이전시킴을 의미한다. 소크라테스의 합리주의 철학은 우주와 자연에서 인간 자신으로라는 철학의 대전향, 코페르니쿠스적 전향을 의미한다. "너 자신을 인식해라"라는 말은 철학이 달성해야 할 대상은 더 이상 우주나 자연이 아니라 인간 자신이라는 말이 된다. 여기서 자신이라는 개념은 라틴어 표현으로 주체[5]라는 표현이 되며, 17세기 이래로 철학에서는 자아라는 개념으로 사용되었다고 한다.[6] 라틴어 표현인 주체는 인식의 "근저이고 근거"로서 인간사고의 근원지를 의미한다고 볼 수 있다. 그리고 이 주체가 대상을 가질 때는, 다시 말해 주체와 대상, 아니면 주체와 객체라는 양자관계가 될 때는 주체는 자아라고 불린다고 철학 사전은 설명한다. 결국 자신, 자아, 주체라는 3개의 표현들은 동일한 하나의 개념을 나타내는 표현들이라 보아야 한다. 3개의 표현 중 대표적으로 "주체"라는 표현을 사용한다면, 주체는 합리주의 철학의 산물이라는 사실, 주체는 인간사고의 근원지라는 사실 그리고 주체는 주체와 대상 또는 주체와 객체라는 양자관계에 있다는 사실 등으로 종합할 수 있다.

우주와 자연으로부터 인간 자신으로의 대전환을 완성한 소크라테스의 합리주의 철학은 유럽 철학사에서 상승기와 하강기의 교체를 반복하며 오늘 현재까지 지속한다는 말을 했는데 합리주의 철학의 핵심 개념인 주체는 이성, 오성, 의식, 자기의식, 정신, 세계정신, 자아, 자신, 자기자신, 동일성 등의 이름으로 철학사 변천에 관여하게 된다. 이상에서 열거한 모든 표

---

5) 주체(主體 Subjekt)

6) vgl. Schischkoff, Gorgie: Philosophisches Wörterbuch, 21. Aufl., Stuttgart 1978, S. 675
   자아(自我 Ich)

현들은 인간사고의 원천지를 의미하는 주체에 대한 상이한 표현들이나 동일한 내용들임에 주의해야 한다. 인간사고의 원천지를 의미하는 주체에 대한 이상의 상이한 표현들에도 불구하고 이성[7]이라는 표현을 선택하여 유럽 철학사를 크게 3단계로 분리하면 다음과 같다. 이성이라는 표현을 선택하는 이유는 동물과 인간을 구분하는 척도로 이성이라는 표현을 사용하며, 16세기 초부터 시작하는 르네상스 이후로 인간계몽과 과학주의를 주도해온 것을 현대철학은 인간이성이라 부르며, 또 20세기말부터 이성파괴 내지는 이성해체의 철학이 유행하기 때문이다. 우선 이성문제가 유럽 철학사에서 그리고 인류역사에서 인류의 존재 자체와 직접 관련되어 나타나기 시작하는 시기는 16세기 초반 르네상스부터라고 보아야 한다. 학술과 기술을 비호하고 찬성하던 르네상스 시대는 분명히 이성의 전성기라고 할 수 있다. 다음에 19세기 중반부터는 이성에 대한 비판과 비호가 동시에 진행되는 시기로, 이 시기를 아도르노는 고도자본주의가 시작하는 "현대"의 출발점으로 보고,[8] 씨마는 이성에 대한 비판과 비호가 양립하는 암비발렌스의 출발점으로 본다.[9] 마지막으로 20세기 후반부터는 이성에 대한 비판과 비호 중 비호는 사라지고 비판만이 독주하는 시기로 이성의 심각한 해체기가 시작한다고 보아야 한다. 이성파괴 내지는 이성해체를 주장하는 프랑스의 해체주의 철학자들이 그 예이다.

이성의 전성기와 해체기, 이성의 상승과 몰락의 교체를 나타내는 시점으로 16세기 초반, 19세기 중반, 20세기 후반 등 3개의 시점을 견지하려는 이

---

7) 이성(理性 Vernunft)

8) vgl. Adorno, Theodor W.: Ästhetische Theorie, S. 36
　　현대(die Moderne)

9) vgl. Zima, Peter V.: Das literarische Subjekt, S. 3
　　암비발렌스(Ambivalenz)

유를 구체화하자면 다음과 같다. 16세기 초반은 르네상스가 시작하는 시기로 이성만능주의를 나타낸다. 대표적인 철학자로 코페르니쿠스[10]는 당시 교회가 주장했던 천동설을 부정하고 반대로 지동설[11]을 주장했다는 사실은 잘 알려져 있다. 이는 신이 창조한 지구가 우주의 중심이 되어야 한다는 교회이론을, 다시 말해 신중심의 교회이론을 정면으로 부정하는 혁명적인 이론이었다. 코페르니쿠스의 혁명적인 지동설을 철학에서는 180도의 대전향을 의미하는 말로 **코페르니쿠스적 전향**[12]이라고 부른다. 코페르니쿠스적 전향은 따라서 중세시대에 유행했던 신중심 철학에서 인간중심 철학으로, 신에서 인간 자신으로라는, 신의 의지에서 인간의 이성으로라는 대전향, 180도 전향을 나타내는 말이다. 유럽 철학사에서 대전향을, 180도의 전향을 코페르니쿠스적 전향이라고 부르는데 19세기 중반에 다시 대전향, 코페르니쿠스적 전향이 발생한다. 1831년과 1832년의 헤겔과 괴테[13]의 사망은 고전철학과 고전문학의 종말을 상징적으로 의미하고, 1867년에 출간된 마르크스의『자본론』[14]은 거의 150년 동안 세계철학과 세계역사를 직접적으로 그리고 간접적으로 지배해온 유명한 책이다. 고전철학과 고전문학이 끝장나고 『자본론』이 세계를 지배하기 시작한다는 사실은 인간중심의 세계에서 자본중심의 세계로, 인간철학에서 시장원리로의 대전환, 코페르니쿠스적 전환을 의미한다. 아도르노는 19세기 중반을 고도자본주의[15]가 시작하는 현대[16]라고 부른다는 말을 언급했고, 마르크스는 "돈은 적과 적을 키스하도록 만

---

10) 코페르니쿠스(Nikolaus Kopernikus 1473-1543)

11) 천동설(天動說)과 지동설(地動說)

12) 코페르니쿠스적 전향(Kopernikanische Wendung)

13) 헤겔(Georg Wilhelm Friedrich Hegel 1770-1831)
    괴테(Johann Wolfgang von Goethe 1749-1832)

14) 『자본론 Das Kapital』

15) 고도자본주의(Hochkapitalismus)

16) 현대(現代 die Moderne)

든다"라는[17] 말로 돈의 위력을, 자본의 위력을 표현한다. 자본이 친구와 친구는 물론이고 적과 적까지도, 다시 말해 전 세계를 하나로 묶어주고 지배하는 원리로 등장한다는 말이다. 인간의 이성이 도구화되어, 이 도구화된 이성이 인간사회를 행복과 우토피로 인도하지 않고 반대로 불행과 파멸로 인도한다는 이성에 대한 비판과 반성이 시작되는 시점이 19세기 중반이다. 19세기 중반부터는 과거의 세계와는 전혀 다른 세계, 180도 다른 세계가 시작하는 현대의 세계라는 데는 모든 이론가들이 일치한다. 마지막으로 또 하나의 코페르니쿠스적 전향이 발생하는 시점은 20세기 후반이 된다. 하버마스는 1967년에 전위예술[18]이 끝나는 동시에 현대가 끝난다고 보고, 이 시점을 현대에서 **탈현대**로 넘어가는 시점으로 보며,[19] 뮌커와 뢰슬러 역시 1967년을 현대와 탈현대 사이의 경계선으로 보는데, 이유는 바로 이 해에 탈구조주의를 위한 핵심적인 책으로 데리다[20]의 『문자론에 관하여』[21]라는 책이 출판되었기 때문이라고 설명한다.[22] 다음에 신구조주의 이론의 대가인 프랑크는 유럽 학생들의 혁명사상이 절정에 달했던 1968년에 파리의 지식인들은 고전적인 구조주의를 떨쳐버리고 신구조주의를 택했다고 설명하면서 1968년이 고전적 구조주의와 신구조주의를 갈라놓는 경계선이라고 주장한다.[23] 프랑크가 "탈구조주의"라는 표현을 사용하지 않고 "신구조주의"라는 표현을 사용하는 이유는 20세기 후반에 시작하는 탈구조주의는 고전적 구조주의

---

17) zit. von Zima, Peter V.: Das literarische Subjekt, S. 6

18) 전위예술(die Avantgarde)

19) Habermas, Jürgen: Die Moderne-ein unvollendetes Projekt, in: Wege aus der Moderne, hrsg. von Wolfgang Welsch, Berlin 1994, S. 180
   탈현대(die Postmoderne)

20) 데리다(Jacques Derrida 1930-2004)

21) 『문자론에 관하여 De la Grammatologie』

22) Münker, Stefan/Roesler, Alexander: Poststrukturalismus, Stuttgart, Weimar 2000, S. 34

23) Frank, Manfred: Was ist Neostrukturalismus? Frankfurt/M. 1984, S. 37

의 단절이 아니라 연장이라고 보기 때문이다. 결과적으로 이상에서 거론한 이론가들은 20세기 후반을 현대가 끝나고 새로운 시대가, 현대와는 다른 시대가 시작하는 시점으로 보는 데는 일치한다. 거기에다 1990년의 독일의 동과 서의 통일은 동의 시스템과 서의 시스템의 통일로 시스템의 붕괴를 의미한다고 본다면, 20세기 후반은 구조의 해체, 시스템의 해체가 시작하는 시점으로 과거와는 완전히 다른 시대가 시작하는 시점으로 보아야 한다. 20세기 후반은 이성의 산물인 구조와 시스템에서 구조해체와 시스템해체로의 대전향이 발생하는 시점이다. 20세기 후반은 이성에서 이성해체로의 코페르니쿠스적 전향이 시작하는 시점이라 할 수 있다. 종합하여 16세기 초반, 19세기 중반, 20세기 후반이라는 3개의 시점을 구체화했다. 16세기 초반부터 19세기 중반까지를 근대라 하고, 19세기 중반부터 20세기 후반까지를 현대라 하며, 20세기 후반 이후를 탈현대라 한다면[24] 16세기 초반부터 시작하는 근대는 이성의 전성기로 이성이 독존하던 시기고, 19세기 중반부터 시작하는 현대는 이성의 유아독존이 흔들리기 시작하여 반성과 비판이 가해지는 시기로 이성의 분열기라 할 수 있고, 20세기 후반에 시작하는 탈현대는 이성의 존재이유가 사멸하는 이성의 해체기라고 할 수 있다. 이성[25]의 전성기, 분열기, 해체기를 순서대로 근대, 현대, 탈현대라 한다면 근대에 속하는 최고의 그리고 최후의 이성철학자 헤겔의 철학이 현대에서 붕괴되기 시작하며 탈현대에서는 사멸되는 현상을 논하는 것이 논문의 테마이다. 진리는 하나, 선은 하나, 미는 하나라는 것이 유럽의 전통철학이고 헤겔의 철학인데, 이 "하나"라는 개념이 이성의 분열과정에 따라 분열하다가 결국에는 사멸하는 현상을 보인다. 예술론에 관해 표현한다면 이것도 미고, 저것도 미라는 미의 분

---

24) 근대(die Neuzeit)
   현대(die Moderne)
   탈현대(die Postmoderne)

25) 이성(理性)

열을 보이다가 미라는 개념 자체가 사멸하는 현상을 보이는 것이 현대예술이 된다. 문학작품에 관해 표현한다면 하나의 작품이 주는 의미가 하나가 아니라 여러 개라는 말이 되었다가 결국에는 의미란 없는 것이라는 의미사망의 현상을 현대 유럽문학은 보인다. 이성의 변천과정을 추적하는 이유는 난해한 현대예술과 역시 이해하기 힘든 현대문학을 위한 하나의 방법론을 찾기 위함이다.

2. 이성의 전성기: 이성의 독재

16세기 초반부터 19세기 중반까지를 근대라 하고 이성이 독존하던 시대라고 했는데 독존하고 독재를 했던 이성의 성질을 이론가들은 대개 3가지로 분리하여 설명한다. 그 3가지 성질은 첫째 동질성, 둘째 단일성, 셋째 중앙집권성이라고 할 수 있다. 첫째 **동질성**[26]이라는 이성의 성질은 다음과 같다. 우선 이성의 동질성을 설명하기 위해서 이성이라는 표현 대신에 주체 또는 자아라는 표현을 사용함이 효과적이다. 주체와 객체라는 관계 또는 자아와 대상이라는 양자관계에서 주체는 하나, 자아는 하나라는 것은 철학의 상식이다. 주체 이외에는 모두가 객체이고, 자아 이외에는 모두가 대상으로 하나의 주체가 다수의 객체를 대하고 있고, 하나의 자아가 다수의 대상을 대하고 있는 관계를 나타낸다. 하나인 주체 속에는 잡것이 개입할 수 없고, 하나인 자아 속에는 타자[27]가 개입할 여지가 없어 순수한 주체이고, 순수한 자아라는 설명이다. 다음에 주체와 객체, 자아와 대상이라는 양자관계에서 주체는 하나, 자아는 하나라는 표현은 동질성을 나타내는 표현이기도 하다. 이성

---

26) 동질성(Homogenität)

27) 타자(他者)

의 동질성을 설명하는 예로 하르트만의 설명을 예로 든다면 하르트만은 이성이라는 표현 대신에 이념[28]이라는 표현을 사용하여 이념 자체는 아름답지도 않고 추하지도 않으며, 볼 수도 없고 만질 수도 없는 중립적인 실체라고[29] 설명한다. 크기도 없고, 모양도 없고, 색깔도 없는 중립적인 이념은 동질성 그 자체라는 설명이다. 마지막으로 현재 프랑스 해체주의자들의 가장 큰 적인 헤겔은 플라톤[30]의 **세계영혼**,[31] 아리스토텔레스[32]의 **누스**[33]를 이어받아 정신 또는 세계정신이라는 개념을 발전시키는데 이 정신 또는 세계정신이 헤겔 철학의 체계 내에서는 거의 신과 같은 존재로 절대이성을 나타낸다는 것은 철학의 상식으로 되어 있다. 그리고 절대이성인 이 세계정신은 자체 내에 어떤 타자도 용납하지 않는, 자신 이외는 어떤 외부 요소도 용납하지 않는 절대 동일성 내지는 절대 동질성이라는 사실도 철학에서는 상식으로 되어 있다.[34] 종합하여 주체의 동질성, 이념의 동질성, 세계정신의 동질성을 설명했다. 주체, 이념, 세계정신, 이성이라는 표현들은 동일한 의미라는 말을 이미 했다. 하르트만이 말하는 "중립적인 실체"라는 개념을 사용하여 요약하면, 동질성이란 시각적, 청각적 등 인간의 5감관을 다 동원해서도 규정할 수 없는 무의 질, 아니면 내용이 전혀 들어 있지 않아 공허한 백지와 같은 것이라고 할 수 있다. 그러나 주체와 객체라는 양자관계에서 주체는 분명히 존재한다는 주체의 **실재**를 인정하는 것이, 중립적이기는 하나 이념의 실체 자체는 인정하는 것이 그리고 규정은 할 수 없으나 세계역사를 움직이고 인도하

---

28) 이념(理念 Idee)

29) Hartmann, Nicolai: Die Philosophie des deutschen Idealismus, S. 555, 556

30) 플라톤(Platon 427-347 v. Chr.)

31) 세계영혼(Weltseele)

32) 아리스토텔레스(Aristoteles 384/3-322/1 v. Chr.)

33) 누스(nous)

34) vgl. Zima, Peter V.: Theorie des Subjekts, S. 108, 109

는 세계정신의 **세력** 자체는 인정하는 것이[35] 독일 전통철학이다. 분명히 실재하는 어떤 실체가 있는데, 이 분명히 실재하는 실체는 죽은 시체가 아니라 살아 있는 실체로서 어떤 원동력을, 어떤 세력을 발휘하고 있다는 것이 이성의 동질성이고, 주체의 동질성이라 할 수 있다.

이성의 둘째 성질인 **단일성**[36]을 논할 차례다. 단일성은 동질성과 같은 의미로 볼 수 있으나 한층 더 점진시키고 확대시키는 개념이다. 동질성이 객체에서 주체를 분리하고 주체에 대해 내리는 정의라고 한다면, 단일성은 주체와 객체라는 양자관계 내에서 주체에 대해 내리는 정의라고 보아야 한다. 주체의 성질인 단일성에 대해 역시 3가지 단계로 나누어 언급하자면 다음과 같다. 우선 주체가 몇 개가 있느냐 하는 질문을 제기한다면, 주체는 단지 하나라는 대답이 된다. 주체가 하나라는 말은 용이하고 단순한 말이 아니라 유럽철학의 근본과 본질을 나타내는 난해하고 복합적인 말이다. 주체가 하나라는 말은 이성은 하나, 정신은 하나, 의식은 하나, 종합하여 진리는 하나라는 말이 되는데 신은 하나라는 기독교문화의 전통에서 온 결과라고 보아야 한다. 다음에 주체와 객체라는 양자관계에서 주체는 주체대로 객체는 객체대로 제각기 제 갈 길을 가는 것이 아니라, 하나의 주체는 주인이고 다수의 객체는 노예가 되어, 주체와 객체는 빈틈없는 **연관성**[37]을, 분리하려고 해도 분리할 수 없는 단일성을 구성한다는 것이 독일 고전철학이다. 마지막으로 주인인 하나의 주체와 노예인 다수의 객체라는 양자관계에서 고전철학은 하나의 주체에게 단일성을 구성하는 원동력, 세력을 부여하는데, 이는 하

---

35) 실재(實在 Sein)
  실체(實體 Substanz)
  세력(勢力 Macht)
36) 단일성(單一性 Einheit)
37) 연관성(Kohärenz)

나의 신과 다수의 인간들이라는 양자관계에서 전자인 하나의 신에게 원동력과 세력을 부여하여 세계를 통일하고 단일화하는 것과 같다고 보아야 한다. 단일성을 구성하는 세력이 신에서 흘러나와 전 세계를 관통하여, 전 세계를 하나로 통일하는 것과 같이, 단일성을 구성하는 세력이 주체에서 흘러나와 모든 객체들을 포섭하여 전체가, 다시 말해 하나의 주체와 다수의 객체들이 빈틈없는 연관성을 형성하는 것이 고전철학이다. 종합하여 하나의 주체와 다수의 객체라는 관계는 분열된 이합집산의 무리들이 아니라 하나로 응집된, 하나로 연관된, 하나로 통일된 전체라는 설명이다.

이성의 셋째 성질인 **중앙집권성**[38]은 동질성과 단일성을 종합하는 개념이 된다. 중앙집권성을 설명하기 위하여 3가지 비유를 사용함이 효과적이다. 첫째 비유는 삼각형으로 되어 있는 **피라미드**이다. 피라미드의 가장 정점에 (정점은 하나이므로 하나의 정점에) 주체인 이성이 거주하고, 정점을 제외한 모든 부분에는 객체인 비이성이 거주하는 모형이다. 하나의 정점에 거주하는 주체를 왕이라 한다면, 왕 밑으로는 여러 명의 대신들이 그리고 여러 명의 대신들 밑으로는 소수의 부유한 시민계급이 그리고 그 밑으로는 다수의 무산계급인 대중들이 거주하는 피라미드의 모형을 상상할 수 있다. 피라미드의 모형을 밑에서 위로 추적한다면, 다수의 무산계급 위에는 소수의 유산계급이, 소수의 유산계급 위에는 여러 명의 대신들이, 또 그 대신들 위에는 하나의 왕이 군림하는 중앙집권제가 형성된다. 피라미드의 정점에 거주하는 왕인 주체는 (이성은) 자신의 세력에 의해서, 자신의 의지에 의해서 피라미드 전체를 통괄하고 통일하는 신과 같은 존재로, 왕인 주체는 **보편성의 요구**[39]를 가지고 있다고 철학에서는 말한다. 둘째 비유는 "**거미그물**"[40]의

---

38) 중앙집권성(Zentralität)
39) 보편성의 요구(Anspruch auf Universalität)
40) "거미그물"(Spinngewebe)

모형이다. 가로 세로가 일정하고 조직적으로 구성된 전체가 하나의 중심점으로 통하며, 그 하나의 중심점에는 하나의 거미가 거주하는 모형을 상상할 수 있다. 이 하나의 중심점에 거주하는 하나의 거미는 물론 주체인 이성이 되고, "거미그물"의 모든 부분, 즉 "거미그물"의 전체는 중심점인 하나의 주체로 향해서, 하나의 이성으로 향해서 규칙적으로 일정하게 정돈되어 있다. 하나의 중심점을 향해서 규칙적으로 일정하게 정돈되어 있는 것을 철학에서는 **구조 또는 체계라고**[41] 한다. 구조와 체계는 같은 의미로 구조는 구조주의자들이 사용하는 개념이고, 체계는 체계론자들이 사용하는 개념이다. 셋째 비유는 일직선의 모형이다. 일직선상에 놓여있는 출발점에서 시작하여 역시 동일한 일직선상에 놓여 있는 도착점에 도달한다고 상상하면, 마지막 도착점이 주체인 이성이 거주하는 중심점이 된다. 출발점부터 모든 부분, 모든 순간은 유일한 하나의 도착점을 향해서 움직이는데, 그것도 규칙적으로 일정하게 움직여 나아가는데, 이를 철학에서는 **목적론**[42]이라고 부른다. 다음에 출발점부터 도착점까지의 모든 부분들이 빈틈없는 쇠사슬같이 끊을 수 없는 연관을 이루고 있다고 하여 목적론을 **연관론**이라고도 부른다. 마지막으로 이상의 목적론과 연관론을 의미하는 일직선을 헤겔 철학을 비판하는 현대의 해체주의자들은 "메타레시" 또는 메타디스쿠르스라고 부른다.[43] "메타레시"란 세계의 역사는 유일한 하나의 도달점을 향해서 규칙적으로 일정하게 움직여나아간다는 헤겔 철학을, 헤겔의 역사관을 비유하는 말이다. 물론 "메타레시"의 도착점은 헤겔 철학에서 말한다면 절대이성을 의미하는 세계정신[44]이 실현되는 마지막 종착점이 된다. 종합하여 중앙집권성이라는

---

41) 구조(Struktur) 또는 체계(System)

42) 목적론(目的論 Teleologie)

43) vgl. Frank, Manfred: Was ist Neostrukturalismus? S. 138, 139
   "메타레시"(métarécit) 또는 메타디스쿠르스(Meta-diskurs)

44) 세계정신(世界精神)

이성의 성질은 보편성 요구, 시스템, 목적론, 연관론, "메타레시" 등으로 집약된다.

지금까지 16세기 초반에서 19세기 중반까지를 근대라하고 이 시대를 지배했던 이성의 독존과 독재를 설명하기 위해 이성의 3가지 성질인 **동질성**, **단일성**, **중앙집권성**을 동원했다. 노른자, 흰자, 껍데기로 구성되어 있는 계란이라는 또 하나의 비유를 들어 결론을 내리자면, 노른자는 잡것이 전혀 들어 있지 않은 순수한 노른자, 동질성의 노른자를 의미하고, 노른자만이 주체인 이성이 된다는 설명이었다. 다음에 단일성은 노른자만이 주인이며 그외의 흰자와 껍데기는 노예가 되는 관계이며 그리고 노른자에서 원동력인 세력이 흘러나와 흰자, 껍데기 모두를 하나로 통일하여 계란 전체를 유기적이고 살아 있는 계란으로 단일화한다는 설명이었다. 마지막으로 중앙집권성은 노른자가 보편성이며, 노른자가 시스템의 중심이며, 노른자가 흰자와 껍데기의 목적이고, 노른자가 흰자와 껍데기를 포섭하여 전체를 하나로 연관 지어 하나의 완전한 계란이라는 통일성을 만들며, 껍데기부터 노른자에 이르는 전체 과정을 "메타레시"라고 부른다는 설명이었다. 16세기 초반 르네상스부터 19세기 중반 산업혁명에 의한 고도자본주의가 시작하기 전까지는 이성이 인류를 행복과 **우토피**[45)]로 인도한다고 굳게 믿었던 시기다. 다음에는 근대를 지배했던 이성의 독존과 독재가 흔들리기 시작하는 현대를 논할 차례다.

---

45) 우토피(Utopie)

3. 이성의 분열기: 이성에 대한 비판과 비호

이성의 독존과 독재를 설명하기 위하여 동원한 3개의 개념인 동질성, 단일성, 중앙집권성은 임의적으로 우연히 선택한 개념들이 아니라, 이성비판과 이성해체를 주장하는 현대와 탈현대의 이론가들이 사용하는 대표적인 개념들의 반대 개념들을 의미하는 표현들이다. 이성비판과 이성해체를 주장하는 이론가들이 사용하는 대표적인 개념들은 따라서 이성의 **이질성**, 이성의 **다양성**, 이성의 **지방분권성** 등 3개의 개념이 된다.[46] 따라서 우리는 이상의 이질성, 다양성, 지방분권성 등 3개의 개념들을 견지하고 현대와 탈현대를 논하게 된다. 첫째 개념인 이성의 **이질성**부터 논해본다. 19세기 중반 전까지는 이성이 인류를 행복과 우토피로 인도하리라고 굳게 믿었으나, 19세기 중반 이후부터는 이성에 대한 신뢰는 사라지고 대신에 이성에 대한 반성과 비판이 생긴다는 내용을 언급했다. 다시 계란을 비유로 하여 말하자면, 밝고 찬란한 금빛의 노른자는 사실은 밝고 찬란한 것이 아니라 어둡고 침울한 것이 아니냐 하는 반성과 비판이 생겼다는 말이다. 다시 표현하면, 현대에 와서 이성은 한편으로는 밝고 찬란하게 보이고, 다른 한편으로는 어둡고 침울하게 보인다는 말도 된다. 하나의 대상이 밝은 동시에 어둡고, 찬란한 동시에 침울한 것을 상반감정의 양립을 의미하는 말로 **암비발렌스**[47]라고 한다. 밝고 찬란하기만 했던 노른자의 동질성은 깨지고, 노른자는 이제 암비발렌스의 노른자로 변질되었다는 말이다. 주체인 이성이 암비발렌스의 이성으로 변질되었다는 말인데, 고도자본주의가 시작하는 19세기 중반 이후 현대에

---

46) vgl. Zima, Peter V.: Das literarische Subjekt, S. 197
　　이질성(Heterogenität)
　　다양성(Pluralität)
　　지방분권성(Partikularität)
47) 암비발렌스(Ambivalenz)

와서는 인간은 고도의 분업에 의해 소외되고, 이데올로기에 의해 현혹되며, 모든 가치를 돈 겔트[48]에 의해서만 평가하는 시장법칙에 의해 자신의 고유한 가치를 상실하게 되어 결국 주체인 이성이 방향감각을 상실한다는 말이다. 특히 겔트만을 유일한 세력으로 인정하는 시장법칙은 주체의 방향감각 상실을, 이성의 방향감각 상실을 가속화시킨다. "돈은 적과 적을 키스하도록 만든다"는 『자본론』의 저자 마르크스[49]의 말은 심각한 말로 선과 악을, 자유와 부자유를, 사랑과 증오를, 진리와 거짓을 하나의 암비발렌스로 그 양자들 사이를 분간할 수 없게 만든다는 말이다. 헤겔이 말하듯이 자체 내에 어떤 타자도 용납하지 않으며, 자신 이외에는 어떤 외부요소도 용납하지 않는, 다시 말해 절대 동질성으로서의 이성이 변질되어 자체 내에 타자를, 외부요소를 용납하게 되어 이질성의 이성이 되었다는 말이다. 주체인 이성이 암비발렌스로 변질되었다는 사실은 심각한 사실로 예를 들어 기독교의 신이 분열되어 하나의 신은 "간음하지 말아라"라고 명령한다면, 다른 하나의 신은 "간음을 해라"라고 유혹하는 것과 같다. 이상과 같이 주체인 이성의 변질, 이성의 방향감각 상실은 니체에 와서는 극치에 달한다고 보아야 한다. 니체에 의하면 주체란 하나의 환상이고, 하나의 픽씨온이고, 하나의 조립물로, 종합하여 하나의 신기루 **파타 모르가나**가 된다.[50] 주체인 이성의 변질과 방향감각 상실을 극단화시킨 니체는 후에 이성해체주의의 원조가 된다. "신은 죽었다"라는 말은 주체인 이성의 변질과 방향감각 상실을 초월하여 주체인 이성의 종말을, 이성의 해체를 의미하는 말이기 때문이다. 다시 계란의 비유로 돌아가면 밝고 찬란하기만 했던 노른자가 밝기도 하고 어둡기도 하며, 찬란하기도 하

---

48) 겔트(Geld)

49) 마르크스(Karl Marx 1818-1883)

50) zit. von Zima, Peter V.: Das literarische Subjekt, S. 160
   픽씨온(Fiktion)
   파타 모르가나(Fata Morgana)

고 침울하기도 한 암비발렌스의 노른자로 변질되었다가 니체에 와서는 "파타 모르가나"로 노른자 자체가 사라진다는 내용을 설명했다.

둘째 개념인 이성의 다양성을 논할 차례다. 인간과 동물을 구별하는 유일한 척도인 이성이 하나냐 아니면 여러 개이냐 하는 문제와 또 이성이 여러 개라면 이 여러 개의 이성들을 하나로 통합하는 하나의 "최고이성"[51]이 있느냐 아니면 없느냐 하는 문제가 현대와 탈현대라는 문제와 직결되어 있는 문제들이다. 기독교를 기반으로 하는 유럽철학에 의하면 신은 하나라는 논리에 따라 이성도 하나라는 것이 전통으로 되어왔으며, 특히 피히테[52] 이후의 독일 관념론 철학은 자아가 하나이기 때문에 이성도 하나라는 주장이 강하게 지배해왔다. 그러나 현대에 와서는 "하나의 이성"이라는 이성의 단일성을 부인하고 "여러 개의 이성"이라는 이성의 다수성을 주장하는 이론들이 등장한다. 탈구조주의 이론을 대변하려는 벨쉬는 아리스토텔레스부터 이성의 다수성을 증명하려 하나[53] 현대와 탈현대에 직접적인 영향을 행사하는 중요한 이론가들로 베버와 하버마스[54]를 들 수 있다. 베버는 이성은 여러 개이나 그 여러 개의 이성들을 하나로 통합하는 하나의 최고이성은 없다는 입장을 취한다. 현대사회에서는 하나의 절대적인 가치란 없으며, 진, 선, 미, 성 등[55] 다수의 상대적인 가치들이 병존하며 그리고 그 가치들은 서로를 배타하여 능가하려는 서로에 대한 경쟁상태에 놓여 있다는 것이 베버의 생각이다. 베버의 철학은 기독교에 대한 중대한 도전으로 보아야 한다. 마법의

---

51) "최고이성"(Hypervernunft)

52) 피히테(Johann Gottlieb Fichte 1762-1814)

53) vgl. Welsch, Wolfgang: Unsere postmoderne Moderne, Berlin 1993, S. 277, 278

54) 베버(Max Weber 1864-1920)
    하버마스(Jürgen Habermas 1929-   )

55) 진(眞), 선(善), 미(美), 성(聖)

힘을 상실한 여러 개의 상대적인 가치들이 기계적인 세력의 모습으로 등장하며 그리고 서로를 배타하고 배척하려는 투쟁의 모습이 현대의 모습이 된다.[56] 하버마스는 역시 이성의 다수성을 주장하나 베버와는 반대로 여러 개의 이성들을 하나로 통합하는 하나의 최고이성의 필연성을 주장하는 입장이다. 이미 칸트 철학에서 하나의 이성이 진, 선, 미라는[57] 3개의 이성들로 분열되었으며 이 분열된 3개의 이성들이 현대에 와서는 서로에 대해 독립적이고 자율적인 이성들로, 객관적인 학술, 보편적인 의무와 권리, 자율적인 예술 등으로 변했다는 것이 하버마스의 생각이다.[58] 하나의 이성이 이미 칸트에서 3개의 이성들로 분열되었으며 그리고 현대사회에 와서는 고도한 분업의 결과로 더욱 세분화되었다는 것이 하버마스의 생각이다. 이상 하버마스의 생각을 이론가들은 자주 **모빌**[59]에 비교하여 설명한다. A와 B가 평형을 이루도록 중심점 O를 고정시킨 후 다시 B를 C와 D로 분열하여 B가 C와 D 사이의 평형을 이루는 중심점이 되도록 만들고, 다음에는 D를 E와 F로 분열하여 D가 E와 F 사이의 평형을 이루는 중심점으로 만들면 전체가 하나의 모빌이 된다. 이상의 모빌이라는 비유에 의해 하버마스가 생각하는 이성의 다수성을 설명하면 다음과 같다. 첫째로 A, B, C, D, E, F 등 모두는 서로에 대해 독립적이고 전문화된 영역, 다시 말해 자율적인 이성들이다. 둘째로 E와 F를 통합하는 통합점은 D가 되고, C와 D를 통합하는 통합점은 B가 되며, A와 B를 통합하는 통합점은 최고의 통합점 O가 된다. 셋째로 A, B, C, D, E, F 모두를 이성들이라고 한다면 최고의 통합점 O는 최고이성이 된다. 베버는 다수로 분열된 이성들을 하나로 묶어주어야 하는 필연성을 제외시키는 반

---

56) vgl. Welsch, Wolfgang: Unsere postmoderne Moderne, Berlin 1993, S. 189, 190

57) 진(眞), 선(善), 미(美)

58) vgl. Habermas, Jürgen: Die Moderne-ein unvollendetes Projekt, S. 183, 184

59) 모빌(Mobile)

면에 하버마스는 그 필연성을 수용한다. 그러나 하버마스가 생각하는 최고의 통합점 O는 물리적이고 기계적인 통합점에 불과하므로 추상적인 필연성에 지나지 않는다. 달리 표현하면 베버는 다수의 이성들을 하나로 묶어주는 최고이성에 대한 향수 노스탈기[60]를 상실했으나 하버마스는 그 노스탈기를 아직 상실하지 않았다고 할 수 있다.

주체인 이성이 독존하고 독재를 했던 근대의 이성의 단일성을 설명할 때 하나의 주체와 여러 개의 객체들이라는 양자 사이에는 연관성이 존재해서 전체를 하나로 묶어주고, 하나의 주체는 주인이 되고 여러 개의 객체들은 노예가 되며, 또 전체를 하나로 묶어주는 세력은 단 하나의 주체에서 흘러나온다는 내용을 언급했다. 이상에서 언급한 주체와 객체 사이의 연관성, 주체와 객체 사이의 위계질서, 세계를 하나로 통일하는 주체가 소유한 세력 등은 현대에 와서 역시 반성과 비판의 대상이 된다. 분열된 여러 개의 이성들을 하나로 묶어주는 최고이성을 부인하는 베버의 철학을 언급했듯이, 분열된 여러 개의 이성들은 각자가 모두 자신의 세력을 과시하며 서로를 배타하고 배척하려 하므로 그들 사이에 연관성이란 있을 수 없으며, 또 하나의 주인이 아니라 여러 명의 주인의 요구에 복종해야 하는 역시 여러 개의 객체들 사이에도 연관성이란 있을 수 없다. 다음에 주체는 주인이고 객체는 노예라는 주체와 객체 사이의 위계질서 역시 붕괴되는 것이 현대의 현상이다. 주체인 이성위주의 철학인 헤겔 철학이 붕괴된 후의 모든 철학은, 다시 말해 헤겔 철학을 비판하는 현대의 모든 철학은 주체에서 객체로의 대전향, 코페르니쿠스적 전향이라 보아야 한다. 소크라테스에서 헤겔로 이어지는 이성철학[61]을 가장 강하게 비판하는 철학자는 니체다. 쉬미트는 니체의 개인사를 논하면

---

60) 노스탈기(Nostalgie)

61) 이성철학(理性哲學)

서 니체 철학에서는 철학 자체보다 **철학자**가 더 중요한 의미를 갖는다는 결론을 유도해낸다. 니체가 좋아하고 따라서 자신과 동일시했던 인물들인 오이디푸스, 프로메테우스, 횔더린[62] 등은 모두 이론이 아니라 실천을 했던 인물들이라는 결론을 쉬미트는 유도해낸다.[63] 독일 전통철학이 이론과 실천, 이론과 현실, 철학과 철학자로 양분하여 전자에 치우쳤다고 한다면, 니체의 철학은 후자에 역점을 둔다는 설명이다. 이상과 같은 내용을 또 다른 해설가인 알프렌 쉬미트는 "니체는 이성을 신뢰하기보다는 오히려 감관을 신뢰했으며, 이것이 전통적 형이상학을 전복시키는 데 원동력이 되었다고" 설명한다.[64] 이상의 두 해설가들의 설명은 모두 주체와 객체, 이성과 감성, 정신과 자연, 영혼과 육체라는 위계질서를 전복시킨다는 설명이다. 달리 표현하면 주인과 노예라는 위계질서를 형성하고 있는 주체와 객체, 이성과 감성, 정신과 자연, 영혼과 육체라는 상하관계가 파괴되고, 주인과 주인이라는 동등한 관계가 된다는 것을 의미한다. 주체에서 객체로, 이성에서 감성으로, 정신에서 자연으로, 영혼에서 육체로라는 대전향은 니체의 업적이다.

하나의 주체와 여러 개의 객체들을 묶어서 하나의 유기적인 세계를 만드는 세력은 (원동력은) 객체가 아니라 단 한 개의 주체에서 흘러나온다는 전통적 이성철학을 전복시키는 일은 역시 니체가 시작했으나, 마지막으로 이성철학의 전복을 완전 집행한 현대의 철학자는 언어철학자 소쉬르다. 소쉬르[65]는 언어현상을 시그니피카트와 시그니피칸트[66]로 구분하여 전자는 제외

---

62) 횔더린(Friedrich Hölderlin 1770-1843)

63) vgl. Schmidt, Hermann Josef: Friedrich Nietzsche, Philosophie als Tragödie, in: Grundprobleme der großen Philosophen, Philosophie der Neuzeit III, S. 211

64) Schmidt, Alfred: Über Nietzsches Erkenntnistheorie, S. 130

65) 소쉬르(Ferdinand de Saussure 1857-1913)

66) 시그니피카트(Signifikat)와 시그니피칸트(Signifikant)

하고 후자만 자기 이론의 대상으로 만든다. 예를 들어 "나를 낳아준 여자"라는 머릿속에 들어 있는 형상은 하나의 이념과 같은 것으로 이를 소쉬르는 시그니피카트라 하고, 이상의 형상에 대한 언어기호로 어머니, 에미, 어멈 등이 있다면, 이들 언어기호들을 시그니피칸트라고 하는데, 소쉬르는 후자인 시그니피칸트만 자신의 기호체계와 기호론의 대상으로 만든다. 소쉬르에 의하면 모든 인간관계와 인간역사를 결정짓는 것은, 다시 말해 현대사회를 이끌어나가는 요소는 시그니피카트가 아니라 시그니피칸트가 된다. "나를 낳아준 여자"라는 머릿속의 형상 자체가 아니라, 그 형상을 어떻게 표현하느냐가 현대사회를 움직이기 때문이다. "어머니"라는 표현을 사용하면 효자라고 상을 받고, "에미"라는 표현을 사용하면 불효자라고 벌을 받기 때문이다. 상을 받아 출세하여 부자가 되느냐 아니면 벌을 받아 가졌던 직장도 잃어버려 거지가 되느냐 하는 문제를 결정하는 것은 언어로 표현된 시그니피칸트이지, 표현 전의 상태인 머릿속의 형상, 즉 시그니피카트는 아니라는 설명이다. "나를 낳아준 여자"라는 머릿속의 형상은 이념과 같은 것으로 이성철학이 말하는 주체, 이성, 정신 등을 의미하고, 그 형상에서 흘러나오는 "어머니", "에미", "어멈" 등은 이성철학이 말하는 객체, 감성, 자연 등을 의미한다. 니체 철학에 의해서 주체에서 객체로의 대전향을 언급했고, 주체와 객체 사이의 위계질서의 전복에 의해 더 이상 "주인과 노예"의 관계가 아니라 "주인과 주인"의 관계가 된다는 내용을 언급했는데, 현대철학의 소위 언어적 전향이라는 "링구이스틱 턴"[67]을 유도한 소쉬르의 기호론에 와서는 주체와 객체 사이의 관계가 완전히 역전되어 "노예와 주인"의 관계가 된다고 보아야 한다. 왜냐하면 현대사회를 움직이는 원동력은, 다시 말해 상을 받아 부자가 되느냐 아니면 벌을 받아 거지가 되느냐 하는 것을 결정짓는 원동력은 머릿속에 들어 있는 추상적인 단 한 개의 시그니피카트가 아니라 그 시그니피카트에

---

67) "링구이스틱 턴"(liguistic turn)

서 흘러나오는 여러 개의 시그니피칸트들이기 때문이다.

셋째 개념인 이성의 **지방분권성**을 논할 차례다. 지방분권성이라는 개념
은 이질성과 다양성을 종합하는 개념이 된다. 지방분권성을 설명하기 위해
다시 피라미드, "거미그물", 일직선이라는 3개의 비유를 사용하면 다음과 같
다. 단 하나의 정점에 단 한 명의 왕이 거주하고, 왕 밑으로는 여러 명의 대
신들이, 여러 명의 대신들 밑으로는 소수의 부유한 시민계급이 그리고 그들
밑으로는 다수의 무산계급인 대중들이 거주하는 **피라미드**의 모형이 현대에
와서는 비판되고 붕괴된다는 설명이 된다. 주체에서 객체로의 대전향은 단
하나의 왕에서 다수의 무산계급으로의 대전향을 의미한다. 달리 표현하면
왕으로부터 출발하여 무산계급인 대중으로 향하던 세력의 방향이 역전되
어 무산계급인 대중에서 출발하여 왕으로 향한다고도 할 수 있다. 피라미드
의 모형에서는 주체인 왕은 보편의 소유자로 보편성 요구를 했으나, 피라미
드의 모형이 붕괴되는 현대에 와서는 특수의 소유자들인 대중이 특수 요구
들을 한다는 말도 된다. 다음에 "거미그물"에 의한 설명도 같은 결과를 나타
낸다. 가로 세로가 일정하고 조직적으로 구성된 전체가 하나의 중심점으로
통하며, 그 하나의 중심점에는 단 한 마리의 거미 왕이 거주하는 모형이 "거
미그물"의 모형이었다. 현대철학인 구조주의 철학은 "거미그물"의 중심점
에 거주하는 거미 왕을 제거시킨다. 거미 왕이 자신의 살을 재료로 사용하여
전체의 "거미그물"을 완성하면 자신의 살이 다 사용되어 없어졌으므로 거미
왕 자체가 없어진다는 상상을 하고 남는 것은 가로 세로가 일정하고 조직적
으로 구성된 "거미그물"만 남는다고 구조주의 철학은 주장한다.[68] 하나의 중
앙집권자인 거미 왕 자체는 제거하고 비어 있는 왕좌만 인정하려는 구조주
의자들의 생각은 기계적이고 추상적인 최고이성의 필연성만 인정하는 하버

---

68) vgl. Frank, Manfred: Was ist Neostrukturalismus? S. 78, 79

마스의 생각과 같다고 할 수 있다. 중앙집권자인 거미 왕이 제거된 후 남는 것은 다수의 세포조직들만이 된다. 전체 "거미그물"을 하나로 관리하고 통괄하는 일관성[69]은 붕괴되고 남는 것은 다수의 소구조들, 다수의 소세포조직들만이 된다. 주체인 이성이 여러 개로 분열되며 그리고 그 분열된 여러 개의 이성들은 서로에 대해 독립적이고 자율적으로 된다는 설명을 "거미그물" 모형에 의해 했다.

마지막으로 일직선의 모형은 피라미드 모형에 의한 설명과 "거미그물" 모형에 의한 설명을 종합하는 모형이 된다. 일직선의 모형에 의해서 **목적론**과 **연관론**[70]을 언급했다. 출발점부터 모든 부분이, 모든 순간이 하나의 도착점을 향해서 규칙적으로 일정하게 움직여 나아가는 것을 목적론이라 했고, 출발점부터 도착점까지 모든 부분이 빈틈없는 쇠사슬 같이 서로 연관되어 있는 것을 연관론이라 했다. 그리고 목적론과 연관론을 합해서 현재의 해체주의자들이 기꺼이 사용하는 개념으로 "메타레시"[71]를 언급했다. "메타레시"는 헤겔의 역사관을 의미하는 개념으로 시간의 논리성, 통일성, 예측가능성을 나타내는 개념이다. 역사의 흐름을 과거, 현재, 미래로 나누어 설명하면, 현재는 과거와 다르고, 또 미래는 현재와 다르게 발전하여 결국 인간은 하나의 최종목적에, 하나의 최고진리에, 하나의 최선의 사회에 도착한다는 것이 "메타레시"라는 개념이다. 현재는 과거와 다르기 때문에 과거에 있었던 독일의 유태인 대학살, 한국의 광주시민 대학살은 현재에는 이미 치료되어 없어졌으며 그리고 그러한 사건들이 미래에는 상상할 수도 없는 최고 최선의 사회가 된다는 것이 "메타레시"의 개념이다. 시간의 논리성, 통일성, 예

---

69) 일관성(Kohärenz)

70) 목적론(Teleologie)과 연관성(Kohärenz)

71) "메타레시"(métarécit)

측가능성을 의미하는 "메타레시"는 3가지 결과를 가져오는데, 이 3가지 결과에 대해 반성과 비판이 가해지며, 이 3가지 결과 때문에 해체주의자들이 헤겔 철학의 정수인 "메타레시"를 해체하려 한다. "메타레시"가 가져오는 3가지 결과는 비논리의 억압, 무질서의 억압, 특수의 억압 등 3가지로 요약된다. 비논리의 억압이란 논리적이고 전체가 하나로 통일되어 있으며 미래가 투명하여 예측할 수 있는 "메타레시"는 비논리적인 요소들인 우연, 꿈, 유희 등을[72] 억압하고 제거시킨다는 말이다. 무질서의 억압이란 문화와 규범에 어긋나는 일체의 요소들을 억압하고 제거시킨다는 말이다. 종합하여 특수의 억압이란 보편의 영역 밖에 놓여 있는 일체의 특수요소들을, (보편의 영역이란 제도권을 의미하기 때문에) 제도권 밖에 놓여 있는 일체의 특수요소들을 억압하고 제거한다는 말이다. 헤겔의 제자 피셔[73]는 이미 목적론적인 헤겔 철학이 우연, 자연, 꿈 등의 특수요소들을 제외시킨다고 헤겔을 비판했으며, 따라서 피셔의 미학에서 이미 헤겔에 의해 억압되었던 특수요소들이 복권된다고 씨마는 설명한다.[74] 피셔의 미학을 다음과 같이 씨마는 종합한다. 주체와 객체는 헤겔이 생각하는 것과 같이 통일성을 이루는 것은 아니다. 주체와 객체는 서로 분열되며 그리고 그와 더불어 정신과 자연, 또는 개념과 자연도 분열되어 후자가, 자연이 자기 권리를 주장하게 된다. 객체인 자연이 자기 권리를 주장한다는 사실은 우연이나 꿈과 같은 현상들이 중요한 요소로 등장한다는 사실을 의미한다라고 씨마는 피셔의 미학을 종합한다.[75] 해체주의의 선구자인 니체는 진리란 수사적인 관습에 불과하며, 또 그 수사적인 관습이 생겼다는 사실도 하나의 우연에 지나지 않는다고 생각한

---

72) 우연(Zufall), 꿈(Traum), 유희(Spiel)

73) 피셔(Friedrich Theodor Vischer 1807-1887)

74) vgl. Zima, Peter V.: Das literarische Subjekt, S. 74, 75

75) vgl. ebd. S. 116

다. 따라서 자연과 객체에 대한 통치권의 상징이라 할 수 있는 이성, 개념 그리고 진리[76] 등은 모두 우연의 산물이라는 것이 니체의 생각이다.[77] 헤겔 철학에 내재한 "메타레시"가 강요하는 3가지 비논리의 억압, 무질서의 억압, 특수의 억압 등이 탈현대의 대표적인 철학인 해체주의의 비판의 대상이 된다.

지금까지 논한 주체인 이성의 이질성, 다양성, 지방분권성을 종합하면서 현대철학에 내재한 딜레마[78]를 논해본다. 현대철학이 가지고 있는 딜레마가 현대와 탈현대를 구별하는 요소가 되기 때문이다. 이성을 다시 계란 비유에 의해 설명하면, 계란의 노른자는 밝은 동시에 어둡고, 찬란한 동시에 침울하여, 이성의 이질성을 암비발렌스라고 말했는데 암비발렌스라는 개념은 노른자가 건강한 동시에 병들었다는, 싱싱한 동시에 썩었다는 말도 나타낸다. 현대철학의 딜레마는 계란의 노른자는 썩었지만 그래도 싱싱하다고 주장해야 하는 딜레마이다. 달리 표현하면 이미 썩어 어찌할 수 없는 노른자를 다시 싱싱하게 만들어야 하는 딜레마가, 이제는 어둡고 침울하기만 하여 더 이상 구제할 수 없는 이성을 다시 구제하여 밝고 찬란하게 만들어야 하는 가능성 없는 작업이 현대철학이 가지고 있는 딜레마라고 할 수 있다. 다음에 현대의 구조주의 철학은 조직적이고 통일된 전체로서의 시스템을 형성하는 "거미그물"의 가장 중앙에 거주하는 거미 왕을 살해하여 제거시킨다는 내용을 언급했는데, 이는 왕이 없는 중앙집권제로서 왕은 반대하나 중앙집권제는 찬성하는 구조주의 철학의 딜레마를 나타낸다. 중앙집권제는 이성이 독존하고 독재를 하는 제도이다. 구조주의에 내재한 이상의 딜레마에 대한 비

---

76) 이성(理性), 개념(槪念), 진리(眞理)

77) vgl. Zima, Peter V.: Das literarische Subjekt, S. 118

78) 딜레마(Dilemma)

판으로 구조주의는 주체가 결여된 또 하나의 선험주의[79]가 아니냐 하는 비판이 있다.[80] 선험주의는 독일 전통철학으로 주체 위주의, 이성 위주의 철학을 의미한다. 다음에 주체인 이성의 다양성을 설명하면서 하버마스 철학에 내재해 있는 모빌을 언급했다. 하버마스는 분열된 여러 개의 이성들을 인정하고 또 그 분열된 여러 개의 이성들을 하나로 묶어주는 최고이성을 인정하는 입장이다. 하버마스의 딜레마는 전통철학이 주장하는 단 하나의 이성을 인정하기도 하고 인정 안 하기도 해야 하는 딜레마이다. 최고이성이란 전통철학이 (선험주의가) 주장하는 단 하나의 이성을 의미하고, 분열된 다수의 이성들이란 전통철학이 부정하는 것들이기 때문이다. 또 하버마스의 딜레마는 최고이성 자체에도 내재해 있다. 하버마스가 생각하는 최고이성이란 (모빌의 최고 통합점이란) 기계적이고 추상적인 이성으로 없어서는 안 됨에도 불구하고 없는, 달리 표현하면 없지만 있어야 하는 딜레마가 하버마스가 가지고 있는 딜레마다. 주체인 이성과 관련하여 현대철학이 갖고 있는 딜레마를 종합적으로 아도르노는 다음과 같이 표현한다. "인식의 우토피[81]가 가능하다면, 그 인식의 우토피는 무개념[82]들을 개념들에 의해 해방시켜야 하는데, 그렇다고 해서 무개념들을 개념들과 동일하게 만들어서는 안 된다."[83] "현대철학은 개념을 초월해 넘어야 하는데, 그러나 다시 개념에 의해서만 개념을 초월해 넘을 수 있다는 딜레마가 현대철학에 내재해 있다."[84] "개념이

---

79) 선험주의(Transzendentalismus)

80) vgl. Hauff, Jürgen u. a.: Methodendiskussion, Bd. 1, S. 123, 124

81) 우토피(Utopie)

82) 무개념(無概念)

83) "Die Utopie der Erkenntnis wäre, das Begriffslose mit Begriffen aufzutun, ohne es ihnen gleichzumachen." Adorno, Theodor W.: Negative Dialektik, S. 21

84) "An ihr(der Philosophie) ist die Anstrengung, über den Begriff durch den Begriff hinauszugelangen." Adorno, Theodor W.: Negative Dialektik, S. 27

방해하는 것을 단지 개념만이 해결할 수 있다."[85] 현대사회에서 도구화되어
버린 개념은 무개념들을, 다시 말해 개념 밖에 있는 자들을 (제도권 밖에 있
는 자들을) 억압하고 무시하여 제거해버리기 때문에 진정한 인식에 도달할
수 있는 가능성은 없다는 말이다. 현대철학은 따라서 억압당하고 무시당하
여 제거되는 개념 밖의 인간들을 해방시키고 대변해주어야 하는데, 그 해방
과 대변의 수단은 역시 (그 도구화된) 개념 이외에는 없다는 말이며 그리고
해방시키고 대변해준다고 해서 개념 밖의 인간들을 (무개념의 인간들을) 개
념의 인간들과 똑같이 만들어서는 안 된다는 말이다. 따라서 현대철학의 딜
레마는 도구화된 개념을 떨쳐버려야 하는데, 그러기 위해서는 다시 말해 떨
쳐버리는 작업을 위해서는 다시 (그 도구화된) 개념에 의존할 수밖에 없다
는 것이 딜레마이다. 개념이 현대사회에서 도구화되어 진정한 인식을 방해
하고 차단하지만, 그럼에도 불구하고 철학을 하려면 그 개념에 (도구화되어
지고만 있는 개념에) 의존할 수밖에 없다는 것이 현대철학이 가지고 있는 딜
레마이고 아도르노의 딜레마라는 설명이다. 인용문에서 아도르노가 말하는
개념은 주체인 이성을 의미한다.

4. 이성의 해체기: 해체주의 문예론

현대철학의 딜레마를 아도르노의 말대로 다음과 같이 집약할 수 있다. 이
제는 도구화되어 더 이상 믿을 수 없는 개념을 철학은 떨쳐버려야 하지만,
그러나 철학이 계속 철학이기 위해서는 철학은 다시 그 도구화된 개념에 의
지할 수밖에 없다는 것이 현대철학의 딜레마라고 할 수 있다. 고도자본주의

---

85) "Nur Begriffe können vollbringen, was der Begriff verhindert," Adorno: Negative Dialektik, S. 62

의 현대사회에서는 "주체의 폐위"라고 하여[86] 진정한 주체는, 진정한 이성은, 진정한 개념은 더 이상 존재하지 않으며, 도구화된 주체만이, 도구화된 이성만이, 도구화된 개념만이 전체 사회조직을 형성하는데(사회의 총체성을 형성하는데), 이를 아도르노는 기만 또는 **현혹**[87]이라고 부른다. 그리고 이 기만과 현혹으로서의 총체적 관제[88]의 메커니즘을 "거짓 존재론"이라고[89] 부른다. 그럼에도 불구하고 도구화된 주체, 도구화된 이성, 도구화된 개념을 포기할 수 없다는 것이 아도르노의 딜레마다. 왜냐하면 현대사회의 총체적인 관제에 의해 주체, 이성, 개념은 그것이 아무리 진실하고 순수하다 하더라도 자동적으로 그리고 피할 수 없이 도구화되기 때문이다. 탈현대의 해체주의는 이상의 현대철학에 내재한 딜레마를, 아도르노 철학에 내재한 딜레마를 간단히 해결하려 한다. 같은 의미를 나타내는 표현들인 주체, 이성, 개념 중에서 "주체"라는 표현을 대표적으로 사용한다면, 해체주의의 간단한 해결책은 주체 자체를 (주체인 이성 자체를) 해체하여 말살하는 방법이다. 주체의 본질은 비논리의 억압, 무질서의 억압, 특수의 억압이라고 생각하기 때문에, 해체주의는 주체를 해체하여 비논리를, 무질서를, 특수를 해방시키려 한다. 논리, 질서, 보편을 합해서 **논리중심주의**[90]라고 한다면, 해체주의의 유일한 목표는 이 논리중심주의를 파괴하는 것이라 할 수 있다.

해체주의자들이 이성해체를 위해, 주체소멸을 위해 기꺼이 사용하는 3개의 개념은 "횡단이성", "리쫌", "디페렁스"이다. 첫째로 대단히 난해한 "횡단이

---

86) vgl. Adorno: Ästhetische Theorie, S. 33
   "주체의 폐위"(Abdankung des Subjekts)

87) 현혹(Verblendung)

88) "Ontologie des falschen Bewußtseins", vgl. Adorno: Ästheitische Theorie, S. 34

89) "Ontologie des falschen Bewußtseins", vgl. Adorno: Ästheitische Theorie, S. 34

90) 논리중심주의(Logozentrismus)

성"[91]에 대한 설명을 시도해본다. 횡단이성이라는 개념의 대표자는 벨쉬인데 그의 횡단이성에 대한 설명을 소개하자면 다음과 같다.[92] 여러 나라들의 국경선을 횡단하는 횡단철도가 있듯이 횡단이성은 여러 영역들 사이를 횡단하는 이성이라는 것이 결론적인 대답이다. 그러나 횡단이성은 대단히 난해한 개념으로 다음 3가지 속성으로 집약된다. 횡단이성은 첫째로 개방적인 동시에 폐쇄적인 속성을 가졌다는 것이 벨쉬의 설명이다. 아니면 횡단이성은 무한한 동시에 유한하다는 설명이다. 횡단이성은 국경선이 얼마가 있든지 상관없이 모든 국경을 넘을 수 있어 개방적이고 무한하다는 설명이고, 그러나 횡단이성은 피라미드의 정점과 같이 (아니면 중앙집권제의 왕이나 기독교의 유일신과 같이) 전체를 하나로 통합하는 속성은 없기 때문에 폐쇄적이고 유한하다는 설명이다. 기하학적 표현을 사용하면 횡단이성은 수평적이기만 하지 수직적은 못 된다는 설명이다. 따라서 횡단이성의 두 번째 속성은 초월적인 동시에 비초월적이라는 것이 벨쉬의 설명이다. 횡단철도가 육지를 초월하여 공중을 나는 능력은 없고 육지에 붙들려서 기는 능력만 있듯이, 횡단이성도 여러 영역들 사이의 국경선을 초월하지만 그 초월능력은 초월능력이 아닌 초월능력으로 날 수는 없지만 길 수만 있는 능력이라는 설명이다. 횡단이성의 세 번째 속성으로 벨쉬는 횡단이성은 여러 영역들을 연결하여 하나의 공통성을 제시해주는데 그 공통성은 형식적이 아니라 물질적이라는 설명이다. 여러 영역들을 연결해주는 하나의 공통성은 철학적 또는 정신적이 아니라 물질적 또는 구체적이라는 설명인데, 예를 들어 횡단이성이 독일과 한국을 연결해준다면 독일인의 철학과 정신 그리고 한국인의 철학과 정신, 양자 사이에는 아무런 변화가 생기지 않으나, 독일제 세탁기와 한국제 세탁기 사이에는 하나의 공통성이 생겨 제3의 세탁기가 탄생한다는

---

91) "횡단이성"(transversale Vernunft)

92) vgl. Welsch, Wolfgang: Unsere postmoderne Moderne, S. 295, 296

논리다. 독일제도 아니고 한국제도 아닌 제3의 세탁기는 양국의 기술협력에 의해서 독일제 세탁기보다도 그리고 한국제 세탁기보다도 개량된 세탁기가 되기 때문이다.

횡단이성의 3가지 속성으로 횡단이성은 개방적인 동시에 폐쇄적이고, 초월적인 동시에 비초월적이며 그리고 횡단이성이 탄생시키는 새로운 공통성은 형식적 정신적이 아니라 물질적 구체적이라는 설명을 했다. 이상의 3가지 속성에 의해서 횡단이성의 본성을 규정하자면 횡단이성은 한마디로 불규정성 자체라고 할 수 있다. 횡단이성은 개념으로 규정할 수 없고 대상으로 구체화할 수 없다는 말이다. 그럼에도 불구하고 횡단이성에 대한 본성 규정을 강행한다면 횡단이성은 첫째로 **프로쎄스**[93] 자체라고, 과정 자체라고 할 수 있다. 하나의 역사를 시발점, 중간 과정, 최후 종착점 등 3개의 단계로 나눈다면, 프로쎄스는 중간 과정을 의미한다. 중간 과정인 프로쎄스는 아직 최후 종착점에 도달하지 못했기 때문에 (아직 역사가 완성되지 못했기 때문에) 그 역사가 좋은 역사인지 또는 나쁜 역사인지 규정할 수 없다는 말이다. 둘째로 횡단이성은 "**사건발생**"[94] 자체라고 할 수 있다. 프로쎄스라는 개념이 최후 종착점의 관점에서 본 개념이라면, "사건발생"이라는 개념은 시발점의 관점에서 본 개념이다. 시발점만 있고 최후 종착점은 상상할 수 없는 상태, 사건이 갑자기 발생했으나 그 사건의 최후 결말은 염두에도 없는 상태, 해프닝의 상태가 "사건발생"이다. 셋째로 횡단이성은 프로쎄스의 성격과 "사건발생"의 성격에도 불구하고 이성의 본성을 유지하고 있다. 횡단이성이 독일과 한국을 연결시켜 양국 사이의 공통성을 탄생시키는 본성을 유지하고 있다는 말이다. 그러나 그 공통성은 형식적 정신적 내지는 총체적 공통성이 아

---

93) 프로쎄스(Prozeβ)

94) "사건발생"(Geschehen)

니라 물질적, 구체적 내지는 부분적 공통성이 되므로, 이 횡단이성은 단 하나의 최고이성을 의미하는 것은 물론 아니고 서로 독립된 다수의 그리고 다양한 이성들을 의미한다. 이성을 빛에 비유하면서 벨쉬가 횡단이성을 설명하는 문장을 인용하자면 다음과 같다. "우주 전체를 비추어주는 하나의 태양 빛은 없다. 영역에 따라 빛이 있는 데도 있고 없는 데도 있다. 그리고 빛이 있는 영역들에도 동일한 하나의 빛이 비치는 것은 아니다. 동일한 하나의 최고 빛이란 없으며, 빛의 종류는 다양하며 따라서 빛의 반대인 그늘의 종류도 다양하다."[95] 프로쎄스라는 개념과 "사건발생"이라는 개념은 단 하나의 주체인 이성을 정면으로 부정하는 개념들이다.

이성해체와 주체소멸을 위해 해체주의자들이 기꺼이 사용하는 두 번째 개념은 리쏨[96]이라는 개념이다. 리쏨이라는 개념 역시 난해한 개념으로 분명한 개념이 아니라 오히려 정의할 수 없는 비개념이라는 표현이 옳다. 3가지 단계로 나누어 리쏨에 대한 설명을 시도해본다. 들뢰스, 구아타리[97] 등 해체주의자들이 기꺼이 사용하는 리쏨은 첫째로 "나무줄기와 나무뿌리"라는 2개의 부분에서 후자 나무뿌리를 의미한다. 철학의 대상을 나무줄기와 나무뿌리, 2개의 부분으로 나눈다면, 나무뿌리가 철학의 대상이 되어야 한다는 것이 해체주의자들의 주장이다. 그리고 지금까지의 전통철학은 나무줄기만을 다루어왔으므로 나무뿌리로의 전향은 전통철학의 전복을 의미한다. 전통철학의 대상인 나무줄기는 지상에 구체적으로 눈으로 볼 수 있도록 서 있으므로 논리적으로 정의할 수 있는 반면에, 해체주의의 대상인 나무뿌리는 지하에 비구체적으로 눈으로 볼 수 없도록 누워 있으므로 논리적으로 정의할 수

---

95) Welsch, Wolfgang: Unsere postmoderne Moderne, S. 310

96) 리쏨(Rhizom)

97) 들뢰스(Gilles Deleuze 1925-1995)
  구아타리(Félix Guattari 1930-1992)

없는 비논리성 자체, 또는 논리의 초월 자체라고 할 수 있다. 리쏨은 둘째로 통합성을 의미한다. 니체가 없었더라면 해체주의가 없을 정도로 해체주의에 대한 니체의 영향은 막강하다. 니체 철학의 핵심적 대치개념인 **아폴로성**과 **디오니소스성**[98) 중 후자에서 해체주의자들은 리쏨의 개념을 유도했다고 보아야 한다. 니체는 아폴로성과 디오니소스성이라는 대치개념을 "개체화의 원리"와 "비개체화의 원리"로 구체화시키는데, 정확히 리쏨은 니체가 말하는 "비개체화의 원리"라고 보아야 한다. 나무줄기가 분리 분석적인 개체화라고 한다면 (왜냐하면 지상에 서 있는 나무줄기는 그것이 사과나무인지 아니면 밤나무인지 분명히 구별할 수 있기 때문에) 나무뿌리인 리쏨은 모든 것이 하나 속에 통합되어 있는, 아니면 모든 것이 하나로 얽히고 설켜 있는 비개체화 자체라고 할 수 있다. 비개체화의 원리 또는 통합의 원리를 의미하는 리쏨을 비유를 들어 설명하자면 다음과 같다. 로메오와 율리아[99)의 이야기 속에서 2개의 나무줄기인 로메오의 가정과 율리아의 가정은 하나는 사과나무 다른 하나는 밤나무로 절대로 통합될 수 없으나, (두 가정은 서로 원수가 되어 절대로 화합할 수 없으나,) 그들의 나무뿌리들인 로메오와 율리아는 서로 얽히고 설켜 (서로 사랑하여) 하나로 통합된다는 설명이다. 어제의 적이 오늘의 친구가 되며, 또 전쟁상태에 있는 적국과 상거래를 해야 하는 탈현대의 세계에서 리쏨이라는 개념이 중요한 개념으로 등장하는 것은 당연하다. 리쏨은 셋째로 "**사건발생**"과 "**디쎄미나씨옹**"[100)을 의미하는 개념으로 사용된다. 인간의 역사가 과거, 현재, 미래라는 시간논리에 의해 발전한다는 사상을 **목적론**[101)이라고 한다. 다시 말해 현재는 과거와 다르고, 또 미

---

98) 아폴로성(das Apollinische)과 디오니소스성(das Dionysische)

99) 로메오(Romeo)와 율리아(Julia)

100) "사건발생"(Geschehen)과 "디쎄미나씨옹"(dissémination)

101) 목적론(目的論 Teleologie)

래는 현재와 다르게 되어 결국 인간이 하나의 최종목적에, 하나의 최고진리에, 하나의 최선의 사회에 도착하게 된다는 것이 목적론적 역사관이다. 목적론적 역사관은 2가지 성격을 내포하고 있는데 하나는 논리성이고 다른 하나는 통일성이다. 목적론적 역사관의 논리성은 과거가 있으니까 현재가 있고, 또 현재가 있으니까 미래가 있다는 논리성으로, 과거에서 현재를 예측할 수 있고 또 현재에서 미래를 예언할 수 있다는 것을 의미한다. 바로 이 목적론적 역사관을 해체주의자들은 "메타레시" 또는 "메타디스쿠르스"라고 부르며 이를 부정한다.[102] 기독교, 계몽주의, 마르크스주의 등 일체의 체계적인 주장들을 "메타레시", 또는 "메타디스쿠르스"라 하여 (총체적이고 일관된 이야기 또는 주장들이라 하여) 해체주의자들은 부정하며 대신에 "사건발생"을 주장한다. 일체의 인간 역사들은 과거에서 현재를 예측하고 현재에서 미래를 예언할 수 있도록 논리적으로 발전하는 것이 아니라, 예측 불가능하게 해프닝과 같이 갑자기 발생했다가 다시 예측 불가능하게 사라진다는 것이 "사건발생"이다. 목적론적 역사관의 두 번째 성격은 통일성으로 "단 하나의" 피라미드의 정점인 최종목적을 향하여 질서정연하게 그리고 체계적으로 정돈되어 있는 것이 통일성이다. 질서정연한 정돈상태라는 체계적인 통일성을 특히 데리다와 료타르[103]는 부정하고 디쎄미나씨옹이라는 개념을 사용한다.[104] 인간 역사는 하나의 최종목적을 향해 질서정연하게 체계적으로 정돈되어 있는 것이 아니라, 다수의 그리고 다양한 목적들을 향해 무질서하게 그리고 흩어져서 흘러간다는 것을 디쎄미나씨옹은 의미한다.

---

102) vgl. Frank, Manfred: Was ist Neostrukturalismus? S. 138, 139
　　　"메타레시"(métarécit) 또는 "메타디스쿠르스"(Meta-Diskurs)

103) 데리다(Jacques Derrida 1930-2004)
　　　료타르(Jean-François Lyotard 1924-1998)

104) ebd. S. 109

이성해체와 주체소멸의 문제는 데리다에게서 절정에 이른다. 이성해체와 주체소멸을 위해 데리다가 사용하는 개념인 **디페렁스**[105]라는 개념을 하나의 문학작품인 텍스트가 주는 의미와 관련하여 표현하면 다음과 같다. 다시 말해 이성해체와 주체소멸의 문제를 하나의 문학 텍스트가 주는 의미와 관련하여 표현하면 다음과 같다. 첫째로 디페렁스의 전제조건은 단수가 아니라 복수의 관계에서만 가능한 개념이다. 예를 들어 하나의 과일 사과의 맛을 규정한다는 것은 (하나의 과일 사과의 의미를 규정한다는 것은) 불가능한 일이고 반드시 또 다른 과일인, 예를 들어 배와의 비교에 의해서만 사과의 맛이, 사과의 의미가 비로소 규정된다는 설명이다. 왜냐하면 일생 동안 사과만 먹은 사람은 사과의 맛이, 사과의 의미가 무엇인지 모르기 때문이다. 둘째로 디페렁스는 의미의 끝없는 변화를 나타내는 개념이다. 배를 먹은 후의 사과 맛이 다르고, 감을 먹은 후의 사과 맛이 다르며, 복숭아를 먹은 후의 사과 맛은 또 다르기 때문이다. 셋째로 디페렁스는 의미 자체를 부정하는 개념이다. 사과와 배라는 양자관계에서 본다면, 사과의 의미는 사과 자신 속에 내재해 있는 것도 아니고 그렇다고 비교의 대상인 배 속에 내재해 있는 것도 아니며, 제3자인 "차이" 속에, 디페렁스 속에 (사과와 배 사이의 디페렁스 속에) 내재해 있다고 본다면, 이 제3자인 "디페렁스"란 존재해 있지 않는 무이기 때문에 의미 자체도 무가 되어버리기 때문이다. 그리고 사과와 다른 다수의 과일이라는 관계에서 본다면, 사과의 의미가 계속 중단 없이 달라진다는 결과가 된다. 의미가 계속 중단 없이 달라진다는 말은 의미가 없다는 말이다. 디페렁스라는 개념은 데리다를 위시하여 해체주의자들이 의미해체를 위해, 이성과 주체해체를 위해 사용하는 가장 강력한 무기가 된다. 텍스트 속에는 의미란 없으며, 있다면 시그니피칸트들 사이의 끝없는 유희만이 있

---

105) 디페렁스(différance)

다고 데리다는 말한다.[106] 시그니피카트는 핵심이 되는 의미를 나타내고, 시그니피칸트[107]는 그 핵심이 되는 하나의 의미에서 흘러나오는 여러 가지 언어표현들을 나타내는 개념이다. 텍스트 속에는 일정한 의미란 없으며, 시그니피칸트들 사이의 끝없는 유희만이 있고, 그것도 어떤 질서에 의한 유희가 아니라 무질서의 유희라는 의미로 디쎄미나씨옹[108]이라는 개념을 데리다는 사용한다. 텍스트 속에는 의미란 들어 있지 않으며, 텍스트는 시그니피칸트들의 끝없는 장난에 불과하고, 그것도 의미를 생산할 수 있는 질서의 장난이 아니라, 의미 없는 무질서의 장난이라고 한다면, 이는 텍스트 자체가 의미를 상실했다는, 텍스트 자체가 해체되었다는 말도 된다. 이성해체와 주체소멸이라는 해체주의 철학의 연장으로서 텍스트 해체를 주장하는 대표적인 이론가들을 소개하자면 다음과 같다.

"이성이란 프랑스 문화의 맥락에서 본다면 고문을 의미한다"라는 푸코의 말은[109] 이성중심주의를, 논리중심주의를 파괴하려는 해체주의의 대표적인 말로 통한다. 논리, 질서, 보편을 생명으로 하는, 합하여 주체를 생명으로 하는 헤겔의 이성주의, 논리주의는 인간을 괴롭게 만드는 고문 이외에는 아무것도 아니기 때문에 파괴되어야 한다는 말인데, 푸코는 이상의 이성파괴를, 논리파괴를, 합하여 주체해체를 텍스트를 구성하는 언어에 적용하는데 다음과 같다. 푸코의 언어철학은 주체 위주의 고전적 언어철학을 전복시키는 결과를 나타낸다. 주체인 인간이 먼저 존재하고 다음에 그 인간이 말을 하는 관계가, 다시 말해 인간이 먼저 존재하고 다음에 언어라는 도구를 사용

---

106) vgl. Zima, Peter V.: Theorie des Subjekts, S. 208, 209

107) 시그니피카트(Signifikat)와 시그니피칸트(Signifikant)

108) 디쎄미나씨옹(dissémination)

109) "En français, la torture, c'est la raison." zit. von Zima V. Peter: Das literarische Subjekt, S. 237
푸코(Michel Foucault 1926-1984)

하여 인간이 자기의사를 표현하는 관계가 고전적 언어철학이라 할 수 있는 데, 또 다시 말해 인간은 주체이고 주인이라 한다면, 언어는 도구이고 노예가 되는 관계가 고전적 언어철학이라 할 수 있는데, 푸코는 주종관계를 역전시키는 것은 물론이고 더 나아가 주체인 주인을 말살시키는 발언을 한다. "언어라는 실재 자체는 주체의 소멸 속에서만 자태를 드러낸다. …우리가 그동안 알고 있는 사실은 언어라는 것은 그 언어를 사용하는 주체를 소멸시키는 일이 언어의 본질이라는 사실이다."[110] 언어로 되어 있는 문학인 텍스트에는 주체가 소멸되어 들어 있지 않으며 또 들어 있어도 안 된다는 말이다. 탈현대 이론가인 바티모[111]는 "인간의 의식이란 자아의 여러 부분들이 서로 투쟁을 하고 있는 전쟁터가 의식이라 할 수 있으나, 그 여러 부분 중 어느 부분도 주인이 될 수 없는 것이 의식이다"라고 말하는데,[112] 역시 주체의 소멸, 주체의 말살을 의미하는 말이다. 바티모는 우리 시대를 디시덴티타[113]의 시대, 동일성 상실의 시대, 주체 상실의 시대라고 표현한다. 역시 탈현대 이론가인 료타르[114]는 칸트 미학을 구성하는 2가지 요소, 미와 숭고[115] 중에서 후자가 우리 시대의 미학이라 주장하면서 미를 의미하는 "취미는 주체에게 아름다운 생을 약속해주지만, 숭고는 주체를 죽이겠다고 위협하고 있다"라고[116] 선언한다. 칸트 미학을 구성하는 2개의 요소, 미와 숭고 중에서 전자인 미는 오성과 상상력[117]의 "조화"를 의미하는 미학으로 더 이상 우리 시대

---

110) zit. von Zima, Peter V.: Das literarische Subjekt, S. 22

111) 바티모(Gianni Vattimo 1936-)

112) Zima, Peter V.: Das literarische Subjekt, S. 23

113) 디시덴티타(Disidentitá)

114) 료타르(Jean-François Lyotard 1924-1998)

115) 미(das Schöne)와 숭고(das Erhabene)

116) Zima, Peter V.: Das literarische Subjekt, S. 65

117) 오성(悟性)과 상상력(想像力)

의 미학이 못 되며, 후자인 숭고는 **이성과 상상력**[118]의 "충돌"을 의미하는 미학으로, 이것이 바로 우리 시대의 미학이라는 것이 료타르의 생각이다. 료타르가 칸트의 숭고 미학을 택하는 이유는 극과 극이, 선과 악이, 미와 추가 하나 속에서 "조화"를 형성하는 것이 아니라 "충돌"을 일으켜 누가 주인인지 구별할 수 없어 주인이, 주체가 소멸되고 말살되는 것이 칸트의 숭고 미학이라고 생각하기 때문이다. 료타르가 생각하는 탈현대 미학은 따라서 표현 불가능한 것을 표현해야 하는 과제를, 다시 말해 숭고한 것을 표현해야 하는 과제를 가지고 있다고 말하면서,[119] 바로 이 표현 불가능한 것을 표현해야 하는 불가능한 과제를 수행하는 가운데 미학적 주체는 소멸되고 말살될 수밖에 없다고 료타르는 말한다.

해체주의자들이 텍스트를 나타내는 표현으로 3가지 대표적인 개념은 시그니피칸트, 기호, 문자흔적[120] 등이다. 우선 텍스트를 시그니피칸트로 보는 대표적인 해체주의 이론가는 라캉[121]이다. 시그니피카트와 시그니피칸트의 관계는 전자는 의미의 원천을 나타내고 후자는 의미의 표현을 나타낸다. 나의 의식 속에 들어 있는 "나를 낳아준 여자"는 의미의 원천으로 시그니피카트가 되고 그 여자에 대한 표현으로 어머니, 엄마, 에미 등이 있다면 이 3가지 표현들이 시그니피칸트가 된다. 라캉은 시그니피카트와 시그니피칸트의 관계를 역전시킨다. 시그니피카트와 시그니피칸트, 원천과 표현의 관계를 주인과 종의 관계라고 한다면, 라캉은 주종관계를 역전시켜 "시그니피카트는 시그니피칸트의 생산물에 지나지 않는다"라고 말한다.[122] 라캉은 다시 말해

---

118) 이성(理性)과 상상력(想像力)

119) Zima, Peter V.: Das literarische Subjekt, S. 66

120) 시그니피칸트(Signifikant), 기호(Semiotisches), 문자흔적(Schriftspur)

121) 라캉(Jacques Lacan 1901-1981)

122) vgl. Bossinade, Johanna: Poststrukturalistische Literaturwissenschaft, S. 40

원천인 시그니피카트를 제거하고 표현인 시그니피칸트만 자기 정신분석학의 대상으로 만들면서, 이 시그니피칸트를 정신분석학에서 말하는 "주체" 또는 "무의식"과 같은 의미로 승격시킨다.[123] 따라서 텍스트는 시그니피카트가 아니라 시그니피칸트라는 주장이 되는데, 텍스트 속에는 나를 낳아준 여자라는 원천적 의미는 들어 있지 않고 잡다한 표현들만 난무한다는 주장이 된다. 옷을 입을 육체는 부재하고 잡다한 옷들만 존재한다는 말이다. "나는 당신을 사랑한다"라는 텍스트가 있다면 이 텍스트 속에는 "아름다운 사랑" 또는 "불행한 사랑" 등 작가가 전달하려는 핵심과 중심은 아예 들어 있지 않기 때문에 수용자가 이를 찾아내려는 시도는 처음부터 잘못된 것이며, 따라서 텍스트는 "나", "당신", "사랑"이라는 표현들만이, 시그니피칸트들만이 난무하는 무대 이외에는 아무것도 아니라는 설명이 된다. 작가가 전달하려는 중심의미 또는 핵심의미는 처음부터 아예 존재해 있지 않으므로 이를 찾으려 한다는 것은 잘못된 것이기 때문에 의미를 새로 만들어내야 한다는, 아니면 새로운 의미가 "발생"되어야 한다는 결론이 된다. 새로 발생되는 의미는 물론 시그니피칸트에 의해서 아니면 시그니피칸트들 사이의 관계에 의해서 결정된다고 보아야 한다. 나, 당신, 사랑 등 시그니피칸트 내지는 그들 사이의 관계가 "영원한 사랑" 또는 "불행한 사랑" 등 어느 일정한 의미를 결정하는 것이지, 어느 중심의미가 먼저 존재해서 나, 당신, 사랑 등의 시그니피칸트들을 하나로 통일하여 묶어준다는 것은 아니다. 라캉을 비롯해서 텍스트를 시그니피칸트로 보는 해체주의자들이 중심개념 또는 핵심개념을 부정하는 것은 시스템 부정의 결과라고 보아야 한다. 거미그물의 중심에 들어 있는 거미를 죽이는 일은 구조주의가 했지만, 해체주의는 그 중심이라는 왕좌까지도 제거하여 전체의 시스템을 와해시킨다.

---

123) vgl. ebd. S. 41

다음에는 텍스트를 기호로 보는 이론을 논할 차례인데 그 대표자는 크리스테바[124]이다. 라캉이 말하는 시그니피칸트나 크리스테바가 말하는 기호는 외관상으로는 같은 의미의 표현들이다. 나를 낳아준 여자가 어머니, 엄마, 에미 등으로 불린다면 이상 3개의 표현들은 모두 시그니피칸트 또는 기호라고 할 수 있기 때문이다. 그러나 크리스테바는 기호를 상징[125]과 인접한 개념으로 사용한다. 크리스테바는 "기호"라는 개념을 플라톤의 『티마이오스』[126]에 묘사된 효리스[127]라는 개념에서 유도해낸다. 효리스는 니체가 생각하는 디오니소스성을 연상케 하는 개념으로 공간을, 그것도 빈틈없이 채워진 공간을 의미한다. 녹아 있는 납 물과 같이 흐르는 방향과 위치에 따라 형태는 항상 변하나 양은 일정한 공간인데 그 자체가 원료와 재료가 되는 것이 효리스라고 생각하면 된다. 효리스는 따라서 공간이 아닌 공간 다시 말해 채워진 공간이며, 흐느적거리며 움직이는 일정 양의 생산원료와 같은 것이라 생각할 수 있다. 크리스테바는 효리스를 원초모체[128]라고 부르는데 니체가 디오니소스성을 원초자 또는 원초모[129]라고 부르는 것과 비슷하다. 플라톤에 의하면 이데아[130]가 현상으로 구체화하기 위해서는 이데아와 현상 외에도 제 3자인 효리스가 필요하다는 것이다.[131] 다시 말해 볼 수도 없고 들을 수 없는 귀신과 같은 이데아를 볼 수 있고 들을 수 있게 만들기 위해서는 물질이, 재료가 필요한데 이 재료가 효리스라는 설명이다. 그리고 이 효리스는 2가지 상반되는 성질을 가지고 있는데, 당기는 성질과 물리치는 성질, 통합하

---

124) 크리스테바(Julia Kristeva 1941 -)

125) 상징(Symbolisches)

126) 『티마이오스 Timaios』

127) 효리스(Choris)

128) 원초모체(Urmatrix)

129) 원초자(das Ur-Eine) 또는 원초모(Urmutter)

130) 이데아(Idea Idee 理念)

131) Bossinade, Johanna: Poststrukturalistische Literaturwissenschaft, S. 45

려는 성질과 분리하려는 성질을 가지고 있다고 크리스테바는 설명한다.[132] 따라서 모든 구체적 실재, 다시 말해 모든 구체적 형태가 탄생되는 곳이 효리스며, 또 사멸하여 없어지는 곳도 효리스라고 크리스테바는 설명한다. 효리스는 분리하여 탄생시키려는 성질도 그리고 통합하여 흡수하려는 성질도 동시에 가지고 있기 때문이다. 결론적으로 텍스트는 기호이며, 기호는 효리스이므로 크리스테바는 문학 텍스트를 효리스와 같은 것으로 본다는 설명이 된다. 따라서 모든 언어적 표현이 탄생하는 곳도 또 사멸하여 사라지는 곳도 텍스트라는 것이, 다시 말해 의미가 탄생하는 곳도 그리고 또 그 탄생된 의미가 사멸하여 다시 사라지는 곳도 텍스트라는 것이 크리스테바의 주장이다. 라컹은 텍스트를 일정한 형태를 가진 시그니피칸트로 구체화시켰다면, 크리스테바는 텍스트를 흐르는 납 물과 같은 무 형태로 추상화시킨다고 아니면 상징화시킨다고 할 수 있다. 아니면 크리스테바의 효리스는 라컹의 시그니피칸트에 이르는 전 단계에 놓여 있다고도 할 수 있다. 왜냐하면 녹아 있는 납 물과 같이 흐느적거리며 움직이는 효리스는 일정하고 구체적인 형태를 가지고 있지 못하기 때문이다.

마지막으로 텍스트를 문자흔적으로 보는 데리다[133]의 이론은 다음과 같다. 데리다는 라컹의 시그니피칸트 개념도 그리고 크리스테바의 기호 개념도 비판한다. 라컹이 시그니피카르트와 시그니피칸트라는 주종관계를 역전시킨 결과 종이 주인이 되는 현상으로 시그니피칸트가 주인이 되어 이름만 바뀌고 체계 자체는 바뀌지 않았다는 것이 데리다의 비판이다. 다시 말해 왕과 거지, 원천과 현상이라는 위계질서는 변하지 않았다는 것이 라컹에 대한

---

132) ebd. S. 45, 46
133) 데리다(Jacques Derrida 1930-2004)

데리다의 비판이다. 그리고 크리스테바의 기호 역시 **목적론적**[134]이라고 데리다는 비판한다. 모든 언어적 표현들을, 모든 의미들을 배출했다가 다시 자체 내로 흡수해버리는 (분리시켰다가 다시 통합해버리는) 효리스는 최종목적과 같은 것이어서 결국 목적론의 성격을 면하지 못한다는 것이 데리다의 비판이다. 체계와 목적론은 같은 의미로, 체계가 있으면 목적이 있고 또 목적이 있으면 반드시 체계가 있어야 한다는 관계가 된다. 체계와 목적은 해체주의자들의 가장 큰 증오의 대상임은 말할 필요도 없다. 크리스테바가 기호의 개념을 플라톤의 효리스라는 개념에서 유도해내는 데 비해 데리다는 문자흔적이라는 개념을 헤시오드[135]의 카오스[136]라는 개념에서 유도해낸다. 그리스어 카오스는 기지개를 펴거나 무심코 입을 크게 벌리는 것과 같은 개방운동을 의미한다. 아무런 이유나 아무런 목적 없이 발생하는 운동이, 아니면 그 "발생" 자체가 최초의 개방운동, 카오스라고 이해할 수 있다. 카오스는 다음에 빈 우주와 같은 공간을 탄생시키고, 이 빈 우주 속에는 세계가 탄생되고 인간역사가 탄생되는 순서라고 이해할 수 있다. 아무런 실재도 들어있지 않은 빈 우주를, 다시 말해 인간역사가 시작하기 전의 우주를 원초라고 한다면, 카오스는 원초의 원초라고 하는 것이 옳다. 해체주의자들에게 지대한 영향을 행사하는 철학은 헤시오드보다도 하이데거의 철학이다. 하이데거는 리히퉁[137]이라는 개념과 관련하여 틈 또는 "자국"[138]이라는 표현을 사용하는데, 예를 들어 조각가가 거친 돌덩어리 위에 끌과 망치로 최초의 자국을 낸다고 한다면, 이 최초의 자국은 아무런 의미나 아무런 목적 없는 최초의 개방운동으로 카오스와 같은 것이라는 설명이다. 왜냐하면 최초의 자국만으

---

134) 목적론적(teleologisch)
135) 헤시오드(Hesiod 700년경 v. Chr.)
136) 카오스(Chaos)
137) 리히퉁(Lichtung)
138) "자국"(Riss)

로는 그 거친 돌이 인간이 될지 아니면 동물이 될지 또 인간이 된다면 그것이 여자가 될지 아니면 남자가 될지 미결정 상태이기 때문이다. 실재자 또는 실재물이 이 "자국"을 만들어내는 것이 아니라, 반대로 이 "자국"이 실재자 또는 실재물에게 실재가 되도록 길을 열어주고 그리고 이 "자국" 자체는 실재가 아닌 무[139]라는 것이 하이데거의 설명이다.[140] 헤시오드의 카오스 개념과 하이데거의 자국 개념을 비교한다면 카오스의 개념이 자국의 개념을 선행한다고 보아야 한다. 왜냐하면 최초의 공간을, 다시 말해 실재가 아직 들어 있지 않은 빈 우주를 하이데거가 말하는 자국이라 한다면 바로 이 자국을 만들어내는 자가 카오스라고 보아야 하기 때문이다. 데리다가 문자흔적의 개념을 이상과 같이 하이데거보다도 더 깊게 자국의 자국 또는 원초의 원초라고 보는 결과는 극단적인 해체주의를 탄생케 한다. 라컹에서 어느 정도 구체성을 띠고 있던 텍스트의 개념이 크리스테바에 와서는 구체성을 상실하여 추상화되고, 데리다에 와서는 극단적인 추상화, 추상화의 추상화로 실재자[141]의 흔적 자체가 사라진다고 보아야 한다. 실재자의 흔적이 사라진다는 말은 의미의 흔적이 사라진다는 말인데, 문자흔적 또는 의미흔적이라는 표현에서 데리다의 테마는 흔적 자체이지 문자나 의미는 아니라고 보아야 한다. 그리고 언어를 청각적인 언어표현과 시각적인 문자표현으로 나눈다면, 다시 말해 청각적인 말과 시각적인 텍스트로 나눈다면, 데리다는 전자를 논리중심주의[142]라고 비판하고 텍스트중심주의라 할 수 있는 후자를 비호한다.[143] 이유는 청각적인 언어표현은 표현자의 얼굴표정과 언어표현에 나타나는 감성과 감정 등에 의해 구체적으로 다시 말해 논리적으로 전달되지만

---

139) 실재(實在 Sein)와 무(無 nichts)

140) vgl. Bossinade, Johanna: Poststrukturalistische Literaturwissenschaft, S. 52

141) 실재자(das Seiende)

142) 논리중심주의(Logozentrismus)

143) vgl. Bossinade, Johanna: Poststrukturalistische Literaturwissenschaft, S. 39 f.

시각적인 문자표현에는 표현자의 얼굴표정, 감성과 감정 등 일체가 결여되어 문자표현이라는 텍스트는 종잇조각에 불과하기 때문이다. 그리고 백지에 불과한 종잇조각은 어떤 의미를 전달할 수 있는 가능성만을 인정한다면, 그 가능성의 흔적이라고, 데리다의 표현대로 문자흔적이라고 할 수 있기 때문이다. 그리고 데리다는 지금까지의 유럽철학은 논리중심주의 일변도였기 때문에 잘못된 것이라고 비판하면서 철학은 문자중심, 텍스트중심으로 전향해야 한다고 주장한다. 데리다의 "문자흔적"은 텍스트에 구체적으로 그리고 객관적으로 "하나의" 의미가 내재해 있어 이 구체적이고 객관적인 하나의 의미를, 하나의 절대적인 의미를 독자가 찾아내야 한다는 미학을 정면으로 부정하는 개념이다. 그리고 이성해체와 주체소멸이라는 말은 텍스트와 관련하여 표현하면 의미해체와 의미소멸을 나타내는 말들이다.

　3명의 대표적인 해체주의자들 라캉, 크리스테바, 데리다를 예를 들어 "로메오와 율리아"라는 텍스트에 의해 비교하면 다음과 같다. 로메오와 율리아 사이의 "영원한 사랑"이라는 중심의미가, 다시 말해 시그니피카트가 나, 당신, 사랑이라는 시그니피칸트들에 의해 표현된다면, 전자는 원천이고 주인이며, 후자는 표현이고 종이 된다고 비유할 수 있다. 전자는 계란의 노른자와 같은 동질성이고 후자는 흰자 또는 껍데기와 같은 이질성이 된다. 해체주의자들은 원천이 아니라 표현을, 주인이 아니라 종을, 동질성이 아니라 이질성을 편들고 주장하는데, 이는 3명의 대표적인 해체주의자 라캉, 크리스테바, 데리다에게 공통적인 현상이다. 라캉은 시그니피칸트를 중심개념으로 승격시켰으며, 크리스테바는 시그니피칸트를 시작과 종말이 합해지는 장소로, 아니면 출산인 동시에 사망의 장소로 상징화 또는 형이상학화시켰고, 데리다는 시그니피칸트를 시작은 있으나 끝이 없는, 출산은 있으나 사망이 없는 문자흔적의 "끝없는 앙상블"[144]로 확장시킨다. 다음에 의미결정 역시 우연과 유희에 의한 의미결정으로 공통적인 현상을 보인다. 나, 당신, 사랑이라는 시그니피칸트들이 모여서 "영원한 사랑"이라는 의미가 발생한다면, 라캉에 있어서는 이는 우연이고 유희에 불과하다. 왜냐하면 "영원한 사랑" 외에도 예를 들어 "풋사랑", "거짓 사랑" 등도 가능하기 때문이다. 크리스테바에 있어서는 예를 들어 우연과 유희에 의해 결정된 "영원한 사랑"은 한 번 결정되었다고 해서 영원히 존재하는 것이 아니라 텍스트 속으로 다시 사멸하여 없어지고, 다른 의미가 태어났다가 다시 텍스트 속으로 사라진다는 설명이 된다. 데리다에 의하면 우연과 유희에 의한 의미발생과 의미사멸의 빈도는 무한하므로 아예 의미 자체를 생각할 필요가 없다는 설명이 된다. 마지막으로 3명의 해체주의자들 모두는 시스템을 부정하고 논리중심주의를 부정하는 것은 당연하다. 시그니피카트와 시그니피칸트라는 위계질서는, 주인과 종의 관계와 같이 시스템을 의미하고 논리중심주의를 의미한다. 시그니피카트와 시그니피칸트의 관계를 전복시키거나, 아니면 전자를 제거하여 없앤다는 사실은 시스템을 부정하고 논리중심주의를 파괴하는 일이다. 작가, 텍스트, 독자라는 3자 중에서 해체주의 문예론은 텍스트에 집중한다. 텍스트를 생산하지 못하는 작가는 작가라고 할 수 없고, 또 읽을 텍스트를 가지고 있지 않은 독자를 독자라고 할 수 없어 텍스트가 중간위상에 놓여 있다는 일반적인 이유도 있지만, 해체주의가 텍스트를 중심 테마로 하는 이유는 현대철학의 소위 "링구이스틱 턴"[145]에 의해서 철학의 테마가 원천에서 언어적 표현으로, 시그니피카트에서 시그니피칸트로, 이데아[146]에서 언어로 대전환을 했기 때문이라고 볼 수 있다. 작가, 텍스트, 독자라는 3자 중에서 중간위

---

144) vgl. ebd. S. 49
　　"끝없는 앙상블"(grenzenlose Ensemble)

145) "링구이스틱 턴"(linguistic turn)

146) 이데아(理念 Idea Idee)

상을 차지하고 있는 텍스트가 유일한 언어이며 언어적 표현이기 때문이다. 중간위상인 텍스트 자체가 시스템 해체에 의해, 논리중심주의의 파괴에 의해 그리고 우연과 유희 등에 의해 붕괴되고 해체되는 현상을 나타낸다. 작가가 자신의 이데아를, 작가 자신의 아이디어를 (자신의 시그니피카트를) 언어적 표현인 텍스트에 심으면, 이 작가의 아이디어가 독자에게 전달되는 것이 고전적 문예형식인데 이 고전적 문예형식이 해체된다는 말이다.

실증주의 방법론

1. 서론

19세기 유럽의 역사학, 철학 그리고 일반학술들은 실증주의[1]에 의해 지배되기 시작했다는 것이 이론가들의 공통된 의견이다. 예를 들어 사회학은 형이상학적 요소들을 배제하고 경험적 요소들만을 수집하여 통계표를 만들고, 교육학은 인간에 내재한 고유한 개성과 특성은 도외시하고 테스트에 의해 한 인간의 능력을 결정하고, **문예학**[2]은 작품의 내재성이나 인간정신의 요소들은 배척하고, 실제로 존재해 있는 경험적 데이터들인 문법, 운율, 문장 구조들만 분석하게 되는데, 이들 모든 현상은 실증주의의 영향이라는 것이 이론가들의 공통된 의견이다. 형이상학이 아니라 통계학을, 인간의 고유한 주관적인 개성이나 특성이 아니라 테스트에 의해 객관적으로 보여줄 수 있는 능력결정을 그리고 작품이 하나의 완전한 세계라는 작품의 내재성이 아니라 작품은 잡다한 데이터의 집합체라는 작품의 외재성을 주장하는 실증주의적 방법론은 19세기 후반에 시작해서 오늘날까지 지속한다고 보아야

---

1) 실증주의(實證主義 Positivismus)
2) 문예학(文藝學 Literaturwissenschaft)

한다. 철학, 사회학, 교육학, 문예학 등 모든 학술을 컴퓨터에 의해 운영하려
는 현대의 **학술이론**[3]은 이상의 실증주의적 방법론의 연장으로 보아야 한다.
19세기 후반에 실증주의가 등장하게 되는 계기는 다음과 같다.

   실증주의적 방법론이 등장하는 이유는 18세기 이래로 유럽의 정신과학을
지배했던 소위 **역사적 방법론**[4]의 흥망성쇠와 직접적인 관련을 가지고 있다.
예술은 자율적인 영역은 될 수 있어도, 자족적인 영역은 될 수 없다는 브레
히트[5]의 유명한 말은[6] 예술작품은 그리고 문학작품은 역사적 산물임을 피할
수 없다는 내용을 의미한다. 예술작품은 그리고 문학작품은 일정한 시대에
쓰여졌기 때문에 그 일정한 시대의 산물이라는, 다시 말해 "**역사적 산물**"이라
는 생각은 유럽의 예술사와 문학사에서 본다면 18세기 후반 헤르더[7]의 **역사
철학**으로부터 시작한다. 헤르더의 역사철학이 등장하기 전까지는 아리스토
텔레스[8]의 시학[9]이 대표하는 소위 규범미학 내지는 규칙미학에 의해 유럽
의 예술사와 문학사는 지배되었다. 아리스토텔레스는 문학의 장르를 엄격
히 구분했으며 예를 들어 드라마의 (비극의) 핵심은 "**공포와 동정**"이라 하고,
이 "공포와 동정"이라는 목표에 도달하기 위해 극 줄거리, 시간, 장소의 통일
이라는 소위 3통일 원칙을 주장했다. 이상의 아리스토텔레스의 시학이 장르

---

3) 학술이론(學術理論 Wissenschaftstheorie)

4) 역사적 방법론(historische Methode)

5) 브레히트(Bertolt Brecht 1898-1956)

6) zit. von Gutzen, Dieter: Einführung in die neuere deutsche Literaturwissenschaft, S. 145
    자율적인(autonom)
    자족적인(autark)

7) 헤르더(Johann Gottfried Herder 1744-1803)

8) 아리스토텔레스(Aristoteles 384/3-322/1 v. Chr.)

9) 시학(詩學 Poetik)

를 중요 테마로 다루기 때문에 장르 시학이라 한다면, 그 이후에 호라츠[10]의 『아르스 포에티카』[11]는 문학작품을 쓰는 작가들에게 규범 내지는 규칙을 주려고 하기 때문에 작가 시학이라고 할 수 있다. 다시 그 이후 독일에서는 17세기에 오피츠[12]의 규칙시학에 의해서 그리고 18세기 전반에는 고체트[13]의 규칙미학에 의해서 문학사와 문학이론은 지배되었다. 아리스토텔레스의 시학으로부터 유래하는 유럽의 전통적 규범미학 내지는 규칙미학을 종식시키고 18세기 후반에 새로운 사고의 미학을 가능케 만든 것이 헤르더의 **역사철학**[14]이다. 예술작품과 문학작품은 어느 일정한 규범이나 규칙에 의해 만들어지는 것이 아니라, 다시 말해 어느 일정한 규범이나 규칙의 산물이 아니라, 그 예술작품과 문학작품이 만들어진 바로 그 시대의 산물, 다시 말해 역사의 산물이라는 것이 새로운 사고의 미학, 새로운 철학인 역사철학이 된다. 이상의 헤르더의 역사철학은 예술사와 문학사에 있어서는 "역사적 방법론"이라 불리어지는데 2개의 핵심 부분으로 되어 있다. 하나의 핵심 부분은 "개성"이라는 개념이고 다른 하나의 핵심 부분은 "발전사"라는 개념이다. 개성과 발전사라는 2개의 핵심 개념에 의해 헤르더는 고체트의 규칙미학을 비판한다. 현재의 북유럽 문학의 예로 셰익스피어의 드라마와 과거의 남유럽 문학의 예로 그리스의 드라마를 서로 비교하면서 헤르더는 고체트를 다음과 같이 비판한다. 시간적으로 상이한 과거의 문학과 현재의 문학을 그리고 공간적으로 상이한 북유럽의 문학과 남유럽의 문학을 하나의 동일한 규칙에 의하여, 하나의 동일한 척도에 의하여 판단하려는 고체트의 규칙미학은 잘못된 것이고, 셰익스피어의 드라마와 그리스인들의 드라마 사이의 상이점

---

10) 호라츠(Quintius Horatius Flaccus 65 v. Chr.- 8 v. Chr.)

11) 『아르스 포에티카 Ars poetica』

12) 오피츠(Martin Opitz 1597-1639)

13) 고체트(Johann Christoph Gottsched 1700-1766)

14) 역사철학(Geschichtsphilosophie)

은 각각 그들의 발생사와 그리고 발전사의 산물들이므로 오히려 존중되어 야 한다는 것이 헤르더의 비판이다. 그리고 고체트의 규칙미학이 주장하는 극 줄거리, 시간, 장소 등 소위 3통일 원칙은 그리스인들의 드라마가 발생한 당시의 현상에서 기인하므로, 이 3통일 원칙을 당시의 그리스인들의 드라마 에 적용하는 것은 옳으나, 시간적으로 그리고 공간적으로 상이한 셰익스피 어의 드라마에 적용하는 것은 옳지 않으며 또 불가능하다는 것이 헤르더의 비판이다.[15] 이상의 비판은 시간적으로 과거와 현재 그리고 공간적으로 북 유럽과 남유럽 사이의 상이점을 존중해야 한다는 헤르더의 주장으로 "개성" 이라는 핵심 개념의 표현이다. 모든 시대에 동일하게 적용되는 보편타당한 예술의 형식은 없다는 것이, 오히려 모든 작품은 각각 그리고 그 작품들이 발생한 모든 시대는 각각 자신들의 개성적인 특성을 가지고 있다는 것이 개 성이라는 개념의 의미다. 다시 말해 하나의 작품은 유일하고, 전례와 후예도 없으며, 일회적이라는 것이 개성이라는 개념의 내용이다. 다음에 헤르더는 "발전사"라는 핵심 개념을 위해서 인간의 발전사와 같은 유년시대, 청년시 대, 장년시대라는 단계적 발전사를 주장한다. 하나의 작품을 이해하기 위해 서는 그 작품을 발생시킨 민족 그리고 그 민족의 지리, 역사, 언어, 의식 등 을 이해해야 하며, 또 하나의 작품이라는 과일은 따로 떼어서 이해하려 해서 는 안 되고 그 과일이 달려 있는 나무 전체를 통해서 그리고 그 나무의 성장 과정인 발전사를 통해서 이해해야 한다는 것이 헤르더의 역사철학에 의해 생겨난 **역사적 방법론**이라 할 수 있다.

하나의 작품은 유일하며 전에도 없었고 후에도 없을 것이며, 일회적이라 는, 다시 말해 작품은 하나의 "개성체"라는 생각과 그리고 그 작품이 속해 있 는 시대는 유년시대, 청년시대, 장년시대를 통과하는 하나의 "발전사"라는

---

15) vgl. Gutzen, Dieter: Einführung in die neuere deutsche Literaturwissenschaft, S. 146

생각은, 종합하여 작품과 시대를, 개성과 발전사를 동시에 이해해야 한다는 역사적 방법론은 2가지 취급방법을 의미한다. 그 중 하나는 작품을 생산한 작가 속으로의 **감정이입**이고, 다른 하나는 작품이 생겨난 시대 속으로의 **감정이전**이라고 할 수 있다. 일회적이며 하나의 개성체인 작품을 이해하기 위해서는 규칙미학이 지시하는 객관적인 규칙들이 아니라 직관적인 따라서 주관적인 감정이입과 감정이전이 척도가 되어야 한다는 말인데, 이는 작품을 이해하려는 독자와 해설가의 주관의 이입과 이전을 의미하는 것으로, 주관적 감정이 척도가 된다는 말이다. 작가 속으로의 감정이입과 시대 속으로의 감정이전이라는 헤르더의 역사적 방법론에 대해 다음과 같은 비난이 있었다. 헤르더에 대한 비난은 헤르더가 독자나 해설가가 위치하는 현재라는 시점은 전혀 무시하고, 작품을 생산한 과거의 작가와 그 작가가 속했던 과거의 시대만을 재구성하여 현재와는 전혀 관계없는 순수한 과거의 사실만을 재조립하려 했다는 것이었다. 왜냐하면 독자와 해설가는 자기들이 위치해 있는 현재 그리고 현실과는 이별하고 과거와 비현실 속으로 이민을 가야 하기 때문이다. 그러나 그 후 헤르더를 비호하는 이론가들은 헤르더가 말하는 과거를 이해하기 위해서는 과거와 현재를 하나로 통합하는 **"통합의 관점"**이 전제되어야 한다는 것이 헤르더의 역사적 방법론이라고 헤르더에 대한 평가를 수정했다. 과거에 생산된 작품을 이해하기 위한 핵심 개념 중 하나인 발전사라는 개념은 따라서 과거에서 현재를 거쳐 미래로 계속되는 발전을 의미하는 것이며 그리고 과거, 현재, 미래를 하나로 통합하는 **"통합의 관점"**을 의미한다고 보아야 한다. 작품과 시대, 개성과 발전사를 동시에 이해해야 한다는 헤르더의 역사적 방법론은 복합적인 의미를 내포하고 있다. 하나의 작품을 이해하기 위해서는 작가의 생애, 작품의 발생 년도, 또 그 작품에 영향을 준 다른 작품 등을 연구해야 하며, 나아가서는 그 시대의 역사적, 정치적, 사회적 배경을 연구해야 하며, 마지막으로는 그 작품을 다루는 독자와 해설가 자신의 여러 가지 배경도 포함되어야 한다는 결론이 된다.

18세기 후반에 헤르더의 역사철학에 의해서 생겨난 **역사적 방법론**은 19세기 중반까지 헤겔[16] 철학과 더불어 전성기를 누려오다가, 19세기 후반에 와서 역시 헤겔 철학과 더불어 몰락하기 시작한다. 역사적 방법론이 헤겔 철학과 흥망성쇠의 과정을 같이 걸어온 이유는 양자 사이의 친화성 때문이라고 할 수 있다. 역사적 방법론의 2개의 핵심 개념들인 "개성"과 "발전사"라는 개념들은 헤겔의 철학체계를 구성하는 정신[17]과 그리고 그 정신의 발전사와 유사한, 아니면 거의 동일한 개념들이라고 보아야 한다. 따라서 헤겔 철학의 몰락은 곧 역사적 방법론의 몰락을 의미한다고 보아야 한다. 역사적 방법론의 몰락을 촉진시킨 또 하나의 이유가 있는데, 그것은 19세기 후반에 등장하는 **실증주의적 방법론**이다. 강력하게 등장하는 실증주의의 압력에 의해 역사적 방법론은 소위 "**역사적 실증주의**"라는 이름으로 변질되어 과거의 객관적인 데이터들만 나열하고, 인식의 주체가 되는 독자나 해설가의 주관은 제거해버려, 역사는 "순수한 역사"로, 다시 말해 주체의 주관이 깨끗이 제거된 "순수한 역사"로 전락했다는 비난을 받게 된다. 역사적 방법론은 자신의 고유한 취급방법이었던 감정이입과 감정이전이라는 주관의 이입과 이전을 실증주의의 영향에 의해 상실하게 되었다는 말이다. 주관의 이입과 이전을 상실한 소위 "역사적 실증주의"는 더 이상 "역사적 방법론"이 아니라 "실증주의적 방법론" 자체라고 보아야 한다. 역사적 방법론이 실증주의적 방법론으로 넘어가는 과정의 이론가가 쉐러[18]인데 차후에 논하기로 한다.

---

16) 헤겔(Georg Wilhelm Friedrich Hegel 1770-1831)

17) 정신(精神 Geist)

18) 쉐러(Wilhelm Scherer 1841-1886)

2. 실증주의

실증주의의 시초는 존 로크와 데이비드 흄[19] 등의 철학인 영국의 경험주의와 감각주의에서 시작했다고 보고 더 나아가서는 그리스 시대에까지 추적된다고 보는 이론도 있지만, 현대의 (19세기 중반 이후의) 정신문화와 물질문화에 결정적인 영향을 준 사람은 프랑스 철학자 꽁트[20]이다. 꽁트의 실증주의에 의해 소위 실증주의적 방법론이 예술사와 문학사를 지배하게 되는데 그의 실증주의의 핵심 명제는 다음과 같다. 첫째로 실제로 볼 수 있고, 실제로 들을 수 있으며, 실제로 만질 수 있는 사실들만이 인식의 원천이 (인식의 출발점이) 될 수 있다. 실증주의가 말하는 "**실증적**"[21]이라는 표현은, 영어표현으로 "포지티브"라는 표현은 실제로 볼 수 있고, 실제로 들을 수 있으며, 실제로 만질 수 있는 사실들만을 나타내는 표현이다. 실증적이라는 표현의 반대는 "부정적", "네거티브"라는 표현이 된다. 예를 들어 병균검사에서 "실증적"이라는 판단은 분명히 병균이 존재해 있다는 판단이고, "부정적"이라는 판단은 분명히 병균이 존재해 있지 않다는 판단이다. 내 몸속에 병균이 실제로 존재해 있느냐 존재해 있지 않느냐라는 차이는, 예를 들어 에이즈라는 병균이 실제로 존재해 있느냐 아니면 존재해 있지 않느냐라는 차이는 엄청난 차이를 의미하는데, 이 엄청난 차이가 실증적이라는 표현과 부정적이라는 표현 사이의 차이다. 따라서 실증주의가 말하는 "실증적"이라는 표현은 분명히 실제로 그리고 실재로 존재해 있는 사실만을 의미하고, 실증주의는 이 분명히 실제로 존재해 있는 사실만을 다루어야 한다고 주장한다. 둘째로 이 분명히 실제로 존재해 있는 사실들은, 다시 말해 실제로 볼 수 있고,

---

19) 로크(John Locke 1632-1704)
   흄(David Hume 1711-1776)

20) 꽁트(Auguste Comte 1798-1857)

21) "실증적"(positiv)

실제로 들을 수 있으며, 실제로 만질 수 있는 사실들은 인간의 5감각을 통해서, 5감각이라는 필터를 통해서 들어오는 요소들로, 다양한 감각적 인상들이다. 이 다양한 감각적 인상들 속에는 이 감각적 인상들을 지배하고 있는 어떤 **보편적인 법칙**이 내재해 있다고 실증주의는 주장한다. 따라서 실증주의는 감각주의 또는 경험주의[22]와도 동일시된다. 첫 번째 정의와 두 번째 정의를 합해서 표현하면 실제로 볼 수 있고, 실제로 들을 수 있으며, 실제로 만질 수 있는 분명히 존재해 있는 사실들에서 출발하여 보편적인 법칙에 도달해야 한다는 표현이 된다. 다시 말해 연역적이 아니라 **귀납적인 방법론**이 실증주의의 방법론이라는 말이다. 셋째로 실증주의는 따라서 감각적 인상, 감각적 현상만을 인정하므로, 그 감각적 현상 배후에 숨어 있는 형이상학적인 요소들인 이념, 원초형상, 진리 등을 탐구하려는 형이상학을 부정하게 된다. 실증주의가 형이상학을 부정한다는 말은 실증주의는 이원론이 아니라 **일원론의 철학**이라는 말이다. 실증주의가 이원론인 형이상학을 부정하고 일원론을 주장하기 때문에 실증주의적 방법론은 자연히 역시 일원론을 주장하는 **자연과학의 방법론**을 따르게 된다. 있는 그대로의 사실들만을 분석하고 묘사하여 그 사실들을 지배하고 있는 법칙을 찾아내려는 것이 자연과학의 방법론이다. 넷째로 실증주의적 방법론은 있는 그대로의 사실들을 분석하고 묘사만을 하기 때문에 주관이 개입되는 가치판단을 해서는 안 된다. 인식의 주체는 인식의 객체에 대해서 "순수한" 감각 또는 "순수한" 오성[23]으로 축소되거나 전락한다고 실증주의자들은 주장하는데 인식의 주체는 감각을 통해 들어오는 요소들을 수동적으로 받아들여 분석하여 묘사만 하고, 아무런 주관적인 판단을 해서는 안 된다는 말이다. 인식의 주체는 마치 컴퓨터나 로봇과

---

22) 감각주의(Sensualismus) 또는 경험주의(Empirismus)

23) 오성(悟性 Verstand)

같이 행동해야 한다는 말이다. "가치로부터의 자유"[24]라는 표현은 실증주의를 나타내는 표현이며, 실증주의는 "가치"를 인간의 주관적인 "편견"이라 생각하여 "편견으로부터의 자유"라는 의미로 사용한다. 이상의 실증주의에 대한 정의는 극단적인 **실증주의**를 나타내는 정의들이다.[25] 따라서 19세기 후반에 등장하는 실증주의는 다양한 양상을 띠게 되고 또 이상의 극단적인 실증주의를 비판하는 **신실증주의**[26]도 나타나게 된다.

실증주의를 **초기 실증주의**와 **후기 실증주의**로 분리하는 것이 보통이다. 초기 실증주의는 위에서 논한 극단적인 실증주의를 의미하고, 초기 실증주의의 대표자들로 꽁트 외에도 밀과 마하 등[27]을 이론가들은 거론한다. 밀과 마하는 꽁트보다 더 극단적인 실증주의자들로 통한다. 다음에 후기 실증주의는 **신실증주의** 또는 **비판적 합리주의**[28]라고 불리며, 소위 "비엔나 학파"에 의해 창시되었다. 1920년대 비엔나 학파의 중심인물들은 카르납, 비트겐쉬타인, 포퍼 등[29]이다. 비엔나 학파가 해산된 후 1930년대에 이들 3명의 철학자들은 러셀[30]과 더불어 영미계 나라들에서 유행하는 **과학철학**에 지대한 영향을 행사했으며, 그들의 실증주의는 오늘의 언어분석과 언어철학의 핵심을 이루고 있다. 초기 실증주의와 신실증주의를 (후기 실증주의를) 비교하면 다음과 같다. 우선 초기 실증주의와 신실증주의 사이의 공통점은 "실증적

---

24) "가치로부터의 자유"(Wertfreiheit)

25) vgl. Hauff, Jürgen u. a.: Methodendiskussion, Bd. 1, S. 34, 35

26) 신실증주의(Neopositivismus)

27) 밀(John Stuart Mill 1806-1873)
   마하(Ernst Mach 1838-1916)

28) 비판적 합리주의(kritischer Rationalismus)

29) 카르납(Rudolf Carnap 1891-1970)
   비트겐쉬타인(Ludwig Wittgenstein 1889-1951)
   포퍼(Karl R. Popper 1902-1994)

30) 러셀(Bertrand Russel 1872-1970)

인" 사실의 인정과 형이상학의 부정이다. 분명히 실제로 존재해 있는 사실만이 이론의 대상이 될 수 있고, 또 그 분명히 실제로 존재해 있는 대상 배후에는 아무것도 존재해 있지 않아, 그 배후에 숨어있는 이념, 원초형상, 진리 등을 운운하는 것은 거짓말에 지나지 않는다고 양 실증주의는 믿고 있다. 달리 표현하여 경험세계 또는 감각세계만이 유일한 일원론의 세계이고, 따라서 이론의 유일한 대상이 되며, 그 경험세계 또는 감각세계를 초월해서, 그 배후에 숨어 있는 형이상학적인 요소들을 찾으려는 이원론의 철학은 거짓 철학이라고 주장하는 것이 양 실증주의 사이의 공통점이다. 따라서 초기 실증주의도 그리고 신실증주의도 일원론을 주장하는 자연과학의 방법론을 수용하는 것이 공통점이다. 다음에 초기 실증주의와 신실증주의 사이의 상이점은 역시 2가지가 있다. 하나의 상이점은 초기 실증주의는 실증적인 사실들에서 출발하여, 다시 말해 분명히 실제로 존재해 있는 사실들에서 출발하여 그 사실들을 지배하고 있는 "보편적 법칙"에 도달하려는 **귀납적 방법론**을 주장하는 데 비해, 신실증주의는 반대로 보편적 법칙을 미리 상정하여 구성하고, 그 구성된 보편적 법칙에서 출발하여 실증적 사실에 도달하려는 **연역적 방법론**을 주장한다. "보편적 법칙"이라는 용어 대신에 신실증주의는 **이론 또는 가설**[31]이라는 용어를 선호하며 두 용어를 동일한 의미로 사용한다. 신실증주의는 초기 실증주의를 "경험주의적 실증주의"라고 비판하면서 개인의 관찰이나 실험에서 출발하여 도달된 소위 "보편적인" 법칙은 사실은 "보편적"이 못 되며 그리고 논리적으로 타당하지 않다고 주장한다. 이유는 개인적인 관찰과 실험에 의해 탄생된 결과는 (개인적인 법칙은) 만물에 적용될 수 있는 진정한 보편적 법칙이 아니라 특수한 개인적인 법칙에 지나지 않는다는 논리다. 분명히 실제로 존재해 있는 사실을 대상으로 다루는 것은 옳으나, 그곳에서 출발하는 것이, 다시 말해 출발점이 옳지 않다는 것이 신실증

---

31) 이론(理論 Theorie) 또는 가설(假說 Hypothese)

주의의 주장이다. 신실증주의는 먼저 하나의 이론 또는 하나의 가설을 상정하여 구성하고, 이 구성된 이론 또는 가설이 실제로 존재해 있는 사실에 (실증적 경험적 사실에) 적용되면, 그 구성된 이론 또는 가설은 보편적 법칙이 되며, 반대로 적용되지 않으면 보편적 법칙이 못 되므로 폐기하고 새로운 이론 또는 가설을 다시 구성해야 한다는 논리다. 이상의 신실증주의가 주장하는 방법론을 **시행착오의 방법론** 또는 **이론과 가설의 작동화라고**[32] 부른다. 그리고 구성된 이론 또는 가설은 시행착오의 방법과 작동화의 방법에도 불구하고 만물에 타당한 완전한 적용에는 도달할 수 없으므로, 다시 말해 하나도 예외 없는 완전한 증명에는 도달할 수 없으므로, 그 구성된 이론 또는 가설을 증명하려는 노력이 아니라 반대로 반 증명하려는 노력이 더 빠른 방법이라고 신실증주의는 주장한다. 하나의 구성된 이론 또는 가설을 반 증명하려는 노력을 계속함에도 불구하고, 다시 말해 옳지 않다고 부정하려는 노력을 계속함에도 불구하고 반 증명되지 않는다면, 즉 부정되지 않는다면, 그 구성된 이론 또는 가설을 하나의 "보편적 법칙"으로 수용해야 한다는 논리다.

초기 실증주의와 신실증주의 사이의 또 하나의 상이점은 "가치로부터의 자유"에 관한 상이점이다. 초기 실증주의는 있는 그대로의 사실들을 (경험적 사실들을) 분석하고 묘사만 해야 하며, 일체의 주관적인 가치판단을 해서는 안 되며, 마치 컴퓨터나 로봇과 같이 감각을 통해 들어오는 요소들을 수동적으로 받아들이기만 해야 한다고 주장하는 반면에, 신실증주의는 능동성, 문제의식, 이론을 비판하고 구성할 수 있는 능력 등을 강조한다. 이론 또는 가설을 상정해야 할 주체가 컴퓨터나 로봇과 같이 수동적으로만 행동한다면, 이는 능동적으로 문제를 해결하려는 문제의식이 전혀 없는 것이며, 따라서 이론 또는 가설을 비판할 수 있는 판단력도 전혀 없는 것이라고 신실증주의

---

32) 시행착오(trial and error)의 방법론 또는 이론과 가설의 작동화(Operationalisierung)

자들은 주장한다. 초기 실증주의는 문제를 해결해야 할 주체를 "순수한" 감각, "순수한" 오성으로, 다시 말해 기계와 같은 인간으로 전락시키려 하는 반면에, 신실증주의는 문제를 해결해야 할 주체에게 최소한 능동성, 의식, 판단력은 인정하려 한다고 할 수 있다. 초기 실증주의는 철저한 "가치로부터의 자유"를 주장한다고 한다면, 다시 말해 초기 실증주의는 "가치"를 "주관적인 편견"과 같은 의미로 보기 때문에 "편견으로부터의 자유"를 주장한다고 한다면, 신실증주의는 반대로 "가치에 대한 의존"을 인정한다고 할 수 있다. 초기 실증주의와 신실증주의 사이의 논쟁으로 철저한 "가치로부터의 자유"냐 아니면 "가치에 대한 의존"이냐 하는 문제는, 다시 말해 철저한 주관의 배제냐 아니면 주관의 인정이냐 하는 문제는 여기서는 해결할 수 없는 문제이고 우리의 테마를 벗어나는 문제이다. 신실증주의의 주장대로 하나의 이론 또는 가설을 모순 없이 논리적으로 그리고 현실에 (경험적 사실에) 적용될 수 있게 구성하기 위해서는 그 구성자인 주체는 능동성, 의식, 판단력을 가지고 있어야 한다는 것만은 분명하다. 달리 표현하여 철저한 가치의 결여를 의미하는 "가치로부터의 자유"가 아니라, 가치의 존재를 의미하는 "가치에 대한 의존", "가치의식"이 신실증주의의 전제조건이며, 초기 실증주의로부터 구별되는 상이점이다. 지금까지 비교하여 논한 초기 실증주의와 신실증주의, 양자 중에서 19세기 후반 이후의 문학의 방법론을 위해서는 전자인 초기 실증주의가 테마가 되고, 후자인 신실증주의는 20세기에 들어와 예술과 문학의 중요한 방법론을 형성한다. 따라서 문학의 실증주의적 방법론을 위해서 초기 실증주의만 다루고, 신실증주의는 차후에 형식주의, 구조주의, 언어철학 등과 관련하여 다루는 것이 순서가 된다.

극단적인 실증주의를 의미하는 초기 실증주의에 대한 설명과 또 초기 실증주의와 신실증주의를 비교한 결과를 3가지로 종합하면 다음과 같다. 첫째로 초기 실증주의인 극단적인 실증주의는 철저하게 **귀납적**[33]이다. 실제로 볼 수 있고, 실제로 들을 수 있으며, 실제로 만질 수 있는 사실들, 다시 말해 실증적 사실들만이 이론의 대상이 될 수 있고, 또 이론은 바로 그 실증적 사실들에서 출발해야 하며, 다음 단계로 보편적 법칙에 도달해야 한다는 것이 귀납적 방법론이다. 실증적 사실들과 보편적 법칙, 특수와 보편, 실제와 이론, 양자 중에서 먼저 어디서 출발하여 다음 단계로 어디에 도달하느냐에 따라서 이론이 달라지고 학술이 달라진다. 일원론의 철학인 극단적인 실증주의는 먼저 전자에서 출발하여 다음 단계로 후자에 도달하려는 학술이다. 실증적 사실들과 보편적 법칙, 특수와 보편, 실제와 이론 등 2개의 카테고리 나열에 의해, 마치 그것이 형이상학의 특징인 이원론을 주장하는 듯 보이나, 그 2개의 카테고리 중 후자는 인간의 주관이나 정신이 전혀 배제된 메커니즘과 같은 것으로 보아야 한다. 다시 말해 극단적인 실증주의가 말하는 보편적 법칙, 이론 등은 컴퓨터나 로봇의 기계적인 기능만을 의미하지, 인간만이 가질 수 있는 주관이나 정신을 의미한다고 보아서는 안 된다. 둘째로 극단적인 실증주의는 철저한 **주관의 말살**을 의미한다. 인식의 주체는 자신의 주관적인 가치관을, 자신의 주관적인 "편견"을 완전히 말살하고 "순수하게" 비운 마음으로 인식의 대상인 실증적인 사실들을 맞이해야 한다는 주장이다. 극단적인 실증주의의 주장을 극단적으로 표현하자면, 주관과 대상, 양자 중에서 주관의 존재가 말살된다고 할 수 있다. 감정, 주관, 정신 등은 모두 (극단적인 실증주의에 의하면) "편견"에 지나지 않기 때문에, 이들 "편견"이 배제된 인식의 주체는 컴퓨터나 로봇으로 전락해 그 주체의 존재가 의미를 상실하기 때문이다. 셋째로 극단적인 실증주의는 **자연과학적인 방법론**을 주장하는데, 이는 "순수한" 논리적인 사고, "순수한 논리"를 의미한다. 하나 다음에는 반드시 둘이 와야 하고, 셋이 와서는 절대로 안 되며, 셋 다음에는 넷이 와야지

---

33) 귀납적(induktiv)

(넷은 죽을 사를 의미한다고 하여) 넷을 생략하고 다섯을 세는 일은 절대로 용납되지 않는 것이 자연과학적인 방법론이다. 극단적인 실증주의가 주장하는 자연과학적인 방법론은 컴퓨터의 방법론, 컴퓨터의 기능 그대로를 의미하는 방법론이다.

초기 극단적인 실증주의의 주장을 이상과 같이 귀납적 철학, 주관의 말살, 자연과학적인 방법론 등, 3가지로 규정한다면 그리고 주관의 말살이란 순수한 객관을 의미하고, 자연과학적 방법론이란 순수한 논리를 의미하므로, 극단적인 실증주의를 다시 요약하여 순수 귀납적, 순수 객관적, 순수 논리적이라고 규정한다면, 극단적인 실증주의에 대해 다음의 3가지 비판을 할 수 있다. 극단적인 실증주의에 내재한 자기모순에 대한 비판, 아도르노[34]의 사회학적 비판 그리고 총체적 비판 등이 3가지 비판이 된다. 첫째로 극단적인 실증주의에 내재한 자기모순은 다음과 같다. 주관의 완전한 말살이라는 주장에 의해서 주체까지도 말살된다면, 다시 말해 인식이라는 작업을 운영해야 할 운영자까지도 말살된다면, 인식이라는 작업 자체가 불가능해진다는 비판을 극단적인 실증주의는 면할 수 없다. 그리고 이 인식주체의 말살에 의한 인식작업의 불가능성을 해결하기 위하여 극단적인 실증주의가 자연과학의 특성인 "순수한 논리"에 의존하려 한다면, 이 역시 자기모순에 지나지 않는다. 순수한 메커니즘인 컴퓨터나 로봇도 그들에게 명령을 주는 주체가 존재해야 하고 그리고 명령을 주는 주체는 언제나 자신의 문제의식과 목적의식을 가지고 있기 때문이다. 명령을 준다는 사실 자체가 하나의 문제의식과 목적의식을 나타내는 것이며 그리고 그 "의식"이라는 것이 주체의 주관을 의미한다고 보아야 한다. 둘째로 극단적인 실증주의에 대한 아도르노의 사회학적인 비판은 다음과 같다. 극단적인 실증주의의 경험론적 사회

---

34) 아도르노(Theodor W. Adorno 1903-1969)

학은 여론조사라는 통계표에 의해 대중의 "지배적인 여론"을 만들어서 이를 "절대적 진리"인 양 매도하는데, 이는 "절대적 진리"가 아니라 거짓말인 이 데올로기[35]에 지나지 않는다는 것이 아도르노의 주장이다. 그리고 여론조사 라는 통계표에 의해서 만들어진 "대중의 다수의지"란 아도르노에 의하면 진 리[36]의 근사치는 고사하고라도 진리와는 정반대인 가상으로 "대중의 가상의 지", 다시 말해 대중의 의지가 전혀 아닌 "대중의 가짜의지"라는 주장이다. "대중의 다수의지"는, 다시 말해 "대중의 가상의지"는 그들의 의식을 지배하 고 있는 메커니즘인 자본주의의 조작[37]에 의해 생겨난 결과라는 것이 아도 르노의 주장이다.[38] 통계표에 의해 만들어진 대중의 "지배적인 여론"이 진리 가 아니라, 오히려 진리와는 정반대인 거짓말, 이데올로기라는 아도르노의 주장을 2가지 면에서 이해할 수 있다. 하나는 아도르노의 주장대로 대중의 의식은 매스컴이라는 메커니즘에 의해 지배되고 조작되므로 대중의 지배적 인 여론은, 다시 말해 대중을 지배하고 있는 여론은 대중 자신의 여론이 아 니라 강요된 여론이라고 이해할 수 있다. 예를 들어 "두통, 치통, 생리통에는 펜잘"이라는 광고가 (조작이) 무수히 반복되면 이것이 메커니즘이 되어버 려 대중은 통증만 느끼면 아무런 생각 없이 기계적으로 펜잘을 삼킨다는 설 명이다. 그리고 "두통, 치통, 생리통에는 펜잘"이라는 광고는 (메커니즘은) "절대적인 진리"가 아니라 정반대인 "절대적인 가상", "절대적인 거짓말"이 라는 것이 아도르노의 비판이다. 다음에 아도르노의 주장을 이해할 수 있는 또 하나의 면은 "대중의 지배적인 여론"이라는 표현에서 "대중"에 관한 문제 다. 대중, 민중, 국민 등을 하나로 묶어서 "대중"이라는 표현을 사용하면, 대

---

35) 이데올로기(Ideologie)

36) 진리(眞理)

37) 조작(Manipulation)

38) vgl. Adorno, Theodor W.: Soziologie und empirische Forschung, in: Hauff, Jürgen u. a.: Methodendiskussion, Bd. 1. S. 83

중은 이성적인 판단력을 가지고 있지 않으며, 오히려 대중은 무식하고 무지하여 교육과 계몽을 해야 한다는 것이 많은 철학자들의 의견이다. 무식하고 무지하여 교육과 계몽을 해야 할 대중의 "지배적인 여론"은 "절대적인 진리"가 아니라 오히려 그의 정반대라는 것은 당연하다. 셋째로 극단적인 실증주의에 대한 총체적인 비판을 간단히 논하자면 다음과 같다. 순수 귀납적, 순수 객관적, 순수 논리적 철학으로 종합되는 극단적인 실증주의는 신화[39]를 극단적으로 부정하는 철학이 된다. 신화를 극단적으로 부정하고는 인간사회가 존재할 수 없다는 데 심각성이 놓여 있다. 가다머[40]에 의하면 신화는 인간이 절대적으로 믿고, 의심을 제기하지 않으며, 의심을 제기해서도 안 되는 이야기다. 신화는 그것이 정말인가 아닌가를 논증하고 증명하려 하지 말고 조건 없이 믿고 따르는 것이 인간과 인간사회에 유리하고 이익이 되는 이야기라고 가다머는 설명한다.[41] 예를 들어 아들은 자기를 낳은 어머니와 성 관계를 해서는 안 된다는 이야기는 신화이다. 아들은 자기를 낳은 어머니와 성 관계를 해서는 안 된다는 신화는 인간이 의심을 제기해서는 안 되며, 조건 없이 따르는 것이 인간과 인간사회에 유리하고 유익한 것이라는 설명이다. 그러나 이상의 신화는 순수 논리적으로, 순수 생리학적으로, 다시 말해 아들과 어머니를 단순한 남성과 여성이라는 카테고리로 볼 때, 증명할 수 없는 이야기이기 때문에 극단적인 실증주의에 대해서는 타당성이 없는 이야기, 거짓말 신화, 거짓말 이야기가 된다. 역사적으로, 다시 말해 실제적으로 로마의 황제 네로는 자기를 낳은 친어머니와 성 관계를 가졌다는 예도 있고, 오이디푸스[42] 등 신화를 파괴하는 이야기는 문학에서 자주 사용되는 테마이

---

39) 신화(神話 Mythos)

40) 가다머(Hans-Georg Gadamer 1900-2002)

41) Gadamer, Hans-Georg: Ende der Kunst? S. 209

42) 오이디푸스(Ödipus)

다. 일체의 신화에 대한 부정은 일체의 윤리에 대한 부정으로 연결된다. 극단적인 실증주의는 일체의 신화와 일체의 윤리를 파괴하여 인간사회의 존립을 위태롭게 할 수 있는 부정적인 무서운 무기가 될 수 있다. 그러나 순수 귀납적, 순수 객관적, 순수 논리적 철학인 극단적인 실증주의에 대한 이상의 3가지 비판에도 불구하고 한 가지 긍정적인 비호를 한다면, 순수 귀납적이고, 순수 객관적이고, 순수 논리적인 극단적인 실증주의는 일체의 거짓말을, 일체의 우상을, 일체의 이데올로기를 파괴하여 인간을 계몽시킬 수 있는 긍정적인 무기도 될 수 있다는 것이다.

3. 일원론적 구조

순수 귀납적, 순수 객관적, 순수 논리적 철학인 극단적인 실증주의는 문학에 적용되면, 다음 3가지 양상을 나타낸다. 첫째 외적 세계와 내적 세계의 통일, 둘째 제 방법론의 통일, 셋째 생애와 작품의 통일, 이상의 3통일이 그 3가지 양상이다. 첫 번째로 외적 세계와 내적 세계의 통일이란 실증주의 철학은 이원론의 철학이 아니라 일원론의 철학을 의미한다는 말이다. 극단적인 실증주의가 의미하는 "순수 귀납적"이라는 표현은 감각의 세계와 이념의 세계로 세계를 양분한다면 전자에서 출발한다는 말인데, 이는 전자와 후자 중 택일하여 전자에서 출발하는 것이 아니라, 후자가 존재하지 않기 때문에 필수적으로 그리고 필연적으로 전자에서 다시 말해 감각의 세계에서 출발한다는 것을 의미한다. "순수 귀납적"이라는 표현은 따라서 "필수 귀납적"이라는 표현과 같은 것으로 "귀납적"이라는 표현 자체가 불필요한 표현이라고 할 수 있다. 왜냐하면 "귀납적"이라는 표현은 "연역적"이라는 표현을 전제하므로 오해의 가능성을 불러오기 때문이다. 일원론을 주장하는 실증주의는 외적

세계와 내적 세계, 양자 중에서 후자를 전혀 인정하지 않으므로 출발할 수 있
는 출발점은 필수적으로 그리고 필연적으로 전자, 즉 외적 세계가 된다는 말
이다. 다음에 극단적인 실증주의가 의미하는 "순수 객관적"이라는 표현 역시
불필요한 표현이다. 객관과 주관, 양자 중에서 실증주의는 전자만 인정하기
때문이다. 마지막으로 극단적인 실증주의가 의미하는 "순수 논리적"이라는
표현을 "필수적"이고 "필연적"이라는 표현으로 이해해야 한다. 하나 다음에
는 반드시 둘이 와야 하고, 셋이 와서는 절대로 안 되며, 셋 다음에는 넷이 와
야지 넷을 생략하고 다섯을 세는 일은 절대로 용납되지 않는다는 논리로, 그
것도 단 하나의 논리라고 할 수 있기 때문이다. 그럼에도 불구하고 외적 세
계와 내적 세계의 "통일"이라는 표현을 사용한다면, 이는 외적 세계와 내적
세계, 양자를 서로 동등한 세계로 보아 양자를 하나로 통합하는 의미로 "통
일"을 말하는 것이 아니라, 후자를 제거해 없애거나 아니면 후자를 전자 밑
으로 굴복시키는 의미로 "통일"을 말한다고 이해해야 한다. 극단적인 실증주
의를 자연과학과 동일한 것으로 본다면, 문학에서도 자연과학 자체가 지배
하거나, 아니면 문학을 자연과학 밑으로 굴복시킨다는 말이 된다.

　둘째로 제 방법론의 통일을 논할 차례다. 외적 세계와 내적 세계, 감각의
세계와 이념의 세계, 양자 중에서 후자를 인정하지 않는 극단적인 실증주의
의 입장에서 본다면, 귀납적, 객관적, 논리적이라는 수식어 자체가 불필요해
진다. 그러나 일원론을 주장하는 극단적인 실증주의와는 달리 이원론을 주
장하는 **정신과학**[43]의 입장에서 본다면 문제는 달라진다. 19세기 중반부터 강
력하게 대두되는 **자연과학**[44]과 자연과학적 방법론의 지배 하에서 자신을 방
어해야 하는 정신과학은 최소한 외적 세계와 내적 세계, 감각의 세계와 이

---

43) 정신과학(精神科學)
44) 자연과학(自然科學)

념의 세계, 양자 세계 사이의 통일이라는 조건을 받아들이고 감수하지 않으면 안 되었다. 이상 양자 사이의 통일을 받아들이고 감수한다는 사실은 후자의 세계, 즉 내적인 이념의 세계의 생존권은 최소한 보장된다는 사실을 의미하기 때문이다. 이원론을 생명으로 하는 정신과학의 입장에서 본다면, 정신과학이 받아들이고 감수한 외적 세계와 내적 세계, 감각의 세계와 이념의 세계, 양자 사이의 통일은 더욱 복합적인 양상을 띠게 된다. 외적인 감각의 세계를 눈에 보이는 눈앞의 세계라 하고, 내적인 이념의 세계를 눈에 보이지 않는 배후의 세계라고 한다면 그리고 이 양자 사이의 통일을 전과 후의 통일이라 한다면, 이번에는 좌와 우의 통일이 가능해진다는 것이 그 복합적인 양상이다. 좌와 우의 통일이란 자연과학에 속하는 모든 분야들이 하나의 법칙에 의해 통일되고, 정신과학에 속하는 모든 분야들이 역시 하나의 법칙에 의해 통일되며, 마지막으로 그 상위 개념들인 자연과학과 정신과학 자체들이 하나의 법칙에 의해 통일된다는 말이다. 여기서 언급된 "하나의 법칙"은 모두에게 동일한 "하나의 법칙"으로 일체의 모든 학술들이 "하나의 법칙"에 의해 통일된다는 말로, 이를 실증주의 철학은 제 학술의 "일원론적 구조"[45]라 부르고 현대철학은 시스템이라고 부른다. 일체의 모든 학술이 그것이 자연과학이든 정신과학이든 차이 없이, 또 자연과학 중에서도 그것이 물리학이든 생물학이든 차이 없이 그리고 정신과학 중에서도 그것이 문학이든 사회학이든 차이 없이, 일체의 모든 학술은 "하나의 법칙"에 의해, 그것도 "단 하나의 법칙"에 의해 통일되고, 움직이고 운영된다는 것이 "일원론적 구조"라는 말이다. "일원론적 구조"는 전과 후의 통일, 좌와 우의 통일, 합해서 전후좌우의 통일, 총체적 통일, 그것도 "단 하나의 법칙"에 의한 총체적 통일을 의미한다. 따라서 경험세계의 (감각세계의) 다양한 현상들은 모두 이 "단 하나의 법칙"이 다양하게 자기 모습을 나타내는 양상들에 불과하거나, 아니면 이

---

45) "일원론적 구조"(monistischer Aufbau)

"단 하나의 법칙"을 구성하는 요소들에 불과하다는 설명이다. 결국 일체의 모든 학술의 목표는 이 "단 하나의 법칙"을 찾아내는 일이라는 설명이다. 일원론을 원칙으로 하는 자연과학에 대해서는 이 "단 하나의 법칙"이라는 일원론적 구조는 당연한 사실이 되나, 이원론을 원칙으로 하는 정신과학에 대해서는, 19세기 중반부터 생존권의 위협을 받고 있는 정신과학에 대해서는 이 "단 하나의 법칙"이라는 일원론적 구조는 막대한 손실을, 막대한 양보를 강요하게 된다. 정신과학이 지불해야 하는 막대한 양보를 공식으로 표현한 다면 "자연과학 = 정신과학", "자연 = 정신"이라는 공식이 된다. 그리고 이는 정신과학을 자연과학의 일부로 보아 자연과학 밑으로 굴복시키거나, 아니면 정신과학 속으로 자연과학의 법칙을, 자연과학적 방법론을 도입함을 의미한다.

셋째로 작품과 생애[46]의 통일을 논할 차례다. 외적 세계와 내적 세계의 통일이라는 전과 후의 통일과 제 학술의 "일원론적 구조"라는 좌와 우의 통일, 합해서 전후좌우의 총체적 통일은 "단 하나의 법칙"을 마치 유일한 신과 같이 즉위시키는 결과를 가져왔다. 작가가 작품을 생산하고, 그 작품을 독자가 수용한다면, 수용자인 독자의 대상은 작품과 작가라고 할 수 있다. 자세히는 독자의 대상은 일차적으로는 작품이고, 이차적으로는 작가라고 해야 한다. 예를 들어 괴테가 "파우스트"를 생산했으며, 이 "파우스트"를 독자가 읽어 수용한다면, 수용자인 독자의 일차적인 대상은 "파우스트"이고, 이차적인 대상은 괴테가 된다는 말이다. 독자의 일차적인 대상인 작품과 이차적인 대상인 작가가, "파우스트"와 괴테가 모두 유일한 신과 같은 "단 하나의 법칙"의 지배 아래로 통합된다는 결과를 실증주의는 가져왔다. 그리고 "작품과 작가"라는 표현에서 작가는 작품을 생산해낸 생애를 대표하는 표현이므

---

46) 작품(作品 Werk)과 생애(生涯 Leben)

로, 다시 말해 괴테라는 생애가 "파우스트"를 생산했다는 관계가 되므로, "작품과 작가"라는 표현은 "작품과 생애"라는 표현과 동일한 표현이다. 따라서 작품과 생애가, "파우스트"와 괴테의 생애가 유일한 신과 같은 "단 하나의 법칙"의 지배 하로 통합된다는 말이 된다. 작품과 작가, 작품과 생애, 양자 중 어느 것을 연구의 대상으로 하더라도 결과는 같다는 말이 된다. "파우스트"를 대상으로 하나, 또 괴테의 생애를 대상으로 하나 목표는 "단 하나의 법칙"이기 때문이다. 이상의 작품과 생애의 통일은 그러나 문학의 방법론을 점진적으로 변혁하는 3가지 결과를 가져왔다. 그 3가지 결과 중 첫 번째는 수용해야 할 대상의 이중화 또는 상대화라 할 수 있다. 작품을 수용하든 또 작가의 생애를 수용하든 결과는 같으므로, 작품과 생애, 양자가 수용대상의 이중화라는 말이다. 또 작품은 고유한 영역을, 고유한 존재이유를 상실하므로 이중화는 상대화를 의미한다. 작품을 연구하는 작업을 문예학이라 하고, 생애를 연구하는 작업을 역사학, 심리학, 사회학, 교육학 등 여러 가지 학술들이라 한다면, 작품을 연구하는 문예학도 합법적이고, 생애를 연구하는 다른 제 학술들도 합법적이므로 문예학과 다른 제 학술들 사이의 차이가 없어진다는 말이다. 문예학과 다른 제 학술들 사이의 차이가 없어진다는 말은 문예학만이 가질 수 있는, 문예학만의 필연적인 존재이유가 상실되어 상대화된다는 말이다. 극단적인 실증주의가 가져온 변혁의 3가지 결과 중 두 번째는 작품과 생애, 양자 중 작품은 그의 고유한 존재이유를 상실하고 생애를 위한 도구로 전락하게 되었다는 사실이다. 작품을 이해하기 위하여 생애를 연구하는 것이 아니라, 반대로 생애를 이해하기 위하여 작품을 연구한다는 결과가 되었다. 다시 말해 괴테의 작품 "파우스트"를 이해하기 위하여 괴테의 생애를 연구하는 것이 아니라, 반대로 괴테의 생애를 이해하기 위하여 괴테의 작품 "파우스트"를 연구한다는 말이 된다. 이 두 번째 변혁의 의미는 작품과 생애라는 2개의 영역 사이의 위상의 전도를 의미한다. 주인인 작품과 노예인 생애 사이의 위상전도가 그 두 번째 의미다. 극단적인 실증주의가 가져온 변혁의 세 번째 의미는 문학의 방법론이 작품과 생애 중 후자 일변도로, 다시 말해 생애 일변도로 변혁됨을 말해준다. 작품의 고유한 영역이 (작품범주가) 수용대상의 이중화와 상대화에 의해서 필연적인 존재이유를 상실하고, 또 작품과 생애라는 주인과 노예 사이의 위상전도에 의해 작품은 생애를 위한 노예로 전락한 결과 생애 일변도라는 논리는 당연한 결론이다. 결론적으로 문학을 연구하고 수용하는 문학의 방법론은 괴테의 "파우스트"를 연구하는 것이 아니라, 괴테의 생애를 연구하는 것이라는 말이 되는데, 이를 전기학[47]이라고 한다.

일차적인 대상인 작품과 이차적인 대상인 생애 사이의 위상전도가, 주인과 노예 사이의 위상전도가 전기학이라면, 전기학은 수용방향의 전도를 의미한다. 생애에서 출발하여 작품에 도달하는 수용방향이 아니라, 반대로 작품에서 출발하여 생애에 도달하는 수용방향이 그 전도된 방향이 된다. 다시 말해 작가의 작품은 노예로 전락하고 작가의 생애만이 유일한 주인으로 연구와 수용의 대상이 된다는 말이다. 그럼에도 불구하고 실증주의 이론가들은 작품이라는 표현을 계속 사용하는데, 이때의 "작품"은 일차적인 대상인 작품을 의미하기보다는 이차적인 대상인 작가의 생애를 위한 구성요소를 의미한다는 데 주의해야 한다. 문학의 방법론은 따라서 작가의 "생애"를 어떻게 연구하고 수용해야 하는가의 문제를 해결해야 하는데, 작가의 생애를 "하나의 연장선"으로 보는 것이 실증주의적 방법론의 핵심이 된다. 극단적인 실증주의를 순수 귀납적, 순수 객관적, 순수 논리적이라고 규정했듯이, 작가의 생애를 의미하는 이 "하나의 연장선"은 순수 귀납적, 순수 객관적, 순수 논리적인 "하나의 연장선"이 되어야 한다. 작가의 생애를, 다시 말해 작가의

---

47) 전기학(傳記學 Biographismus)

생애사[48]를 귀납적, 객관적, 논리적으로 추적하여 구성하는 작업이 실증주의적 방법론이 된다는 말이다. 실제로 존재해 있는 "실증적" 사실에서 출발하여 객관적으로, 일체의 주관을 배제하고, 논리적으로 전후관계에 모순이 개입하지 못하도록 하여 "하나의 연장선"을 구성하는 작업이 실증주의적 방법론이라는 말이다. 이 순수 귀납적, 순수 객관적, 순수 논리적인 "하나의 연장선"은 기하학적 연장선과 동일한 연장선이 된다. 실증주의가 의미하는 이상의 기하학적 "연장선"에 대해 다음 3가지를 언급할 수 있다. 첫째 이 "연장선"은 귀납적이어야 하기 때문에 출발점은 이미 정해져 있으나 도달점은 정해져 있지 않아 미정이라 할 수 있다. 기하학에서 출발점 A만이 주어지고 도달점 O가 주어져 있지 않다면 A와 O 사이의 연장선은 무한한 연장선이 된다. 주어져 있는 출발점 A를 출발하여 주어져 있지 않은, 다시 말해 미정의 도달점 O의 위치를 찾아내는 작업이 실증주의적 방법론이 해결해야 하는 하나의 과제가 된다. 둘째로 주어져 있는 출발점 A와 미정의 도달점 O 사이의 연장선이 직선인지 아니면 곡선인지, 또 곡선이라면 어떤 모양의 곡선인지를 찾아내는 작업이 실증주의적 방법론이 해야 하는 또 하나의 과제가 된다. 셋째로 주어져 있는 출발점 A와 미정의 도달점 O 사이의 연장선은 기하학적인 연장선으로 주관이 제거된 객관적이고 논리적인 연장선이 된다. 출발점 A와 도달점 O 사이의 기하학적인 연장선은 외부의 간섭 없이 연장되는 연장선이지 나라는 주관이 임의적으로 연장하는 연장선은 아니라는 말이다. 따라서 출발점 A와 도달점 O 사이의 연장선은 자동적인 연장선이기 때문에, 실증주의적 방법론이 해야 하는 세 번째 과제는 그 자동적인 연장선에 의해 결여된 요소나 결여된 결론을 유추하고 추론하는 일이다. 결여된 부분은 기하학적인 연장선상에서 (그것이 직선이건 아니면 곡선이건 상관없이) 유추되고 추론되는 것이 기하학적인 연장선의 특징이기 때문이다. 작가

---

48) 생애사(生涯史)

의 생애사를 이상과 같이 주어져 있는 출발점 A와 미정의 도달점 O 사이의 "하나의 연장선"을 구성하는 작업에 비유한다면, 그 연장선 구성에 2가지 방법론이 생기게 되는데, 그 첫째는 **발전사적 방법론**이고 둘째는 **인과율적 방법론**이 된다.

4. 전기학

기정의 출발점 A와 미정의 도달점 O 사이의 연장선을 구성하는 데는 발전사적 방법론과 인과율적 방법론[49] 2가지 방법론이 있다고 했는데, 전자의 대표자는 이폴리트 텐[50]이고 후자의 대표자는 빌헬름 쉐러[51]이다. 실증주의적 방법론을 살펴보기 위해 이상의 두 이론가들을 집중적으로 논한다. 우선 발전사적 방법론을 의미하는 텐의 핵심적인 발언은 다음과 같다. "정신 혼자만이 작품의 창조자는 아니다. 완전히 조화된 원만한 인격자로서의 **전인**[52]이 작품을 탄생케 한다. 인간의 선천적인 천성, 후천적인 교육, 체험적인 생애, 정열, 미덕과 악덕 등 일체의 모든 것이, 그것도 과거와 현재를 포함하여 일체의 모든 것이, 전인을 형성하는 총체가, 아니면 총체적 전인이 작가의 정신을 결정짓고 작가의 작품을 만들어낸다. 그리고 역으로 그렇게 결정지어진 작가의 정신 속에는 그리고 그렇게 만들어진 작가의 작품 속에는 작가의 전인성[53]이 내재해 있다. 발작[54]을 이해하고 평가하기 위해서는 그의 정서와

---

49) 발전사적(genetisch) 방법론과 인과율적(kausal) 방법론
50) 텐(Hippolyte Taine 1828-1893)
51) 쉐러(Wilhelm Scherer 1841-1886)
52) 전인(全人)
53) 전인성(全人性)
54) 발작(Honoré de Balzac 1799-1850)

생애 등 일체의 모든 것을 이해해야 한다."[55] 발작의 작품을 이해하기 위해서가 아니라 발작을 이해하기 위해서라고 텐은 말하는데, 이는 발작의 "전인성"을 이해하기 위함이라는 뜻이다. "전인성"을 우리는 생애 또는 생애사와 같은 의미로 사용하며, 이 생애 또는 생애사를 다루는 학술을 전기학이라고 부르고 있다. 그리고 이 생애 또는 생애사를 출발점 A와 도달점 O 사이의 연장선이라고 하고 있다. 언급한 대로 기정의 출발점 A와 미정의 도달점 O 사이의 연장선을 구성하기 위하여 텐은 세 가지 요소를 언급한다. 선천적으로 타고난 천성인 유전적인 요소, 가정교육, 사회교육, 학교교육 등 후천적으로 습득한 교육적인 요소 그리고 태어나서 죽을 때까지 경험한 체험적인 요소가 그 세 가지 요소들이다. 독일어로 표현하면, 유전적인 요소는 "Ererbtes"이고 교육적인 요소는 "Erlerntes"이며 체험적인 요소는 "Erlebtes"이기 때문에 텐의 실증주의적 방법론을 "3E"의 방법론이라고도 부른다. 이상의 세 가지 요소가 해결되면 발작에 대한 이해가 보장된다고 텐은 생각하는데, 이 보장은 발작의 작품을 이해하기 위한 보장이 아니라 발작의 생애사라는 "연장선"을 이해하기 위한 보장이라고 보아야 한다.

다음에 인과율적 방법론의 대표자인 쉐러의 이론을 보기로 한다. "일원론적 구조"는 외적 세계와 내적 세계의 통일, 제 방법론의 통일, 생애와 작품의 통일 등 3통일을 의미했다. 이상의 3통일 중에서 문학의 방법론을 논할 때에는 자연히 생애와 작품의 통일이 테마가 된다. 쉐러 역시 생애와 작품의 통일을 테마로 하며, 이 "생애와 작품의 통일"이라는 실증주의적 대전제를 자연과학의 개념인 인과율[56]이라는 개념에 의해 설명하려 한다. 인과율이 역

---

55) Maren-Grisebach: Methoden der Literaturwissenschaft, S. 12

56) 인과율(因果律 Kausalität)

사를 연구하기 위한 기초범주[57]라고까지 말하면서 쉐러는 인과율이 가장 확실하고, 가장 정확하며, 가장 믿을 수 있는 방법론이라고 주장한다. 쉐러가 주장하는 인과율적인 방법론에 대해 다음 세 가지를 언급할 수 있다. 인과율은 첫째로 "**원인과 결과**"[58]라는 관계를 의미한다. 원인이 있으면 반드시 결과가 있고, 또 반대로 결과가 있으면 반드시 원인이 있다는 말이다. "원인과 결과"라는 인과율이 생애와 작품의 통일을 보장한다는 것은 당연하다. 왜냐하면 예를 들어 괴테의 생애가 있으니까 괴테의 작품 "파우스트"가 있으며, 또 반대도 그렇기 때문이다. "원인과 결과"라는 인과율은 또 과거의 작품과 현재의 작품을 연결해준다는 설명이다. 예를 들어 괴테의 "우어파우스트"[59]가 있었기 때문에, 그것이 발전되어 "파우스트"가 되었으며, 또 반대로 "파우스트"가 있다는 사실은 그의 원인인 "우어파우스트"가 있었다는 사실을 의미한다는 말이다. 다음에 "원인과 결과"라는 인과율은 작가가 살았던 사회와 작품을 연결해준다는 설명이다. 괴테가 살았던 사회가 괴테를 만들어냈으며, 그 괴테가 "파우스트"를 썼으므로, 괴테가 살았던 사회와 "파우스트"는 "원인과 결과"의 관계라는 주장이다. 마지막으로 "원인과 결과"라는 인과율은 작품과 관중을 연결해준다고 쉐러는 주장한다. "파우스트" 연극을 본 관중의 의식이 연극을 보기 전과는 다른 의식으로 변했다고 한다면, "파우스트" 연극과 변한 관중은 "원인과 결과"의 관계에 있다는 설명이다. 자연과학의 개념인 인과율은 둘째로 "**빈틈없는 사슬**"[60]을 의미한다. 정확하고 빈틈없는, 다시 말해 객관적이고 논리적으로 구성된 기하학적인 연장선 위에는 일체의 빈틈이 (일체의 실수나 과오가) 용납될 수 없다는 설명이다. 만약에 이

---

57) 기초범주(Grundkategorie)

58) "원인과 결과"(Ursache-Folge)

59) "우어파우스트"(Urfaust)

60) "빈틈없는 사슬"(lückenlose Kette)

빈틈없는 사슬에 빈틈이 생긴다면, 이는 자료수집이 불충분하기 때문이므로, 예를 들어 먼 과거의 중세문학을 연구할 때 자료수집이 완전할 수는 없으므로, 이때는 유추와 추론에 의해 그 빈틈을 제거해야 한다고 쉬러는 주장한다. "빈틈없는 사슬"인 기하학적인 연장선은 유추와 추론을 가능하게 하기 때문이다. 셋째로 인과율은 **숙명론**[61]을 의미한다. "원인과 결과"라는 냉정한 관계 속에, "빈틈없는 사슬"이라는 기계적인 연장선 속에 인간의 주관이 개입할 수 있는 가능성은 전무하다고 보아야 한다. 따라서 인간의 주관이 자기 의사대로 "원인과 결과"라는 그리고 "빈틈없는 사슬"이라는 냉정하고 기계적인 연장선을 움직이는 것이 아니라, 반대로 그 냉정하고 기계적인 연장선이 인간을 움직인다고 보아야 한다. 인간의 숙명은 냉정하고 기계적인 연장선이라는 메커니즘에 의해 이미 결정되었거나 아니면 그 메커니즘 자체라고 보는 것이 실증주의적 방법론이다. 냉정하고 기계적인 연장선을 인간역사라고 한다면, 인간의 역사는 인간의 의지와는 관계없이 자기운동을 하는 메커니즘이라는 이론이 실증주의적 이론이다.

발전사적 방법론의 대표자인 텐의 이론과 인과율적 방법론의 대표자인 쉬러의 이론을 설명했다. 실증주의적 방법론을 종합적으로 구체화하여 실증주의적 방법론에 대한 비판과 함께 논문을 종결하기로 한다. 전기학을 우리는 기정의 출발점 A와 미정의 도달점 O 사이의 "연장선"이라고 하고, 실증주의적 방법론이 해결해야 하는 과제는 미정의 도달점 O를 찾아내는 일과 A와 O 사이의 연장선의 모양을 구성하는 일 그리고 A와 O 사이의 연장선상에서 결여된 요소나 결여된 결론을 유추하고 추론하는 일이라고 했다. 이상 실증주의적 방법론의 3가지 과제 중에서 첫 번째 과제인 미정의 도달점 O는 실증주의가 주장하는 "**보편적 법칙**"을 의미한다. 여기서 다시 초기 극단적인

---

61) 숙명론(宿命論 Determinismus)

실증주의와 후기 신실증주의를 비교한다면, "보편적 법칙"은 극단적인 실증주의에 대해서는 도달점이 되지만 신실증주의에 대해서는 출발점이 된다는 것이 양자 사이의 차이점이었다. 신실증주의는 이 "보편적 법칙"을 이론 또는 가설이라고 부른다는 말을 했다. 따라서 "기정"과 "미정" 사이의 관계가 전도되는 것이 양자 사이의 차이점이라고 할 수 있다. 신실증주의는 이론 또는 가설을 미리 상정하고 이 미리 상정된 이론 또는 가설을 어느 현실의 데이터에 적용할 것인가를 다음에 생각한다고 할 수 있기 때문이다. 그러나 극단적인 실증주의와 신실증주의 사이의 공통점은 양자가 모두 "보편적 법칙"을 감관의 세계, 경험의 세계에서 찾는다는 사실이다. 극단적인 실증주의도 그리고 신실증주의도 실제로 볼 수 있고, 실제로 들을 수 있고, 실제로 만질 수 있는 실증적인 요소들만, 다시 말해 인간의 5감관이라는 필터를 통해 들어오는 요소들만 다룬다는 원칙을 언급했다. 따라서 극단적인 실증주의가 말하는 "보편적 법칙"도 또 신실증주의가 말하는 "이론" 또는 "가설"도 5감관의 세계에서만, 다시 말해 경험세계에서만 적용된다. 따라서 극단적인 실증주의가 말하는 "보편적 법칙"도 그리고 신실증주의가 말하는 이론 또는 가설도 경험세계를 초월하는 형이상학적 개념은 절대로 아니라는 사실이다. 극단적인 실증주의와 신실증주의 사이의 또 하나의 공통점은 그것이 귀납적으로 현실의 데이터에서 출발하든 아니면 연역적으로 "보편적 법칙"에서 출발하든 상관없이 양자가 모두 출발점 A와 도달점 O 사이의 연장선은 "하나"라고 보는 사실이다. "하나의 연장선"으로 본다는 말은 인간과 인간역사를 일원론적으로, 일차원적으로 본다는 말이다. 종합하여 경험론적이고 일차원적인 극단적인 실증주의와 신실증주의는 현대사회의 물질문명을 지배하고 있는 철학이라고 할 수 있다. 다음에 실증주의적 방법론의 두 번째 과제인 출발점 A와 도달점 O 사이의 연장선의 모양을 구성하는 일은 기하학의 그래프를 그리는 일에 비유할 수 있다. 예를 들어 쉐러는 소위 독일문학의 전성시대론[62]을 주장하는데, 독일문학이 움직이는 모양은 600년 단위로 600년, 1200년, 1800년이 최고점이고, 300년, 900년, 1500년이 최하점이 된다는 기하학적 그래프를 주장한다. 쉐러의 그래프를 따르자면 다음 독일문학의 전성기는 (최고점은) 2400년이 되고, 최저점은 2100년이 된다는 논리가 된다. 쉐러가 주장하는 전성시대론을 나타내는 이상의 그래프는 그의 인과율을 정확하게 보여주는 그래프다. 쉐러의 그래프는 "원인과 결과"라는 그리고 "빈틈없는 사슬"이라는 냉정하고 기계적인 연장선을 나타내며, 숙명론을 나타내는 연장선이다. 1800년이라는 최고점은 2100년이라는 최하점의 원인이며, 또 2100년의 최하점은 1800년이라는 최고점의 결과이며 그리고 1800년, 2100년, 2400년 등 최고점들과 최저점들을 일정한 폭과 일정한 높이로 그리고 일정한 속도로 통과하는 그래프의 연장선은 하나의 "빈틈없는 사슬"을 형성하여, 예를 들어 최저점인 2100년에 태어난 작가는 절대로 위대한 작가가 될 수 없다는 숙명을 가지고 태어난다는 설명이 된다. 실증주의적 방법론의 세 번째 과제인 결여된 요소나 결여된 결론을 유추하고 추론하는 일은 이미 언급되었다. 600년 전의 최고점은 0년이 된다고 유추되고, 1800년 다음의 최고점은 2400년이 된다고 추론된다. 이상의 유추와 추론이 시간적이기 때문에 이를 수직적이라 한다면, 그 외에 수평적인 유추와 추론도 있다는 것이 쉐러의 의견이다. 쉐러는 이 수평적인 유추와 추론을 상호조명[63]이라 부르며, 작가와 작가, 작품과 작품, 작품과 독자 사이의 상호영향을 유추하고 추론하는 데 적용한다. 실증주의적 방법론의 3가지 특성, 즉 일원론적이고 일차원적인 특성, 기하학의 그래프 특성, 수직적인 유추와 추론 그리고 수평적인 상호조명 등을 쉐러의 실증주의적 방법론이라 한다면, 모든 실증주의자

---

62) 전성시대론(Blütezeit-Theorie)

63) Hauff, Jürgen u. a.: Methodendiskussion, Bd. 1, S. 42
상호조명(wechselseitige Erhellung)

들이 이상의 쉐러의 방법론을 따르는 것은 아니지만, 이상의 쉐러의 방법론은 19세기 후반부터 대두되는 실증주의적 방법론의 모범 내지는 모델이 된다는 것이 이론가들의 의견이다.

실증주의적 방법론이 해결해야 하는 과제를 "보편적 법칙"을 찾아내는 일, 출발점과 도달점 사이를 연결하는 "단 하나의 연장선"의 모양을 구성하는 일, 마지막으로 그 연장선상에서 결여된 요소나 결여된 결론을 "유추하고 추론"하는 일이라고 했다. 실증주의적 방법론이 해결해야 하는 이상의 3개의 과제는 사실은 3개의 과제가 아니라 "하나의 과제", 즉 하나의 그래프를 그리는 일과 같다. "하나의 연장선"을 보여주는 기하학적인 그래프에서 도달점 O는 스스로 나타날 것이며, 그 연장선의 굴곡모양 역시 자동적으로 구성될 것이고, 결여된 요소나 결여된 결론 역시 필연적으로 유추되고 추론될 것이기 때문이다. 다시 말해 하나의 기하학적 그래프에 의해 실증주의적 방법론의 3개의 과제는 모두 해결된다는 말이다. "하나의 연장선"으로 되어 있는 하나의 그래프를 구성하는 일이 실증주의적 방법론이라 한다면, 실증주의적 방법론은 언급한 대로 일원론적이고 일차원적인 철학이라고, 아니면 철학의 영역을 벗어나는 자연과학 자체라고 할 수 있다. 그리고 자연과학 중에서도 가장 정확한 학술인 기하학 자체라고 할 수 있다. 일체의 거짓말을 할 수 없고, 일체의 주관을 배제하며, 순수한 논리, 즉 자기논리에 의해 운영되는 학술이 기하학이라고 할 수 있다. 실증주의가 말하는 순수 귀납적, 순수 객관적, 순수 논리적이라는 개념들을 대표하는 표현이 기하학이라고 할 수 있다. 순수 기하학과 같은 극단적인 방법론이 19세기 중반부터 대두되는 다양한 실증주의적 방법론들의 모범과 모델이 된다고 보아야 한다. 그러나 이상의 순수 기하학적인 방법론은 모범과 모델에 불과하고 현실은 그 모범과 모델과는 일치하지 않는다는 말이다. 이 모범과 모델로서의 순수 기하학적 방법론에 대해 3가지를 언급할 수 있다. 첫째로 이 순수 기하학적 방법론은 "영혼이 결여된 형식주의"[64]라는 비판이다. "영혼이 내재된 형식주의"가 헤겔[65] 철학의 목적론을 비유하는 표현이라면 "영혼이 결여된 형식주의"라는 표현은 실증주의가 헤겔의 이상주의 철학인 목적론을 한편으로는 부인하면서도 다른 한편으로는 긍정하는 것이 아니냐 하는 비판이다. 이 비판은 일체의 주관을 배제하는, 일체의 영혼과 이상을 배재하는 극단적인 실증주의에 대한 당연한 비판이다. 그리고 이 "영혼이 결여된 형식주의"는 후에 문학사에 등장하는 자연주의, 형식주의, 구조주의 등의 탄생을 위한 발판이 된다. 둘째로 극단적인 실증주의의 대표자들이었던 텐과 쉐러 자신들도 이상의 순수 기하학적 방법론과는 거리가 있다는 사실이다. 텐은 정신이라는 개념을 사용함으로 인해 정신이 (주관이) 완전히 제거된 순수 기하학적 방법론이라는 자신의 이론은 모순을 드러내며 그리고 헤르더[66]의 역사적 방법론과 순수 기하학적 방법론을 양극으로 본다면, 텐의 방법론은 전자에 기우는 방법론이라고 보아야 한다. 유전적인 요소, 교육적인 요소, 체험적인 요소들은 모두 인간의 주관을 제거하기보다는 오히려 반대로 수거하는 (모으는) 요소들이라 보아야 하기 때문이다. 다음에 바로 이 순수 기하학적 방법론에 반발하여 정신과학의 독립을 주장했던 딜타이[67]와 우정관계를 가지고 있었던 쉐러의 방법론 역시 순수 기하학적 방법론이라는 모범과 모델과는 일치하지 않는다는 것이 이론가들의 의견이다. 수직적이고 그리고 수평적인 유추와 추론을 언급했는데, 기존의 데이터에서 출발하여 결여되어 있는 요소와 결론을 유추하고 추론하는 것이, 달리 표현하여 존재해 있지 않은 데이터를 유

---

64) "영혼이 결여된 형식주의"(seelenloser Formalismus)

65) 헤겔(Georg Wilhelm Friedrich Hegel 1770-1831)

66) 헤르더(Johann Gottfried Herder 1744-1803)

67) 딜타이(Wilhelm Dilthey 1833-1911)

추하고 추론하는 것이 사실은 실증주의적이 아니라 반실증주의적이라는 비판이다. 왜냐하면 순수 기하학적 그래프에 의해 유추되고 추론된 데이터는 그 데이터를 탄생시킨 역사적 조건들이 결여되어 추상성을 면할 수 없기 때문이다. 역사적 조건들이 결여된 추상성은, 다시 말해 실제로 존재했던 경험의 조건들이 결여된 추상성은 바로 경험세계만을 유일한 세계로 인정하는 실증주의에게는 자기모순이 되기 때문이다. 그리고 경험의 요소들이 결여된 추상성은 실증주의가 부정해야 하는 추상성이며, 따라서 형이상학의 본질과 비슷한 성격을 나타내기 때문이다. 순수 기하학적인 방법론을 문예학에 적용하는 데는 한계성이 있음을 나타낸다. 마지막 셋째로 순수 기하학적인 방법론인 극단적인 실증주의적 방법론에 대한 종합적 평가는 다음과 같다. 현대의 실증주의 창시자 꽁트[68]는 소위 "3단계 **법칙**"[69]을 주장하여 인간의 모든 인식과 학술은 3개의 단계를 거쳐 발전한다고 말한다. 신학적 허구적 단계, 형이상학적 추상적 단계, 학술적 실증적 단계가[70] 그 3개의 단계이다. 달리 표현하면 인간역사는 이상의 3개의 단계를 거쳐왔고 그리고 인간 정신은 대상을 탐구하는 데 이상의 3개의 단계를 항상 적용한다는 것이 꽁트의 주장이다. 인간 정신이 적용하는 3개의 단계를 요약해서 꽁트는 신학적 방법론, 형이상학적 방법론, 실증적 방법론이라고 부른다. 그리고 꽁트는 이상의 3개의 단계, 3개의 방법론을 인간의 성장단계에 적용하여, 인간은 유년 시에는 신학자이고, 청년 시에는 형이상학자이며, 장년 시에는 물리학자라고 말한다. 꽁트에 의하면 따라서 학술적 실증적 단계가 마지막 단계이며, 실증적 방법론이 최선의 방법론이 되고, 물리학이 최고의 학술이라

---

68) 꽁트(Auguste Comte 1798-1857)

69) "3단계 법칙"(Dreistadiengesetz)

70) 신학적 허구적(theologisch und fiktiv) 단계
   형이상학적 추상적(metaphysisch und abstrakt) 단계
   학술적 실증적(wissenschaftlich und positiv) 단계

는 논리가 된다. 과학주의에 대한 비판, 순수 기하학적 내지는 순수 물리학적 사고방식에 대한 비판이 높아지는 20세기말부터의 사회를 초현대 사회라고 한다. 20세기말부터 시작하는 초현대 사회에는 과학적으로 예측할 수 없는 일들이, 순수 기하학적 그래프로는 유추하고 추론할 수 없는 일들이 일어난다는 것이 소위 "초현대"[71] 논쟁의 테마이다. 다시 말해 우리가 살고 있는 20세기 말에서 21세기 초에 이르는 세계에서는 순수 기하학적 내지는 순수 물리학적 사고방식에 대한 해체작업이 시작되었다는 것이 "초현대"를 주장하는 이론가들의 주장이다. 꽁트가 말하는 마지막 단계이고 최고의 단계인 학술적 실증적 단계가 진정으로 마지막 단계이고 최고의 단계인지, 아니면 새로운 단계를 위한 전 단계에 지나지 않는지 하는 문제는 철학이 해결해야 할 과제로 남는다.

---

71) "초현대"(Postmoderne)

형식주의 문예론

1. 서론

철학사전에 의하면 **형식주의**[1]는 어떤 사물의 본질을 이루는 것은 바로 그 사물의 **형식**이라고 생각하며, 따라서 형식만을 과대평가하고 **내용**[2]은 소홀히 하거나 아니면 제거해버리려는 이론을 의미한다.[3] 그리고 형식주의는 "**구체적 비합리성**"이 아니라 "**개념적 합리성**"[4]을 주장하는 이론이라고 철학사전은 규정하고 있다. 형식주의가 비판하는 구체적 비합리성과 비호하려는 개념적 합리성, 양자의 개념은 난해한 개념이나 분명한 것은 후자의 개념은 전자의 개념에 대한 반발로 태어난 개념이다. 다시 말해 "구체적 비합리성"을 뒤집어놓은 표현이 "개념적 합리성"이라 보아야 한다. 전자의 개념 구체적 비합리성은 19세기말에 유럽에 유행했던 **상징주의**[5]를 의미한다. 그리고

---

1) 형식주의(Formalismus)

2) 형식(Form)과 내용(Inhalt)

3) vgl. Schischkoff, Georgi(Hrsg.): Philosophisches Wörterbuch, Stuttgart 1978, S. 191

4) "구체적 비합리성"(das Konkret-Anschaulich-Irrationale)
   "개념적 합리성"(das Begrifflich-Rationale)

5) 상징주의(象徵主義 Symbolismus)

유럽의 상징주의는 역시 19세기말에 등장한 **자연주의**[6]에 대한 반발에서 태어났다. 그리고 자연주의는 자연과학적인 정확한 인식을 토대로 하며 일체의 형이상학을 부정하려는 **실증주의**[7]의 소산이었다. 실증주의의 소산인 자연주의에 반발하여 1886년 최초로 "상징주의 선언"을 한 사람은 프랑스 작가 모레아[8]이었다. 모레아가 생각했던 상징주의에 의해 예술을 정의하자면 다음과 같다. 예술은 인간에게 어떤 교훈을 전달해줄 필요가 없다. 예술은 시시한 시 낭독이나 진부한 감성유발 등을 해서는 안 된다. 어떤 대상을 객관적으로 묘사하는 일은 예술의 과제가 아니다.[9] 모레아는 상징주의를 그리고 예술을 미학적이 아니라 철학적으로 생각하고 있다. 상징주의적 예술의 본질이라는 모레아의 명제 속에는 플라톤의 **이데아설**[10]과 같은 것이 내재해 있다고 해설가들은 해설한다. 모레아는 형식이 **이데아**[11]가 입고 가상화하는 옷이라고 생각했으며, 이 형식이라는 옷 없이는 이데아는 눈으로 볼 수 없고 귀로 들을 수 없는 귀신과 같은 존재이기 때문에 없는 것과 같은 신세가 되는 관계라고 해설가들은 모레아의 상징주의를 설명한다. 그러나 형식이라는 옷은 이데아를 단지 대표하고 대리는 할 수 있으나 이데아 자체는 아니며, 따라서 형식이라는 옷은 **자기목적**[12]은 될 수 없다고 해설가들은 해설한다.[13] 19세기말에 유행했던 상징주의는 모레아의 상징주의 선언에 내재해

---

6) 자연주의(自然主義 Naturalismus)

7) 실증주의(實證主義 Positivismus)

8) 모레아(Jean Moréas 1856-1910)

9) vgl. Kohlschmidt, W. u. Mohr, W.: Reallexikon der deutschen Literaturgeschichte, Berlin. New York 1982, Bd. 4, S. 334

10) 이데아설(Ideenlehre)

11) 이데아(Idea Idee 理念)

12) 자기목적(Selbstzweck)

13) vgl. Kohlschmidt, W. u. Mohr, W.: Reallexikon der deutschen Literaturgeschichte, Berlin. New York 1982, Bd. 4, S. 334, 335

있는 것과 같이 형식을 이데아가 입고 가상화하는 옷이라고 생각함에 의해 이데아가 일차적이고 형식은 이차적이라고 생각했다. 따라서 상징주의는 형식과 이데아 사이의, 형식과 내용 사이의 논쟁을 불러일으키는 결과를 가져왔다. 구체적인 비합리성을 비판하고 개념적인 합리성을 비호하려는 형식주의의 반발은 내용을 일차적인 것으로 그리고 형식을 이차적인 것으로 생각하는 상징주의에 대한 반발이었다.

구체적인 비합리성을 의미하는 상징주의를 비판하고 개념적인 합리성을 비호하기 위해서 1915년을 전후하여 젊은 학자들이 등장하는데, 이들이 최초의 형식주의자들이었다. 상크트 페테스부르크 대학의 교수들인 이 젊은 학자들에는 쉬클로브스키, 아이헨바움, 티냐노프, 야콥손 등[14]이 속해 있다. 이들은 모두 문학 이론가 또는 어학 이론가들로서 후에 프라그 학파, 뉴크리티시슴, 구조주의 등[15]에 지대한 영향을 행사한다. 특히 야콥손은 러시아 형식주의의 대표적 이론가로서 후에 미국으로 이주해 **구조주의 언어학**[16]의 선구자가 된다. 그리고 이들 젊은 학자들이 선도한 러시아의 형식주의는 1915년을 전후하여 시작해서 전성기를 맞이하다가 1928년에 마르크스주의자들의 공격에 의해 종말에 도달하게 된다. 러시아의 형식주의는 1928년에 종말에 도달했으나,[17] 그러나 야콥손이 주도한 구조주의 언어학 그리고 1917년부터 모스크바 형식주의자들에게 알려지기 시작한 소쉬르[18]의 이론은 구조

---

14) 쉬클로브스키(Viktor Šklovskij 1893-1984)
   아이헨바움(Boris Eichenbaum 1886-1959)
   티냐노프(Juri Tynjanov 1894-1943)
   야콥손(Roman Jakobson 1896-1982)

15) 프라그 학파(Prager Schule), 뉴크리티시슴(New Criticism), 구조주의(Strukturalismus)

16) 구조주의 언어학(strukturale Linguistik)

17) vgl. Ritter, Joachim: Historisches Wörterbuch der Philosophie, Bd. 2, Basel/Stuttgart 1972, S. 970

18) 소쉬르(Ferdinand de Saussure 1857-1913)

주의라는 이름으로 오늘의 문학이론과 예술이론의 중요한 테마를 형성하고 있다. 1915년을 전후하여 발생한 러시아의 형식주의를 확장하여 극단화시킨 것이 오늘의 구조주의라고 할 수 있을 정도로 형식주의는 오늘까지 지속하며 중요한 테마를 형성하고 있다고 보아야 한다. 독일문학과 독일 문예학이 형식주의에 관심을 갖게 되는 시기는 1964년 에르리히[19]의 책 『러시아 형식주의』[20]가 출간된 해로 문학사가들은 보고 있다. 2차 대전 후 폐허에서 시작하는 독일문학과 독일 문예학은 과거 전통이론을 상실했으므로 자신의 존재이유를 증명하기 위해 어떠한 새로운 이론에라도 관심을 가지고 의지하려 했기 때문이다.

19세기말에 유행했던 상징주의는 형식과 이데아 사이의, 형식과 내용 사이의 논쟁을 불러일으키는 결과를 가져왔고, 또 이 상징주의를 비판하려는 러시아의 형식주의는 개념적 합리성을 비호했다는 말을 했다. 이데아는 내용을 의미하기 때문에 표현을 통일하여, 형식과 내용 사이의 논쟁은 유럽 철학의 시초부터, 플라톤 철학부터 존재해온 문제로 해결될 수 없는 문제로 보아야 한다. 단지 시대에 따라 또 각 이론가에 따라 형식과 내용, 양자 중 어느 한편에 비중을 달리해온 것이 차이점이다. 내용이 일차적이고 형식이 이차적이라고 생각하는 상징주의에 반기를 드는 형식주의는 반대로 형식이 일차적이고 내용이 이차적이라고 생각하는 것은 당연하다. 그러나 형식주의가 내용을 이차적이라고 생각한다는 표현은 애매한 표현이므로 표현을 달리하여, 형식주의는 내용을 완전히 제거하려 한다는 표현이 옳다. 형식주의는 내용 자체를 형식의 일부분으로, 형식을 구성하는 하나의 요소로, 그것도 형식을 구성하는 여러 요소들 중 단지 하나의 요소로 본다고 생각해야 한

---

19) 에르리히(Viktor Erlich)

20) 『러시아 형식주의 Der russische Formalismus』

다. 다음에 형식주의가 주장하는 "**개념적 합리성**"이라는 표현을 설명하자면 다음과 같다. 형식주의는 예술작품을 기술과 묘술에 의해서 만들어진 작품이라고 생각하고 일체의 사회학적 그리고 이데올로기적 요소들을 불필요한 요소들이라고 생각하여 제거하려는 이론이다. 기술과 묘술[21]에 의하여 인위적으로 만들어진 작품이 예술작품이라면, 예술작품 속에는 인위성과 비인위성, 다시 말해 인위성과 내재성, 양자가 내포되어 있다고 보아야 한다. 개념적 합리성이라는 표현은 **아포리**[22]를 나타내는 표현으로 개념은 내재성을 나타내고 합리성은 인위성을 나타낸다고 이해해야 한다. 예술작품에 대해 개념을 형성하기 위해서는 그 개념형성 작업은 예술작품 내에서 이루어져야 하므로 개념은 내재성을 의미하고, 또 예술작품을 형성하기 위해서는 외부로부터, 다시 말해 인위적으로 합리적인 기술과 묘술을 도입해야 하므로 이때의 기술과 묘술이 가져야 하는 합리성은 인위적이라는 설명이다. 내재성과 인위성을 동시에 추구하려는 것이 형식주의. 형식주의는 내재성과 인위성을, 작품과 묘술을, 예술과 기술을, 양자 모두를 추구하려 한다고 보아야 한다. 작품과 묘술, 예술과 기술이라는 형식주의에 내포되어 있는 아포리의 문제를 해결하기 위하여 형식의 개념을 규정하고, 형식주의의 윤곽을 분명하게 드러내기 위해 형식주의와 실증주의를 비교하는 것이 순서가 된다.

2. 형식의 개념

형식주의자들이 생각하는 **형식**[23]이라는 개념에 접근하기 위해서는 3가지 단계에 의해 접근하는 것이 효과적이다. 러시아 형식주의자들은 형식과 내

---

21) 기술(技術 Technik)과 묘술(妙術 Kunstgriff)
22) 아포리(Aporie 자가당착)
23) 형식(Form)

용, 양자 중에서 내용을 아예 제거하려 한다는 말을 했듯이 첫째 단계는 형식의 독재라고 할 수 있다. 전통미학에 의하면 예술작품은 형식과 내용, 양자로 되어 있으므로 형식과 내용 중 후자를 제거하고 나면 예술작품은 형식이고, 형식이 예술작품이라는 형식주의적 예술정의가 된다. 다음에 역시 내용[24]을 제거하고 나면 예술작품을 구성하는 요소들은 자료[25]들 이외에는 아무것도 없다고 할 수 있다. 예를 들어 "모나리자의 미소"라는 예술작품은 내용을 제거하고 나면 선, 색깔, 화폭을 형성하는 종이 혹은 천, 액자를 형성하는 나무 등 자연 그대로의 자료들 이외에는 아무것도 없다는 말이다. 형식주의자들은 그러나 이상의 자연 그대로의 자료들만 열거하면서 예술작품을 정의하는 것이 아니라, 그 자연 그대로의 자료들 사이에서 일어나는, 아니면 그 자연 그대로의 자료들을 하나로 묶어주는 통일성[26]을 형식이라고 보기 때문에 둘째 단계는 바로 이 통일성에 대한 설명이 되어야 한다. 이 통일성을 쉬클로브스키는 소외현상[27]이라고 부르기 때문에 우리도 같은 표현을 사용하기로 한다. 그리고 마지막으로 자연 그대로의 자료들 사이에서 일어나는 통일성을 의미하는 소외현상은 순간적이며 항상 변하고 있는 현상이기 때문에 이에 접근하여 이를 포착하기 위해서는 수학이나 물리학의 공식과 같은 하나의 시스템이 필요하다. 시스템에 대한 설명이 형식이라는 개념에 접근하기 위한 셋째 단계가 된다.

형식의 개념에 접근하기 위한 첫째 단계인 형식의 독재를 논해본다. 형식과 내용의 문제는 유럽의 고대철학부터 현대철학에 이르기까지 철학 자체에

---

24) 내용(Inhalt)

25) 자료(資料 Material)

26) 통일성(Einheit)

27) 소외현상(疏外現象 Verfremdung)

내재한 문제로 해결 불가능한 문제라는 내용을 언급했다. 독일철학에서는 형식과 내용의 문제가 독일철학의 원조라고 할 수 있는 칸트 철학에서 제기된다. 쉘러[28]는 칸트의 윤리학을 형식적이라고 비판하면서 자신의 **자료 가치 윤리학**[29]을 주장한 철학 교수였다. 형식과 내용이라는 표현을 피하고 **형식과 자료**라는 표현을 사용하여, 형식과 자료, 양자 중에 윤리학은 칸트의 윤리학처럼 형식적이 되어서는 안 되고 자료적 윤리학이 되어야 한다는 것이 쉘러의 주장이었다. 쉘러가 의미하는 형식과 자료의 관계를 보자면 다음과 같다. 쉘러가 칸트의 윤리학이 형식적이라고 비판하는 이유는 칸트 철학의 본질을 형성하는 **선험주의**[30] 때문이다. 칸트 철학의 선험주의는 윤리학에서 소위 **지상명령**[31]으로 표현된다. 인간이 어떻게 행동하는 것이 옳은 행동이냐고 묻는다면, 마치 만인이 (한 사람도 예외 없이 모든 사람이) 행동하는 것처럼 너도 그렇게 행동하라는 명령이 지상명령이다. 그러나 만인이 한 사람도 예외 없이 동일하게 행동한다는 사실은 현실적으로는 불가능하며, 그러한 가능성의 상정까지도 불가능한 상정이라 할 수 있다. 그러나 만인이 (한 사람도 예외 없이) 동일하게 행동한다는 사실이 존재한다고 절대적으로 믿고, 다시 말해 지상명령이 존재한다고 절대적으로 믿고 또 그 지상명령이 증명되었다고 절대적으로 믿고 너도 그렇게 행동하는 것이 너에게도 유리하고 인간사회에도 유리하다는 것이 칸트 철학의 선험주의이다. 이상의 내용을 달리 표현하면 다음과 같다. 만인이 한 사람도 예외 없이 따르는 지상명령이 마치 실제로 존재하는 것처럼 가상하고, 그 가상된 지상명령에 따르는 것이 올바른 행동이라는 말이 된다. 이 가상된 지상명령이 칸트의 선험주의를 나

---

28) 쉘러(Max Scheler 1874-1928)

29) 자료 가치윤리학(materiale Wertethik)

30) 선험주의(先驗主義 Apriorismus)

31) 지상명령(kategorischer Imperativ)

타낸다. 예를 들어 로마의 독재자 네로는 자기의 친어머니와 성교를 했다는 역사적 사실이 있다. 칸트의 지상명령에 의하면 만인은 (한 사람도 예외 없이) 친어머니와 성교를 안 하니 따라서 너도 해서는 안 된다는 것이 된다. 그러나 이 지상명령은 가능하지도 못하며 증명할 수도 없는 지상명령, 따라서 지상명령이 아닌 지상명령이다. 네로가 이미 친어머니와 성교를 했으며 또 친어머니와의 성교가 인간사회에서 전혀 존재하지 않는다고 증명할 수 없기 때문이다. 그럼에도 불구하고 만인은 한 사람도 예외 없이 친어머니와 성교를 하지 않으니 너도 해서는 안 된다는 지상명령을 절대적으로 믿고 따르는 것이 너에게 그리고 인간사회에 유리하다는 것이 칸트의 선험주의이다. 다시 말해 만인은 친어머니와 성교를 안 하니 너도 해서는 안 된다는 지상명령을 가상하고, 이 가상을 너도 따르라는 것이 칸트의 선험주의이다. 여기서 쉘러가 비판하는 것은 가상된 지상명령, 선험주의의 가상성이다. 선험주의의 가상성은 실제로 실재하는 **자료**와는 전혀 관계없는 형식에 불과하다는 것이 쉘러의 비판이다. 그리고 윤리학은 존재해 있지 않은 가상에 기반을 둘 것이 아니라, 다시 말해 형식에 기반을 둘 것이 아니라 실제로 존재하는 자연 그대로의 자료에 기반을 두어야 한다는 것이 쉘러의 주장이다. 칸트 철학의 선험주의와 관련하여 쉘러가 형식을 비판하는 이유는 형식이 경험세계인 자연 그대로의 자료를 초월하여, 자연 그대로의 자료 배후에, 아니면 외부에 위치한다고 보기 때문이다.

형식의 독재를 설명하기 위해 "형식과 내용"이라는 쌍개념을 언급했고, 칸트의 형식주의에 대한 쉘러의 비판을 논하면서 "형식과 **자료**"라는 쌍개념을 언급했다. 2개의 쌍개념에 들어 있는 "내용"과 "자료"라는 개념들은 예술과 철학에서, 미학과 철학에서 혼동되어 사용되고 있는 것이 사실이다. 양자 쌍개념 사이를 구분하기 위한 시도를 다음과 같이 해본다. 첫째로 "형식과 내용"이라는 쌍개념은 예술적인 개념이고, "형식과 자료"라는 쌍개념은 철학적인 개념이라 할 수 있다. 칸트 미학과 헤겔 미학 이래로 형식과 내용의 조화가, 형식과 이데아[32]의 조화가 미[33]라는 공식은 독일미학의 근본으로 되어 있다. 다음에 "형식과 자료"라는 쌍개념은 현대에 와서 물질주의[34] 또는 유물론이 등장한 후 의미가 부여된 개념이라 보아야 한다. 물질주의 또는 유물론이 예술을 전혀 도외시하는 것은 아니지만, 형식과 자료, 유심과 유물, 양자 중에서 후자를 상위에 그리고 전자를 하위에 위치시키는 것이 물질주의이고 유물론이다. 생심견물이라는 표현이 유심론의 표현이라면, 반대로 견물생심[35]이라는 표현은 물질주의 또는 유물론의 표현이다. 마음이 먼저 있어야 비로소 다음에 물건이 보인다는 표현이 형식주의적이고 유심론적인 표현이라면, 반대로 물건이 먼저 있어서 눈에 보이면 비로소 다음에 마음이 생긴다는 표현은 물질주의적이고 유물론적인 표현이다. "형식과 내용"이라는 쌍개념이 예술적이고 유심론적이라 한다면, "형식과 자료"라는 쌍개념은 반대로 철학적이고 유물론적이라고 보아야 한다. 둘째로 "형식과 내용"이라는 예술적 쌍개념은 형식을 이데아가 입고 가상화하는 옷이라는 말을 했듯이, 내용물을 넣는 그릇이라고 생각한다. "형식과 자료"라는 쌍개념은 반대로 자료가 형식을 넣는 그릇이라고 생각한다. 이유는 형식주의자들은 (하나의 예술작품을 구성하고 있는) 여러 가지 자료들 사이에서 아니면 여러 가지 자료들 내에서 순간적으로 발생하는 통일성을 형식으로 보기 때문이다. 종합하여 셋째로 "형식과 내용"이라는 쌍개념에서는 형식이 내용을 자체 내에 포함하고 있다면, "형식과 자료"라는 쌍개념에서는 반대로 자료가 형식을 자체 내

---

32) 이데아(Idea Idee 理念)

33) 미(美 das Schöne)

34) 물질주의(Materialismus)

35) 생심견물(生心見物)
　　견물생심(見物生心)

에 포함하고 있다고 할 수 있다. 전자의 쌍개념에서는 형식이 내용의 외부에 위치한다면, 후자의 쌍개념에서는 자료가 형식의 외부에 위치한다고 할 수 있다. 전자의 쌍개념이 예술적 유심론적 개념이라면, 후자의 쌍개념은 철학적 유물론적 개념이라고 했는데, 러시아 형식주의자들은 예술적 유심론적 개념인 "형식과 내용"이라는 쌍개념을 사용하지 않고 철학적 유물론적 개념인 "형식과 자료"라는 쌍개념을 사용한다.

19세기말과 20세기초 사이에 유럽의 예술론은 특히 문예학은 방법론의 위기를 맞게 된다. 그 방법론의 위기란 인간 정신의 자기발전이, 한 개체의 자기성장이, 한 예술관의 자기변화가 더 이상 불가능하다는 데서 오는 위기의식이었다. 자기발전, 자기성장, 자기변화라는 표현들을 통일하여 "발전사"라고 표현한다면, 예술의 발전사, 문학의 발전사는 더 이상 불가능하다는 의식이 퍼지기 시작했다. 인간의 정신이 과거, 현재, 미래를 통해 일관되게 발전하여 과거의 결과가 현재이며, 또 현재에서 미래를 예측할 수 있다는 것이 정신 발전사이고, 문학에 적용하면 문학 발전사가 되는데, 이 발전사의 개념이 붕괴된다는 말이 된다. 발전사라는 개념은 18세기 후반에 등장한 헤르더[36]의 **역사철학**[37]에 의해 생겨난 개념이다. 헤르더의 역사철학에 의하면 예술작품은 그리고 문학작품은 어느 일정한 규범이나 규칙에 의해서 만들어지는 것이 아니라, 그 예술작품과 문학작품이 만들어진 바로 그 시대와 사회의 산물로 유일하고 특이한 "개성"을 가졌으며, 이 "개성"이 자기변화와 자기발전을 하여 "발전사"를 형성한다는 것이다. "발전사"의 개념이 붕괴된다는 것은 거의 100년간 지배해온 유럽의 전통철학인 헤르더의 역사철학이 붕괴된다는 것을 의미한다. 헤르더의 역사철학을 형성하고 있는 2개의 개념인

---

36) 헤르더(Johann Gottfried Herder 1744-1803)

37) 역사철학(Geschichtsphilosophie)

"개성"과 "발전사"를 분리하여 전자를 추상적, 공간적 개념이고 후자를 구체적, 시간적 개념이라고 한다면, 형식주의자들은 전자는 살리고 후자는 포기하는 현상을 보인다. 야콥손은 문예학의 대상은 문학이 아니라 **문학성**[38]이고, 이 문학성이 기존해 있는 작품을 문학작품이 되게 하는 요소라고 말하는데,[39] 이 문학성은 시간성이 결여된 추상적 공간적인 개념으로 "개성"과 같은 의미라고 볼 수 있다. 형식주의자들은 문학성이라는 개념 외에도 **특성**[40]이라는 개념도 사용한다. 개성, 문학성, 특성은 모두 추상적 공간적인 개념들로 구체적 시간성이 제거된 개념들이다. 형식주의자들은 예술작품과 문학작품을 추상적, 공간적으로만 해석하려 한다는 말이 된다. 형식주의자들이 생각하는 형식은 높이도 넓이도 정해져 있지 않은 공간으로 추상적인 위치만, 추상적인 공간만 가지고 있다고 할 수 있다.

"형식과 내용"이라는 쌍개념과 "형식과 자료"라는 쌍개념 양자 중에서 형식주의자들은 전자의 쌍개념을 부정하고 후자의 쌍개념을 수용한다. 이유는 형식주의자들은 "형식과 내용"이라는 쌍개념에서 내용을 형식을 구성하기 위한 자료로 보기 때문이다. 형식주의자들은 문학작품의 내용을 형성하는 아이디어, 착상, 테마, 드라마의 극 줄거리, 등장인물의 성격 등을 형식을 위한 구성자료로 본다. 간단한 예를 들면 신의 계시를 받고 조국을 구하기 위해 용감히 싸우는 "무적의 여장"이라는 문학의 형상이라든가 또는 아버지와 아들 사이의 갈등이라는 문학의 테마 등은 이미 주어져 있는 자료들이지 어느 한 작가의 새로운 창조물은 아니라는 것이다. 또 평화를 의미하는 비둘기 또는 정열을 의미하는 장미꽃 등과 같은 **상징**, "얼음은 차고, 사랑은 뜨

---

38) 문학성(文學性 das Literarische)

39) vgl. Hauff, Jürgen u. a.: Methodendiskussion, Bd. 1, Frankfurt/M. 1972, S. 103

40) 특성(Besonderheit)

겹다"라는 표현과 같은 **병행법**, "하늘같이 높은" 또는 "바닷가의 모래알같이 많은" 등의 표현과 같은 **과장법**, "늙은 젊은이" 또는 "젊은 늙은이" 등의 표현과 같은 **당착어법** 등[41] 일체의 문학의 표현양식들도 이미 주어져 있는 것들로 형식을 구성하기 위한 자료들 이외에는 아무것도 아니라는 것이 형식주의자들의 생각이다. 이번에는 미술작품을 예로 든다면 "모나리자의 미소"라는 미술작품에서 선, 색깔, 화폭, 액자 등은 이미 주어져 있는 자료들로 (물론 모두 공장에서 노동자에 의해 가공되었지만) 가공되지 않은 자연 그대로의 자료라고 보아야 한다는 것이 형식주의자들의 생각이다. 선, 색깔, 화폭, 액자 등에 가공성을 부인하는 이유는 가공성을 형식에 부여하기 위함이다. 문학작품의 자료들과 미술작품의 자료들을 종합하여 표현한다면, 가공되지 않은 자료들을 제외하고 나면, 가공된 것은 오로지 형식뿐이라는 결론이 된다. 형식에 부여되는 가공성을 형식주의자들은 기술 또는 묘술이라고 부른다. 예술가의 기술과 묘술에 의해 가공된 것은, 다시 말해 예술가의 입김이 닿은 것은 형식뿐이라는 말이 된다. 기술과 묘술을 형식주의자들은 예술과 거의 같은 의미로 보기 때문에 **예술은 형식**이고, **형식은 예술**이라는 말이 성립한다. 예술의 세계에는 형식만이 독존하고 독재한다는 말이 된다.

형식의 개념에 접근하기 위한 둘째 단계인 소외현상을 논할 차례다. 문학작품의 내용을 구성하는 일체의 것들, 아이디어, 착상, 테마 그리고 일체의 표현양식들과 또 미술작품을 구성하는 일체의 것들, 선, 색깔, 화폭, 액자 등은 형식을 구성하는 이미 주어져 있는 자료들이라는 말을 했다. 결국 이미 주어져 있는 이 자료들을 기술과 묘술에 의해 배합해놓은 것이 형식이라는 말이 된다. 형식생산은, (형식은 예술이고, 예술은 형식이기 때문에) 따라서

---

41) 상징(Symbol), 병행법(Parallelismus), 과장법(Hyperbel), 당착어법(Oxymoron)

예술생산은 **전미학적인**[42] 자료들을 일정한 기술과 묘술에 의해 배합하는 프로쎄스[43]라고 형식주의자들은 말한다. 전미학적인 자료들이란 언급한 대로 가공되지 않은 자연 그대로의 자료들을, 예술가의 입김이 닿지 않은 자료들을 의미한다. 쉬클로브스키는 문학작품은 그 문학작품을 구성하기 위해 사용된 모든 **자료들의 총체**라고 말하는데[44] 이는 문학작품이란 모든 자료들 사이에서, 아니면 모든 자료들의 배합에 의해서 발생하는 **앙상블**[45] 이외에는 아무것도 아니라는 말이다. 예술생산은 그리고 형식생산은 따라서 하나의 작품을 구성하는 모든 전미학적인 자료들을 동원하여, 예를 들어 "모나리자의 미소"라는 작품을 구성하는 선, 색깔, 화폭 액자 등을 동원하여 기술과 묘술에 의해 합리적으로 전체적인 앙상블을 배합해내는 프로쎄스를 의미한다고 보아야 한다. 여기서 문제가 되는 것은 이 자료들을 합리적으로 배합하는 프로쎄스가 어디서 진행되며 또 어떻게 보이느냐 하는 문제다. 우선 자료배합의 프로쎄스가 진행되는 장소를 형식주의자들은 다음과 같이 설명한다. "문학성이 위치하는 장소는 작가의 영혼이나 독자의 영혼이 아니라 작품이다."[46] 자료배합 프로쎄스가 일어나는 (진행되는) 장소는 작가의 의식 속에서도 아니고, 독자의 의식 속에서도 아니며, 대상인 작품, 더 자세히는 가공되지 않은 자료들 "사이"라는 말이다. 여기서 작품이라는 개념은 예술작품이라는 개념과 구별하여 생각해야 한다. 작품은 구조물이라고도 이론가들은 말하는데, 예술작품을 구성하는 여러 가지 전미학적 자료들의 집합이라고 보아야 한다. 그리고 예술작품은 예술과 같은 의미로, 이를 형식주의자들은 자료배합에 의해 일어나는 (진행되는) 프로쎄스라고 부른다. 작품과 예

---

42) 전미학적(前美學的 vorästhetisch)

43) 프로쎄스(Prozeβ)

44) vgl. Hauff, Jürgen u. a.: Methodendiskussion, Bd. 1, S. 109

45) 앙상블(Ensemble)

46) Hauff, Jürgen u. a.: Methodendiskussion, Bd. 1, S. 106

술작품 사이의 차이는 한편으로는 전미학적인 자료들의 합과 다른 한편으로는 그 자료들 사이에서 (중간에서) 일어나는 프로쎄스, 간단한 표현으로 합과 프로쎄스 사이의 차이라고 할 수 있다. 따라서 문학성이 위치하는 장소는, 형식주의자들에 의하면 문학성은 형식을 의미하므로, 형식이 위치하는 장소는 전미학적인 자료들 사이라는 (중간이라는) 말이 된다. 그리고 우리는 앞에서 형식을 추상적인 공간이라고만 규정했는데, 형식은 여기서 점진된 표현으로 프로쎄스라는 말에 의해 또는 쉬클로브스키의 표현대로 자료들의 총체라는 말에 의해 규정된다. 따라서 하나의 추상적인 공간이며, **프로쎄스이며 자료들의 총체**라 할 수 있는 형식은 가공되지 않은 자연 그대로의 전미학적인 자료들 사이에서 (중간에서) 일어난다는 (진행된다는) 설명이 된다.

다음에는 이상의 전미학적인 자료들 사이에서 일어나는 추상적인 공간이, 프로쎄스가, 자료들의 총체가 실제로 어떻게 보이느냐 하는 문제를 논할 차례다. 다시 말해 형식주의자들이 생각하는 형식이 어떻게 보이느냐 하는 문제를 다룰 차례다. 형식이 전미학적인 자료들 사이에서 (중간에서) 어떻게 "일어나느냐" 아니면 "진행되느냐"라는 표현을 사용했는데, 이유는 가공되지 않은 전미학적인 자료들을 나열만 한다고 해서 형식이 발생하는 것이 아니라, 그 전미학적인 자료들을 기술과 묘술에 의해 합리적으로 배합하는 행위가 중요하기 때문이다. "예술의 특이성은 구성요소인 자료들 사이에서 스스로 나타나는 것이 아니라, 그 구성요소인 자료들을 특이하게 배합하는 데서 나타난다"고 아이헨바움은 말한다.[47] 전미학적인 자료들을 특이하게, 다시 말해 기술과 묘술에 의해 합리적으로 배합하면 거기서 특이한 예술, 특이한 형식이 일어난다는 말이다. 전미학적인 자료들을 특이하게 배합해놓은

---

47) vgl. Hauff, Jürgen u. a.: Methodendiskussion, Bd. 1, S. 108, 109

예로 쉬클로브스키는 시상[48]을 다음과 같이 설명한다. 예를 들어 불을 보고 "붉은 꽃"이라는 시상이 떠올랐다면 이때에 의미론적 변위[49]가 생긴다고 쉬클로브스키는 설명한다.[50] 이때의 "붉은 꽃"이라는 시상은 불, 붉은 색, 꽃이라는 전미학적 자료들을 특이하게 배합해놓은 결과라는 설명이다. 그리고 이상의 시상을 구성하기 위해 사용된 전미학적 자료들은 각자 본래의 의미를 상실하고 의미론적 변위를 일으킨다는 말이다. 불은 자연의 불이 아니며, 붉은 색은 실제로 붉은 색이 아니며, 꽃은 향기를 발하는 실재의 꽃이 아니라는 설명이다. 달리 표현하면 전미학적 자료들이 자신들의 독자적인 의미를 상실하고 하나의 시상을 탄생시키기 위해 하나로 합쳐진다는 말인데, 새로 탄생한 이 하나의 시상이 의미론적 변위이고, 이를 쉬클로브스키는 소외현상이라고 부른다. 소외현상을 3가지로 분리하여 설명하면 다음과 같다. 소외현상은 첫째로 전미학적 자료들이 가지고 있는 본래의 의미들로부터의 해방을 의미한다. 전미학적 자료들인 불, 붉은 색, 꽃은 본래의 의미들인 불, 붉은 색, 꽃에서 해방되어 하나의 시상으로 배합되고 통합된다. 둘째로 배합과 통합을 의미하는 "하나의 시상"은 전미학적인 자료들인 불, 붉은 색, 꽃을 인지시키는 것이 아니라, 갑작스럽고 예측할 수 없었던 특이한 인지를 지시해준다. 셋째로 "하나의 시상"이라 불리는 이 "특이한 인지"는 항상 변화하는, 다시 말해 유동적이고 역동적인 기능을 발휘한다고 형식주의자들은 생각한다.

형식주의자들이 생각하는 형식이라는 개념에 접근하기 위하여 3가지 단계, 형식의 독재, 소외현상, 시스템을 상정하고 첫째 단계와 둘째 단계를 논

---

48) 시상(詩像 poetisches Bild)

49) 의미론적 변위(semantische Verschiebung)

50) vgl. Hauff, Jürgen u. a.: Methodendiskussion, Bd. 1, S. 134

했으므로 셋째 단계인 시스템[51]을 논할 차례다. 첫째 단계인 "형식의 독재"에서는 형식의 거주지인 위상[52]을 논했다면, 둘째 단계인 "소외현상"에서는 형식의 질인 실재[53]를 논했다고 할 수 있다. 그러나 형식의 위상과 형식의 실재, 양자의 합은 논리적으로 인식할 수 없는 아포리[54]를 형성한다. 형식이 가공되지 않은 전미학적 자료들의 "사이"에 거주한다는 사실은, 형식이 전미학적 자료들이라는 미가공 물질들의 정글 속에 위치한 추상적 공간에 거주한다는 사실은, 다시 말해 형식의 위상은 지금까지 우리가 논한 바에 의하면 자명하고 가능한 인식이었다. 그러나 형식의 실재라 할 수 있는 "소외현상"은 인식 불가능한 실재다. 전미학적인 자료들이 본래의 의미를 상실하고, 하나의 특이한 인지를 지시해주며 그리고 이 특이한 인지지시는 항상 변하는 유동적이고 역동적인 기능을 발휘하기 때문이다. "항상 변하는", "유동적", "역동적"이라는 표현들은 포착하여 인식할 수 없다는 표현들이다. 그럼에도 불구하고 포착하여 인식했다고 한다면, 이는 더 이상 형식의 진정한 실재가 아니라는 말이, 다시 말해 인식이 아니라는 말이 된다. 왜냐하면 포착되어 인식된 형식은 정지상태의 모습이 되어버리고 더 이상 "유동적이며" "역동적인" 기능의 소유자가 되지 못하기 때문이다. 형식이라는 개념은 인식 가능성과 인식 불가능성이라는 아포리를 나타낸다. 형식이라는 개념은 인식 가능한 형식의 위상과 인식 불가능한 형식의 실재 사이에 내재한 아포리를 나타낸다. 이는 형식이 어디 있는지는 알지만 형식이 무엇인지는 모른다는 아포리를 의미한다. 이상의 아포리를 해결하기 위하여 형식주의자들은 시스템의 필요성을 주장한다.

---

51) 시스템(System)

52) 위상(位相 Raum)

53) 실재(實在 Sein)

54) 아포리(Aporie 당혹)

우선 형식주의자들은 언어에 의해서 넓은 의미의 시스템 성격을 설명하는데 다음과 같다. 형식주의자들은 언어를 2가지로 분류하여 하나를 **실천적 언어**라 하고 다른 하나를 **시학적 언어라고**[55] 한다. 실천적 언어는 가공되지 않은 자연 그대로의 언어로 일상 언어, 구어체 언어를 의미한다. 시학적 언어는 가공되어진 인위적인 언어로 특별한 목적을 위하여 특이하게 구성된 언어를 의미한다. 특이하게 가공된 언어인 시학적 언어를 구성하는 구성요소는 물론 가공되지 않은 자연 그대로의 언어인 실천적 언어가 된다. 시학적 언어와 실천적 언어의 관계는 우리가 이미 논한 형식과 자료와의 관계가 된다. 형식주의자들은 형식의 문제를 시학적 언어의 문제로 축소시켜 해결하려 하는데 이유는 시학적 언어의 문제가 형식의 문제와 동일하기 때문이다. 따라서 형식주의자들은 시학적 언어를 특별한 목적을 위하여 특이하게 구성한 하나의 **시스템**이라고 생각한다. 그리고 이 시스템 속에서는 실천적 언어 자체는 사라지지 않고 존속해 있으나 그 실천적 언어의 목적은 사라진다고 형식주의자들은 말한다.[56] 시학적 언어라는 하나의 시스템 속에서 실천적 언어 자체가 사라지지 않는다는 말은 실천적 언어가 자신의 존재를 유지하여 시학적 언어를 구성하기 위한 자료가 된다는 말이다. 실천적 언어라는 전미학적 자료가 없다면 시학적 언어를 구성할 수 없다는 이유가 된다. 다음에 이 시스템 속에서 실천적 언어의 목적이 사라진다는 말은 전미학적 자료인 실천적 언어가 자신의 의미를 상실하고 **의미론적 변위**를 일으켜 새로운 언어인 시학적 언어를 탄생시킨다는 말이다. 그리고 앞에서 형식의 개념에 대해 말한 모든 것은 시스템인 시학적 언어에 그대로 적용된다. 형식은 시스템이고, 시스템은 형식이라는 말이 된다. 지금까지 형식의 개념에 접근하기 위해 3가지 단계, 형식의 독존과 독재, 소외현상, 시스템을 언급했다. 형식주의자

---

55) 실천적 언어(praktische Sprache)와 시학적 언어(poetische Sprache)

56) vgl. Hauff, Jürgen u. a.: Methodendiskussion, Bd. 1, S. 106

들은 형식과 시스템을 동일하게 생각하므로 시스템의 개념을 구체적으로 논하는 것이 필요하다.

3. 시스템

형식주의의 대표자 야콥손은 미국으로 이주해 **구조주의 언어학**의 선구자가 되었다는 말을 했듯이 형식주의는 특히 소쉬르[57]의 영향에 의해 **구조주의**[58]로 탈바꿈하게 된다. 따라서 형식주의와 구조주의 사이의 섬세한 차이점을 인식할 필요가 있다. 형식주의와 구조주의 사이의 차이점을 "형식과 자료"라는 쌍개념에 의존해서 형식 위주냐 아니면 자료 위주냐에 의해서 설명하는 것이 효과적이다. 구조주의는 구조라는 개념과 시스템이라는 개념을 거의 동일시하고 구조라는 개념에 역점을 두는 반면에, 형식주의는 형식이라는 개념과 **시스템**[59]이라는 개념을 동일시하고 형식이라는 개념에 역점을 둔다. 구조주의는 한편으로는 예술작품과 다른 한편으로는 예술작품을 구성하는 전미학적 자료들 중에서 후자에, 다시 말해 전미학적 자료들에 역점을 둔다면, 형식주의는 전자에, 전미학적 자료들을 하나로 통일해주는 중심에 역점을 둔다는 말이다. 구조주의에 의하면, 특히 소쉬르의 구조주의에 의하면 예술작품 안에는 중심이나 원천과 같은 것은 존재하지 않으므로 예술작품을 구성하는 모든 자료들이 발언권을, 그것도 동등한 발언권을 행사한다는 것이다. 반면에 형식주의에 의하면 예술작품을 형성하는 전미학적 자료들 하나하나는 발언권이 없고, 발언권은 비로소 전체 전미학적 자료들

---

57) 소쉬르(Ferdinand de Saussure 1857-1913)

58) 구조주의(Strukturalismus)

59) 구조(Struktur)
    시스템(System)

을 하나로 통일하는 통일성에 의해서 생긴다는 말이다. 구조주의의 개념을 사용하여 표현하면, 예술작품 안에서는 **시그니피카트**[60]가 중심적이고 원천 적이며 아니면 초월적인 존재로서 절대 군림하는 것이 아니라, 그 시그니피 카트는 무력한 존재로 흔적에 불과하므로, 모든 **시그니피칸트**[61]들이 발언권 을 행사한다는 것이다. 예를 들어 나를 낳아준 여자가 어머니, 어멈, 에미 등 으로 표현된다면, 나를 낳아준 여자는 시그니피카트고, 어머니, 어멈, 에미 등의 표현들은 시그니피칸트가 된다. 따라서 발언권을 행사하는 것은, 다시 말해 구조주의의 핵심개념인 구조물이 되는 것은 나를 낳아준 여자 자체가 아니라 그에 대한 표현으로 어머니, 어멈, 에미 등이 된다는 말이다. 구조주 의에 의하면 예술작품을 구성하는 선, 색깔, 화폭 등 자료들인 시그니피칸트 가 중요하지, 그 자료들 사이에서 (아니면 그 자료들 전체가 만들어내는 앙 상블에 의해서) 발생하는 예술작품이라는 시그니피카트가 중요한 것은 아 니라는 말이 된다. 구조주의는 이상과 같이 예술작품이 아니라 그 구성자료 들에, 시그니피카트가 아니라 시그니피칸트에, 형식이 아니라 자료에 우선 권을 준다면, 형식주의는 반대로 후자가 아니라 전자에, 시그니피칸트가 아 니라 시그니피카트에, 자료가 아니라 형식에 우선권을 준다고 할 수 있다. 그러나 후에 형식주의가 구조주의로 탈바꿈할 때는 형식과 자료 사이의 우 선권 관계가 역전된다고 보아야 한다. 형식 우선이냐 자료 우선이냐 하는 문 제 외에도 형식주의자들이 생각하는 시스템의 개념에는 또 하나의 개념, **자 기변화**[62]라는 개념이 내재해 있다. 구조주의가 부인했던 중심 또는 원천이 라는 개념을 형식주의는 수용하려 한다. 전미학적인 자료들 사이에서, 시그 니피칸트들 사이에서 예술의 원천이 발생한다는 미학은 하이데거의 미학이

---

60) 시그니피카트(기의 Signifikat)

61) 시그니피칸트(기표 Signifikant)

62) 자기변화(Evolution)

다. 하이데거는 이 원천을 "태풍의 눈"이라고도 하고 그의 핵심 개념을 사용하여 "리히퉁"[63]이라고도 부른다. 하이데거는 이 "태풍의 눈" 또는 "리히퉁"을 "사건발생"[64]이라 하여 순간적으로 발생했다 다시 없어진다고 보는 반면에, 형식주의는 이 원천에다 자기발전이라는 개념을 첨가하여 없어지지 않고 존속케 하려고 한다.

한편으로는 예술작품과 다른 한편으로는 그 예술작품을 구성하는 전미학적 자료들 중에서 구조주의는 후자에, 형식주의는 전자에 발언권을 준다는 말을 했다. 구조주의가 전미학적 자료들에게 발언권을 준다는 말은 구조주의는 그 전미학적 자료들 하나하나에 자율성 아우토노미[65]를 인정한다는 말이다. 구조주의가 상상하는 우주는 서로 독립적이고 자율적인 별들이 평등하게 공존하는 우주라고 할 수 있다. 반면에 형식주의는 예술작품을 구성하는 전미학적 자료들 하나하나에는 아우토노미를 인정하지 않고 그 전미학적 자료들 전체를 하나로 묶어주는 중심적인 예술작품에만 아우토노미를 인정한다고 보아야 한다. 형식주의가 상상하는 우주는 수많은 별들이 제각기 자기 갈 길을 가는 무질서한 우주가 아니라, 하나의 원칙 하에서, 하나의 중심 하에서 통일된 질서정연한 우주라고 할 수 있다. 구조주의가 상상하는 세계는 서로에 대해 독립적이고 평등한 개체들이 공존하는 세계이나, 이 개체들을 통괄하는 신은 무력하여 흔적에 불과한 신이라고 할 수 있다. 반면에 형식주의가 상상하는 세계는 상이한 여러 개체들이 하나의 절대자인 신을 중심으로 통일되어 있는 세계에 비유할 수 있고, 이 절대자인 신은 전 세계를, 상이한 개체들 전체를 하나로 통일하는 강력한 유일신이라고 비유하여

---

63) "리히퉁"(Lichtung)

64) "사건발생"(Geschehen)

65) 아우토노미(Autonomie)

말할 수 있다. 구조주의가 지방분권주의의 세계라면, 형식주의는 중앙집권주의의 세계라 할 수 있다. 구조주의와 형식주의의 비교를 중단하고 우리의 테마인 형식주의로 복귀한다면, 형식주의는 위에서 언급한 "하나의 원칙", "하나의 중심", "하나의 절대자"라는 개념에 시간성[66]을 부여하려 한다. 같은 의미를 나타내는 이들 3개의 표현들은 모두 시간성이 결여된 개념으로 순수 공간적인 개념이다. 형식주의자들은 공간성과 시간성을 동시에 구제하기 위해 신크로니와 디아크로니[67]라는 쌍개념을 도입한다. 형식주의에 의하면 예술은 형식이고 형식은 시스템인데, 이 시스템은 공간적일 뿐만 아니라 시간적이 되어야 한다는 것이, 다시 말해 동시적일 뿐만 아니라 통시적이 되어야 한다는 것이 형식주의자들의 생각이다. 시스템은 공간성과 시간성, 동시성과 통시성, 신크로니와 디아크로니의 합이 되어야 한다는 말을 티냐노프와 야콥손은 다음과 같이 표현한다. "신크로니와 디아크로니 사이의 상충성은 시스템이라는 개념과 자기발전이라는 개념 사이의 상충성에서 유래한다. 그러나 모든 시스템은 필연적으로 자기발전을 하고, 반대로 자기발전은 필연적으로 시스템을 형성한다는 사실을 인식하면 신크로니와 디아크로니 사이의 상충성은 해결된다."[68] 신크로니는 디아크로니를 부정하고 디아크로니는 신크로니를 부정하는 것이 아니라, 양자는 서로를 인정하고 필요로 한다는 말이다. 만약에 시스템이 신크로니만 주장한다면, 다시 말해 공간성과 동시성만 주장한다면, 이는 마치 살아있는 생물을 사진을 찍어놓은 것과 같아 사진 속에 들어 있는 그 생물은 영원히 고정되어 더 이상 생물이 아니라 죽은 사물이 된다는 논리다. 이 사진 속에 갇혀 있는 죽은 사물에 다시 생명을 불어넣는 길은 시간성, 통시성, 디아크로니를 부여하는 길이라는 논리다.

---

66) 시간성(時間性)

67) 신크로니(Synchronie 同時性)와 디아크로니(Diachronie 通時性)

68) vgl. Hauff, Jürgen u. a.: Methodendiskussion, Bd. 1, S. 158

형식주의자들에 의하면 예술은 형식이고 형식은 시스템이라는 말을 언급했다. 그리고 형식주의의 목표는 예술작품 자체가 아니라 예술작품으로 하여금 예술작품이 되게 만드는 특성, 즉 예술성이 목표라는 내용을, 문학에 관해 말하면 문학성이 목표라는 내용을 언급했다. 넓은 의미로는 예술성이, 좁은 의미로는 문학성이 형식주의자들의 유일한 테마라고 할 수 있다. 그런데 이 예술성 또는 문학성을 평면적으로만 보는 것도 잘못이고 또 수직적으로만 보는 것도 잘못이며, 평면적 그리고 동시에 수직적으로 보아야 한다는 것이, 다시 말해 공간적 그리고 시간적으로, 동시적 그리고 통시적으로 보아야 한다는 것이 형식주의자들의 생각이다. 세 살 때 버릇이 여든까지 간다는 말은 세 살 때의 특성이 없어지지 않고 존속하여 죽는 날까지 자기발전을 계속한다는 말이다. 형식주의자들의 목표는 특성만도 아니고 자기발전만도 아니며, 자기발전을 하는 특성, 아니면 특성 있는 자기발전이라고 보아야 한다. 불변하는 것이 특성이고 변하는 것이 자기발전이라면, 변하는 불변화 또는 불변하는 변화가 예술성 또는 문학성이 된다. 그리고 이 예술성 또는 문학성을 의미하는 변화 속의 불변화 내지는 불변화 속의 변화를 어떻게 인식하느냐 하는 문제가 형식주의자들의 관심사다. 변화 속의 불변화 또는 불변화 속의 변화라는 고정적이고 동시에 유동적인 것을 인식하는 방법은, 물리학의 공식과 같은 것을, 그것도 정역학적이고 동시에 동역학적인 공식을 대입하여 증명되느냐 아니면 반증되느냐에 따라서 해결된다고 형식주의자들은 생각한다. 그리고 변화 속의 불변화 또는 불변화 속의 변화라는 특성 자체를 아니면 그 특성의 소유자를 또 아니면 그 특성을 인식할 수 있는 정역학적이고 동역학적인 공식을 형식주의자들은 **시스템**이라고 부른다. 형식주의자들이 생각하는 추상적인 시스템은 물리학의 공식과 같은 것으로 다시 세분하여 설명할 수 없는 것이나, 그럼에도 불구하고 그 추상성을 경감하자면 다음 3가지를 말할 수 있다. 그리고 앞에서 구조주의와 형식주의 사이의

"섬세한 차이점"을 언급한 것과 같이 다음의 3가지 설명은 구조주의에 대한 설명과 일치하는 설명이다. 그러나 구조주의가 지방분권주의라면 형식주의는 중앙집권주의라는 말을 했듯이 다음의 3가지 설명이 지방에 위치하느냐 아니면 중앙에 위치하느냐에 따라 구조주의와 형식주의의 차이점이 된다고 할 수 있다. 그리고 시스템에 대한 다음 3가지 설명은 형식주의자들의 관심사인 예술성 또는 문학성에 대한 설명이 된다.

형식주의자들이 생각하는 시스템은 첫째 인위적인 구성이며, 둘째 전미학적 자료들 사이의 상호관계이며, 셋째 공간과 시간을 초월하는 모델이라고 할 수 있다. 첫째 시스템은 **인위적 구성**[69]이라는 피아줴[70]의 설명을 보자면 다음과 같다. 피아줴는 구조주의의 입장에서 구조에 대한 정의를 내리고 있으나 구조주의는 구조와 시스템을 동일시하고, 형식주의는 형식과 시스템을 동일시하므로, 구조에 대한 피아줴의 정의는 형식에도 그리고 시스템에도 적용된다고 보아야 한다. "대상의 구조라고 하는 것은 한편으로는 대상과 그리고 다른 한편으로는 인식주체의 재구성작업 사이에서 일어나는 **상호작용**[71] 자체를 의미한다"고 피아줴는 말한다.[72] 한편으로는 인식주체는 문제성과 카테고리를 미리 가지고 대상에 접근하여 심리적 아니면 지적인 **조작**[73]을 감행하며, 다른 한편으로는 이렇게 감행된 조작이 여러 번의 수정과정을 거쳐 마지막에는 논리적으로 완전무결한 조작이 되게 하는데, 바로 이 완전무결한 조작이 구조라고 (시스템이라고) 피아줴는 계속 설명한다. 논리적으로 완전무결한 조작이라는 구조에 대해, 다시 말해 형식주의자들이 생

69) 인위적 구성(Konstruktion)

70) 피아줴(Jean Piaget 1896-1980)

71) 상호작용(Interaktion)

72) vgl. Kohlschmidt, W. und Mohr, W.: Reallexikon der deutschen Literaturgeschichte, Bd. 4, S. 261 f.

73) 조작(Manipulation)

각하는 시스템에 대해 3가지를 말한다면 다음과 같다. 우선 시스템은 기존해 있는 자연물이 아니라 인식주체가 자신의 문제성과 자신의 의식구조인 카테고리를 가지고 만들어낸 인위적인 구성물이다. 인식주체는 대상에 대한 재구성작업이라는 의지를 가지고 있고 또 자신의 문제성과 그 문제성을 해결하는 자신의 의식구조를 미리 가지고 대상에 접근하기 때문에 이때에 생겨난 시스템은 인위적 구성물이지 자연 그대로의 전미학적 자료들은 아니다. 다음에 시스템을 탄생시키는 모체는 전미학적 자료들이 된다. 인식주체와 대상 사이에서 발생하는 것으로 시스템이라 불리는 상호작용은 형상도 없고 흔적도 없는 것이지만, 그 구성자료는 반대로 분명한 형상과 분명한 흔적을 가지고 있는 전미학적 자료들이 되어야 한다. 마지막으로 시스템을 만들어내는 사람은, 다시 말해 시스템의 구성자는 예술가 아니면 수용자가 된다. 시스템은 인식주체와 대상 사이의 상호작용이므로 인식주체가 반드시 필요한데, 이 인식주체는 예술작품을 창조하는 예술가 아니면 예술작품을 감상하는 수용자가 되어야 한다. 그러나 형식주의는 예술생산을 위한 생산미학이 아니라 예술수용을 위한 수용미학이므로 형식주의자들이 생각하는 시스템의 구성자는 수용자라고 보아야 한다.

형식주의자들이 생각하는 시스템은 둘째로 전미학적 자료들 사이의 상호관계[74]라는 명제를 논할 차례다. "모나리자의 미소"라는 예술작품을 구성하는 요소들은 전미학적 자료들인 선, 색깔, 화폭 등이라는 말을 했다. 달리 표현하면 "모나리자의 미소"는 한편으로는 예술작품과 다른 한편으로는 그 구성요소들인 전미학적 자료들로 되어 있다고 말할 수 있다. "예술작품"이란 형식주의자들이 말하는 "예술성"을 의미하므로, 또 달리 표현하면 "모나리자의 미소"는 한편으로는 예술성과 다른 한편으로는 전미학적 자료들, 양자로

---

74) 상호관계(Relation)

되어 있다고 말할 수 있다. 여기서 형식주의자들의 관심은 후자가 아니라 전자, 전미학적 자료들이 아니라 예술성이다. 그리고 이 예술성을 형식주의자들은 시스템이라 부른다. 그러나 전미학적 자료들 없이는 예술성이 발생할 수 없기 때문에, 형식주의자들의 일차적 관심은 예술성, 즉 시스템이고, 이차적 관심은 그 시스템을 구성하는 전미학적 자료들이라고 할 수 있다. 여기서 일차적이 아니라 이차적 관심이 부여된 구성요소들인 전미학적 자료들에 관해 말한다면, 형식주의자들은 독립적이고 자율적인 개체들 하나하나에 관심을 가지고 있는 것이 아니라, 그 개체들 사이의 **상호관계**에 관심을 가지고 있다. 그리고 이 이차적 관심의 대상인 개체들 하나하나는 그들이 하나의 시스템 속에서 서로 연관되어 있는 한에서만 특성과 특징을 갖게 되어 인식주체는 이를 인식하고 묘사할 수 있다고 형식주의자들은 말한다. 달리 표현하면 하나의 전체시스템 속에서만 전미학적 자료들 하나하나는 특성과 특징을 소유하게 되어 비로소 독립적이고 자율적인 개체들로 해방된다는 말이다. "모나리자의 미소"를 구성하는 전미학적 자료들인 선, 색깔, 화폭 등을 다시 예로 든다면 **전체시스템** 속에서 비로소 선은 우아한 선으로, 색깔은 찬란한 색깔로, 액자는 귀중한 액자로 다시 태어나 독립적이고 자율적이 된다는 설명이다. 그리고 "하나의 전체시스템"이란 전미학적 자료들 상호간의 연관성을 의미하므로 연관성 속에서 비로소 독립성과 자율성이 탄생한다고도 말할 수 있다. 철학적 표현을 사용하면 (타자에 대한 연관성을 의미하는) 타율성, 즉 **헤테로노미**[75] 속에서 비로소 (독자적이고 독립적인) 자율성, 즉 아우토노미가 탄생한다는 말이 된다. 또 달리 표현하면 전미학적 자료들 사이의 상호연관 또는 상호관계가 비로소 무관계를 의미하는 독립성과 자율성을 탄생시킨다는 말이 된다. 그리고 전미학적 자료들 하나하나가 획득한 독립성과 자율성은 다시 하나의 시스템을 형성하고 그리고 그들 시스템들 사

---

75) 헤테로노미(Heteronomie)

이의 상호관계는 전체시스템을 의미하므로, 전체시스템은 **시스템들의 시스템**[76]이라고도 형식주의자들은 말한다. 다시 "모나리자의 미소"로 복귀하면 예술성은 전체시스템이 되고, 전미학적 자료들인 선, 색깔, 화폭 등은 부분적인 시스템들이 된다는 말이다. 시스템이란 상호연관성 또는 상호관계 이외에는 아무것도 아니다.

형식주의자들이 생각하는 시스템은 셋째로 공간과 시간을 초월하는 모델[77]이라는 명제를 논할 차례다. 공간과 시간을 초월하는 모델은 경험세계에 존재해 있는 대상의 **실체**[78]를 직접 의미하거나 아니면 직접 대표할 필요는 없고 단지 학술적 논리에만 타당하면 된다고 형식주의자들은 생각한다. 달리 표현하면, 모델은 공간과 시간을 초월하기 때문에 공간과 시간 안에 존재해 있는 (경험세계 안에 존재해 있는) 현실의 대상과는 직접적인 관계는 없으나, 그러나 모델은 그 자체 논리적으로 완전무결한 시스템이라는 말이다. 따라서 모델은 그 자체로서는 관찰하거나 묘사할 수 없는 것으로 순수 이론적인 개념에 불과하며 순수한 **전제**[79] 이외에는 아무것도 아니라는 것이다. 간단히 요약하면, 모델은 이론인데, 그것도 순수 이론으로 현실세계를 초월하여 현실세계와는 거의 무관한 이론이라는 말이다. 시스템으로서의 모델 성격은 형식주의를 문학과 언어학의 한계선을 넘어 일반 철학의 영역으로 확장시키는 계기가 된다. 이론과 현실이 다르다는 말은 형식주의자들의 말이다. 이론과 현실이 다르나, 즉 이론은 현실과 거의 관계가 없으나, 그럼에도 불구하고 그 양자 사이의 3가지 관계를 말할 수 있다. 다시 말

---

76) 시스템들의 시스템(System der Systeme)

77) 모델(Modell)

78) 실체(實體 Substanz)

79) 전제(前提 Prämisse)

해 모델과 현실, 시스템과 현실 사이의 3가지 관계를 말할 수 있다. 시스템으로서의 모델은 우선 모든 학술을 하나로 통합하는 동기가 된다고 할 수 있다. 모델이 모든 학술을 하나로 통합할 수 있는 동기가 되는 이유는 모델이 공간과 시간을, 일체의 경험세계를, 일체의 현실세계를 초월해 있기 때문이다. 따라서 현실세계에서 말하는 정신과학과 자연과학 사이의 한계선은 물론이고, 문학 장르 사이의 한계선 그리고 문학의 세대와 세대 사이의 한계선 등 일체의 한계선은 바로 그 한계선을 초월해 있는 (공간과 시간을 초월해 있는) 모델에 의해 붕괴된다고 할 수 있다. 다음에 시스템으로서의 모델은 여러 학술들 사이의 상호 비교를 가능케 한다. 예를 들어 문학과 사회학, 문학과 정치학 등을 상호 비교할 수 있는 가능성과 또 비교해야 하는 필연성이 생기는데, 이 가능성과 필연성은 모든 학술들 위에 군림하는 하나의 중심인 모델에서 기인한다는 말이다. 시스템으로서의 모델은 마지막으로 위에서 언급한 모든 학술들을 하나로 통합하는 동기와 모든 학술들을 상호 비교할 수 있는 가능성을 토대로 하여, 모든 학술들에 **공통적인 방법론과 공통적인 용어**[80]를 촉진하는 기능을 발휘한다고 형식주의자들은 생각한다. 문학에 관해 시스템으로서의 모델을 적용하면, 한국문학과 독일문학을, 과거의 문학과 현재의 문학을, 드라마와 시를 통합하고 비교할 수 있는 동기와 가능성이 생기며, 또 공간적, 시간적으로 일체의 문학을 위한 공통적인 방법론과 공통적인 용어의 창출이 촉진된다는 설명이다. 시스템으로서의 모델은 현실과 거의 관계가 없다고 했으나 반대로 너무나 많은 관계가 있다고 보아야 한다.

---

80) 공통적인 방법론(Methodologie)과 공통적인 용어(Terminologie)

4. 결론

형식의 개념에 접근했고 형식은 시스템이라는 형식주의자들의 명제를 논했다. 형식주의를 더 구체화시키기 위해 형식주의와 그와 유사한 실증주의를 비교하고 논문을 종결한다. 우선 형식주의와 실증주의 사이의 유사성은 첫째로 철학의 **일원론**이라 할 수 있다. 형식주의는 **사실**[81] 자체를 탐구하려는 것이고 사실 자체를 테마로 하고 있지, 이상주의 철학과 같이 사실 배후에 있는 **이데아**[82]나 보편적인 체계를 탐구하려 하고 테마로 하는 것은 아니라고 아이헨바움은 말한다.[83] 형식주의자들이 생각하는 형식의 개념이 마치 하나의 강력한 유일신과 같은 것으로 전미학적 자료들을 하나로 통합하는 중앙 또는 중심이라고 규정했기 때문에 중앙과 지방, 중심과 변두리라는 이원론으로 보이는데 오해의 가능성을 배제할 필요가 있다. 형식주의자들은 사실 자체만을 강조하기 위하여 예술가와 수용자의 영혼을 제거하고, 다시 말해 예술작품을 창조한 예술가와 예술작품을 감상하는 수용자의 주관을 제거하고 예술작품이라는 사실 자체만을 다루려고 한다.[84] 주관과 대상, 주관과 사실이라는 이원론의 체계에서 주관을 제거한다는 것은 일원론 철학인 실증주의 철학을 의미한다. 그러나 형식주의는 형식의 개념을 전미학적 자료들을 하나로 통합하는 중앙 또는 중심으로 승격시킴에 의하여, 다시 말해 이원론화함에 의하여 **아포리**[85]에 빠지고 있다. 아니면 형식주의도 실증주의라는 큰 물결에 속하는 일원론의 철학이라 할 수 있으나 이원론 철학인 이상주의 철학의 흔적이 아직 남아 있는 철학이라고

---

81) 사실(Faktum)

82) 이데아(Idea Idee 理念)

83) vgl. Hauff, Jürgen u. a.: Methodendiskussion, Bd. 1, S. 111

84) vgl. ebd. S. 106

85) 아포리(당혹 Aporie)

도 볼 수 있다. 형식주의와 실증주의 사이의 두 번째 유사성은 **비역사성**이다. 예술가, 예술작품, 수용자라는 3자 관계에서 예술작품을 창조한 예술가의 주관과 예술작품을 감상하는 수용자의 주관을 제거한다는 말은 그 예술작품이 탄생한 역사와 또 존재해 있는 환경을 제거한다는 말이다. 예술작품이 탄생한 과거존재의 역사와 그리고 예술작품의 현재존재인 환경을, 철학적 표현으로 시간과 공간을 제거하고 형식주의는 예술작품이라는 순수 사실로부터 형식을 만들어내려 하고, 실증주의는 법칙을 만들어내려 한다. 시간성과 공간성을 합쳐 역사성이라 한다면 이 역사성을 제거하려는 형식주의는 다시 아포리에 빠지고 있다. 왜냐하면 형식주의는 다른 한편으로는 신크로니와 디아크로니라는 쌍개념을 도입하여 동시성과 통시성, 공간성과 시간성을 주장하기도 하기 때문이다. 형식주의와 실증주의 사이의 세 번째 유사성은 **시스템의 구성**이라 할 수 있다. 고전철학, 다시 말해 독일의 이상주의 철학이 말하는 시스템은 영원히 불변하는 보편타당한 시스템을 의미하나, 현대철학, 특히 현대의 영미철학이 말하는 시스템은 항상 변하며 항상 새로 구성해야 하는 가설[86]로서의 시스템을 의미한다. 시스템 구성에 관해서 형식주의자 아이헨바움은 후기 실증주의자 포퍼[87]와 동일한 발언을 하는데 다음과 같다. "완성된 독트린과 같은 완전무결한 시스템이란 없으며 앞으로 있지도 않을 것이다. 시스템을 우리는 학술작업을 위한 가설로서만 존중한다. …우리는 구체적 시스템을 제시하고 그 시스템이 증명되는 한에서만 그 시스템에 충실한다. 만약에 자료가 변위를 일으켜 달라진다면 시스템도 다른 시스템으로 달라져야 한다. 완성된 학술이란 없으며, 학술의 의미는 **진리**를 제시하는 데 있는 것이 아니라 **과오**를 제거하는

---

86) 가설(假說 Hypothese)

87) 포퍼(Karl R. Popper 1902-1994)

데 있다."[88] 형식주의자들에 의하면 예술은 형식이고, 형식은 시스템이며 그리고 시스템은 예술작품을 예술작품이 되게 하는 예술성이고, 문학작품을 문학작품이 되게 하는 문학성이라는 말을 언급했다. 예술성 또는 문학성이 중심과 핵심을 이루는 강력한 유일신이라면, 이 유일신이 시스템 구성에 의해 상대화된다. 왜냐하면 전미학적인 자료들이 변한다면 이 변화된 자료들이 하나로 통합되어 생겨나는 유일신도 변해야 하는 운명을 가지고 있기 때문이다. 그리고 "변화"라는 공동운명은 전미학적 자료들과 그 전미학적 자료들을 통괄하는 유일신을 동등한 시민으로 만들어 유일신은 중심 또는 핵심이라는 권좌를 포기해야 하기 때문이다. 형식의 개념이 소유하고 있는 중심 또는 핵심이라는 절대적인 위상이 시스템 구성에 의해 상대화되어 결과적으로 붕괴되므로, 이 역시 형식주의에 내재해 있는 아포리라고 할 수 있다. .

다음에 형식주의와 실증주의 사이의 상이성을 역시 3가지로 집약할 수 있다. 형식주의와 실증주의 사이의 첫 번째 상이성은 형식주의의 관심은 형식인 반면에, 실증주의의 관심은 이론[89]이라고 할 수 있다. 형식주의자들이 생각하는 형식은 역동적이고 역학적인 기능을 소유하는 반면에, 실증주의자들이 생각하는 이론은 물리학의 중력[90]의 법칙과 같은 것으로 아무런 소유물이, 아무런 특징이 없다고 할 수 있다. 그러나 형식에다 역동적이고 역학적인 기능을 부여함에 의해 형식주의자들은 역시 아포리에 빠지고 있다. 기능을 발휘하는 형식은, 다시 말해 기능의 소유자인 형식은 하나의 **실체**[91]

---

88) Hauff, Jürgen u. a.: Methodendiskussion, Bd. 1, S. 113

89) 이론(Theorie)

90) 중력(Gravitation)

91) 실체(Substanz)

로 인정될 수도 있고, 동시에 그 기능을 물건과 물건 사이에서 일어나는 마찰과 같은 것으로 생각하면 형식은 메커니즘과 같은 것이 되어 실체가 없는 무실체로 인정될 수도 있기 때문이다. 실체인 동시에 무실체라 할 수 있는 형식은 이데아와 진리[92]의 실체를 주장하는 이상주의 철학과 그 실체를 부인하는 실증주의 철학 사이에서 중간입장을 취하는 개념이라 볼 수 있다. 형식주의와 실증주의 사이의 두 번째 상이성은 형식주의자들은 형식이 그 형식의 구성요소들인 전미학적 자료들 사이에 내재해 있다고 생각하는 반면에, 실증주의자들은 이론이 경험세계에 존재해 있는 사물과 사실 외부에 외재해 있다고 생각한다. 그러나 형식이 전미학적 자료들 사이에 내재해 있다는 사실은 전미학적 자료들 하나하나의 입장에서 본다면, 전미학적 자료들 외부에 외재한다고도 볼 수 있다. 따라서 형식주의가 말하는 형식에 대해 내재성과 외재성을 동시에 말할 수 있다는 결론이 된다. 내재성이 이상주의적 개념이고, 외재성이 실증주의적 개념이라면, 내재성과 외재성을 동시에 말하는 형식주의는 이상주의와 실증주의 중간에 위치한다고 할 수 있다. 달리 표현하여 형식주의를 이상주의와 실증주의의 공생이라 한다면 이 역시 아포리라고 할 수 있다. 형식주의와 실증주의 사이의 세 번째 상이성은 형식주의는 형식에 아우토노미를 인정하려는 반면에, 실증주의는 전미학적 자료들 하나하나에 아우토노미를 인정하려 한다고 할 수 있다. 그러나 형식을 예술성 또는 문학성으로 본다면 아우토노미의 인정은 당연하나, 형식을 전미학적 자료들 사이의 순수한 상호관계 내지는 시스템으로 본다면, 다시 말해 메커니즘과 같은 것으로 본다면, 형식의 아우토노미를 부정하는 것도 당연하다. 형식주의자들이 생각하는 형식은 아우토노미의 긍정과 아우토노미의 부정으로 역시 아포리의 성격을 면할 수 없다.

---

92) 이데아(Idea Idee)와 진리(Wahrheit)

3가지 결론을 내리고 논문을 종결한다. 첫째로 형식주의는 이상주의 미학을, 특히 헤겔 미학을 거꾸로 뒤집어놓은 미학이라 할 수 있다. "형식과 내용"이라는 이상주의 미학의 쌍개념과 "형식과 자료"라는 형식주의 미학의 쌍개념을 언급했는데, "형식과 내용"이라는 쌍개념에서 내용은 이데아 또는 진리를 나타내는 개념으로 내용이 형식화하는 관계이다. 헤겔의 표현에 의하면 눈으로 볼 수 없고 귀로 들을 수 없는 이데아 또는 진리가 눈으로 볼 수 있고 귀로 들을 수 있게 감관화를 해야 미가 된다는 것이다. 눈으로 볼 수 없고 귀로 들을 수 없는 이데아 또는 진리는 내용이며 정신의 카테고리에 속한다. 그리고 눈으로 볼 수 있고 귀로 들을 수 있는 감관화는 형식이고 경험세계의 카테고리에 속한다. 이상 헤겔 미학의 관계가 "형식과 자료"라는 형식주의 미학의 쌍개념에서는 역전되는 현상을 보인다. 형식주의의 형식은 눈으로 볼 수 없고 귀로 들을 수 없는 것으로 경험세계를 초월하고, 다시 말해 정신과 같은 카테고리에 속하고, 내용의 자리를 메꿔야 할 자료는 자연 그대로의 전미학적 자료들로 경험세계의 카테고리에 속하기 때문이다. "형식과 내용"이라는 이상주의 미학의 공식을 뒤집어놓은 것이 "형식과 자료"라는 형식주의 미학의 공식이 된다. 둘째로 형식주의는 아포리의 미학이다. 형식주의자들이 생각하는 형식의 개념은 실체와 무실체라는 양면성을 가지고 있다는 사실, 형식주의는 이상주의와 실증주의의 공생이라는 사실, 또 형식의 개념에 대해 아우토노미를 인정할 수도 또 부정할 수도 있다는 사실 등은 아포리를 의미한다. 형식주의 미학은 이상주의 미학인 동시에 실증주의 미학이라 할 수 있으며, 반대로 이상주의 미학도 아니고 실증주의 미학도 아니라고도 할 수 있으며, 또는 이상주의 미학과 실증주의 미학이 하나로 통합해 있는 아포리의 미학이라고도 할 수 있다. 셋째로 형식주의 미학은 예술과 기술 또는 예술과 묘술이라는 양면성, 다시 말해 내재성과 인위성이라는 양면성의 미학이다. 예술의 카테고리를 선택한다면 이는 이상주의 미학과 연결되고, 반면에 기술 또는 묘술의 카테고리를 선택한다면 이는 구조주의 미학과 연결된다. 형식주의 미학은 이상주의 미학으로부터 출발하여 구조주의 미학에 이르는 도상에 있다고도 할 수 있다.

무카로브스키: 예술기호론

1. 미학적 기능

예술작품은 **기호**[1]라는 것이 무카로브스키[2]의 예술기호론인데, 그의 예술
기호론을 논하기 위해서는 미학적 기능, 미학적 규범, 미학적 가치 등 3가지
개념에 대한 설명이 선행해야 한다. 칸트[3]는 **오성, 이성, 판단력**[4]이라는 인간
에 내재한 **선험적 인식원리**[5]에 의해서 자신의 철학체계를 세우는 데 비해, 무
카로브스키는 인간 자체에 내재한 것이 아니라 사회현상에 내재한 **기능**[6]에
의해서 자신의 예술철학을 전개한다. 인간은 사회적 동물이라는 말이 있는
데 이는 인간은 사회 내에서 어떠한 기능이라도 발휘해야 한다는 말이다. 왜
냐하면 아무런 기능도 발휘하지 못한다면 인간은 죽은 것이나 다름이 없기
때문이다. 무카로브스키는 인간이 사회 내에서 발휘하는 기능을 직접적 기

---

1) 기호(記號 Zeichen)

2) 무카로브스키(Jan Mukařovský 1891-1975)

3) 칸트(Immanuel Kant 1724-1804)

4) 오성(悟性 Verstand), 이성(理性 Vernunft), 판단력(判斷力 Urteilskraft)

5) 선험적 인식원리(Erkenntnisprinzip a priori)

6) 기능(技能 Funktion)

능과 기호적 기능[7]으로 크게 2가지 카테고리로 분류하고 다시 직접적 기능의 카테고리를 실천적 기능과 이론적 기능으로, 기호적 기능의 카테고리를 상징적 기능과 미학적 기능으로, 합해서 4개의 기능으로 세분한다.[8] 직접적 기능의 카테고리에 속하는 **실천적 기능**[9]은 인간이 직접적으로 발휘하는 기능들로 빵을 만드는 사람은 제조의 기능을, 빵을 분배하는 사람은 분배의 기능을, 빵을 파는 사람은 판매의 기능을 발휘하고 생존하며, 또 발휘해야 이 사회에서 생존할 수 있다는 것을 의미한다. 따라서 실천적 기능은 인간의 근본적 존재조건을 반영해주는 기능으로 무카로브스키는 "기능 자체"라고 부른다.[10] 실천적 기능은 인간의 가장 기초적이고 보편적인 기능으로, 인간은 이 실천적 기능에 의해 사회생활에 참여하고, 사회에 영향을 행사하며, 사회를 변화 발전시킨다고 무카로브스키는 설명한다. 그리고 실천적 기능은 가장 보편적인 기능이기 때문에 눈에 띄지 않아 특징이 없는 기능이라 할 수 있으나 나머지 3개의 기능들, 이론적 기능, 상징적 기능, 미학적 기능들의 중심이 되는 기능이라는 것이 무카로브스키의 설명이다. 다음에 역시 직접적 기능의 카테고리에 속하는 **이론적 기능**[11]은 실천적 기능과는 다른 기능으로, 예를 들어 빵을 어떻게 하면 질은 좋고, 값은 싸게 제조하느냐 하는 이론에 관한 기능을 의미한다. 빵 제조자의 제조기능만으로는, 분배자의 분배기능만으로는, 판매자의 판매기능만으로는 완전하지 못하다는 설명이다. 하나의 기능을 소유하고 있다고 해서 그 기능을 이론에 의해서 반성하고 발전시키

---

7) 직접적 기능(unmittelbare Funktion)과 기호적 기능(zeichenhafte Funktion)

8) Mukařovský, Jan: Der Standort der ästhetischen Funktion unter den übrigen Funktionen, in: Mukařovský, Jan: Kapitel aus der Ästhetik, Frankfurt/M. S.130 f.

9) 실천적 기능(praktische Funktion)

10) Mukařovský, Jan: Der Standort der ästhetischen Funktion unter den übrigen Funktionen, in: Mukařovský, Jan: Kapitel aus der Ästhetik, Frankfurt/M. S. 131
"기능 자체"(Funktion katexochen)

11) 이론적 기능(theoretische Funktion)

지 않는다면 사회생활에서 낙후되고 끝에 가서는 소외되어 제거되기 때문이다.

기호적 기능의 카테고리에 속하는 **상징적 기능**[12]을 설명할 차례다. 실천적 기능에 의해 생산된 빵이 살기 위해서 먹는 음식 역할만 하는 것이 아니라, 빵은 예수의 살이고 포도주는 예수의 피라는 성경의 의미로 상징적 기능도 발휘할 수 있다는 설명이다. 실제적으로 적의 침입을 막기 위해 세워진 만리장성이 중국의 문화를 상징하는 등 실천적 기능에 의해 생산된 것이 본연의 기능을 상실하고 상징적 기능을 발휘하는 예는 얼마든지 있다. 다시 말해 인간이 실제로 생존하기 위해 만들어낸 것들이 생존문제 자체와는 관계없는 상징물로 변질하는 예는 얼마든지 있다. 마지막으로 역시 기호적 기능의 카테고리에 속하는 **미학적 기능**[13]도 상징적 기능과 같이 실천적 기능과 밀접한 관계를 가지고 있다. 실천적 기능에 의해 생산된 빵이, 다시 말해 살기 위해 먹어야 할 빵이 너무 아름다워 먹어 없애기에는 아까운 경우가 있다. 먹어 없애기에는 너무나 아까운 빵은 본래의 기능인 실천적 기능을 상실하고 미학적 기능을 발휘한다고 보아야 한다. 실제적으로 적의 침입을 막기 위해 세워진 만리장성이 중국의 거대한 미, 숭고미를 나타낸다고 본다면, 실천적 기능이 미학적 기능으로 변질된다고 보는 것이 옳다. 지금까지의 설명을 종합하면, 첫째로 무카로브스키의 예술철학은 사회현상에 내재한 기능을 출발점으로 하는데, 그것도 가장 기초적이고 보편적인 **실천적 기능**을 출발점으로 한다. 둘째로 무카로브스키 예술철학의 테마는 4개의 기능 중 미학적 기능이 되는데, 그것도 가장 기초적이고 보편적인 실천적 기능과의 관계 내에서의 미학적 기능이 테마가 된다. 셋째로 실천적 기능과 미학적 기능

---

12) 상징적 기능(symbolische Funktion)

13) 미학적 기능(ästhetische Funktion)

을, 사회현상과 예술현상을, 사회학과 미학을 중개하려는 것이 무카로브스키의 의도라고 할 수 있다. 사회학과 미학의 중개를 위해 무카로브스키는 미학적 기능, 미학적 규범, 미학적 가치 등 3단계로 나누어 자신의 이론을 전개한다.

미학적 기능을 무카로브스키는 3가지 능력으로 규정하는데, 그 3가지 능력은 대상을 격리시켜 관심을 끌게 하는 능력, 만족감을 불러일으키는 능력, 이미 상실된 기능을 대치하는 능력 등이 그 3가지 능력이다.[14] 미학적 기능이 발휘하는 첫 번째 능력은 대상을 격리시켜 관심을 끌게 하는 것으로 인간생활의 모든 구석구석에 편재해 있는 능력을 의미한다. 일체의 예식행위, 일체의 제식행위가 그 예이다. 남녀가 결혼을 한다면 같이 살면 되는데도 안 해도 될 결혼식을 하며, 그것도 눈에 띄게 많은 사람들의 관심을 끄는 결혼식을 하려는 예, 죽은 사람을 위한 제사도 사실은 필요 없는 것임에도 불구하고 (왜냐하면 죽은 사람이 먹을 수 없기 때문에) 많은 음식을 차려놓는 예, 옷을 입는데도 아름답게 남의 눈에 띄게 옷을 입으려는 예 등은 인간생활에 편재해 있는 현상으로 대상을 격리시켜 많은 사람들의 관심을 끌려는 미학적 기능의 능력 중의 하나이다. 미학적 기능이 발휘하는 두 번째 능력인 만족감을 불러일으키는 능력 역시 인간생활과 분리할 수 없는 현상을 나타낸다. 예를 들어 식사시의 예나 시민생활의 예의는 지키지 않아도 인간은 살 수 있으나 지키는 것이 만족감을 준다는 설명이다. 식사시에 쩍쩍거리고, 홀쩍거리며 먹어도 소화만 잘 되면 인간은 잘 살 수 있으며, 또 전철이나 버스 안에서 자리를 양보하지 않아도 법적으로는 하자가 없다고 할 수 있으나, 쩍쩍거리거나 홀쩍거리지 않는 것이, 그리고 자리를 양보하는 것이 사람들에게 만족감을 준다는 설명이다. 미학적 기능이 발휘하는 세 번째 능력으로 이

---

14) Mukařovský, Jan: Ästhetische Funktion, Norm und ästhetischer Wert als soziale Fakten, S. 33, 34

미 상실된 기능을 대치하는 능력 역시 인간생활에 널리 편재해 있는 현상을 나타낸다. 예를 들어 해인사에 보관된 팔만대장경 목판은 지금은 책으로 출판되어 있으며 더구나 컴퓨터 기술의 발달로 더 이상 필요 없는 공해가 될 수 있는 물건으로 전락했으나, 그럼에도 불구하고 소각하여 없애지 않고 영원히 보전하려는 이유는 미학적 기능의 역할이라 할 수 있다. 팔만대장경 목판은 원래 불교의 경전을 출판하려는 실천적 기능을 담당했으나, 지금은 그 실천적 기능이 상실되고 그 자리를 미학적 기능이 대신한다는 설명이다. 원래의 실천적 기능을 차후의 미학적 기능으로 대치하는 경우는 일체의 문화와 예술의 영역에 적용되는 경우다. 종합하여 미학적 기능이 발휘하는 3개의 능력은 인간생활과 직접적으로 관계를 맺고 있으며, 인간생활의 모든 구석구석에 편재해 있는 현상을 보여준다. 3개의 능력을 발휘하는 미학적 기능은 사물과 사건의 겉치레만을 하려는 물거품과 같은 것이라고 말하는 사람도 있겠으나 사실은 인간의 개인생활에 그리고 사회생활에 깊숙이 침투되어 있어, 미학적 기능을 제외하고는 인간생활을 생각할 수 없다는 것이 무카로브스키의 주장이다.

인간의 개인생활과 사회생활에 깊숙이 침투되어 있는 미학적 기능을 니체의 철학을 빌려 표현하자면, 겉치레 또는 물거품이라 할 수 있는 미학적 현상 자체가 인생이라고까지 말할 수 있다. "미학적 현상" 또는 "미학적 기능"이라는 표현에서 "미학적"[15]이라는 개념이 문제가 되는데 "미학적"이라는 형용사 표현을 간단한 한글표현으로 "미학"이라 표시한다면, 무카로브스키는 미학의 범위를 다음 3가지로 규정하고 있다. 위에서 언급한 미학적 기능의 3가지 능력을 미학이란 무엇이냐 하는 미학의 존재론이라 한다면, 미

---

15) "미학적"(ästhetisch)

학의 범위는 미학의 토포스[16]를 나타내는 미학의 위상론이라 할 수 있다. 첫째로 무카로브스키는 미학과 비미학 사이의 고정된 경계선은 없다고 말한다.[17] 다시 말해 미학적인 현상과 미학 외적인 현상 사이에는 고정된 경계선이란 없다는 것이 무카로브스키의 주장이다. 인간의 호흡까지도 그것이 규칙적으로 그리고 건강하게 혈액순환의 율동에 따라 이루어지는 호흡이라면 아름다워 미학적이라고 할 수 있는 반면에, 바로 미학적인 것이 되도록 만들어진 예술작품이 인간의 관심을 끌지 못해 비미학적인 것으로 되는 경우가 있다는 설명이다.[18] 새우젖 장사에게는 새우가 하도 싱싱하고 아름다워 미학적이겠지만 그 새우젖 장사에게 괴테의『파우스트』는 괴테가 누구인지도 몰라 비미학적이라는 설명이다. 인간의 호흡행위가 미학과 관계없어 비미학적이라는 말이 틀렸으며, 괴테의『파우스트』가 미학만을 위해 만들어졌기 때문에 미학적이라는 말이 틀렸다는 설명, 아니면 인간의 호흡행위가 그리고 괴테의『파우스트』가 미학적이기도 하고 비미학적이기도 하다는 설명, 미학과 비미학 사이에는 고정된 경계선은 없다는 설명이다. 둘째로 무카로브스키는 하나의 대상이나 하나의 사건이 미학적이냐 아니면 비미학적이냐 하는 문제는 "사회적 콘텍스트"[19]에 의해 결정된다고 설명한다.[20] 무카로브스키가 말하는 "사회적 콘텍스트"는 시간, 공간, 판단자 등 3개의 요소를 포함하고 있다. 새우가 싱싱하고 아름다워 미학적이 된다는 사실에서 시간은 지금 21세기며, 공간은 여기 한국이며, 판단자는 바로 새우젖을 팔고 있는 새우젖 장사이기 때문이라는 설명이다. 시간이 지금이 아니라 100년 전이며, 공간이 여기 한국이 아니라 독일이며, 판단자가 새우젖 장사가 아니

---

16) 토포스(Topos)

17) Mukařovský, Jan: Ästhetische Funktion, Norm und ästhetischer Wert als soziale Fakten, S. 12

18) ebd. S. 12

19) "사회적 콘텍스트"(gesellschaftlicher Kontext)

20) Mukařovský, Jan: Ästhetische Funktion, Norm und ästhetischer Wert als soziale Fakten, S. 12, 13

라 빵 장사라면 새우는 미학적이 아니라 비미학적이 된다는 설명이다. "미학적"이라는 형용사는 대상이나 사건의 본래의 성질, 즉 본성을 나타내는 것이 아니라, 오히려 시간, 공간, 판단자라는 3개의 요소로 구성되어 있는 "사회적 콘텍스트"의 본성을 나타낸다는 것이 무카로브스키의 생각이다. 한편으로는 대상이나 사건 그리고 다른 한편으로는 "사회적 콘텍스트", 양자관계로 볼 때 미학의 위상은, 미학의 토포스는 후자인 "사회적 콘텍스트"가 된다는 설명이다. 셋째로 무카로브스키는 미학과 비미학 사이의 **"변증법적 안티노미"**[21]를 주장한다. 미학이 강해지면 비미학이 약해지고, 반대로 미학이 약해지면 비미학이 강해진다는 설명이다. 달리 표현하면, 미학적 기능이 강해져서 새우가 아름답게 보이면 새우를 먹어 없앨 수 없어 실천적 기능이 약해지고, 또 반대로 미학적 기능이 약해지면 아름답게 보이지 않아 먹어 없어지므로 실천적 기능이 강해진다는 설명이다.

다음에는 미학과 비미학의 문제에 병행하는 예술과 비예술의 문제를 역시 3단계로 나누어 설명하면 다음과 같다. 첫째로 미학과 비미학 사이에 고정된 경계선이 없는 것과 같이, 예술과 비예술 사이에도 고정된 경계선이 없다는 것이 무카로브스키의 주장이다.[22] 예술이냐 비예술이냐 하는 예술의 문제는 (예술작품이 비록 미학적 기능만을 위해 만들어졌다 하더라도) 예술작품의 문제와는 별개의 것이라고 무카로브스키는 주장한다. 예술작품이 비예술작품으로 변하는 경우가 있고, 반대로 비예술작품이 예술작품으로 변하는 경우가 있어, 예술이냐 비예술이냐 하는 예술의 문제는 반드시 예술작품만을 다룰 필요는 없다는 설명이다. 둘째로 예술과 비예술 사이에 고

---

21) ebd. S. 15
 "변증법적 안티노미"(dialektische Antinomie)
22) ebd. S. 17

정된 경계선은 없다고 하나, 예술은 미학적 기능이 다른 기능들보다 지배적인 경우이고, 비예술은 다른 기능들이 미학적 기능보다 지배적인 경우라고 무카로브스키는 주장한다.[23] 예술은 미학적 기능이 지배적이나 그 지배력을 상실하면 비예술로 전락할 가능성이 있으며, 또 비예술도 미학적 기능만 강하게 발휘한다면 예술로 승격할 수 있다는 말이다. 셋째로 미학과 비미학 사이의 "변증법적 안티노미"와 같이, 예술과 비예술 사이의 **"변증법적 안티노미"**를 무카로브스키는 주장한다. 그러나 미학과 비미학 사이의 변증법적 안티노미는 미학적 요소가 있느냐 없느냐 하는 유와 무 사이의 안티노미인 반면에, 예술과 비예술 사이의 변증법적 안티노미는 미학적 기능의 우세냐 아니면 열세냐 하는 지배력과 피지배력 사이의 안티노미라고 무카로브스키는 설명한다.[24] 미학적 기능이 강해지면 예술이 되고, 반대로 비미학적 기능들이 (4개의 기능들 중 미학적 기능만을 제외한 다른 기능들, 즉 실천적 기능, 이론적 기능, 상징적 기능 등이) 강해지면 비예술이 된다는 말인데, 4가지 경우를 상상할 수 있다. 첫째 경우는 미학적 기능이 우세하고 다른 기능들이 열세한 경우, 둘째 경우는 반대로 미학적 기능이 열세하고 다른 기능들이 우세한 경우, 셋째 경우는 미학적 기능만이 전부이고 다른 기능들이 전무한 경우, 넷째 경우는 반대로 미학적 기능이 전무이고 다른 기능들만이 전부인 경우 등 4가지다. 이상 4가지 경우 중에서 첫째 경우와 둘째 경우만 예술과 비예술 사이의 변증법적 안티노미를 형성할 수 있어 수용하고, 셋째 경우와 넷째 경우는 예술과 비예술 사이의 안티노미를 형성할 수 없으므로 무카로브스키는 배제시킨다. 변증법적 안티노미는 반드시 상반되는 2개의 요소를 필요로 하므로 한 개의 요소로만 되어 있는 미학적 기능만의 독존이나 다른 기능들만의 독존은 안티노미를 형성할 수 없기 때문이다. 그리고 안티노미를

---

23) ebd. S. 18

24) Mukařovský, Jan: Ästhetische Funktion, Norm und ästhetischer Wert als soziale Fakten, S. 19

형성할 수 없는 미학적 기능만의 독존과 다른 기능들만의 독존을 무카로브스키가 제외시키는 더 중요한 이유는 일정한 하나의 기능만을 위해서 존재하는 물건이나 사건은 없다고 보기 때문이다. 예를 들어 미학적 기능만을 위해서 만들어진 "모나리자의 미소"라는 예술작품도 경매시장에 내놓아 많은 돈을 받고 판다면 재산획득을 위한 실천적 기능을 발휘할 수 있으며, 실천적 기능만을 발휘해야 할 새우젓 장사의 새우도 하도 아름다워 먹어 없앨 수 없는 상태라면 미학적 기능을 발휘하기 때문이다.

지금까지 미학적 기능과 예술 사이의 여러 가지 관계를 논했는데, 미학적 기능이 우세하여 예술이 되는 경우, 미학적 기능이 존재하기는 하나 열세하여 비예술이 되는 경우 등 2가지 경우가 예술과 비예술 사이의 변증법적 안티노미를 구성하게 된다. 미학적 기능과 관련하여 무카로브스키는 예술을 다음 3가지로 정의한다. 첫째로 예술은 폐쇄된 영역이 아니기 때문에 예술과 비예술 사이에는 고정된 경계선도 없으며, 또 예술과 비예술을 분리하는 기준도 없다는 것이 무카로브스키의 주장이다. 따라서 둘째로 예술은 자신의 발전내재[25]에 의해, 다시 말해 자체적인 발전변화에 의해 자신의 영역을 확장하기도 또 축소하기도 한다는 것이 무카로브스키의 생각이다. 셋째로 확장 또는 축소라는 예술영역의 역동성을 만들어내는 주체는 미학적 기능의 우세 아니면 미학적 기능의 열세라는 2개의 극[26]이라고 무카로브스키는 설명한다.[27] 미학적 기능의 우세냐 아니면 열세냐 하는 양극이 무카로브스키 이론의 열쇠가 된다는 말인데 무카로브스키가 생각하는 미학적 기능을 다시 다음과 같이 종합할 수 있다. 첫째로 미학적 기능은 어느

---

25) 발전내재(Entwicklungsimmanenz)

26) 극(Polarität)

27) Mukařovský, Jan: Ästhetische Funktion, Norm und ästhetischer Wert als soziale Fakten, S. 29

사물이나 사건의 본성을 나타내는 것도 아니고, 또 그 사물이나 사건의 본성에 의해 발생되는 것도 아니다. 둘째로 미학적 기능은 그렇다고 해서 그 사물이나 사건을 바라보는 주관에 의해서만 발생하는 것도 아니라는 것이 무카로브스키의 생각이다. 미학적 기능이 주관에 의해서만 결정된다면 이는 극단적인 주관주의로 범미학주의, 따라서 범예술주의에 빠질 위험성이 있기 때문이다. 내가 단독으로 미학적이라 단언하면 미학적이고, 예술이라 단언하면 예술이 되는 것으로 여기에는 이론도 반론도 있을 수 없기 때문이다. 셋째로 이상의 극단적인 주관주의를 제거하기 위하여 미학적 기능은 안정되어야 하는데 이 안정화[28]의 문제는 사회공동체에 의해서 해결된다고 무카로브스키는 설명한다. "사회공동체"라는 개념을 무카로브스키는 "사회적 콘텍스트", "사회적 총체성", "집단의식" 등으로도 표현하는데 모두 동일한 의미를 나타낸다. 어느 사물이나 사건이 미학적이냐 아니면 비미학적이냐 하는 문제는, 따라서 어느 사물이나 사건이 예술이냐 아니면 비예술이냐 하는 문제는 주관에 의해서, 주관 마음대로 결정되는 것이 아니라, 사회공동체를 대변하는 "사회적 총체성"에 의해서 결정되기 때문에, 주관은 "사회적 총체성"을 지배하고 있는 룰을, 다시 말해 미학적 규범[29]을 따라야 한다는 결론이 된다. 그리고 미학적 기능의 문제는 결국 "사회적 총체성"의 문제가 되므로 미학적 기능에 의한 사회학[30]이 가능한 문제라고 무카로브스키는 말하기도 한다.

---

28) 안정화(Stabilisierung)

29) 미학적 규범(ästhetische Norm)

30) Mukařovský, Jan: Ästhetische Funktion, Norm und ästhetischer Wert als soziale Fakten, S. 32

2. 미학적 규범

규범[31]이란 원래 규칙이나 법칙과 같이 **불변화**와 **구속성**을 의미한다. 조령모개 식으로 아침에 정한 규범이 저녁에는 더 이상 규범이 아니라면 그것을 규범이라 할 수 없으며, 또 한 번 정한 규범을 지키지 않아도 좋다는 무구속성의 규범이라 한다면 그것 역시 규범이라 할 수 없다는 말이다. 규범이란 따라서 극단화시켜 표현한다면 영원한 불변화와 절대적 구속성에 대한 요구를 가지고 있다는 것이, 달리 표현하면 영원한 불변화와 절대적 구속성에 대한 요구 자체가 규범이라 할 수 있다. 미학적 규범[32]은 그러나 영원한 불변화와 절대적 구속성에 대한 요구 자체라는 규범에 대한 극단적인 해석과는 다르다는 것이 무카로브스키의 주장이다. 바움가르텐[33]을 위시하여 전통미학은 미의 영원하고 절대적인 전제조건을 찾아내려 했고, 페히너[34]를 위시한 현대 실험미학은 주관적인 취미라는 주관적 요소를 제거함에 의하여 보편적이고 구속적인 미의 전제조건을 찾아내려고 했는데, 이들 미학들은 모두 잘못된 미학이라는 것이 무카로브스키의 비판이다.[35] 전통미학은 형이상학적 그리고 인류학적 기반으로부터 영원한 불변화와 절대적 구속성을 유도해내려 했고, 현대의 실험미학은 주관적인 요소들을, 다시 말해 예술작품을 생산한 예술가와 예술작품을 감상하는 수용자의 주관을 제거함에 의하여 객관적인 미의 규범을 유도해내려 했는데, 이들 미학들이 주장하는 영원한 불변화와 절대적 구속성을 지녔다는 미학적 규범은 그리고 객관적이라고 주장하는 미학적 규범은 진정한 미학적 규범이 아니라는 것이 무카로브

---

31) 규범(規範 Norm)

32) 미학적 규범(ästhetische Norm)

33) 바움가르텐(Alexander Gottlieb Baumgarten 1714-1762)

34) 페히너(Gustav Theodor Fechner 1801-1887)

35) vgl. Mukařovský, Jan: Ästhetische Funktion, Norm und ästhetischer Wert als soziale Fakten, S. 35

스키의 비판이다. 진정한 미학적 규범은 형이상학적 기반이나 인류학적 기반에서 유도해내서도 안 되고, 또 단순히 주관적 요소들만 제거한다고 해서 발견되는 것도 아니라는 것이 무카로브스키의 주장이다. 무카로브스키에 의하면 진정한 미학적 규범은 형이상학적인 시각도 아니고, 인류학적인 시각도 아니고 그리고 주관적인 시각도 아닌 사회적인 시각에 의해, 다시 말해 "사회적 콘텍스트"에 의해 결정된다. "사회적 콘텍스트"란 사회적 총체성을 의미하므로, 미학적 규범은 사회적 총체성에 의해서, 달리 표현하여 사회적인 집단의식[36]에 의해서 결정된다는 것이 무카로브스키의 주장이다.

　사회적 총체성을 의미하는 사회적인 집단의식에 의해 결정되는 미학적 규범을 무카로브스키는 대개 3개의 단계로 나누어서 설명하는데 다음과 같다. 첫째 단계로 미학적 규범은 불변화와 변화, 아니면 구속성과 무구속성 사이에서 일어나는 변증법적 안티노미[37]라고 정의한다.[38] "불변화"가 강하면 "변화"가 약해지고 반대로 "변화"가 강하면 "불변화"가 약해진다는 말이다. 하나의 미학적 규범을 절대적으로 지켜야 한다는 구속성이 강하면 지키지 않아도 된다는 무구속성이 없어지고 반대도 그렇다는 말이다. 미학과 비미학 사이에 그리고 예술과 비예술 사이에 고정된 경계선이 없는 것과 같이 불변의 규범과 변화의 규범 사이에도 고정된 경계선은 없다는 설명이다. 하나의 미학적 규범이 절대적이어서 반드시 지켜야 된다고 생각되던 것이 변하여 지킬 필요가 없는 규범으로, 다시 말해 규범 아닌 규범으로 변하는가 하면, 규범이 아니었던 것이 지켜야하는 규범으로 승격할 수도 있다는 설명이다. 사회적 집단의식에 의해 결정되는 미학적 규범은 그 집단의식의 변화에

---

36) 집단의식(Kollektivbewuβtsein)

37) 변증법적 안티노미(dialektische Antinomie)

38) Mukařovský, Jan: Ästhetische Funktion, Norm und ästhetischer Wert als soziale Fakten, S. 36

따라서 미학적 규범 자체도 변한다는 설명이고, 불변화와 변화 사이에서 그리고 구속성과 무구속성 사이에서 일어나는 **변증법적 안티노미**라는 미학적 규범의 성격은 불변화와 변화, 구속성과 무구속성 양자를 수용한다는 설명이 된다. 불변화와 변화 사이의, 구속성과 무구속성 사이의 변증법적 안티노미를 철학적으로 표현하면, 불변화는 변화이고, 반대로 변화는 불변화라는 표현이 된다. 구속성은 무구속성이고, 반대로 무구속성은 구속성이라는 표현이 된다. 불변화와 변화라는 표현에 의해서만 종합하면, 불변의 규범은 어느 때고는 변해야 규범이라 할 수 있고, 또 반대로 계속 변하는 규범은 어느 때고는 변화를 중지해야 규범이 될 수 있다는 말이 된다.

둘째 단계로 무카로브스키는 미학적 규범을 영원히 불변하는, 따라서 절대적으로 지켜야 하는 구속성을 지닌 **법칙**[39)]으로부터 분리시키는 설명을 한다. 불변하는, 따라서 반드시 지켜야만 한다는 구속성을 지닌 법칙에는 자연세계에 내재한 자연법칙과 인간에 내재한 인성법칙이 있는데, 예술세계에 내재한 미학적 규범은 자연법칙이나 인성법칙과는 다르다는 설명이다. 물건이 위에서 아래로 떨어진다는 만유인력의 법칙, 물은 위에서 아래로 흐른다는 법칙 등, 자연세계를 지배하는 자연법칙과 예술세계를 지배하는 미학적 규범은 구별되어야 한다는 것이 무카로브스키의 주장이다. 자연주의는 자연세계의 자연법칙을 예술세계에까지 연장하려 했는데, 이는 예술세계를 자연세계화해서 결국 예술세계를 제거하는 결과를 가져온다고 무카로브스키는 비판한다. 다음에 인간세계에 내재한 인성법칙으로 음악과 같은 시간예술의 기초가 되는 리듬 그리고 회화, 조각, 건축과 같은 공간예술의 기초가 되는 수직선, 수평선, 직각, 대칭형, 황금분할[40)] 등을 무카로브스키는 예

---

39) 법칙(法則 Gesetz)
40) 황금분할(der goldene Schnitt)

로 든다. 리듬은 인간의 혈액순환과 호흡운동에서 기인하는 것으로 모든 인간에 공통적이고 또 수직선, 수평선, 직각, 대칭형, 황금분할 등도 역시 인간의 시각에 내재된 것으로 모든 인간에 공통적이라는 설명이다. 이들 인간세계에 내재한 인성법칙들이 깨어질 때는 거부감을 일으키는 것은 사실이나, 그렇다고 해서 인성법칙을 예술법칙화하려는 시도는, 다시 말해 미학적 규범을 인성법칙에서 유도해내려는 시도는 잘못된 이론이라는 것이 무카로브스키의 주장이다. 인성법칙, 즉 예술법칙이라는 이론은, 다시 말해 인성법칙, 즉 미학적 규범이라는 이론은 인간세계와 예술세계 사이의 구별을 없애, 즉 현실과 예술 사이의 구별을 없애 예술의 **아우토노미**[41]를 부정하는 결과를 가져온다는 것이 무카로브스키의 주장이다. 예술의 아우토노미를 부정하는 것이 아니라 긍정하려는 것이 무카로브스키의 예술철학이다.

셋째 단계로 미학적 규범에 대한 정의를 시도하기 위해 무카로브스키는 미학적 규범이란 **역사적 산물**[42]이라는 명제를 제시한다. "역사적 산물"이라는 개념에서 "역사적"이라는 표현은 시간과 공간을 의미하는 개념으로 시간의 변화에 따라 그리고 공간의 변화에 따라 미학적 규범이 변한다는 말이 된다. 미학적 규범은 불변하는 자연법칙이나 역시 불변하는 인성법칙과는 독립된 것으로 역사적이고 따라서 사회적이라는 말인데, 이 명제를 증명하기 위해서 무카로브스키는 미학적 규범은 변한다는 논리와 그리고 불변한다는 논리, 이중적인 전략을 사용한다. 그 이중적인 전략을 무카로브스키는 "예술 내재적인 모순성"과 "예술 외재적인 역사성"에 적용한다. **예술 내재적인 모순성**은 예술작품은 자체 내에 극과 극, 양극이 내재해 있다는 설명이다. 예술작품은 **만족감**을 불러일으켜야 하는데, 만족감의 존재를 위해서는

---

41) 아우토노미(Autonomie 자율성)
42) 역사적 산물(historisches Faktum)

그의 정반대인 **거부감**의 존재가 필수적이라는 설명이다. 거부감 없이는 만족감이 있을 수 없고, 반대로 만족감이 있으면 반드시 거부감이 있기 때문이라는 말이다. 진정한 예술작품은 만족감과 거부감 사이의 변증법적 안티노미라는 말인데, 만족감과 거부감 사이의 변증법적 안티노미를 무카로브스키는 만족감과 거부감 사이의 **긴장감**[43]이라고도 표현하고, 이 긴장감을 주는 예술작품만이 진정한 예술작품, 살아 있는 **예술작품**이라고 설명한다. 예술세계에 내재한 미학적 규범을 무카로브스키는 자연세계에 내재한 자연법칙이나 인간세계에 내재한 인성법칙에서 분리 독립시키려 한다는 내용을 언급했는데, 다시 말해 자연법칙이나 인성법칙과 예술법칙인 미학적 규범을 동일시하려는 것은 잘못이라는 내용을 언급했는데, 여기서는 무카로브스키는 제거하려 했던 자연법칙과 인성법칙을 다시 수용하여 긍정적인 계기로 사용하고 있다. 예술은 결코 인간에 의해서, 인간을 위해서만 존재할 수 있으므로 그리고 그 예술의 중심이 되는 인간은 자연법칙과 인성법칙에 순응해야만 하므로, 결국 제거하려 했던 자연법칙과 인성법칙은 예술법칙인 미학적 규범과 전혀 무관한 것은 아니라는 설명이다. 제거하려 했던 자연법칙과 인성법칙은 다시 수용되어 예술법칙인 미학적 규범에 대해 의미를 행사하는데, 그 의미는 바로 거부감을 불러일으키는 것이라는 설명이다. 자연법칙과 인성법칙에 대한 순응을 **구심적 경향**이라 하고, 자연법칙과 인성법칙에 어긋나서 멀리 하려는 경향을 **원심적 경향**[44]이라고 하면서 바로 이 원심적 경향이 살아 있는 생생한 예술작품을 위해 절대적으로 필요한 거부감을 보증해준다는 설명이다.[45] 인간이 절대적으로 지켜야 하는 자연법칙과 인성법칙 없이는 구심적 경향도 있을 수 없으며, 또 구심적 경향 없이는 긴장감

---

43) 긴장감(Spannung)

44) 구심적 경향(zentripetale Tendenz)과 원심적 경향(zentrifugale Tendenz)

45) vgl. Mukařovský, Jan: Ästhetische Funktion, Norm und ästhetischer Wert als soziale Fakten, S. 43

을 주어 예술작품을 생동하게 만드는 원심적 경향도 있을 수 없다는 말이다. 물이 밑에서부터 위로 흐른다는 자연법칙의 파괴나, 좁은 토대 위에 서 있는 넓은 건물이라는 인간시각에 거부감을 주는 인성법칙의 파괴 등은 자연세계나 인간세계에서는 불가능하나 예술세계에서는 가능하며, 그것도 살아서 생동하는 예술작품을 보장해준다는 설명이다. 자연법칙이나 인성법칙과 같은 불변하는 법칙 또는 규범이 있는데, 이 불변의 법칙 또는 규범을 파괴하여 변화시키는 것이 미학적 규범이라는 설명이다.

미학적 규범은 변한다는 논리를 위해서 예술 내재적인 모순성 다음에 예술 외재적인 역사성을 설명할 차례다. 예술 외재적인 역사성에 대한 설명은 역시 시간차원에 의한 설명인데 무카로브스키는 과거와 미래, 과거의 규범과 미래의 규범이라는 2가지 시간차원에 의해서 설명한다. 예술작품 자체 내에는 과거와의 관계를 유지하려는 요소와 반대로 미래와의 관계를 찾으려는 요소, 2가지 요소가, 달리 표현하면 과거의 미학적 규범을 지시하는 요소와 반대로 미래의 미학적 규범을 예시하는 요소, 2가지 요소가 내재해 있다고 무카로브스키는 말한다.[46] 살아서 생동하는 예술작품은 언제나 과거의 규범과 미래의 규범 사이에서 움직이고 있고, 현재의 순간, 즉 우리가 예술작품을 관찰하고 있는 현재의 순간은 과거의 규범과 과거규범의 파괴 사이에서 일어나는, 과거규범의 파괴는 미래규범의 예시를 의미하므로, 과거규범과 미래규범 사이에서 일어나는 긴장감 이외에는 아무것도 아니라는 주장을 무카로브스키는 한다.[47] 과거규범과 과거규범의 파괴, 아니면 과거규범의 지시와 미래규범의 예시 사이의 긴장감의 예로, 철학적인 표현을 사용

---

46) ebd. S. 48
47) ebd. S. 49

하여 과거규범과 미래규범 사이의 변증법적 안티노미의 예로 인상주의[48]를 무카로브스키는 다음과 같이 설명한다. 인상주의의 미학적 규범은 원래 자연의 대상 자체를 전달하려는 **자연주의**[49]와는 달리, 자연의 대상이 주는 순간적인 **감관인상**[50]을 전달하는 것이라고 무카로브스키는 설명한다. 자연주의의 대상이 자연이라면, 자연이 주는 감관인상이 인상주의의 대상이므로, 인상주의의 대상은 자연주의의 입장에서 본다면 대상의 대상이라고 할 수 있다. 다음에 인상주의 자체 내에는 처음부터 감관인상을 전달하려는 경향 외에도 그의 반대 경향인, 감관인상을 파괴하려는 경향도 함께 내재해 있었다고 무카로브스키는 설명하면서 바로 이 후자가, 즉 감관인상을 파괴하려는 경향이 **상징주의**[51]가 된다고 말한다. 인상주의에서 상징주의에로 넘어가는 현상을 직선적인 원근법이 평면적인 원근법인 색깔의 유희로 변하는 순간이라고 무카로브스키는 설명한다.[52] 감관인상을 전달하려는 경향과 감관인상을 파괴하려는 경향, 2개의 상반되는 경향을 합해서 인상주의라고 부른다고 무카로브스키는 설명한다. 결론적으로 인상주의는 자연주의의 대상을 대상으로 하므로 자연주의에 대한 지시를 내포하고 있고, 또 감관인상을 파괴하려는 상징주의에 대한 예시도 내포하고 있다는 설명이다. 인상주의는 과거 자연주의의 미학적 규범과 미래 상징주의의 미학적 규범 사이에서 일어나는 긴장감 또는 변증법적 안티노미 이외에는 아무것도 아니라는 설명이다. 자연주의에서 인상주의로 변하는 것은 필연이고, 또 인상주의에서 상징주의로 변하는 것도 필연이라는 설명이다. 미학적 규범은 변하는 것이고,

---

48) 인상주의(Impressionismus)

49) 자연주의(Naturalismus)

50) 감관인상(Sinneseindruck)

51) 상징주의(Symbolismus)

52) Mukařovský, Jan: Ästhetische Funktion, Norm und ästhetischer Wert als soziale Fakten, S. 49

또 변해야 한다는 설명이다. 예술사[53]란 과거규범에 대한 미래규범의 반발, 내지는 과거규범을 미래규범으로 대치하는 프로쎄스 이외에는 아무것도 아니라고 무카로브스키는 주장한다.[54] 과거 전통규범만 고수하는 예술작품은 진부하고 모방적이지만, 미래의 새로운 규범을 시도하는 예술작품은 일회적이고 독창적이라고 무카로브스키는 말한다. 극단적으로 표현하면, 존재해있는 미학적 규범을 지키는 것이 아니라, 파괴하는 것이, 규범파괴 자체가 진정한 예술이고, 진정한 예술작품이라는 설명이다. 불변하는 것이 규범이라면 불변의 규범을 파괴하여 변화시키는 것이 규범이라는, 다시 말해 미학적 규범이라는 역설적인 설명이다.

3. 미학적 가치

무카로브스키가 논하는 3개의 단계 미학적 기능, 미학적 규범, 미학적 가치 중에서 미학적 기능과 미학적 규범을 논했으므로 마지막으로 **미학적 가치**[55]를 논할 차례다. 미학적 기능이 미학적 가치를 창조하는 동적인 힘이라 한다면 미학적 규범은 미학적 가치를 측정하는 잣대와 같은 규칙이라 할 수 있으므로 핵심이 되는 것은 미학적 가치가 된다. 다시 말해 중심개념인 미학적 가치를 논하기 위해서 무카로브스키는 미학적 기능과 미학적 규범을 논했다고 할 수 있다. 무카로브스키 미학의 중심개념이 되는 미학적 가치는 그러나 다음과 같은 복잡성을 띠고 있다. 우선 미학적 기능의 영역과 미학적 가치의 영역이 일치하지 않는다는 사실에 복잡성이 놓여 있다. 미학적 기능

---

53) 예술사(藝術史)

54) Mukařovský, Jan: Ästhetische Funktion, Norm und ästhetischer Wert als soziale Fakten, S. 46

55) 미학적 가치(ästhetischer Wert)

의 영역은 광범위한데 비해 미학적 가치의 영역은 협소하다는 데 복잡성이 놓여 있다. 새우젖 장사의 새우가 싱싱하고 아름다워 미학적 기능을 발휘한다고 하여 미학적 가치가 있다고 할 수는 없다는 설명이다. 새우젖 장사의 새우가 싱싱하고 아름다워 먹어 없앨 수 없다는 미학적 기능과 또 싱싱하고 아름다워 맛있게 먹을 수 있다는 실천적 기능 2가지 기능을 말할 수 있는데, 이상과 같이 미학적 기능이 다른 기능을 동반할 때는 진정한 미학적 가치의 문제를 논할 수 없다고 무카로브스키는 말한다.[56] 다음에 미학적 규범을 준수하는 것이 미학적 가치의 전제조건은 아니라는 데 역시 복잡성이 놓여 있다. 예술 밖의 영역에서는 가치는 규범에 복종해야지만, 다시 말해 규범을 지켜야 가치 있는 것이지만, 예술의 영역 내에서는 반대로 규범이 가치에 복종해야 한다고, 다시 말해 규범을 지키는 예술은 진정한 예술이 아니라 모방 예술에 불과하고 기존의 규범을 파괴하는 예술만이 진정한 예술이라고 무카로브스키는 주장한다.[57] 그리고 예술의 영역 내에서 규범을 지키는 것이 미학적 만족감을 주는 것은 사실이나 미학적 가치란 미학적 만족감과는 다른 것이며, 미학적 가치는 오히려 강한 불만족감을 내포할 수도 있다고 무카로브스키는 주장한다. 마지막으로 무카로브스키는 "예술작품이 아름답다고 하는 것은 예술작품을 구성하고 있는 하나하나의 개체적인 구성요소가 아름다운 것이 아니라 전체로서의 모습이 아름다워서 이름답다고 하는 것이다"라고 말한 쉘링[58]의 말로 유도한다.[59] 쉘링이 말하는 "아름다운" 예술작품이 가치가 있는 예술작품, 다시 말해 미학적 가치가 있는 예술작품이라는 말인데, 미학적 가치판단이란 따라서 예술작품을 전체현상으로 보아서 내리

56) vgl. Mukařovský, Jan: Ästhetische Funktion, Norm und ästhetischer Wert als soziale Fakten, S. 73

57) ebd. S. 73

58) 쉘링(Friedrich Wilhelm Joseph Schelling 1775-1854)

59) Mukařovský, Jan: Ästhetische Funktion, Norm und ästhetischer Wert als soziale Fakten, S. 73

는 판단이며, 이 전체현상으로서의 가치판단 속에는 비미학적 기능들과 비미학적 가치들도 함께 내재해 있다는 것이 무카로브스키의 이론이다. 미학적 가치란 따라서 복잡한 "복합체"로서 미학적 기능 외에도 다양한 비미학적 기능들이, 미학적 가치 외에도 다양한 가치들이 동시에 내재해 있는 "폐쇄된 전체" 아니면 "폐쇄된 통일성"[60]이라는 것이 무카로브스키의 의견이다. "폐쇄된 전체" 아니면 "폐쇄된 통일성"이라는 표현을 점진시켜 무카로브스키는 예술작품이 주는 미학적 가치란 두 번 다시는 반복할 수 없는 일회적인 것이라고 말한다.[61] 미학적 규범을 논할 때 미학적 규범이 변한다는 논리와 변하지 않는다는 논리, 2개의 상반된 논리를 언급한 것과 같이 무카로브스키는 두 번 다시는 반복할 수 없는 일회적인 미학적 가치를 역시 2가지 상반된 논리에 의해서 설명한다. "미학적 가치의 **변화성**"과 또 반대로 "미학적 가치의 **객관성**"[62]이 그 2가지 상반된 논리의 전개다.

미학적 가치는 항상 변한다는 변화성과 반대로 (가치가 항상 변하면 객관성이 없기 때문에) 미학적 가치는 변해서는 안 된다는 객관성을, 변화성과 객관성을, 2개의 상반된 논리를 하나로 통합하려는 것이 무카로브스키의 미학이다. 미학적 가치의 변화성과 미학적 가치의 객관성, 2개의 상반된 논리를 통합하는 과정을 3개의 단계로 나누어서 설명하자면 다음과 같다. 첫째로 미학적 가치는 항상 변하는 **프로쎄스**[63]라는 것이 무카로브스키의 주장이다. 미학적 가치가 항상 변하는 프로쎄스라는 주장을 설명하기 위하여 무카

---

60) "폐쇄된 전체"(geschlossenes Ganzes) 아니면 "폐쇄된 통일성"(geschlossene Einheit)
61) Mukařovský, Jan: Ästhetische Funktion, Norm und ästhetischer Wert als soziale Fakten, S. 74,
　　"…der ästhetische Wert bietet sich etwas Einmaliges und Unwiederholbares dar."
62) "변화성"(Wandelbarkeit)과 "객관성"(Objektivität)
63) 프로쎄스(Prozeβ)

로브스키는 "미학적 대상"[64]이라는 개념을 사용한다. 미학적 가치가 항상 변한다는 말은 결국 미학적 대상이 항상 변한다는 말인데, 하나의 일정한 작품인 예를 들어 괴테의 『파우스트』는 과거에도 그리고 현재에도, 또 독일독자에 의해서도 그리고 한국독자에 의해서도 긍정적으로 가치 평가되는 작품이나 시대에 따라서 그리고 장소에 따라서 항상 다른 미학적 대상이었다는 주장이다. 과거에도 그리고 현재에도, 또 독일독자에게도 그리고 한국독자에게도 『파우스트』는 위대한 작품이나 그 위대성에는 시간과 공간에 따라 차이가 있다는 주장이다. 과거에는 대단히 위대한 작품으로 가치가 평가되었으나 현재에는 그 위대성이 경감되었으며, 또 독일독자가 한국독자보다는 더 큰 가치를 인정한다는 설명이다. 따라서 『파우스트』라는 작품은 시간과 공간에 따라 항상 변해온 미학적 대상이라는 설명이고, 역으로 미학적 대상이란 시간과 공간의 변화 자체로서 무카로브스키는 이를 하나의 표현으로 프로쎄스라고 말한다. 이상과 같이 미학적 가치의 거주지인 미학적 대상이 시간과 공간에 따라 항상 변함에 의해 미학적 가치 자체가 항상 변하는 것은 당연하다. 따라서 미학적 가치란 고정된 상태가 아니라 변하는 **프로쎄스**라는 것이, 움직이지 않는 정역학이 아니라 항상 움직이는 동역학[65]이라는 것이, 완성되어 더 이상 변하지 않는 에르곤[66]이 아니라 항상 변화해가며 작용을 발휘하고 있는 에네르게이아[67]라는 것이 무카로브스키의 주장이다.[68] 미학적 가치가 이상과 같이 항상 변하는 프로쎄스이고, 동역학이고, 에네르게이아라는 주장을 더욱 강조하기 위하여, 다시 말해 미학적 가치의 변화성을 더욱 강조하기 위하여 무카로브스키는 미학적 가치가 시간과 공간의 변

---

64) "미학적 대상"(ästhetisches Objekt)

65) 정역학(靜力學)과 동역학(動力學)

66) 에르곤(ergon)

67) 에네르게이아(energeia)

68) Mukařovský, Jan: Ästhetische Funktion, Norm und ästhetischer Wert als soziale Fakten, S. 77

화에도 불구하고 『파우스트』와 같이 긍정적 평가를 유지하는 작품 외에도 과거에는 긍정적 평가를 받았으나 현재에는 부정적 평가로 역전하는 예, 또 제도권의 예술과 비제도권의 예술, 도시예술과 지방예술 등 미학적 가치의 다양성을 언급한다. 미학적 가치는 시간과 공간에 따라 움직이는 수직적 가치서열이 있는가 하면 동일한 시간과 동일한 공간에서도 수평적 가치서열이 있어 미학적 가치란 다양성이 내재해 있는 개념이라는 설명한다. 결론적으로 이상과 같이 미학적 가치를 여러 가지 단계로 서열화시키고 다양하게 만드는 주체는 사회적이라는 것이, 다시 말해 사회공동체라는 것이 무카로브스키의 설명이다. 미학적 가치를 다양한 단계로 서열화시키고 다양하게 만드는 주체가 사회공동체이므로 미학적 가치를 연구하기 위해서는 사회학을 연구해야 한다는 의미로 무카로브스키는 **예술 사회학**을 제창한다.[69]

미학적 가치라는 개념은 정역학적인 에르곤이 아니라 동역학적인 에네르게이아라는 논리 다음에, 다시 말해 미학적 가치라는 개념은 하나의 표현으로 프로쎄스라는 논리 다음에, 둘째로 그에 대한 상반된 논리를, 미학적 가치는 다양한 서열화와 다양성에도 불구하고, 다시 말해 변화성에도 불구하고 객관성을 가지고 있다는 논리를 추적할 차례다. 미학적 가치의 변화성을 논할 때 괴테의 『파우스트』는 과거에도 그리고 현재에도, 또 독일독자에도 그리고 한국독자에도 긍정적인 가치 평가를 받았으나 그 긍정성에는 정도의 차이가, 정도의 서열이 있다는 내용을 언급했다. 독일독자의 미학적 규범과 한국독자의 그것이 다르기 때문에, 다시 말해 독일독자의 보는 눈과 한국독자의 그것이 다르기 때문에 하나의 일정한 작품인 『파우스트』에 대해서 판단내리는 독일독자의 미학적 가치와 한국독자의 미학적 가치는 일치

---

69) vgl. S. 78

할 수 없다는 설명이다. 여기서 무카로브스키는 **투쟁**[70]이라는 표현을 사용하여 독일독자의 가치판단인 미학적 가치와 한국독자의 가치판단인 미학적 가치, 양자의 미학적 가치들이 투쟁을 하여 끝에 가서는 "**보편타당한 미학적 가치**"만이 권좌에 오른다는 논리를 전개하는데 이 "보편타당한 미학적 가치"가 객관성을 소유한 미학적 가치가 된다.[71] 이상의 투쟁은 독일독자의 미학적 가치판단과 한국독자의 그것, 양자 사이의 투쟁이나 일본독자, 미국독자 등 독자는 다양하므로 투쟁은 수많은 다양한 미학적 가치들 사이의 투쟁을 의미한다고 보아야 한다. 수많은 다양한 미학적 가치들이 투쟁을 하여 그 중 하나가 보편타당한 미학적 가치로서 최고권좌에 오른다는 설명인데, 이 보편타당한 유일한 미학적 가치를 실제적으로 존재한다는 의미로서가 아니라 철학적으로 상정만 한다는 의미로 무카로브스키는 "객관적 미학적 가치의 전제"라고 표현한다.[72] 일정한 예술작품에 대해서 여러 가지 미학적 가치판단들이 나의 주장이 옳고 너의 주장은 틀리다는 등 논쟁과 투쟁을 하는 사실 자체가 "객관적 미학적 가치의 전제"를 의미하며, 또 이 "전제" 없이는 논쟁과 투쟁 자체가 불가능하다고 무카로브스키는 설명한다. 이 "객관적 미학적 가치의 전제"가 필수적이라는 주장을 구체화하기 위하여 무카로브스키는 **인류학적 공통성**[73]을 언급한다.[74] 미학적 규범을 논할 때 진정한 미학적 규범은 형이상학적 기반이나 인류학적 기반에서 유도해내서는 안 된다고 말했으나 여기서 무카로브스키는 다시 인류학적 기반의 도움을 필요로 한다고 할 수 있다. 예술은 인간에 의해서 만들어졌고, 인간을 위해서 만들어졌으며 또 인간들에게는 인간으로서의 공통성이 있으므로, 모든 인간들이 내리

---

70) 투쟁(鬪爭 Kampf)

71) vgl. Mukařovský, Jan: Ästhetische Funktion, Norm und ästhetischer Wert als soziale Fakten, S. 84

72) ebd. S. 82

73) 인류학적 공통성(anthropologische Konstante)

74) Mukařovský, Jan: Ästhetische Funktion, Norm und ästhetischer Wert als soziale Fakten, S. 83

는 가치판단에도 역시 공통성이 있다는 설명이다. 그리고 모든 인간에 내재한 이 공통성이 "객관적 미학적 가치의 전제"를 보장한다는 설명이다. 그러나 모든 인간에 내재해 있다는 하나의 공통성은 실제적으로는 증명할 수 없는 것으로 철학적인 전제 아니면 철학적 요청에 불과하므로, 그에 기반을 두고 있는 "객관적 미학적 가치", 다시 말해 "보편타당한 미학적 가치"도 전제와 요청에 불과하다고 보아야 한다.

4. 예술기호론

그러나 최고권좌에 오른 아니면 앞으로 오를 이 "보편타당한 미학적 가치"가 철학적으로만 상정된 전제와 요청에 불과하다면, 이는 실제로 존재하는 실재가 아니라 허위의 가상[75]이 아니냐 하는 질문에 봉착한다. 칸트는 이를 선험[76]이라 하여 증명할 수도 없고, 증명할 필요도 없는 영역으로 초월시키지만, 무카로브스키는 증명할 수 있고, 증명할 필요가 있는 **경험**[77]의 영역에 안주시키려는 노력을 한다. "보편타당한 미학적 가치"를 초험의 세계에서 경험의 세계 속으로 구제하기 위해서, 다시 말해 "보편타당한 미학적 가치"가 허위의 가상이 아니라 실제로 존재하는 실재라는 것을 증명하기 위해서 무카로브스키가 동원하는 이론이 예술작품은 기호[78]라는 이론이다. 그리고 미학과 비미학 사이에는, 예술과 비예술 사이에는 경계선은 없으며, 그 양자는 변증법적 안티노미에 의해 결정된다는 것이 무카로브스키의 예술철학이다. 이 변증법적 안티노미의 예술철학이 무카로브스키로 하여금 예술

---

75) 실재(Sein 實在)와 가상(Schein 假象)
76) 선험(先驗 Apriori)
77) 경험(經驗 Aposteriori)
78) 기호(記號 Zeichen)

기호론으로 시선을 돌리게 하는 이유가 된다. 기호는 하나의 사실이나 사건을 대변해주고 또 이를 지시해주는 것인데, 예를 들어 화폐는 하나의 기호라고 무카로브스키는 설명한다. 그리고 화폐라는 기호는 2가지 기능을 가지고 있는데 하나는 액수를 알려주는 기능이고, 다른 하나는 상품거래를 가능케 해주는 기능이라고 무카로브스키는 설명한다. 만원화폐가 만원이라는 액수를 알려주는 기능을 인간과 인간 사이의 소통기능이라 하고, 만원화폐를 가지고 만원만큼의 상품을 빵을 사든 아니면 쌀을 사든 마음대로 살 수 있는 기능을 화폐의 자율기능이라 한다면, 예술작품이라는 기호 역시 소통기능과 자율기능, 2가지 기능을 가지고 있다는 것이 무카로브스키의 주장이다. 소통기능과 자율기능,[79] 2가지 기능 중 후자 자율기능을 "미학적 기능"이라 부르면서 무카로브스키는 예술작품에서는, 특히 문학작품에서는 미학적 기능이 소통기능보다 지배적이라고 말한다.[80] 무카로브스키의 이론에 의하면 소통기능과 (자율기능을 의미하는) 미학적 기능 중 후자가 "보편타당한 미학적 가치"를 초험의 세계에서 경험의 세계로 구제하는 역할을 한다. 예를 들어 도스토예브스키의 『죄와 벌』을 읽은 독자에게는 라스콜니코프와의 사건이 사실이냐 아니냐 하는 소통의 문제는 전 세기에 일어난 사건이고 더군다나 러시아에서 일어난 사건으로 관심 밖의 문제이나, 그럼에도 불구하고 이 소설이 독자를 사로잡는 것은 자율기능인 미학적 기능에 의한 것이라고 무카로브스키는 설명한다. 자율기능인 미학적 기능은 이 소설이 이야기해주고 있는 사건이나 사건줄거리에 의해서 독자를 사로잡는 것이 아니라, 독자가 실제로 살고 있는 현실과 상황에 의해서 독자를 사로잡게 만든다는 설명이다. 소설이 이야기해주고 있는 사건이나 사건줄거리를 픽씨온이라 하고,

---

79) 소통기능(kommunikative Funktion)과 자율기능(autonome Funktion)

80) Mukařovský, Jan: Ästhetische Funktion, Norm und ästhetischer Wert als soziale Fakten, S. 86

독자가 실제로 살고 있는 현실과 상황을 **논픽씨온**[81]이라 한다면, 독자를 사로잡는 것은 픽씨온이 아니라 논픽씨온이라는 말이 된다. 그러나 픽씨온이 없으면 논픽씨온이 독자를 사로잡을 수 없으므로, 다시 말해 소설이 이야기 해주는 사건이나 사건줄거리가 없다면 독자로 하여금 자신이 살고 있는 현실과 상황에 대해 사고하게 만들지 못하므로, 자율기능인 미학적 기능이 독자를 자신의 현실인 논픽씨온과 관련시키는 유일한 방법은 픽씨온이라는, 다시 말해 독자를 자신의 실제적인 실재와 관련시키는 유일한 방법은 허위의 가상이라는 말이 된다. 픽씨온과 논픽씨온을, 가상과 실재를 하나로 통합하려는 것이 무카로브스키의 의도인데, 이 통합을 무카로브스키는 예술은 기호라는 **예술기호론**[82]에 의해서 시도한다.[83]

만원화폐가 하나의 기호인 것과 같이 예술작품도 하나의 기호라는 것이 무카로브스키의 예술기호론이다. 무카로브스키는 자신의 예술기호론을 5개의 명제에 의해서 설명하는데[84] 다음과 같다. 첫째로 기호문제는 구조문제 그리고 가치문제와 더불어 **정신과학**[85]의 근본을 형성한다는 것이다. 구조문제는 구조주의의 문제로 예술작품에 내재한 내재가치를 인정하지 않는 것이 구조주의다. 그리고 가치문제는 작품 내재론의 문제로 문학작품에 내재한 내재가치만을 인정하는 것이 작품 내재론이다. 내재가치를 인정하지 않고 구조만을 인정하려는 구조주의와 반대로 내재가치만을 인정하고 구조는 인정하지 않으려는 작품 내재론을, 구조주의와 작품 내재론, 양자를 하나로

---

81) 픽씨온(Fiktion)과 논픽씨온(Nonfiktion)

82) 예술기호론(Semiologie der Kunst)

83) Mukařovský, Jan: Die Kunst als semiologisches Faktum, in: Kapitel aus der Ästhetik, Frankfurt/ M. 1970, S. 142

84) ebd. S. 145, 146, 147

85) 정신과학(精神科學 Geisteswissenschaft)

통합하려는 것이 무카로브스키의 예술기호론이다. 그리고 만원화폐라는 기호는 만원이라는 추상성과 또 종이, 색깔, 활자와 같은 물질과 물질구성이라는 구체성, 양자에 의해 가능한 것과 같이, 정신과학, 특히 예술철학도 구체성과 추상성, 물질과 정신, 양자를 포함하는 학술이 되어야 한다는 것이 무카로브스키의 이론이다. 유물론과 유심론을 하나로 통합하려는 것이 무카로브스키의 예술기호론이라 할 수 있다. 따라서 특히 예술작품은 기호성격을 가지고 있다는 것이 둘째 명제이다. 예술작품이 기호성격을 가지고 있다는 말은 예술작품을 그 예술작품을 만들어낸 예술가 자신의 심리상태나 아니면 그 예술작품을 감상하는 수용자 자신의 심리상태와 일치시켜서는 안 된다는 말이다. 이는 만원화폐라는 기호를 그 화폐를 만들어낸 화폐주조가의 심리상태나 아니면 그 화폐를 사용하는 소비자의 심리상태와 일치시켜서는 안 되는 것과 같다는 설명이다. 뿐만 아니라 예술작품을 그 예술작품을 구성하고 있는 물질 자체와도 일치시켜서는 안 된다는 말이다. 예를 들어 『죄와 벌』이라는 예술작품을 종이와 활자 이외에는 아무것도 아니라고 해석해서는 안 된다는 말이다. 따라서 예술작품은 예술가로부터도 그리고 수용자로부터도 독립되고 또 자신을 구성하고 있는 물질로부터도 독립된다는 말인데, 『죄와 벌』은 도스토예브스키와도 별개의 것이고, 독자가 한국인이냐 아니면 러시아인이냐 하는 독자의 문제와도 별개의 것이고, 또 종이가 낡고 활자의 색깔이 퇴색했다는 등 물질의 문제와도 별개의 것이라는 말이다. 그럼에도 불구하고 『죄와 벌』이 예술작품으로 존재할 수 있는 길은, 다시 말해 『죄와 벌』을 예술작품이라 부를 수 있는 길은 오로지 "미학적 대상"[86]으로만 가능하다는 것이 무카로브스키의 주장이다. 『죄와 벌』이라는 기호에서 미학적 대상을 만들어내야 한다는 말인데, 이 미학적 대상이 만들어지고 또

---

86) "미학적 대상"(ästhetisches Objekt)

머물 수 있는 거주지는 사회공동체의 의식인 **집단의식**[87]이 된다는 것이 무카로브스키의 이론이다. 그러나 예술작품은 눈으로 볼 수 있고 손으로 만질 수 있어 구체적이고 물질적이라 한다면, 집단의식 속에 들어 있는 미학적 대상은 눈으로 볼 수 없고 손으로 만질 수 없어 추상적이고 정신적이라 할 수 있다. 구체적이고 물질적인 예술작품이라는 기호와 추상적이고 정신적인 미학적 대상 사이의 관계는 전자는 후자에 대한 외적인 상징에 불과하다고 무카로브스키는 말한다. 다시 말해 『죄와 벌』이라는 기호는 상징적인 것에 불과해 의미를 상실하고 중요한 것은 미학적 대상이라는 설명이다. 그리고 사회공동체의 집단의식 속에서 형성되며 또 거기에 거주하는 미학적 대상은 어느 한 독자의 것이 아니라 사회구성원 전체의 공통적인 것으로 사회구성원 전체를 대표하는 미학적 대상이라는 것이 무카로브스키의 주장이다. 셋째로 모든 예술작품은 따라서 하나의 기호인데, 예술작품이라는 기호는 3가지 요소로 되어 있다고 무카로브스키는 말한다. 작품이라 불리는 구체적이고 **물질적인 구성물**, 추상적이고 정신적인 **미학적 대상** 그리고 **집단의식**이 그 3가지 요소라는 설명이다. 넷째로 특히 문학작품을 테마와 내용을 가지고 있기 때문에 **자료예술**[88]이라고 부르면서 문학작품이라는 기호는 자율기능과 소통기능, 2가지 기능을 가지고 있다고 무카로브스키는 말한다. 만원화폐라는 기호가 빵을 사든 아니면 쌀을 사든 마음대로 할 수 있는 자율기능을 가진 동시에 만원만큼만 상품을 유통시키는 소통기능을 가지고 있다는 설명과 같다. 문학작품이라는 기호는 사건과 사건줄거리를 이야기해주는데 이는 그 기호의 소통기능이고, 사건과 사건줄거리에 관한 이야기 자체와는 별개의 것이나 그럼에도 불구하고 독자를 사로잡는 것이 있는데 이는 그 기호의 자율기능이라 한다면, 다섯째로 양자 기능 사이에는, 다시 말해 자율기능

---

87) 집단의식(集團意識 Kollektivbewuβtsein)

88) 자료예술(Stoff-Kunst)

과 소통기능 사이에는 **변증법적 안티노미**[89]가 성립한다는 것이 무카로브스키의 예술기호론이다. 자율기능이 강하면 소통기능이 약해지고 또 반대도 그렇다는 말인데, 자율기능과 소통기능 사이에서 일어나는 이 변증법적 안티노미가 예술 자체의 발전변화를 가능케 만드는 주체가 되는데 이를 무카로브스키는 **발전내재**[90]라고 부른다.

지금까지 설명한 무카로브스키의 예술기호론을 종합하면 다음과 같다. 만원화폐가 자유의사대로, 다시 말해 자율의사대로 빵을 사든 아니면 쌀을 사든 할 수 있는 자율기능을 가진 자율적인 기호인 것과 같이, 예술작품도 이렇게 보여질 수도 있고 저렇게 보여질 수도 있는 자율기능을 가진 자율적인 기호라는 것이[91] 무카로브스키의 이론이다. 그러나 만원화폐가 자율의사대로 물건을 사는데 만원만큼만 살 수 있다는 제한을 의미하는 타율기능을 가지고 있는 것과 같이, 예술작품도 자율적인 기능 외에도 타율기능이라 할 수 있는 소통기능을 가지고 있다는 것이 무카로브스키의 생각이다. 예술작품은 기호인데, 2가지 기호가, **자율적 기호와 소통적 기호**[92]가 하나 속에 동시에 들어 있는 복합적인 기호라는 것이 무카로브스키의 예술기호론이다. 자율적 기호와 소통적 기호, 양자 사이에는 역시 **변증법적 안티노미**가 성립하여 자율적 기호가 강해지면 소통적 기호가 약해지고, 또 반대도 그렇다고 무카로브스키는 설명한다.[93] 변증법적 안티노미를 형성하는 자율적 기호와 소통적 기호의 관계를 (무카로브스키는 문학작품을 하나의 기호로 보기 때문

---

89) 변증법적 안티노미(dialektische Antinomie)

90) 발전내재(Entwicklungsimmanenz)

91) Mukařovský, Jan: Die Kunst als semiologisches Faktum, S. 143

92) 자율적 기호(autonomes Zeichen)와 소통적 기호(kommunikatives Zeichen)

93) Mukařovský, Jan: Die Kunst als semiologisches Faktum, in: Kapitel aus der Ästhetik, Frankfurt/ M. 1970, S. 143

에)『죄와 벌』이라는 기호에서 본다면, 자율적 기호는 무엇인지 모르게 독자를 사로잡는 기능을 하고, 소통적 기호는 소설에서 일어난 사건과 사건줄거리를 전달해주는 기능을 한다. 무엇인지 모르게 독자를 사로잡는 자율적 기능이 강하면 소설에서 이야기되는 사건과 사건줄거리는 중요성을 상실하여 망각되고, 반대로 사건과 사건줄거리를 알리는 소통적 기능이 강해지면 독자로 하여금 자기 현실에 대해 사고하고 반성하게 만드는 자율적 기능이 상실된다는 설명이다. 무카로브스키가 이상과 같이 예술작품을 하나의 기호로 보려는 이유를 다음 3가지로 종합할 수 있다. 첫째로 모든 예술작품은 물질 내지는 물질의 구성 이외에는, 하나의 표현으로 **물질성**[94] 이외에는 아무 것도 아니라는 것이 무카로브스키의 생각이다. 『죄와 벌』이라는 소설은 시간이 흘러도 공간이 변해도 영원히 변하지 않는 물질성, 종이와 활자 이외는 아무것도 아니라는 말이다. 여기서 소설의 종이와 활자 자체는 시간이 지나면 낡고 퇴색하지만, 종이와 활자의 물질성은 영원히 변하지 않는다고 이해해야 한다. 둘째로 예술작품에서 작가의 심리상태나 독자의 심리상태를 배제하려는 것이 무카로브스키의 의도이다. 『죄와 벌』을 작가인 도스도예브스키의 심리상태를 연구하기 위한 자료로 사용하거나, 독자의 심리상태가 명랑하냐 아니면 우울하냐에 따라서 소설에 대한 가치평가가 달라지는 것을 차단하려는 것이 무카로브스키의 의도이다. 셋째로 러시아의 형식주의자들은 예술작품을 구성하고 있는 모든 구성요소들을 그리고 예술작품 자체[95]를 **형식**으로 보아 형식의 독재를 주장한 데 비해, 사실주의자들과 마르크스주의자들은 예술작품을 사회적 사실의 전달체로 아니면 사회적 사실의 모사 내지는 반사로 보아 예술작품의 **내용**[96]을 강조했다면, 예술의 형식주의

---

94) 물질성(Materialität)

95) 형식(Form)

96) 내용(Inhalt)

와도 그리고 예술의 내용주의와도 거리를 두려는 것이 무카로브스키의 예술기호론이다. 종합하여 시간과 공간의 변화에도 영원히 변하지 않는 예술작품의 물질성, 작가의 심리상태나 독자의 심리상태로부터의 독립성 그리고 형식이나 내용에 의존하지 않는 자주성이 예술작품의 진정한 자율성을 보장한다고 무카로브스키는 생각이다.

미학적 가치의 변화성에도 불구하고 미학적 가치가 객관성을 가지고 있느냐 하는 문제를 추적한 결과 "객관적 미학적 가치"란 철학적인 전제와 요청에 불과하다는 내용을 언급했다. 그리고 "객관적 미학적 가치"란 "보편타당한 미학적 가치"를 의미하므로 "보편타당한 미학적 가치" 역시 전제와 요청에 불과하다는 말이 된다. 만인에 보편적이고 타당한 미학적 가치가, 달리 표현하여 다양한 미학적 가치들 사이에서 벌어지는 투쟁을 거쳐 권좌에 오르는 최후의 미학적 가치, 객관적이고 따라서 만인에 보편타당한 미학적 가치가 실제로 존재하는 **실재**냐 아니면 허위의 **가상**에 불과하냐 하는 질문을 언급했다. 칸트는 "보편타당한 미학적 가치"를, 달리 표현하여 미학적 가치의 보편타당성을 증명할 수도 없고, 증명할 필요도 없는 선험의 영역으로 초월시키지만, 무카로브스키는 반대로 증명할 수 있고, 증명해야 하는 경험의 영역 속에 안주시킨다는 내용도 언급했다. "객관적 미학적 가치"라는 표현과 "보편타당한 미학적 가치"라는 표현을 하나로 합하여 "객관적 보편적 미학적 가치"라고 한다면, 이 "객관적 보편적 미학적 가치"가 가상이 아니라 실재라는 것을, 초월의 영역이 아니라 경험의 영역에 속한다는 것을 논하기 위해서는 2가지 단계를 거쳐야 한다. 이 2가지 단계는 무카로브스키가 제기한 예술기호론의 5개의 명제 중 세 번째 명제에 의해 구체화된다. 세 번째 명제는 모든 예술작품은 하나의 기호인데, 예술작품이라는 기호는 작품이라 불리는 구체적인 **물질구성**, 추상적이고 정신적인 **미학적 대상**, **집단의식** 등 3가지 요소로 만들어진다는 것이었다. 물질구성, 미학적 대상, 집단의식, 3자를 삼각형을 구성하는 3점이라 상상한다면, 집단의식이 중심점이 되어 한편으로는 집단의식과 물질구성이라는 단계와 다른 한편으로는 집단의식과 미학적 대상이라는 단계, 2개의 단계를 논하는 것이 "객관적 보편적 미학적 가치"를 논하는 것이 된다.

첫째로 집단의식과 물질구성이라는 단계는 집단의식에서 출발하여 물질구성에 이르는 단계라 보아야 한다. 왜냐하면 집단의식은 살아 있는 인간의 의식으로서 능동적인 주체라 한다면, 물질구성은 죽은 무의식의 상태로서 수동적인 객체라 할 수 있기 때문이다. 한편으로는 집단의식과 다른 한편으로는 작품이라 불리는 물질구성 사이의 관계는, 달리 표현하여 집단의식과 기호 사이의 관계는 살아 있는 주체와 죽은 객체 사이의 관계가 된다. 그리고 무카로브스키는 살아 있는 주체를, 다시 말해 살아 있는 인간의 의식을 개인적인 의식이라 하지 않고 집단의식[97]이라 하는 이유는 한 개인의 주관적인 의식이 아니라 전체사회를 대표하는 객관적인 의식을 구제하기 위함이다. 집단의식과 물질구성이라는, 아니면 집단의식과 기호라는 양자를 구체화하자면 다음과 같다. 우선 전체사회를 대표하는 집단의식이 실제로 존재한다는 것이 무카로브스키의 생각이다. 예를 들어 식사시에 홀쩍거리고 쩝쩝거리며 식사를 해야 소화가 잘 된다는 집단의식이 있는가 하면, 반대로 홀쩍거리고 쩝쩝거리면 문화인이 아니라는 집단의식도 있다는 것이, 집단의식이 실제로 존재하는 사실이라는 것이 무카로브스키의 생각이다. 다음에 작품이라 불리는 물질구성도 (작품이라 불리는 기호도) 예를 들어 "모나리자의 미소"라는 기호도 색깔, 선, 나무액자 등으로 되어있는 물질들의 집합체, 그러나 분명히 존재해 있는 물질들의 집합체라는 것이 무카로브스키의 생각이다. 따라서

---

97) 집단의식(Kollektivbewuβtsein)

집단의식과 물질 구성, 양자 모두가 가상이 아니라 실제로 분명히 존재해 있는 실재라는 사실이 강조된다. 만약에 양자 중 하나라도 실재가 아니라 가상이라면 양자 사이의 실제적인 관계를, 정확히는 실재 관계를 논하는 것이 불가능하기 때문이다. 다음에 집단의식이 기호라는 물질구성에 접근하는 과정을, 간단한 표현으로 관람자가 "모나리자의 미소"라는 기호를 관찰하는 과정을 무카로브스키는 설명한다. "모나리자의 미소"라는 기호 또는 물질구성은 어느 물질 하나 또는 개체를 부분적으로 관찰할 것이 아니라 전체적으로, 총체적으로 관찰해야 한다는 것이 무카로브스키의 설명이다.[98] 색깔, 선, 나무 액자 등으로 구성되어 있는 "모나리자의 미소"라는 기호를, 예를 들어 색깔만 아니면 선만 관찰하고 가치평가를 해서는 안 되고, 전체의 구성요소들을 총체적으로 관찰하고 가치평가를 해야 한다는 설명이다. 다음에 "모나리자의 미소"라는 기호를 구성하는 물질들인 색깔, 선, 나무액자 등을 무카로브스키는 "형식적 요소들"[99]이라고 부르면서 예술작품이라는 기호를 형성하고 있는 형식적 요소들 모두가 합해져서, 아니면 형식적 요소들 모두의 중간에서 하나의 영상이 또는 하나의 형상이 발생한다는 논리를 전개한다. 바로 이 하나의 영상 아니면 하나의 형상을 무카로브스키는 "대상적 무규정성"이라고[100] 부른다. 따라서 "대상적 무규정성"은 물질적 구성물에 불과한 예술작품이라는 기호에서 발생하는 것이 된다. 아도르노는 이를 성위, 콘피구라씨온[101]이라 부르는데 두 개념 모두 동일한 내용으로 예술작품을 구성하는 모든 구성요소들 사이에서, 아니면 모든 구성요소들 중간에서 그 구성요소들과는 전혀 다른 새로운 것이, 무엇이라 규정할 수 없는 것이 발생한다는 내용이다.

---

98) vgl. Mukařovský, Jan: Ästhetische Funktion, Norm und ästhetischer Wert als soziale Fakten, S. 99

99) "형식적 요소들"(formale Elemente)

100) Mukařovský, Jan: Ästhetische Funktion, Norm und ästhetischer Wert als soziale Fakten, S. 91
  "대상적 무규정성"(gegenständliche Unbestimmtheit)

101) 성위(星位), 콘피구라씨온(Konfiguration)

마지막으로 예술작품이라는 기호를 형성하는 물질적 요소들 사이에서 일어나는 새로운 변화인 "대상적 무규정성"은 관찰자로 하여금 자기 현실에 대한 현실관 내지는 인생관을 형성하도록 아니면 과거의 현실관과 인생관을 변화시키도록 만든다고 무카로브스키는 말한다.[102] 예술작품이라는 기호에서 발생하는 무규정성이 현실관 내지는 인생관을 규정해준다는 논리, 다시 말해 무엇이라 구체적으로 규정할 수는 없으나 예술작품에 내재한 "무규정성"이 현실사회 인간들의 현실관 내지는 인생관을 변화시킬 수 있다는 논리다.

둘째로 집단의식과 미학적 대상이라는 단계를 논할 차례다. 집단의식과 미학적 대상의 관계는 이미 예술작품이라는 기호에서 발생하는 "대상적 무규정성"이 독자나 관람자의 현실관 내지는 인생관을 규정해준다는 말에서 시작된다. "모나리자의 미소"라는 기호를 구성하는 색깔, 선, 나무액자 등 물질적 요소들 사이에서 무엇이라 규정할 수 없는 하나의 영상 내지는 형상이 발생하여 이를 "대상적 불규정성"이라고 했는데, 이 "대상적 무규정성"이 무카로브스키가 말하는 "미학적 대상"[103]이 된다. 다시 말해 미학은 색깔, 선, 나무액자 등을 따로 떼어서 다룰 것이 아니라, 그들 구성요소들을 전체로서, 아니면 그들 사이에서 발생하는 "대상적 무규정성"을 다루어야 한다는 말이다. 미학적 대상은 따라서 무엇이라 규정할 수 없는 영상 내지는 형상이라 할 수 있다. 그리고 미학적 대상의 발생지는 예술작품이라는 기호가 되나 그의 거주지는 독자와 관람자의 의식인 집단의식이라고 보아야 한다. 미학적 대상은 시간과 공간에 따라 항상 변하는 프로쎄스라는 내용을 언급했는데, 따라서 미학적 대상은 무엇이라 규정할 수 없는 영상 내지는 형상이나 시간과 공간에 따라 항상 변하는 영상 내지는 형상이

---

102) Mukařovský, Jan: Ästhetische Funktion, Norm und ästhetischer Wert als soziale Fakten, S. 91, 92
103) "미학적 대상"(ästhetisches Objekt)

라 보아야 한다. 무카로브스키의 논리에 의하면 예술작품이라는 기호가 미학적 대상을 발생시키는 것과 같이, **미학적 대상은 다시 미학적 가치를 발생시킨다.** 미학적 대상이 없다면 미학적 가치도 있을 수 없으므로 미학적 대상은 미학적 가치의 발생지인 동시에 거주지가 된다고 보아야 한다. 그리고 미학적 가치의 발생지인 동시에 거주지인 미학적 대상 자체가 시간과 공간에 따라 항상 변하여 다양하므로, 다시 말해 어제의 독자, 오늘의 독자 또는 러시아 독자, 한국의 독자 등 독자마다 제가기 다른 미학적 대상을 만들어내므로 미학적 가치도 시간과 공간에 따라 항상 변하는 다양한 가치들이라 보아야 한다. 따라서 **집단의식과 미학적 대상** 사이의 관계는 집단의식과 다양한 미학적 가치들 사이의 관계가 된다. 그리고 이상의 다양한 미학적 가치들 사이의 경쟁과 투쟁을 통해 최고권좌에 오른 마지막 최후의 미학적 가치가 탄생한다고 가정하고, 다시 말해 "객관적 보편적 미학적 가치"가 탄생한다고 가정하고, 이 객관적 보편적 미학적 가치와 집단의식 사이의 관계를 무카로브시키는 논하는데 이것이 그의 논리의 핵심이 되는 부분이다. 집단의식과 미학적 대상 사이의 관계를 집단의식과 객관적 보편적 미학적 가치 사이의 관계로 유도하려는 것이 무카로브스키의 의도다. 이 "객관적 보편적 미학적 가치"가 실제로 존재하는 실재라는 것을 증명하기 위해서 무카로브스키는 오스카 와일드[104]의 문장을 다음과 같이 인용한다. "쇼팡을 연주할 때마다 나는 스스로 죄를 후회하여 눈물이 나오는 듯한 생각이 든다. 내가 저지른 죄가 아닌데도 말이다. 그리고 내가 연주하는 비극을 나 스스로가 슬퍼하고 있는데, 이도 내가 체험한 적이 없는 인생비극인데도 말이다. … 우연히 비범한 음악을 들으면 평범한 인간도 엄청난 경험, 엄청난 기쁨, 엄청난 사랑 아니면 실연을 인식하게 되는 듯하다."[105] 실제의

---

104) 오스카 와일드(Oscar Wilde 1854-1900)

105) Mukařovský, Jan: Ästhetische Funktion, Norm und ästhetischer Wert als soziale Fakten, S. 90, 91

경험이 아니라 얼마든지 가능한 경험을, 실제적이고 구체적이어서 정확한 데이터에 의해서 짜여진 인생사가 아니라 정확한 데이터는 없지만 그러나 얼마든지 가능한 인생사를 예술작품은 인식시키는데, 이 인식작업을 예술작품이라는 기호에서 발생하는 미학적 대상이, 즉 자세히는 "대상적 무규정성"이 그리고 더 자세히는 "대상적 무규정성"에서 발생하는 "객관적 보편적 미학적 가치"가 담당한다는 것이 무카로브스키의 이론이다. 무카로브스키가 "객관적 보편적 미학적 가치"를 고수하는 이유는 "비범한 예술작품"만을 수용하고 비범하지 못한 예술작품은 제외시키려는 것이라 볼 수 있다.

집단의식과 미학적 대상 사이의 관계를 구체화하는 것이 무카로브스키의 예술기호론을 구체화하는 것이 된다. 왜냐하면 미학적 대상에서 탄생하는 "객관적 보편적 미학적 가치"가 집단의식을 과연 변화 개혁시킬 수 있느냐 하는 것이 테마이기 때문이다. 그리고 작품이라는 기호를 의미하는 **물질구성**, 전체 사회를 대변하는 **집단의식**, 또 객관적 보편적 미학적 가치를 잉태하고 있는 **미학적 대상** 등 3자 중에서 물질구성과 집단의식은 무카로브스키에 의하면 실제로 존재하는 실재들이라는 사실을, 다시 말해 물질구성과 집단의식은 선험의 영역이 아니라 경험의 영역에 속한다는 사실을 언급했다. 그리고 또 미학적 대상이 잉태하고 있는 "객관적 보편적 미학적 가치"가 실제로 존재하는 실재가 아니라 실제로는 존재하지 않는 가상이 아니냐 하는 의문도 언급했다. 따라서 미학적 대상이 잉태하고 있는 "객관적 보편적 미학적 가치"가 가상이 아니라 실제로 존재하는 실재라는 사실을, "객관적 보편적 미학적 가치"가 선험의 영역이 아니라 경험의 영역에 속한다는 사실을 증명하는 일이 남아 있다. 집단의식과 미학적 대상 사이의 관계를 구체화하는 일은 미학적 대상이, 자세히는 미학적 대상에서 발생하는 "객관적 보편적 미학적 가치"가 집단의식에 대해 어떤 영향을 가해서 집단의식을 변화시키느냐

하는 것을 논하는 일이 된다. 오스카 와일드의 문장을 인용했듯이 예술작품
이라는 기호에서 발생하는 충격적인 "엄청난 경험"은 독자와 관찰자의 총체
적인 현실관과 인생관에 파장을 던져, 총체적인 현실관과 인생관을 흔들어
놓아 동적인 상태에 빠지게 한다고 무카로브스키는 말한다.[106] 집단의식과
미학적 대상 사이의 관계는 집단의식과 "객관적 보편적 미학적 가치" 사이의
관계가 된다는 내용을 언급했듯이 미학적 대상을 의미하는 "대상적 무규정
성"에서 파생하는 (아니면 새로 탄생하는) "객관적 보편적 미학적 가치"가 독
자와 관찰자의 의식을, 다시 말해 집단의식을 흔들어놓아 사회집단의 현실
관과 인생관을 동적인 상태에 빠지게 만들어 결국 변화시킨다는 말로 요약
할 수 있다. 정적인 상태에 머물러 있던 경직된 현실관과 인생관이 "엄청난
경험"에 의해, 다시 말해 충격에 의해 정적이고 경직된 상태를 벗어나서 새
로 탄생한다는 말이 되는데, 정적인 상태에서 동적인 상태를 거쳐 새로운 탄
생까지의 과정을 설명하기 위하여 무카로브스키는 모순 내지는 긴장[107]이라
는 개념을 사용한다. 한편으로는 예술작품이라는 기호에 의해 아니면 기호
내에서 발생하는 가치와 다른 한편으로는 사회집단을 지배하고 있는 가치
사이에서 모순과 긴장이 발생한다는 것이 무카로브스키의 생각이다. 다시
말해 예술작품이라는 기호 내에서 어떤 "일정한 가치"가 발생하면, 이 "일정
한 가치"가 (이를 무카로브스키는 "객관적 보편적 미학적 가치"라고 부르는
데) 예를 들어 식사시에는 반드시 홀쩍거리고 쩝쩝거려야 한다는 현실사회
의 가치의식과 충돌하여 그 양자 사이에 모순과 긴장이 발생하여 결국 이 현
실사회의 가치의식을 흔들어놓아 변화시킨다는 설명이다. 요약하면 예술이
현실을 개혁할 수 있고, 문학이 집단의식을 변혁할 수 있다는 말인데 현실사
회의 집단의식을 흔들어놓아 변혁시키는 힘을, 다시 말해 예술작품이라는

---

106) ebd. S. 97

107) 모순(Widerspruch) 내지는 긴장(Spannung)

기호가 발휘하는 힘을 무카로브스키는 "신비로운 세력"[108]이라는 말로[109] 표현한다.

　미학적 가치란 정적인 에르곤이 아니라 동적인 에네르게이아라는, 다시 말해 불변의 것이 아니라 항상 변하는 프로쎄스라는 무카로브스키의 주장을 설명한 후, 미학적 가치가 그럼에도 불구하고 객관성을 가지고 있느냐 하는 문제를 추적했다. 그리고 객관성을 가져야 할 미학적 가치를 무카로브스키는 "객관적 보편적 미학적 가치"라는 개념으로 확대시키면서 이 "객관적 보편적 미학적 가치"는 철학적인 전제 아니면 요청이라고 한다는 내용을 언급했다. 그리고 이 철학적인 전제 아니면 요청에 지나지 않는 "객관적 보편적 미학적 가치"가 사실은 실제로 존재하는 실재라는 것을 무카로브스키는 예술기호론에 의해 증명하려 한다는 내용도 언급했다. 무카로브스키는 "객관적 보편적 미학적 가치"가 실제로 존재하는 실재냐 아니냐 하는 문제를 **예술의 자율성 문제**와 결부시킨다. 예술이 외부의 도움 없이 독자적으로 존재할 수 있는 실재라면, 다시 말해 예술이 자율성을 소유하고 있다면 그 예술이 발휘하는 "객관적 보편적 가치"의 존재도 따라서 실재도 인정해야 하기 때문이다. 따라서 예술의 자율성, **"예술의 아우토노미"**[110]가 가상이 아니라 실재라는 것이 증명되면 역으로 "객관적 보편적 미학적 가치"가 실제로 실재하고, 따라서 미학적 가치가 실제로 실재한다는, 다시 말해 미학적 가치의 객관성이 증명되는 순서가 된다. 지금까지의 설명을 종합하면 예술의 아우토노미를, (예술의 아우토노미가 증명되면 예술에 내재한 미학적 가치가 증명되므로) 미학적 가치의 실재를 (정확히는 "객관적 보편적 미학적 가치"를)

---

108) "신비로운 세력"(geheime Macht)

109) Mukařovský, Jan: Ästhetische Funktion, Norm und ästhetischer Wert als soziale Fakten, S. 92

110) "예술의 아우토노미"(Autonomie der Kunst)

무카로브스키는 예술기호론에 의해 해결하려 한다고 할 수 있다. 그러나 언급한 바와 같이 픽씨온과 논픽씨온을, 가상과 실재를 하나로 통합하려는 것이 무카로브스키의 예술기호론이라 한다면, "예술의 아우토노미"라는 말은 그리고 "미학적 가치의 객관성"이라는 말은 자가당착 아니면 **아포리** 이외에는 아무것도 아니다. 왜냐하면 무카로브스키 자신이 "객관적 미학적 가치의 전제"라는 표현을 사용하듯이 그리고 예술기호론은 픽씨온과 논픽씨온, 가상과 실재의 공존으로 되어 있다고 무카로브스키 자신이 말하듯이 이 가상과 실재의 공존에 의해 **예술의 아우토미**를 증명하려는, 달리 표현하여 **미학적 가치의 객관성**을 증명하려는 방법론 자체가 가상일 수도 있고 또 실재일 수도 있기 때문이다. 가상인 동시에 실재인 방법론에 의한 예술의 아우토노미와 객관적 보편적 미학적 가치는 역시 가상인 동시에 실재임을 면할 수 없다는 말이다. 픽씨온과 논픽씨온 사이에 존재하는, 가상과 실재 사이에 존재하는 아포리 이외에는 아무것도 아닌 예술의 아우토노미를, 다시 말해 무카로브스키가 생각하는 예술에 내재한 객관적 보편적 미학적 가치를 다음과 같이 종합할 수 있다.

무카로브스키가 생각하는 "객관적 보편적 미학적 가치"를 3가지로 요약하자면 첫째 미학적 가치의 **역동성**, 둘째 미학적 가치의 **우세성**, 셋째 미학적 가치의 **규제성** 등으로 요약된다. 첫째로 미학적 가치의 "역동성"은 다음과 같이 설명된다. 예술작품이라는 기호가 발휘하는 이 힘을 무카로브스키는 "신비로운 세력"이라 부른다는 말을 했고 이를 계속해서 역동성이라는 개념으로 점진시킨다. 예술작품이라는 기호가 발휘하는 "신비로운 세력"이 현실사회와 만나서, 다시 말해 집단의식과 만나서 그 양자 사이에 모순 내지는 긴장이 생긴다는 내용을 언급했는데, 이 모순 내지는 긴장의 상태가 역동적이라는, 역동적인 총체성이라는 설명이다.[111] "역동적인 총체성"
이란 없던 것이 갑자기 새로 발발하는 "사건발생"[112]인데, 이 새로운 "사건
발생"이 예술작품이라는 기호와 현실사회가 가지고 있는 집단의식 사이에
서 발발한다는 설명이다. 예술작품이라는 기호가 발휘하는 신비로운 세력
과 현실사회의 집단의식이 서로 충돌하여 어떤 사건이 발생한다는 설명인
데 이 "사건발생"은 갑자기 생겼다가 없어지는 사건발생으로 그 존재를 영
원히 보증할 수는 없지만 있기는 있는 것으로 그 실재만은 인정해야 하는
"사건발생"이라 할 수 있다. 둘째로 미학적 가치의 우세성[113]은 미학적 가치
가 다른 현실적 가치들 위에 군림하여 그들보다 우세하다는 말인데, 예술
세계 내에는 현실사회가 파괴할 수 없는 견고한 집단의식을 가차 없이 파
괴할 수 있는 강력한 힘이 내재해 있고 또 견고한 집단의식의 규범을 파괴
하는 것이, 다시 말해 규범파괴 자체가 예술이라는 설명이다. 예술세계 내
에서 본다면 미학적 가치는 현실적 가치들보다 강력하여 예를 들어 식사시
에 훌쩍거리고 쩍쩍거려야 소화가 잘 된다는 집단의식을 가차 없이 파괴하
여 그것이 잘못이라는 의식을 예술과 문학은 묘사할 수 있다는 설명이다.
왜냐하면 예술과 문학은 거지가 왕이 되게 하고, 또 왕이 거지가 되게 하는
등 예술세계 내에서는, 픽씨온의 세계 내에서는 불가능이란 없기 때문이
다. 예술세계에 내재해 있는 강력한 힘을 현실사회에까지 연장하여 현실사
회가 파괴할 수 없는 견고한 집단의식을 파괴할 수 있는 강력한 힘을 미학
적 가치에 부여한다면, 다시 말해 예술에 의해서, 문학에 의해서 현실사회
를 변혁시킬 수 있다고 한다면 "객관적 보편적 미학적 가치"는 실제로 실재
한다고 인정되어야 한다. 왜냐하면 식사시에는 반드시 훌쩍거리고 쩍쩍거

---

111) Mukařovský, Jan: Ästhetische Funktion, Norm und ästhetischer Wert als soziale Fakten, S. 106
112) "사건발생"(Geschehen)
113) 우세성(Dominanz)

려야 한다는 잘못된 집단의식을 가차 없이 파괴할 수 있는 강력한 세력을 행사하는 주체의, 미학적 가치의, 다시 말해 "객관적 보편적 미학적 가치"의 실체를 인정해야 하기 때문이다. 셋째로 미학적 가치의 규제성[114]은 미학적 가치는 사고의 과정이 아니라 규제의 과정이라는 말이다. 학술과 철학은 사고[115]를 불러일으켜 인간의 행동에 영향을 주어 인간행동을 변화시킨다고 한다면, 예술은 바로 그 사고 자체를 규제하고 억제하면서 직접적으로 인간행동을 변화시킨다는 말이다. 훌쩍거리고 쩍쩍거려야 한다는 집단의식을 학술과 철학은 논리에 의해서 수긍시켜 변화시키는 긴 절차를 밟아야 하지만, 예술은 그러한 집단의식이 잘못된 비문화인의 집단의식이라는 것을 직접적으로 묘사하여 변화시키는 짧은 절차라는 말이다. 역시 예술에 의해서, 문학에 의해서 잘못된 집단의식이 개선된다면 "객관적 보편적 미학적 가치"는 실재한다고 보아야 하고, 또 현실사회를 변화시키는 강력한 힘을 발휘하는 "객관적 보편적 미학적 가치"가 분명히 존재한다면 그의 담당자인 예술의 객관적이고 보편적인 실재를, 예술의 아우토노미를 인정해야 한다.

마지막으로 집단의식, 물질구성, 미학적 대상, 3자에 의해서 결론을 내리자면 다음과 같다. 집단의식과 물질구성은 어느 누구도 의심할 수 없이 구체적으로 실재해 있는 실재자들이라는 사실은 인정되어야 한다. 왜냐하면 식사시에 훌쩍거리고 쩍쩍거려야 한다는 집단의식은 분명히 실재해 있고, 또 그래서는 안 된다는 집단의식도 분명히 실재해 있기 때문이다. 그리고 벽에 걸려 있는 물질구성인 "모나리자의 미소"라는 기호도 분명히 실재해 있는 실재자이기 때문이다. 다음에 2개의 실재자 사이의 관계에 의해 태

---

114) 규제성(Regulativ)

115) 사고(Denken)

어나는 미학적 대상 역시 비구체적이나 그러나 분명히 실재하는 실재자라고 인정되어야 한다. 왜냐하면 예술작품을 대하면 모든 관찰자의 머리 속에는 어떤 형상이, 다시 말해 미학적 대상이 떠오르기 때문이다. 따라서 종합적으로 이상 3개의 실재자들의 합작을 실재가 아니라 허위, 가상이라고 판단하기는 거의 불가능하다. 그리고 "객관적 보편적 미학적 가치"를 실재하는 실재자라고 인정한다면, 이것이 현실 사회를, 현실 가치를 변화 개혁시킬 수 있다는 주장을 인정하기는 가능하나 부정하기는 불가능하다고 보아야 한다. 그렇다면 "객관적 보편적 미학적 가치"를 선험의 영역에서 경험의 영역으로 구제하려는 무카로브스키의 노력도 인정된다고 보아야 한다.

구조주의

1. 서론

1915년을 전후하여 상크트 페터스부르크 대학의 젊은 교수들인 쉬클로브스키, 아이헨바움, 티냐노프, 야콥손 등[1]이 중심이 되어 소위 형식주의 학파를 형성했다. 이상의 형식주의는 1928년 마르크스주의자들에 의해 완전히 붕괴되는 숙명을 맞게 된다. 이상 4명의 형식주의자들 중 특히 야콥손은 1926년 프라그로 이주하여 유명한 구조주의자 무카로브스키[2]와 더불어 "프라그 학파"라고 불리어지는 "언어학 서클"[3]을 형성한다. 이 "언어학 서클"에서는 이미 소쉬르[4]의 소위 **구조주의 언어학**[5]이 중요한 위치를 차지하게 된다. 야콥손은 다시 독일 나치의 침입에 의해 덴마크와 노르웨이를 거쳐 1939년에 미국으로 이주하게 된다. 미국에서 야콥손은 1940년대에 레비 스

---

1) 쉬클로브스키(Viktor Šklovskij 1893-1984)
   아이헨바움(Boris Eichenbaum 1886-1959)
   티냐노프(Juri Tynjanov 1894-1943)
   야콥손(Roman Jakobson 1896-1982)

2) 무카로브스키(Jan Mukařovský 1891-1975)

3) "언어학 서클"(Cercle linguistique)

4) 소쉬르(Ferdinand de Saussure 1857-1913)

5) 구조주의 언어학(strukturale Linguistik)

트로스[6]와 접촉하게 되며, 야콥손의 영향에 의해 레비 스트로스는 후에 프랑스의 대표적인 구조주의자로 소위 **"구조주의 인종학"**[7]을 정립한다. 후에 야콥손은 언어학자 촘스키[8]를 만나게 되며, 야콥손의 제자가 된 촘스키는 1965년부터 소위 **"생성 문법"**[9]을 정립하여 현대 언어학의 대가가 된다. 야콥손에서 시작하여 무카로브스키와 소쉬르를 거쳐 레비 스트로스에 이어지는 구조주의의 근간은 후에 프랑스의 구조주의로 연결된다. 다시 말해 상크트 페터스부르크와 모스크바를 중심으로 탄생했던 형식주의가 프라그에서는 구조주의로 변했으며, 이 구조주의가 미국으로 건너갔으며, 미국에서 다시 유럽 대륙으로 특히 프랑스로 복귀했다고 할 수 있다. 프랑스에 다시 상륙한 구조주의는 1968년에 다시 한 번 변모하게 된다. 1968년은 유럽 역사뿐만 아니라 세계 역사에서 중요한 해로 대학생들의 혁명사상이 절정에 달했던 해였다. 1968년에 세계의 정신사를 흔들어놓은 혁명사상은 구조주의의 방향을 전환시키기에 충분했다. 1968년을 경계선으로 하여 프랑크[10]는 이전을 **구조주의**라 하고 이후를 **신구조주의**[11]라고 하는데 이유는 다음과 같다. 첫째로 전통철학인 헤겔 철학이 완전히 종말에 도달했기 때문에 1968년 이후의 철학은 형이상학 이후의 철학, 다시 말해 형이상학이 완전히 배제된 철학이 되어야 하는데, 이것이 신구조주의라는 것이며, 둘째로 이 형이상학 이후의 철학은 형이상학적인 근거가 더 이상 없으므로 오로지 (형이상학의) 구조만이 논쟁의 테마가 되는데 이것이 신구조주의라는 것이다. 형이상학에서 살에 해당하는 내용은 빠지고 껍데기에 해당하는 구조만이 남은 것이 신구조

---

6) 레비 스트로스(Claude Gustave Lévi-Strauss 1908-2009)

7) "구조주의 인종학"(strukturale Ethnologie)

8) 촘스키(Avram Noam Chomsky 1928-)

9) "생성 문법"(generative Grammatik)

10) 프랑크(Manfred Frank)

11) 구조주의(Strukturalismus)와 신구조주의(Neostrukturalismus)

주의라는 말이다. 다시 말해 구조주의에는 형이상학적인 요소가 아직도 잔재해 있다는 논리다. 셋째로 구조주의를 극단화하거나 전복시켜놓은 것이 신구조주의라는 것이다.[12] 다시 말해 구조주의와 신구조주의 사이의 연관성은 존재한다는 논리다. 이상 프랑크의 3가지 명제를 따른다면 1968년 이전의 구조주의를, 프랑크의 표현을 사용하여 "고전적 구조주의"를 논하는 것이 본 논문의 테마가 된다.

구조주의와 신구조주의, 다시 프랑크의 표현을 사용하여 고전적 구조주의와 신구조주의 양자로 분리하여, 전자에는 소쉬르, 레비 스트로스, 토도로프, 바르트 등[13] 대표적 구조주의자들이 속하며, 후자에는 푸코, 데리다, 료타르, 들뢰스 등이[14] 속한다고 프랑크는 분류한다. 후자에 속하는 신구조주의자들의 이론은 탈구조주의[15]라고도 불리며, 탈현대 또는 초현대[16]에 관한 논쟁에서 중심적인 인물들이 된다. 신구조주의에 관한 문제는 차후로 미루고 구조주의 또는 고전적 구조주의만을 본 논문은 다룬다. 2가지 명칭을 통일하여 "구조주의"라는 명칭만을 사용하면, "구조주의"라는 표현과 개념은 유럽 정신사에서 1930년경부터 자주 등장한다고 한다.[17] 따라서 구조주의의 역사는 1930년에서 1968년까지 대략 40년간이라고 보아야 한다. 그리고 형

---

12) Frank, M.: Was ist Neostrukturalismus?, S. 31, 32

13) 소쉬르(Ferdinand de Saussure 1857-1913)
    레비 스트로스(Claude Gustave Lévi-Strauss 1908-2009)
    토도로프(Todorov)
    바르트(Roland Barthes 1915-1980)

14) 푸코(Michel Foucault 1926-1984)
    데리다(Jacques Derrida 1930-2004)
    료타르(Jean-François Lyotard 1924-1998)
    들뢰스(Gilles Deleuze 1925-1995)

15) 탈구조주의(Poststrukturalismus)

16) 탈현대 또는 초현대(Postmoderne)

17) vgl. Kohlschmidt und Mohr: Reallexikon der deutschen Literaturgeschichte, S. 260

식주의가 마르크스주의자들에 의하여 붕괴된 해가 1930년과 비슷한 1928년이므로 구조주의는 형식주의의 연장 내지는 재탄생이라고도 볼 수 있다. 더나아가 구조주의를 극단화하거나 아니면 전복시켜놓은 것이 신구조주의라고 한다면, 이상의 **형식주의, 구조주의, 신구조주의**는 일직선상에 놓인 하나의 커다란 흐름이라고도 볼 수 있다. 형식주의, 구조주의, 신구조주의라는 일직선상에서 중간에 위치한 구조주의는 형식주의와도 그리고 신구조주의와도 밀접한 관계를 가지고 있는 것은 당연하다. 구조주의를 논하기 위해 **구성요소, 상호관계, 시스템, 구조**[18]라는 표현들이 핵심적인 개념들이 된다.

독일의 전통철학인 관념론 철학에 의하면 **진리**[19]는 자아와 대상의 합을, 같은 의미이나 달리 표현하여 주체와 객체의 합을 의미한다. 이를 "**헨 카이 판**"[20]이라고 하는데 "하나인 동시에 전부" 또는 반대로 "전부인 동시에 하나"를 의미한다. 달리 표현하여 주체와 객체, 양자가 하나 속으로 통합되어 "하나 속의 두 개" 또는 "두 개 속의 하나"가, 하나인 동시에 두 개 또는 두 개인 동시에 하나가 "헨 카이 판"이라는 말이다. 이상의 "헨 카이 판"이라는 독일 전통철학의 **이상**[21]이 현대철학에 와서 붕괴되어진다. "헨 카이 판"을 이상으로 하는 철학을 **형이상학**[22]이라고 하는데, 이 형이상학이 현대에 와서 붕괴된다는 말이다. 형이상학의 붕괴는 따라서 주체와 객체 사이에 균열이 생겨 더 이상 하나가 아니라 둘이라는 말이 된다. 자아와 대상, 주체와 객체는 상호 간에 아무런 연관성이 없는, 서로에 대해서 독립된 두 개의 개체로 된다는 말이다. 자아와 대상, 주체와 객체, 양자 중에서 후자만을 인정하면서 구

---

18) 구성요소(Element), 상호관계(Relation), 시스템(System), 구조(Struktur)

19) 진리(眞理 Wahrheit)

20) "헨 카이 판"(Hen kai pan)

21) 이상(理想)

22) 형이상학(形而上學 Metaphysik)

조주의는 이를 대상의 자율화 또는 **객체의 자율화**[23]라고 부른다. 그리고 구조주의는 "대상" 또는 "객체"라는 표현 대신에 **"구성요소"**[24]라는 표현을 사용한다. 다시 말해 형이상학의 붕괴는 구성요소의 자율화를 의미하는데 "모나리자의 미소"라는 예술작품에 관해 말한다면 다음과 같다. "모나리자의 미소"라는 예술작품을 감상하는 감상자의 머릿속에 생기는 **형상**[25]과 그 형상을 구성해주는 구성요소, 양자로 분리하면, 구조주의자들에 의하면 한편으로는 머릿속의 형상과 다른 한편으로는 선, 색깔, 화폭, 액자 등 구성요소 사이의 분리 독립은 당연한 것이고, 중요한 것은 머릿속의 형상이 아니라 구성요소라는 주장이 된다. 여기서 다시 형이상학과 구조주의를 비교한다면, 형이상학은 머릿속의 형상과 구성요소의 합을 이상으로 하고 머릿속의 형상이 중심이 된다고 생각하는 반면에 구조주의는 머릿속의 형상과 구성요소 사이의 분리 독립을 주장하고 형이상학과는 반대로 **"구성요소"**가 중심이 된다고 생각한다. 구조주의는 더 나아가 머릿속의 형상과 구성요소, 양자 중에서 전자를, 다시 말해 머릿속의 형상을, (머릿속의 형상은 내가 만든 형상, 나의 형상이기 때문에 철학적인 표현을 사용하여 나의 머릿속의 형상을 자아 또는 주체라고 한다면) 자아를, 주체를 제거 말살하려는 철학이다. 형이상학의 붕괴는 따라서 자아와 대상, 주체와 객체, 머릿속의 형상과 구성요소, 양자가 서로에 대해 분리 독립하여 자율화되는 정도를 넘어, 전자의 제거 말살을 의미한다. 구조주의는 대상 일변도, 객체 일변도, 구성요소 일변도의 철학이라 보아야 한다.

머릿속의 형상과 구성요소, 양자 사이에서 전자로부터 후자의 분리 독

---

23) 객체의 자율화(Autonomisierung des Objekts)
24) "구성요소"(Element)
25) 형상(形象 Bild)

립, 내지는 전자의 말살 제거에 의한 후자 일변도를 언급했다. 이번에는 후자, 즉 구성요소의 다극화 내지는 핵가족화[26]를 언급할 차례다. 대상 일변도, 객체 일변도, 구성요소 일변도의 철학은 **실증주의, 형식주의, 구조주의, 신구조주의** 모두에게 적용된다. 이상의 4개의 철학이 모두 형이상학을 부정한다는 말이다. 다시 말해 이상 4개의 철학은 모두 현상과 현상의 배후, 양자로 분리할 때 "현상"만을 철학의 대상으로 하고, "현상의 배후"는 가치가 없는 것으로 철학의 대상에서 제외시킨다는 말이다. 이상 4개의 철학이 공통적 대상으로 하고 있는 "현상"을 실증주의는 "실증적인 것"이라 부르고, 형식주의는 "**자료**"라 부르며, 구조주의와 신구조주의는 "**구성요소**"라고[27] 부르는 것이 차이점이다. 실증주의, 형식주의, 구조주의, 신구조주의를 일직선상에 놓고 본다면, "현상"의 다극화는, 다시 말해 "구성요소"의 다극화는 구조주의에서 시작하여 신구조주의로 연결된다고 보아야 한다. 실증주의는 "실증적인 것들을" 종합하여 공통된 법칙을 찾아내려 하고, 형식주의는 여러 구성요소들 사이의 중심적인 형식을 구성하려 하여, 양자 모두는 어떤 중심을 목표로 했다. 반면에 구조주의와 신구조주의는 이상의 **구심**을 부정하고 그의 반대인 **원심**[28]을 주장한다. 실증주의와 형식주의가 중앙집권제의 체제라고 한다면, 구조주의와 신구조주의는 지방분권제의 체제라고도 표현할 수 있다. 실증주의와 형식주의가 대가족 제도라고 한다면, 구조주의와 신구조주의는 핵가족 제도라고 할 수 있다. 우리의 테마인 구조주의로 복귀한다면, 구조주의는 지방분권을 주장하고, 핵가족 제도를 주장한다. "현상"이라는 표현 대신에 "구성요소"라는 표현을 사용하여 "모나리자의 미소"라는 예술작품에

---

26) 핵가족화(Atomisierung)

27) "실증적인 것"(das Positive)
　　"자료"(Material)
　　"구성요소"(Element)

28) 구심(求心 zentripetal)과 원심(遠心 zentrifugal)

관해 말한다면 다음과 같다. "모나리자의 미소"라는 예술작품의 구성요소는 선, 색깔, 화폭, 액자 등 실제로 눈에 보이는 것들이며, 이상의 실제로 눈에 보이는 구성요소들에 의해서 감상자의 머릿속에 어떤 "형상"이 생기게 된다. 예를 들어 "아름다운 여인"이라든가, "관능적인 여인"이라든가 하는 등등의 "형상"이 생기게 된다. 한편으로는 머릿속의 형상과 다른 한편으로는 선, 색깔, 화폭, 액자 등의 구성요소들, 양자 중에서 후자가, 구성요소들이 다극화 내지는 핵가족화된다는 말이 된다. 다시 말해 선, 색깔, 화폭, 액자 등이 하나로 통일하여 **전체조화**[29]를 만들어내는 것이 아니라, 선은 선대로, 색깔은 색깔대로, 화폭은 화폭대로, 액자는 액자대로 각각 독립하여 제 갈 길을 간다는 말이다. 현대 예술사에서 여러 가지 구성요소들 간의 전체조화를 주장한 대표적인 예술가는 바크너[30]이며, 그의 예술을 **총체예술**[31]이라고 한다. 바크너의 예술론과는 정반대의 예술론을 주장한 현대 작가는 브레히트[32]이다. 브레히트는 여러 가지 구성요소들 간의 전체조화를 만들어내서는 안 되고, 반대로 구성요소 하나하나가 독립하여 자신의 특수성을 주장해야 한다고 말한다. 브레히트의 희곡기법을 현대 희곡론에서는 **소외효과**[33]라 부르는데 바크너의 총체예술에 대한 대치개념을 사용하여 브레히트의 희곡을 **소외예술**이라고 부를 수 있다.

"모나리자의 미소"라는 예술작품을 한편으로는 머릿속의 "형상"과 다른 한편으로는 선, 색깔, 화폭, 액자 등 "구성요소", 양자로 분리하여, 후자 "구성요소"의 자율화와 다극화를 언급했다. 언급한 4개의 구성요소들은 각각

---

29) 전체조화(Ensemble)

30) 바크너(Richard Wagner 1813-1883)

31) 총체예술(Gesamtkunstwerk)

32) 브레히트(Bertolt Brecht 1898-1956)

33) 소외예술(Verfremdungseffekt)

자율화된 핵가족들로 그 자체 완전한 세계, 완전한 개체들이 된다는 말이다. "모나리자의 미소"라는 예술작품은 여러 가지 상이한 구성요소들을 하나로 묶어 통일해주는 중심점은 상실하고 4개의 자율화된 개체들만이 난무하는 무대로 변한다는 말이다. "멍석을 깔아주면 하던 지랄도 안 한다"라는 말과 같이 멍석은 깔아놓았는데 지랄이 발생하지 않는 상태로 "모나리자의 미소"라는 예술작품은 지랄이 결여된 멍석, 내용이 결여된 형식, **실재**[34]가 결여된 **위상**[35]에 지나지 않는다. 다시 말해 지랄, 내용, 실재를 의미하는 어떤 중심점이 "모나리자의 미소"라는 예술작품에는 결여된다는 말이다. 그러나 자율화되고 핵가족화된 구성요소들이 지배하는 카오스의 세계를 일정한 방향으로 통일하기 위하여 구조주의자들은 **상호관계, 구조, 시스템**[36]이라는 개념들을 동원한다. 이상의 3개의 개념들은 서로 분리할 수 없을 정도로 비슷한 의미를 나타낸다. 그러나 한 가지 분명한 것은 이상 3개의 개념들은 구성요소들이 제각기 난무하는 카오스의 세계만은 지양하고 최소한 하나의 중심점만은 구제해야 된다는 생각에서 사용되는 개념들이라는 사실이다. 다수를 하나로 통일하고, 다양성에서 통일성을 찾아내려는 것은 모든 이론과 모든 철학의 숙명이다. 형이상학은 선, 색깔, 화폭, 액자라는 현상 배후에서 중심점인 "형상"을 찾으려하고, 구조주의는 선, 색깔, 화폭, 액자라는 구성요소들 앞에서 아니면 그들 가운데서 중심점이 되는 상호관계, 구조, 시스템을 찾아내려고 한다. 그러나 현상 배후에서 중심점을 찾든, 아니면 구성요소들 앞에서 또는 그들 가운데서 중심점을 찾든, **형이상학과 구조주의** 양자는 모두 중심점 자체는 공통적으로 인정하므로, 양자의 방향은 달라도 목적은 같다고 할 수 있다. 구조주의가 언어와 문학의 영역을 초월하여 철학 일반으로 확대

---

34) 실재(實在 Sein)

35) 위상(位相 Topos)

36) 상호관계(Relation), 구조(Struktur), 시스템(System)

될 때 구조주의와 형이상학 사이의 차이점이 없어져 구조주의가 형이상학으로 돌변한다고 이론가들은 구조주의를 비판한다. 구조주의에는 형이상학이 내재해 있으며, 구조주의에 내재해 있는 형이상학을 완전히 말살 제거하려는 것이 신구조주의가 된다. 구성요소의 **자율화**, 구성요소들의 **다극화** 그리고 다시 중심점을 지향하려는 구성요소들의 **체계화** 등[37] 3개의 단계가 본 논문의 순서가 된다.

2. 구성요소의 자율화

독일 전통철학인 형이상학을 형성하는 2개의 요소는 **주체와 객체**[38]이다. 주체와 객체가 하나로 통합된 것을 **진리**[39]라 하고, 주체와 객체 사이를 연결해주는 교량역할을 하는 것이 **반성, 중개, 변증법**[40]이라는 개념들이다. 이상의 형이상학이 가능하기 위한 2개의 절대적인 조건이 있다. 그 첫째는 주체와 객체라는 양극이 반드시 존재해야 한다는 것이고, 둘째는 주체와 객체라는 양극 중에서 주체는 주인이고 객체는 노예라는 관계가 되어야 한다는 것이다. 형이상학을 형성하는 이상의 2개의 절대적인 조건이 현대철학에서 특히 실증주의 철학 이래로 붕괴되어진다. 그리고 이상 2개의 절대적인 조건을 파괴하는 행위 자체가 구조주의라고 할 수 있다. 현대 구조주의에 지대한 영향을 행사한 신실증주의자 포퍼[41]의 방법론을 **시행착오**[42]의 방법론이라고 하

---

37) 자율화(Autonomisierung), 다극화(Atomisierung), 체계화(Systematisierung)

38) 주체(Subjekt)와 객체(Objekt)

39) 진리(眞理 Wahrheit)

40) 반성(Reflexion), 중개(Vermittlung), 변증법(Dialektik)

41) 포퍼(Karl R. Popper 1902-1994)

42) 시행착오(trial and error)

는데 다음과 같다. 하나의 가설[43]을 세워 이 가설이 현실에 적중하면, 다시 말해 증명되면 이 가설을 유지하고 증명되지 않으면 버리고 새로운 가설을 세우는 방법론이 시행착오의 방법론이다. 그리고 하나의 가설을 세울 때 주체와 그리고 객체와는 아무런 관계없이 순수한 논리에 의해서만 논리에 타당하도록 하나의 가설을 세우는 것이 시행착오의 방법론이다. 따라서 이 가설 속에는 인식주체도 인식객체도 결여되어 있다. 경험적인 주체도 그리고 초험적인 주체도 결여되어 있으며, 객체까지도 초월하는 가설, 글자 그대로 순수한 가설이 시행착오의 방법론이다.[44] 포퍼의 시행착오라는 방법론은 형이상학을 위한 2개의 절대적인 조건인 주체와 객체의 공존 그리고 주체와 객체의 주종관계를 철저하게 파괴하는 방법론이다. 구조주의는 포퍼의 극단적인 시행착오의 방법론과는 달리 주체와 객체 양자 중에서 객체를, 그것도 객체만을 구제하려 한다. 주체로부터의 객체의 독립과 자율화는 물론이고, 객체만의 독존을 구조주의는 주장한다고 할 수 있다. "반성 없이도 객체는 그 자체만으로 존재한다"라는 말은[45] 구조주의에 대해 해야 할 말이다. 반성이 없다는 말은 주체와 객체 사이를 연결하는 교량이 없다는 말로 주체와 객체 중에서 주체가 제거되어 없다는 말이다. 형이상학을 파괴하는 행위에는 실증주의도 구조주의도 동일하다. 구조주의는 주체를 제거함에 의해 주체와 객체의 공존을 파괴하고 그리고 객체의 유아독존에 의해 주체와 객체의 주종관계를 파괴하여 결과적으로 노예인 객체를 유일한 주인으로 승격시킨다고 할 수 있다. 주체는 제거 말살되거나 아니면 객체의 일부로 통합되는 숙명을 갖는 것이 구조주의이다. 주체는 인간을 의미하고, 객체는 대상, 현상, (예술의 영역에 관해 말한다면) "구성요소"를 의미한다. 따라서 구조주의의 입장

---

43) 가설(Hypothese)

44) Vgl. Hauff, Jürgen u. a.: Methodendiskussion, Bd. 1, S. 123, 124

45) ebd. S. 124

에서 본다면 인간은 아예 증발해 없어지거나 아니면 대상의 일부로, 현상의 일부로, "구성요소"의 일부로 전락하는 숙명을 면하지 못하게 된다.

　주체와 객체의 공존과 주체와 객체 사이의 주종관계라는 형이상학을 위한 2개의 절대적인 조건이 파괴된 후 구조주의에 와서는 객체의 유아독존에 도달했다는 내용을 언급했다. 따라서 구조주의를 위해서는 객체만이 테마가 된다는 사실을 견지해야 한다. 주체와 객체라는 철학적 표현에 상응하는 예술론적 표현으로 복귀하면 다음과 같다. 예술작품과 구성요소라는 양자 중에서, 달리 표현하여 머릿속의 형상과 구성요소 양자 중에서 후자인 구성요소만이 테마가 된다는 말이다. "예술작품"과 머릿속의 "형상"은 동일한 의미를 나타내는 2개의 표현이다. "예술작품"이라는 표현은 예를 들어 "모나리자의 미소"를 구성하는 선, 색깔, 화폭, 액자 등 물질들을 의미하는 것은 아니며, 그들 모든 구성요소들의 **전체조화**[46]를 의미하며 그리고 그 전체조화는 감상자의 머릿속에 들어 있는 형상에 지나지 않기 때문이다. 철학에서 객체의 유아독존이라는 말은 예술에서는 구성요소의 유아독존이라는 말이 된다. 구성요소의 유아독존은, 달리 표현하면 구성요소의 자율화는 구조주의를 선도한 현대 **언어철학**에서 다음과 같이 나타난다. 비트겐쉬타인[47]에 의하면 모든 철학은 언어비판 이외에는 아무것도 아니다. 모든 철학은 언어라는 매개체가 인간의 이성에 가하는 마술을 파괴하기 위한 지속적인 투쟁 이외에는 아무것도 아니다. 철학이 언어의 문제로 전향한 것은 현대철학의 위대한 혁명이라 할 수 있다.[48] 예를 들어 나를 낳아준 여자를 사람들은 어머니, 에미, 어멈 등으로 부른다면, 다시 말해 나를 낳아준 여자에 대한 언어표

---

46) 전체조화(Ensemble)

47) 비트겐쉬타인(Ludwig Wittgenstein 1889-1951)

48) vgl. F. v. Kutschera: Sprachphilosophie, München 1975, S. 12, 13

현으로 어머니, 에미, 어멈 등이 있다면, 나를 낳아준 여자라는 머릿속의 형상은 현대에 와서는 아무런 의미가 없으므로 제거하고, 철학은 오로지 어머니, 에미, 어멈이라는 언어만을 다루어야 한다는 말이다. 그리고 인간관계와 인간역사를 움직이는 것은 머릿속의 형상이 아니라 어머니, 에미, 어멈 등의 언어라는 말이다. 나를 낳아준 여자를 어머니라고 부르는 경우, 에미라고 부르는 경우, 어멈이라고 부르는 경우, 모든 경우가 각각 다른 양자관계, 다른 양자역사를 나타내기 때문이라는 설명이다. 왜냐하면 나를 낳아준 여자를 사랑하는 어머니라 부르면 효자라고 상을 받아 없던 일자리도 얻어 부자가 될 수 있고, 반면에 망할 어멈이라 부르면 벌을 받아 있던 일자리도 잃어 거지가 될 수 있기 때문이다. 또 하나의 예를 든다면, 나와 너를 연결해주는 언어로서 내가 너를 "귀하", "자네", "개새끼" 등으로 부른다면, 3가지 종류의 언어는 나와 너 사이의 관계에 그리고 나와 너 사이의 역사에 엄청난 차이를 가져온다는 것은 분명하다. 모든 철학은 따라서 머릿속의 형상을 다룰 것이 아니라 언어를 다루어야 하며, 따라서 철학이 언어의 문제로 테마를 전향한 것은 현대철학의 위대한 혁명이라는 말이다. 머릿속에 들어 있는 나를 낳아준 여자라는 형상을 구성해주는 (표현해주는) 요소는 어머니, 에미, 어멈이라는 언어이므로, 위에서 언급한 구성요소의 자율화는 어머니, 에미, 어멈이라는 언어의 자율화를 의미한다.

철학은 언어의 문제로 전향해서 언어의 문제만을 다루어야 한다는 비트겐쉬타인의 주장을 액면 그대로 실행한 사람은 겐프 학파[49]의 창시자인 소쉬르[50]라고 할 수 있다. 지금까지 언어학은 비교언어학 또는 서술언어학으로 운영되었으나 소쉬르는 제3의 언어학인 구조언어학을 창시한다. 비교언어학

---

49) 겐프 학파(Genfer Schule)
50) 소쉬르(Ferdinand de Saussure 1857-1913)

은 하나의 언어를 다른 언어와 비교하고 그 양자 언어의 역사적 변화를 추적한다면, **서술언어학**은 일정한 기간의 일정한 언어를 논리적으로 분석하여 일반적인 법칙을 찾아내려고 한다. 이에 반해 소쉬르의 **구조언어학**은 언어 자체를 하나의 **기호체계**[51]로 보려고 한다. 예를 들어 비교언어학은 한국어와 독일어 그 양자 언어를 탄생케 한 역사를 추적하여 비교한다면, 서술언어학은 고려시대라는 일정한 기간의 고려어를 논리적으로 분석하여 모음변화, 자음변화 등 일반적인 법칙을 찾아내려고 한다. 반면에 제3의 언어학인 소쉬르의 구조언어학은 한국어, 독일어, 고려어 등 언어 일체를 기호체계로 보려고 한다. 소쉬르가 생각하는 기호체계에 대해 3가지를 언급할 수 있다. 첫째로 소쉬르가 생각하는 기호체계라는 개념에 대해서는 한국어, 독일어, 고려어 등 언어의 구별은 의미를 상실한다. 소쉬르는 인간과 인간 사이의 **코무니카씨온**[52]을 가능케 해주는 기호로서 언어 일체를 아니면 언어 자체를 자기 이론의 대상으로 한다. 둘째로 언어라는 기호는 (음성으로 전달되고 문자로 읽혀지는 기호는) 다른 종류의 기호들, 예를 들어 교통신호, 결혼식이나 장례식과 같은 예식들, 한 민족의 예절풍속 등 중 하나에 불과하므로 소쉬르가 생각하는 기호체계는 인간사회에서 행해지는 일체의 기호들을 포함한다. 인간과 인간 사이의 코무니카씨온을 가능케 해주는 일체의 기호들이 소쉬르의 대상이 된다. 그러나 이상의 다양한 기호들 중 소쉬르는 언어기호를 대표적인 기호라고 생각하고 이를 기호의 **원초형**[53]이라고 부른다. 셋째로 소쉬르가 생각하는 기호체계는 언어, 교통신호, 결혼식, 장례식 등 일체의 기호

---

51) 비교언어학(vergleichende Sprachwissenschaft)
    서술언어학(deskriptive Sprachwissenschaft)
    구조언어학(strukturale Sprachwissenschaft)
    기호체계(Zeichensystem)

52) 코무니카씨온(Kommunikation)

53) 원초형(Urmodell)

들을 포함하므로 언어의 문제로만 축소되었던 철학이 다시 확장되는 계기를 갖게 된다. 인간과 인간 사이의 코무니카씨온을 가능케 해주는 일체의 기호들을 대상으로 하는 학술을 소쉬르는 **기호론**[54]이라고 부른다.[55] 소쉬르가 생각하는 기호론은 언어만을 대상으로 하는 비트겐쉬타인의 **언어철학**[56]보다는 확대된 개념이다.

소쉬르의 기호체계와 기호론의 영향에 의해 다음과 같은 이론들이 등장한다. 인종학자인 레비 스트로스[57]는 원시인들의 결혼풍속이나 신화전설을 언어기호와 동등한 코무니카씨온의 기호들로 보면서 이들을 분석하여 일반적인 법칙인 **코드**[58]를 재구성하려 한다. 레비 스트로스가 재구성하려는 코드는 따라서 원시인들의 언어, 결혼풍속, 신화전설 등 일체의 기호들에 공통적으로 내재해 있는 코드가 되어야 한다. 다음에 프랑스의 문학비평가 바르트[59]는 문학작품 속에서 그 문학작품을 창작한 작가의 정신이나 창작성 내지는 독창성을 찾아내려 하지 않고, 문학작품을 하나의 언어구성물로 보며 그리고 이 언어구성물은 작가의 의지와 의사에 따르는 것이 아니라, 언어구성물 자신의 형식법칙과 내용법칙에 따른다고 바르트는 주장한다. 마지막

---

54) 기호론(Semiotik)

55) vgl. Schiwy, Günther: Neue Aspekte des Strukturalismus, S. 113, 114

56) 언어철학(Sprachphilosophie)

57) 레비 스트로스(Claude Gustave Lévi-Strauss 1908-2009)

58) 예를 들어 레비 스트로스는 원시인들의 음식을 끓인 음식과 썩힌 음식으로 분리하여 가공된 음식과 비가공된 음식이라는 코드를 구성하고, 가공은 문화를 의미하고, 비가공은 자연을 의미한다고 보면서 문화(Kultur)와 자연(Natur)이라는 코드를 재구성한다. vgl. dazu: Gallas, Helga: Strukturalismus als interpretatives Verfahren, S. 1
코드에 대한 설명으로 한국문학에 자주 등장하는 권선 징악 또는 선과 악이라는 코드를 예로 들 수 있다.
코드(Kode)

59) 바르트(Roland Barthes 1915-1980)

으로 또 하나의 예를 든다면 정신분석가 라캉[60]은 인간과 언어, 양자 중에서 인간이 언어라는 수단에 의해 자신의 의지와 의사를 표현할 수 있는 것이 아니라, 반대로 언어가 인간이라는 수단을 사용하여 자신의 의지와 의사를 표현한다는[61] 이론을 전개한다. 이상의 3명의 프랑스 이론가들은 모두 소쉬르의 기호체계와 기호론의 영향에 의해 언어학의 범위를 인종학, 문학평론, 정신분석학 등으로 확장시킨 사람들이다. 그러나 언어기호가 모든 다른 기호들의 원초형이 되므로 소쉬르의 언어학을 논할 필요가 있다. 모든 인간관계와 인간역사를 결정짓는 것은 언어이기 때문이다.

소쉬르는 언어라는 현상을 시그니피카트와 시그니피칸트로 구분하여 전자는 제외시키고 후자만 자기 이론의 대상으로 만든다. "나를 낳아준 여자"라는 머릿속에 들어 있는 형상은 하나의 이념, 이데아[62]와 같은 것으로 이를 소쉬르는 시그니피카트라 하고, 이상의 형상에 대한 언어기호로 어머니, 에미, 어멈 등이 있다면, 이들 **언어기호들을 시그니피칸트**[63]라 하는데, 소쉬르는 후자인 시그니피칸트만 기호체계와 기호론의 대상으로 한다는 말이다. 이유는 언급한 대로 모든 인간관계와 인간역사를 결정짓는 것은 이데아 자체가 아니라 그 이데아에 대한 언어기호들이기 때문이다. 소쉬르는 두 번째 단계로 언어기호들인 시그니피칸트를 다시 구분하여 **랑그와 파롤**[64]이라는 2개의 개념을 만들어낸다. 소쉬르에 의하면 따라서 언어기호는 랑그와 파롤 2가지로 되어 있는데, 랑그와 파롤, 양자 사이의 차이점을 다음 3가지로 집약하여 설명할 수 있다. 첫째로 랑그는 언어기호의 저장목록이라 할 수 있다면, 파롤

60) 라캉(Jacques Lacan 1901-1981)

61) vgl. Schiwy, Günther: Neue Aspekte des Strukturalismus, S. 114, 115

62) 이데아(Idea Idee 理念)

63) 시그니피카트(Signifikat 기의)와 시그니피칸트(Siginifikant 기표)

64) 랑그(langue)와 파롤(parole)

은 그 저장목록 중에서 선택된 하나의 언어기호라고 할 수 있다. 예를 들어 "나를 낳아준 여자"라는 머릿속의 형상에 대한 언어기호들이 어머니, 에미, 어멈 등 3개가 전부라고 가정한다면, 이 전체인 3개의 언어기호들이 랑그가 되고, 그 3개 중 선택된 하나의 언어기호인 예를 들어 "어머니"가 파롤이 된다. 그러나 언급한 대로 소쉬르는 머릿속의 형상을 제외시키므로 말을 하려는 화자는 "나를 낳아준 여자"라는 머릿속의 형상과는 전혀 관계없이 자동적으로 그리고 필연적으로 어머니, 에미, 어멈이라는 3개의 언어기호 중 하나를 선택한다는 이론이다. 언어기호의 저장목록에 들어 있는 하나의 기호를 선택해야 하는 자동성 내지는 필연성은 다음과 같은 사실에서 이해할 수 있다. 예를 들어 "안녕하십니까?"라는 언어기호에 대해 "안녕하세요?"라는 언어기호로 대답하는 것이 일반 원칙이라고 가정한다면, 2개의 언어기호 모두가 화자의 의지와는 전혀 관계없이 언어기호의 저장목록에서 자동적으로 그리고 필연적으로 선택된 언어기호들이라고 할 수 있다. 왜냐하면 상대방이 괘씸한 인물이어서 안녕이 아니라 반대로 불행을 기원하고 싶은 심정임에도 불구하고 이상의 언어기호를 선택해야 하기 때문이다. 서투른 외국어로 회화를 하는 경우에 이상의 사실은 더욱 분명해진다. 부족한 어휘로 인해 (부족한 외국어의 저장목록으로 인해) 자기의 의지와는 전혀 관계없는 외국어 대화를 하는 것이 보통이기 때문이다. 랑그와 파롤의 관계는 불가분의 관계로 랑그가 있기 때문에 파롤이 가능하고, 반대로 파롤이 있다는 사실은 랑그의 존재를 증명한다는 관계가 된다. 어머니, 에미, 어멈이라는 언어기호의 저장목록이 있기 때문에 "어머니"라는 언어기호의 선택이 가능하며, 반대로 "어머니"라는 선택이 가능하다는 사실은 어머니, 에미, 어멈이라는 저장목록이 있기 때문이라는 설명이 된다. 둘째로 랑그는 **코드**[65]이고 파롤은 그 코드에 의해 설치된 텍스트라고 할 수 있다. 달리 표현하여 파롤인 텍스트를 하

---

65) 코드(Kode)

나의 건물에 비교한다면, 랑그는 그 건물을 위한 설계도에 비교할 수 있다. 코드와 텍스트 사이의 관계는 설계도와 건축물 사이의 관계로 역시 불가분의 관계다. 코드는 건축물을 설치하는 눈에 보이지 않는 설계도와 같이 모든 텍스트에 내재해 있다고 보아야 한다. 하나의 텍스트를 해설하고 해독한다는 것은 그 텍스트에 내재해 있는 코드를 찾아내는 일이라고 할 수 있다. 예를 들어 문화와 자연, 선과 악, 미와 추 등 다양한 코드들이 가능한데 어떤 코드가 텍스트에 내재해 있는지를 찾아내는 일이 해설 또는 해독이라고 할 수 있다. 이유는 작가는 자신의 코드에 의해서 (아니면 자신을 지배하고 있는 코드에 의해서) 텍스트를 만들어내기 때문이다. 셋째로 랑그가 내적 운동법칙이라 할 수 있다면, 파롤은 그 내적 운동법칙에 의해 발생하는 외적 현상이라 할 수 있다.

랑그와 파롤, 양자 사이의 차이점을 설명하는 데 랑그의 개념이 핵심이 되며 또 소쉬르의 이론은 랑그의 개념에 중심을 두고 있으므로 랑그의 개념을 종합하자면 다음과 같다. 일정한 양의 언어기호를 저장하고 있는 랑그 내에는 일정한 직관형식이라 할 수 있는 코드가 내재해 있으며 이상 양자가 합하여, 다시 말해 일정한 양의 언어기호들과 일정한 형식의 코드가 합하여 일정한 **내적 운동법칙**을 발생시킨다고 할 수 있다. 모두를 종합하여 작가가 텍스트를 쓸 때 언어기호를 스스로 선택하며, 자신의 코드를 적용하며, 자신의 의사대로 논리를 이끌어간다고 생각하지만, 사실은 반대로 작가가 일정한 언어기호에 의해 선택되고, 일정한 코드에 의해 적용당하며, 일정한 의사대로 텍스트의 논리가 이끌려간다는 설명이 된다. 일정한 양의 언어기호들과 일정한 형식의 코드가 합하여 발생시키는 "일정한 내적 운동법칙"을 구조주의자들은 구조라고 부르고 이 구조는 자기발전과 자기변화를 한다고 하는데 이를 디아크로니[66]라고 부른다. 역사의 주체이었던 인간의 역사는 인간을 객체로 보는 디아크로니의 역사로, 다시 말해 인간과는 전혀 관계없는 구조 자체의 역사로 (구조 자체의 자기발전과 자기변화로) 축소되었다는 것이 구조주의자들의 생각이다.[67] 인간의 의지와는 전혀 관계없는 "일정한 내적 운동법칙" 또는 "구조"라는 개념은 하나의 메커니즘과 같은 "질서" 자체라고 할 수 있는데, 이 메커니즘인 질서 자체의 자기발전과 자기변화가 디아크로니가 된다. 이상의 디아크로니의 역사관에 대한 사르트르의 비판[68]은 다음과 같다. 인간은 스스로 사고하는 것이 아니라, 질서라는 메커니즘에 의해 사고되어진다. 인간이라는 주체는 죽은 지 오래 되었다.[69] 구조주의자들이 주장하는 디아크로니의 역사관에 대한 비판을 종합하면 "역사에 대한 적대성" 또는 "주체의 말살" 등의 비판이 종합적인 비판이다. 구조주의자들은 그러나 이상의 비판에도 불구하고 주관의 말살을 더 극단화시키는 트란스포르마씨온[70]이라는 개념을 도입한다. "일정한 내적 운동법칙" 또는 "질서"를 구조주의자들은 이번에는 시스템이라고 부르면서 제1의 시스템과 제2의 시스템 사이의 상관관계에 의해서 새로운 제3의 시스템이 생겨나고 또 제3의 시스템과 다른 시스템 사이의 상관관계에 의해서 제4의 시스템이 생겨난다고 하여 시스템의 자기발전과 자기변화를 주장한다. 화학공식과 화학공식 사이에서 제3의 새로운 화학공식이 생겨난다는 논리를 트란스포르마씨온은 의미한다. "일정한 내적 운동법칙" 또는 "질서"에 상응하는 개념을 형식주의는 "에볼루씨온"[71]이라고 부르는 데 비해 구조주의는 트란스포르마씨온이라고

---

66) 디아크로니(Diachronie 通時性)

67) vgl. Hauff, Jürgen u. a.: Methodendiskussion, Bd. 1, S. 125

68) 사르트르(Jean-Paul Sartre 1905-1980)

69) vgl. Hauff, Jürgen u. a.: Methodendiskussion, Bd. 1, S. 165

70) 트란스포르마씨온(Transformation)

71) "에볼루씨온"(Evolution)

부른다. 에볼루씨온이라는 개념에 잔재해 있던 주체가 트란스포르마씨온이라는 개념에 와서는 완전히 말살 소멸되었다고 할 수 있다.

주체와 객체의 공존 그리고 주체와 객체 사이의 주종관계라는 형이상학의 절대적 조건의 붕괴는 객체의 자율화 내지는 유아독존을 가져왔고 이 결과는 예술철학의 영역에서는 구성요소의 자율화라는 현상을 가져왔다. 다음에 구성요소의 자율화라는 현상은 언어철학의 영역에서는 다시 시그니피카르트와 시그니피칸트 양자 중 시그니피칸트의 자율화로 연결되었다. 시그니피칸트의 자율화 또는 시그니피칸트의 유아독존을 기반으로 하여 소쉬르는 랑그와 파롤이라는 2개의 개념을 만들어냈다. 소쉬르의 기호체계와 기호론에 의하면 인간이 일상생활에서 실제로 사용하는 언어기호와 작가가 실제로 구성해놓은 텍스트는 파롤이 되며, 이 언어기호와 텍스트는 인간과 작가에 의해서 선택된 것이 아니라 랑그에 의해서 선택된다는 논리가 된다. 파롤을 조종하는 "내적 운동법칙"인 랑그는 인간과 작가의 의지와는 전혀 관계없는 "질서"이고, "구조"이고, "시스템"이라는 논리가 된다. 파롤의 변화와 변천은 인간과 작가의 의지와는 관계없이 자신의 질서, 구조, 시스템을 가지고 있다는 말이 된다. 지금까지 예술작품을 구성하는 구성요소의 자율화를 논했고, 언어철학과 문학의 영역에서는 언어기호 자체의 자율화를 논했다. 예술작품의 구성요소와 그리고 언어의 구성요소인 언어기호는 모두 집합개념으로 논한 것들이다. 다음에는 집합개념이 아니라 개체개념으로, 다시 말해 "구성요소"의 자율화가 아니라 "구성요소들" 하나하나의 자율화를, 달리 표현하여 구성요소들의 다극화를 논할 차례다. "모나리자의 미소"라는 예술작품을 예로 든다면 그 구성요소들인 선, 색깔, 화폭, 액자들이 모두 각각 자율화 내지는 "다극화"된다는 말이다.

3. 구성요소들의 다극화

"구성요소의 자율화"를 위해서는 디아크로니[72]가 핵심개념이 된다. 이미 언급한 프랑스 이론가들 중에 레비 스트로스는 원시인들의 언어, 결혼풍속, 신화전설 등 일체의 기호들에 공통적으로 내재해 있는 코드를 구성하려했고, 바르트는 문학작품이라는 하나의 언어구성물은 작가의 의지와 의사에 따라 구성되는 것이 아니라 언어구성물 자신의 운동법칙에 따라 구성된다고 주장했으며, 라컹은 인간이 언어라는 수단에 의해서 자신의 의지와 의사를 표현하는 것이 아니라 반대로 언어가 인간이라는 수단을 사용하여 언어 자신의 의지와 의사를 표현한다는 주장을 했다. 그리고 소쉬르의 기호체계와 기호론에 의하면 작가가 텍스트를 쓸 때 언어기호를 스스로 선택하며, 자신의 코드를 적용하며, 자신의 의지대로 논리를 이끌어가는 것이 아니라, 반대로 작가가 일정한 언어기호에 의해 선택되며, 일정한 코드에 의해 적용 당하며, 타자[73]의 일정한 의지대로 텍스트의 논리가 이끌려간다는 설명이었다. 그러나 모든 개념은 영원히 동일하게 고정되어 있는 것이 아니라 자기발전과 자기변화를 해야 하기 때문에 이를 위하여 구조주의자들이 도입한 개념이 디아크로니의 역사관이었다. 레비 스트로스가 말하는 코드도, 바르트가 말하는 운동법칙도, 라컹이 말하는 언어도 그리고 소쉬르가 주장하는 랑그도 자기발전과 자기변화를 한다는 것인데, 이들 모두는 인간이 주체가 되어 인간의 의지대로 형성되는 역사가 아니라, 인간이 객체가 되는 역사, 인간의 의지와는 전혀 관계없는 역사라는 의미로 디아크로니의 역사관이라는 설명을 했다.

---

72) 디아크로니(Diachronie 通時性)

73) 타자(他者)

이상의 디아크로니의 역사관에 대해 다음 3가지를 언급할 수 있다. 첫째로 인간의지와는 전혀 관계없이 자기발전과 자기변화를 하는 코드, 운동법칙, 언어, 랑그는 과연 무엇이냐 하는 문제가 제기된다. 인간의 의지와는 전혀 관계없이, 다시 말해 인간의 의지와는 독립하여 자기발전과 자기변화를 하는 하나의 실체를 인정한다면, 이는 이원론인 형이상학[74]으로의 복귀를 의미한다. 구조주의가 언어의 영역을 초월하여 철학 일반으로 확대될 때 생기는 문제로 극단적인 일원론을 주장하는 구조주의에 대해서는 이는 심각한 모순이 된다. 구조주의에 내재한 이상의 모순에 대한 비판으로 예를 들어 레비 스트로스가 주장하는 코드는 "무의식의 정신" 또는 "주체가 결여된 선험주의"가 아니냐 하는 비판이 있다.[75] "무의식의 정신"이란 "무의식의 의식"과 같은 표현이고, 또 "주체가 결여된 선험주의"라는 표현에서도 주체 없이는 선험주의는 상상할 수도 없으므로 모두 모순적인 표현들로 구조주의에 대한 강력한 비판의 표현들이다. 둘째로 구조주의자들이 공통적으로 사용하는 코드라는 개념에 대해 말한다면, 작가는 자신의 코드에 의해 텍스트를 구성하고 독자는 자신의 코드에 의해 작가가 구성해놓은 텍스트를 해독하려 하므로, 달리 표현하여 작가는 작가를 지배하는 코드에 의해 텍스트를 구성하고 독자는 독자를 지배하는 코드에 의해 텍스트를 해독하려 하므로 양 코드 사이에는 모순이 생길 수 있다. 예를 들어 200년 전 괴테를 지배했던 코드와 200년 후인 현재 한국독자를 지배하는 코드 사이에 모순이 있다는 말이다. 만약에 200년 전의 괴테를 지배했던 코드와 200년 후의 한국독자를 지배하는 코드가 일치한다면 그리고 일치해야 한다면, 이는 이상주의[76]에로의 복귀를 의미하며 그리고 양 코드가 서로 일치하지 못해 양 코드 사이의 절충을

---

74) 형이상학(形而上學 Metaphysik)

75) vgl. Hauff, Jürgen u. a.: Methodendiskussion, Bd. 1, S. 123, 124

76) 이상주의(理想主義 Idealismus)

위한 대화가 있어야 한다면 (양 코드가 서로 일치하지 못하면 한국독자가 괴테의 텍스트를 해독할 수 없기 때문에) 이는 **해석학**[77]으로의 복귀를 의미한다. 결과가 이상주의이든 해석학이든 모두 구조주의에 대해서는 심각한 모순이 된다. 현상과 현상의 배후라는 이원론을 이상주의는 주장하고, 변화속의 불변화, 불변화 속의 변화라는 이원론을 역시 해석학도 주장하기 때문이다. 이상의 모순들에 의해서 셋째로 구조주의는 **신크로니**[78]라는 개념의 도입을 강요당하게 된다.

"모나리자의 미소"를 예술작품과 구성요소들, 양자로 분리한다면 구조주의자들은 전자는 제외시키고 후자만 테마로 한다. 다시 말해 "모나리자의 미소"라는 **전체조화**[79] 아니면 머릿속의 형상은 제외시키고 물질적인 구성요소들인 선, 색깔, 화폭, 액자들만 테마로 한다는 말이다. 구조주의자들은 "예술작품"이라는 개념 외에도 "작품"이라는 개념을 사용하는데, "작품"은 구성요소들의 집합을 의미한다. 따라서 구조주의자들은 예술작품은 제외시키고 작품만 테마로 한다고도 말할 수 있다. "**격리된 작품**"[80]을 구조주의자들은 "**자율적인 기호**" 또는 "**자율적인 기호체계**"[81]로 보는데 이는 "모나리자의 미소"라는 예술작품에서 "격리된" 선, 색깔, 화폭, 액자 등이 자율적이라는 말이다. "모나리자의 미소"라는 예술작품을 구성하는 구성요소가 선, 색깔, 화폭, 액자 4개의 요소라고 가정한다면 이 4개의 요소들이 각각 자율화되어 개인플레이를 한다는 말이다. 다시 말해 선, 색깔, 화폭, 액자라는 4개

---

77) 해석학(解釋學 Hermeneutik)

78) 신크로니(Synchronie 同時性)

79) 전체조화(Ensemble)

80) "격리된 작품"(das isolierte Werk)

81) 자율적인 기호"(autonomes Zeichen) 또는
    "자율적인 기호체계"(autonomes Zeichensystem)

의 구성요소들 모두가 서로에 대해 동등하고 대등한 위상을 가지고 있어 다극화된다는 말이다. "구성요소의 자율화"에서는 구성요소들이 예술작품으로부터 자율화되는 현상을 논했다면 "구성요소들의 다극화"에서는 구성요소들 하나하나가 상호 간으로부터 자율화되는 현상을 논한다고 보아야 한다. 선, 색깔, 화폭, 액자 등 4개의 구성요소들이 합하여 하나의 전체조화를 형성해야 하는 요구는 존재하지 않고 선은 선대로, 색깔은 색깔대로 제각기 제 갈 길을 간다는 설명이다. 구성요소들의 다극화는 언어철학의 영역에도 적용된다. 예를 들어 "나는 당신을 사랑한다"라는 텍스트의 구성요소들이 나, 당신, 사랑한다 등 3개라고 가정한다면 이 3개의 구성요소들이 각각 개인플레이를 한다는 결과가 된다. 다시 신크로니의 문제로 복귀하면 이상의 "자율적인 기호" 또는 "자율적인 기호체계"라는 개념이 신크로니와 일치하는 개념이 된다. 신크로니의 개념을 이해하기 위해서는 이미 언급한 디아크로니의 개념과 비교 설명함이 효과적이다. 첫째로 디아크로니가 일차원적이라 한다면 신크로니는 삼차원적이다. 디아크로니는 한 개념의 자기발전과 자기변화를 기하학의 직선과 같은 일직선상에서 추적한다면, 신크로니는 기하학의 평면과 같은 선, 색깔, 화폭, 액자라는 4개의 구성요소들 중간에서 (아니면 그들 사이에서) 한 개념의 갑작스러운 **사건발생**[82]을 관찰한다. 따라서 둘째로 디아크로니가 시간적이라 한다면 신크로니는 공간적이라고 할 수 있다. 시간적 직관과 공간적 직관의 차이가 디아크로니와 신크로니의 차이가 된다. 셋째로 디아크로니가 개념의 **확정**이라고 한다면 신크로니는 개념의 소외[83]라고 보아야 한다. 디아크로니의 개념이 자기발전과 자기변화를 하지만, 그러나 하나의 확정된 개념이 자기발전과 자기변화를 하기 때문에 낯설게 보이지는 않지만, 반면에 신크로니의 개념은 선, 색깔, 화폭, 액자

---

82) 사건발생(Geschehen)

83) 개념의 확정(Verfestigung)과 개념의 소외(Verfremdung)

라는 4개의 요소들 사이에서 갑자기 발생했다가 사라지고, 다시 발생했다가 사라져 항상 낯설게 보이는 개념이라고 보아야 한다.

디아크로니의 개념과 신크로니의 개념을 비교하여 후자는 삼차원적, 공간적, 소외적 개념이라는 결론을 도출했다. 다음에는 이상의 삼차원적 공간적 소외적 신크로니의 직관형식이 예술작품의 영역에서 (정확히는 "작품"의 영역에서) 그리고 텍스트의 영역에서 어떻게 적용되는지를 보기로 한다. 구조주의자 바르트에 의하면 기호는 (위에서 언급한 자율적인 기호 또는 자율적인 기호체계는) 규정된 하나의 의미를 제시하는 것이 아니라, 부정의 다양한 의미들 사이를 산책하는 것이라고 한다. 그리고 기호는 일체의 의미들에 선행한다고 한다. 더 나아가서는 기호는 기호 자체로부터의 해방을 의미한다고 한다.[84] 바르트가 생각하는 기호를 예술작품을 구성하는 구성요소들에 의해 설명하자면 다음과 같다. 선, 색깔, 화폭, 액자라는 기호는 (4개의 구성요소들로 되어 있는 기호체계는) 규정된 하나의 의미를 제시하는 것이 아니라 부정의 다양한 의미들을 제시했다가 그 제시 자체를 다시 취소한다는 말이다. "모나리자의 미소"라는 그림에 대해 아름다운 미소, 행복한 미소, 섹시한 미소 등 다양한 의미들을 감상자는 제시받을 수 있으나 그 다양한 의미들도 절대적인 것은 아니라는 말이다. 다음에 바르트는 기호는 일체의 의미들에 선행한다고 하는데 이는 기호가 반드시 어떤 의미를 제시해야 한다는 필연적 요구에서 해방된다는 말이다. 다시 말해 기호는 존재해도 의미는 존재하지 않을 수도 있다는 말이다. 이상의 사실을 바르트는 "의미들로부터의 자유" 또는 "의미의 공허지"라는 말로 표현한다.[85] 마지막으로 기호는 기호 자

---

84) vgl. Gutzen, Dieter u. a.: Einführung in die neue deutsche Literaturwissenschaft, S. 200
85) vgl. ebd.
　　"의미들로부터의 자유"(Freiheit von Bedeutungen)
　　또는 "의미의 공허지"(Leere von Bedeutung)

체로부터 해방된다고 바르트는 말하는데, "모나리자의 미소"를 구성하는 선, 색깔, 화폭, 액자 등이 그들의 자연적인 기능을 상실한다는 말이다. 자율적인 기호 또는 자율적인 기호체계 내에서는 선은 선이 아니고 색깔은 색깔이 아닌 것으로 변할 수 있다는 말이다. "작품"의 영역에서 언급한 이상의 사실을 텍스트에 적용하면 같은 결과를 나타낸다. "나는 당신을 사랑한다"라는 텍스트는 나는 당신을 사랑한다는 의미도, 나는 당신을 사랑하지 않는다는 의미도, 나는 당신이 부잣집 딸이기 때문에 이용하고 싶다는 의미 등 다양한 의미들이 가능하며, 또 이 텍스트는 이상의 다양한 의미들을 결정적으로 제시하는 것이 아니라 이 제시 자체도 취소하여, 결국 이 텍스트는 의미의 공허지 이외에는 아무것도 아니라는 설명이 된다. 그리고 나, 당신, 사랑한다라는 기호는 자기 자신들로부터 해방되어 나는 나가 아니며, 당신은 당신이 아니라 다른 사람이 될 수도 있고, 사랑한다는 말은 증오한다는 말도 될 수 있다는 설명이 된다. 신크로니의 개념은 나, 당신, 사랑한다라는 3개의 요소들 사이에서 어떤 의미가 갑자기 발생했다가 사라지고, 다시 다른 의미가 발생했다가 사라져 항상 낯설게 보이게 만드는 개념이라고 보아야 한다.

이번에는 신크로니를 축소시켜 공간적 직관형식이라고만 보고, 이 공간적 직관형식과 그리고 이 공간적 직관형식에 의해서 구조주의자들이 도달하려는 개념과의 관계를, 달리 표현하여 공간과 개념 사이의 관계를 논해본다. 개념은 공간에 의해 (장소에 의해) 규정된다고 구조주의자들은 말한다.[86] 이상의 내용을 비유를 들어 설명하자면 다음과 같다. 멍석을 깔아주면 하던 지랄도 안 한다는 말이 있는데, 이를 멍석을 깔아주어야 비로소 지랄을 할 수 있다는 말로 해석할 수 있다. 멍석과 지랄의 관계를 장소와 내용, 공간과 개념의 관계로 보자는 말이다. 첫째로 멍석과 지랄, 공간과 개념, 양

---

86) vgl. Nemec/Solms: Literaturwissenschaft heute, S. 129

자 중에서 어느 것에 우선권을 주느냐 하는 문제가 대두된다. 전자에 우선권을 부여하면 하이데거[87]의 예술철학이 되고, 반면에 후자에 우선권을 부여하면 헤겔[88]의 예술철학이 된다. 헤겔의 예술철학에 의하면 개념이 먼저 존재하고 이 먼저 존재해 있는 개념이 다음에 자신이 거주할 수 있는 공간을 찾는 관계이고, 하이데거의 예술철학에 의하면 반대로 공간이 먼저 존재해서 다음에 개념을 발생시킨다는 관계가 된다. "모나리자의 미소"라는 그림을 예로 설명하자면, 헤겔에 의하면 하나의 규정된 개념이, 예를 들어 "아름다운 미소"라는 하나의 규정된 개념이 먼저 존재하여 자신이 거주할 수 있는 장소로서 선, 색깔, 화폭, 액자 등에 둘러싸인 공간을 찾는다는 관계가 되고, 하이데거에 의하면 반대로 선, 색깔, 화폭, 액자 등에 둘러싸인 공간이 먼저 존재하기 때문에 그 공간 내에서 개념이 발생한다는 관계가 된다. 헤겔에 의하면 "나는 당신을 사랑한다"라는 규정된 개념이 먼저 존재하여 다음에 나, 당신, 사랑한다라는 구성요소들이 집합하여 하나의 공간을 구성하고, 하이데거에 의하면 반대로 나, 당신, 사랑한다라는 구성요소들에 둘러싸여 있는 공간이 먼저 존재하여 그 공간 내에서 "나는 당신을 사랑한다", "나는 당신을 증오한다", "나는 당신을 이용하고 싶다"라는 등의 다양한 개념들이 발생한다는 관계가 된다. 헤겔의 예술철학과 하이데거의 예술철학 사이의 또 하나의 차이는 헤겔에 의하면 먼저 존재해 있는 개념은 자신에 적합한 공간을 반드시 찾아야 하지만, 하이데거에 의하면 먼저 존재해 있는 공간은 반드시 개념을 발생시켜야 한다는 필연적 요구는 없다는 차이다. 하이데거는 오히려 아무런 개념도 발생시키지 않는 공간이, 다시 말해 발생이라는 행위 이전의 공간이 원초적이고 따라서 진정한 공간이라고 생각한다. 아무런 개념도 발생시키지 않는 공간이란 구조주의자들이 말하는 **"의미의 공허지"**가 된다.

---

87) 하이데거(Martin Heidegger 1889-1976)

88) 헤겔(Georg Wilhelm Friedrich Hegel 1770-1831)

구조주의는 하이데거의 예술철학 없이는 상상할 수 없는 철학이다. 원점으로 복귀하여 개념은 공간에 의해 규정된다고 구조주의자들은 말하는데, 둘째로 이 개념은 과연 무엇이냐하는 문제가 대두된다. 구조주의자들은 개념이 헤겔이 생각하는 개념과는 달리 (헤겔은 개념을 규정된 구체적인 내용이라고 생각하지만) 항상 변하는 구성요소들 사이의 상호관계 내에서 형성되기 때문에 유동적이라고 생각한다. 그리고 이 유동적인 개념은 눈앞에 있는 현실에 대한 묘사가 아니라, 현실을 항상 새롭게 구성하는 것 자체라고 생각한다. 다시 말해 개념이란 현실묘사가 아니라 항상 새로운 **현실구성**[89]이라고 구조주의자들은 생각한다. 현실구성이란 구조주의자들이 말하는 구조, 또는 시스템을 의미한다. "구성요소들의 다극화"에 의해 흐트러졌던 선, 색깔, 화폭, 액자 등의 물질적인 구성요소들을 다시 하나로 통일하여 묶어주는 구조 또는 체계가 필요하다는 말이다.

4. 구성요소들의 체계화

1915년을 전후하여 상크트 페터스부르크와 모스크바에서 형식주의자들의 연구집회가 형성되었던 계기는 당시 유럽을 지배하고 있었던 실증주의적 방법론에 대한 반발이었다. 실증주의적 방법론은 문학작품의 구성요소만을 파악하고 그 문학작품을 문학작품이 되게 하는 **문학성**[90]을 도외시했다는 것이 형식주의자들의 비판이었다. 그리고 형식주의자들은 문학작품을 비로소 문학작품이 되게 하는 이 "문학성"을 **형식**[91]이라는 개념과 일치시켰

---

89) 현실구성(Konstruktion der Wirklichkeit)
90) 문학성(文學性 das Literarische)
91) 형식(Form)

다. 형식주의자들에 의하면 따라서 형식은 "형식과 내용"이라는 관계에서 형식을 의미하는 것도 아니고, 또 내용에 대한 형식의 우위를 의미하는 것도 아니며, 양자의 통일, 다시 말해 형식과 내용의 합을 의미한다는 것이었다. 형식과 내용이라는 변증법적인 대치 개념이 아니라 양자가 하나 속에 들어 있는 복합적인 단일 개념으로서의 형식을 형식주의자들은 소쉬르의 기호체계에서 재발견했다고 생각했다. 형식주의자들은 소쉬르의 영향에 의해서 문학작품을 하나의 **자율적인 기호**[92]로 보게 되었다. 여기서 형식주의자들에 가한 소쉬르의 영향은 이상주의 색채를 완전히 떨쳐버리지 못한 형식주의가 구조주의로 변모하는 계기가 되었다. 이유는 형식주의자들은 자신들이 비판했던 실증주의의 "구성요소"를 수용하게 되었기 때문이다. 그리고 실증주의의 연장이라 할 수 있는 구조주의는 구성요소의 자율화와 구성요소들의 다극화를 주장하여 구성요소 자체가 핵심 테마가 되기 때문이다. "구성요소"로 복귀한 형식주의자들은 구성요소들에서 특이한 현상을 발견하는데 그것은 **탈자동화와 소외현상**[93]이었다. "나는 당신을 사랑한다"라는 텍스트에서 나는 나고, 당신은 당신이며, 사랑은 사랑이라는 자동적인 해석에서 탈자동화하여, 이 탈자동화된 구성요소들이 예를 들어 "나는 당신을 증오한다"라는 엉뚱한 의미를 (이상하게 들리는 의미를) 전달하게 된다는 것이 탈자동화와 소외현상에 대한 설명이 된다. 형식주의자들이 문학작품을 자율적인 기호로 보게 된 결과는 따라서 문학작품을 구성하는 모든 구성요소들의 탈자동화와 그 탈자동화의 결과로 생기는 소외현상이라 할 수 있다. 그 후 러시아의 형식주의자들 중 야콥손[94]과 티냐노프[95]는 1926년 프라그로 이주하

---

92) 자율적인 기호(autonomes Zeichen)

93) 탈자동화(Entautomatisierung)와 소외현상(Verfremdung)

94) 야콥손(Roman Jakobson 1896-1982)

95) 티냐노프(Juri Tynjanov 1894-1943)

여 무카로브스키[96]와 더불어 "프라그 학파"라 불리는 "언어학 서클"을 형성한다. 이 "언어학 서클"에 속하는 형식주의 학자들이 1928년에 「문학과 언어 연구의 문제점」이라는 짧은 논문을 발표하게 되는데 이 논문이 구조주의의 시발점이 된다고 한다.[97] 지금까지 형식주의자들은 그들의 테마를 (기호체계를) 문학과 언어의 영역에만 한정시켰으나 지금부터는 문학과 언어의 영역을 넘어 현실에까지 확장하게 된다. 그리고 "프라그 학파"에 속했던 야콥손, 티냐노프, 무카로브스키는 기호체계를 문학과 현실, 양자에만 국한시키고 그 양자 사이의 관계를 테마로 했다고 한다면, 후에 레비 스트로스나 바르트와 같은 프랑스 구조주의자들은 한 걸음 더 나아가 기호체계를 보편적인 철학으로 승격시킨다고 보아야 한다.

형식주의자들이 소쉬르의 기호체계에 의해 발견했다는 구성요소들의 탈자동화는 구조주의자들이 주장하는 구성요소의 자율화 그리고 구성요소들의 다극화와 동일한 의미를 나타낸다. 따라서 형식주의자들이 구조주의자들로 변모하는 것은 당연하다. 탈자동화의 결과가 소외현상이라 했는데 이 "소외현상"이란 "기능"을 나타내는 표현이다. 나, 당신, 사랑한다라는 3개의 구성요소들이 합하여 하나의 기능을, 예를 들어 "나는 당신을 증오한다"라는 (엉뚱하고 기이한) 기능을 나타낸다는 말이다. 그리고 이상 3개의 구성요소들이 합하여 또 다른 기능을, 예를 들어 "나는 당신을 이용하고 싶다"라는 기능도 나타낼 수 있다. 3개의 구성요소들이 합하여 수많은 기능들을 나타낼 수 있다는 설명이 되는데, 그럼에도 불구하고 "기능"이라는 개념이 다극화에 의해 흐트러졌던 물질적인 구성요소들을 다시 하나로 통일하여 묶어주는 계기가 된다. 이상의 내용을 정리하여 표현하면 다음과 같다. 하나의 기

---

96) 무카로브스키(Jan Mukařovský 1891-1975)

97) Gutzen, Dieter u. a.: Einführung in die neuere deutsche Literaturwissenschaft, S. 197

능 하에서 아니면 하나의 기능이 발생할 때 나, 당신, 사랑한다라는 3개의 구성요소들이 합하여 통일된 하나의 체계를 이루고, 또 반대로 통일된 하나의 체계 하에서 아니면 통일된 하나의 체계가 발생할 때 역시 3개의 구성요소들의 합인 하나의 기능이 발생된다고 할 수 있다. 기능이 있으면 체계가 발생하고, 체계가 있으면 기능이 발생한다고 할 수 있어 "기능"과 "체계"는 하나의 사실에 대한 두 가지 표현에 지나지 않는다. 형식주의자들은 기능을 선호하고 구조주의자들은 체계를[98] 선호하는 것이 차이점이다. 아니면 형식주의자들은 기능에서 출발하고 구조주의자들은 체계에서 출발하는 것이 양자간의 차이점이라고 할 수 있다. 여기서 우리의 테마인 구조주의에 집중하여 표현하면 다음과 같다. 구조주의자들에 의하면 하나의 통일된 체계 하에서만 구성요소들 각자는 자신의 기능을 발휘할 수 있다는 말이 된다. "나는 당신을 사랑 한다"라는 기호체계가 성립할 때 비로소 나는 나라는 기능을 발휘하고, 당신은 당신이라는 기능을 발휘한다는 말이다. 3개의 구성요소들을 남편, 아내, 자식이라는 하나의 가정으로 본다면, 이 가정이라는 하나의 체계 하에서 비로소 남편을 남편이라고 할 수 있고, 아내를 아내라고 할 수 있다는 설명이다. 형식주의자들이 선호하는 기능에는 수많은 기능들이 있다는 말을 했듯이 구조주의자들이 선호하는 체계에도 수많은 체계들이 있다. 3개의 구성요소들이 만들어내는 가정에는 평화로운 가정, 불화의 가정 등 수많은 가정들이 있을 수 있기 때문이다. 그러나 하나의 통일된 체계 하에서 비로소 평화로운 가정, 불화의 가정 등을 말할 수 있다는 것이 구조주의자들의 생각이다.

형식주의가 텍스트를 기호체계로 보면서 발견한 소외현상은 구성요소들의 전체조화에 의한 것이었다. 다시 말해 나, 당신, 사랑한다라는 3개의 구성

---

98) 기능(Funktion)과 체계(Sytstem)

요소들 하나하나는 전체조화인 소외현상을 형성할 수 없고, 그 3개의 구성요소들 모두의 합이 비로소 전체조화인 소외현상을 형성할 수 있다는 말이다. 구성요소들 전체의 합이 비로소 소외현상이라는 하나의 기능을 발휘할 수 있다고 생각하는 형식주의를 중앙집권제도라고 한다면, (왜냐하면 구성요소들 하나하나는 아우토노미, 즉 자율성이 없기 때문에) 구조주의는 반대로 지방분권주의라고 할 수 있다. 구조주의는 나, 당신, 사랑한다라는 3개의 자율적인 구성요소들을 인정하고 또 그 3개의 자율적인 구성요소들이 합하여 만들어내는 하나의 체계를 인정한다. 나는 나대로, 당신은 당신대로, 사랑은 사랑대로 각자 개인플레이를 하면서도 통일된 하나의 체계를 형성한다는 말이다. 지방분권제도가 의미하듯이 구성요소들 하나하나에게 아우토노미[99]를 인정한다는 것은 그들 각자를 하나의 체계로 본다는 말과 같다. 따라서 구조주의자들에 의하면 전체조화는 하나의 체계이고 또 3개의 구성요소들도 3개의 체계들을 형성하므로, 전체조화는 "체계들의 체계"라는 표현이[100] 성립한다. 구조주의자들은 이 "체계들의 체계"라는 모델을 일반 철학에까지 확장하려 한다. 구조주의자들에 의해 일반 철학에까지 확장된 "체계들의 체계"라는 모델은 이상주의 철학의 모델과 형식상으로는 일치하는 모델이 된다. 하나의 이데아[101]가 인간사회의 모든 분야를 지배하고 하나로 묶어주는 것이 이상주의의 모델이다. 따라서 체계들의 체계, 다시 말해 다수의 체계들 위에 군림하고 있는 하나의 체계에 대해 "주관이 제거된 선험주의" 또는 "무의식의 정신"이라는[102] 비판이 제기되며, 결국 구조주의는 제2의 이상주의가 아니냐 하는 비판이 제기된다. 바로 이상주의를 파괴하기 위해 탄생한 구

---

99) 아우토노미(Autonomie)

100) vgl. Hauff, Jürgen u. a.: Methodendiskussion, Bd. 1, S. 159
   "체계들의 체계"(System der Systeme)

101) 이데아(Idea Idee)

102) Hauff, Jürgen u. a.: Methodendiskussion, Bd. 1, S. 124

조주의 자신이 이상주의가 된다는 비판이다. 한편으로는 체계들의 체계, 즉 다수의 체계들 위에 군림하는 하나의 체계를 주장하는 구조주의와 다른 한 편으로는 이상들의 이상을, 즉 다수의 이상들 위에 군림하는 하나의 이상을 주장하는 딜타이[103]의 해석학을 비교하면 구조주의가 더욱 분명해진다. 딜 타이는 이상을, 이데아를 총체[104]라 부르고 총체는 모든 개체에 내재해 있다 고 말한다. 총체를 이해하면 개체를 이해하는 것이고, 반대로 개체를 이해하 면 총체를 이해한다는 것이 딜타이의 해석학이다. 따라서 딜타이의 해석학 을 총체와 개체 사이에서, 아니면 총체와 개체들 사이에서 이루어지는 수직 적인 체계라고 한다면, 구조주의의 체계는 개체와 개체 사이에서 이루어지 는 수평적인 체계인 동시에 총체와 개체 사이에서 이루어지는 수직적인 체 계이기도 하다. 구조주의에 내재해 있는 수직적인 체계는 구조주의를 이상 주의와 (딜타이의 해석학도 이상주의 철학이라 보아야 하기 때문에) 같게 만 들고, 수평적인 체계는 이상주의와 다르게 만든다고 볼 수 있다.

수직적인 체계가 이상주의와 구조주의를 같게 보이게 한다고 했는데, 구 조주의에 대한 비판인 "주관이 제거된 선험주의" 또는 "무의식의 정신"이라 는 표현들은 이상주의와 구조주의를 갈라놓는 표현들이기도 하다. 주관과 의식[105]이 제거된 구조주의적 체계는 바르트에 의하면 다음과 같다. 구조주 의자들은 구조라는 개념과 체계라는 개념을 동일하게 사용하므로 구조는 체계이고 체계는 구조라고 생각해야 한다. "구조주의의 목적은 작품에 일정 한 의미를 강요하고 부여해서 그 강요된 의미가 다른 의미들을 발생하지 못 하도록 억압하는 데 있는 것이 아니다. 구조주의는 의미 자체가 아니라 의

---

103) 딜타이(Wilhelm Dilthey 1833-1911)

104) 총체(das Ganze)

105) 주관(Subjekt)과 의식(Bewuβtsein)

미를 탄생시키는 다양한 전제조건들에 관한 학술이다. 구조주의의 관심사는 작품이라는 건축물에 의해 가능해지는 다양한 의미들의 다양한 변화 자체이다."[106] 바르트에 의하면 따라서 하나의 작품 속에는 일정한 의미가 들어 있는 것이 아니라 다양한 의미들이, 정확히는 다양한 의미들의 가능성만이 내재해 있다고 보아야 한다. 하나의 작품 속에 다양한 의미들의 가능성만이 내재해 있다는 말은 결국 그 하나의 작품은 의미의 무인지대인 백지와 같다는 말이 된다. 바르트는 따라서 하나의 작품을 의미의 전달체로 보지 않고 의미의 공허지 또는 시뮬라크룸이라는[107] 말로 표현한다. 모의장치와 같은 의미를 가진 시뮬라크룸은 기존의 작품을 재구성해놓은 것을 의미하는데 이 재구성 자체가 그 작품의 운동법칙이 되도록 재구성한다는 의미다. 다시 말해 시뮬라크룸은 의미 자체와는 관계없이 의미의 탄생을 위한 전제조건 자체, 메커니즘 자체라고 할 수 있다. 바르트가 말하는 공허지 또는 시뮬라크룸은 다양한 의미들을 담을 수 있는 빈 그릇과 같으나, 의미를 담아야 할 의무는 없는 빈 그릇이라고 보아야 한다. 공허지 또는 시뮬라크룸은 다양한 의미들을 생산해낼 수 있는 기계 또는 체계라는 설명이 옳다. 따라서 바르트에 의하면 구조주의자는 자기 눈앞에 있는 대상을 묘사하려 하지는 않고, 하나의 체계를 재구성하기 위해 그 대상을 이용한다는 말이 된다. 작품을 해설하여 일정한 의미를 발견하려 하지 않고 하나의 체계를 재구성하기 위해 그 작품을 이용하는 것이 구조주의라는 설명이 된다. 구조주의자들은 기호체계를 일반 철학에까지 확장한다는 말을 했는데 바르트는 예를 들어 파리의 에펠탑을 의미의 공허지인 기호체계로 보면서 1889년에 프랑스 대혁명을 기념하기 위하여 세워진 에펠탑은 프랑스 대혁명과는 관계

---

106) Hauff, Jürgen u. a.: Methodendiskussion, Bd. 1, S. 138

107) Gutzen, Dieter u. a.: Einführung in die neuere deutsche Literaturwissenschaft, S. 215
　　　의미의 공허지(die Leere) 또는 시뮬라크룸(simulacrum)

없이 다양한 의미들을 생산한다고 설명한다. 에펠탑은 사람에 따라 예를 들어 첫사랑의 의미도 또 이별의 의미도 나타낼 수 있다는 말이다. 에펠탑은 기호체계 또는 의미체계이지 프랑스 대혁명이라는 일정한 의미의 전달자는 아니라는 설명이다.

　다음에는 "체계들의 체계"라는 피라미드 모양의 수직적 체계와 구성요소와 구성요소 사이의 수평적 체계를 합하여 "체계" 자체에 대한 구조주의자들의 생각을 정리하고 논문을 끝내기로 한다. 체계는 수직적 그리고 수평적으로, 다시 말해 총체적으로 기능을 발휘할 때만 진정한 체계가 되기 때문이다. 건축물을 짓기 위한 설계도가 수직적 기능만 보장하고 수평적 기능을 보장하지 못한다면 그것을 진정한 설계도라고 할 수 없는 것과 같다. 대표적인 구조주의자들 중 한 사람인 레비 스트로스[108]는 인간이 먼저 존재한 다음에 사고[109]가 비로소 가능해지는 것이 아니라, 인간존재 이전에 사고가 존재해 있다는 논리를 전개한다. 사고는 인간과 분리된, 인간으로부터 독립된 객관적인 존재라는 설명이며 그리고 수직적 그리고 수평적인 기능을, 다시 말해 총체적인 기능을 발휘하는 체계라는 논리를 레비 스트로스는 전개한다. 인간의 존재와 관계없는 독립적이고 객관적인 사고를 레비 스트로스는 "객관적인 구조", "두뇌의 메커니즘", "구성된 이성" 등으로 표현한다.[110] 이상의 표현들을 종합하여 쉬비[111]는 "미지의 존재"라고 부르면서 이것이 레비 스트로스의 결정적인 발견이라고 말한다.[112] 그리고 이 "미지의 존재"는 모든 기지의 사물에 질서와 체계를 부여하며, 구조주의의 목적은 바로 이 "미지의 존재"를

---

108) 레비 스트로스(Claude Gustave Lévi-Strauss 1908-2009)

109) 사고(Denken)

110) Hauff, Jürgen u. a.: Methodendiskussion, Bd. 1, S. 164

111) 쉬비(Günther Schiwy 1932 -2008)

112) Schiwy, Günther: Neue Aspekte des Strukturalismus, S. 41

기지의 존재로 의식화시키는 데 있다고 쉬비는 계속 설명한다. 인간존재 이전에 이미 존재해 있는 사고, 인간존재로부터 독립된 객관적인 사고, 두뇌의 메커니즘, 합해서 "미지의 존재"는 체계를 나타내는 표현들인데 그것도 **"무명의 체계"**[113]를 나타내는 표현들이다. 그리고 이 무명의 체계는 무명의 질서이고, 무명의 조직원리이며, 무명의 메커니즘이라고 할 수 있다. 기독교 신학은 이 "무명의 체계" 또는 "미지의 존재"를 신이라 부른다면, 독일 이상주의는 **정신**이라고 부른다. 기독교와 이상주의, 신과 정신, 양자 중 어느 편으로 구조주의가 더 기우느냐 하는 질문을 한다면, 구조주의는 전자에, 즉 기독교에 더 기운다고 말할 수 있다. 이유는 기독교 신학은 인간존재 이전에 이미 신이 존재해 있다고 주장하는 데 비해 이상주의는 인간존재 이후에 비로소 정신이 존재한다고, 다시 말해 인간존재 없이는 사고도 없다고 생각하기 때문이다. 구조주의가 형식상으로 기독교 신학과 동일하게 보임에 의해 구조주의는 (제2의 이상주의가 아니냐 하는 비판을 넘어서) 제2의 신학이 아니냐 하는 비판을 감수해야 한다. 이상과 같이 이상주의 내지는 기독교 신학이 아니냐 하는 비판을 받는 구조주의는 탈구조주의라는 강한 역풍을 불러일으키게 된다.

---

113) "무명의 체계"(anonymes System)

탈구조주의

1. 현대와 탈현대

이성, 변증법, 진리[1]라는 3개의 표현은 독일 전통철학의 핵심개념을 나타내는 표현들이다. 이성, 변증법, 진리라는 3개의 개념을, 따라서 독일 전통철학 자체를 극단적으로 비판하고 극단적으로 부정하는 현대철학의 대가는 니체[2]이다. 독일 전통철학에 대한 니체의 비판과 부정은 이성에 대한 비판과 부정으로 집약된다. 왜냐하면 이성은 동물과 인간을 구별하는 유일한 척도로서 이성 없이는 변증법도 진리도 불가능하게 되어 이성이 핵심 중의 핵심이 되기 때문이다. 그리고 니체의 이성비판은 소크라테스[3] 철학에 대한 비판으로 집약되어진다. 소크라테스가 유럽 철학사에서 최초의 이성철학자이고 그의 이성철학이 현대에까지 계속되기 때문이다. 따라서 기원전 399년에 사망한 소크라테스로부터 시작해서 오늘날 21세기까지 계속되어온 이성, 이 이성에 대한 비판과 비호의 과정이, 이 이성에 대한 반성과 찬성의 과정이 유럽 철학사 자체라고 할 수 있다. 이성에 대한 비판이냐 아니면 비호

---

1) 이성(理性 Vernunft), 변증법(辨證法 Dialektik), 진리(眞理 Wahrheit)

2) 니체(Friedrich Nietzsche 1844-1900)

3) 소크라테스(Sokrates 470-399 v. Chr.)

냐, 반성이냐 아니면 찬성이냐 하는 문제, 간단한 표현으로 **이성문제**가 인류 역사에서 인류의 존재 자체와 직접 관련되어 나타나기 시작하는 시기는 16세기 르네상스부터라고 보아야 한다. 학술과 기술[4]을 비호하고 찬성하던 르네상스 시대는 이성의 전성기라고 할 수 있고, 문명을 버리고 자연으로 돌아가라는 루소[5]의 자연철학 이래 이성에 대한 불신 내지는 증오를 나타냈던 니체에 와서는 이성의 해체기, 심각한 해체기임에 틀림없다. 이성의 전성기와 해체기는 서로 교체되면서 계속하여오다가 오늘날 21세기는 이성의 해체기, 이성에 대한 비판과 반성의 시점에 와 있다고 보아야 한다. 이성의 전성기와 해체기라는, 이성의 상승과 몰락이라는 주기를 나타내는 표현들로 근대, 현대, 모더니즘, 포스트이스탸르, 탈현대 등의 표현들이 있다. 또 현재에는 (우리가 살고 있는 현재에는) 예술론과 문예론[6]에서 많이 사용되고 있는 구조주의, 신구조주의, 탈구조주의 등의 표현들이 있다. 전자의 표현들, 근대, 현대, 모더니즘, 포스트이스탸르, 탈현대 등의 표현들은 대개 다음과 같은 내용을 나타낸다. 근대라는 표현은 이성 만능주의로 이성에 대한 비판과 반성을 생각할 수 없었던 시기를 나타내는 표현이고, **현대**라는 표현은 19세기 중반부터 시작하는 시기로 이성에 대한 비판과 비호가 엇갈리고 교차하는 시기를 나타내는 표현이다. 모더니즘이라는 표현은 특히 예술과 문예의 영역에서 이성에 대한 비판과 반성이 강하게 제기되었던 시기를 나타내는 표현이다. 그리고 **포스트이스탸르**라는 표현은 인간의 역사가 종말에 도달했다는 역사 종말론을 나타내는 표현이다.[7] 역사가 우연에 의해 돌연변이

---

4) 학술(學術)과 기술(技術)

5) 루소(Jean Jacques Rousseau 1712-1778

6) 예술론(藝術論)과 문예론(文藝論)

7) 근대(die Neuzeit)
   현대(die Moderne)
   모더니즘(der Modernismus)
   포스트이스탸르(Posthistoire)

식으로 갑자기 발생하는 것이 아니라, 인간의 이성에 의해 그리고 하나의 목적을 향해 논리적으로 그리고 인과율적으로 점진 발전하는 것이라고 한다면, 이 논리적이고 인과율적인, 철학적인 표현으로 목적론적 역사론이 끝장났다는 것을 포스트이스퇄르라는 표현은 나타낸다. 마지막으로 **탈현대**[8]라는 표현은 이론가들마다 정도의 차이는 있으나 대체적으로 다양한 세계를 하나로 묶어주는 **보편성**[9]으로서의 이성이 끝장났으며 또 끝장내야 한다는 주장을 나타내는 표현이다.

근대, 현대, 모더니즘, 포스트이스퇄르, 탈현대 등에 대한 설명을 종합하면 첫째로 이성 만능주의의 표현인 근대와 이성 불신주의의 극치인 탈현대는 서로 정반대 극에 놓여 있다고 보아야 한다. 둘째로 이성에 대한 비판과 비호가 교차하는 현대라는 개념과 이성에 대한 비판과 반성이 강하게 제기되는 모더니즘이라는 개념은 서로 비슷한 위치에 놓여 있다고 보아야 한다. 왜냐하면 후자 모더니즘은 이성을 강하게 비판하지만 그 이성의 존재 자체는 부인할 수 없어 모더니즘에는 역시 이성 존재의 부인과 긍정, 양자가 다 내재해 있다고 보아야 하기 때문이다. 셋째로 이성의 종말을 선언하는 포스트이스퇄르와 이성의 종말을 집행하려는 탈현대 역시 비슷한 내용의 표현들이라 보아야 한다. 이성의 전승기와 해체기, 이성의 상승과 몰락을 나타내는 이상의 여러 가지 표현들 중에서 우리는 현대와 탈현대라는 2가지 표현과 개념에 집중하기로 한다. "현대와 탈현대"라는 표현과 개념을 고수하려는 이유는 다음과 같다. 현대와 비슷한 위치에 있는 "모더니즘"을 "현대"라는 개념 밑으로 통합하고, 또 탈현대와 비슷한 내용을 나타내는 "포스트이스퇄르"를 "탈현대"라는 개념 밑으로 통합하면, 근대, 현대, 탈현대라는 이성

---

8) 탈현대(die Postmoderne)

9) 보편성(普遍性 Universalität)

문제의 일직선이 형성된다. 근대는 이성의 전성기로 이성이 독존하던 시기이고, 현대는 이성의 유아독존이 흔들리기 시작하여 반성과 비판이 가해지는 시기이고, 탈현대는 이성의 존재이유가 사멸하는 시기가 된다. 근대, 현대, 탈현대라는 일직선상에서 이성문제가 그것도 심각한 이성문제가 제기되는 것은 19세기 중반부터 시작하는 현대부터이다. 한편으로는 학술과 기술의 원천이 되는 이성이 인간사회를 위해 절대적으로 필요하다는 이성 긍정론과 다른 한편으로는 이성을 토대로 하는 학술과 기술이 결국에는 인간을 불행과 파멸로 인도하리라는 이성 부정론이 공존하는 시기가 19세기 중반부터 시작하는 현대이다. 그리고 현재는 이성을 토대로 하는 학술과 기술이 자연을 정복하고 파괴하기 때문에 이성 자체를 말살해야 한다는 주장이 제기되는데 이것이 탈현대이다. **현대**와 **탈현대**라는 2개의 표현과 개념은 예술론과 문예론을 위해서 핵심적인 표현과 개념이 된다.

다음에 예술론과 문예론에서 현재 유행되고 있는 표현들로 구조주의, 신구조주의, 탈구조주의 중에 신구조주의와 탈구조주의라는 표현들은 같은 하나의 내용을 나타내는 2개의 표현들이라 보아야 한다. 단지 이론가들에 따라서 탈구조주의를 구조주의의 연장 내지는 극단화된 구조주의로, 다시 말해 신구조주의로 보는 이론가가 있는가 하면, 그 양자를 별개의 것으로, 다시 말해 구조주의의 완전한 종말을 탈구조주의로 보는 이론가들이 있다. 전자의 대표적인 이론가는 프랑크이고, 후자에 속하는 이론가들로 푸코, 데리다, 료타르, 들뢰스 등[10]이 있다. 여기서 우리는 "신구조주의"라는 표현 대

---

10) 프랑크(Manfred Frank)
    푸코(Michel Foucault 1926-1984)
    데리다(Jacques Derrida 1930-2004)
    료타르(Jean-François Lyotard 1924-1998)
    들뢰스(Gilles Deleuze 1925-1995)

신에 "탈구조주의"라는 표현을 선택하기로 한다. 이유는 구조주의의 완전한 종말을 주장하고 또 그 종말을 완전 집행하려는 탈구조주의자들의 이론이 우리의 테마이며, 탈구조주의자들의 눈에는 1990년 독일 통일이 가져오는 동과 서의 세계 통일은 현재의 세계를 **구조나 시스템**[11]에 의해서 더 이상 포섭할 수 없다고 보일 것이기 때문이다. 대부분의 탈구조주의자들은 1968년을 탈구조주의의 시발점으로 보지만 특히 1990년 독일 통일의 해는 하나의 구조 또는 하나의 시스템으로 (철학적 표현을 사용하면 하나의 보편성으로) 세계를 표현하려는 구조주의의 종말을 예언하는 해라고 보아야 한다. 구조와 시스템을 주장하는 구조주의에서 구조와 시스템을 부정하려는 탈구조주의에로의 변천은 다음과 같다. 근대, 현대, 탈현대라는 일직선상에서 근대는 이성이 독존하던 시대이고, 현대는 이성의 유아독존이 흔들리기 시작하여 반성과 비판이 가해지던 시대이며, 탈현대는 이성의 존재이유가 아니면 이성의 보편성 요구가 사멸하는 시기라고 언급했는데, 구조주의자들 역시 이성의 존재이유와 보편성 요구를 부인한다. 이성의 존재이유와 보편성 요구를 부인한다는 면에서 본다면 구조주의는 탈현대에 속한다고 보아야 한다. 그러나 구조주의자들은 이성의 존재이유와 보편성 요구는 부정하지만 다른 종류의 존재이유와 보편성 요구를 주장하는데, 그것이 구조 또는 시스템의 존재이유와 보편성 요구가 된다. 구조주의자들은 이성을 퇴위시키고 그 자리에 기계적인 메커니즘과 같은 구조와 시스템을 즉위시켰다. 독일 전통철학의 핵심인 정신적인 이성은 퇴위시켰으나 그 대신 기계적인 구조와 시스템을 즉위시킨 것이 구조주의라면, 탈구조주의는 그 기계적인 구조와 시스템까지도 퇴치시키려 한다. 구조주의가 정신적인 이성을 기반으로 하는 정신적인 보편성은 떨쳐버렸으나 다른 종류의 보편성, 다시 말해 기계적인 보편성은 구제하려 한다면, 탈구조주의는 그 기계적인 보편성마저도, 따라서

---

11) 구조(Struktur)나 시스템(System)

일체의 보편성을 떨쳐버리려 한다. 따라서 탈구조주의를 추적하기 위해서는 구조주의를 그리고 탈현대를 추적하기 위해서는 현대를 추적해야 한다는 결론이 된다. 종합하여 현대와 탈현대, 구조주의와 탈구조주의는 서로 연관되어 있는 하나의 문제이며 양자가 불가분의 관계를 가지고 있다.

1831년과 1832년에 전통 독일철학과 전통 독일문학의 거성들인 헤겔과 괴테[12]가 사망하고, 1867년에 마르크스[13]의 주저인 『자본론』[14]이 출판된다. 유럽 문화를 움직였던 헤겔과 괴테의 사망은 상징적으로 전통 유럽문화의 종말을 의미하고, 전 세계를 흔들어놓았던 『자본론』은 실제적으로 새로운 세계 질서의 시작을 의미한다면, 1831년에서 1867년까지의 시간을 하나의 경계선이라고 생각하여 이 경계선에 의해서 전과 후로, 다시 말해 전의 근대와 후의 현대로 갈라놓을 수 있음에 충분하다. 아도르노[15]는 보들레르[16]가 자신의 특유한 개념으로 "현대"[17]라는 개념을 사용했던 1849년을 근대와 현대를 분리하는 경계선으로 보고 있다. 아도르노는 19세기의 정확한 중간점인 1849년을 현대의 출발점이라 보지만 정확한 수학적인 중간점을 피하고 1831/32년에서 1867년이라는 대략적인 경계선을 현대의 출발점이라고 보는 것이 타당하다. 그리고 이 대략적인 경계선을 우리는 "19세기 중반"이라고 표현한다. 다음에 이상과 같이 19세기 중반에 시작한 현대가 언제 끝나느냐 하는 것이, 다시 말해 현대와 탈현대 사이의 경계선을 어

---

12) 헤겔(Georg Wilhelm Friedrich Hegel 1770-1831)
  괴테(Johann Wolfgang von Goethe 1749-1832)

13) 마르크스(Karl Marx 1818-1883)

14) 『자본론 Das Kapital』

15) 아도르노(Theodor W. Adorno 1903-1969)

16) 보들레르(Charles Baudelaire 1821-1867)

17) "현대"(la modernité)

느 시점에 둘 것이냐라는 문제가 제기된다. 씨마는 전후문학을 나타내는 개념으로, 그것도 부정적인 개념으로 이미 1959/60년에 미국의 문예 이론가들이 "탈현대"라는 개념을 사용했다고 설명한다.[18] 하버마스[19]는 1967년에 전위예술[20]이 끝나는 동시에 현대가 끝난다고 보며, 이 시점을 현대에서 탈현대로 넘어가는 시점이라고 설명한다.[21] 뮌커와 뢰슬러 역시 1967년을 현대와 탈현대 사이의 경계선으로 보는데, 이유는 바로 1967년에 탈구조주의를 위한 핵심적인 책으로 데리다의 『문자론에 관하여』[22]라는 책이 출판되었기 때문이라고 설명한다.[23] 신구조주의 이론의 대가인 프랑크는 유럽 학생들의 혁명사상이 절정에 달했던 1968년에 파리의 지식인들은 고전적인 구조주의를 떨쳐버리고 신구조주의를 택했다고 설명하면서 1968년이 고전적 구조주의와 신구조주의를 갈라놓는 경계선이라고 주장한다.[24] 1968년이 고전적 구조주의와 신구조주의를 갈라놓는 경계선이라는 주장은 현대와 탈현대를 갈라놓는 경계선이라는 말이다. 현대와 탈현대 사이의 경계선에 관한 이상의 주장들 중에서 씨마가 미국의 문예 이론가들을 인용하여 설명하는 1959/60년 이후의 문학은 전후문학으로 (독일 전후문학에서 본다면) 과거 극복이 테마였던 문학을 의미하므로 탈현대가 시작하는 경계선이라고 보기에는 적절하지 못한 주장이다. 왜냐하면 바로 이 시기에, 전후문학과 과거 극복의 문학이 유행했던 이 시기에 독일은 그리고 전 세계는 분열되어 2개의 시스템에 의해 지배되었기 때문이다. 시스템 자체를 부정하려는 것이 탈현대라

---

18) Zima, Peter V.: Moderne/Postmoderne, Tübingen und Basel 1997, S. 242

19) 하버마스(Jürgen Habermas 1929-   )

20) 전위예술(die Avantgarde)

21) Habermas, Jürgen: Die Moderne-ein unvollendetes Projekt, in: Wege aus der Moderne, hrsg. von Wolfgang Welsch, Berlin 1994, S. 180

22) 『문자론에 관하여 De la Grammatologie』

23) Münker, Stefan/Roesler, Alexander: Poststrukturalismus, Stuttgart, Weimar 2000, S. 34

24) Frank, Manfred: Was ist Neostrukturalismus? Frankfurt/M. 1984, S. 37

면 바로 이 시스템의 시기를 탈현대로 보는 것은 불가능하기 때문이다. 다음에 1967년과 1968년을 합해서 1967/68년을 현대와 탈현대 사이의 경계선으로 보는 주장은 수긍할 수 있는 경계선이며 많은 이론가들이 이 주장을 따르고 있다. 1967/68년부터는 세계가 전쟁의 파괴를 이미 복구하고 부유한 생활을 누리기 시작하여 당시 세계를 지배하던 양대 시스템에 대한, 자본주의 시스템과 사회주의 시스템에 대한 비판과 반성이 가해지기 시작하던 시점이기 때문이다. 그러나 1967/68년이라는 경계선은 시스템에 대한 비판과 반성은 가해졌으나 아직 시스템은 존재해 있었으며, 실제로 시스템이 사라지는 시점은 1990년 독일의 동서 통일의 시점으로 보아야 한다. 독일의 동과 서의 통일이 세계의 동 시스템과 서 시스템의 통일을 의미한다면, 달리 표현하여 시스템 자체의 붕괴를 의미한다면, 현대와 탈현대 사이의 정확한 경계선은 1990년이라고 보는 것이 타당하다.

근대, 현대, 탈현대라는 일직선에 관한 설명을 종합하면 다음과 같다. 근대 이전의 시대인 중세의 어두운 암흑시대와 근대[25]라는 밝은 이성시대를 구분짓는 경계선은 16세기 초반이 된다. 아메리카 대륙을 처음으로 발견하고, 화약, 나침반 등을 최초로 발명하며, 갈릴레이[26]가 코페르니쿠스[27]의 지동설[28]이 옳다고 대변하는 사실들은 신중심의 세계에서 인간중심의 세계로, 신앙중심의 세계에서 이성중심의 세계로 대전환을 (철학적인 표현으로 코페르니쿠스적인 전환을) 의미한다. 다음에 이성중심의 근대가, 그것도 이성 일변도의 근대가 끝나고 이성의 유아독존에 대해 반성과 비판이 가해지

---

25) 근대(die Neuzeit)

26) 갈릴레이(Galileo Galilei 1564-1642)

27) 코페르니쿠스(Nikolaus Kopernikus 1473-1543)

28) 지동설(地動說)

는 현대²⁹⁾로 넘어가는 시점은 "1831/32-1867년"이라는 19세기 중반이 된다. 마지막으로 이성에 대한 반성과 비판의 정도를 넘어서 이성존재 자체가 의심시되어 사라지기 시작하는 시점은 다시 말해 **탈현대**³⁰⁾가 시작하는 시점은 "1967/68-1990년"이라는 20세기 후반이 된다. 근대, 현대, 탈현대라는 일직선상의 3개의 구분점을 각각 "16세기 초반", "19세기 중반", "20세기 후반"이라고 한다면, "20세기 후반"이 현대와 탈현대를 구분하는 시점으로 우리의 테마가 된다. 그리고 20세기 후반을 경계선으로 하여 구분되는 현대와 탈현대는 우선 이성의 분열과 사멸이 문제가 된다.

2. 이성의 분열

인간과 동물을 구별하는 유일한 척도인 이성³¹⁾이 하나냐 아니면 여러 개냐라는 문제와 또 이성이 여러 개라면 이 여러 개의 이성들을 하나로 통합하는 하나의 "최고이성"³²⁾이 있느냐 아니면 없느냐라는 문제가 "현대와 탈현대"라는 문제와 직관되어 있는 문제들이다. 기독교를 기반으로 하는 유럽 철학에 의하면 신은 하나라는 논리에 따라 이성도 하나라는 것이 전통으로 되어왔으며, 특히 피히테³³⁾ 이후의 독일 관념론 철학은 자아가 하나이기 때문에 이성도 하나라는 주장이 강하게 지배해왔다. 그러나 현대에 와서는 "하나의 이성"이라는 이성의 단일성을 부인하고 "여러 개의 이성"이라는 이성의 다수성을 주장하는 이론들이 등장한다. 탈구조주의 이론을 대변하려는 벨쉬는

---

29) 현대(die Moderne)
30) 탈현대(die Postmoderne)
31) 이성(理性 Vernunft)
32) "최고이성"(Hypervernunft)
33) 피히테(Johann Gottlieb Fichte 1762-1814)

아리스토텔레스로부터 이성의 다수성을 증명하려 하나,[34] 우리가 살고 있는 시대인 현대와 탈현대에 직접적인 영향을 행사하는 중요한 이론가들로 베버[35]와 하버마스[36]를 들 수 있다. 이성이 하나냐 아니면 여러 개이냐라는 문제와 또 이성이 여러 개라면 그 여러 개의 이성들을 하나로 통합하는 하나의 최고이성이 있느냐 아니면 없느냐라는 문제와 관련하여 말한다면, 베버는 이성은 여러 개이나 그 여러 개의 이성들을 하나로 통합하는 하나의 최고이성은 없다는 입장을 취한다. 베버는 가치의 일신론[37]이 아니라 철저한 가치의 다신론[38]을 주장한다. 현대사회에서는 하나의 절대적인 가치란 없으며, 진, 선, 미, 성 등[39] 다수의 상대적인 가치들이 공존하며 그리고 그 가치들은 서로를 배타하여 능가하려는 서로에 대한 경쟁상태에 놓여 있다는 것이 베버의 생각이다. 베버의 철학은 기독교에 대한 중대한 도전으로 보아야 한다. 마법의 힘을 상실한 여러 개의 상대적인 가치들이 생생한 신의 모습이 아니라, 기계적인 세력의 모습으로 등장하며 그리고 서로를 배타하고 배척하려는 투쟁의 모습이 현대의 모습이 된다.[40] 하버마스는 역시 이성의 다수성을 주장하나 베버와는 반대로 여러 개의 이성들을 하나로 통합하는 하나의 최고이성의 필연성을 주장하는 입장이다. 이미 칸트 철학에서 하나의 이성이 진, 선, 미라는 3개의 이성들로 분열되었으며 이 분열된 3개의 이성들이 현대에 와서는 서로에 대해 독립적이고 자율적인 이성들로, 객관적인 학술, 보편적인 의무와 권리, 자율적인 예술 등으로 변했다는 것이 하버마스의 생각

---

34) vgl. Welsch, Wolfgang: Unsere postmoderne Moderne, Berlin 1993, S. 277, 278

35) 베버(Max Weber 1864-1920)

36) 하버마스(Jürgen Habermas 1929-   )

37) 일신론(Monotheismus)

38) 다신론(Polytheismus)

39) 진(眞), 선(善), 미(美), 성(聖)

40) vgl. Welsch, Wolfgang: Unsere postmoderne Moderne, Berlin 1993, S. 189, 190

이다.[41] 하나의 이성이 3개의 이성들로의 분열은 현대사회의 분업의 결과로 불가피한 현상이나, 분열된 이 3개의 이성들을 상호 간의 **코무니카씨온**[42]에 의해 하나로 통합하는 일이 필요하다는 것이 하버마스의 생각이다. 이상 하버마스의 생각을 이론가들은 자주 **모빌**[43]에 비교하여 설명한다. A와 B가 평형을 이루도록 중심점 O를 고정시킨 후 다시 B를 C와 D로 분열하여 B가 C와 D 사이의 평형을 이루는 중심점이 되도록 만들고, 다음에는 D를 E와 F로 분열하여 D가 E와 F 사이의 평형을 이루는 중심점으로 만들면 전체가 하나의 모빌이 된다. 이상의 모빌이라는 비유에 의해 하버마스가 생각하는 이성의 다수성을 설명하면 다음과 같다. 첫째로 A, B, C, D, E, F 등 모두는 서로에 대해 독립적이고 전문화된 영역, 다시 말해 자율적인 이성들이다. 둘째로 E와 F를 통합하는 코무니카씨온은 D가 되고, C와 D를 통합하는 코무니카씨온은 B가 되며, A와 B를 통합하는 코무니카씨온은 최고의 통합점 O가 된다. 셋째로 A, B, C, D, E, F 모두를 이성들이라고 한다면 최고의 통합점 O는 최고이성이 된다. 베버는 다수로 분열된 이성들을 하나로 묶어주어야 하는 필연성을 제외시키는 반면에 하버마스는 그 필연성을 수용한다. 그러나 하버마스가 생각하는 최고의 통합점 O는 물리학적이고 기계적인 통합점에 불과하므로 추상적인 필연성에 지나지 않는다. 달리 표현하면 베버는 다수의 이성들을 하나로 묶어주는 최고이성에 대한 향수 노스탈기를 상실했으나 하버마스는 그 노스탈기를 아직 상실하지 않았다고 할 수 있다.

신은 하나, 이성은 하나, 진리는 하나라는 유럽의 전통철학은 붕괴되고, 신학의 다신론, 이성의 다수론, 진리의 상대론이 지배하는 시대가 현대라고

---

41) vgl. Habermas, Jürgen: Die Moderne-ein unvollendetes Projekt, S. 183, 184

42) 코무니카씨온(Kommunikation)

43) 모빌(Mobile)

할 수 있다. 동물과 인간을 구별하는 유일한 척도인 이성의 분열은 현대철학에서 다음의 3가지 대전환을 가져온다. 하나의 절대적인 진리에서 여러 개의 상대적인 진리들로의 전환, 총체성에서 개체성[44]으로의 전환, 보편에서 특수[45]로의 전환이 그 3가지 대전환이다. 이상의 3가지 대전환을 유도해낸 철학자는 니체[46]이지만, 이상의 3가지 대전환을 집행한 이론가는 (특히 현대 언어철학에 있어서) 소쉬르[47]이다. 이성분열이라는 상태를 지나쳐서 이성 자체의 사멸을 주장하는 탈구조주의 이론을 위해서는 니체 철학이 선구자 역할을 하지만, 이성의 사멸로 향하는 전 단계인 이성 분열론을 위해서는 소쉬르의 **구조언어학**[48]이 중요한 역할을 한다. 소쉬르 자신은 자기의 이론을 기호론[49]이라고 부르는데, 이 기호론이 현대철학의 대전환, 소위 언어적 전향이라는 "링구이스틱 턴"[50]을 의미한다. 현대철학의 대전환인 "링구이스틱 턴"을 간단히 설명하자면 다음과 같다. 소쉬르는 언어를 시그니피카트와 시그니피칸트,[51] 2개의 카테고리로 분리하여 전자를 의미 없는 것으로 제외시키고 후자만 자기 이론의 테마로 한다. 예를 들어 나를 낳아준 여자가 어머니, 엄마, 에미 등으로 불리어진다면, 나의 의식 속에 들어 있는 "나를 낳아준 여자"는 시그니피카트이고, 어머니, 엄마, 에미 등은 시그니피칸트가 된다. "나를 낳아준 여자"는 원천이 되고, 어머니, 엄마, 에미 등은 그 원천에서 흘러나오는 (아니면 그 원천을 표현하는) 기호들이 된다. 원천과 기호들, 시그니피카트와 시그니피칸트, 양자 중 전자는 현대사회에서는 의미를 상실

---

44) 총체성(Totalität)과 개체성(Partikularität)

45) 보편(das Allgemeine)과 특수(das Besondere)

46) 니체(Friedrich Nietzsche 1844-1900)

47) 소쉬르(Ferdinand de Saussure 1857-1913)

48) 구조언어학(strukturale Sprachwissenschaft)

49) 기호론(記號論 Semiotik)

50) "링구이스틱 턴"(linguistic turn)

51) 시그니피카트(Signifikat 기의)와 시그니피칸트(Signifikant 기표)

하고 후자만이 인간 사회와 인간 역사를 움직이는 요소라는 것이 소쉬르의 기호론이다. 원천과 그 원천에 대한 기호들, 시그니피카트와 시그니피칸트, 양자 중에서 과거의 전통철학은 전자를 테마로 했고, 현재의 구조주의와 탈구조주의 철학은 후자를 테마로 한다고 보아야 한다.

  시그니피카트가 아니라 시그니피칸트가, 원천이 아니라 그 원천에서 흘러나오는 기호들이 철학의 테마가 된다는 말은 태양과 태양 주위를 돌고 있는 위성들에 비유하여 말한다면, 중심과 테마가 (중심 테마가) 태양에서 위성들로 이전한다는 말이 된다. 위성들 중의 하나인 지구에서 태양으로 중심을 이전시킨 것이 코페르니쿠스의 대전환이라고 한다면, 구조주의자들과 탈구조주의자들이 행한 대전환은 코페르니쿠스의 대전환을 다시 뒤집어놓은 대전환이 된다. 중심인 태양에서 위성들로의, 태양인 원천에서 위성들인 기호들로의 대전환이 구조주의와 탈구조주의에서 말하는 "링구이스틱 턴"이다. 중심이고 원천인 태양과 그 태양 주위를 돌고있는 위성들, 양자 사이의 관계는 하나의 절대적인 진리와 여러 개의 상대적인 진리들, 하나의 총체성과 여러 개의 개체성들, 하나의 보편과 여러 개의 특수들 사이의 관계가 되며, 중심 테마가 전자에서 후자로 이전됨을 의미한다. 중심이고 원천인 태양이 위성들을 지배하는 관계를 중앙집권제라 하고 그 중심과 원천에서 해방되어 자율적인 길을 가고 있는 위성들을 지방분권제라고 한다면, 구조주의와 탈구조주의는 후자의 길을 간다고 보아야 한다. 그러나 중심과 원천에서 해방되기 위해서는 그 중심과 원천을 제거 말살해야 하므로 (왜냐하면 중앙집권제와 지방분권제가 공존할 수는 없어 양자 중 하나는 반드시 제거되어야 하므로) 국왕 살해가 불가피한 결과가 된다. 중앙집권제에서 지방분권제로의 대전환을 위해 국왕을 살해하는 역할을 구조주의가 담당한다. 그러나 국왕을 실제로 살해한 구조주의는 살해된 국왕의 영혼에 대해 양심

의 가책을 느끼고 있어 국왕의 존재 자체에서는 완전히 독립했다고 볼 수 없
지만, 탈구조주의는 양심의 가책은커녕 오히려 기쁨을 느끼고 있다고 보아
야 한다. 구조주의는 구조 또는 시스템이라는 개념을 사용하면서 여러 개의
구조들을 하나로 통합하는 구조들의 구조 또는 시스템들의 시스템을 주장
하여 중앙과 원천에 대한 향수를 완전히 버리지 못했다고 한다면, 극단적인
탈구조주의는 구조들의 구조는 물론이고 위성들인 구조들 자체도 인정하지
않으려 하기 때문이다.

이성의 분열이 가져온 대전환에 대해 비유를 사용하여 하나의 태양에서
여러 개의 위성들로의 전환이라고 설명했다. 자세히는 하나의 절대적인 진
리에서 여러 개의 상대적인 진리들로의 전환, 하나의 총체성에서 여러 개
의 개체성들로의 전환, 하나의 보편에서 여러 개의 특수들로의 전환이 이성
의 분열이 가져온 대전환들인데, 이 대전환의 원동력은 "링구이스틱 턴"이
었다. 그리고 이상 대전환의 분기점은 20세기 후반이 된다. 20세기 후반을
경계선으로 하여 분리되는 현대와 탈현대 사이의 대체적인 동일성을 논하
고, 다음 장에서 한편으로는 현대의 대표적인 이론으로 구조주의와 다른 한
편으로는 탈현대의 대표적인 이론으로 탈구조주의 사이의 상이성을 논하기
로 한다. 현대와 탈현대 사이의 동일성은 주체의 폐위, 객체의 중립화, 의미의
상실 3가지로 집약된다. 첫째로 주체[52]라는 개념은 철학에서 자아, 의식, 자
기의식, 정신 등의 개념들과 같은 의미를 나타낸다. 그리고 주체라는 개념
은 "주체와 객체"라는 철학의 근본형식을 형성하는 2개의 요소 중 하나의 요
소로서 철학의 핵심개념을 형성한다. 주체와 객체 중 하나라도 결여되면 철
학은 불가능하게 되어 주체와 객체가 (변증법적으로 본다면) 서로 동등하고
대등하게 보이나, 주체는 주인이고 객체는 주인에게 봉사하는 노예라는 관

---

52) 주체(Subjekt)

계가 독일 관념론의 (특히 피히테 철학의) 핵심이다. 이러한 주인과 중심 위치에 있는 주체가 왕좌를 상실한다는 말인데, 주체의 왕좌상실, 주체의 폐위를 주장하는 이론들은 다양하나 그 중 구조주의자들과 탈구조주의자들이 기꺼이 사용하는 이론은 피히테 철학을 역이용하는 이론이다. 그것도 주체가 최고의 권좌를 누렸던 바로 피히테[53] 철학을 역이용하는 이론이다. 피히테에 의하면 세력 또는 동력이라고 할 수 있는 하나의 절대적인 자기의식[54]이 있는데 (이 절대적인 자기의식이 바로 주체인데) 이 절대적인 자기의식에 하나의 눈이 붙어 있어, 이 절대적인 자기의식은 세계를 바라보고 사고하고 판단할 수 있다는 것이다. 피히테는 절대적인 자기의식을 의미하는 주체 자체가 세계를 바라보고 사고하고 판단하는 눈 자체라는 의미로, 주체는 눈이고 눈은 주체라고 생각했으나, 구조주의자들과 탈구조주의자들은 이 양자를 분리하여 주체에 눈이 외부로부터 인위적으로 부가되었다고 해설한다.[55] 따라서 세계를 바라보고 사고하고 판단하는 것은 주체 자신이 아니라 외부로부터 부가된 눈에 의한 것이므로 주체는 의미 없는 존재로 제거되고, 의미 있는 것은 외부로부터 인위적으로 부가된 눈이고 이 눈이 하나의 구조이고 시스템이라는 논리다. 색안경의 종류에 따라 주체가 검은 안경을 쓰면 세상이 검게 보이고, 붉은 안경을 쓰면 붉게 보이듯이 세계의 변화를 결정하는 것은 주체 자신이 아니라 색안경이라는 논리다. 세계를 바라보고 사고하고 판단하는 능력은 색안경이 (외부로부터 부가된 눈이) 소유하고 있고, 주체 자체는 수동적인 존재로 의미를 상실하여 결국 제거되어야 한다는 것이 현대와 탈현대에 관한 이론가들의 (특히 구조주의자들과 탈구조주의자들의) 생각이다.

---

53) 피히테(Johann Gottlieb Fichte 1762-1814)

54) 자기의식(Selbstbewußtsein)

55) vgl. Frank, Manfred: Was ist Neostrukturalismus? Frankfurt/M. 1984, S. 119

20세기 후반을 경계선으로 하여 분리되는 현대와 탈현대 사이의 두 번째 동일성은 객체의 중립화다. 언급한 대로 객체[56]는 "주체와 객체"라는 철학의 근본형식을 형성하는 2개의 요소 중 하나의 요소이다. 객체가 (내가 바라보는 대상이) 고유한 의미를 자체 내에 소유하고 있느냐 아니면 내가 나의 고유한 의미를 객체에다 부여하느냐라는 문제는 철학의 영원한 문제이다. 객관주의는 객체가 자신의 고유한 의미를 소유하고 있으니 관찰자는 그 고유한 의미를 찾아내야 한다는 입장이고, 반면에 주관주의는 객체 자체는 아무런 의미도 소유하고 있지 않으나 관찰자가 (주체가) 그 중립적인 객체에 자신의 고유한 의미를 부여한다는 입장이다. 현대철학의 중요한 물줄기인 현상학과 해석학은 후자 주관주의적 철학들이다. 특히 구조주의와 탈구조주의에 지대한 영향을 행사한 철학은 하이데거[57]와 가다머[58]의 해석학이다. 하이데거와 가다머의 해석학의 핵심개념인 "사건발생"[59]이 구조주의자들과 탈구조주의자들에게 지대한 영향을 행사한다. 예술작품이라는 객체는 중립적이어서 아무런 의미도 소유하고 있지 않으나 예술작품을 구성하고 있는 여러 가지 구성요소들 사이에서 (여러 가지 구성요소들 중간에서) 의미가 갑자기 발생한다는 것이 "사건발생"이라는 개념이다. 하이데거와 가다머는 예술작품 자체를 인정하고 그 예술작품을 구성하는 구성요소들 사이에서 일어나는 "사건발생"을 주장했으나, 구조주의자들과 탈구조주의자들은 하이데거와 가다머의 해석학을 극단화시켜 예술작품 자체를 인정하지 않는다. 아니면 모든 비예술작품은 예술작품이 될 수 있고, 또 모든 예술작품은 비예술작품이 될 수 있다는 것이 구조주의자들과 탈구조주

---

56) 객체(Objekt)

57) 하이데거(Martin Heidegger 1889-1976)

58) 가다머(Hans-Georg Gadamer 1900-2002)

59) "사건발생"(Geschehen)

자들의 생각이다. 예술작품과 비예술작품 사이의 경계선이 제거되는 것이 현대와 탈현대의 현상이다. 예를 들어 예술작품인 "모나리자의 미소"와 비예술작품인 "파리의 에펠탑" 사이의 경계선은 제거되어 양자 모두가 중립화되어 동등한 위상을 소유하게 된다. 객체의 중립화라는 현상은 예술작품이라는 객체와 비예술작품이라는 객체 사이의 경계선을 제거할 뿐만 아니라 객체 자체의 고유한 의미까지도 말살시켜 중립화시킨다. 객체의 중립화는 2가지 방향으로 이루어지는데 하나는 존재하는 것은 중립적인 객체뿐이라는 주장이고 다른 하나는 객체 자체가 소멸하여 존재하지 않는다는 주장이다. 레비 스트로스[60]는 1889년에 프랑스 혁명을 기념하기 위하여 세워진 에펠탑은 본래의 의미인 "프랑스 혁명"과는 전혀 관계없는 의미들을 생산하는 기계에 불과하다는 주장을 하여 에펠탑에서 본래의 의미인 프랑스 혁명을 제거시키고, 다양한 의미변화를 제외하면 객관적으로 존재하는 것은 에펠탑이라는 중립적인 객체뿐이라는 주장을 한다.[61] "파리의 에펠탑"은 마치 옷걸이와 같은 것으로 붉은 옷, 검은 옷 등 다양한 옷들을 걸 수 있는 중립적인 존재이나, 붉은 의미, 검은 의미 등 일체의 의미는 결여되었다는 설명이다. 반면에 보드리아르[62]에 의하면 객체에 대한 정보 인포르마씨온[63]이 범람하는 현대사회에서는 객체는 질식하여 소멸되고 존재하는 것은 객체에 대한 묘사, 설명, 해설 등 인포르마씨온 뿐이라는 주장이다.[64] "파리의 에펠탑"을 다시 옷걸이에 비유한다면 붉은 옷, 검은 옷 등 옷의 종류가 범람하여 (옷의 종류가 하도 많아 옷의 공해를 이룰 정도가 되면) 옷걸이는 필요 없게 되어 옷걸이 자체의 존재가 상실된다는 설명이다. 대상의 중립화는 현대와

---

60) 레비 스트로스(Claude Gustave Lévi-Strauss 1908-2009)

61) vgl. Frank, Manfred: Was ist Neostrukturalismus? S. 75

62) 보드리아르(Jean Baudrillard 1929-2007)

63) 인포르마씨온(Information)

64) vgl. Welsch, Wolfgang: Unsere postmoderne Moderne, S. 149

탈현대의 사회에서 객체가 고유한 의미를 상실하여 의미 불능자가 되거나 아니면 존재 자체를 포기하는 현상을 나타낸다.

주체의 폐위와 객체의 중립화에 대한 종합으로 현대와 탈현대 사이의 세 번째 동일성인 의미의 상실을 논할 차례다. "주체와 객체"라는 철학의 근본 형식을 언급해서 주체와 객체 2자만이 존재하는 것이 아니라 주체, 객체 그리고 그 2자 사이의 관계, 모두 3자를 사고해야 하는 것이 철학의 상식이다. 주체와 객체 사이의 관계는 "의미"를 나타낸다. 주체가 의미의 발신자라고 한다면 객체는 의미의 매개체 또는 의미의 전달자라고 할 수 있다. 의미를 발신해야 하는 주체가 폐위되었다는 주장과 또 의미를 매개하는 전달자가 자기의 의무를 수행하지 않고 중립을 지킨다는 주장이 의미의 상실을 가져 오는 것은 당연하다. 주체의 폐위와 객체의 중립화는 합해서 완전한 의미의 상실 내지는 완벽한 의미의 말살이라고 할 수 있다. 현대와 탈현대 사이의 동일성으로 구조주의자들과 탈구조주의자들이 동일하게 주장하는 주체의 폐위, 객체의 중립화, 의미의 상실이라는 현상들은 종합적으로 이성에 대한 반발에서 기인한다. 신은 하나, 진리는 하나, 이성은 하나라는 말을 했듯이, "하나"의 이성은 피라미드의 정점과 같이 모든 것을 하나로 통합하거나 아니면 모든 길이 하나로 모이는 최종목표와 같이 생각되어 구조주의자들과 탈구조주의자들은 이성을 일인 독재통치의 원칙이라고 생각한다. 최종목표는 "하나"라는 원칙이 일신교인 기독교에도, 하나의 진리를 주장하는 형이상학에도, 일인 독재정치에도 내재해 있다는 것이 현대와 탈현대의 공통적인 철학이다. 하나의 절대적인 진리가 여러 개의 상대적인 진리들로, 하나의 총체성이 여러 개의 개체성들로, 하나의 보편이 여러 개의 특수들로 분열된다는 말을 종합하면 하나의 최고이성이 분열되어 여러 개의 상대적인 이성들로 된다는 사실을 의미한다. 왜냐하면 이성 없이는 진리도 총체성도 보편도 거론할 수 없어 이성이 모든 개념들의 원천이 되기 때문이다. 결과는 그 여러 개의 상대적인 이성들을 다시 하나로 묶어주는 최고이성이 상실되었다는 것을 의미하게 되어 무정부상태 아니면 카오스의 상태가 생기게 된다. 거기다가 설상가상으로 의미의 발신자는 폐위되고 의미의 전달자인 매개체마저도 의미전달 불능자로 전락됨에 의하여 카오스는 최악의 카오스, 암흑의 카오스라고 할 수 있다. 그러나 현대와 탈현대의 이론가들은, 다시 말해 구조주의자들과 탈구조주의자들은 최악의 카오스, 암흑의 카오스만은 방지해야 한다는 데는 일치한다. 구조주의자들은 기계적인 메커니즘과 같은 구조와 시스템에 의해서 카오스를 방지하려 하고, 탈구조주의자들은 하나의 최고이성이 분열되어 생긴 여러 개의 상대적인 이성들 하나하나도 이성의 성격 내지는 이성의 흔적을 가지고 있다는 주장에 의하여 그리고 주체와 객체 사이를 연결해주는 의미는 말살되었으나 그럼에도 불구하고 그 양자 사이의 관계를 가능케 해주는 또 다른 매개체가 있다는 주장에 의하여 카오스를 방지하려 한다.

3. 구조주의와 탈구조주의

20세기 후반을 경계선으로 하여 분리되는 현대와 탈현대 사이의 동일성으로 주체의 폐위, 객체의 중립화, 의미의 상실을 논했는데, 이상의 3개의 동일성이 탈현대를 현대의 연장으로 그리고 탈구조주의를 구조주의의 연장으로 보려는 이론들에게 동기를 제공해준다. 그리고 주체의 폐위, 객체의 중립화, 의미의 상실은 한마디로 "의미의 위기"를 나타내는 표현들이다. "의미의 위기"는 더 나아가서 "정신과학의 위기"를 나타내는 표현이라고 한다면, 정신과학의 위기는 이미 현대의 시발점인 19세기 중반에 시작되었다고 보아야 한다. 그러나 탈현대를 현대의 연장으로 보지 않고, 현대와 단절된, 현대를 탈피한 새로운 시대라고 주장하는 이론들을 위해서는 동일성이 아니라 상이성이 증명되어야 한다. 한편으로는 이성에 대한 비호와 비판이 동시에 내재해 있던 현대와 다른 한편으로는 이성의 존재 자체가 위기를 맞게 되는 탈현대 사이의 상이성은 구조주의와 탈구조주의 상이성으로 집약된다. 중앙집권제의 중심인물인 국왕을 살해한다는 표현을 사용했으나 그 대신에 이성 살해라는 표현을 사용한다면 (왜냐하면 구조주의자들은 이성을 일인 독재통치의 원칙이라고 생각하기 때문에) 구조주의는 이성 살해를 감당했으나 이성존재 자체로부터 완전히 자유롭다고는 볼 수 없어 이성비호와 이성비판, 이성찬성과 이성반성 사이에 위치한다고 볼 수 있다. 반면에 탈구조주의는 구조주의의 중간위치를 탈피하여 이성비판과 이성반성에 치우친다고 볼 수 있다. 첫 번째 상이성으로 구조주의의 관심사가 시스템 유지라고 한다면, 탈구조주의의 관심사는 시스템 해체라고 할 수 있다. 구조주의가 시스템 유지를 위해 사용하는 대표적인 3개의 비유를 소개하자면 다음과 같다. 하나는 이미 언급한 대로 피히테가 사용했던 눈의 비유다. 절대적인 자기의식인 주체는 눈을 가지고 있어 주체는 이 눈에 의해 세계를 바라보고 사고하고 판단한다는 것이 피히테 철학인데, 특히 구조주의자들은 이 눈이 외부로부터 인위적으로 이식된 눈이라고 하며 주체와 눈을 분리하여 설명한다. 따라서 외부로부터 이식된 눈은 세계를 바라보고 생각하고 판단하는 시스템 자체라는 것이 구조주의자들의 주장이다. 검은 안경으로 보면 세상이 검게 보이고 붉은 안경으로 보면 세상이 붉게 보이듯이, 외부로부터 주어진, 외부에 의해 규정된 하나의 눈에 의한 관찰, 사고, 판단은 항상 일정한 틀에 박힌 관찰, 사고, 판단이라는 설명이다. 결국 외부로부터 이식된 눈은 하나의 시스템이라는 주장이다. 구조주의자들이 기꺼이 사용하는 두 번째 비유는 "거미그물"이다. 거미가 자기 육체를 생산원료로 사용하여 그물을 생산한다고 상상하면, 다시 말해 거미가 자기 육체를 생산원료로 사용하기 때문에 그물이 완성되면 거미 육체 전체는 소멸되어 없어진다고 상상하면 남는 것은 거미그물뿐이다. 가로 세로가 일정하고 조직적으로 구성되어 전체가 하나의 중심점으로 통하게 되는 거미그물뿐만이 남게 되고 그리고 그 중심점에 있어야 할 거미 자체는 소멸하여 없으므로 하나의 비어 있는 중심점만이 남게 되는 결과가 된다. 일정하고, 조직적으로 그리고 하나의 중심을 향하여 구성된 거미그물 전체는 하나의 체계, 하나의 시스템인데 중심점이 비어 있는, 다시 말해 주체가 결여된 시스템이라는 것이 구조주의자들의 설명이다.[65] 구조주의자들이 기꺼이 사용하는 세 번째 비유는 시물라크룸[66]이다. 바르트[67]는 객체 또는 하나의 작품을 의미의 전달체 또는 매개체로 보지 않고 "의미의 공허지"라는 의미로 시물라크룸이라는 표현을 사용한다. "의미"의 전달에는 관심이 없으나, 의미의 탄생을 위한 전제 조건 자체, 메커니즘 자체가 바르트가 말하는 시물라크룸이다. 시물라크룸은 다양한 의미들을 생산해낼 수 있는 기계 또는 체계라는 말인데 역시 공허지로서 (주체가, 다시 말해 인간의 의지가 결여된) 체계, 시스템이라고 할 수 있다.[68] 구조주의자들이 기꺼이 사용하는 비유들은 모두 시스템 유지를 위한 비유들이다. 구조주의자들이 주장하는 시스템은 주체가 결여된 기계적인 (인간의 의지와 정신이 결여된) 시스템이다.

구조주의의 관심사가 시스템 유지인 반면에 탈구조주의의 관심사는 시스템 해체라는 말을 했는데 탈구조주의자들이 이성 해체를 위해 또는 시스

---

65) vgl. Frank, Manfred: Was ist Neostrukturalismus? S. 78, 79

66) 시물라크룸(simulacrum)

67) 바르트(Roland Barthes 1915-1980)

68) vgl. Gutzen, Dieter u. a.: Einführung in die neuere deutsche Literaturwissenschaft, S. 215

템 해체를 위해 기꺼이 사용하는 3개의 개념은 "횡단이성", "리쫌", "디페렌스"이다. 첫째로 대단히 난해한 **"횡단이성"**[69]에 대한 설명을 시도해본다. 횡단이성이라는 개념의 대표자는 벨쉬인데 그의 횡단이성에 대한 설명을 소개하자면 다음과 같다.[70] 여러 나라들의 국경선을 횡단하는 횡단철도가 있듯이 횡단이성은 여러 영역들 사이를 횡단하는 이성이라는 것이 결론적인 대답이다. 그러나 횡단이성은 대단히 난해한 개념으로 다음 3가지 속성으로 집약된다. 횡단이성은 첫째로 개방적인 동시에 폐쇄적인 속성을 가졌다는 것이 벨쉬의 설명이다. 아니면 횡단이성은 무한한 동시에 유한하다는 설명이다. 횡단이성은 국경선이 얼마가 있든지 상관없이 모든 국경을 넘을 수 있어 개방적이고 무한하다는 설명이다. 그러나 횡단이성은 피라미드의 정점과 같이 (아니면 중앙집권제의 왕이나 기독교의 유일신과 같이) 전체를 하나로 통합하는 속성은 없기 때문에 폐쇄적이고 유한하다는 설명이다. 기하학적 표현을 사용하면 횡단이성은 수평적이기만 하지 수직적이지는 못 하다는 설명이다. 따라서 횡단이성의 두 번째 속성은 초월적인 동시에 비초월적이라는 것이 벨쉬의 설명이다. 횡단철도가 육지를 초월하여 공중을 나는 능력은 없고 육지에 붙들려서 기는 능력만 있듯이, 횡단이성도 여러 영역들 사이의 국경선을 초월하지만 그 초월능력은 비초월적인 능력, 날 수는 없지만 길수만 있는 능력이라는 설명이다. 횡단이성의 세 번째 속성으로 벨쉬는 횡단이성은 여러 영역들을 연결하여 하나의 공통성을 제시해주는데 그 공통성은 "형식적"이 아니라 "물질적"이라는 설명이다. 여러 영역들을 연결해주는 하나의 공통성은 철학적 또는 정신적이 아니라 물질적 또는 구체적이라는 설명인데, 예를 들어 횡단이성이 독일과 한국을 연결해준다면 독일인의 철학과 정신 그리고 한국인의 철학과 정신, 양자 사이에는 아무런 변화가

---

69) "횡단이성"(transversale Vernunft)

70) vgl. Welsch, Wolfgang: Unsere postmoderne Moderne, S. 295, 296

생기지 않으나, 독일제 세탁기와 한국제 세탁기 사이에는 하나의 공통성이 생기어 제3의 세탁기가 탄생한다는 논리다. 독일제도 아니고 한국제도 아닌 제3의 세탁기는 양국의 기술협력에 의해서 독일제 세탁기보다도 그리고 한국제 세탁기보다도 개량된 세탁기가 되기 때문이다.

횡단이성의 3가지 속성으로 횡단이성은 개방적인 동시에 폐쇄적이고, 초월적인 동시에 비초월적이며 그리고 횡단이성이 탄생시키는 새로운 공통성은 형식적 정신적이 아니라 물질적 구체적이라는 설명을 보았다. 이상의 3가지 속성에 의해서 횡단이성의 본성을 규정하자면 횡단이성은 한마디로 불규정성 자체라고 할 수 있다. 횡단이성은 개념으로 규정할 수 없고 대상으로 구체화할 수 없다는 말이다. 그럼에도 불구하고 횡단이성에 대한 본성규정을 강행한다면 횡단이성은 첫째로 **프로쎄스**[71] 자체라고, 과정 자체라고 할 수 있다. 하나의 역사를 시발점, 중간과정, 최후 종착점 등 3개의 단계로 나눈다면, 프로쎄스는 중간과정을 의미한다. 중간과정인 프로쎄스는 아직 최후 종착점에 도달하지 못했기 때문에 (아직 역사가 완성되지 못했기 때문에) 그 역사가 좋은 역사인지 또는 나쁜 역사인지 규정할 수 없다는 말이다. 둘째로 횡단이성은 "**사건발생**"[72] 자체라고 할 수 있다. 프로쎄스라는 개념이 최후 종착점의 관점에서 본 개념이라면, "사건발생"이라는 개념은 시발점의 관점에서 본 개념이다. 시발점만 있고 최후 종착점은 상상할 수 없는 상태, 사건이 갑자기 발생했으나 그 사건의 최후 결말은 염두에도 없는 상태, 해프닝의 상태가 "사건발생"이다. 셋째로 횡단이성은 프로쎄스의 성격과 "사건발생"의 성격에도 불구하고 이성의 본성을 유지하고 있다. 횡단이성이 독일과 한국을 연결시켜 양국 사이의 공통성을 탄생시키는 본성을 유지하고 있

---

71) 프로쎄스(Prozeβ)

72) "사건발생"(Geschehen)

다는 말이다. 그러나 그 공통성은 형식적 정신적 내지는 총체적 공통성이 아니라 물질적 구체적 내지는 부분적 공통성이 되므로, 이 횡단이성은 단 하나의 최고이성을 의미하는 것은 물론 아니고 서로 독립된 다수의 그리고 다양한 이성들을 의미한다. 이성을 빛에 비유하면서 벨쉬가 횡단이성을 설명하는 문장을 인용하자면 다음과 같다. "우주 전체를 비추어주는 하나의 태양빛은 없다. 영역에 따라 빛이 있는 데도 있고 없는 데도 있다. 그리고 빛이 있는 영역들에도 동일한 하나의 빛이 비치는 것은 아니다. 동일한 하나의 최고 빛이란 없으며, 빛의 종류는 다양하며 따라서 빛의 반대인 그늘의 종류도 다양하다."[73] 프로쎄스라는 개념과 "사건발생"이라는 개념은 시스템을 정면으로 부정하는 개념들이다. 그리고 하나의 이성이란 하나의 체계, 하나의 시스템을 인정하는 개념이므로, 다수의 그리고 다양한 이성들이란 바로 그 "하나의" 체계, "하나의" 시스템을 부정한다는 말이 된다.

시스템 해체를 위해 탈구조주의자들이 기꺼이 사용하는 두 번째 개념은 리쏨[74]이라는 개념이다. 리쏨이라는 개념 역시 난해한 개념으로 분명한 개념이 아니라 오히려 정의할 수 없는 비개념이라는 표현이 옳다. 3가지 단계로 나누어 리쏨에 대한 설명을 시도해본다. 들뢰스,[75] 구아타리[76] 등 탈구조주의자들이 기꺼이 사용하는 리쏨은 첫째로 "나무줄기와 나무뿌리"라는 2개의 부분에서 후자 나무뿌리를 의미한다. 철학의 대상을 나무줄기와 나무뿌리, 2개의 부분으로 나눈다면, 나무뿌리가 철학의 대상이 되어야 한다는 것이 탈구조주의자들의 주장이다. 그리고 지금까지의 전통철학은 나무줄기만

---

73) Welsch, Wolfgang: Unsere postmoderne Moderne, S. 310

74) 리쏨(Rhizom)

75) 들뢰스(Gilles Deleuze 1925-1995)

76) 구아타리(Félix Guattari 1930-1992)

을 다루어왔으므로 나무뿌리로의 전향은 전통철학의 전복을 의미한다. 전통철학의 대상인 나무줄기는 지상에 구체적으로 눈으로 볼 수 있도록 서 있으므로 논리적으로 정의할 수 있는 반면에, 탈구조주의의 대상인 나무뿌리는 지하에 비구체적으로 눈으로 볼 수 없도록 누워 있으므로 논리적으로 정의할 수 없는 비논리성 자체, 또는 논리의 초월 자체라고 할 수 있다. 리쏨은 둘째로 통합성을 의미한다. 니체가 없었더라면 탈구조주의가 없을 정도로 탈구조주의에 대한 니체의 영향은 막강하다. 니체 철학의 핵심적 대치개념인 **아폴로성과 디오니소스성**[77] 중 후자에서 탈구조주의자들은 리쏨의 개념을 유도했다고 보아야 한다. 니체는 아폴로성과 디오니소스성이라는 대치개념을 "개체화의 원리"와 "비개체화의 원리"로 구체화시키는데, 정확히는 리쏨은 니체가 말하는 "비개체화의 원리"라고 보아야 한다. 나무줄기가 분리 분석적인 개체화라고 한다면 (왜냐하면 지상에 서 있는 나무줄기는 그것이 사과나무인지 아니면 밤나무인지 분명히 구별할 수 있기 때문에) 나무뿌리인 리쏨은 모든 것이 하나 속에 통합되어 있는, 아니면 모든 것이 하나로 얽히고 설켜 있는 비개체화 자체라고 할 수 있다. 비개체화의 원리 또는 통합의 원리를 의미하는 리쏨을 비유를 들어 설명하자면 다음과 같다. 로메오와 율리아[78]의 이야기 속에서 2개의 나무줄기인 로메오의 가정과 율리아의 가정은 하나는 사과나무 다른 하나는 밤나무로 절대로 통합될 수 없으나, (두 가정은 서로 원수가 되어 절대로 화합할 수 없으나,) 그들의 나무뿌리들인 로메오와 율리아는 서로 얽히고 설켜 (서로 사랑하여) 하나로 통합된다는 설명이다. 어제의 적이 오늘의 친구가 되며, 또 전쟁상태에 있는 적국과 상거래를 해야 하는 탈현대의 세계에서 리쏨이라는 개념이 중요한 개념으로 등

---

77) 아폴로성(das Apollinische)과 디오니소스성(das Dionysische)

78) 로메오(Romeo)와 율리아(Julia)

장하는 것은 당연하다. 리쏨은 셋째로 "사건발생"과 "디쎄미나씨옹"[79]을 의미하는 개념으로 사용된다. 인간의 역사가 과거, 현재, 미래라는 시간논리에 의해 발전한다는 사상을 목적론[80]이라고 한다. 다시 말해 현재는 과거와 다르고, 또 미래는 현재와 다르게 되어 결국 인간이 하나의 최종목적에, 하나의 최고진리에, 하나의 최선의 사회에 도달하게 된다는 것이 목적론적 역사관이다. 현재는 과거와 다르기 때문에 과거에 있었던 독일의 유태인 대학살, 한국의 광주시민 대학살은 현재에는 이미 치료되어 없어졌으며 그리고 그러한 사건들이 미래에는 상상할 수도 없는 최고 최선의 사회가 된다는 것이 목적론적 역사관이다. 이상의 목적론적 역사관은 2가지 성격을 내포하고 있는데 하나는 논리성이고 다른 하나는 통일성이다. 목적론적 역사관의 논리성은 과거가 있으니까 현재가 있고, 또 현재가 있으니까 미래가 있다는 논리성으로, 과거에서 현재를 추측할 수 있고 또 현재에서 미래를 예측할 수 있다는 것을 의미한다. 바로 이 목적론적 역사관을 탈구조주의자들은 "메타레시" 또는 "메타디스쿠르스"[81]라고 부르며 이를 부정한다.[82] 기독교, 계몽주의, 마르크스주의 등 일체의 체계적인 주장들을 "메타레시", 또는 "메타디스쿠르스"라고 하여 (총체적이고 일관된 이야기 또는 주장들이라 하여) 탈구조주의자들은 부정하며 대신에 "사건발생"을 주장한다. 일체의 인간 역사들은 과거에서 현재를 추측하고 현재에서 미래를 예측할 수 있도록 논리적으로 발전하는 것이 아니라, 예측 불가능하게 해프닝과 같이 갑자기 발생했다가 다시 예측 불가능하게 사라진다는 것이 "사건발생"이다. 목적론적 역사관의 두 번째 성격은 통일성으로 "단 하나의" 피라미드의 정점인 최종목적을

---

79) "디쎄미나씨옹"(dissémination)

80) 목적론(目的論 Teleologie)

81) "메타레시"(métarécit) 또는 "메타디스쿠르스"(Meta-Diskurs)

82) vgl. Frank, Manfred: Was ist Neostrukturalismus? S. 138, 139

향하여 질서정연하게 그리고 체계적으로 정돈되어 있는 것이 통일성이다. 질서정연한 정돈상태라는 체계적인 통일성을 특히 데리다와 료타르는 부정하고 디쎄미나씨옹이라는 개념을 사용한다.[83] 인간 역사는 하나의 최종목적을 향해 질서정연하게 체계적으로 정돈되어 있는 것이 아니라, 다수의 그리고 다양한 목적들을 향해 무질서하게 그리고 흩어져서 흘러간다는 것을 디쎄미나씨옹은 의미한다.

시스템 해체를 위해 탈구조주의자들이 기꺼이 사용하는 세 번째 개념은 디페렌스[84]라는 개념이다. 데리다, 푸코, 들뢰스 등[85] 탈구조주의자들이 시스템 해체를 위해 사용하는 가장 강력한 무기가 디페렌스의 개념이라고 할 수 있다. 디페렌스는 역시 3단계에 의해 설명된다. 첫째로 디페렌스의 전제조건은 다수성[86]이다. 이성은 하나가 아니라 여러 개, 진리는 하나가 아니라 여러 개라는 말을 했듯이, "하나의" 나무라는 개념은 (나무의 보편타당한 의미 또는 동일성은) 없으며 또 불가능하다는 것이 탈구조주의자들의 생각이다. 사과나무, 밤나무, 배나무 등 다수는 존재하나, 그 다수의 나무들을 하나로 통일하는 "하나의" 나무라는 단수는 존재하지도 않으며 불가능하다는 논리다. 예를 들어 사과나무의 의미 또는 동일성을 말하는 것은 옳으나 일반적인 나무의 의미나 동일성을 운운하는 것은 잘못이라는 논리다. 둘째로 디페렌스는 의미의 유동성을 나타내는 표현이다. 유동성은 다수성과 인접한 개념으로 사과나무의 의미를 인식하기 위해서는 단수의 사과나무만으로는 불

---

83) ebd. S. 109

84) 디페렌스(Differenz)

85) 데리다(Jacques Derrida 1930-2004)
   푸코(Michel Foucault 1926-1984)
   들뢰스(Gilles Deleuze 1925-1995)

86) 다수성(Pluralität)

가능하며 다수의 나무들과의 관계 내에서만, 다시 말해 밤나무, 배나무 등 다른 나무들과의 관계 내에서만 가능하다는 설명이다. 사과의 맛은 (사과의 의미는) 사과만으로는 불가능하고 밤의 맛과의 비교에 의해서 (밤의 의미와 의 비교에 의해서) 비로소 인식 가능하며, 또 사과의 의미는 밤과의 비교 시 그리고 배와의 비교시 각각 다르게 나타나 유동적이라는 설명이다. 디페렌 스가 나타내는 의미의 유동성은 더 확장되어 사과의 의미는 밤을 맛본 후의 맛과 배를 맛본 후의 맛이 다르며 또 밤과 배를 동시에 맛본 후의 맛이 다시 달라져 유동적이라는 설명이다. 의미는 하나로 그리고 단번에 규정할 수 없 는 것이며, 물 흐르듯 항상 흐른다는 설명이다. 셋째로 디페렌스는 다수성 과 유동성을 합하여 의미의 "의미발생"[87]을 나타내는 표현이다. 사과나무에 내재한 고유한 의미란 없으며, 사과나무가 밤나무와 부딪쳤을 때 비로소 발 생하며, 또 배나무와 부딪쳤을 때는 과거의 의미는 사라지고 또 다른 의미로 변한다는 것이 (또 다른 의미가 발생한다는 것이) "의미발생"이라는 개념이 다.[88] "의미발생"은 이미 언급한 "사건발생"과 동일한 개념으로 보아야 한다. 종합하여 존재하는 것은 디페렌스이지 의미는 아니라는 결론이다. 사과나 무와 밤나무 사이의 차이는 존재하나 (디페렌스는 존재하나) 사과나무의 의 미, 밤나무의 의미는 존재하지 않는다는 결론이다. 디페렌스라는 개념은 의 미 자체를, 존재의미 자체를, 시스템 자체를 부정하는 개념이다.

구조주의와 탈구조주의 사이의 차이점으로 구조주의의 관심사는 시스템 유지이고 반면에 탈구조주의의 관심사는 시스템 해체라는 내용을 설명했 다. 구조주의와 탈구조주의 사이의 두 **번째** 상이성으로 구조주의가 시스템

---

87) "의미발생"(Sinngeschehen)

88) vgl. Frank, Manfred: Was ist Neostrukturalismus? S. 96; Welsch, Wolfgang: Unsere postmoderne Moderne, S. 143, 144; Zima, Peter V.: Moderne/Postmoderne, S. 172, 173

유지를 위해 **트란스포르마씨온**[89]을 주장한다면, 탈구조주의는 시스템 해체를 위해 우연과 유희[90]를 주장한다. 구조주의자들이 주장하는 구조 또는 체계가 가능해지기 위한 조건은, 다시 말해 시스템이 가능해지기 위한 조건은 총체성, 자기조절, 자기변형[91] 등 3가지가 된다. 하나의 완벽한 시스템은 전체를 포섭해야 하며, 외부의 도움 없이 스스로를 조절할 수 있어야 하며, 또 시간 변화에 대처하기 위하여 자기변형의 능력이 있어야 한다는 말이다. 총체성과 자기조절, 2가지 조건만으로는 한 사회, 한 시대에만 적용되는 시스템은 될 수 있으나, 사회가 변하고 시대가 변하면 더 이상 적용되지 않기 때문에, 완벽한 시스템을 위해서는 세 번째 조건인 트란스포르마씨온을 구조주의자들은 필요로 한다. "구조는 정적이 아니라 동적이다. 구조는 구성되었을 뿐만 아니라 자신이 구성작업을 하고 있다. 구조는 변화의 프로쎄스를 내포하고 있어 새로운 것을 탄생시킨다"라고 구조주의자들은 주장한다.[92] 시스템은 총체적이고, 자급자족하며, 자기변형을 하는 하나의 "완전한" 체계, 자율적인 체계, "창문 없는" 체계라는 말이다. 트란스포르마씨온이라는 개념은 소쉬르의 **디아크로니**와 **신크로니**[93]라는 개념들에서 유래한 것으로 디아크로니가 시간적이라면 신크로니는 공간적이고, 디아크로니가 수직적이라면 신크로니는 수평적이고, 디아크로니가 동적이라면 신크로니는 정적인 개념이라 할 수 있다. 소쉬르 자신은 시간적이고 수직적인 디아크로니보다는 공간적이고 수평적인 신크로니에 무게를 두었으므로 그의 시스템은 동적이 아니라 정적인 성격을 면하지 못한다.[94] 따라서 소쉬르의 영향 하에 있는 구조

---

89) 트란스포르마씨온(자기변형 Transformation)

90) 우연(Zufall)과 유희(Spiel)

91) 총체성(Ganzheit), 자기조절(Selbstregulierung), 자기변형(Transformation)

92) vgl. Dahlerup, Pil: Dekonstruktion, S. 28, 29

93) 디아크로니(Diachronie)와 신크로니(Synchronie)

94) vgl. Bossinade, Johanna: Poststrukturalistische Literaturtheorie, S. 27, 28

주의자들이 주장하는 트란스포르마씨온은 그들의 주장과는 달리 동적이 아니라 정적인 개념이라 보아야 한다. 그럼에도 불구하고 시스템의 자기변형을 인정한다면, 시간적이고 수직적이며 동적인 자기변형을 인정한다면, 그 트란스포르마씨온은 시스템에 내재한 요소에 의한 변형, 규율적이고 규칙적이며 예측 가능한 변형이라고 보아야 한다. 다시 말해 외부로부터 주어지는 요소에 의한 돌변적이고 예측 불가능한 변형이 아니라, 시스템 자체에 내재한 요소에 의한 변형이므로 예측 가능하고 당연한 변형이라고 보아야 한다. 세 살 때 버릇이 여든까지 간다는 말은, 시스템 자체 내에 내재한 요소에 의해 규율적이고 규칙적인 변형을 하여 상인의 소질을 가지고 태어난 사람은 결국은 상인이 된다는 말이지, 돌변적이고 예측 불가능한 변형을 하여 학자가 된다는 말은 아니다.

구조주의가 시스템 자체 내에 내재한 요소에 의한 규율적이고 규칙적이며 예측 가능한 트란스포르마씨온을 주장하는데 비해 탈구조주의는 비규율적이고 무규칙적이며 따라서 예측 불가능한 우연과 유희를 주장한다. 다시 말해 구조주의는 총체적이고, 자급자족하여 스스로 충족하며, 예측 가능한 논리적인 변형을 하는 시스템을 주장한다면, 탈구조주의는 이상의 시스템을 전면 부인하는 카오스를 주장한다고 보아야 한다. 시스템 부정을 위해 탈구조주의자들이 생각하는 카오스는 우연과 유희라는 개념에 의해 표현된다. 우연과 유희라는 개념들은 서로 인접해 있고 비슷한 의미를 나타내는 개념들로 필연성과 절대성의 반대개념들이다. "하나의" 필연성 또는 "하나의" 절대성이라는 "하나"가 아니라 여러 개라는 "다수"를 주장하는 데리다의 철학을 소개하면서 우연과 유희의 개념들을 구체화해본다. 세 살 때 버릇이 여든까지 간다는 말을 했는데, 세 살 때 버릇이 하나가 아니라 강도에 따라 상인의 버릇, 정치가의 버릇, 학자의 버릇 등 여러 개가 있다면, 가장 강한 버릇인 상인의 버릇이 다른 버릇들을 억압하고 결국은 상인이 된다는 것은 규율적이며 규칙적이고 예측 가능한 변형으로 트란스포르마씨온이 된다. 그러나 억압된 요소들인 정치가의 버릇, 학자의 버릇 등에게 동등한 권리를 인정하자는 것이 데리다의 철학이고 탈구조주의자들의 철학이다. 선택된 요소인 상인의 버릇, 억압된 요소들인 정치가의 버릇과 학자의 버릇 등 3자 모두를 동등하고 평등한 요소들로 만들기 위해 데리다와 탈구조주의자들은 2가지 혁명적인 방법을 사용한다. 하나는 이미 언급한 데리다의 디페렌스 개념인데, 3개의 요소들 사이에는 필연성이나 절대성과 같은 "본질"의 차이는 없고, 있는 것은 "무본질"들 사이의 "차이", 디페렌스뿐이라는 논리다. 예를 들어 붉은 색과 검은색 사이에는 "차이", 디페렌스가 분명히 존재해 있다고 말한다. 왜냐하면 하나는 붉고 다른 하나는 검기 때문이다. 그러나 붉은 색과 검은색 사이에 "디페렌스"가 분명히 존재하느냐라는 것이 문제가 된다. 왜냐하면 붉은 색, 검은색 그리고 그 양자 사이의 디페렌스, 3자 중에서 "분명히 존재하는" 것은 붉은 색과 검은색 2자뿐이고 그 양자 사이의 "디페렌스"는 분명하지도 않고 존재하지도 않기 때문이다. 데리다는 그러나 분명한 존재자와 불분명한 비존재자의 관계를 역전시키면서 "디페렌스는 동일성보다도 더 원천적이다"라고 말한다.[95] 원천이 되는 것은 붉은 색이라는 동일성이나 검은색이라는 동일성이 아니라 비존재자인 따라서 비동일성인 디페렌스라는 말이다. 왜냐하면 차이 디페렌스가 없다면 붉은 색을 붉은 색이라 할 수 없고, 검은색을 검은색이라 할 수 없기 때문이다. 디페렌스라는 개념은 동일성에서 비동일성으로, 본질에서 비본질로, 존재에서 비존재로 중심을 역전시키고 이전시키는 역할을 한다. 왕과 신하가 다르고, 또 신하와 거지가 다르다면, 왕, 신하 거지 사이가 추상적이고 기계적인 디페렌스로 축소된다는 말인데, 이 추상적이고 기계적인 디페렌스는 역으로 왕, 신

---

95) vgl. Frank, Manfred: Was ist Neostrukturalismus? S. 96

하, 거지를 동등한 시민으로, **평등요소**[96]로 만드는 결과를 가져온다. 한 인간에 내재한 3개의 요소들, 상인의 버릇, 정치가의 버릇, 학자의 버릇 등은 디페렌스의 개념에 의해서 모두 평등요소들이 된다. 그리고 평등요소들 또는 평등한 요소들에서 요소라는 개념은 원천 또는 근원과 같은 의미가 아니라 텔레비전의 채널과 같은 것으로 보아야 한다.[97] 따라서 상인의 버릇, 정치가의 버릇, 학자의 버릇 등 3개의 요소들을 3개의 채널이라고 본다면 상인이 된 사람에게는 우연히 상인의 채널이 켜 있고, 정치인이 된 사람에게는 우연히 정치인의 채널이 켜 있고, 학자가 된 사람에게는 우연히 학자의 채널이 켜 있기 때문이라는 설명이 된다. 탈구조주의자들이 사용하는 또 하나의 혁명적 방법은 채널에 켜 있는 텔레비전의 **비전**[98]을 인간의 의식이라고 한다면, 다시 말해 상인의 채널에 의식이 들어와서 상인이 되고, 정치가의 채널에 의식이 들어와서 정치가가 된다고 한다면, 이 의식 자체도 탈구조주의자들은 아무런 의미 없는 유희로 축소시킨다. "의식이란 존재하지 않는다. 의식이란 원천도 아니고 원칙도 아니다"라고 탈구조주의자들은 주장한다.[99] 의식이란 디페렌스들 사이의 유희 이외에는 아무것도 아니라는 설명이다. 결국 상인이 된 사람은 상인이라는 원천과 원칙이 있어서 상인이 된 것이 아니라 상인의 버릇, 정치가의 버릇, 학자의 버릇 등 여러 요소들 사이의 이합집산이라는 의미 없는 유희에 의해 그것도 우연하게 상인이 되었다는 설명이다.

구조주의와 탈구조주의 사이의 **세 번째 상이성**을 논할 차례다. 구조주의

---

96) 평등요소(Indifferenz)

97) Welsch, Wolfgang: Unsere postmoderne Moderne, S. 141, 142

98) 비전(Vision)

99) Frank, Manfred: Was ist Neostrukturalismus? S. 118

가 **보편성**[100]을 요구한다면 탈구조주의는 **이질성**[101]을 주장한다고 할 수 있다. 시스템 유지와 트란스포르마씨온을 주장하는 구조주의가 보편성을 요구하는 것은 당연한 결과라고 볼 수 있다. 피라미드와 같이 하나의 정점을 향해 질서정연하게 구성되어 있으며 또 스스로 하나의 정점을 향해 질서정연한 구성작업을 하고 있는 체계 내에서 "하나의 정점"이 바로 보편성이 위치할 위상이기 때문이다. 그러나 질서정연하게 정돈된 피라미드의 정점에 진정으로 "보편성"이 내재하느냐 하는 것이 문제가 된다. 피라미드를 수직적인 모형이라고 한다면, 수평적인 모형으로서 "거미그물"의 예로 설명하면 내용은 간단해진다. 가로 세로가 일정하고 조직적으로 구성되어 전체가 하나의 중심점으로 통하는 "거미그물"이지만, 거미그물이 완성되는 순간 거미그물이라는 체계를 완성한 거미 자체는 소멸하여 없어지므로, 중심점은 존재하나 비어 있는 중심점이 된다는 내용을 언급했다. 비어 있는 정점을 가진 피라미드, 비어 있는 중심점을 가진 "거미그물"이 구조주의가 주장하는 체계, 시스템이다. 보편성이 들어가 거처할 위상은 존재하나 보편성이라는 실재가 결여된 시스템이 구조주의가 주장하는 시스템이라고 할 수 있다. 따라서 구조주의가 주장하는 보편성 요구는 요구에 불과하며, 그 요구의 실현은 불가능하다고 보아야 한다. 다음에 구조주의가 보편성 요구를 한다면 탈구조주의는 정반대로 이질성을 주장하는데 다음과 같다. 왕, 신하, 거지 중에서 보편성은 아니면 보편성의 위상은 왕이 된다. 왜냐하면 왕이 피라미드의 정점에 그리고 거미그물의 중심점에 위치하기 때문이다. 탈구조주의의 관심사는 그러나 왕의 체계에서 소외된 (왕의 의사대로 움직이는 시스템에서 소외된) 거지에게도 평등한 발언권을 주는 일이다. 탈구조주의자들이 이질성 주장을 위해 사용하는 표현들은 "타자", "버림받은 자", "제외된 자", "예측할 수

---

100) 보편성(Universalität)
101) 이질성(Heterogenität)

없는 자" 등이다.[102] 하나의 제도나 그 제도권에 속하는 자들이 아니라, 제도를 해체하고 또 제도권 밖에 있는 자들의 편을 드는 것이 탈구조주의라고 할 수 있다. 제도권 밖에 있는 자들에게 발언권을 주고 그들의 편을 들기 위해 탈구조주의자들이 사용하는 개념은 이미 언급한 디페렌스 외에도 인디페렌스[103]라는 개념이 있다. 제도를 움직이는 자, 제도권에 속하는 자, 제도권 밖에 있는 자, 즉 왕, 신하, 거지 3자가 디페렌스 개념에 의해 평등하게 된다는 내용을 언급했는데, 평등, 인디페렌스라는 개념은 독일 철학사에서 오랜 전통을 가져온 개념이다. 니체가 말하는 디오니소스성과 아폴로성에서 디오니소스성은 무가상성을 의미하고 아폴로성은 가상성을 의미한다. 니체 철학을 간단히 요약하자면 일체의 문화, 역사, 제도는 아폴로성으로 가상 이외에는 아무것도 아니라는 결론이다. 왕이 지배하는 제도, 왕 자신, 신하, 거지 모두는 가상 이외에는 아무것도 아니라는 설명이 된다. 왕의 역할을 하는 배우, 신하의 역할을 하는 배우, 거지의 역할을 하는 배우 등 모두가 같은 배우들, 평등한 배우들이라는 설명이다. 니체 외에도 현대철학에서 인디페렌스의 선구자는 칼 마르크스이다. 니체에 의하면 모든 원천, 모든 가치가 가상으로 축소된다면, 칼 마르크스에 의하면 모든 원천, 모든 가치가 유일한 척도인 시장가치, 다시 말해 돈, 겔트[104]로 축소된다고 할 수 있다. 선과 악의 구별, 진리와 거짓의 구별, 사랑과 증오의 구별들은 사라지고 모두가 겔트로 축소된다는 것이 『자본론』의 핵심이다. "겔트는 원수들을 서로 키스하게 만든다"라는 것이 유일한 시장가치로의 축소를 의미하는 표현이다.[105] 20세기 후반

---

102) vgl. Zima, Peter V.: Moderne/Postmoderne, S. 112
　　　"타자"(das Andere), "버림받은 자"(das Ausgestoßene), "제외된 자"(das Ausgegrenzte), "예측할 수 없는 자"(das Inkommensurable)

103) 인디페렌스(Indifferenz)

104) 겔트(Geld)

105) Zima, Peter V.: Moderne/Postmoderne, S. 25, 26

이후의 탈현대의 유일한 척도는 아니면 유일한 가치는 겔트라는 말인데, 법 앞에서는 모든 인간이 평등한 것과 같이 겔트 앞에서는 모든 인간이 평등하다는 설명이 된다. 왕과 거지 사이의 디페렌스는 왕과 거지는 겔트 앞에 평등하다는 인디페렌스를 낳고, 또 인데페렌스는 왕도 겔트가 없으면 거지가 될 수 있고 거지도 겔트만 있으면 왕이 될 수 있다는 왕과 거지 사이의 **상호교체성**을 낳게 된다.[106] 씨마는 20세기 후반의 자본주의 세계를 분석하면서 "겔트 마하트 루스트"라는 표현을 사용하는데,[107] 탈현대의 자본주의의 특징은 돈, 세력, 섹스라는 말도 되고, 돈이 있으면 섹스가 생각난다는 말도 된다. 두 가지 의미 모두 돈만 있으면 불가능한 것이 없다는 의미, 돈이 유일한 가치라는 의미다. 탈구조주의의 이질성 주장은, 다시 말해 왕이 아니라 거지를 위한 주장은 왕과 거지가 서로 평등하다는, 따라서 왕과 거지는 서로 역할을 교체할 수 있다는 상호교체성 주장으로 탈바꿈하는 현상을 보인다.

4. 탈구조주의 문예론

작가가 텍스트를 쓰고, 텍스트를 독자가 읽는 관계가, 다시 말해 작가, 텍스트, 수용자라는 3자 관계가 예술행위 및 문예행위의 전체가 된다. 따라서 이상의 3자 관계를 추적하는 일이 문예론의 과제라고 할 수 있다. 그러나 작가, 텍스트, 수용자라는 고전적 3자 관계가 탈구조주의 문예론에서는 파괴되어 해체되는 현상을 보이는데 그 해체과정을 추적해본다. 텍스트의 해체, 작가의 해체, 수용자의 해체가 순서가 된다. 우선 텍스트의 해체과정은 다음과 같다. 탈구조주의자들이 텍스트를 나타내는 표현으로 3가지 대표적인 개

---

106) 상호교체성(Austauschbarkeit)

107) Zima, Peter V.: Moderne/Postmoderne, S. 43
　　"겔트 마하트 루스트"(Geld Macht Lust)

넘은 시그니피칸트, 기호, 문자흔적[108] 등이다. 우선 텍스트를 시그니피칸트로 보는 대표적인 탈구조주의 이론가는 라캉[109]이다. 시그니피카르트와 시그니피칸트의 관계에서 전자는 의미의 원천을 나타내고 후자는 의미의 표현을 나타낸다. 나의 의식 속에 들어 있는 "나를 낳아준 여자"는 의미의 원천으로 시그니피카르트가 되고 그 여자에 대한 표현으로 어머니, 엄마, 에미 등이 있다면 이 3가지 표현들이 시그니피칸트가 된다. 라캉은 시그니피카르트와 시그니피칸트의 관계를 역전시킨다. 시그니피카르트와 시그니피칸트, 원천과 표현의 관계를 주인과 종의 관계라고 한다면, 라캉은 주종관계를 역전시켜 "시그니피카르트는 시그니피칸트의 생산물에 지나지 않는다"라고 말한다.[110] 어머니, 엄마, 에미라는 시그니피칸트들을 되풀이하다 보면, 아니면 그들 시그니피칸트들 사이의 유회에 의해서 나의 의식 속에 어떤 형상이 고정되는 것이지, 다시 말해 하나의 시그니피카르트가 발생되는 것이지 그 반대의 경우는 아니라는 말이다. 라캉은 따라서 원천인 시그니피카르트를 제거하고 표현인 시그니피칸트만 자기 정신분석학의 대상으로 만들면서, 이 시그니피칸트를 정신분석학에서 말하는 "주체" 또는 "무의식"과 같은 의미로 승격시킨다.[111] 따라서 텍스트는 시그니피카르트가 아니라 시그니피칸트라는 주장이 되는데, 텍스트 속에는 나를 낳아준 여자라는 원천적 의미는 들어 있지 않고 잡다한 표현들만 난무한다는 주장이 된다. 옷을 입을 육체는 부재하고 잡다한 옷들만 존재한다는 말이다. "나는 당신을 사랑한다"라는 텍스트가 있다면 이 텍스트 속에는 "아름다운 사랑" 또는 "불행한 사랑" 등 작가가 전달하려는 핵심과 중심은 아예 들어 있지 않기 때문에 수용자가 이를 찾아내려는 시도는 처

---

108) 시그니피칸트(Signifikant), 기호(Semiotisches), 문자흔적(Schriftspur)

109) 라캉(Jacques Lacan 1901-1981)

110) vgl. Bossinade, Johanna: Poststrukturalistische Literaturwissenschaft, S. 40

111) vgl. Bossinade, Johanna: Poststrukturalistische Literaturwissenschaft, S. 41

음부터 잘못된 것이며, 따라서 텍스트는 "나", "당신", "사랑"이라는 표현들만이, 즉 시그니피칸트들만이 난무하는 무대 이외에는 아무것도 아니라는 설명이 된다. 작가가 전달하려는 중심의미 또는 핵심의미는 처음부터 아예 존재해 있지 않으므로 이를 찾으려 한다는 것은 잘못된 것이기 때문에 의미를 새로 만들어내야 한다는, 아니면 새로운 의미가 "발생"되어야 한다는 결론이 된다. 새로 발생되는 의미는 물론 시그니피칸트에 의해서 아니면 시그니피칸트들 사이의 관계에 의해서 결정된다고 보아야 한다. 나, 당신, 사랑 등 시그니피칸트 내지는 그들 사이의 관계가 "영원한 사랑" 또는 "불행한 사랑" 등 어느 일정한 의미를 결정하는 것이지, 어느 중심의미가 먼저 존재해서 나, 당신, 사랑 등의 시그니피칸트들을 하나로 통일하여 묶어준다는 것은 아니다. 라캉을 비롯해서 텍스트를 시그니피칸트로 보는 탈구조주의자들이 중심개념 또는 핵심개념을 부정하는 것은 시스템 부정의 결과라고 보아야 한다. 거미그물의 중심에 들어 있는 거미를 죽이는 일은 구조주의가 했지만, 탈구조주의는 그 중심이라는 왕좌까지도 제거하여 전체의 시스템을 와해시킨다.

다음에는 텍스트를 기호로 보는 이론을 논할 차례인데 그 대표자는 크리스테바[112]이다. 라캉이 말하는 시그니피칸트나 크리스테바가 말하는 기호는 외관상으로는 같은 의미의 표현들이다. 나를 낳아준 여자가 어머니, 엄마, 에미 등으로 불리어진다면 이상 3개의 표현들은 모두 시그니피칸트 또는 기호라고 할 수 있기 때문이다. 그러나 크리스테바는 기호를 상징과 인접한 개념으로 사용한다. 크리스테바는 "기호"라는 개념을 플라톤의 『티마이오스』[113]에 묘사된 **효리스**[114]라는 개념에서 유도해낸다. 효리스는 니체가 생

---

112) 크리스테바(Julia Kristeva 1941-)

113) 『티마이오스 Timaios』

114) 효리스(Choris)

각하는 디오니소스성[115]을 연상케 하는 개념으로 공간을, 그것도 빈틈없이 채워진 공간을 의미한다. 녹아 있는 납 물과 같이 흐르는 방향과 위치에 따라 형태는 항상 변하나 양은 일정한 공간인데 그 자체가 원료와 재료가 되는 것이 효리스라고 생각하면 된다. 효리스는 따라서 공간이 아닌 공간, 다시 말해 채워진 공간이며, 흐느적거리며 움직이는 일정 양의 생산원료와 같은 것이라고 생각할 수 있다. 크리스테바는 효리스를 **원초모체**[116]라고 부르는데 니체가 디오니소스성을 **원초자** 또는 **원초모**[117]라고 부르는 것과 비슷하다. 플라톤에 의하면 이데아[118]가 현상으로 구체화하기 위해서는 이데아와 현상 외에도 제3자인 효리스가 필요하다는 것이다.[119] 다시 말해 볼 수도 없고 들을 수도 없는 귀신과 같은 이데아를 볼 수 있고 들을 수 있게 만들기 위해서는 물질이, 재료가 필요한데 이 재료가 효리스라는 설명이다. 그리고 이 효리스는 2가지 상반되는 성질을 가지고 있는데, 당기는 성질과 물리치는 성질, 통합하려는 성질과 분리하려는 성질을 가지고 있다고 크리스테바는 설명한다.[120] 따라서 모든 구체적 실재, 다시 말해 모든 구체적 형태가 탄생되는 곳이 효리스며, 또 사멸하여 없어지는 곳도 효리스라고 크리스테바는 설명한다. 효리스는 분리하여 탄생시키려는 성질도 그리고 통합하여 흡수하려는 성질도 동시에 가지고 있기 때문이다. 결론적으로 텍스트는 기호이며, 기호는 효리스이므로 크리스테바는 문학 텍스트를 효리스와 같은 것으로 본다는 설명이 된다. 따라서 모든 언어적 표현이 탄생하는 곳도 또 사멸하여 사라지는 곳도 텍스트라는 것이, 다시 말해 의미가 탄생하는 곳도 그리고 또

---

115) 디오니소스성(das Dionysische)

116) 원초모체(Urmatrix)

117) 원초자(das Ur-Eine) 또는 원초모(Urmutter)

118) 이데아(Idea Idee 理念)

119) Bossinade, Johanna: Poststrukturalistische Literaturwissenschaft, S. 45

120) ebd. S. 45, 46

그 탄생된 의미가 사멸하여 다시 사라지는 곳도 텍스트라는 것이 크리스테바의 주장이다. 라캉은 텍스트를 일정한 형태를 가진 시그니피칸트로 구체화시켰다면, 크리스테바는 텍스트를 흐르는 납 물과 같은 무 형태로 추상화시킨다고 아니면 상징화시킨다고 할 수 있다. 아니면 크리스테바의 효리스는 라캉의 시그니피칸트에 이르는 전 단계에 놓여 있다고도 할 수 있다. 왜냐하면 녹아 있는 납 물과 같이 흐느적거리며 움직이는 효리스는 일정하고 구체적인 형태를 가지고 있지 못하기 때문이다.

마지막으로 텍스트를 문자흔적으로 보는 데리다[121]의 이론을 논할 차례다. 데리다는 라캉의 시그니피칸트 개념도 그리고 크리스테바의 기호 개념도 비판한다. 라캉이 시그니피카트와 시그니피칸트라는 주종관계를 역전시킨 결과 종이 주인이 되는 현상으로 시그니피칸트가 주인이 되어 이름만 바꾸어지고 체계 자체는 바뀌지 않았다는 것이 데리다의 비판이다. 다시 말해 왕과 거지, 원천과 현상이라는 위계질서는 변하지 않았다는 것이 라캉에 대한 데리다의 비판이다. 그리고 크리스테바의 기호 역시 목적론적[122]이라고 데리다는 비판한다. 모든 언어적 표현들을, 모든 의미들을 배출했다가 다시 자체 내로 흡수해버리는 (분리시켰다가 다시 통합해버리는) 효리스는 최종목적과 같은 것이어서 결국 목적론의 성격을 면하지 못한다는 것이 데리다의 비판이다. 체계와 목적론은 같은 의미로, 체계가 있으면 목적이 있고 또 목적이 있으면 반드시 체계가 있어야 한다는 관계가 된다. 체계와 목적은 탈구조주의자들의 가장 큰 증오의 대상임은 말할 필요도 없다. 크리스테바가 기호의 개념을 플라톤의 효리스라는 개념에서 유도해내는 데 비해 데리

---

121) 데리다(Jacques Derrida 1930-2004)
122) 목적론적(teleologisch)

다는 문자흔적이라는 개념을 헤시오드[123]의 카오스[124]라는 개념에서 유도해 낸다. 그리스어 카오스는 기지개를 펴거나 무심코 입을 크게 벌리는 것과 같은 개방운동을 의미한다. 아무런 이유나 아무런 목적 없이 발생하는 운동이, 아니면 그 "발생" 자체가 최초의 개방운동, 카오스라고 이해할 수 있다. 카오스는 다음에 빈 우주와 같은 공간을 탄생시키고, 이 빈 우주 속에는 세계가 탄생되고 인간 역사가 탄생되는 순서라고 이해할 수 있다. 아무런 실재도 들어 있지 않은 빈 우주를, 다시 말해 인간 역사가 시작하기 전의 우주를 원초라고 한다면, 카오스는 원초의 원초라고 하는 것이 옳다. 탈구조주의자들에게 지대한 영향을 행사하는 철학은 헤시오드보다도 하이데거의 철학이다. 하이데거는 리히퉁[125]이라는 개념과 관련하여 틈 또는 "자국"[126]이라는 표현을 사용하는데, 예를 들어 조각가가 거친 돌덩어리 위에 끌과 망치로 최초의 자국을 낸다고 한다면, 이 최초의 자국은 아무런 의미나 아무런 목적 없는 최초의 개방운동으로 카오스와 같은 것이라는 설명이다. 왜냐하면 최초의 자국만으로는 그 거친 돌이 인간이 될지 아니면 동물이 될지 또 인간이 된다면 그것이 여자가 될지 아니면 남자가 될지 미결정 상태이기 때문이다. 실재자 또는 실재물이 이 "자국"을 만들어내는 것이 아니라, 반대로 이 "자국"이 실재자 또는 실재물에게 실재가 되도록 길을 열어주고 이 "자국" 자체는 실재가 아닌 무라는 것이 하이데거의 설명이다.[127] 헤시오드의 카오스 개념과 하이데거의 자국 개념을 비교한다면, 원초의 원초라고 할 수 있는 카오스는 자국의 자국이라고 할 수 있다. 왜냐하면 최초의 공간을, 다시 말해 실재가 비로소 생겨나야 할 빈 우주를 자국이라 한다면, 그 자국을 만들어낸 자

---

123) 헤시오드(Hesiod 700년경v. Chr.)

124) 카오스(Chaos)

125) 리히퉁(Lichtung)

126) "자국"(Riss)

127) vgl. Bossinade, Johanna: Poststrukturalistische Literaturwissenschaft, S. 52

는 카오스가 되기 때문이다. 데리다가 문자흔적의 개념을 이상과 같이 하이데거보다도 더 깊게 자국의 자국 또는 원초의 원초라고 보는 결과는 극단적인 탈구조주의를 탄생케 한다. 라캉에서 어느 정도 구체성을 띠고 있던 텍스트의 개념이 크리스테바에 와서는 구체성을 상실하여 추상화되고, 데리다에 와서는 극단적인 추상화, 추상화의 추상화로 실재자[128]의 흔적 자체가 사라진다고 보아야 한다. 실재자의 흔적이 사라진다는 말은 의미의 흔적이 사라진다는 말인데, 문자흔적 또는 의미흔적이라는 표현에서 데리다의 테마는 흔적 자체이지 문자나 의미는 아니라고 보아야 한다. 그리고 언어를 청각적인 언어표현과 시각적인 문자표현으로 나눈다면, 다시 말해 청각적인 말과 시각적인 텍스트로 나눈다면, 데리다는 전자를 논리중심주의[129]라고 비판하고 텍스트중심주의라 할 수 있는 후자를 비호한다.[130] 이유는 청각적인 언어표현은 표현자의 얼굴표정과 대화시의 상황 등에 의해서 구체적으로 그리고 논리적으로 전달되지만 시각적인 문자표현인 텍스트는 표현자의 순간적인 표정이나 상황 등이 결여되어 추상적이고 비논리적이기만 하기 때문이다. 지금까지의 유럽 철학은 논리중심주의 일변도이었기 때문에 잘못된 것이라고 비난하면서 철학은 논리를 부정하는 문자중심으로, 논리를 초월하는 텍스트중심으로 전향해야 한다고 데리다는 주장한다. 데리다의 "문자흔적"은 전통적인 텍스트 미학뿐만 아니라 전통 철학까지도 전복시키는 개념이다.

구조주의와 탈구조주의 사이의 차이점을 논하면서 탈구조주의의 본질인 시스템 해체, 우연과 유희, 이질성 주장을 언급했다. 예를 들어 로메오와

---

128) 실재자(das Seiende)

129) 논리중심주의(Logozentrismus)

130) vgl. Bossinade, Johanna: Poststrukturalistische Literaturwissenschaft, S. 34 f.

율리아 사이의 "영원한 사랑"이라는 중심의미가, 다시 말해 시그니피카르트가나, 당신, 사랑이라는 시그니피칸트들에 의해 표현된다면, 전자는 원천이고주인이며, 후자는 표현이고 종이 된다. 전자는 계란의 노른자와 같은 동일성이고 후자는 흰자 또는 껍데기와 같은 이질성이 된다. 탈구조주의자들은 원천이 아니라 표현을, 주인이 아니라 종을, 동일성이 아니라 이질성을 편들고주장하는데, 이는 3명의 대표적인 탈구조주의자 라캉, 크리스테바, 데리다에게 공통적인 현상이다. 라캉은 시그니피칸트를 중심개념으로 승격시켰으며, 크리스테바는 시그니피칸트를 시작과 종말이 합해지는 장소로, 아니면출산인 동시에 사망의 장소로 상징화 또는 형이상학화시켰고, 데리다는 시그니피칸트를 시작은 있으나 끝이 없는, 출산은 있으나 사망이 없는 문자혼적의 "끝없는 앙상블"로[131] 확장시킨다. 다음에 의미결정 역시 우연과 유희에의한 의미결정으로 공통적인 현상을 보인다. 나, 당신, 사랑이라는 시그니피칸트들이 모여서 "영원한 사랑"이라는 의미가 발생한다면, 라캉에 있어서는이는 우연이고 유희에 불과하다. 왜냐하면 "영원한 사랑" 외에도 예를 들어"풋사랑", "거짓 사랑" 등도 가능하기 때문이다. 크리스테바에 있어서는 예를들어 우연과 유희에 의해 결정된 "영원한 사랑"은 한 번 결정되었다고 해서영원히 존재하는 것이 아니라 텍스트 속으로 다시 사멸하여 없어지고, 다른의미가 태어났다가 다시 텍스트 속으로 사라진다는 설명이 된다. 데리다에의하면 우연과 유희에 의한 의미발생과 의미사멸의 빈도는 무한하므로 아예 의미 자체를 생각할 필요가 없다는 설명이 된다. 마지막으로 3명의 탈구조주의자들 모두가 시스템을 부정하는 것은 당연하다. 시그니피카르트와 시그니피칸트라는 위계질서는, 주인과 종의 관계와 같이 체계를 의미한다. 시그니피카르트와 시그니피칸트의 관계를 전도시키거나, 아니면 전자를 제거하

---

131) vgl. Bossinade, Johanna: Poststrukturalistische Literaturwissenschaft, S. 49
　　 "끝 없는 앙상블"(grenzenloses Ensemble)

여 없앤다는 사실은 시스템 부정을 설명하고도 남는다. 작가, 텍스트, 독자라는 3자 중에서 탈구조주의 문예론은 텍스트에 집중한다. 텍스트를 생산하지 못하는 작가는 작가라고 할 수 없고, 또 읽을 텍스트를 가지고 있지 않은 독자를 독자라고 할 수 없어 텍스트가 중간위상에 놓여 있다는 일반적인 이유도 있지만, 탈구조주의가 텍스트를 중심 테마로 하는 이유는 현대철학의 소위 "링구이스틱 턴"에 의해서 철학의 테마가 원천에서 언어적 표현으로, 시그니피카르트에서 시그니피칸트로, 이데아에서 언어로 대전환을 했기 때문이라고 볼 수 있다. 작가, 텍스트, 독자라는 3자 중에서 중간위상을 차지하고 있는 텍스트가 유일한 언어이며 언어적 표현이기 때문이다. 중간위상인 텍스트 자체가 시스템 해체, 우연과 유희, 이질성 등에 의해 붕괴 해체되는 현상을 나타낸다. 작가가 자신의 아이디어[132]를 (자신의 시그니피카르트를) 언어적 표현인 텍스트에 심으면, 이 작가의 아이디어가 독자에게 전달되는 것이 고전적 문예형식인데 이 고전적 문예형식이 해체된다는 말이다.

작가, 텍스트, 수용자(독자)라는 3자 중에서 지금까지 중심위상인 텍스트의 해체를 논했는데, 다음에는 작가의 해체, 수용자의 해체를 동시에 논하고 논문을 종결하기로 한다. 작가의 해체와 수용자의 해체를 논하기 위해서는 구조주의와 탈구조주의를, 그것도 텍스트에 관한 양 이론을 다시 비교하여 구체화할 필요가 있다. 구조주의는 텍스트가 어떤 기능을 발휘하느냐 하는 것을 테마로 한다면, 탈구조주의는 텍스트가 어떻게 기초되어 있느냐 하는 것을 테마로 한다. 구조주의에 의하면 하나의 텍스트가 교훈의 기능을 발휘하든 아니면 여흥의 기능을 발휘하든 기능만 발휘하면 된다는 말이고, 탈구조주의에 의하면 어떤 기초이든 상관없이 텍스트가 기초만 제공하면 된다는 말인데, "멍석을 깔아주어야 지랄을 한다"라는 말이 있다면 지랄을 할

---

132) 아이디어(Idea Idee 理念)

수 있는 멍석만 깔아주면 된다는 말이다. 가공되지 않은 자연석을 남근 상이라 하여 잉태 못 하는 여인들이 숭배하는 예가 있다면, 탈구조주의에 의하면 가공되지 않은 이 자연석도 충분히 예술작품이 될 수 있다는 말이 된다. 왜냐하면 이 자연석은 숭배라는 행위에게 기초를 제공해주기 때문이다. 다음에 구조주의가 시간적 직선적 질서를 추구한다면, 탈구조주의는 공간적이나 그러나 무직선적 내지는 무선적 질서를 (이는 질서라고 할 수 없는 무질서를 의미 하지만) 추구한다.[133] 마지막으로 종합하여 구조주의의 본질은 시스템이지만 탈구조주의의 본질은 프로쎄스라고 할 수 있다. 시간적 직선적 질서에 의해서, 다시 말해 논리적 추론에 의해서 하나의 기능을 찾아내려는 것이 구조주의라면, 기능은 유보하고 여러 가지 기능을 가능케 해주는 토대, 기초에 집착하는 것이 탈구조주의다. 하나의 일정한 기능이 아니라, 기능의 전 단계인 프로쎄스라는 본질에 의해서 탈구조주의자들이 생각하는 텍스트 개념은 고전미학의 텍스트 개념과도 그리고 구조주의의 텍스트 개념과도 상이함은 당연하다. 정적인 개념에서 동적인 개념으로 변한 것이 탈구조주의의 텍스트 개념이다. 텍스트에 대한 동적인 개념에 의해서, 프로쎄스로서의 텍스트에 의해서 작가, 텍스트, 수용자라는 고전적 3자 관계가 해체되는데 작가는 사멸하여 없어지고 수용자는 작가의 역할을 대행하게 된다. 지랄을 할 수 있는 멍석만 제공된다면, 다시 말해 기초만 있으면, 가공되지 않은 자연석과 같이 모든 것이 다 예술작품이 되고 텍스트가 되기 때문에 예술가와 작가의 존재는 잊혀져 사멸하게 된다. 작가에 의하여 가공된 텍스트도 자연석과 같이 비가공품으로 취급당하기 때문이다. 그리고 수용자는 (독자는) 하나의 텍스트에서 교훈의 기능을 만들든 여흥의 기능을 만들든 아니면 광고의 기능을 만들든 수용자는 텍스트를 받아들이는 수용자가 아니라 자

---

133) Bossinade, Johanna: Poststrukturalistische Literaturwissenschaft, S. 15

신의 텍스트를 만들어 창조하는 작가로 변신하여[134] 역시 고전적 의미의 수용자는 사멸하게 된다. 아니면 텍스트에서 발생하는 "의미발생"은 수용자의 의사에 따라 이루어지는 것이 아니라 우연과 유희에 의해 이루어지기 때문에 역시 수용자는 의미 없는 존재로 사멸된 것과 같다고 볼 수 있다. "독서는 사건발생이다"라는 것이 탈구조주의자들의 주장이다.[135] 결론적으로 텍스트, 작가, 수용자 모두가 해체되고 그와 더불어 소설, 드라마, 시라는 문학의 장르도 그리고 전통적인 문학의 개념도 해체되어 탈구조주의 미학은 해체미학이 된다.

134) vgl. Bossinade, Johanna: Poststrukturalistische Literaturtheorie, S. 154
135) Dahlerup, Pil: Dekonstruktion, S.4

참고문헌

Adorno, Theodor W.: Negative Dialektik, Frankfurt/M. 1982

Adorno, Theodor W.: Ästhetische Theorie, 5. Aufl. Frankfurt/M. 1990

Barash, Jeffrey: Über den geschichtlichen Ort der Wahrheit, Hermeneutische Perspektiven bei Wilhelm Dilthey und Martin Heidegger, in: Martin Heidegger: Innen- und Außenansichten, hrsg. vom Forum für Philosophie Bad Homburg, Frankfurt/M. 1991

Baasner, Rainer u. Zens, Maria: Methoden und Modelle der Literaturwissenschaft, Eine Einführung, Berlin 2001

Boehm, Gottfried: Im Horizont der Zeit, Heideggers Werkbegriff und die Kunst der Moderne, in: Kunst und Technik, Gedächtnisschrift zum 100. Geburtstag von Martin Heidegger, hrsg. von Walter Biemel u. Friedrich-Wilhelm v. Herrmann, Frankfurt/M. 1989

Bogdal, Klaus-Michael: Problematisierungen der Hermeneutik im Zeichen des Poststrukturalismus, in: Grundzüge der Literaturwissenschaft, hrsg. von Heinz Ludwig Arnold und Heinrich Detering, 4. Aufl., München 2001, S. 137-156

Bossinade, Johanna: Poststrukturalistische Literaturtheorie, Stuttgart. Weimar 2000

Braun, Hermann: Zum Verhältnis von Hermeneutik und Ontologie, in: Hermeneutik und Dialektik II, Sprache und Logik, Theorie und Auslegung und Probleme der Einzelwissenschaften, hrsg. von Rüdiger Bubner, Konrad Cramer und Reiner Wiehl, Tübingen 1970, S. 201-218

Dahlerup, Pil: Dekonstruktion, Die Literaturtheorie der 1990er, Berlin. New York 1998

Derrida, Jacques: Am Nullpunkt der Verrücktheit-Jetzt die Architektur, in: Wege aus der

Moderne, hrsg. von Wolfgang Welsch, Berlin 1994

Dufrenne, Mikel: Phänomenologie und Ontologie der Kunst, in: Ästhetik, hrsg. von
Wolfhart Henckmann, Darmstadt 1979, S. 123-147

Frank, Manfred: Was ist Neostrukturalismus? Frankfurt/M. 1984

Gadamer, Hans-Georg: Wahrheit und Methode, Grundzüge einer philosophischen
Hermeneutik, 4. Aufl., Tübingen 1975

Gadamer, Hans-Georg: Die philosophischen Grundlagen des 20. Jahrhunderts, in:
Seminar: Philosophische Hermeneutik, hrsg. von Hans-Georg Gadamer und
Gottfried Boehm, Frankfurt/M. 1976

Gadamer, Hans-Georg: Das hermeneutische Problem der Anwendung, in: Seminar:
Philosophische Hermeneutik, hrsg. von Hans-Georg Gadamer und Gottfried
Boehm, Frankfurt/M. 1976

Gadamer, Hans-Georg: Die Aktualität des Schönen, Stuttgart 1979

Gadamer, Hans-Georg: Zur Fragwürdigkeit des ästhetischen Bewußt seins, in: Theorien
der Kunst, hrsg. von Dieter Henrich und Wolfgang Iser, Frankfurt/M. 1982, S. 59-69

Gadamer, Hans-Georg: Kunst als Aussage, Ästhetik und Poetik I, Tübingen 1993

Gadamer, Hans-Georg: Ende der Kunst? Von Hegels Lehre vom Vergangenheitscharakter
der Kunst bis zur Anti-Kunst von heute, in: Hans-Georg Gadamer: Kunst als
Aussage, Ästhetik und Poetik I, Tübingen 1993

Gallas, Helga (Hrsg.): Strukturalismus als interpretatives Verfahren, Sammlung
Luchterhand, Darmstadt und Neuwied 1972

Grossmann, Andreas: Spur zum Heiligen, Kunst und Geschichte im Widerstreit zwischen
Hegel und Heidegger, Bonn 1996

Gutzen, Dieter u. a.: Einführung in die neuere deutsche Literaturwissenschaft, 4.
überarbeitete Aufl. Ein Arbeitsbuch, Berlin 1981

Habermas, Jürgen: Die Moderne-ein unvollendetes Projekt, in: Wege aus der Moderne,
hrsg. von Wolfgang Welsch, Berlin 1994

Hartmann, Nicolai: Die Philosophie des deutschen Idealismus, Berlin, New York 1973

Hauff, Jürgen u. a.: Methodendiskussion, Arbeitsbuch zur Literaturwissenschaft, Bd. 1,

Frankfurt/M. 1972

Hauff, Jürgen u. a. : Methodendiskussion, Arbeitsbuch zur Literaturwissenschaft, Bd. 2, Frankfurt/M. 1972

Hegel, G. W. F.: Vorlesungen über die Ästhetik I, Werke in zwanzig Bänden, Bd. 13, Frankfurt/M. 1970

Hegel, G. W. F.: Phänomenologie des Geistes, Frakfurt/M. 1973

Heidegger, Martin: Der Ursprung des Kunstwerkes, in: Holzwege, 7. Aufl. Frankfurt/M. 1994

Henckmann, Wolfhart (Hrsg.): Ästhetik, Darmstadt 1979

Henrich, Dieter und Iser, Wolfgang (Hrsg.): Theorien der Kunst, Frankfurt/M. 1982

v. Herrmann, Friedrich-Wilhelm: Heideggers Philosophie der Kunst, Eine systematische Interpretation der Holzwege-Abhandlung "Der Ursprung des Kunstwerkes", Frankfurt/M. 1980

Ingarden, Roman: Prinzipien einer erkenntnistheoretischen Betrachtung der ästhetischen Erfahrung, in: Theorien der Kunst, hrsg. von Dieter Henrich und Wolfgang Iser, Frankfurt/M. 1982, S. 70-80

Jans, Rolf-Peter: Mythos und Moderne bei Walter Benjamin, in: Mythos und Moderne, hrsg. von Karl Heinz Bohrer, Frankfurt/M. 1983

Kant, Immanuel: Kritik der Urteilskraft, Hamburg 1990

Kayser, Wolfgang: Literarische Wertung und Interpretation, in: Literaturkritik und Literarische Wertung, hrsg. von Peter Gebhardt, Darmstadt 1980

Kettering, Emil: Fundamentalontologie und Fundamentalaletheiologie, in: Martin Heidegger: Innen- und Außenansichten, hrsg. vom Forum für Philosophie Bad Homburg, Frankfurt/M. 1991

Kohlschmidt, Werner u. Mohr, Wolfgang (Hrsg.): Reallexikon der deutschen Literaturgeschichte, Berlin, New York 1982

Kuhn, Helmut: Die Ontogenese der Kunst, in: Theorien der Kunst, hrsg. von Dieter Henrich und Wolfgang Iser, Frankfurt/M. 1982

Kutschera, Franz von: Sprachphilosophie, München 1975

Liiceanu, Gabriel: Zu Heideggers "Welt"-Begriff in "Der Ursprung des Kunstwerkes", in: Kunst und Technik, Gedächtnisschrift zum 100. Geburtstag von Martin Heidegger, hrsg. von Walter Biemel u. Friedrich-Wilhelm v. Herrmann, Frankfurt/M. 1989

Lyotard, Jean-François: Beantwortung der Frage: Was ist postmodern? in: Wege aus der Moderne, hrsg. von Wolfgang Welsch, Berlin 1994

Lyotard, Jean-François: Die Moderne redigieren, in: Wege aus der Moderne, hrsg. von Wolfgang Welsch, Berlin 1994

Maren-Grisebach, Manon: Methoden der Literaturwissenschaft, München 1972

Mukařovský, Jan: Kapitel aus der Ästhetik, Frankfurt/M. 1970

Mukařovský, Jan: Ästhetische Funktion, ästhetische Norm und ästhetischer Wert als soziale Fakten, in: Mukařovský, Jan: Kapitel aus der Ästhetik, Frankfurt/M. 1970

Mukařovský, Jan: Der Standort der ästhetischen Funktion unter den übrigen Funktionen, in: Mukařovský, Jan: Kapitel aus der Ästhetik, Frankfurt/M. 1970

Mukařovský, Jan: Die Kunst als semiologisches Faktum, in: Mukařovský, Jan: Kapitel aus der Ästhetik, Frankfurt/M. 1970

Münker, Stefan u. Roesler, Alexander: Poststrukturalismus, Stuttgart. Weimar 2000

Nemec, Friedrich u. Solms, Wilhelm (Hrsg.): Literaturwissenschaft heute, München 1979

Nietzsche, Friedrich: Götzen-Dämmerung, in: Werke in drei Bänden, Bd. 2, München 1994

Nietzsche, Friedrich: Die Geburt der Tragödie aus dem Geiste der Musik, in: Nietzsches Werke in drei Bänden, Bd. 1, München 1994 & 1996

Nietzsche, Friedrich : Werke in drei Bänden, hrsg. von Karl Schlechta, München 1994 & 1996

Pareyson, Luigi: Betrachtung des Schönen und Produktion von Formen, in: Ästhetik, hrsg. von Wolfhart Henckmann, Darmstadt 1979, S. 52-70

Perpeet, Wilhelm: Von der Zeitlosigkeit der Kunst, in: Ästhetik, hrsg. von Wolfhart Henckmann, Darmstadt 1979, S. 13-51

Pöggeler, Otto: Die Frage nach der Kunst, von Hegel zu Heidegger, Freiburg/München 1984

Pöggeler, Otto: ÜBER "DIE MODERNE KUNST", Heidegger und Klee's Jenaer Rede von 1924, Erlangen und Jena 1995

Ritter, Joachim (Hrsg.): Historisches Wörterbuch der Philosophie, Bd. 2, Basel 1972

Rusterholz, Peter: Hermeneutische Modelle, in: Grundzüge der Literaturwissenschaft, hrsg. von Heinz Ludwig Arnold und Heinrich Detering, 4. Aufl., München 2001, S. 101-136

Rusterholz, Peter: Zum Verhältnis von Hermeneutik und neueren antihermeneutischen Strömungen, in: Grundzüge der Literaturwissenschaft, hrsg. von Heinz Ludwig Arnold und Heinrich Detering, 4. Aufl., München 2001, S. 157-177

Scheer, Brigitte: Einführung in die philosophische Ästhetik, Darmstadt 1997

Schiller, Friedrich: Über die ästhetische Erziehung des Menschen in einer Reihe von Briefen, Werke in drei Bänden, Bd. II, München 1976

Schischkoff, Georgie (neu bearb.): Philosophisches Wörterbuch, 21. Aufl., Stuttgart 1978

Schiwy, Günther: Neue Aspekte des Strukturalismus, München 1973

Schmidt, Alfred: Über Nietzsches Erkenntnistheorie, in: Nietzsche, hrsg. von Jörg Salaquarda, Darmstadt 1980

Schmidt, Hermann Josef: Friedrich Nietzsche, Philosophie als Tragödie, in: Grundprobleme der großen Philosophen, Philosophie der Neuzeit III, hrsg. von Josef Speck, Göttinggen 1983

Schulz, Walter: Anmerkungen zur Hermeneutik Gadamers, in: Hermeneutik und Dialektik I, Methode und Wissenschaft, Lebenswelt und Geschichte, hrsg. von Rüdiger Bubner u. a., Tübingen 1970,S. 305-316

Steiger, Emil: Lyrik und lyrisch, in: Zur Lyrik-Diskussion, hrsg. von Reinhold Grimm, Darmstadt 1966

Wellek, René: Kritik als Wertung, in: Literaturkritik und literarische Wertung, hrsg. von Peter Gebhardt, Darmstadt 1980, S. 331-351

Wellmer, Albrecht: Wahrheit, Schein, Versöhnung, Adornos ästhetische Rettung der Modernität, in: Adorno-Konferenz, hrsg. von L. Friedenburg und J. Habermas, Frankfurt/M.1983

Welsch, Wolfgang: Unsere postmoderne Moderne, Berlin 1993

Welsch, Wolfgang(Hrsg.): Wege aus der Moderne, Schlüsseltexte der Postmoderne-

Diskussion, Berlin 1994

Welsch, Wolfgang: Vernunft, Die zeitgenössischeVernunftkritik und das Konzept der transversalen Vernunft, Frankfurt/M. 1996

Wiehl, Reiner: Begriffsbestimmung und Begriffsgeschichte, Zum Verhältnis von Phänomenologie, Dialektik und Hermeneutik, in: Hermeneutik und Dialektik I, Methode und Wissenschaft, Lebenswelt und Geschichte, hrsg. von Rüdiger Bubner u. a., Tübingen 1970, S. 167-213

Zima, Peter V.: Die Dekonstruktion, Tübingen und Basel 1994

Zima, Peter V.: Moderne / Postmoderne, Tübingen und Basel 1997

Zima, Peter V.: Theorie des Subjekts, Subjektivität und Identität zwischen Moderne und Postmoderne, Tübingen und Basel 2000

Zima, Peter V.: Das literarische Subjekt, Zwischen Spätmoderne und Postmoderne, Tübingen und Basel 2001

유형식, 『독일미학: 고전에서 현대까지』, 논형, 2009

인명색인

개념색인